J. R. WARD

Black Dagger

RHAGE & MARY

Roman

Mit spannendem Bonusmaterial
zu Rhage & Mary

WILHELM HEYNE VERLAG
MÜNCHEN

Titel der Originalausgabe:
LOVER ETERNAL
Aus dem Amerikanischen von Astrid Finke

MIX
Papier aus verantwortungsvollen Quellen
FSC® C014496
FSC
www.fsc.org

Verlagsgruppe Random House FSC® N001967
Das FSC®-zertifizierte Papier *Holmen Book Cream*
für dieses Buch liefert Holmen Paper, Hallstavik, Schweden.

Überarbeitete Neuausgabe 11/2015

Printed in Germany 2015
Umschlaggestaltung: DAS ILLUSTRAT, München
Satz: Buch-Werkstatt GmbH, Bad Aibling
Druck und Bindung: GGP Media GmbH, Pößneck

ISBN 978-3-453-31712-3

Gewidmet: Dir.

Es hat nicht sofort gefunkt bei uns.
Doch dann habe ich die Wahrheit über dich
erkannt und mich verliebt.
Danke, dass du mich durch deine Augen sehen lässt
und dass ich fühlen darf, was du fühlst.
Du bist einfach so … schön.

1

»Verdammt, V, du machst mich echt fertig.« Butch O'Neal wühlte in seiner Sockenschublade nach schwarzer Seide und fand nur weiße Baumwolle.

Da, endlich ... Er zog eine einzelne Socke heraus. Nicht gerade der Jackpot.

»Wenn ich dich fertigmachen wollte, Bulle, dann wären modische Strümpfe deine geringste Sorge.«

Butch blickte aus dem Augenwinkel zu seinem Mitbewohner. Seinem Gleichgesinnten in Sachen Baseball.

Einem seiner besten Freunde – die beide zufälligerweise Vampire waren.

Vishous kam gerade aus der Dusche und hatte sich ein Handtuch um die Hüfte gewickelt, was seine muskulöse Brust und die kraftstrotzenden Arme gut zur Geltung brachte. Er zog sich gerade einen schwarzen Lederhandschuh über die tätowierte linke Hand.

»Musst du immer meine guten schwarzen Socken nehmen?«

V grinste, mitten in seinem Ziegenbärtchen blitzten die Fänge auf. »Die sind so schön weich.«

»Warum bittest du Fritz dann nicht einfach, dir auch welche zu besorgen?«

»Der hat genug damit zu tun, deine Sucht nach Edelklamotten zu befriedigen, Mann.«

Okay, Butch hatte in letzter Zeit seinen inneren Versace entdeckt, von dessen Existenz bisher niemand etwas geahnt hatte. Und wenn schon. Wie schwierig konnte es denn schon sein, ein extra Dutzend Anzugsocken zu beschaffen?

»Ich frage ihn für dich.«

»Was für ein Gentleman.« V strich sich das dunkle Haar zurück. Die Tattoos an der linken Schläfe waren kurz zu sehen und verschwanden dann wieder unter den Strähnen. »Brauchst du heute Abend den Escalade?«

»Ja, bitte.« Butch quetschte seine Füße in Gucci-Treter und ließ die Strümpfe einfach weg.

»Heißt das, du triffst Marissa?«

Butch nickte. »Ich muss endlich Klarheit haben. Entweder oder.

Und er hatte das ungute Gefühl, es würde *oder* sein.

»Sie ist eine gute Frau.«

Das war sie mit Sicherheit, weswegen sie vermutlich derzeit seine Anrufe nicht beantwortete. Ex-Polizisten mit einer Vorliebe für Scotch waren nicht unbedingt perfektes Beziehungsmaterial für Frauen, seien sie nun Menschen oder Vampirinnen. Und die Tatsache, dass er eigentlich nicht zu den Letzteren gehörte, war auch nicht gerade hilfreich.

»Wie auch immer, Bulle, Rhage und ich genehmigen uns noch ein paar Drinks im *One Eye*. Du kannst ja hinterher vorbeikommen ...«

Es donnerte so laut an der Tür, als ob jemand sie mit einem Rammbock bearbeiten würde. Zwei Köpfe wirbelten herum.

V zog sich das Handtuch hoch. »Verdammte Scheiße, unser Herzensbrecher muss endlich mal lernen, wie man eine Türklingel benutzt.«

»Dann rede du mit ihm. Auf mich hört er ja nicht.«

»Rhage hört auf niemanden.« V joggte zur Tür.

Während das Hämmern langsam nachließ, widmete Butch sich seiner stetig wachsenden Krawattensammlung. Er wählte eine blassblaue von Brioni, schlug den Kragen seines weißen Hemds hoch und knotete sich geschickt die Seide um den Hals. Als er fertig war und ins Wohnzimmer hinüberschlenderte, hörte er Rhage und V, die sich vor der Geräuschkulisse von »R U still down« von 2Pac unterhielten.

Butch musste lachen. O Mann, sein Leben hatte ihn ja schon an die merkwürdigsten Orte geführt, und die meisten davon waren ziemlich schlimm gewesen. Aber niemals hätte er sich träumen lassen, dass er einmal mit sechs Vampirkriegern zusammenwohnen würde, oder gar, sich an ihrem Kampf um die Erhaltung ihrer schwindenden, verborgenen Spezies zu beteiligen. Doch irgendwie gehörte er zur Bruderschaft der Black Dagger. Und er und Vishous und Rhage gaben wirklich ein irres Trio ab.

Rhage lebte zusammen mit dem Rest der Bruderschaft im großen Haus auf der gegenüberliegenden Seite des Gartens. Doch das Dreiergespann hing meistens im Pförtnerhäuschen ab, wo V und Butch wohnten. Die Höhle, wie ihre Behausung inzwischen nur noch hieß, war ein Palast im Vergleich zu den Bruchbuden, in denen Butch bisher gewohnt hatte. Er und V hatten jeder ein eigenes Schlaf- und Badezimmer, eine kleine Küche und ein Wohnzimmer, das im sympathischen, postmodernen Studentenwohnheim-Gemeinschaftsraum-Stil eingerichtet war – allerdings ein bisschen teurer, als man das gemeinhin auf dem Campus tat: zwei Ledersofas, ein HDTV-Plasmafernseher, ein Tischkicker und diverse Punchingbälle.

Als Butch um die Ecke kam, stand Rhage in all seiner Pracht vor ihm: schwarzer Ledertrenchcoat, der bis auf die Knöchel reichte. Schwarzes Muscleshirt. Mit den Stahlkappenstiefeln war er gut zwei Meter groß. In diesem Aufzug sah der Vampir schlicht und ergreifend umwerfend aus. Selbst in den Augen eines staatlich geprüften Heteros wie Butch.

Dieser Kerl setzte selbst die Gesetze der Physik außer Kraft, so gut sah er aus. Das blonde Haar war hinten kurz geschnitten und vorne etwas länger gelassen. Türkisblaue Augen wie das Meer der Karibik. Und sein Gesicht ließ Brad Pitt aussehen wie einen Kandidaten von *Endlich schön*.

Aber obwohl Rhage ein Charmeur sein konnte, war er beileibe kein verzärteltes Jüngelchen. Unter der strahlenden Oberfläche brodelte etwas Dunkles, Tödliches, und das sah man auf den allerersten Blick. Er verströmte die Aura eines Mannes, der die Dinge mit seinen Fäusten regelt, auch wenn er unterwegs ein paar Zähne ausspucken muss.

»Was läuft, Hollywood?«, fragte Butch.

Rhage lächelte und entblößte seine perlweißen Beißerchen inklusive der langen Fangzähne. »Zeit für die Jagd, Bulle.«

»Verflucht, du alter Blutsauger, hat es dir gestern Nacht noch nicht gereicht? Diese Rothaarige sah ganz schön heftig aus. Genau wie ihre Schwester.«

»Du kennst mich doch. Ich bin immer hungrig.«

Zu Rhages Glück gab es endlosen Nachschub an Frauen, die mehr als bereit waren, seinen Bedürfnissen nachzukommen. Und der Kerl *hatte* Bedürfnisse. Trank nicht. Rauchte nicht. Aber er hatte einen Frauenverschleiß, wie Butch es noch nicht erlebt hatte.

Und es war beileibe nicht so, dass Butch sonst nur Chorknaben kannte.

Rhage sah V an. »Zieh dich an, Mann. Oder wolltest du im Handtuch ins *One Eye?*«

»Geh mir nicht auf den Sack, Bruder.«

»Dann beweg endlich deinen Hintern.«

Auf dem Tisch türmte sich eine Computerlandschaft, bei deren Anblick Bill Gates angefangen hätte zu sabbern. Von seiner Kommandozentrale aus steuerte Vishous das gesamte Sicherheits- und Überwachungssystem des Geländes, einschließlich des Haupthauses, der Trainingsräume im Keller, der Grotte und ihrer Höhle, so wie auch die unterirdischen Tunnel, die die Gebäude miteinander verbanden. Er kontrollierte alles: die automatischen Stahlrollläden vor jedem Fenster; die Schlösser der Stahltüren; die Temperatur in allen Räumen; das Licht; die Überwachungskameras; die Eingangstore.

V hatte den ganzen technischen Zirkus selbst installiert, bevor die Bruderschaft vor drei Wochen hier eingezogen war. Die Gebäude und Tunnel gab es schon seit dem frühen 20. Jahrhundert, aber den Großteil der Zeit waren sie unbenutzt geblieben. Nach den Ereignissen im vergangenen Juli aber war gemeinschaftlich beschlossen worden, die Operationen der Bruderschaft besser zu koordinieren, und sie alle waren hierher gezogen.

Als V in sein Zimmer ging, wickelte Rhage einen Lolli aus und steckte ihn sich in den Mund. Butch konnte spüren, wie der Bursche ihn anstarrte. Und er war kein bisschen überrascht, als der Bruder loslegte.

»Also, Bulle, ich kann nicht fassen, dass du dich für einen Trip ins *One Eye* dermaßen aufdonnerst. Ich meine, selbst für deine Verhältnisse ist das ganz schön saftig.

Die Krawatte, die Manschettenknöpfe – das ist alles neu, oder?«

Butch strich sich die Krawatte auf der Brust glatt und griff nach seiner schwarzen Anzugjacke. Er wollte jetzt nicht über Marissa sprechen. Vorhin mit V war es schon schwer genug gewesen, das Thema zu umgehen. Außerdem, was sollte er schon sagen?

Sie hat mich total aus den Socken gehauen, als ich sie zum ersten Mal sah. Aber seit drei Wochen geht sie mir aus dem Weg, und anstatt den Wink mit dem Zaunpfahl zu verstehen, werde ich sie jetzt anbetteln wie der letzte Loser.

Genau damit wollte er Mr. Perfect nicht kommen, selbst wenn er ein guter Kumpel war.

Rhage rollte den Lolli im Mund herum. »Sag mal, warum machst du dir eigentlich solche Mühe mit deinen Klamotten, Mann? Du setzt deinen Charme ja doch nicht ein. Ich meine, ständig lässt du in der Bar Mädels abblitzen. Sparst du dich für die Ehe auf?«

»Exakt, so ist es. Bis ich vor den Altar trete, bleibt er in der Hose.«

»Komm schon, das interessiert mich echt. Ist da eine bestimmte Frau im Spiel?« Als keine Antwort kam, lachte der Vampir leise. »Kenne ich sie?«

Butch verengte die Augen und überlegte, ob der Kelch vielleicht an ihm vorübergehen würde, wenn er einfach seine Klappe hielt. Wahrscheinlich nicht. Wenn Rhage einmal anfing, hörte er nicht mehr auf, bis er seiner Meinung nach fertig war. Bei Gesprächen ebenso wie im Kampf.

Versonnen schüttelte Rhage den Kopf. »Will sie dich nicht?«

»Das werde ich heute Abend herausfinden.«

Butch prüfte seine Finanzen. In sechzehn Jahren bei der

Mordkommission hatte er kaum etwas auf die Seite legen können. Aber seit er sich mit der Bruderschaft herumtrieb, hatte er so viel Asche, dass er gar nicht alles ausgeben konnte.

»Du hast Glück, Bulle.«

Butch warf ihm einen Seitenblick zu. »Wie kommst du darauf?«

»Ich habe mich schon immer gefragt, wie es wohl wäre, sich für eine gute Frau zu entscheiden.«

Butch lachte. Der Typ war ein Sexgott, eine erotische Legende seiner Rasse. V hatte erzählt, die Geschichten über Rhage wurden vom Vater zum Sohn weitergereicht, wenn die Zeit reif war. Die Vorstellung, dass er seriös werden und ein guter Ehemann sein könnte, war einfach absurd.

»Na gut, Hollywood, was ist die Pointe? Komm schon, lass hören.«

Rhage zuckte zusammen und wandte den Blick ab.

Zur Hölle, der Mann hatte das ernst gemeint. »Wow. Hör mal, ich wollte nicht …«

»Ist schon okay.« Das Lächeln kehrte zurück, aber die Augen blieben ausdruckslos. Gemächlich ging er zum Mülleimer und warf seinen Lollistiel hinein. »Können wir jetzt endlich mal los? Ich hab's satt, auf euch zu warten, Jungs.«

Mary Luce fuhr den Civic in die Garage und starrte die Schneeschaufeln an, die an der Wand hingen.

Sie war müde, obwohl ihr Tag gar nicht so anstrengend gewesen war. In einer Anwaltskanzlei Anrufe entgegenzunehmen und Unterlagen abzuheften, war weder körperlich noch geistig sonderlich fordernd. Eigentlich dürfte sie also gar nicht erschöpft sein.

Doch vielleicht raubte ihr gerade der Mangel an Herausforderung die Energie?

War es Zeit, zurück zu den Kids zu gehen? Immerhin war das der Beruf, den sie gelernt hatte und den sie liebte. Mit ihren autistischen Patienten zu arbeiten und ihnen zu helfen, neue Wege der Kommunikation zu finden, war für sie persönlich und professionell immer sehr bereichernd gewesen. Die zweijährige Unterbrechung war nicht Marys Idee gewesen.

Vielleicht sollte sie in der Einrichtung anrufen und fragen, ob eine Stelle frei war. Und selbst wenn nicht, könnte sie auf freiwilliger Basis aushelfen, bis etwas frei wurde.

Genau, gleich morgen würde sie anrufen. Es gab keinen Grund, noch länger zu warten.

Mary nahm ihre Tasche und stieg aus dem Auto. Während die Garagentür langsam zuklappte, ging sie zur Haustür und holte die Post. Während sie durch die Rechnungen blätterte, saugte sie genüsslich die kühle Oktoberluft durch die Nase ein. Der Herbst hatte vor etwa einem Monat die letzten Überreste des Sommers auf dem Rücken einer Kaltfront aus Kanada weggefegt.

Sie liebte den Herbst. Und im Norden New Yorks war er besonders schön, wie sie fand.

Caldwell, New York, die Stadt, in der sie geboren war und in der sie sehr wahrscheinlich auch sterben würde, lag eine gute Stunde nördlich von Manhattan. Sie wurde vom Hudson River in zwei Hälften geteilt und war in jeder Hinsicht eine typisch amerikanische Stadt. Es gab reiche Viertel und arme Viertel, scheußliche Viertel und normale Viertel. Es gab Supermärkte und Schnellrestaurants;

Museen, Büchereien und Einkaufszentren, die der heruntergekommenen Innenstadt die Luft abschnürten. Drei Krankenhäuser, zwei Colleges und eine Bronzestatue von George Washington im Stadtpark.

Sie legte den Kopf in den Nacken und sah hoch zu den Sternen. Sie würde niemals hier weggehen. Ob nun aus Treue oder aus mangelnder Fantasie, wusste sie selbst nicht so genau.

Vielleicht liegt es an meinem Haus, dachte sie auf dem Weg zur Eingangstür. Die umgebaute kleine Scheune gehörte zum Gelände eines ehemaligen Bauernhofs, und sie hatte sich auf den ersten Blick in sie verliebt. Sie war kuschelig, gemütlich eingerichtet und ... einfach zauberhaft.

Deshalb hatte sie das Haus vor vier Jahren gekauft, unmittelbar nach dem Tod ihrer Mutter. Damals hatte sie, neben einem dringend nötigen Tapetenwechsel, etwas Zauberhaftes gut gebrauchen können. Ihr Häuschen war alles, was das Zuhause ihrer Kindheit nicht gewesen war. Hier hatten die Holzdielen die Farbe von Honig und waren mit Klarlack versiegelt statt voller undefinierbarer Flecken. Ihre Möbel waren neu und hell, nicht alt, dunkel und brüchig. Auf dem Boden lagen Sisalteppiche mit Ledersaum. Und alles, von den Kissenbezügen über die Vorhänge bis hin zu den Decken, war cremeweiß.

Ihre Abneigung gegen Dunkelheit war ihr Berater in Sachen Innenausstattung gewesen. Und wenn man sich komplett in unterschiedlichen Schattierungen von Beige einrichtet, passt wenigstens auch alles zusammen, richtig?

Sie legte die Schlüssel und die Handtasche in der Küche ab und ging zum Anrufbeantworter. *Sie haben ... zwei ... neue Nachrichten.*

»Hallo Mary, hier ist Bill. Ich würde gern auf dein Angebot zurückkommen. Wenn du heute Abend eine Stunde an der Hotline für mich übernehmen könntest, wäre das super. Wenn ich nichts mehr von dir höre, gehe ich davon aus, dass es klappt. Danke noch mal.«

Sie löschte die Nachricht.

»Mary, hier ist die Praxis von Dr. Della Croce. Wir möchten Sie bitten, für eine Nachuntersuchung zu Ihrem vierteljährlichen Check-up in die Praxis zu kommen. Würden Sie uns bitte anrufen, um einen Termin zu vereinbaren? Wir richten uns ganz nach Ihnen. Danke.«

Mary ließ die Arme sinken.

Das Zittern begann in den Knien und wanderte über die Muskeln in den Oberschenkeln bis in den Magen hinauf. Sie überlegte, ob sie schnell ins Bad rennen sollte.

Nachuntersuchung. Wir richten uns ganz nach Ihnen.

Sie ist wieder da, dachte sie. *Die Leukämie ist zurückgekommen.*

2

»Was zum Teufel sollen wir ihm bloß sagen? Er kommt in zwanzig Minuten hierher!«

Mr. O musterte seinen hysterischen Kollegen gelangweilt. *Wenn der Typ noch mehr auf und ab hüpfen würde, könnte der Idiot glatt als Gummiball durchgehen,* dachte er. Dieser E war eine totale Niete. Warum sein Gewährsmann ihn jemals in die Gesellschaft der *Lesser* eingeführt hatte, blieb Mr. O ein Rätsel. Der Mann hatte wenig Elan. Keine Zielstrebigkeit. Und für die neue Marschrichtung, die im Krieg gegen die Vampirrasse nötig geworden war, fehlte ihm der Mumm.

»Was sollen wir nur …«

»*Wir* werden ihm überhaupt nichts sagen«, erklärte Mr. O, während er sich im Keller umsah. Messer, Rasierklingen und Hämmer aller Art lagen wild verstreut auf dem billigen Sideboard in der Ecke. Hier und da sah man Blutlachen, nur nicht unter dem Tisch, wo sie hingehörten. Und in das Rot mischte sich ein glänzendes Schwarz, dank der Fleischwunde, die E davongetragen hatte.

»Aber der Vampir konnte doch fliehen, bevor wir irgendwelche Informationen aus ihm herausbekommen haben!«

»Vielen Dank für die Zusammenfassung.«

Die beiden hatten gerade erst mit der Arbeit an ihrer

Geisel angefangen, als O kurz herausgerufen wurde. Als er wieder zurückkam, hatte E die Kontrolle über den Gefangenen verloren, einige heftige Kratzer eingesteckt und saß mutterseelenallein blutend in der Ecke.

Ihr Arschloch von einem Boss würde durchdrehen, wenn er das erfuhr, und obwohl O den Mann verachtete, hatten er und Mr. X eines gemeinsam: Schlampigkeit konnten sie nicht tolerieren.

O betrachtete noch eine Weile E, der hilflos durch den Raum zappelte, und hatte beim Anblick der ruckartigen Bewegungen plötzlich eine Eingebung; die Lösung sowohl für das unmittelbare als auch für ein langfristigeres Problem. Als Os Mund sich zu einem Lächeln verzog, wirkte E, dieser Dummkopf, sofort erleichtert.

»Mach dir mal keine Sorgen«, murmelte O. »Ich sage ihm einfach, wir hätten die Leiche draußen im Wald abgelegt und von der Sonne beseitigen lassen. Keine große Sache.«

»Heißt das, du sprichst mit ihm?«

»Klar, Mann. Aber verzieh dich lieber. Er wird trotzdem stinksauer sein.«

E nickte und stürmte zur Tür. »Bis dann.«

Ja, gute Nacht, du Vollidiot, dachte O und begann, den Keller sauber zu machen.

Das armselige kleine Häuschen, in dem sie arbeiteten, wirkte von der Straße her unscheinbar. Es lag zwischen einem ausgebrannten ehemaligen Grillrestaurant und einem zum Abriss vorgesehenen Mietshaus. In diesem Teil der Stadt gab es nur verwahrloste Wohnblocks und Billigläden; ideal für ihre Zwecke. Niemand ging hier nach Einbruch der Dunkelheit auf die Straße, Pistolenschüsse waren so normal wie Autoalarmanlagen, und niemand sagte etwas, wenn jemand mal einen Schrei ausstieß.

Auch war das Gelände unauffällig betretbar. Dank der übel beleumdeten Nachbarschaft waren sämtliche Straßenlaternen zerschossen, und das Licht aus den umliegenden Gebäuden schimmerte nur schwach. Ein zusätzlicher Vorteil war, dass das Haus über einen überdachten Außeneingang zum Keller verfügte. Mit einem gefüllten Leichensack über der Schulter ein- und auszugehen, war kein Problem.

Und selbst wenn jemand etwas beobachten sollte, brauchte es nur eine Minute, um die Entdeckung ungeschehen zu machen. In dieser Gegend war man über so etwas nicht überrascht. Das Gesindel hier tendierte dazu, ein frühes Grab zu finden. Neben dem Prügeln der Ehefrau und dem Suff war das Sterben vermutlich die einzige weitere Kernkompetenz dieser Leute.

O hob ein Messer auf und wischte schwarzes Blut von der Klinge.

Der Keller war nicht besonders groß, und die Decke niedrig, aber trotzdem blieb ausreichend Platz für den alten Tisch, den sie zum Arbeiten benutzten, und das ramponierte Sideboard, in dem sie ihre Instrumente verwahrten. Dennoch war O nicht zufrieden mit diesem Standort. Es war einfach unmöglich, hier einen Vampir sicher für längere Zeit aufzubewahren, und das bedeutete, dass sie ein wertvolles Mittel der Überzeugung aufgaben. Die Zeit wirkte zermürbend auf mentale und körperliche Fähigkeiten. Das Verstreichen mehrerer Tage war ebenso wirkungsmächtig wie zersplitternde Knochen.

Was O sich vorstellte, war ein Unterschlupf im Wald, etwas Größeres, um seine Gefangenen dort über längere Zeiträume verstecken zu können. Da Vampire bei Tageslicht in Rauch aufgingen, mussten sie vor der Sonne geschützt werden. Wenn man sie aber einfach in einem

Raum einschloss, konnte es passieren, dass sie sich einfach dematerialisierten. Er brauchte also einen Raum aus Stahl, um sie einzusperren ...

Über ihm hörte er die Hintertür zuklappen, und dann kamen Schritte die Treppe hinunter.

Mr. X trat unter die nackte Glühbirne.

Der Haupt-*Lesser* war 1,95 Meter groß und hatte die Statur eines Footballspielers. Wie alle Vampirjäger, die schon länger in der Gesellschaft waren, wirkte er ziemlich ausgebleicht. Haar und Haut hatten die Farbe von Mehl, die Iris seiner Augen war so durchsichtig und farblos wie Fensterglas. Er trug dieselbe standardmäßige *Lesser*montur wie O selbst: schwarze Cargohose und schwarzer Rolli, die Waffen unter einer Lederjacke verborgen.

»Also, Mr. O, wie geht die Arbeit voran?«

Als wäre das Chaos im Keller nicht Erklärung genug.

»Habe ich das Kommando über dieses Haus?«, fragte Mr. O herrisch.

Beiläufig schlenderte Mr. X zu dem Sideboard und nahm einen Meißel in die Hand. »Gewissermaßen, ja.«

»Dann ist mir gestattet, dafür zu sorgen, dass so etwas« – er machte eine Handbewegung über das Durcheinander hinweg – »nicht noch einmal passiert?«

»Was ist geschehen?«

»Die Einzelheiten sind langweilig. Ein Zivilist ist entkommen.«

»Wird er überleben?«

»Das weiß ich nicht.«

»Waren Sie hier, als das passiert ist?«

»Nein.«

»Ich will alles hören.« Mr. X lächelte, als O nichts weiter sagte. »Wissen Sie, Mr. O, Ihre Loyalität könnte Sie in Schwierigkeiten bringen. Wollen Sie nicht, dass ich die richtige Person bestrafe?«

»Ich möchte das selbst regeln.«

»Das kann ich mir lebhaft vorstellen. Nur, wenn Sie mir nicht alles erzählen, muss ich unter Umständen trotzdem Sie für dieses Versagen bluten lassen. Ist es das wert?«

»Wenn mir erlaubt wird, mit der verantwortlichen Partei zu tun, was ich will: ja.«

Mr. X lachte. »Ich kann mir ungefähr vorstellen, was das wäre.«

Mr. O wartete; die scharfe Spitze des Meißels blitzte im Licht auf, als Mr. X damit spielte.

»Ich habe Ihnen wohl den falschen Partner zugewiesen, oder?«, murmelte Mr. X. Er hob Handschellen vom Boden auf und ließ sie auf das Sideboard fallen. »Ich dachte, Mr. E würde sich vielleicht auf Ihr Niveau steigern. Das hat er offensichtlich nicht getan. Und ich bin froh, dass Sie zuerst zu mir gekommen sind, bevor Sie ihn disziplinieren. Wir beide wissen, wie sehr Sie Ihre Unabhängigkeit schätzen. Und wie wütend es mich macht, wenn Sie auf eigene Faust arbeiten.«

Mr. X blickte O über die Schulter hinweg mit toten Augen unverwandt an. »In Anbetracht all dessen, und besonders, weil Sie mich zuerst konsultiert haben, können Sie Mr. E haben.«

»Ich möchte es vor Publikum tun.«

»Ihre Leute?«

»Und noch weitere.«

»Wollen Sie sich wieder mal beweisen?«

»Ich will höhere Standards setzen.«

Mr. X lächelte kalt. »Sie sind doch wirklich ein arroganter kleiner Bastard.«

»Ich bin genauso groß wie Sie.«

Urplötzlich konnte O seine Arme und Beine nicht mehr bewegen. Mr. X hatte diesen Lähmungsscheiß schon mal mit ihm durchgezogen, insofern kam es nicht völlig unerwartet. Doch der Kerl hatte immer noch den Meißel in der Hand und kam näher.

O kämpfte mit aller Kraft gegen den unsichtbaren Griff an. Der Schweiß brach ihm aus, doch er war X hilflos ausgeliefert.

Mr. X kam so nahe, dass er sein Gegenüber beinahe berührte. O spürte etwas an seinem Hintern.

»Viel Spaß, mein Sohn«, flüsterte der Mann O ins Ohr. »Aber tu dir selbst einen Gefallen. Egal, für wie gut du dich hältst: Du bist nicht ich. Ciao.«

Der Mann verließ mit großen Schritten den Keller. Die Haustür oben öffnete und schloss sich.

Sobald O sich wieder bewegen konnte, griff er in seine Gesäßtasche.

Mr. X hatte den Meißel hineingesteckt.

Rhage stieg aus dem Escalade und starrte prüfend in die Dunkelheit, die um das *One Eye* herum herrschte, in der Hoffnung, ein paar *Lesser* würden herausgesprungen kommen. Obwohl er nicht damit rechnete, solches Glück zu haben. Er und Vishous waren schon stundenlang unterwegs und hatten absolut nichts von ihren Gegnern gesehen. Nicht mal von Weitem. Es war verdammt unheimlich.

Und für jemanden wie Rhage, der aus persönlichen Gründen den Kampf brauchte, war es noch dazu höllisch frustrierend.

Wie alles auf der Welt war auch der Krieg zwischen der

Gesellschaft der *Lesser* und den Vampiren ein stetes Auf und Ab, und momentan befanden sie sich auf dem Weg in ein Wellental. Was nicht überraschend war. Im Juli hatte die Bruderschaft der Black Dagger das örtliche Rekrutierungszentrum der Gesellschaft inklusive ungefähr zehn der besten Männer der *Lesser* vernichtet. Ganz offensichtlich mussten sich ihre Gegner neu formieren.

Und Gott sei Dank gab es noch andere Wege, Dampf abzulassen.

Er sah sich in dem niederen Hort der Verkommenheit um, in dem sich die Bruderschaft derzeit am liebsten die Zeit vertrieb. Das *One Eye* lag am Rande der Stadt, deshalb bestand die Kundschaft hauptsächlich aus Bikern und Bauarbeitern, harten Burschen, die ihre Angelegenheiten lieber mit den Fäusten als über einen Anwalt regelten. Die Bar war einfach nur ein typisches Wasserloch für diese Sorte Mensch; ein flacher, schmuckloser Bau, umgeben von einem Parkplatz. Trucks, rostige Limousinen und Motorräder standen hier. Aus winzigen Fenstern schimmerten rote, blaue und gelbe Leuchtreklamen und die Logos von Bud Light oder Coors.

Für die Jungs hier brauchte es kein schnöseliges ausländisches Flaschenbier zu sein.

Während er die Autotür zuschlug, stand sein ganzer Körper unter Strom, die Haut prickelte, die Muskeln waren angespannt. Er dehnte die Arme, um die Anspannung etwas zu lösen, war aber nicht weiter erstaunt, als es nichts half. Sein Fluch meldete sich unmissverständlich zu Wort und brachte ihn in gefährliches Fahrwasser. Wenn er sich nicht bald etwas abreagierte, würde er ein ernsthaftes Problem bekommen. Verflucht, dann *wäre* er ein ernsthaftes Problem.

Vielen Dank auch, Jungfrau der Schrift.

Schlimm genug, dass er mit einem Übermaß an Energie und physischer Kraft auf die Welt gekommen war – ein Nichtsnutz mit einer körperlichen Gabe, die er weder zu schätzen noch sich gefügig zu machen wusste. Nein, er musste auch noch der mystischen Schöpferin ans Bein pissen, die über ihre Rasse herrschte. O Mann, sie hatte nur zu bereitwillig noch eine Schicht Mist auf den Komposthaufen seines Lebens gekippt. Sodass er jetzt, wenn er nicht regelmäßig Dampf abließ, zur tödlichen Gefahr wurde.

Kämpfe und Sex waren die einzigen Ventile, die ihm etwas Erleichterung verschafften. Er verwendete sie wie ein Diabetiker sein Insulin. Eine stete Dosis von beidem hielt ihn einigermaßen im Gleichgewicht, aber immer half das auch nicht. Und wenn er die Balance verlor, dann wurde es für alle Beteiligten böse – inklusive seiner selbst.

Gott, er war es so leid, ein Gefangener seines Körpers zu sein, gehorsam seine Anforderungen zu erfüllen, um nicht in dem brutalen Vergessen zu versinken. Sicher, sein umwerfendes Gesicht und die körperliche Kraft waren schön und gut. Aber beides hätte er liebend gern mit einem dürren, hässlichen Nichtskönner getauscht, wenn er sich dafür etwas Frieden hätte erkaufen können. Er konnte sich nicht daran erinnern, wie sich Gelassenheit anfühlte. Er wusste nicht einmal mehr, wer er wirklich war.

Das Gefühlschaos hatte ziemlich bald eingesetzt. Nur wenige Jahre, nachdem er den Fluch kassierte, hatte er die Hoffnung auf wahre Erleichterung aufgegeben und einfach nur versucht durchzukommen, ohne jemandem wehzutun. Damals hatte sein inneres Sterben begonnen und jetzt, über einhundert Jahre später, war er fast völlig abgestumpft. Nichts als schimmerndes Blendwerk und die leere Hülle seines Charmes.

Er hatte längst aufgehört, sich selbst als etwas anderes als eine Bedrohung anzusehen, zumindest in den Bereichen, die wirklich zählten. Denn die Wahrheit war, dass niemand in seiner Nähe sicher war. Und das war es, was ihn wirklich kaputtmachte, mehr noch als der körperliche Stress, den er auszuhalten hatte, wenn der Fluch sich Bahn brach. Er lebte in der ständigen Angst, einen seiner Brüder zu verletzen. Und seit ungefähr einem Monat auch Butch.

Rhage ging um den Wagen herum und sah durch die Windschutzscheibe den Menschen dahinter an. Wahnsinn, wer hätte gedacht, dass er mal so gut mit einem Homo sapiens auskommen würde?

»Kommst du später noch vorbei, Bulle?«

Butch zuckte die Achseln. »Weiß noch nicht.«

»Viel Glück, Mann.«

»Warten wir es ab.«

Rhage fluchte leise, als der Escalade davonfuhr und er und Vishous über den Parkplatz liefen.

»Wer ist sie, V? Eine von uns?«

»Marissa.«

»*Marissa? Die* Marissa? Wraths ehemalige *Shellan?*«

»Ich quäle ihn nicht damit. Und das solltest du auch nicht tun.«

»Bist du denn gar nicht neugierig?«

V gab keine Antwort, sondern blieb stattdessen vor dem Eingang zur Bar stehen.

»Ach, natürlich. Du weißt es schon, oder?«, sagte Rhage. »Du weißt schon, was passieren wird.«

V hob kaum merklich die Schultern und legte die Finger auf die Klinke.

Aber Rhage bremste ihn mit einer Hand. »Hey, V, träumst du auch manchmal von mir? Siehst du meine Zukunft?«

V wirbelte den Kopf herum. Im Neonschein einer Bierreklame wurde sein linkes Auge – das mit den Tätowierungen darum herum – pechschwarz. Die Pupille dehnte sich einfach so weit aus, bis von der Iris und dem Weißen nichts mehr zu erkennen war, bis nur mehr ein abgrundtiefes Loch blieb.

Es war, wie in die Unendlichkeit zu blicken. Oder vielleicht in den Schleier, wenn man starb.

»Willst du das wirklich wissen?«, fragte der Bruder.

Rhage ließ die Hand sinken. »Es geht mir nur um eine einzige Sache. Werde ich lange genug leben, um von meinem Fluch erlöst zu werden? Du weißt schon, finde ich jemals wieder auch nur ein bisschen Ruhe?«

Die Tür flog auf, und ein Betrunkener taumelte heraus wie ein Lkw mit gebrochener Achse. Der Kerl steuerte auf die Büsche zu, übergab sich und legte sich dann bäuchlings auf den Asphalt.

Der Tod war wenigstens ein sicherer Weg, Frieden zu finden, dachte Rhage. Und jeder musste sterben. Selbst Vampire. Irgendwann.

Er wich dem Blick seines Bruders aus. »Streich das, V. Ich will es nicht wissen.«

Er war bereits einmal verflucht worden, und vor ihm lagen noch einundneunzig Jahre, bevor er wieder frei war. Einundneunzig Jahre, acht Monate und vier Tage, bis die Strafe vorbei war, und die Bestie nicht mehr länger ein Teil von ihm wäre. Warum sollte er sich gleich die komplette kosmische Packung abholen, und sich sagen lassen, dass er gar nicht so lange leben würde?

»Rhage.«

»Was?«

»Ich sage dir etwas anderes. Dein Schicksal naht. Und sie kommt bald.«

Rhage lachte. »Ach ja? Wie ist sie denn so? Ich habe sie am liebsten ...«

»Sie ist eine Jungfrau.«

Ein Schauer fuhr Rhage über den Rücken und bohrte sich in seine Eingeweide. »Du machst Witze, oder?«

»Sieh mir ins Auge. Glaubst du, ich verarsche dich?«

V hielt einen Augenblick inne, dann öffnete er die Tür. Der Gestank von Bier und menschlichen Körpern schlug ihnen entgegen, untermalt von einem alten Guns-N'Roses-Song.

Beim Hineingehen murmelte Rhage: »Du bist echt ein irrer Typ, mein Bruder.«

3

An dieser Pawlow-Sache war schon was dran, dachte Mary, als sie in die Stadt fuhr. Ihre Panikreaktion auf den Anruf von Dr. Della Croces Praxis war ein antrainierter Reflex, mit Logik hatte das nichts zu tun. »Nachuntersuchung« konnte alles Mögliche bedeuten. Nur weil sie Anrufe von Ärzten automatisch mit Katastrophe assoziierte, hieß das nicht, dass sie eine Hellseherin war. Sie hatte keine Ahnung, was – beziehungsweise *ob* – etwas nicht in Ordnung war. Immerhin befand sie sich seit fast zwei Jahren auf dem Weg der Besserung und fühlte sich einigermaßen gesund. Gut, sie wurde schnell müde, aber wem ging das nicht so? Ihr Job und die ehrenamtliche Arbeit hielten sie eben auf Trab.

Gleich morgen früh würde sie anrufen und einen Termin vereinbaren. Aber jetzt musste sie Billys Schicht an der Selbstmordhotline für ihn übernehmen.

Als die Anspannung allmählich nachließ, atmete sie tief durch. Die nächsten vierundzwanzig Stunden würden eine Belastungsprobe werden, keine Frage. Ihr Nervenkostüm würde sich in ein Trampolin und ihr Verstand in einen Whirlpool verwandeln. Der Trick bestand darin, die Panikphasen auszusitzen, und dann ihre Kräfte zu sammeln, wenn die Angst sich legte.

Sie parkte den Civic auf einem Parkplatz an der Tenth

Street und lief schnell zu einem schmuddeligen sechsstöckigen Gebäude. Das hier war der heruntergekommenste Teil der Stadt, Überbleibsel eines ehrgeizigen städtischen Projekts aus den Siebzigern. Damals wollte man ein Areal von neun Blocks – ein sogenanntes Problemviertel – in ein Geschäftsviertel verwandeln. Der Optimismus war verfrüht gewesen, und inzwischen wechselten sich hier mit Brettern vernagelte Bürogebäude und billige Unterkünfte ab.

Mary blieb am Eingang kurz stehen und winkte den beiden Polizisten zu, die in ihrem Streifenwagen vorbeifuhren.

Die Zentrale der Selbstmordhotline lag im zweiten Stock zur Straße hin, und sie blickte zu den hell erleuchteten Fenstern hinauf. Ihr erster Kontakt zu der gemeinnützigen Einrichtung hatte als Anruferin stattgefunden. Drei Jahre später besetzte sie selbst immer donnerstags-, freitags- und samstagnachts ein Telefon. Außerdem kam sie an Feiertagen her und sprang bei Bedarf für Kollegen ein.

Niemand wusste, dass sie einmal selbst angerufen hatte. Niemand wusste, dass sie Leukämie hatte. Und sollte sie den Kampf gegen ihr Blut wieder aufnehmen müssen, würde das auch niemand erfahren.

Nachdem sie ihrer eigenen Mutter beim Sterben zugesehen hatte, wollte sie nicht, dass jemand einmal an ihrem Bett stünde und weinte. Sie kannte die ohnmächtige Wut bereits, wenn Wünsche und Gebete keine Heilung auf Kommando brachten. Sie hatte kein Interesse an einer Wiederholung des Anblicks, wie sie um Atem rang oder in einem Meer versagender Organe schwamm.

Okay. Da war die Panik wieder.

Mary hörte links von sich ein Schlurfen und nahm im

Augenwinkel eine Bewegung wahr, als wollte sich jemand eilig um die Ecke des Gebäudes verstecken. Plötzlich wieder hellwach, tippte sie einen Code ein, drückte die Tür auf und nahm die Treppe nach oben.

Oben im zweiten Stock wurde die Tür durch den Summer für sie geöffnet, und sie ging an der Rezeption vorbei ins Büro. Die Leiterin, Rhonda Knute, war gerade am Telefon und Mary winkte ihr zu. Dann nickte sie Nan, Stuart und Lola zu, die heute Abend Dienst hatten, und ließ sich an einem leeren Schreibtisch nieder. Als sie sich mit ausreichend Formularen, Bleistiften und dem psychologischen Handbuch der Hotline ausgerüstet hatte, holte sie eine Flasche Wasser aus ihrer Handtasche.

Beinahe sofort klingelte eine ihrer Leitungen. Die Nummer kannte sie. Und die Polizei hatte herausgefunden, dass es eine Telefonzelle war. Hier in der Nähe.

Es war ihr Anrufer.

Das Telefon klingelte zum zweiten Mal, und sie nahm ab. »Selbstmordhelpline, Sie sprechen mit Mary. Wie kann ich Ihnen helfen?«

Stille. Nicht einmal ein Atemzug war zu hören.

Schwach hörte sie einen Motor aufheulen und wieder im Hintergrund verschwinden. Laut der Fangschaltung der Polizei rief die Person immer von Telefonzellen aus an und wechselte ihren Standpunkt, um nicht gefunden zu werden.

»Sie sprechen mit Mary. Wie kann ich Ihnen helfen?« Obwohl das gegen die Vorschriften war, senkte Mary ihre Stimme und flüsterte ins Telefon. »Ich weiß, dass du es bist, und ich bin froh, dass du dich heute Nacht wieder meldest. Aber bitte, kannst du mir nicht deinen Namen sagen, oder was mit dir los ist?«

Sie wartete. Dann war die Leitung tot.

»Wieder einer von deinen?«, fragte Rhonda und nippte an ihrem Kräutertee.

Mary legte auf. »Woher weißt du das?«

Die Frau nickte über die Schulter. »Dein Telefon hat oft geklingelt, aber keiner ist weiter als bis zur Begrüßung gekommen. Und dann bist du plötzlich an der Strippe.«

»Tja, also …«

»Hör mal, die Polizei war heute noch mal da. Sie können nichts anderes machen, als jede Telefonzelle in der Innenstadt beschatten zu lassen. Und so weit wollen sie momentan noch nicht gehen.«

»Ich hab dir doch gesagt, dass ich mich nicht bedroht fühle.«

»Das kannst du aber doch gar nicht wissen.«

»Komm schon, Rhonda, das geht jetzt schon seit neun Monaten so. Wenn mir jemand etwas tun wollte, wäre es längst passiert. Und ich möchte wirklich helfen …«

»Das ist die andere Sache, die mir Sorgen bereitet. Du versuchst eindeutig, deinen Anrufer zu beschützen. Du nimmst das zu persönlich.«

»Das stimmt nicht. Die Leute rufen hier aus einem bestimmten Grund an, und ich weiß, dass ich mich um sie kümmern kann.«

»Mary, hör auf damit. Du solltest dich mal hören.« Rhonda zog einen Stuhl heran und senkte ihre Stimme. »Das ist … nicht leicht für mich. Aber ich glaube, du brauchst mal eine Pause.«

Mary zuckte zurück. »Von was?«

»Du bist zu oft hier.«

»Ich arbeite genauso viele Tage wie alle anderen.«

»Aber du bleibst nach deinen Schichten immer noch stundenlang hier, und du springst ständig für Kollegen ein.

Du engagierst dich viel zu stark. Ich weiß, dass du jetzt gerade für Bill hier bist, aber wenn er kommt, dann möchte ich, dass du nach Hause gehst. Und danach darfst du ein paar Wochen nicht mehr kommen. Du brauchst einfach etwas Abstand. Diese Arbeit hier ist hart und höhlt einen aus. Man braucht eine gesunde Distanz dazu.«

»Nicht jetzt, Rhonda. Bitte nicht jetzt. Ich brauche das hier mehr als je zuvor.«

Rhonda drückte sanft Marys verkrampfte Hand. »Das hier ist nicht der richtige Ort, um deine eigenen Probleme zu lösen, und das weißt du auch. Du bist eine meiner besten Mitarbeiterinnen, und ich möchte, dass du zurückkommst. Aber erst, wenn du ein wenig Zeit hattest, deinen Kopf wieder freizubekommen.«

»So viel Zeit habe ich vielleicht nicht mehr«, wisperte Mary kaum hörbar.

»Was hast du gesagt?«

Mary schüttelte sich und zwang sich zu einem Lächeln. »Ach nichts. Du hast völlig Recht. Ich gehe, sobald Bill kommt.«

Zwei Stunden später traf Bill ein, und innerhalb von zwei Minuten war Mary verschwunden. Als sie nach Hause kam, schloss sie die Tür hinter sich, lehnte sich mit dem Rücken an das Holz und lauschte der Stille. Der furchtbaren, niederschmetternden Stille.

O Gott, sie wollte zurück in das Büro der Hotline. Sie musste unbedingt die sanften Stimmen der Mitarbeiter hören. Und das Klingeln der Telefone. Und das Summen der Neonröhren an der Decke …

Denn ohne Ablenkung tauchten schauerliche Bilder vor

ihrem geistigen Auge auf: Krankenhausbetten. Nadeln. Infusionsschläuche. Plötzlich sah sie sich selbst vor ihrem inneren Auge: die Haare ausgefallen, die Haut grau und die Augen tief in den Höhlen versunken. Sie sah gar nicht mehr aus wie sie selbst; sie *war* nicht mehr sie selbst.

Und sie erinnerte sich gut an das Gefühl, kein Mensch mehr zu sein. Allzu schnell war sie nach dem Beginn der Chemotherapie zu einem zerbrechlichen Wrack geworden, dem Tod näher als dem Leben, bis sie nur mehr ein armseliges, erschreckendes Mahnmal menschlicher Sterblichkeit war, eine Erinnerung an die Endlichkeit des Lebens.

Mary schoss quer durch ihr Wohnzimmer in die Küche und riss die Schiebetür auf. Als sie in die Nacht hinausstürmte, nahm die Angst ihr den Atem, doch die eiskalte Luft verlangsamte ihren Puls etwas.

Du weißt nicht, ob etwas nicht in Ordnung ist. Du weißt gar nicht, was los ist …

Wieder und wieder sagte sie ihr Mantra auf und versuchte verzweifelt, die hysterische Panik einzudämmen. Sie ging zu dem kleinen Swimmingpool im Garten.

Eigentlich war es nicht mehr als eine große Badewanne. Das Wasser, durch die Kälte dick und träge geworden, sah im Mondlicht aus wie schwarzes Öl. Mary setzte sich, zog Schuhe und Strümpfe aus und ließ die Beine in das eisige Wasser baumeln. Sie hielt sie untergetaucht, selbst als sie schon taub wurden, und wünschte, sie könnte sich überwinden hineinzuspringen und bis zu dem Gitter am Boden zu tauchen. Wenn sie sich daran nur lange genug festklammerte, könnte sie sich vielleicht vollständig betäuben.

Sie musste wieder an ihre Mutter denken. Und wie Cissy Luce in ihrem eigenen Bett in dem Haus gestorben waren, das sie beide immer als Zuhause bezeichnet hatten.

Jede Einzelheit dieses Schlafzimmers war ihr noch gegenwärtig: Wie das Licht durch die Spitzengardinen gefallen war und ein Schneeflockenmuster auf alle Gegenstände gezeichnet hatte. Die blassgelben Wände und der helle Teppichboden. Die Bettdecke, die ihre Mutter so geliebt hatte, die cremefarbene mit den winzigen rosa Röschen. Der Geruch von Muskatnuss und Ingwer in einer Schale. Das Kruzifix über dem Kopfende des Bettes und die große Madonnenstatue in der Ecke.

Die Erinnerungen schmerzten, deshalb zwang Mary sich dazu, sich den Raum vorzustellen, wie er danach gewesen war. Als alles vorbei war, die Krankheit, das Sterben, das Saubermachen, der Verkauf des Hauses. Sie sah das Zimmer vor sich, an dem Tag, als sie auszog. Ordentlich. Aufgeräumt. Die katholischen Trostpflaster ihrer Mutter entfernt, der schwache Schatten, den das Kreuz an der Wand hinterlassen hatte, überdeckt von einem gerahmten Andrew-Wyeth-Druck.

Sie konnte die Tränen nicht länger zurückhalten. Sie kamen langsam und unaufhaltsam und tropften ins Wasser. Mary sah ihnen zu, wie sie auf die Oberfläche trafen und versanken.

Als sie aufsah, war sie nicht mehr allein.

Erschrocken sprang sie auf die Füße und taumelte rückwärts, doch dann fing sie sich wieder und rieb sich die Augen trocken. Es war nur ein Junge. Ein Teenager. Dunkelhaarig, blasshäutig. Völlig abgemagert, und so schön, dass er nicht menschlich wirkte.

»Was machst du denn hier?«, fragte sie ohne große Angst. Vor jemandem, der so engelsgleich aussah, konnte man sich nur schwer fürchten. »Wer bist du?«

Er schüttelte nur den Kopf.

»Hast du dich verlaufen?« So sah er jedenfalls aus. Und es war viel zu kalt, um hier nur in Jeans und T-Shirt herumzustehen. »Wie heißt du?«

Er hob eine Hand an den Hals und schüttelte erneut den Kopf. Als wäre er ein Ausländer und frustriert, weil er die Sprache nicht beherrscht.

»Sprichst du Englisch?«

Er nickte und plötzlich flogen seine Hände durch die Luft. Zeichensprache. Er benutzte Zeichensprache.

Sofort fühlte Mary sich in ihr altes Leben zurückversetzt, als sie ihren autistischen Patienten beigebracht hatte, sich mit den Händen mitzuteilen.

Kannst du von den Lippen ablesen, oder kannst du hören?, bedeutete sie ihm.

Er erstarrte, als hätte er nicht im Traum damit gerechnet, dass sie ihn verstehen könnte.

Ich kann sehr gut hören. Ich kann nur nicht sprechen.

Mary sah ihn lange an. »Du bist der Anrufer.«

Er zögerte. Dann nickte er mit dem Kopf. *Ich wollte dir keine Angst einjagen. Und ich rufe auch nicht an, um dich zu ärgern. Ich will … nur wissen, dass du da bist. Aber ich will nichts Abartiges, ehrlich. Ich schwöre es.*

Er sah ihr direkt in die Augen.

»Das glaube ich dir.« Nur, was sollte sie jetzt tun? Es war den Mitarbeitern strikt verboten, Kontakt mit Anrufern der Hotline aufzunehmen.

Okay, aber sie würde ganz sicher nicht den armen Jungen von ihrer Türschwelle verjagen.

»Willst du etwas essen?«

Er schüttelte den Kopf. *Könnte ich mich vielleicht einfach ein bisschen zu dir setzen? Ich bleibe auch auf der anderen Seite des Beckens.*

Als wäre er daran gewöhnt, dass die Leute ihn wegschickten.

»Nein«, sagte sie. Bedächtig nickte er einmal und wandte sich ab. »Ich meine, setz dich hierher. Neben mich.«

Er kam langsam auf sie zu, als rechnete er jeden Augenblick damit, dass sie ihre Meinung ändern würde. Als sie sich aber einfach nur wieder hinsetzte und die Füße zurück ins Wasser steckte, zog er seine zerlumpten Turnschuhe aus, krempelte die weite Jeans hoch und ließ sich etwa einen Meter neben ihr nieder.

Mein Gott, er war so schmächtig.

Er ließ seine Füße ins Wasser gleiten und lächelte.

Kalt, bedeutete er ihr.

»Möchtest du einen Pulli?«

Er schüttelte den Kopf und zog mit den Füßen Kreise im Wasser.

»Wie heißt du?«

John Matthew.

Mary lächelte. Eines hatten sie schon mal gemeinsam.

»Zwei Propheten des Neuen Testaments.«

Die Nonnen haben mir den Namen gegeben.

»Nonnen?«

Er schwieg einen längeren Augenblick, als ringe er mit sich, was er ihr alles erzählen dürfte.

»Warst du in einem Waisenhaus?«, hakte sie sanft nach. Ihr fiel wieder ein, dass es in der Stadt eines gab, das von den Barmherzigen Schwestern betrieben wurde.

Ich wurde in einem Toilettenhäuschen an einer Bushaltestelle geboren. Die Putzfrau, die mich gefunden hat, brachte mich zu den Barmherzigen Schwestern. Und die Nonnen haben sich den Namen ausgedacht.

Sie versuchte, sich ihr Entsetzen nicht anmerken zu

lassen. »Und wo wohnst du jetzt? Wurdest du adoptiert?«

Er schüttelte wieder den Kopf.

»Pflegeeltern?« Bitte lieber Gott, lass es wenigstens Pflegeeltern geben. Nette Pflegeeltern, die John Matthew bei sich aufgenommen und für ihn gesorgt hatten. Gute Leute, die ihm beibrachten, dass er etwas wert war.

Als er keine Antwort gab, musterte sie seine abgetragenen Kleider und den für seine Lebensjahre viel zu reifen Ausdruck auf seinem Gesicht. Er sah so aus, als hätte er schon viel erlebt, aber nicht, als ob viel Schönes dabei gewesen wäre.

Endlich bewegten sich seine Hände. *Ich wohne in der Tenth Street.*

Was bedeutete, dass er entweder illegal in einem Abrisshaus kampierte oder ein rattenverseuchtes Zimmer in einer der Bruchbuden gemietet hatte. Wie er es dennoch schaffte, so sauber zu sein, war ihr ein Rätsel.

»Dann wohnst du also in der Nähe des Helpline-Büros, richtig? Weshalb du auch heute Abend wusstest, dass ich arbeite, obwohl es nicht meine Schicht war.«

Er nickte. *Meine Wohnung liegt genau gegenüber. Ich sehe dich kommen und gehen, aber ich lauere dir nicht auf. Für mich bist du wie eine Freundin. Als ich das erste Mal anrief ... weißt du, das war mehr aus Spaß. Du warst dran und ... ich mochte den Klang deiner Stimme.*

Er hatte wunderschöne Hände, dachte sie. Wie die eines Mädchens. Anmutig. Zart.

»Und heute Abend bist du mir nach Hause gefolgt?«

Eigentlich fast jeden Abend. Ich habe ein Fahrrad, und du fährst sehr langsam. Ich dachte mir, wenn ich auf dich aufpasse, bist du sicherer. Du bist immer so spätnachts un-

terwegs, und das ist keine gute Gegend für eine Frau allein. Selbst wenn sie in einem Auto sitzt.

Mary schüttelte den Kopf. Er war wirklich ein merkwürdiger Junge. Er sah aus wie ein Kind, aber er redete wie ein Mann. Alles in allem sollte er ihr wahrscheinlich unheimlich sein, so wie er sich an ihre Fersen heftete und ernsthaft glaubte, er könne den Beschützer spielen – wo er doch selbst so aussah, als müsste man ihn retten.

Warum hast du gerade geweint?, fragte er.

Er sah sie direkt an, und es war irgendwie unheimlich, von einem solchen Blick aus den Augen eines Jungen getroffen zu werden.

»Weil ich vielleicht nicht mehr viel Zeit habe«, platzte sie heraus.

»Mary? Hast du Besuch?«

Mary blickte über die rechte Schulter. Bella, ihre einzige Nachbarin, hatte das etwa ein Hektar große Rasenstück, das sich zwischen ihren Häusern erstreckte, überquert und stand nun am Rande von Marys Garten.

»Hey, Bella. Sieh mal, das ist John.«

Bella kam zum Pool. Sie war vor einem Jahr in das alte Bauernhaus nebenan gezogen, und die beiden Frauen hatten sich angewöhnt, sich abends auf einen Plausch zu treffen. Mit ihren ein Meter achtzig und den vollen, dunklen Haaren, die ihr in Wellen bis auf die Hüfte fielen, war Bella eine Wahnsinnsfrau. Ihr Gesicht war so schön, dass Mary sie anfangs nur angestarrt hatte, und ihr Körper schien dem Cover der Bikini-Ausgabe der *Sports Illustrated* entstiegen.

Insofern war es also nicht weiter verwunderlich, dass John hin und weg war. Mary fragte sich versonnen, wie es wohl wäre, eine solche Reaktion bei einem Mann hervorzurufen. Selbst wenn er noch in der Pubertät war. Sie selbst war nie schön gewesen, sondern gehörte der Kategorie Frau an, die weder gut noch schlecht aussah. Und das war so gewesen, bevor die Chemotherapie ihre Haare und ihre Haut durch die Mangel gedreht hatte.

Bella beugte sich mit einem angedeuteten Lächeln nach unten und bot dem Jungen ihre Hand. »Hi.«

John berührte sie nur ganz kurz, als wäre er nicht sicher, ob sie echt war. Merkwürdig, Mary war es mit Bella oft genauso gegangen. Etwas an ihr war … zu viel. Sie wirkte überlebensgroß, lebendiger als die anderen Leute, die Mary sonst traf. Und sie war mit Sicherheit schöner.

Obwohl Bella sich überhaupt nicht wie eine Femme fatale benahm. Sie war still und bescheiden und lebte allein in dem Haus. Von Beruf war sie offenbar Schriftstellerin. Mary traf sie nie tagsüber, und Besuch schien sie auch keinen zu bekommen.

Jetzt sah John Mary an und fragte mit den Händen: *Soll ich lieber gehen?*

Wie in vorauseilendem Gehorsam zog er die Füße aus dem Wasser.

Doch sie legte ihm die Hand auf die Schulter. Es war unglaublich, wie knochig sich seine Schulter unter dem T-Shirt anfühlte.

»Nein. Bleib nur.«

Bella zog ihre Turnschuhe und Socken aus und schnippte mit den Zehen über die Wasseroberfläche. »Genau, John. Bleib bei uns.«

4

Rhage entdeckte die erste Frau, die er heute Nacht wollte. Sie war blond, trug sexy Klamotten und war sichtlich zu allen Schandtaten bereit. Wie die anderen von ihrer Sorte hatte sie ihm bereits deutliche Signale gesendet: ihren Hintern herausgestreckt. In ihren toupierten Haaren gewühlt.

»Hast du was Passendes gefunden?«, fragte V trocken.

Rhage nickte, sah zu der Frau hinüber und krümmte den Zeigefinger. Sie kam anstandslos zu ihm, als er sie rief. Das mochte er an den Menschen.

Er fixierte ihren Hüftschwung, als seine Aussicht plötzlich von einem anderen weiblichen Körper verstellt wurde. Er sah auf und zwang sich, die Augen nicht zu verdrehen.

Caith war eine von ihnen, und sie war ziemlich hübsch mit ihrem schwarzen Haar und den dunklen Augen. Doch sie war ständig hinter den Brüdern her, trieb sich in ihrer Nähe herum und bot sich äußerst freizügig an. Er hatte das Gefühl, sie betrachte die Krieger als Trophäen, etwas, womit man angeben konnte.

Für ihn war sie einfach nur eine nervige Schlampe.

»Hey, Vishous«, sagte sie mit tiefer, sexy Stimme.

»Hi, Caith.« V nippte an seinem Grey Goose. »Wie läuft's?«

»Ich wollte nur mal sehen, was ihr so treibt.«

Rhage schielte um Caiths Hüfte herum. Gott sei Dank nahm die Blonde die aufgetauchte Konkurrenz sportlich. Sie kam immer noch auf den Tisch zu.

»Willst du mich gar nicht begrüßen, Rhage?«, nörgelte Caith.

»Nur, wenn du mal aus dem Weg gehst. Du verstellst mir die Aussicht.«

Die Vampirin lachte. »Eine deiner zahlreichen Eroberungen? Was für ein Glückskind.«

»Bloß keinen Neid, Caith.«

»Von wegen.« Ihr Blick, gierig und heiß, wanderte über seinen Körper. »Vielleicht möchtest du ja mit Vishous und mir bisschen Spaß haben?«

Als sie die Hand ausstreckte, um ihm über die Haare zu streichen, fing er ihr Handgelenk auf. »Pfoten weg.«

»Wie kommt es, dass du so viele Menschen nimmst und mich abblitzen lässt?«

»Einfach kein Interesse.«

Sie beugte sich zu ihm herunter und raunte ihm ins Ohr. »Du solltest mich mal ausprobieren.«

Er verstärkte seinen Griff um ihr Handgelenk und hielt sie auf Abstand.

»So ist's gut, Rhage, drück fest zu. Ich mag es, wenn es wehtut.« Sofort ließ er los. Sie lächelte, während sie sich das Gelenk rieb. »Was ist mit dir V, bist du gerade beschäftigt?«

»Momentan will ich erst mal ankommen. Aber vielleicht später.«

»Du weißt ja, wo du mich findest.«

Als sie verschwand, warf Rhage seinem Bruder einen Blick zu. »Ich verstehe nicht, wie du sie ertragen kannst.«

V stürzte seinen Wodka herunter und sah der Frau mit

einem Blick unter schweren Lidern hinweg nach. »Sie hat so ihre Qualitäten.«

Die Blonde kam endlich bei ihnen an, blieb vor Rhage stehen und warf sich etwas in Pose. Er legte beide Hände auf ihre Hüften und zog sie zu sich heran, sodass sie sich rittlings auf seinen Oberschenkel setzte.

»Hi«, sagte sie und rückte etwas von ihm ab. Abschätzend musterte sie ihn von oben bis unten, die teure Kleidung, die schwere goldene Rolex, die unter dem Ärmel des Trenchcoats hervorblitzte. Die Berechnung in ihren Augen war so kalt, wie er sich innerlich fühlte.

Liebend gern wäre er einfach gegangen; dieser Scheiß hing ihm schon so lange zum Hals heraus. Aber sein Körper brauchte die Entladung, forderte sie geradezu. Er konnte spüren, wie sein Trieb stärker wurde, und wie üblich blieb sein totes Herz bei diesem verfluchten Brennen auf der Strecke.

»Wie heißt du?«, fragte er.

»Tiffany.«

»Schön dich kennenzulernen, Tiffany«, log er.

Weniger als fünfzehn Kilometer weiter amüsierten sich Mary, John und Bella erstaunlich gut an Marys Pool.

Mary lachte laut und sah John an. »Das meinst du nicht ernst.«

Doch, es stimmt. Ich bin zwischen den Kinos hin- und hergerast.

»Was hat er gesagt?«, erkundigte sich Bella grinsend.

»Er hat Matrix am allerersten Tag vier Mal gesehen.«

Bella lachte. »John, ich sag dir das nur ungern, aber das ist erbärmlich.«

Er strahlte sie an und errötete leicht.

»Bist du auch in diesen ganzen *Herr-der-Ringe*-Hype eingestiegen?«

Er schüttelte den Kopf, machte ein Zeichen und sah Mary erwartungsvoll an.

»Er sagt, er mag gern Kampfkunst«, übersetzte sie. »Keine Hobbits.«

»Das kann ich gut nachvollziehen. Diese behaarten Füße – damit kann ich überhaupt nichts anfangen.«

Ein Windstoß wehte heran und wirbelte etwas Laub in den Pool. Als die Blätter vorbeitrieben, griff John danach und holte ein einzelnes heraus.

»Was ist das auf deinem Handgelenk?«, fragte Mary.

John hielt ihr den Arm hin, damit sie das lederne Armband begutachten konnte. Darauf waren fein säuberliche Zeichen zu sehen, eine Art Mittelding zwischen Hieroglyphen und chinesischen Schriftzeichen.

»Das ist ja wunderhübsch.«

Ich habe es selbst gemacht.

»Darf ich mal sehen?«, bat Bella und beugte sich zu ihm. Ihr Lächeln verschwand und ihre Augen verengten sich. »Woher hast du das?«

»Er sagt, er hätte es selbst gemacht.«

»Woher kommst du noch mal?«

John zog seinen Arm zurück, offensichtlich von Bellas plötzlichem Interesse verunsichert.

»Er lebt hier«, sagte Mary. »Er ist hier geboren.«

»Und wo sind seine Eltern?«

Mary blickte ihrer Freundin ins Gesicht. Sie fragte sich, warum Bella plötzlich so nachdrücklich Fragen stellte. »Er hat keine.«

»Überhaupt keine?«

»Er hat mir erzählt, dass er im Heim aufgewachsen ist, stimmt doch, oder John?«

John nickte und hielt sich abwehrend den Arm vor den Bauch, wie um das Armband zu beschützen.

»Diese Zeichen«, hakte Bella weiter nach. »Weißt du, was sie bedeuten?«

Der Junge schüttelte den Kopf, dann zuckte er plötzlich und rieb sich die Schläfen. Langsam formulierten seine Hände ein paar Worte.

»Er sagt, sie bedeuten gar nichts«, murmelte Mary. »Er träumt nur von ihnen, und sie gefallen ihm. Bella, jetzt mach mal langsam, okay?«

Ihre Nachbarin schien sich wieder zu beruhigen. »Entschuldige. Ähm … tut mir echt leid.«

Mary sah zu John und versuchte, die Anspannung wieder etwas zu lösen. »Was für Filme gefallen dir denn noch?«

Bella stand auf und schlüpfte, ohne die Socken anzuziehen, in ihre Turnschuhe. »Würdet ihr mich mal kurz entschuldigen? Ich komme gleich wieder.«

Bevor Mary noch etwas sagen konnte, rannte ihre Nachbarin schon über die Wiese. Als sie außer Hörweite war, sah John Mary an. Immer noch war sein Gesicht verzogen.

Ich sollte jetzt gehen.

»Hast du Kopfschmerzen?«

John drückte sich die Fingerknöchel zwischen die Augenbrauen. *Ich fühle mich, als hätte ich viel zu schnell ein Eis gegessen.*

»Wann hast du zu Abend gegessen?«

Er zuckte die Achseln. *Weiß ich nicht.*

Der arme Junge war wahrscheinlich völlig unterzuckert. »Hör mal, willst du nicht mit mir ins Haus kommen und etwas essen? Ich hab zuletzt heute Mittag etwas gehabt, und das ist ungefähr acht Stunden her.«

Sein Stolz war nicht zu übersehen, als er mit Bestimmtheit den Kopf schüttelte. *Ich habe keinen Hunger.*

»Setzt du dich dann ein bisschen zu mir, während ich noch etwas esse?« Vielleicht konnte sie ihn so dazu verleiten, etwas mitzuessen.

John stand auf und hielt ihr die Hand hin, als wollte er ihr auf die Füße helfen. Sie nahm die dünnen Finger und stützte sich gerade so viel auf ihn, dass er ihr Gewicht spüren konnte. Zusammen gingen sie zur Hintertür, die Schuhe in der Hand. Ihre nassen Füße hinterließen Abdrücke auf den Steinfliesen.

Bella stürzte in ihre Küche und bremste abrupt ab. Sie war ohne konkreten Plan losgerannt, sie wusste nur, dass sie etwas unternehmen musste.

John war ein Problem. Ein ernsthaftes Problem.

Sie konnte nicht fassen, dass sie ihn nicht auf der Stelle als das erkannt hatte, was er war. Andererseits hatte er den Wandel noch vor sich. Und wer konnte schon ahnen, dass in Marys Garten ein Vampir herumsaß?

Bella musste beinahe lachen. Sie saß doch auch in Marys Garten herum. Warum sollten andere ihrer Art nicht das Gleiche tun?

Sie stützte die Hände in die Hüften und starrte auf den Boden. Was zum Teufel sollte sie nur tun? Sie hatte Johns Bewusstsein durchforscht, aber nichts über seine Rasse, sein Volk, seine Traditionen finden können. Der Junge hatte keinen Schimmer, wer er wirklich war, oder in was er sich verwandeln würde. Und er wusste tatsächlich nicht, was die Symbole auf seinem Armband bedeuteten.

Bella hingegen wusste es nur zu gut. In der Alten Sprache stand dort TEHRROR. Der Name eines Kriegers.

Wie hatte er an die Welt der Menschen verloren werden können? Und wie viel Zeit blieb ihm noch bis zur Transition? Er sah aus wie Anfang zwanzig, was bedeutete, er hatte vielleicht noch ein oder zwei Jahre Zeit. Aber wenn sie sich irrte, wenn er eher schon auf die fünfundzwanzig zuging, dann könnte er bereits in unmittelbarer Gefahr sein. Wenn ihm kein weiblicher Vampir durch die Verwandlung half, würde er sterben.

Ihr erster Gedanke war, ihren Bruder anzurufen. Rehvenge wusste immer einen Rat. Das Problem war nur, sobald er an etwas beteiligt war, übernahm er vollständig das Kommando. Und er hatte die Neigung, jeden zu Tode zu erschrecken.

Havers – sie könnte Havers um Hilfe bitten. Als Arzt könnte er vielleicht feststellen, wie viel Zeit dem Jungen noch bis zur Transition blieb. Und vielleicht könnte John sogar in seiner Klinik bleiben, bis es so weit war.

Nur, dass er eben nicht krank war. Er war einfach nur ein Vampir vor seiner Verwandlung, körperlich schwach. Aber sie hatte keine Krankheit an ihm spüren können. Und Havers leitete eine medizinische Einrichtung, kein Wohnheim. Außerdem, was war mit diesem Namen? Es war ein Krieger …

Bingo.

Sie ging hinüber ins Wohnzimmer und suchte auf dem Schreibtisch nach ihrem Adressbuch. Ganz hinten auf der letzten Seite hatte sie eine Nummer aufgeschrieben, die seit bestimmt zehn Jahren kursierte. Angeblich konnte man unter dieser Nummer die Bruderschaft der Black Dagger erreichen. Die Krieger ihrer Rasse.

Sie würden erfahren wollen, dass da ein Knabe mit einem ihrer Namen herumlief, der ganz auf sich allein gestellt war. Vielleicht würden sie John zu sich nehmen.

Ihre Handflächen waren feucht. Als sie den Telefonhörer abnahm, rechnete sie halb damit, dass es keinen Anschluss unter der Nummer gab, oder jemand sie anschnauzen und auflegen würde. Stattdessen meldete sich ein Anrufbeantworter, der die gewählte Nummer wiederholte, bevor ein schrilles Piepsen ertönte.

»Ich … äh … ich heiße Bella. Ich suche die Bruderschaft. Ich brauche … Hilfe.« Sie hinterließ ihre Nummer und legte auf. Weniger war sicher mehr. Falls die Nummer falsch war, wollte sie nicht zu viele Einzelheiten auf dem AB eines Menschen hinterlassen.

Danach sah sie aus dem Fenster hinüber zu Marys Haus. Sie hatte keine Ahnung, wie lange es dauern würde, bis jemand zurückrief – falls jemand zurückrief. Wahrscheinlich sollte sie lieber zurückgehen und herausbekommen, wo der Junge wohnte. Und woher er Mary kannte.

O Gott, Mary. Diese schreckliche Krankheit war wieder da. Bella hatte es gespürt und nicht gewusst, wie sie damit umgehen sollte, als Mary erwähnte, dass sie zu ihrer vierteljährlichen Routineuntersuchung musste. Das war vor einigen Tagen gewesen. Heute Abend hatte Bella fragen wollen, wie es gelaufen war. Vielleicht konnte sie Mary irgendwie helfen, selbst wenn es nur eine moralische Unterstützung war.

Rasch ging sie zu der Terrassentür, die auf die Wiese führte. Sie würde mehr über John herausfinden und …

Das Telefon klingelte.

So schnell? Das konnte eigentlich nicht sein.

Sie hob den Apparat in der Küche ab. »Hallo?«

»Bella?« Die männliche Stimme war tief und klang herrisch.

»Ja.«

»Du hast uns angerufen.«

Lieber Himmel, es funktionierte.

Sie räusperte sich. Wie jeder Vampir wusste sie einiges über die Bruderschaft: Sie kannte ihre Namen, ihren Ruf, ihre Triumphe und die Legenden. Aber sie hatte noch niemals ein Mitglied der Black Dagger persönlich getroffen. Und es war schwer, zu glauben, dass sie nun tatsächlich in ihrer Küche stand und mit einem von ihnen telefonierte.

Also komm auf den Punkt, ermahnte sie sich, als ihr die Situation klar wurde.

»Ich, äh, ich habe da ein Problem.« Dann erklärte sie dem Mann ruhig und präzise, was sie über John wusste.

Eine Weile herrschte Stille am anderen Ende der Leitung. »Morgen Nacht wirst du ihn zu uns bringen.«

O Mann. Wie sollte sie das denn bitte schön anstellen?

»Er spricht nicht. Er kann hören, aber er braucht einen Übersetzer, um sich verständlich zu machen.«

»Dann bring einen mit.«

Sie fragte sich, wie Mary es wohl finden würde, in ihre Welt versetzt zu werden. »Die Frau, die heute Abend für ihn spricht, ist ein Mensch.«

»Wir kümmern uns schon um ihre Erinnerungen.«

»Wie komme ich zu euch?«

»Wir schicken dir einen Wagen. Um neun Uhr.«

»Meine Adresse ist …«

»Wir wissen, wo du wohnst.«

Es wurde aufgelegt, und Bella bemerkte, dass ihre Hände zitterten.

Okay. Jetzt musste sie nur noch John und Mary dazu bringen, mit ihr zur Bruderschaft zu kommen.

Als sie zurück zu Marys Haus kam, saß John am Küchentisch und aß Suppe. Beide sahen auf, als Bella die Küche betrat, und sie versuchte so beiläufig wie möglich zu wirken. Sie setzte sich an den Tisch und wartete einen Augenblick ab.

»Hör mal, John, ich kenne da ein paar Leute, die Kampfsport betreiben.« Was nicht ganz gelogen war. Sie hatte gehört, dass die Brüder in allen möglichen Kampftechniken versiert waren. »Und ich dachte, vielleicht möchtest du sie gern kennenlernen?«

John legte den Kopf schief und bewegte die Hände, den Blick immer auf Mary gerichtet.

»Er will wissen, warum. Zum Training?«

»Vielleicht.«

John machte noch mehr Zeichen.

Mary wischte sich den Mund ab. »Er sagt, er kann sich kein Training leisten. Und dass er zu schmächtig ist.«

»Wenn es kostenlos wäre, würde er dann gehen?« O Gott, was sollte das? Sie machte Versprechungen, die sie nicht halten konnte. Der Himmel allein wusste, was die Bruderschaft mit ihm machen würde. »Mary, ich kann ihn an einen Ort bringen, wo er seine … sag ihm, es ist ein Ort, wo die Meisterkämpfer sich aufhalten. Er könnte mit ihnen sprechen. Sie kennenlernen. Vielleicht würde er gern …«

John zupfte Mary am Ärmel, gestikulierte etwas und sah dann zu Bella.

»Er möchte dich daran erinnern, dass er sehr gut hören kann.«

»Aber klar, tut mir leid.«

Er nickte und nahm so die Entschuldigung an.

»Komm einfach morgen mit, und sieh es dir an«, schlug sie vor. »Was hast du schon zu verlieren?«

John zuckte mit den Schultern und machte eine elegante Handbewegung.

Mary lächelte. »Er ist einverstanden.«

»Und du musst auch mitkommen. Zum Übersetzen.«

Mary wirkte verblüfft, doch dann fiel ihr Blick auf den Jungen. »Um wie viel Uhr?«

»Um neun«, entgegnete Bella.

»Tut mir leid, da bin ich auf der Arbeit.«

»Abends. Neun Uhr abends.«

5

Als Butch ins *One Eye* kam, fühlte er sich, als hätte ihm jemand die Stöpsel aus mehreren inneren Organen gezogen. Marissa hatte sich geweigert, ihn zu empfangen, und wenn er auch nicht wirklich überrascht gewesen war, tat es doch höllisch weh.

Höchste Zeit für eine kleine Scotch-Therapie.

Er wich einem Rausschmeißer, einem Knäuel leicht bekleideter Mädchen und zwei Armdrückern aus und gelangte zu ihrem üblichen Tisch. Rhage stand in einer dunklen Ecke hinter dem Tisch, eine Brünette zwischen sich und der Wand. V war nicht zu sehen, aber vor einem der Stühle stand ein Glas Grey Goose und ein zerbrochenes Spießchen zum Umrühren.

Zwei Gläser Whisky später fühlte sich Butch immer noch nicht viel besser, als Vishous zurück an den Tisch kam. Sein Hemd hing aus der Hose und war zerknittert. An seinen Fersen hing eine schwarzhaarige Frau. V scheuchte sie weg, als er Butch entdeckte.

»Hey, Bulle.« Der Bruder setzte sich.

Butch tippte zur Begrüßung an sein Glas. »Alles klar?«

»Wie …«

»Keine Chance.«

»Ach, Scheiße, Mann, das tut mir echt leid.«

»Mir auch.«

Vs Handy klingelte, und er zog es aus der Tasche und klappte es auf. Er sagte zwei Worte, steckte das Gerät dann wieder ein und griff nach seiner Jacke.

»Das war Wrath. Wir müssen in einer halben Stunde zurück sein.«

Butch dachte kurz darüber nach, zu bleiben und allein weiter zu trinken. Sicherlich keine gute Idee. »Willst du mit mir im Auto fahren oder einfach verpuffen?«

»Wir haben genug Zeit zu fahren.«

Butch warf ihm den Schlüssel über den Tisch. »Hol schon mal den Wagen. Ich schnappe mir Hollywood.«

Er stand auf und ging in die dunkle Ecke, in der sich Rhage aufhielt. Der Trenchcoat des Vampirs war über dem Körper der Brünetten ausgebreitet. Gott allein wusste, wie weit die Dinge darunter fortgeschritten waren.

»Rhage, Kumpel. Wir müssen los.«

Der Vampir hob den Kopf, die Lippen zu einer Linie gepresst, die Augen zu schmalen Schlitzen zusammengekniffen.

Butch hielt die Hände hoch. »Hey, ich werd dir sicher nicht aus Spaß die Tour vermasseln. Der Boss hat gerufen.«

Mit einem Fluch trat Rhage zurück. Die Kleider der Brünetten waren verrutscht, und sie keuchte, aber die beiden waren offenkundig noch nicht beim Finale angekommen. Hollywoods Lederhose saß noch an Ort und Stelle.

Als Rhage sich zurückzog, reckte die Frau die Arme nach ihm aus, als wäre ihr bewusst, dass gerade der Orgasmus ihres Lebens zur Tür herausmarschierte. In einer fließenden Bewegung fuhr er mit der Hand vor ihrem Gesicht hin und her, und sie erstarrte. Dann sah sie an sich herunter, als könnte sie sich nicht erklären, warum sie so erregt war.

Mit finsterer Miene wandte Rhage sich ab, doch als er und Butch vor der Bar standen, schüttelte er schon schuldbewusst den Kopf.

»Butch, tut mir leid, wenn ich dich da drinnen blöd angemacht habe. Ich neige in solchen Situationen zu einem gewissen ... Tunnelblick.«

Butch schlug ihm auf die Schulter. »Kein Problem.«

»Hey, wie lief es mit deiner ...«

»Aussichtslos.«

»Verdammt, Butch. Das ist doch Mist.«

Die drei stiegen in den Escalade und nahmen die Route 22 nach Norden aus der Stadt heraus. Sie überschritten die zugelassene Höchstgeschwindigkeit um ein Vielfaches, und dazu dröhnte Trick Daddys »Thug Matrimony« aus der Anlage, als V plötzlich auf die Bremse trat. Auf einer Lichtung, etwa einhundert Meter neben der Straße, hing etwas an einem Baum.

Besser gesagt, jemand war gerade dabei, etwas an einen Baum zu hängen. Vor einem weißhaarigen, schwarz gekleideten Publikum.

»*Lesser*«, murmelte V und ließ den Wagen auf dem Seitenstreifen ausrollen.

Noch bevor sie ganz zum Stehen kamen, riss Rhage die Autotür auf und raste auf die Gruppe zu.

Vishous blickte über den Vordersitz. »Bulle, vielleicht bleibst du lieber ...«

»Leck mich, V.«

»Hast du eine von meinen Waffen dabei?«

»Nein, ich gehe nackt da raus.« Butch zog eine Glock unter dem Sitz hervor und entsicherte sie, während er mit Vishous aus dem Auto sprang.

Butch hatte erst zwei *Lesser* in seinem Leben gesehen,

und er fand sie wirklich gruselig. Sie sahen aus wie Menschen, bewegten sich und redeten wie Menschen, aber sie waren nicht lebendig. Ein Blick in ihre Augen, und man wusste, dass die Vampirjäger nur leere Gefäße waren, deren Seele ganz woanders war. Und sie stanken zum Himmel.

Andererseits hatte er den Geruch von Talkum noch nie leiden können.

Auf der Lichtung gingen die *Lesser* in Angriffsstellung und griffen in ihre Taschen, als Rhage wie eine Dampflok über die Wiese gewalzt kam. In einer Art selbstmörderischem Anfall stürzte er sich auf die Gruppe, ohne auch nur eine Waffe zu ziehen.

Lieber Himmel, der Typ war doch irre. Mindestens einer der Jäger hatte eine Pistole gezogen.

Butch zielte mit der Glock und verfolgte das Geschehen, doch er bekam kein freies Schussfeld. Und dann wurde ihm klar, dass er gar nicht die Verstärkung spielen musste.

Rhage kam gut allein mit den *Lessern* klar, er besaß die Kraft und die Reflexe eines wilden Tieres. Seine Technik war eine Mischung aus allen möglichen Kampfsportarten. Sein Trenchcoat wehte hinter ihm her, während er gegen Torsos trat und boxte. Das Mondlicht beleuchtete seine tödliche Schönheit, die Zähne waren gefletscht und der kräftige Körper prügelte den *Lessern* den Verstand aus dem Leib.

Rechts von ihm ertönte ein Schrei, und Butch wirbelte herum. V hatte einen *Lesser* abgefangen, der fliehen wollte, und der Bruder nahm sich den verdammten Typen jetzt zur Brust.

Die *Fight-Club*-Nummer überließ er lieber den Vampiren, stattdessen sah Butch sich den Baum näher an. An einem dicken Ast hing ein weiterer *Lesser.* Er sah ziemlich mitgenommen aus.

Butch löste das Seil und ließ den Körper langsam herunter. Er sah kurz über die Schulter, da das Klatschen und Knurren plötzlich lauter geworden war. Drei weitere *Lesser* hatten sich ins Getümmel gestürzt, aber er machte sich keine Sorgen um seine Jungs.

Er kniete sich neben den Vampirjäger und durchsuchte seine Taschen. Gerade zog er eine Brieftasche heraus, als er einen lauten Schuss hörte. Rhage knallte auf den Boden. Flach auf den Rücken.

Ohne nachzudenken, ging Butch in Schussposition und zielte auf den *Lesser,* der gerade eine weitere Kugel in Rhage versenken wollte. Er kam nicht dazu, abzudrücken. Aus dem Nichts flammte plötzlich ein gleißender Blitz auf, als hätte jemand eine kleine Atombombe gezündet. Die Nacht wurde zum Tag, alles auf der Lichtung war hell erleuchtet: die herbstlich belaubten Bäume, das Kampfgeschehen, die Wiese.

Als die Leuchtkraft allmählich wieder nachließ, kam jemand auf Butch zugerannt. Als er V erkannte, ließ er die Waffe sinken.

»Hopp, hopp! Steig in das verdammte Auto!« Der Vampir schwang die Hufe, als wäre der Leibhaftige persönlich hinter ihm her.

»Was ist mit …«

Den Rest des Satzes bekam Butch nicht mehr heraus. V rannte frontal auf ihn zu wie ein Rammbock, packte ihn und zerrte ihn mit sich weiter, bis sie sicher im Wagen saßen und die Türen verschlossen hatten.

Butch drehte sich zu dem Bruder um. »Wir können Rhage doch nicht da draußen lassen!«

Ein gewaltiges Brüllen zerriss die Nacht, und Butch drehte wie in Zeitlupe den Kopf herum.

Auf der Lichtung stand ein Ungeheuer. Es war knapp zwei Meter fünfzig groß und ähnelte entfernt einem Drachen; hatte ein Gebiss wie ein Tyrannosaurus und messerscharfe Klauen an den vorderen Gliedmaßen. Das Wesen blitzte im Mondschein auf, der riesige Körper und der mächtige Schwanz waren von lila und hellgrün schillernden Schuppen bedeckt.

»Was zum Teufel ist das?«, flüsterte Butch und fummelte an der Tür, um sich zu vergewissern, dass sie auch wirklich fest geschlossen war.

»Rhage mit richtig schlechter Laune.«

Das Monster stieß wieder ein Brüllen aus und stürzte sich dann auf die *Lesser*, als wären sie Spielzeug. Und es ... du lieber Himmel. Es würde nichts übrig bleiben von ihnen. Nicht einmal die Knochen.

Butch merkte, wie er anfing zu hyperventilieren.

Entfernt hörte er das Geräusch eines Feuerzeugs und blickte zur Seite. Vs Gesicht war im Licht der gelben Flamme zu sehen, als er sich mit zitternden Händen eine Selbstgedrehte anzündete. Als der Bruder den Rauch ausstieß, erfüllte der intensive Duft türkischen Tabaks die Luft.

»Seit wann ist er ...« Wie magisch wurden Butchs Augen wieder von dem bizarren Schauspiel auf der Lichtung angezogen. Und er vergaß, was er hatte fragen wollen.

»Rhage hat es sich ernstlich mit der Jungfrau der Schrift verscherzt. Deshalb hat sie ihn verflucht. Hat ihm zweihundert Jahre Hölle aufgebrummt. Jedes Mal, wenn er sich zu sehr aufregt – Schwuppdiwupp, passiert *das*. Schmerz kann es auslösen. Wut. Körperliche Unausgeglichenheit, wenn du verstehst, was ich meine.«

Butch hob eine Augenbraue. Und ausgerechnet er war zwischen Rhage und diese Frau getreten. So einen Blödsinn machte er mit Sicherheit nie wieder.

Das Blutbad da draußen kam Butch vor wie ein Splatter-Trashfilm ohne Ton. Diese Art von Gewalt war eine völlig andere Liga, da kam nicht mal er mit. In all den Jahren bei der Mordkommission hatte Butch reichlich Leichen gesehen. Manche waren schauerlich zugerichtet gewesen. Aber niemals zuvor hatte er ein solches Gemetzel live miterlebt, und seltsamerweise entrückte der Schock die Erfahrung der Realität.

Gott sei Dank.

Obwohl er zugeben musste, dass das Monster sich elegant bewegte. Wie es diesen *Lesser* in die Luft schleuderte und ihn wieder auffing mit den …

»Passiert das oft?«, fragte er.

»Oft genug. Deshalb hält er sich lieber an den Sex. Ich gebe dir einen guten Rat: Leg dich nicht mit der Bestie an. Sie macht keine Unterschiede zwischen Freund und Mittagessen. Wir können nur abwarten, bis Rhage wieder zum Vorschein kommt und uns dann um ihn kümmern.«

Etwas knallte auf die Motorhaube und sprang wieder hoch. Igitt, war das ein Kopf? Nein, ein Stiefel. Vielleicht mochte das Untier kein Gummi.

»Uns um ihn kümmern?«, murmelte Butch.

»Wie fändest du es, wenn dir jeder Knochen im Leib gebrochen würde? Er macht eine krasse Metamorphose durch, wenn das Ding hervorbricht, und wenn es wieder verschwindet, noch mal.«

Binnen Kurzem war die Lichtung leer gefegt. Mit einem erneuten ohrenbetäubenden Brüllen schwenkte die Kreatur herum, als suchte sie nach mehr Futter. Da keine

Vampirjäger mehr zu sehen waren, richtete sie den Blick auf den Escalade.

»Kann das Vieh das Auto aufkriegen?«, erkundigte sich Butch leicht beunruhigt.

»Wenn es will, schon. Glücklicherweise wird es wohl nicht mehr besonders viel Hunger haben.«

»Hm, und was ist, wenn noch Platz für einen kleinen Nachtisch ist?«, stieß Butch durch die Zähne hervor.

Die Bestie schüttelte das Haupt. Ihre schwarze Mähne flatterte im Mondlicht. Dann heulte sie auf und rannte auf sie zu. Das Donnern der Schritte ließ die Erde erbeben.

Butch checkte noch einmal die Türen. Dann erwog er kurz, sich einfach wie eine Memme flach auf den Boden zu legen.

Direkt neben dem SUV blieb das Wesen stehen und krümmte sich. Es war so nahe, dass sein Atem Butchs Fenster beschlagen ließ. Von Nahem war es wirklich abstoßend hässlich. Es hatte weiße, schlitzförmige Augen und einen massiven Unterkiefer. Und die Reißzähne in dem offenen Maul waren der Stoff, aus dem Fieberalbträume sind. Schwarzes Blut lief ihm wie Rohöl über die Brust.

Es hob die muskulösen Vorderbeine.

Mannomann, diese Krallen waren wie Dolche. Dagegen sahen die Fingernägel von Freddie Krueger wie Pfeifenreiniger aus.

Doch irgendwo da drin war Rhage.

Butch legte die Hand ans Fenster, als könnte er den Bruder so erreichen.

Die Kreatur legte den Kopf schief, die weißen Augen blinzelten. Unvermittelt stieß sie einen tiefen Seufzer aus, und der massige Körper begann zu zittern. Ein hoher, durchdringender Schrei entrang sich ihrer Kehle und durchbrach die Nacht. Dann blitzte es wieder hell auf. Und dann lag Rhage nackt auf dem Boden.

Butch riss die Wagentür auf und kniete sich neben seinen Freund.

Rhage lag bibbernd im Gras, seine Haut war klamm, die Augen zugepresst, der Mund bewegte sich langsam. Sein ganzes Gesicht, die Haare, die Brust waren mit schwarzem Blut verschmiert. Sein Bauch war fürchterlich aufgebläht. Und in seiner Schulter war ein Loch, wo ihn die Kugel getroffen hatte.

Butch zog sich eilig die Jacke aus und legte sie über den Vampir. Er hielt sein Ohr nahe an Rhages Mund, um die gemurmelten Worte zu verstehen. »Was hast du gesagt?«

»Verletzt? Du … V?«

»Nein, uns geht's prima.«

Rhage schien sich etwas zu beruhigen. »Nach Hause bringen … bitte …nach Hause.«

»Mach dir keine Sorgen. Wir kümmern uns jetzt um dich.«

O lief tief gebückt von der Lichtung und dem Gemetzel weg. Sein Truck war ein Stück die Straße hinunter geparkt, etwa eine Meile entfernt. Er würde noch etwa drei oder vier Minuten bis dorthin brauchen, und bisher wurde er nicht verfolgt.

Im selben Augenblick, als der Blitz die Nacht zerrissen hatte, war er getürmt. Ihm war sofort klar gewesen, dass ein solches Feuerwerk nichts Gutes verheißen konnte. Allerdings war er davon ausgegangen, dass es entweder Nervengas oder die Vorstufe zu einer gewaltigen Explosion war. Bis das Gebrüll ertönte. Als er über die Schulter geblickt hatte, war er wie angewurzelt stehen geblieben. *Etwas* hatte sich über seine Kollegen hergemacht und sie wie die Fliegen aus dem Gras gepflückt.

Ein fremdes Wesen, das aus dem Nichts gekommen zu sein schien.

Er war jedoch nicht lange stehen geblieben, und während er nun davonrannte, sah O sich noch einmal um, ob er verfolgt wurde. Der Weg hinter ihm war immer noch leer, und vor sich sah er schon den Truck. Als er ihn erreichte, warf er sich auf den Fahrersitz, legte den Gang ein und trat aufs Gas.

Das Wichtigste war jetzt erst einmal, sich vom Ort des Geschehens zu entfernen. Ein solches Massaker musste Aufmerksamkeit erregen – entweder das Schauspiel selbst oder das, was davon übrig blieb. Danach musste er sich eine Strategie zurechtlegen. Mr. X würde toben wie ein Irrer, wenn er das herausbekam. Os Elite war vollständig vernichtet worden, und die anderen *Lesser,* die er zu Es Bestrafung eingeladen hatte, waren ebenfalls tot. Sechs Jäger in etwas über einer halben Stunde.

Und verflucht noch mal, er wusste praktisch nichts über dieses Monster, das den ganzen Schaden angerichtet hatte. Sie waren gerade dabei gewesen, Es Körper an den Baum zu hängen, als der Escalade anhielt. Ein blonder Krieger war herausgestürmt, so groß und so schnell, dass er mit Sicherheit ein Mitglied der Bruderschaft war. Es war noch ein anderer Vampir bei ihm gewesen, auch unglaublich gefährlich. Außerdem ein Mensch, obwohl der Teufel wissen mochte, was der Kerl bei den beiden Brüdern zu suchen hatte.

Der Kampf hatte gerade acht oder neun Minuten gedauert, O hatte sich den Blonden vorgenommen und ihm ein paar Schläge ohne nennenswerte Wirkung verpasst. Sie waren heftig in einen Faustkampf verwickelt gewesen, als einer der anderen *Lesser* einen Schuss abgegeben hatte. O hatte sich zu Boden fallen lassen und abgerollt, beinahe wäre er selbst erschossen worden. Als er wieder aufsah, hielt sich der Vampir die Schulter und stürzte rücklings zu Boden.

O hatte sich auf ihn geworfen, er wollte ihn selbst töten, doch im selben Moment hatte der *Lesser* mit der Pistole ebenfalls versucht, dem Vampir den Rest zu geben. Der Idiot war über Os Bein gestolpert und hatte sie beide zu Boden gerissen. Und dann hatte dieser Lichtblitz aufgeleuchtet, und das Monster war aufgetaucht. War es denn möglich, dass dieses Ding irgendwie aus dem blonden Krieger entstanden war? Mann, das wäre vielleicht eine Geheimwaffe.

O rief sich den Krieger noch einmal vor Augen, seine Augen, das Gesicht, die Kleider, die Bewegungen. Eine genaue Beschreibung wäre von entscheidender Bedeutung für die »Befragungen«, die die Gesellschaft derzeit durchführte. Präzise Fragen, die man den Gefangenen stellen konnte, erhöhten die Wahrscheinlichkeit brauchbarer Antworten.

Und genau um Informationen über die Brüder ging es ihnen ja. Nachdem sie jahrzehntelang die Zivilbevölkerung der Vampire attackiert hatten, konzentrierten sich die *Lesser* nun auf die Bruderschaft selbst. Ohne diese Krieger würde die Vampirrasse wehrlos sein, und die Gesellschaft der *Lesser* würde endlich ihre Aufgabe vollenden und die Spezies auslöschen können.

O fuhr auf den Parkplatz des örtlichen Laserdroms. Das

einzig Gute heute Abend war gewesen, E langsam zu töten. Seinen Ärger am Körper seines Kollegen auszulassen, war wie ein kühles Bier an einem heißen Sommerabend. Befriedigend. Beruhigend.

Doch was danach passiert war, machte ihn bereits wieder nervös.

O klappte sein Handy auf und tippte eine Kurzwahlnummer ein. Es gab keinen Grund, mit seinem Bericht zu warten, bis er zu Hause war. Mr. X' Reaktion würde noch furchtbarer ausfallen, wenn er das Gefühl hätte, er würde die Beichte hinauszögern.

»Wir haben da ein Problem«, sagte er, als jemand den Hörer abnahm.

Fünf Minuten später legte er auf, wendete den Wagen und fuhr zurück in den ländlicheren Teil der Stadt.

Mr. X hatte eine Unterredung gefordert. In seiner privaten Blockhütte im Wald.

6

Rhage konnte nur Schemen erkennen, seine Augen waren mit dem hellen Licht überfordert. Er hasste jegliche Art körperlicher Schwäche, daher bemühte er sich verzweifelt darum, den Bewegungen der zwei großen Gestalten um sich herum zu folgen. Als sich Hände unter seine Achseln schoben und ihn an den Knöcheln fassten, stöhnte er auf.

»Ganz ruhig, Rhage, wir heben dich nur kurz hoch, okay?« Das war Vs Stimme.

Ein glühender Schmerz schoss ihm durch den ganzen Körper, als er aufgehoben und in den Wagen getragen wurde. Sie legten ihn vorsichtig ab und schlossen die Türen. Der Motor sprang mit leisem Brummen an.

Ihm war so kalt, dass seine Zähne klapperten, und er wickelte sich fester in den Stoff, den ihm jemand um die Schultern gelegt hatte. Als seine Hände nicht so recht gehorchen wollten, half ihm jemand.

»Bleib einfach nur liegen, Großer.«

Butch. Das war Butch.

Rhage wollte etwas sagen, doch der fade Geschmack in seinem Mund war ekelhaft.

»Lass mal gut sein, Hollywood. Alles ist gut. V und ich bringen dich nach Hause.«

Das Auto fuhr an und holperte vom Seitenstreifen zurück auf die Straße. Er jammerte wie ein Mädchen, aber er konnte nichts dagegen tun. Sein Körper fühlte sich an, als hätte ihn jemand mit einem Baseballschläger windelweich geprügelt. Einem Baseballschläger mit Eisenstacheln.

Und dabei waren seine Knochen- und Muskelschmerzen noch nichts gegen seinen Bauch. Er betete nur, dass er es bis zum Haus schaffen würde, damit er sich nicht in Vs Auto übergeben musste. Aber garantieren konnte er für nichts. Seine Speicheldrüsen arbeiteten auf Hochtouren, weshalb er ständig schlucken musste. Was wiederum den Würgereflex anreizte, was wiederum die Übelkeit verstärkte. Sodass er sich gleich …

In dem verzweifelten Versuch, den Kreislauf zu durchbrechen, atmete er tief durch die Nase ein.

»Wie geht's uns da hinten, Hollywood?«

»Versprich mir … Dusche. Als Allererstes.«

»Sollst du haben, Kumpel.«

Er musste wohl das Bewusstsein verloren haben, denn als Rhage wieder wach wurde, schleppte man ihn gerade ins Haus. Er hörte vertraute Stimmen. V. Butch. Ein tiefes Knurren, das nur von Wrath stammen konnte.

Wieder wurde er ohnmächtig. Als er zu sich kam, spürte er etwas Kaltes am Rücken.

»Kannst du aufstehen?«, fragte Butch.

Rhage machte einen Versuch und war dankbar, als seine Oberschenkel das Gewicht akzeptierten. Und seit er nicht mehr im Auto lag, wurde auch die Übelkeit langsam besser.

Seine Ohren vernahmen ein süßes Rauschen, und einen Augenblick später stürzte ein Schwall warmen Wassers über seinen Körper.

»Wie ist das so, Rhage? Zu heiß?« Butchs Stimme. Ganz nah.

Der Polizist war bei ihm in der Dusche. Und er roch türkischen Tabak. Also war auch V im Badezimmer.

»Hollywood? Ist das zu heiß für dich?«

»Nein.« Er tastete nach der Seife. »Kann nichts sehen.«

»Macht gar nichts. Du musst nicht unbedingt wissen, wie wir beide zusammen nackt unter der Dusche aussehen. Um ehrlich zu sein, bin ich traumatisiert genug für uns beide.«

Rhage lächelte schwach, während ein Waschlappen ihm über Gesicht, Hals und Brust schrubbte.

Gott, das fühlte sich fantastisch an. Er bog den Kopf nach hinten und ließ sich von Wasser und Seife die Überreste des Monsters und seines Festmahls wegwaschen.

Viel zu bald wurde die Dusche wieder abgedreht. Ein Handtuch wurde ihm um die Hüften gewickelt und mit einem anderen wurde er abgetrocknet.

»Können wir sonst noch was für dich tun, bevor du dich in die Horizontale begibst?«, erkundigte sich Butch.

»Alka Seltzer. Schränkchen.«

»V, lös doch mal ein paar von den Brausepillen auf, bitte.« Butchs Arm legte sich um Rhages Taille. »Stütz dich ruhig auf mich, Kumpel. Ja, so ist es gut – *weia*. Verdammt, wir müssen mal aufhören, dich so gut zu füttern.«

Rhage ließ sich über den Marmorfußboden ins Schlafzimmer führen.

»Also dann, mein Großer, und jetzt schön hinlegen.«

Oh ja. Bett. Bett war gut.

»Und sieh mal, wer hier ist. Schwester Vishous.«

Rhage spürte, wie sein Kopf etwas angehoben und ihm ein Glas an die Lippen gesetzt wurde. Als er so viel geschluckt hatte, wie er konnte, sank er erschöpft in die Kissen zurück. Er war kurz davor, wieder das Bewusstsein zu verlieren, als er Butchs gedämpfte Stimme hörte.

»Wenigstens ist die Kugel sauber durch ihn durchgegangen. Aber Mann, er sieht nicht gut aus.«

Leise antwortete V. »Morgen geht es ihm schon wieder besser. Er erholt sich immer sehr schnell, aber es ist trotzdem ziemlich hart.«

»Dieses Vieh war vielleicht 'ne Ansage.«

»Er macht sich immer große Sorgen deswegen.« Ein *Ratsch* erklang, und wieder strömte eine frische Wolke von diesem wunderbaren Tabakduft heran. »Er versucht zu verbergen, wie viel Angst ihm das macht. Muss immer die glänzende Fassade wahren. Aber er hat blanken Horror davor, jemanden zu verletzten.«

»Seine erste Frage, als er wieder zu sich kam, war, ob es dir und mir gut geht.«

Rhage wollte den Schlaf herbeizwingen. Die schwarze Leere war immer noch besser, als seinen Freunden zuzuhören, wie sie ihn bemitleideten.

Einundneunzig Jahre, acht Monate und vier Tage. Dann würde er frei sein. Wenn er lange genug leben würde.

Mary versuchte verzweifelt einzuschlafen. Sie schloss die Augen. Probierte autogenes Training. Konzentrierte sich auf ihre Zehen und entspannte einen nach dem anderen. Ging sämtliche Telefonnummern durch, die sie kannte. Nichts half.

Sie wälzte sich herum und starrte die Decke an. Als sich ein Bild von John vor ihr geistiges Auge schob, war sie dankbar. Der Junge war immerhin besser als viele andere Themen, die sich ihr momentan aufdrängten.

Sie konnte nicht fassen, dass er schon dreiundzwanzig war. Obwohl – je mehr sie über ihn nachdachte, desto einleuchtender erschien es ihr. Abgesehen von seinem *Matrix*-Tick war er doch unglaublich reif. Eigentlich beinahe weise.

Als es Zeit für ihn gewesen war, zu gehen, hatte sie darauf bestanden, ihn nach Hause zu fahren. Bella hatte gebeten, mitkommen zu dürfen. Und so waren die drei zusammen in Marys Auto in die Innenstadt gefahren, Johns Fahrrad aus dem offenen Kofferraum ragend. Es war hart gewesen, den Jungen vor dem armseligen Gebäude abzusetzen, in dem er lebte. Sie hatte ihn fast angebettelt, mit ihr zurück nach Hause zu kommen.

Aber wenigstens hatte er eingewilligt, morgen Abend zu Bella zu kommen. Und vielleicht würde ihm diese Kampfsportsache ein paar Türen öffnen. Sie hatte den Eindruck, dass er nicht besonders viele Freunde hatte. Deshalb fand sie es besonders lieb von Bella, sich seinetwegen solche Mühe zu machen.

Bei dem Gedanken daran, wie John die andere Frau angesehen hatte, musste Mary grinsen. Solch schüchterne Bewunderung. Und Bella ging damit sehr feinfühlig um, obwohl sie solche Blicke doch zweifellos gewohnt war. Vermutlich ging es ihr ständig so.

Einen Moment lang gestattete Mary sich die Vorstellung, die Welt durch Bellas makellose Augen zu sehen. Und auf Bellas makellosen Beinen zu laufen. Und Bellas makelloses Haar über ihre Schulter zu werfen.

Diese Fantasien waren eine gute Ablenkung. Sie malte sich aus, wie sie in einem sagenhaften Kleid über die Fifth Avenue in New York spazierte. Nein, wie sie am Strand entlangging. Sie trug einen schwarzen Bikini. Was soll's, einen schwarzen *String*-Bikini.

Okay, das war jetzt vielleicht ein bisschen viel.

Trotzdem wäre es toll, wenigstens ein einziges Mal zu erleben, wie ein Mann sie mit grenzenloser Anbetung ansah. Ihn … zu *betören*. Genau, das war das richtige Wort. Wenn doch nur einmal ein Mann von ihr betört wäre.

Nur, dass das leider nie geschehen würde. Diese Zeit in ihrem Leben – die der Jugend und der Schönheit und der aufblühenden Sexualität – lag hinter ihr. Eigentlich hatte es sie nie gegeben. Und jetzt war sie eine unscheinbare Einunddreißigjährige, die dank ihrer Krankheit schon ein hartes Leben hinter sich hatte.

Mary stöhnte auf. Na super. Sie hatte zwar keine Panikattacke, dafür steckte sie aber knietief im Selbstmitleid. Und das Zeug war wie nasser Schlamm, klebrig und eklig.

Sie machte das Licht an und nahm mit grimmiger Entschlossenheit die *Vanity Fair* in die Hand. *Na, dann wollen wir doch mal sehen, wie es Paris Hilton im Knast ergangen ist,* dachte sie.

7

Nachdem Rhage eingeschlafen war, ging Butch mit V den Flur hinunter in Wraths Arbeitszimmer. Normalerweise nahm Butch an Angelegenheiten der Bruderschaft nicht teil, aber Vishous würde ihm von ihrer Begegnung auf dem Heimweg erzählen, und Butch war der Einzige, der sich den *Lesser* am Baum näher angesehen hatte.

Als er durch die Tür kam und die Versailles-Dekoration sah, stellte sich bei ihm dieselbe Reaktion wie immer ein: Es passte einfach nicht. Die ganzen Goldschnörkel an den Wänden und die Gemälde von kleinen, dicken Putten an der Decke und die zierlichen, sündhaft teuren Möbel. Das hier war ein Ort für uralte Franzosen mit gepuderten Perücken. Keine Kommandozentrale einer Horde von Hochleistungskämpfern.

Was auch immer. Die Bruderschaft war in dieses Haus gezogen, weil es praktisch und sicher war, nicht weil ihr die Einrichtung so gut gefiel.

Er suchte sich einen Stuhl mit spindeldürren Beinen aus und versuchte sich hinzusetzen, ohne sein ganzes Gewicht darauf niederzulassen. Er nickte Tohrment knapp zu, der auf der seidenbezogenen Couch gegenüber Platz genommen hatte. Die Beine weit über die blassblauen Kissen ausgebreitet, nahm der Vampir den Großteil des Möbels in Anspruch. Sein militärisch kurz geschnittenes schwarzes

Haar und seine breiten Schultern verkündeten, dass er ein ganz Harter war; aber seine dunkelblauen Augen sprachen eine andere Sprache.

Unter der martialischen Maske war Tohr ein wirklich netter Kerl. Und erstaunlich feinfühlig, wenn man bedachte, dass er von Berufs wegen Untote verprügelte. Seit Wrath vor zwei Monaten den Königsthron bestiegen hatte, war Tohrment der offizielle Anführer der Bruderschaft. Und der einzige Kämpfer, der nicht im großen Herrenhaus wohnte. Tohrs Shellan Wellsie erwartete ihr erstes Kind und dachte nicht daran, mit einem Haufen allein stehender Kerle zusammenzuziehen. Und wer wollte ihr das schon zum Vorwurf machen?

»Ihr hattet also ein bisschen Spaß auf dem Weg nach Hause«, sagte Tohr zu Vishous.

»Rhage hat sich richtig gehen lassen«, entgegnete V, während er sich einen Wodka aus der Hausbar eingoss.

Als Nächster traf Phury ein und nickte allen zur Begrüßung zu. Butch mochte diesen Bruder sehr, auch wenn sie nicht viel gemeinsam hatten. Mal abgesehen von ihrem Klamottentick, aber selbst in der Hinsicht unterschieden sie sich voneinander. Butchs Fimmel bestand darin, einem billigen Haus einen neuen Anstrich zu geben. Phury dagegen hatte einen angeborenen Sinn für Stil und maskuline Eleganz. Er war zwar tödlich gefährlich, aber gleichzeitig hatte er auch etwas Metrosexuelles an sich.

Der Gentleman-Eindruck, den er hinterließ, lag nicht nur an seinen scharfen Sachen, wie dem schwarzen Kaschmirpullover und der eleganten Anzughose aus feinem Zwirn, die er heute trug. Der Bruder hatte außerdem die eindrucksvollsten Haare, die Butch je gesehen hatte. Die langen, dicken Wellen aus Blond, Rot und Braun waren irrsinnig eindrucksvoll. Und seine eigentümlich gelben Augen, die so golden leuchteten wie Sonnenschein, waren der Clou.

Warum er zölibatär lebte, war Butch einfach ein Rätsel.

Als Phury zur Hausbar ging, um sich ein Glas Port einzuschenken, war das Hinken kaum zu bemerken. Butch hatte gehört, dass der Vampirkrieger irgendwann seinen Unterschenkel verloren hatte. Jetzt trug er eine Prothese, die ihn ganz offensichtlich auf dem Schlachtfeld nicht im Mindesten behinderte.

Wieder betrat jemand den Raum, und Butch blickte über die Schulter.

Leider hatte Phurys Zwillingsbruder beschlossen, pünktlich zu erscheinen, aber wenigstens stellte Zsadist sich in die hinterste Ecke und hielt sich von den anderen fern. Butch war das nur recht, denn der Kerl machte ihn ernstlich nervös.

Zs Narbengesicht und die glänzenden, schwarzen Augen waren nur die Spitze des Eisbergs. Der ganze Mann war ein totaler Freak; geschorener Schädel, Tattoos um den Hals und die Handgelenke, Piercings: Er wirkte von Kopf bis Fuß bedrohlich, und der grenzenlose Hass, der in ihm brodelte, rundete den Eindruck ab. Er war eiskalt, bösartig und vollkommen unberechenbar.

Wie man ihm berichtet hatte, war Zsadist als Säugling entführt und in eine Art von Sklaverei verkauft worden. Die einhundert Jahre, die er in Gefangenschaft verbrachte, hatten ihm alles nur entfernt Menschliche – ähm, Vampirische – genommen. Jetzt war er nichts als dunkle Gefühle, gefangen in einer zerstörten Hülle. Und wenn man wusste, was gut für einen war, ging man ihm besser aus dem Weg.

Aus dem Flur hörte man schwere Schritte. Die Brüder

wurden still, und einen Augenblick später füllte Wrath den Türrahmen aus.

Wrath war ein riesiger, dunkelhaariger, finster dreinblickender Albtraum von einem Mann. Er trug Tag und Nacht eine dunkle Sonnenbrille, sehr viel Leder und war so ungefähr der letzte Typ auf Erden, mit dem man sich anlegen wollte.

Zufällig stand der Bursche außerdem ganz oben auf Butchs Liste derer, mit denen ihn eine unverbrüchliche Loyalität verband. Er und Wrath hatten in jener Nacht ein Bündnis geschlossen, als Wrath bei der Befreiung seiner Frau aus den Händen der *Lesser* angeschossen worden war. Butch hatte den Brüdern geholfen, und damit war der Fall erledigt. Die beiden waren Freunde fürs Leben.

Wrath betrat den Raum, als gehörte ihm die ganze Welt. Der Bruder war ein geborener Herrscher, was auch einleuchtend war, denn genau das war er. Der Blinde König. Der letzte reinrassige Vampir auf der Welt. Der Herrscher seiner Rasse.

Wrath blickte in Butchs Richtung. »Du hast dich heute Nacht sehr gut um Rhage gekümmert. Ich weiß das zu schätzen.«

»Er hätte dasselbe für mich getan.«

»Ja, das stimmt.« Wrath ging hinter den Schreibtisch und setzte sich, die Arme vor der Brust verschränkt. »Was wir im Moment wissen, ist Folgendes: Bei Havers wurde heute Nacht ein Patient eingeliefert. Männlich, Zivilist. Schlimm zugerichtet, kaum noch bei Bewusstsein. Bevor er starb, konnte er Havers noch erzählen, dass er von *Lessern* zusammengeschlagen wurde. Sie wollten Informationen über die Bruderschaft von ihm. Wo wir wohnen, was er über uns weiß.«

»Schon wieder einer«, murmelte Tohr.

»Genau. Ich denke, wir haben es mit einer neuen Strategie bei der Gesellschaft der *Lesser* zu tun. Der Vampir beschrieb einen Ort, der speziell für Folterverhöre eingerichtet war. Unglücklicherweise starb er, bevor er den Standort dieses Verstecks preisgeben konnte.« Wrath sah Vishous eindringlich an. »V, ich möchte, dass du zu der Familie des Toten gehst und ihnen mitteilst, dass er gerächt werden wird. Phury, du gehst zu Havers und sprichst mit der Krankenschwester, die am meisten mit dem Mann geredet hat. Vielleicht bekommst du ja noch einen Anhaltspunkt, wo sie ihn gefangen gehalten haben, und wie er entkommen konnte. Ich werde nicht zulassen, dass diese Doreckskerle meine Leute als Kratzbaum verwenden.«

»Sie schlagen inzwischen auch ihre eigenen Kollegen zusammen«, warf Vishous ein. »Auf dem Heimweg haben wir einen *Lesser* gefunden, der an einem Baum aufgehängt war. Umringt von seinen entzückenden Freunden.«

»Was haben sie mit ihm gemacht?«

Butch ergriff das Wort. »So einiges. Er atmete nicht mehr, und das war nicht das Schlimmste. Bringen sie oft ihre eigenen Leute um?«

»Nein. Normalerweise nicht.«

»Dann ist das aber ein merkwürdiger Zufall, findet ihr nicht? Ein Vampir befreit sich aus ihrem Foltercamp. Ein *Lesser* wird aufgehängt und sieht aus wie ein Nadelkissen.«

»Ich kann dir folgen, Bulle.« Wrath wandte sich an V. »Hast du irgendwelche Infos von diesen *Lessern* bekommen können? Oder hat Rhage sauber aufgeräumt?«

V schüttelte den Kopf. »Da war nichts mehr übrig.«

»Nicht ganz.« Butch holte die Brieftasche des aufgehängten *Lesser* heraus. »Die ist von dem, den sie erledigt haben.« Er durchsuchte sie und fand den Führerschein. »Gary Essen. Hey, der wohnte in meinem alten Haus. Da sieht man mal wieder, wie wenig man seine Nachbarn kennt.«

»Ich durchsuche die Wohnung«, sagte Tohr.

Als Butch die Brieftasche herüberwarf, standen die Brüder auf und wollten gehen.

Doch Tohr hielt sie noch zurück. »Da ist noch eine Sache. Heute Abend kam ein Anruf herein. Eine Vampirin hat einen Jungen gefunden, der ganz allein ist. Er trug den Namen *Tehrror* an sich. Ich habe ihr aufgetragen, ihn morgen Abend hier ins Trainingszentrum zu bringen.«

»Das ist ja interessant«, sagte Wrath.

»Er kann nicht sprechen, deshalb kommt seine Übersetzerin mit. Sie ist übrigens ein Mensch.« Tohr lächelte und steckte sich die Brieftasche des *Lessers* hinten in die Lederhose. »Aber keine Sorge. Wir löschen ihr Gedächtnis nach dem Besuch.«

Als Mr. X die Tür seiner Blockhütte öffnete, besserte sich seine Laune beim Anblick von Mr. O nicht gerade. Der *Lesser* wirkte unaufgeregt und unerschütterlich. Demut hätte ihn weitergebracht, aber jegliche Form von Schwäche oder Unterwerfung lag nicht im Wesen dieses Mannes. Noch nicht.

Mr. X bedeutete seinem Untergebenen einzutreten. »Wissen Sie, diese Geschichte Ihres angeblichen Versagens ist nichts für mich. Und ich hätte wissen müssen, dass ich Ihnen nicht trauen kann. Hätten Sie was dagegen, mir zu erklären, warum Sie Ihre Eskadron getötet haben?«

Mr. O wirbelte herum. »Wie bitte?«

»Verstecken Sie sich doch nicht hinter Lügen, das ärgert mich.« Mr. X schloss die Tür.

»Ich habe sie nicht getötet.«

»Sondern eine riesige Bestie? Ach bitte, Mr. O. Sie könnten zumindest etwas einfallsreicher sein. Oder noch besser, Sie könnten es der Bruderschaft in die Schuhe schieben. Das wäre überzeugender.«

Mr. X ging quer durch den Raum und schwieg eine Weile, damit sein Untergebener Zeit hatte, sich ein bisschen in seinen Zorn hineinzusteigern. In aller Ruhe tippte er auf seinem Laptop herum und sah sich dann um. Seine Hütte war rustikal und spärlich möbliert, die dreißig Hektar Land, die sie umgaben, waren eine gute Pufferzone. Zwar funktionierte die Toilette nicht, aber da *Lesser* keine Nahrung mehr zu sich nahmen, war diese Installation auch überflüssig. Die Dusche war allerdings intakt.

Und bis sie ein neues Rekrutierungszentrum einrichten konnten, diente dieser bescheidene Vorposten außerdem als Hauptquartier der Gesellschaft.

»Ich habe Ihnen ganz genau geschildert, was ich gesehen habe«, brach Mr. O endlich mit schneidender Stimme das Schweigen. »Warum sollte ich lügen?«

»Das Warum interessiert mich nicht.« Beiläufig öffnete Mr. X die Tür zum Schlafzimmer. Die Angeln quietschten. »Sie sollten wissen, dass ich eine Eskadron zum Schauplatz geschickt habe, während Sie auf dem Weg hierher waren. Man hat mir berichtet, dass von den Körpern nichts übrig war. Ich gehe also davon aus, dass Sie sie mit einem Stich in die Brust ins Große Ungewisse geschickt haben. Und außerdem bestätigte man mir, dass dort ein höllischer Kampf stattgefunden haben muss. Überall war Blut. Ich kann mir gut vorstellen, wie Ihre Männer sich gegen Sie zur Wehr gesetzt haben. Sie müssen spektakulär gewesen sein, um zu gewinnen.«

»Wenn ich das Gemetzel angerichtet hätte, wie könnten dann meine Kleider so sauber sein?«

»Sie haben sich natürlich umgezogen, bevor Sie herkamen. Sie sind ja nicht dumm.« Mr. X baute sich im Türrahmen auf. »Also, die Lage ist folgende. Sie, Mr. O, gehen mir unglaublich auf den Sack. Und die Frage, die ich mir stellen muss, lautet: Sind Sie all den Ärger überhaupt wert? Das waren Elitekämpfer, die Sie da getötet haben. Erfahrene *Lesser.* Haben Sie eine Ahnung, wie lange –«

»Ich habe sie nicht getötet.«

Mr. X machte zwei rasche Schritte vorwärts und verpasste Mr. O einen Schlag gegen das Kinn. Der andere Mann ging zu Boden.

Dann setzte Mr. X ihm den Stiefel seitlich aufs Gesicht und trat zu. »Schluss damit jetzt, okay? Was ich gerade fragen wollte, war, ob Sie auch nur einen blassen Schimmer haben, wie lange es dauert, einen Elitekämpfer zu schaffen? Jahrzehnte, Jahrhunderte. Sie haben es geschafft, drei davon in einer einzigen Nacht auszulöschen. Womit wir insgesamt schon bei vier wären, wenn man Mr. M mitzählt, dem Sie ohne meine Erlaubnis die Kehle aufgeschlitzt haben. Und dann sind da noch die Betas, die Sie ebenfalls heute Nacht erschlagen haben.«

Mr. O kochte vor Wut, seine Augen funkelten unter der Sohle des Schuhs hervor. Mr. X stützte sein Gewicht auf seinen Fuß, bis die Augen weit aufgerissen und nicht mehr zusammengekniffen waren.

»Also noch mal. Ich muss mich fragen, ob Sie das wert sind. Sie sind erst seit drei Jahren in der Gesellschaft. Sie sind stark, Sie sind effektiv, aber Sie erweisen sich als schwer zu kontrollieren. Ich habe Sie mit den Elitejägern in eine Einheit gesteckt, weil ich annahm, Sie würden von deren hohem Leistungsniveau lernen und sich etwas mäßigen. Stattdessen haben Sie sie getötet.«

Mr. X spürte, wie ihm die Galle hochkam, und ermahnte sich, dass Wut einem Anführer nicht anstand. Ruhige, ausgeglichene Autorität funktionierte am besten. Also holte er tief Luft, bevor er wieder sprach.

»Sie haben heute Nacht einige unserer besten Aktivposten ausgeschaltet. Und das wird jetzt aufhören, Mr. O.«

Mr. X hob den Stiefel hoch. Sofort sprang der andere *Lesser* vom Boden auf. Gerade wollte Mr. O den Mund aufmachen, als ein seltsames, disharmonisches Summen erklang. Er blickte in die Richtung, aus der das Geräusch kam.

Mr. X lächelte. »Und jetzt ab ins Schlafzimmer, wenn ich bitten darf.«

Mr. O kauerte sich in Angriffshaltung. »Was ist das?«

»Es wird Zeit für ein bisschen Verhaltensmodifikation. Und auch ein bisschen Strafe. Also los.«

Inzwischen war das Geräusch so laut, dass es eher einer Luftvibration glich.

Mr. O rief: »Ich habe die Wahrheit gesagt!«

»Ins Schlafzimmer. Die Zeit des Redens ist vorbei.« Mr. X blickte über die Schulter. »Von mir aus geht es auch anders.«

Er lähmte die stützenden Muskeln im Körper des anderen *Lesser* und verfrachtete ihn unsanft in den anderen Raum. Dann schubste er ihn aufs Bett.

Die Eingangstür schlug mit einem Krachen auf.

Mr. O traten fast die Augen aus dem Kopf, als er Omega erkannte. »O … Gott … nein …«

Mr. X ordnete die Kleider seines Untergebenen, strich die Jacke und das Hemd glatt. Zur Sicherheit glättete er auch noch das dunkelbraune Haar und küsste Mr. O auf die Stirn, als wäre er ein Kind, das er zu Bett bringen wollte.

»Wenn Sie mich dann entschuldigen wollen«, murmelte Mr. X. »Ich lasse Sie beide jetzt allein.«

Mr. X verließ die Hütte durch die Hintertür. Er stieg gerade in sein Auto, als die Schreie begannen.

8

»Sieh mal, Bella, ich glaube, wir werden abgeholt.« Mary ließ den Vorhang sinken. »Entweder das, oder der Diktator einer Bananenrepublik hat sich ausgerechnet in Caldwell niedergelassen.«

Eilig ging John zum Fenster. *Wow,* zeigte er. *Seht euch den Mercedes an. Die getönten Scheiben sehen kugelsicher aus.*

Die drei verließen Bellas Haus und schritten auf die Limousine zu. Ein kleiner alter Mann in einer schwarzen Livree stieg auf der Fahrerseite aus und kam um den Wagen herum, um sie zu begrüßen. Unpassenderweise war er ein fröhliches Kerlchen und grinste dabei wie ein Honigkuchenpferd. Mit den vielen Falten, den langen Ohrläppchen und den Hängebäckchen wirkte er, als wollte er beinahe zerfließen; aber seine strahlende Heiterkeit deutete darauf hin, dass so ein Auflösungsprozess kein unangenehmer Zustand war.

»Ich bin Fritz«, sagte er mit einer tiefen Verbeugung. »Bitte gestatten Sie mir, Sie zu fahren.«

Er öffnete die hintere Tür, und Bella stieg zuerst ein. Dann kam John, und als auch Mary Platz genommen hatte, schloss Fritz die Tür hinter ihnen. Einen Augenblick später waren sie bereits unterwegs.

Der Mercedes glitt sanft über die Straße, und Mary versuchte zu erkennen, wohin sie fuhren. Doch die Fenster waren zu dunkel. Sie hatte das Gefühl, sich in Richtung Norden zu bewegen, aber sicher war sie nicht.

»Wo genau ist denn dieses Zentrum, Bella?«

»Es ist nicht weit.« Doch so ganz überzeugt wirkte die andere Frau auch nicht. Um die Wahrheit zu sagen, wirkte sie sogar sehr nervös, seit Mary und John bei ihr aufgetaucht waren.

»Weißt du, wo wir hingebracht werden?«

»Aber klar.« Bella lächelte und betrachtete John. »Wir treffen ein paar der eindrucksvollsten Männer, die du je gesehen hast.«

Mary hatte kein gutes Gefühl bei der ganzen Sache, und sie wurde immer misstrauischer, je weiter sie fuhren. Sie wünschte wirklich, sie hätte ihr eigenes Auto genommen.

Zwanzig Minuten später hielt der Mercedes an. Kroch dann wieder vorwärts. Blieb wieder stehen. Das wiederholte sich noch einige Male. Dann ließ Fritz das Fenster herunter und sprach in eine Art Sprechanlage. Langsam fuhren sie noch etwas weiter, dann hielten sie endgültig an, und der Motor wurde abgestellt.

Mary wollte die Tür aufmachen. Sie war verschlossen.

Herzlich willkommen bei Aktenzeichen XY. Sie sah schon die Fernsehbilder vor sich, drei arglose Opfer eines Gewaltverbrechens.

Doch der Fahrer ließ sie unverzüglich aussteigen, immer noch mit einem Lächeln auf dem Gesicht. »Würden Sie mir bitte folgen?«

Beim Aussteigen sah Mary sich um. Sie befanden sich in einer Art Tiefgarage, nur, dass sonst keine Autos darin standen. Nur zwei kleine Busse, wie Flughafen-Shuttlebusse.

Sie blieben dicht hinter Fritz und passierten eine dicke Metalltür, die den Weg in ein Labyrinth von neonbeleuchteten Korridoren freigab. Gott sei Dank schien der Typ zu wissen, wo es langging. In alle möglichen Richtungen zweigten Gänge ab, ohne jegliches erkennbare System. Als wäre es Absicht, dass Besucher sich verliefen und nicht mehr hinausfanden.

Nur, dass irgendjemand immer wüsste, wo man gerade war, dachte Mary. Alle zehn Meter etwa hing ein Gehäuse an der Decke. So etwas hatte sie in Einkaufszentren und auch im Krankenhaus schon gesehen. Überwachungskameras.

Endlich kamen sie in ein kleines Zimmer mit einem venezianischen Spiegel, einem Metalltisch und fünf Metallstühlen. Eine kleine Kamera hing in der Ecke gegenüber der Tür. Es sah genau wie in einem polizeilichen Verhörraum aus, zumindest wenn man in diesen Dingen dem Fernsehen Glauben schenken durfte.

»Sie werden nicht lange warten müssen«, verkündete Fritz und neigte den Kopf. Er ging rückwärts aus dem Raum, und die Tür schloss sich scheinbar von allein hinter ihm.

Mary probierte die Klinke aus und war überrascht, dass sie ganz leicht nachgab. Andererseits mussten sich die Verantwortlichen hier wirklich keine Sorgen darum machen, ihre Besucher aus den Augen zu verlieren.

Sie blickte Bella an. »Würde es dir etwas ausmachen, mir zu sagen, wo wir hier sind?«

»Es ist eine Einrichtung …«

»Eine Einrichtung?«

»Du weißt schon, zum Trainieren.«

Schon, aber was für eine Art von Training soll das sein?

»Haben deine Bekannten hier irgendetwas mit der Regierung zu tun?«

»O nein. Nein.«

John gestikulierte: *Das sieht gar nicht wie eine Kampfsportschule aus.*

Allerdings nicht.

»Was hat er gesagt?«, fragte Bella.

»Er ist genauso neugierig wie ich.«

Mary drehte sich wieder zur Tür um, öffnete sie und steckte den Kopf hinaus. Als sie ein rhythmisches Geräusch hörte, trat sie heraus, ging aber nicht weiter.

Schritte. Nein, eher ein Schlurfen. Was zum …

Ein großer blonder Mann in einem schwarzen Muscleshirt und einer Lederhose kam um die Ecke getaumelt. Er war nicht sicher auf den Beinen, eine Hand hielt er an die Wand gestützt, und seine Augen waren nach unten gerichtet. Er schien den Boden sorgfältig im Auge zu behalten, als könnte er nur durch die räumliche Wahrnehmung das Gleichgewicht halten.

Er wirkte betrunken oder vielleicht krank, aber … lieber Himmel, er war schön. Sein Gesicht war so sagenhaft, dass Mary ein paar Mal blinzeln musste. Kantiges Kinn. Volle Lippen. Hohe Wangenknochen. Breite Stirn. Dickes, welliges Haar, vorne etwas heller als hinten, wo es kurz geschnitten war.

Und sein Körper war genauso spektakulär. Kräftige Statur, stählerne Muskeln, kein Gramm Fett. Seine Haut schimmerte selbst im Neonlicht golden.

Plötzlich sah er sie an. Seine Augen waren von einem Stahlblau, das so leuchtend, so lebendig war, dass sie beinahe wie fluoreszierend wirkten. Und sie sahen direkt durch sie hindurch.

Mary zog trotzdem den Kopf ein und dachte sich, dass dieser Mangel an Reaktion keine Überraschung war. Männer wie er nahmen Frauen wie sie nicht wahr. Das war ein Naturgesetz.

Sie sollte einfach zurück in den Raum gehen. Es hatte keinen Sinn, ihm dabei zuzusehen, wie er einfach wortlos an ihr vorbeischlurfte. Das Dumme war nur, je näher er kam, desto faszinierter war sie von ihm.

Mein Gott, er war einfach so … schön.

Rhage fühlte sich ziemlich bescheiden, als er den Flur entlangtorkelte. Jedes Mal, wenn die Bestie aus ihm hervorbrach, und sein Bewusstsein sich eine kleine Auszeit nahm, brauchten seine Augen danach etwas Zeit, um ihre normale Arbeit wieder aufzunehmen. Auch sein Körper funktionierte noch nicht in der gewohnten Weise, die Arme und Beine hingen bleischwer an seinem Torso und waren kaum zu gebrauchen.

Und sein Magen war immer noch nicht wieder in Ordnung. Allein der Gedanke an Essen verursachte ihm Übelkeit.

Aber er hatte es satt, im Bett zu liegen. Zwölf Stunden flach auf dem Rücken waren mehr als genug. Er war wild entschlossen, in den Trainingsraum zu gehen, und sich an den Geräten ein bisschen Lockerung zu verschaffen …

Er blieb unvermittelt stehen, sein Körper spannte sich instinktiv an. Viel konnte er nicht erkennen, aber er wusste mit Sicherheit, dass er nicht allein war. Wer auch immer es war, stand nahe bei ihm, zu seiner Linken. Ein Fremder.

Ruckartig drehte er sich um und riss die Gestalt herum, packte sie an der Kehle und drückte sie an die gegenüberliegende Wand. Zu spät bemerkte er, dass es eine Frau war. Das hohe Keuchen beschämte ihn. Schnell lockerte er seinen Griff etwas, ließ aber nicht los.

Der schlanke Hals unter seiner Handfläche war warm und weich. Ihr Puls raste, das Blut pumpte durch die Vene, die vom Herzen hinaufführte. Rhage beugte sich herunter und atmete ihren Duft ein, nur, um sofort wieder zurückzuzucken. Grundgütiger, sie war ein Mensch. Und sie war krank, vielleicht sterbenskrank.

»Wer bist du?«, knurrte er. »Wie bist du hier hereingekommen?«

Keine Antwort, nur hektisches Atmen. Sie war zu Tode erschrocken. Ihre Furcht drang wie herber Holzrauch in seine Nase.

Seine Stimme wurde etwas weicher. »Ich werde dir nicht wehtun. Aber du gehörst hier nicht her, und ich will wissen, wer du bist.«

Ihre Kehle wogte in seiner Hand, als sie versuchte, zu schlucken. »Ich heiße ... Mary. Ich bin mit einer Freundin hier.«

Rhage stockte der Atem. Sein Herzschlag geriet aus dem Takt.

»Sag das noch mal«, flüsterte er.

»Ähm, mein Name ist Mary Luce. Ich bin eine Freundin von Bella ... Wir wurden von einem Jungen hierher eingeladen, John Matthew.«

Rhage erbebte, ein sanfter Schauer fuhr ihm über die Haut. Ihre melodiöse Stimme, der Rhythmus ihrer Sprache, der Klang ihrer Worte, all das durchdrang ihn, besänftigte ihn, tröstete ihn. Fesselte ihn mit süßen Ketten.

Er schloss die Augen. »Sag etwas anderes.«

»Wie bitte?«, fragte sie verdutzt.

»Sprich mit mir. Ich will deine Stimme noch mal hören.«

Sie schwieg, und er wollte sie gerade herrisch auffordern weiterzureden, als sie sagte: »Sie sehen nicht gerade gut aus. Brauchen Sie einen Arzt?«

Er merkte, wie er schwankte. Die Worte waren egal. Es war ihr Klang: leise, wie eine sanfte Liebkosung. Es war, als streiche ihm jemand mit einer Feder über die Haut.

»Mehr«, sagte er und verschob die Hand um ihre Kehle weiter nach vorn, sodass er die Vibrationen in ihrem Hals besser spüren konnte.

»Könnten Sie ... könnten Sie mich bitte loslassen?«

»Nein.« Er hob den anderen Arm hoch. Sie trug eine Fleecejacke, und er schob den Kragen zur Seite, wobei er gleichzeitig eine Hand auf ihre Schulter legte, damit sie nicht entkommen konnte. »Sprich.«

Sie begann sich gegen seinen Griff zur Wehr zu setzen. »Sie bedrängen mich.«

»Ich weiß. Sprich.«

»Verdammt noch mal, was soll ich denn sagen?«

Selbst verärgert klang ihre Stimme noch wunderschön. »Egal.«

»Bitte, wenn Sie wollen: Nehmen Sie sofort Ihre Hand von meiner Kehle, oder Sie spüren mein Knie an einer empfindlichen Stelle.«

Er lachte. Dann brachte er seinen Unterleib näher an sie heran und presste sie mit den Oberschenkeln und Hüften an die Wand. Ihr Körper versteifte sich, aber er bekam trotzdem einen guten Eindruck von ihr. Sie war schmal gebaut, aber es gab keinen Zweifel daran, dass sie eine Frau war. Ihre Brüste berührten seine Brust, ihre Hüften drückten gegen ihn, und ihr Bauch fühlte sich weich an.

»Sprich weiter«, flüsterte er ihr ins Ohr. *O Gott, sie riecht so gut. Nach Zitronen. Frisch und herrlich.*

Als sie ihn von sich wegschieben wollte, stützte er sein gesamtes Gewicht auf ihr ab. Sie keuchte.

»Bitte«, murmelte er.

Ihre Brust hob sich spürbar, als versuche sie, Luft zu bekommen. »Ich … äh, ich weiß nicht, was ich sagen soll. Außer: Lassen Sie mich los.«

Er lächelte, wobei er sorgfältig den Mund geschlossen hielt. Es brachte überhaupt nichts, ihr jetzt seine Fänge zu zeigen, besonders falls sie nicht wusste, was er war.

»Dann sag das eben noch einmal.«

»Was?«

»Nichts. Sag nichts. Immer und immer wieder. Mach schon.«

Sie sträubte sich, der Duft der Furcht wurde abgelöst durch ein scharfes Aroma, ähnlich dem frisch gepflückter Minze. Jetzt wurde sie wütend.

»Sag es«, befahl er. Er musste unbedingt mehr von dem fühlen, was sie mit ihm anstellte.

»Von mir aus. Nichts. Nichts.« Unvermittelt lachte sie laut, und das Geräusch schoss seine Wirbelsäule hinauf und versengte ihn förmlich. »Nichts, nichts. Ni-hichts. Niiiiiiiiiieeeechts. Und, reicht das? Lassen Sie mich jetzt endlich los?«

»Nein.«

Sie wehrte sich wieder gegen seinen Griff, und eine köstliche Reibung entstand zwischen ihren Körpern. Er spürte sofort, als ihr Ärger und ihre Anspannung einer heißeren Empfindung wichen. Er konnte ihre Erregung wittern, ein wunderbar süßes Aroma, das schwer in der Luft lag. Und sein Körper reagierte sofort darauf.

Er wurde hart wie ein Diamant.

»Sprich weiter, Mary.« Er ließ seine Hüfte langsam kreisen und rieb seine Erektion an ihrem Bauch. Seine Sehnsucht wurde immer stärker, und ihre Hitze auch.

Nach einem kurzen Moment ließ ihre Anspannung nach, und ihr Körper ergab sich dem Druck seiner Muskeln und seiner Erregung. Ihre Hände legten sich flach auf seine Taille. Und glitten dann vorsichtig um ihn herum, als sei sie sich unsicher, warum sie so auf ihn reagierte.

Er bog den Rücken durch, um ihr seine Zustimmung zu zeigen und sie zu ermutigen, ihn zu berühren. Als ihre Handflächen seinen Rücken hinaufwanderten, stieß er ein tiefes Knurren aus und neigte den Kopf zu ihrem Ohr. Er wollte ihr ein Wort einsagen, das er hören wollte, etwas wie *köstlich* oder *Flüstern* oder *Erdbeere*.

Verdammt, *Donaudampfschifffahrtsgesellschaftskapitän* würde auch funktionieren.

Die Wirkung, die sie auf ihn ausübte, war wie eine Droge; eine verführerische Mischung aus sexuellem Begehren und vollkommener Ruhe. Als hätte er einen Orgasmus und würde gleichzeitig in einen friedlichen Schlaf sinken. So etwas hatte er noch nie zuvor empfunden.

Da überfuhr ihn ein kalter Schauer und entzog seinem Körper alle Wärme.

Er dachte an das, was Vishous zu ihm gesagt hatte, und riss den Kopf zurück.

»Bist du eine Jungfrau?«, fragte er mit donnernder Stimme.

Ihr Körper wurde wieder steif und abweisend. Sie drückte sich mit ihrem ganzen Gewicht gegen ihn, ohne ihn auch nur einen Zentimeter bewegen zu können.

»Ich muss doch sehr bitten. Was soll das denn für eine Frage sein?«

Vor Anspannung festigte sich sein Griff um ihre Schulter wieder. »Bist du schon einmal von einem Mann genommen worden? Beantworte die Frage.«

Ihre wunderschöne Stimme wurde ängstlich, versagte beinahe. »Ja. Ja, ich hatte … einen Liebhaber.«

Vor Enttäuschung ließ er seine Hand sinken. Doch die Erleichterung folgte gleich auf dem Fuße.

Also musste er vielleicht gar nicht unbedingt innerhalb der nächsten zehn Minuten seinem Schicksal begegnen.

Außerdem, selbst wenn diese Frau nicht für ihn bestimmt war, so war sie doch außergewöhnlich … etwas ganz Besonderes.

Und er musste sie haben.

Mary holte tief Luft, als der Griff um ihre Kehle endlich nachließ.

Das hab ich jetzt davon, dachte sie sich. Sie hatte ja unbedingt mal einen Mann betören wollen.

So hatte sie sich die Erfahrung aber überhaupt nicht vorgestellt. Sie war vollkommen überwältigt von dem männlichen Körper, der sich an sie presste. Von dem Sex, den er ausstrahlte. Von der tödlichen Macht, die in seinem Griff um ihre Kehle lag.

»Sag mir, wo du wohnst«, sagte der Mann.

Als sie nicht antwortete, wiegte er seine Hüften, und seine riesige Erektion kreiste und massierte ihren Bauch.

Mary schloss die Augen. Und versuchte, nicht daran zu denken, wie es sich anfühlen würde, ihn dabei in sich zu haben.

Sein Kopf senkte sich, und seine Lippen strichen über ihren Hals. Liebkosten sie. »Wo wohnst du?«

Sie spürte ein weiches, feuchtes Streicheln. O Gott, seine Zunge, die ihr über den Hals fuhr.

»Irgendwann wirst du es mir schon erzählen«, murmelte er. »Aber lass dir ruhig Zeit. Ich bin momentan nicht besonders in Eile.«

Seine Hüften ließen kurz von ihr ab und kamen dann zurück, als er einen Oberschenkel zwischen ihre Beine schob und dabei ihren empfindlichen Mittelpunkt streifte. Die Hand an ihrem Hals wanderte hinunter, bis sie zwischen ihren Brüsten liegen blieb.

»Dein Herz schlägt sehr schnell, Mary.«

»D-das liegt daran, dass ich Angst habe.«

»Angst ist aber nicht das Einzige, was du fühlst. Wo sind denn deine Hände gerade?«

Mist. Sie lagen oben auf seinem Bizeps. Und sie umklammerten ihn und zogen ihn an sich. Ihre Nägel gruben sich in seine Haut.

Als sie ihn losließ, runzelte er die Stirn. »Das fühlt sich gut an. Nicht aufhören.«

Die Tür hinter ihnen ging auf.

»Mary? Alles in Ordnung? O … mein Gott.« Bellas Worte verloren sich.

Mary sammelte sich etwas, während der Mann seinen Oberkörper drehte und Bella ansah. Er kniff die Augen zusammen, und seine Lider flatterten. Dann wandte er sich wieder Mary zu.

»Deine Freundin sorgt sich um dich«, sagte er sanft. »Du kannst ihr sagen, dass das nicht nötig ist.«

Mary versuchte, sich zu befreien, und war nicht erstaunt, als er ihre ruckartigen Bewegungen locker aushebelte.

»Ich hätte da eine Idee«, murmelte sie. »Warum lassen Sie mich nicht los, dann muss sie sich nicht beunruhigen?«

Eine trockene männliche Stimme tönte durch den Flur. »Rhage, diese Frau wurde nicht zu deinem Vergnügen hergebracht, und das ist hier nicht das *One Eye,* Bruder. Also: kein Sex auf dem Flur.«

Mary wollte den Kopf drehen, aber die Hand zwischen ihren Brüsten glitt zu ihrer Kehle hinauf und umfasste ihr Kinn. Der Blick aus seinen blauen Augen hielt sie fest.

»Ich werde die beiden einfach nicht beachten. Wenn du dasselbe tust, können wir sie verschwinden lassen.«

»Rhage, lass sie los.« Ein scharfer Strom von Worten folgte, gesprochen in einer Sprache, die sie nicht verstand.

Während die Tirade sich fortsetzte, blieb der Blick des Blonden unverwandt auf sie gerichtet, und sein Daumen fuhr sanft über ihre Lippen. Seine Berührung war träge, zärtlich, doch als er dem anderen Mann antwortete, klang seine Stimme hart und aggressiv, so kraftvoll wie sein Körper. Die Entgegnung des anderen fiel etwas weniger angriffslustig aus, als versuche er es mit Argumenten.

Unvermittelt ließ der blonde Mann sie los und trat zurück. Seinen warmen, schweren Körper nicht mehr auf sich zu spüren, versetzte ihr einen eigenartigen Schock.

»Bis später, Mary.« Er strich ihr mit dem Zeigefinger über die Wange und wandte sich dann von ihr ab.

Mary hatte plötzlich ganz weiche Knie und ließ sich gegen die Wand sinken, während er davontaumelte und sich wieder mit dem Arm an der Wand abstützte.

Meine Güte, als sie ihm auf Gedeih und Verderb ausgeliefert gewesen war, hatte sie ganz vergessen, dass er krank war.

»Wo ist der Junge?«, fragte die andere männliche Stimme streng.

Mary sah nach links. Der Kerl war groß und in schwarzes Leder gekleidet. Sein Haarschnitt hatte etwas Militärisches, und seine Augen waren dunkelblau, der Blick hellwach.

Ein Soldat, dachte sie. Aus irgendeinem Grund beruhigte sie seine Anwesenheit.

»Der Junge?«, fragte er noch einmal.

»John ist da drin«, erwiderte Bella.

»Dann wollen wir mal.«

Der Mann öffnete die Tür und drückte sich dagegen, sodass Mary und Bella sich an ihm vorbeiquetschen mussten. Er beachtete sie aber gar nicht, sondern starrte nur John an. Und John erwiderte seinen Blick mit zusammengekniffenen Augen, als versuchte er, den Soldaten einzuschätzen.

Als sie alle am Tisch saßen, nickte der Mann Bella zu. »Du warst es, die uns angerufen hat.«

»Ja. Das hier ist Mary Luce. Und John. John Matthew.«

»Ich bin Tohrment.« Er richtete den Blick wieder auf John. »Wie geht es dir, mein Junge?«

John machte ein paar Zeichen, und Mary musste sich räuspern, bevor sie übersetzen konnte. »Er sagt: Gut, Sir. Und Ihnen?«

»Mir geht's auch gut.« Der Mann lächelte leicht und wandte sich Bella zu. »Ich möchte, dass du im Flur wartest. Ich spreche dann später mit dir, wenn ich mit ihm geredet habe.«

Bella zögerte.

»Das ist keine Bitte«, sagte er ruhig.

Nachdem Bella gegangen war, drehte der Mann seinen

Stuhl zu John, lehnte sich zurück und streckte die langen Beine aus. »Dann erzähl doch mal, mein Junge, wo bist du aufgewachsen?«

John bewegte eifrig die Hände, und Mary sagte: »Hier in der Stadt. Zuerst in einem Waisenhaus, dann bei einigen Pflegefamilien.«

»Weißt du irgendetwas über deine Mutter oder deinen Vater?«

John schüttelte den Kopf.

»Bella hat mir erzählt, dass du ein Armband mit Zeichen darauf besitzt. Würdest du es mir zeigen?«

John zog den Ärmel hoch und streckte den Arm aus. Die große Hand des Mannes legte sich um das schmale Handgelenk.

»Das ist aber wirklich hübsch. Selbst gemacht?«

John nickte.

»Und woher hattest du die Idee für das Muster?«

John entzog sich dem Griff des Soldaten und fing an zu gestikulieren. Als er aufhörte, sagte Mary: »Er träumt von dem Muster.«

»Aha. Darf ich mal fragen, was du sonst noch so träumst?« Der Mann nahm wieder seine lässige Pose ein, aber seine Augen verrieten seine Anspannung.

Von wegen Kampfsporttraining, dachte Mary. Das war keine Karatestunde, das war ein Verhör.

Als John zögerte, hätte sie den Jungen am liebsten gepackt und aus dem Zimmer gezogen. Aber sie hatte das Gefühl, dass John sich dagegen wehren würde. Er war vollkommen gefesselt von dem Mann.

»Das geht schon in Ordnung. Was auch immer es sein mag, es ist okay.«

John hob die Hände, und Mary übersetzte simultan.

»Ähm … er ist an einem dunklen Ort und kniet vor einem Altar. Dahinter sieht er Schriftzeichen auf einer Mauer, Hunderte von Zeilen auf schwarzem Stein – John, langsamer bitte. Ich komme nicht mit.« Mary konzentrierte sich auf die Hände. »Er sagt, in dem Traum geht er immer hin und berührt einen Abschnitt der Schrift, der so aussieht wie das hier.«

Der Mann runzelte die Stirn.

John blickte zu Boden, als wäre ihm das peinlich, doch der Soldat sagte: »Keine Sorge, mein Junge. Alles ist in Ordnung. Gibt es sonst noch etwas, das du an dir selbst merkwürdig findest? Dinge, die bei dir vielleicht anders sind als bei anderen Leuten?«

Mary rutschte auf ihrem Stuhl herum, langsam wurde ihr die ganze Sache wirklich etwas unheimlich. Es war klar, dass John jede Frage beantworten würde, die man ihm stellte. Aber um Himmels willen, sie kannten diesen Mann doch gar nicht. Und Bella hatte zwar den Kontakt hergestellt, aber selbst sichtlich unbehaglich gewirkt, seitdem sie sich auf den Weg gemacht hatten.

Mary hob die Hände und wollte John warnen, doch da knöpfte der Junge sein Hemd auf. Er entblößte die linke Seite seiner Brust, auf der eine kreisrunde Narbe zu sehen war.

Der Mann beugte sich vor und inspizierte das Mal, dann lehnte er sich wieder zurück. »Wo hast du das her?«

Die Hände des Jungen flogen nur so durch die Luft.

»Er sagt, er hat das von Geburt an.«

»Gibt es sonst noch etwas?«, fragte der Mann weiter.

John warf Mary einen Seitenblick zu. Dann holte er tief Luft und beschrieb: »Ich träume von Blut. Von Fangzähnen. Vom … Beißen.«

Mary riss die Augen weit auf, ehe sie sich fangen konnte.

Besorgt sah John sie an. *Mach dir keine Sorgen, Mary. Ich bin kein Perverser oder so was. Ich habe mich zu Tode erschreckt, als die Träume anfingen. Ich kann eben nicht kontrollieren, was mein Gehirn macht, verstehst du?*

»Ja, ich weiß schon«, sagte sie und drückte seine Hand.

»Was hat er gesagt?«, wollte der Mann wissen.

»Der letzte Teil war für mich bestimmt.«

Sie atmete tief durch und übersetzte weiter.

9

Bella stand an die Wand im Korridor gelehnt und flocht sich Zöpfchen ins Haar. Das tat sie immer, wenn sie nervös war.

Sie hatte gehört, dass die Mitglieder der Bruderschaft fast eine eigene Spezies waren, aber bisher hatte sie das für übertrieben gehalten. Bis jetzt. Diese beiden Vampire waren nicht nur in physischer Hinsicht gewaltig; sie strahlten auch Aggression und Herrschsucht aus. O Mann, dagegen wirkte selbst ihr Bruder wie ein Softie, und er war der härteste Knochen, dem sie jemals begegnet war.

Was hatte sie sich nur dabei gedacht, Mary und John hierher zu bringen? Um den Jungen machte sie sich weniger Gedanken, aber was war mit Mary? Wie dieser blonde Krieger sich in ihrer Gegenwart benommen hatte, verhieß eindeutig Ärger. Mit der Gier nach Sex, die er ausgestrahlt hatte, hätte man einen Ozean zum Kochen bringen können. Und die Mitglieder der Bruderschaft waren Zurückweisung bestimmt nicht gewöhnt. Nach allem, was sie gehört hatte, nahmen sie sich eine Frau einfach, wenn sie sie haben wollten.

Immerhin waren sie nicht für Vergewaltigungen bekannt; andererseits hatten sie das offenbar auch nicht nötig, der Szene vorhin nach zu urteilen. Sich mit einem von ihnen zu vereinigen, von dieser überwältigenden Kraft besessen zu werden, war sicher eine außergewöhnliche Erfahrung, nach der sich nicht wenige Frauen sehnten.

Obwohl es gut sein konnte, dass Mary als Mensch das nicht so empfand.

Bella blickte den Flur auf und ab, unruhig, angespannt. Niemand war zu sehen, und wenn sie noch lange hier so herumstand, würde sie bald Dreadlocks haben. Sie schüttelte die Zöpfe aus ihren Haaren und wanderte wahllos in irgendeine Richtung. Als sie in der Ferne ein rhythmisches Klopfen hörte, folgte sie dem Geräusch bis zu einer Metalltür. Sie öffnete sie und ging hindurch.

Die Turnhalle, in die sie gelangte, hatte die Größe eines Profi-Basketballplatzes. Der Holzfußboden war auf Hochglanz poliert. Leuchtend blaue Matten waren auf dem Boden ausgelegt, und hier und da hingen Neonleuchten von der Decke. Links befand sich eine erhöhte Tribüne, und darunter hingen einige Punchingbälle.

Ein Prachtkerl von einem Vampir prügelte auf einen davon ein. Er stand mit dem Rücken zu ihr. Leicht wie eine Feder tänzelte er vor dem Ball, landete einen Hieb nach dem anderen, duckte sich, schlug zu, trieb den schweren Sack so kraftvoll vor sich her, dass er schief hing.

Sie konnte sein Gesicht nicht erkennen, aber seine Rückansicht war unbestreitbar attraktiv. Sein kurz geschorenes Haar war hellbraun, und er trug ein hautenges schwarzes langärmeliges T-Shirt und eine weite schwarze Trainingshose. Über seinen breiten Rücken spannte sich ein gekreuztes Halfter.

Hinter ihr fiel die Tür mit einem Klicken ins Schloss.

Blitzschnell zog der Mann einen Dolch mit schwarzer Klinge heraus und versenkte ihn in dem Punchingball. Er riss ihn auf, der Sand ergoss sich in einem Schwall auf die Matte. Und dann wirbelte er herum.

Bella schlug sich die Hand auf den Mund. Er hatte eine riesige Narbe im Gesicht, die aussah, als hätte jemand versucht, ihn in der Mitte durchzuschneiden. Die weiße Linie begann auf der Stirn, verlief über den Nasenrücken und beschrieb einen Bogen über der Wange. Dann zog sie sich hinunter bis in den Mundwinkel, sodass seine Oberlippe von ihr verzerrt wurde.

Zusammengekniffene Augen, schwarz und kalt wie die Nacht, musterten sie und weiteten sich dann kaum merklich. Er schien verblüfft zu sein, doch sein Körper blieb bis auf die tiefen Atemzüge vollkommen reglos.

Der Mann will mich, dachte Bella. *Und er ist unsicher, wie er damit umgehen soll.*

Doch dann waren Verwirrung und Unsicherheit urplötzlich verschwunden. Stattdessen lag nun in seinem Blick eine eisige Wut, die sie zu Tode erschreckte. Ohne den Blick von ihm zu wenden, ging sie langsam rückwärts zur Tür und tastete nach der Klinke. Sie bewegte sich nicht, und Bella bekam das ungute Gefühl, dass er sie bewusst hier festhielt.

Der Vampir sah ihr eine Weile zu, wie sie sich abmühte, dann kam er auf sie zu. Im Gehen warf er seinen Dolch hoch in die Luft und fing ihn am Griff wieder auf. Warf ihn hoch und fing ihn wieder auf. Wieder und wieder.

»Ich weiß ja nicht, warum du hier bist«, sagte er leise. »Außer, um mir mein Training zu versauen.«

Als die schwarzen Augen über ihr Gesicht und ihren Körper wanderten, war seine Feindseligkeit fast greifbar. Gleichzeitig aber strahlte er eine wilde Hitze aus, eine sexuelle Bedrohung, die eigentlich nicht so eine Faszination auf sie hätte ausüben dürfen.

»Tut mir leid. Ich wusste nicht …«

»Wusstest was nicht, Frau?«

Mein Gott, er war so nah. Und er war viel größer als sie. Sie drückte sich flach gegen die Tür. »Tut mir leid …«

Der Mann stützte die Hände auf beiden Seiten ihres Kopfes gegen die Tür. Sie beäugte ängstlich das Messer, doch dann vergaß sie die Waffe völlig, als er sich immer weiter vorbeugte. Kurz bevor ihre Körper sich berührten, verharrte er.

Bella atmete tief ein und nahm dabei seinen Geruch auf. Er fühlte sich fast wie Feuer in ihrer Nase an, und ihr Körper reagierte darauf, erwärmte sich, drängte sich dem seinen entgegen.

»Es tut dir also leid.« Er legte den Kopf schief und fixierte ihren Hals mit seinem Blick. Als er lächelte, waren seine Fänge lang und sehr weiß. »Das kann ich mir vorstellen.«

»Sehr leid.«

»Dann beweis es mir.«

»Wie denn?«, krächzte sie.

»Ich nehme eine Entschuldigung auf Händen und Knien von dir an.«

Eine Seitentür der Halle wurde aufgerissen.

»Verflucht … lass sie gehen!« Noch ein Vampir, einer mit langen Haaren, kam quer durch den Raum gerannt. »Hände weg, Z. Sofort.«

Der Mann mit der Narbe beugte sich zu ihr herunter und brachte den deformierten Mund ganz nah an ihr Ohr. Etwas drückte auf ihr Brustbein, direkt über dem Herzen. Seine Fingerspitze.

»Du wurdest gerade gerettet, Frau.«

Er trat um sie herum und ging zur Tür hinaus, genau, als der andere Mann bei ihnen ankam.

»Alles in Ordnung?«

Bella warf einen Blick auf den zerstörten Punchingball. Sie bekam nur schwer Luft; allerdings war sie nicht sicher, ob aus Furcht oder eher aus sexueller Erregung. Wahrscheinlich eine Kombination von beidem.

»Ja, ich glaube schon. Wer war das?«

Ohne ihr zu antworten, öffnete der Mann die Tür und führte sie zurück zu dem Befragungsraum. »Tu dir selbst einen Gefallen und bleib hier, okay?«

Danke für den guten Rat, dachte sie, als er sie allein ließ.

10

Mit einem Ruck setzte sich Rhage im Bett auf. Er warf einen Blick auf den Wecker, doch er konnte immer noch nicht wieder richtig sehen. Als er endlich die Uhrzeit entzifferte, fluchte er.

Wo zum Teufel blieb Tohr? Er hatte versprochen, ihn anzurufen, sobald er mit der Frau fertig war, aber das war vor mehr als sechs Stunden gewesen.

Rhage tastete nach dem Telefon am Bett und wählte Tohrs Handynummer. Als nur die Mailbox ansprang, fluchte er wieder und legte auf.

Er stand auf und reckte sich vorsichtig. Sein Magen war immer noch empfindlich, aber er konnte sich schon viel besser bewegen. Nach einer kurzen Dusche und in frischen Klamotten fühlte er sich schon wieder fast wie er selbst. Also begab er sich zu Wraths Arbeitszimmer. Der Morgen nahte, und wenn Tohr nicht ans Telefon ging, erstattete er vermutlich dem König noch Bericht, bevor er nach Hause ging.

Die Flügeltür stand weit offen und siehe da, Tohrment trampelte emsig einen tiefen Pfad in den Aubusson-Teppich, während er mit Wrath sprach.

»Genau dich habe ich gesucht«, verkündete Rhage.

Tohr sah kurz zu ihm auf. »Zu dir wäre ich als Nächstes gekommen.«

»Aber sicher. Was gibt's, Wrath?«

Der Blinde König lächelte. »Ich bin froh, dass du langsam wieder in Form kommst, Hollywood.«

»Ich bin topfit.« Rhage starrte Tohr unverwandt an. »Hast du mir was zu sagen?«

»Eigentlich nicht.«

»Willst du behaupten, du wüsstest nicht, wo diese Frau lebt?«

»Ich bin nicht sicher, ob du sie besuchen solltest, wie wäre es damit?«

Wrath lehnte sich in seinem Stuhl zurück und legte die Füße auf den Schreibtisch. Seine riesenhaften Stiefel ließen den schweren Sekretär aussehen wie einen Fußschemel.

Er lächelte. »Kann einer von euch Betonköpfen mir mal verraten, worum es geht?«

»Privatangelegenheit«, murmelte Rhage. »Nichts Besonderes.«

»Aber nicht doch« Tohr wandte sich an Wrath. »Unser Herzbube hier will unbedingt die Übersetzerin des Jungen näher kennenlernen.«

Wrath schüttelte den Kopf. »O nein, Hollywood, das wirst du nicht tun. Such dir eine andere Spielgefährtin. Es gibt Gott weiß genug Frauen für dich da draußen.« Er nickte Tohr zu. »Wie ich schon sagte, es spricht nichts dagegen, den Jungen in die erste Nachwuchsklasse zu stecken, vorausgesetzt, du checkst seinen Hintergrund. Und diese Frau muss auch überprüft werden. Ich will nicht, dass sie Ärger macht, wenn der Junge plötzlich verschwindet.«

»Ich kümmere mich um sie«, schaltete sich Rhage ein. Als die beiden anderen ihm einen vielsagenden Blick zuwarfen, zuckte er die Achseln. »Entweder ihr lasst mich, oder ich hefte mich an die Fersen, dessen, den ihr stattdessen schickt. Ich werde auf jeden Fall herausfinden, wo sie wohnt.«

Tohr zog die Stirn kraus. »Jetzt halt dich mal zurück, Bruder. Eine Verbindung zu der Frau wäre keine gute Idee, besonders, falls der Junge wirklich hierherkommt. Also lass es sein.«

»Sorry. Aber ich will sie unbedingt.«

»O Mann, du kannst einem echt auf den Zeiger gehen, weißt du das? Null Kontrolle der Instinkte, dafür aber totaler Starrsinn. Wahnsinnskombination.«

»Ich muss diese Frau haben, so oder so. Also, wollt ihr, dass ich sie dabei überprüfe oder nicht?«

Als Tohr sich die Augen rieb, und Wrath fluchte, wusste Rhage, dass er gewonnen hatte.

»Schön«, murmelte Tohr. »Dann finde heraus, wer sie ist und woher sie den Jungen kennt, und danach mach mit ihr, was du willst. Aber hinterher löschst du ihr Gedächtnis und siehst sie nicht wieder. Kapiert? Du entfernst dich von ihrer Festplatte und siehst sie *nie wieder.*«

»Abgemacht.«

Tohr klappte sein Handy auf und drückte ein paar Tasten. »Ich schicke dir eine SMS mit ihrer Telefonnummer.«

»Und die von ihrer Freundin.«

»Willst du die auch flachlegen?«

»Gib sie mir einfach, Tohr.«

Bella ging gerade ins Bett, als das Telefon klingelte. In der Hoffnung, es sei nicht ihr Bruder, hob sie ab. Sie hasste es, wenn er bei Tagesanbruch anrief, um zu sehen, ob sie zu Hause war. Als ob sie nächtens sonst was anstellen würde.

»Hallo?«

»Du wirst Mary anrufen und ihr sagen, sie soll morgen Abend mit mir essen gehen.«

Bella setzte sich kerzengerade auf. *Der blonde Krieger.*

»Hast du mich gehört?«

»Ja ... aber, was willst du denn von ihr?« Als wüsste sie das nicht längst.

»Ruf sie jetzt an. Sag ihr, ich sei ein Freund von dir, und sie werde sich gut amüsieren. Es wäre besser so.«

»Besser als was?«

»Besser, als bei ihr einzubrechen, um sie zu kriegen. Was ich machen würde, wenn es sein müsste.«

Bella schloss die Augen und sah Mary wieder vor sich, die von diesem Kerl an die Wand gepresst wurde. Er war aus einem einzigen Grund hinter ihr her: um den offenkundigen Samenstau loszuwerden, unter dem er litt.

»Bitte tu ihr nicht weh. Sie ist keine von uns. Und sie ist krank.«

»Ich weiß. Ich werde ihr nichts tun.«

Bella stützte den Kopf in die Hand und fragte sich, woher so ein harter Mann wie er wohl wissen wollte, was wehtat und was nicht.

»Krieger ... sie weiß nichts von unserer Rasse. Sie ist ... ich flehe dich an, bitte ...«

»Sie wird sich an nichts erinnern, wenn es vorbei ist.«

Als ob es das besser machte. Bella hatte das Gefühl, sie würde Mary auf einem Tablett servieren.

»Du kannst mich nicht aufhalten, Frau. Aber du kannst es einfacher für deine Freundin machen. Denk darüber nach. Es ist sicherer für sie, sich an einem öffentlichen Ort mit mir zu treffen. Sie wird nicht erfahren, was ich bin. Es wird so normal wie möglich für sie sein.«

Bella hasste es, so herumkommandiert zu werden, und sie hasste die Vorstellung, ihre Freundin zu hintergehen.

»Ich wünschte, ich hätte sie nie mitgebracht«, murmelte sie.

»Ich nicht.« Er schwieg kurz. »Sie ist … eine ungewöhnliche Frau.«

»Was, wenn sie dich zurückweist?«

»Das wird sie nicht.«

»Aber wenn doch?«

»Das ist ihre Entscheidung. Ich werde sie zu nichts zwingen. Das schwöre ich dir.«

Bella spielte an ihrer Goldkette mit den eingesetzten Diamanten, die sie immer um den Hals trug.

»Wo?«, fragte sie geknickt. »Wo soll sie dich treffen?«

»Wo gehen denn Menschen normalerweise hin?«

Woher zum Henker sollte sie das wissen? Moment, Mary hatte mal etwas über eine Kollegin erzählt, die sich mit einem Mann getroffen hatte … Wie hieß der Laden noch?

»*TGI Friday's*«, sagte sie.

»Gut. Dann sag ihr, wir treffen uns dort – heute Abend um acht.«

»Was für einen Namen soll ich ihr sagen?«

»Sag ihr, ich heiße … Hal. Hal E. Wood.«

»Gut. Aber, Krieger?«

»Was denn noch?«

»Bitte …«

Seine Stimme wurde tatsächlich etwas weicher. »Keine Sorge, Bella. Ich werde sie gut behandeln.«

Und dann war die Leitung tot.

In Mr. Xs Hütte tief im Wald setzte sich O langsam auf dem Bett auf. Er fuhr sich mit den Händen über die nassen Wangen.

Omega war erst vor etwa einer Stunde gegangen, und aus verschiedenen Stellen in seinem Körper sickerten immer noch Körperflüssigkeiten aller Art. Er war nicht sicher, ob er sich schon bewegen konnte, aber er musste unbedingt aus diesem Schlafzimmer heraus.

Als er versuchte aufzustehen, drehte sich alles, also setzte er sich wieder. Durch das kleine Fenster auf der gegenüberliegenden Seite des Raumes konnte er das Morgengrauen erkennen, die warmen Strahlen der Sonne und die Umrisse der Kiefernäste. Er hatte nicht damit gerechnet, dass die Bestrafung einen ganzen Tag dauern würde. Und in manchen Momenten war er nicht sicher gewesen, ob er es durchstehen würde.

Omega hatte ihn zu seinem Entsetzen an Orte in sich selbst geführt, von deren Existenz er keine Ahnung gehabt hatte. Orte der Furcht und des Selbsthasses. Der Demütigung und der Entwürdigung. Und jetzt, im Nachhinein, fühlte er sich, als hätte er keine Haut mehr, als wäre er nackt und Omega schutzlos ausgeliefert, eine rohe Wunde, die zufälligerweise atmete.

Die Tür ging auf, und Mr. Xs Schultern füllten den Türrahmen aus. »Wie geht's uns?«

O bedeckte sich mit einem Laken und öffnete dann den Mund. Nichts kam heraus. Er hustete einige Male. »Ich habe es … überstanden.«

»Das hatte ich gehofft.«

Es war schwierig für O, den Mann in Alltagskleidung dastehen zu sehen, ein Klemmbrett in der Hand, als wäre er bereit für einen weiteren produktiven Arbeitstag. Im

Vergleich zu dem, was O die letzten vierundzwanzig Stunden erlebt hatte, wirkte diese Normalität falsch und seltsam bedrohlich.

Mr. X lächelte etwas. »Also, Sie und ich werden jetzt eine Abmachung treffen. Sie tanzen nicht mehr aus der Reihe, und so etwas wird nie wieder geschehen.«

O war zu erschöpft, um zu streiten. Sein innerer Widerstand würde zurückkehren, das wusste er, aber im Moment wünschte er sich nichts mehr als Seife und heißes Wasser. Und ein bisschen Zeit für sich.

»Wie heißt das?«, herrschte ihn Mr. X an.

»Ja, Sensei.« O war egal, was er tun oder sagen musste. Er wollte einfach nur weg von diesem Bett ... diesem Zimmer ... dieser Hütte.

»In dem Schrank da sind ein paar Kleidungsstücke. Können Sie Auto fahren?«

»Ja. Ja, es wird schon gehen.«

O stellte sich seine Dusche vor, die cremefarbenen Fliesen und die strahlend weißen Fugen. Sauber. So schön sauber. Und das wäre er auch, wenn er wieder herauskam.

»Ich möchte, dass Sie mir etwas versprechen, Mr. O. Wenn Sie sich wieder an Ihre Arbeit machen, dann denken Sie daran, wie sich das hier angefühlt hat. Behalten Sie es gut in Erinnerung, rufen Sie es sich immer wieder vor Augen, und lassen Sie es an Ihren Mitarbeitern aus. Ihre Initiative hat mich zwar etwas verärgert, aber ich würde Sie verachten, wenn Sie jetzt weich würden. Haben wir uns verstanden?«

»Ja, Sensei.«

Mr. X wandte sich ab, warf aber noch einen Blick über die Schulter. »Ich glaube, ich weiß, warum Omega Sie am Leben gelassen hat. Als er ging, hat er sich recht schmeichelhaft über Sie geäußert. Soll ich ihm ausrichten, Sie würden einen weiteren Besuch willkommen heißen?«

O gab ein ersticktes, furchtsames Geräusch von sich. Er konnte einfach nicht anders.

Mr. X lachte leise. »Vielleicht lieber doch nicht.«

11

Mary parkte vor dem *TGI Friday's*. Als sie sich unter all den Autos und Minivans umsah, fragte sie sich zum wiederholten Male, wie um alles in der Welt sie hatte einwilligen können, sich hier mit einem Mann zu treffen. Sie konnte sich nur noch vage daran erinnern, dass Bella sie heute Morgen angerufen und dazu überredet hatte. Aber die Einzelheiten wusste sie beim besten Willen nicht mehr.

Allerdings ließ ihr Gedächtnis zurzeit auch etwas zu wünschen übrig. Morgen früh hatte sie ihren Arzttermin, und solange dieses Damoklesschwert über ihr schwebte, war sie wie benommen. Gestern Abend zum Beispiel. Sie hätte schwören können, dass sie mit Bella und John irgendwohin gefahren war. Aber der gesamte Abend war ein einziges schwarzes Loch. Und am heutigen Tag war es ähnlich gewesen. Mechanisch hatte sie ihre Arbeit im Büro erledigt, aber lauter dumme Fehler gemacht und ins Leere gestarrt.

Als sie aus ihrem Civic ausstieg, versuchte sie sich am Riemen zu reißen, so gut es ging. Sie schuldete dem Mann, mit dem sie sich hier traf, ein gewisses Maß an Aufmerksamkeit. Aber abgesehen davon spürte sie keinen Druck. Sie hatte Bella klar und deutlich gesagt, dass das hier völlig harmlos war. Jeder zahlte für sich selbst. Danke für den netten Abend; tschau.

Was auch dann ihr Ansatz gewesen wäre, wenn nicht

diese medizinische Russisch-Roulette-Sache im Hintergrund lauern würde. Abgesehen davon, dass ihre Krankheit vielleicht wieder ausbrach, war sie auch einfach aus der Übung, was Dates anging, und wollte es auch dabei belassen. Wer brauchte schon diese Dramen? Die meisten allein stehenden Typen Anfang dreißig wollten sich noch austoben, sonst wären sie längst verheiratet. Und sie war eher der Spaßbremsentyp, von Natur aus ernsthaft und dazu mit ein paar harten Erfahrungen geschlagen.

Sie hatte sich auch nicht unbedingt für eine Party zurechtgemacht. Ihr unscheinbares Haar hatte sie am Hinterkopf zu einem strengen Zopf zusammengebunden. Der beige Wollpulli war weit und warm. Ihre Stoffhose war bequem, und die flachen Schuhe an den Spitzen abgetreten. Sie sah wahrscheinlich aus wie die Mutter, die sie niemals sein würde.

Als sie in das Restaurant kam, wurde sie in eine Nische ganz hinten in der Ecke geführt. Sie stellte ihre Tasche ab und nahm den Geruch von Paprika und Zwiebeln wahr; eine Kellnerin trug eine zischende Metallplatte vorbei.

Das Restaurant war gut besucht, der Geräuschpegel entsprach den vielen Gästen. Die Angestellten balancierten Tabletts voller dampfender Teller, Familien, Paare und Grüppchen von Freunden lachten, redeten, stritten. Das verrückte Chaos kam ihr beängstigender vor als üblich, und sie fühlte sich furchtbar allein, wie eine Hochstaplerin unter all den echten Menschen.

Sie alle hatten eine glückliche Zukunft vor sich. Mary hatte … noch mehr Arzttermine.

Mit einem leisen Fluch brachte sie ihre Gefühle wieder unter Kontrolle, die Panik und die Weltuntergangsstimmung. Heute Abend würde sie nicht mehr an Dr. Della Croce denken, das nahm sie sich fest vor.

Mary dachte an getrimmte Hecken und lächelte versuchsweise. Genau in diesem Moment kam eine Kellnerin an den Tisch. Die Frau stellte schwungvoll einen Plastikbecher mit Wasser vor ihr ab, wobei sie etwas verschüttete.

»Warten Sie auf jemanden?«

»Ja.«

»Wollen Sie was trinken?«

»Das hier reicht erst mal, danke.«

Als die Kellnerin wieder abzog, nahm Mary einen Schluck von dem Wasser, schmeckte Metall und schob den Becher weg. Aus dem Augenwinkel bemerkte sie eine aufgeregte Bewegung an der Eingangstür.

Ach du … wow.

Ein Mann war hereingekommen. Ein wirklich, wirklich … *toller* Mann.

Er war blond. Schön wie ein Filmstar in einem schwarzen Ledertrenchcoat. Seine Schultern waren so breit wie die Tür, durch die er gerade gekommen war, und seine Beine so lang, dass er jeden der Anwesenden überragte. Als er sich mit langen Schritten durch das Gewühl am Eingang drängte, sahen die anderen Männer zu Boden oder auf ihre Armbanduhren, als wüssten sie, dass sie ihm nicht das Wasser reichen konnten.

Mary runzelte die Stirn. Irgendwo hatte sie den Typen doch schon mal gesehen.

Klar! Auf einer Leinwand, sagte sie zu sich selbst. Vielleicht wurde hier in der Stadt ein Film gedreht.

Der Mann trat zur Kellnerin und musterte sie von Kopf bis Fuß, als wolle er Maß nehmen. Die Rothaarige blinzelte ihn in ungläubigem Staunen an, doch dann kamen ihr ganz offenbar ihre Östrogenrezeptoren zu Hilfe geeilt.

Sie zupfte ihre Haare nach vorn und streckte die Hüfte heraus, wie um sicherzugehen, dass er sie auch bemerkte.

Keine Sorge, dachte Mary. *Er sieht dich schon, Herzchen.*

Als die beiden zusammen durch das Restaurant gingen, suchte der Mann jeden Tisch ab, und Mary überlegte, mit wem er wohl verabredet war.

Aha. Zwei Tische weiter saß eine Blondine allein. Ihr blauer Pulli war so eng, als wäre sie in Angora eingeschweißt, was zwei prachtvolle Brüste gut zur Geltung brachte. Und die Frau verströmte gespannte Erwartung, während sie ihn auf sich zukommen sah.

Bingo. Ken und Barbie.

Na ja, eigentlich nicht Ken. Je näher der Kerl kam, desto mehr spürte sie etwas an ihm, was trotz seines blendenden Aussehens nicht so ganz ins Bild passen wollte. Etwas … Animalisches. Er hatte einfach eine andere Haltung als normale Menschen.

Um genau zu sein, bewegte er sich eher wie ein Raubtier, die massigen Schultern bewegten sich geschmeidig, der Kopf drehte sich von einer Seite zur anderen, suchte seine Umgebung ab. Sie hatte das ungute Gefühl, dass er den ganzen Laden hier mit bloßen Händen zerkrümeln könnte.

Mary zwang sich mit aller Gewalt, in ihren Wasserbecher zu blicken. Sie wollte nicht aussehen wie all die anderen gaffenden Idioten.

Ach, Scheiß drauf, sie musste ihn einfach ansehen.

Er ging an der Blonden vorbei und blieb vor einer Brünetten am Tisch gegenüber stehen. Die Frau grinste breit, was Mary vollkommen nachvollziehbar schien.

»Hi«, sagte er.

Wer hätte das gedacht. Seine Stimme war ebenfalls sensationell. Tief, klangvoll, schleppend.

»Schönen guten Abend.«

Der Tonfall des Mannes verschärfte sich. »Du bist nicht Mary.«

Mary schrak zusammen. *O nein.*

»Ich kann sein, wer du willst.«

»Ich suche Mary Luce.«

O … Verdammt.

Mary räusperte sich und wünschte sich weit, weit weg. »Ich … äh, ich bin Mary.«

Der Mann drehte sich um. Lebhafte, stahlblaue Augen bohrten sich in sie hinein, und sein großer Körper spannte sich an.

Mary sah schnell auf den Tisch und stocherte hektisch mit dem Strohhalm in ihrem Becher.

Nicht das, was du erwartet hattest, was?, dachte sie.

Das Schweigen dehnte sich aus, ganz offensichtlich suchte er nach einer sozial verträglichen Ausrede, um sich aus dem Staub zu machen.

Gott, wie konnte Bella sie nur so demütigen?

Rhage hielt den Atem an und saugte den Anblick der Frau in sich auf. Sie war wunderbar. Nicht, was er erwartet hatte, aber dennoch wunderbar.

Ihre Haut war blass und glatt, wie edles elfenbeinfarbenes Briefpapier. Ihre Gesichtszüge waren feingliedrig, der Kiefer beschrieb einen eleganten Bogen von den Ohren bis zum Kinn. Eine zarte, natürliche Röte betonte ihre hohen Wangenknochen. Ihr Hals war lang und schlank, wie ihre Hände und vermutlich auch ihre Beine. Ihr dunkelbraunes Haar war zu einem Zopf zusammengezogen.

Sie trug kein Make-up. Er konnte auch kein Parfüm riechen, und ihr einziger Schmuck waren winzige Perlohrringe. Dem hellen, unförmigen Pulli nach zu urteilen hatte sie sich auch sonst nicht herausgeputzt.

Absolut nichts an ihr warb um Beachtung. Mit den Frauen, deren Kontakt er normalerweise suchte, hatte sie nichts gemein. Er war völlig gefesselt von ihr.

»Hallo Mary«, sagte er sanft.

Er hoffte, sie würde zu ihm aufsehen, denn er hatte nicht genug Zeit gehabt, ihre Augen zu studieren. Und er konnte es kaum erwarten, ihre Stimme wieder zu hören. Die wenigen Worte, die sie bisher gesagt hatte, waren viel zu leise und nicht annähernd genug gewesen.

Er streckte die Hand aus, er musste sie einfach berühren. »Ich bin Hal.«

Sie ließ seinen Arm zwischen ihnen in der Luft hängen, schnappte sich ihre Tasche und rutschte auf der Bank herüber, um aufzustehen.

Er verstellte ihr den Weg. »Wo willst du hin?«

»Hör mal, das ist schon in Ordnung. Ich sage Bella nichts davon. Wir tun einfach so, als hätten wir zusammen gegessen.«

Rhage schloss die Augen und drängte die Hintergrundgeräusche zurück, um den Klang ihrer Stimme in sich aufnehmen zu können. Sein Geist regte sich und wurde ruhig, sein Körper geriet leicht ins Taumeln.

Und dann verstand er, was sie gerade gesagt hatte.

»Warum sollten wir lügen? Wir *werden* zusammen essen.«

Ihre Lippen spannten sich zu einem Strich, aber wenigstens versuchte sie nicht mehr, an ihm vorbeizuschlüpfen.

Als er sicher war, dass sie keinen Fluchtversuch mehr unternehmen würde, setzte er sich und versuchte, seine langen Beine unter dem Tisch in eine bequeme Position zu bringen. Sie sah ihn an, und er wurde plötzlich mucksmäuschenstill.

Du lieber Himmel. Ihre Augen passten überhaupt nicht zu dem sanften Tonfall ihrer Stimme. Sie gehörten zu einer Kriegerin.

Von einem durchdringenden Blaugrau, umrandet von Wimpern in der Farbe ihres Haars, waren sie ernst und schwermütig. Sie erinnerten ihn an die Augen von Männern, die Kämpfe ausgefochten und überlebt hatten. In ihrer Ausdruckskraft waren sie atemberaubend schön.

Seine Stimme bebte. »Ich werde ... auf jeden Fall mit dir essen.«

Ihre Augen weiteten sich, dann wurden sie zu Schlitzen. »Machst du schon lange karitative Arbeit?«

»Wie bitte?«

Eine Kellnerin kam zum Tisch und stellte langsam ein Glas Wasser vor ihm ab. Er konnte die lustvolle Reaktion der Frau auf sein Gesicht und seinen Körper riechen, und es störte ihn.

»Hi, ich bin Amber«, sagte sie. »Was kann ich euch zu trinken bringen?«

»Ich bleibe beim Wasser. Mary, möchtest du etwas anderes?«

»Nein, danke.«

Die Kellnerin trat etwas näher zu ihm. »Darf ich euch unsere Tageskarte für heute vorstellen?«

»Von mir aus.«

Sie ratterte eine endlos lange Liste herunter, doch Rhage wandte den Blick nicht von Mary ab. Sie verbarg ihre Augen vor ihm, verdammt.

Dann räusperte sich die Kellnerin. Mehrmals. »Sicher,

dass ich Ihnen nicht ein Bier bringen kann? Oder vielleicht etwas Stärkeres? Vielleicht ein Gläschen …«

»Danke, wir sind zufrieden. Wir bestellen dann später.«

Amber verstand den Wink.

Als sie wieder allein waren, sagte Mary: »Wirklich, lassen wir das doch einfach …«

»Habe ich irgendwie durchblicken lassen, dass ich nicht mit dir essen will?«

Sie legte eine Hand auf die Speisekarte vor ihr und fuhr mit dem Finger das Wort *Spare Ribs* nach. Dann schob sie unvermittelt die Karte von sich weg. »Du starrst mich die ganze Zeit an.«

»Männer machen so was.« *Wenn sie eine Frau finden, die sie wollen,* fügte er im Geiste hinzu.

»Kann schon sein, aber nicht bei mir. Ich kann mir gut vorstellen, wie enttäuschend mein Anblick gewesen sein muss. Aber deshalb musst du mich nicht noch gesondert darauf hinweisen, wenn du verstehst, was ich meine. Und du musst auch nicht aus Mitleid oder Pflichtbewusstsein hier eine Stunde mit mir Mauerblümchen vergeuden, darauf habe ich nämlich keine Lust.«

Mein Gott, diese Stimme. Da war sie wieder. Abwechselnd kalte und heiße Schauer überfuhren ihn. Er atmete tief ein und versuchte, etwas von ihrem natürlichen, frischen Duft zu erhaschen.

Als sich Stille zwischen ihnen ausbreitete, schob er die Speisekarte wieder zu ihr hinüber. »Such dir was aus, falls du nicht einfach nur danebensitzen willst, während ich esse.«

»Ich kann gehen, wann ich will.«

»Stimmt. Aber das wirst du nicht.«

»Ach ja? Und warum nicht?« Ihre Augen blitzten, und sein ganzer Körper reagierte darauf.

»Du wirst deshalb nicht abhauen, weil du Bella gern hast und sie nicht vor den Kopf stoßen willst. Denn im Gegensatz zu dir würde ich ihr sehr wohl erzählen, dass du mich abserviert hast.«

Mary runzelte die Stirn. »Das ist Erpressung.«

»Beeinflussung.«

Langsam klappte sie die Karte auf und warf einen Blick hinein. »Du starrst mich immer noch an.«

»Ich weiß.«

»Würde es dir was ausmachen, woanders hinzuschauen? Auf die Karte oder zu der Brünetten gegenüber. Zwei Tische weiter sitzt auch eine Blonde, falls es dir noch nicht aufgefallen ist.«

»Du benutzt kein Parfüm, oder?«

Sie blickte auf. »Nein.«

»Darf ich?« Er deutete mit dem Kopf auf ihre Hände.

»Wie bitte?«

Er konnte ihr ja schlecht sagen, dass er an ihrer Haut schnuppern wollte. »Da wir ja immerhin zusammen essen, gebietet es doch die Höflichkeit, sich wenigstens die Hände zu schütteln. Findest du nicht? Beim ersten Mal hast du mich zwar zurückgewiesen, aber ich mache gerne noch einen Versuch.«

Als sie ihm keine Antwort gab, streckte er wortlos die Arme über den Tisch und nahm ihre Hände in seine. Bevor sie noch reagieren konnte, zog er einen Arm zu sich herüber und drückte seine Lippen auf ihre Handknöchel. Er atmete tief ein.

Sein Körper reagierte sofort. Die Erektion drückte gegen den Reißverschluss seiner Lederhose, und er rutschte auf dem Sitz herum, um mehr Platz in seiner Hose zu schaffen.

Gott, er konnte es kaum erwarten, allein mit ihr zu sein.

12

Mary stockte der Atem, als Hal ihre Hand wieder losließ.

Vielleicht träumte sie. Genau, das musste es sein. Weil der Typ einfach zu gut war, um wahr zu sein. Zu sexy. Und viel zu sehr auf sie fixiert, um echt zu sein.

Die Kellnerin kam zurück und stellte sich so nah neben Hal wie irgend möglich, ohne auf seinem Schoß zu landen. Und ganz zufällig hatte sie sich den Lippenstift nachgezogen. Ihr Mund glänzte in feuchtem Schweinchen-Rosa.

Mary schüttelte den Kopf, erstaunt über ihre eigene Zickigkeit.

»Was darf ich dir bringen?«, fragte die Kellnerin Hal.

Er warf Mary einen Blick zu und zog eine Augenbraue hoch. Hastig schlug sie die Speisekarte auf.

»Dann wollen wir mal sehen«, sagte er und öffnete seine Karte wieder. »Ich nehme das Hühnchen Alfredo. Und das T-Bone-Steak, blutig. Und einen Cheeseburger, auch blutig. Doppelte Pommes. Und extra Nachos. Genau, einmal Nachos mit allem drauf. Doppelte Portion.«

Mary konnte ihn nur anstarren, als er seine Speisekarte zuklappte und wartete.

Die Kellnerin sah etwas betreten drein. »Ist das dann alles für dich und deine Schwester?«

Als wären Familienbande der einzig mögliche Grund

für einen Mann wie ihn, mit einer Frau wie ihr auszugehen. *O Mann …*

»Nein, das ist für mich. Und sie ist nicht meine Schwester, wir haben ein Date.«

»Ich … äh … ich nehme nur einen Cesars Salad, bitte zusammen mit seinem« – Futtertrog? – »Hauptgericht.«

Die Kellnerin verzog die rosa Lippen zu einer Schnute, nahm die Speisekarten und verschwand.

»Also, Mary, dann erzähl doch mal von dir.«

»Warum sprechen wir nicht lieber von dir?«

»Weil ich dir dann nicht zuhören kann.«

Mary erstarrte, etwas regte sich in ihrem Unterbewusstsein.

Sprich. Ich will deine Stimme hören.

Sag nichts. Immer und immer wieder. Mach schon.

Sie hätte schwören können, dass dieser Mann das zu ihr gesagt hatte. Aber sie hatte ihn noch nie zuvor getroffen. Einen Kerl wie ihn hätte sie mit Sicherheit nicht vergessen.

»Was machst du beruflich?«, fragte er.

»Ähm … ich bin Anwaltsgehilfin.«

»Wo?«

»In einer Kanzlei hier in der Stadt.«

»Aber davor hast du etwas anderes gemacht, oder?«

Sie überlegte, wie viel Bella ihm wohl erzählt hatte. Hoffentlich hatte sie nichts von der Krankheit erzählt. Vielleicht war er deshalb nicht einfach wieder gegangen.

»Mary?«

»Früher habe ich mit Kindern gearbeitet.«

»Als Lehrerin?«

»Als Therapeutin.«

»Geistig oder körperlich?«

»Beides. Ich war spezialisiert auf autistische Kinder.«

»Wie kamst du darauf?«

»Müssen wir das machen?«

»Was machen?«

»Diese Pseudo-Kennenlernspielchen.«

Er runzelte die Stirn und lehnte sich zurück, als die Kellnerin einen Riesenteller Nachos vor ihm abstellte.

Die Frau beugte sich zu seinem Ohr hinab. »Psst, nicht weitersagen. Ich hab die Nachos von einer anderen Bestellung geklaut. Die können warten, aber du siehst so hungrig aus.«

Hal nickte und lächelte, wirkte aber desinteressiert.

Höflich war er, das musste man ihm lassen, dachte Mary. Jetzt wo er ihr gegenübersaß, schien er keine andere Frau zu beachten.

Er bot ihr den Teller an. Als sie den Kopf schüttelte, steckte er sich ein paar Chips in den Mund. »Es überrascht mich nicht, dass Smalltalk dir auf die Nerven geht«, sagte er.

»Warum denn das?«

»Du hast zu viel durchgemacht.«

Sie sah ihn fragend an. »Was genau hat Bella dir über mich erzählt?«

»Nicht viel.«

»Und woher willst du dann wissen, dass ich etwas durchgemacht habe?«

»Das steht in deinen Augen geschrieben.«

Hört, hört. Klug war er auch noch. Der perfekte Mann.

»Aber ich muss dir leider sagen«, fuhr er fort, während er sich zügig und gründlich über die Nachos hermachte. »Es ist mir egal, ob dir das auf die Nerven geht. Ich möchte wissen, warum du dich für diese Arbeit interessiert hast, und du wirst es mir erzählen.«

»Du bist arrogant.«

»Na so was.« Er lächelte spöttisch. »Und du weichst meiner Frage aus. Was hat dich darauf gebracht?«

Die Antwort war der Kampf ihrer Mutter gegen den Muskelschwund. Dadurch, dass sie das Leiden ihrer Mutter mit ansehen musste, hatte sie zu ihrer Berufung gefunden – anderen Menschen dabei zu helfen, ihre Einschränkungen zu meistern. Vielleicht war es auch ein Weg gewesen, mit den Schuldgefühlen umzugehen, dass sie gesund war und ihre Mutter ein so schweres Los hatte.

Und dann hatte das Schicksal auch bei Mary gnadenlos zugeschlagen.

Komisch, ihr erster Gedanke, als sie von ihrer Diagnose erfuhr, war: Das ist nicht fair. Sie hatte die Krankheit ihrer Mutter hautnah miterlebt und mitgelitten. Warum bestand das Universum darauf, dass sie den beobachteten Schmerz auch höchstpersönlich erlebte? In diesem Augenblick war ihr klar geworden, dass es keine Quotenregelung für menschliches Elend gab; keine kalkulierbare Schwelle, die – einmal überschritten – aus dem Jammertal herausführte.

»Ich wollte noch nie etwas anderes machen«, erklärte sie ausweichend.

»Warum hast du dann damit aufgehört?«

»Mein Leben hat sich verändert.«

Gott sei Dank ging er darauf nicht näher ein. »Hat es dir Spaß gemacht, mit behinderten Kindern zu arbeiten?«

»Sie sind nicht … nicht behindert.«

»Tut mir leid«, sagte er und meinte es ganz offensichtlich auch so.

Die Ernsthaftigkeit in seiner Stimme lockte sie wirkungsvoller aus der Reserve, als jedes Kompliment oder Lächeln es vermocht hätte.

»Sie sind einfach nur anders. Sie erleben die Welt anders als wir. Normal heißt einfach nur Durchschnitt, aber das ist nicht die einzig mögliche Art zu leben oder zu sein –« Sie hielt inne; er hatte die Augen geschlossen. »Langweile ich dich?«

Langsam hoben sich seine Lider. »Nein. Im Gegenteil. Ich liebe es, dich sprechen zu hören.«

Mary musste schlucken. Seine Augen waren fast neonfarben, sie leuchteten blau.

Das mussten Kontaktlinsen sein, dachte sie. Kein Mensch hatte solche Augen.

»Andersartigkeit stört dich wohl nicht?«, murmelte er.

»Nein.«

»Das ist gut.«

Sie musste feststellen, dass sie ihn anlächelte. Warum auch immer.

»Ich hatte recht«, flüsterte er.

»Womit?«

»Damit, dass du bezaubernd aussiehst, wenn du lächelst.«

Mary sah zur Seite.

»Bitte nicht den Charmeur spielen. Dann schon lieber Smalltalk.«

»Ich bin ehrlich, nicht charmant. Frag meine Brüder, ich trete normalerweise in ein Fettnäpfchen nach dem anderen.«

Es gab noch mehr von der Sorte? Junge, die Familienfotos mussten ja der Hammer sein. »Wie viele Brüder hast du?«

»Fünf. Inzwischen. Wir haben einen verloren.« Er nahm einen langen Schluck Wasser, als wollte er nicht, dass sie seine Augen sah.

»Das tut mir leid«, sagte sie leise.

»Danke. Es ist noch ganz frisch. Und ich vermisse ihn höllisch.«

Da kam die Kellnerin wieder, diesmal mit einem schweren Tablett. Als die Teller alle vor ihm aufgereiht waren und auch Mary ihren Salat hatte, blieb die Frau immer noch am Tisch stehen, bis Hal sich höflich bei ihr bedankte.

Das Hühnchen Alfredo nahm er sich zuerst vor. Er stieß die Gabel in ein Knäuel Fettuccine, drehte einen Knoten daraus und schob sich das Ganze in den Mund. Versonnen kaute er und salzte dabei etwas nach. Als Nächstes probierte er das Steak. Nahm noch ein bisschen Pfeffer. Dann nahm er den Cheeseburger in die Hand. Auf halbem Weg zum Mund aber runzelte er plötzlich die Stirn, legte ihn zurück auf den Teller und benutzte stattdessen Messer und Gabel.

Er aß wie ein Gentleman, mit beinahe anmutigen Bewegungen.

Plötzlich sah er sie an. »Was ist denn?«

»Entschuldige, äh …« Sie stocherte in ihrem Salat herum, doch schon wanderte ihr Blick wieder nach oben, und sie sah ihm weiter beim Essen zu.

»Wenn du mich weiter so anstarrst, werde ich noch rot«, erklärte er.

»Entschuldige.«

»Du brauchst dich nicht zu entschuldigen. Ich spüre deine Augen gern auf mir.«

Marys Körper erwachte zum Leben. Und sie reagierte darauf, indem sie sich graziös mit Salatsoße bekleckerte.

»Also, warum siehst du mich so an?«, fragte er.

Hektisch tupfte sie mit der Serviette auf ihrer Hose herum. »Wegen deiner Tischmanieren. Sie sind sehr gut.«

»Essen muss man genießen.«

Sie stellte sich vor, was er sonst noch auf diese Art genoss. Langsam. Gewissenhaft. Gott, er musste ein wahnsinniges Liebesleben haben. Er war sicher umwerfend im Bett. Sein kräftiger Körper, die goldene Haut, diese langen, schlanken Finger … Marys Kehle wurde trocken und sie griff nach ihrem Glas. »Aber … isst du immer so viel?«

»Um ehrlich zu sein, ist mein Magen nicht ganz in Ordnung. Ich bin gerade etwas vorsichtig.« Er streute noch ein bisschen Salz auf die Fettuccine. »Und was machst du so in deiner Freizeit? Hobbys? Interessen?«

»Ich koche gerne.«

»Wirklich? Ich esse gern.«

Krampfhaft versuchte sie die Vorzustellung zu vermeiden, wie er an ihrem Tisch saß.

»Du bist schon wieder verärgert.«

Sie wedelte mit der Hand. »Nein, bin ich nicht.«

»Doch, bist du. Du hast keine Lust, für mich zu kochen, oder?«

Seine kompromisslose Ehrlichkeit gab ihr das Gefühl, ihm alles sagen zu können; und er würde immer genau das antworten, was er dachte und fühlte. Ob gut oder schlecht.

»Hal, gibt es irgendeinen Filter zwischen deinem Gehirn und deinem Mund?«

»Eigentlich nicht.« Er war mit dem Hühnchen fertig und schob den Teller zur Seite. Jetzt war das Steak an der Reihe. »Und was ist mit deinen Eltern?«

Sie holte tief Luft. »Meine Mutter starb vor knapp vier Jahren. Mein Vater wurde getötet, als ich zwei war. Er war zur falschen Zeit am falschen Ort.«

Er schwieg kurz. »Das war bestimmt hart. Beide zu verlieren.«

»Ja.«

»Meine Eltern sind auch beide tot. Aber wenigstens sind sie sehr alt geworden. Hast du Geschwister?«

»Nein. Wir waren immer nur zu zweit, meine Mutter und ich. Und jetzt bin nur noch ich übrig.«

Eine lange Pause entstand. »Und woher kennst du John?«

»John … ach, John Matthew. Hat Bella dir von ihm erzählt?«

»Gewissermaßen.«

»Ich kenne ihn nicht besonders gut. Er ist erst vor Kurzem irgendwie in mein Leben getreten. Ich finde, er ist etwas ganz Besonderes, ein netter Junge. Obwohl ich den Eindruck habe, dass er es nicht besonders einfach hatte.«

»Kennst du seine Eltern?«

»Er hat mir erzählt, er hätte keine.«

»Weißt du, wo er wohnt?«

»Ich kenne das Stadtviertel. Keine besonders gute Gegend.«

»Willst du ihn retten, Mary?«

Was für eine merkwürdige Frage, dachte sie.

»Ich glaube nicht, dass er gerettet werden muss. Aber ich wäre gern seine Freundin. Um ganz ehrlich zu sein, ich kenne ihn kaum. Er ist einfach neulich Abend bei mir zu Hause aufgetaucht.«

Hal nickte, als hätte sie die richtige Antwort gegeben.

»Und woher kennst du denn eigentlich Bella?«, fragte sie ihn.

»Schmeckt dir dein Salat nicht?«

Sie sah auf ihren Teller. »Ich habe keinen Hunger.«

»Bist du sicher?«

Sie nickte.

Sobald er den Burger und die Pommes verdrückt hatte, griff er nach der kleinen Karte, die zwischen Pfeffer- und Salzstreuer steckte.

»Würde dir ein Dessert eher zusagen?«, wollte er wissen.

»Heute nicht.«

»Du solltest wirklich mehr essen.«

»Ich hatte ein gutes Mittagessen.«

»Nein, hattest du nicht.«

Mary verschränkte die Arme vor der Brust. »Woher willst du das wissen?«

»Ich kann deinen Hunger spüren.«

Sie hielt kurz die Luft an. Mein Gott, seine Augen schillerten wieder. So blau, so leuchtend wie das Meer. Ein Ozean, in dem man schwimmen oder ertrinken konnte.

»Woher weißt du, dass ich Hunger habe?«, wiederholte sie. Sie hatte das Gefühl, die Welt um sie herum würde nach und nach verschwinden.

Seine Stimme sank, bis sie fast nur noch ein Schnurren war. »Es stimmt doch, oder? Was spielt es für eine Rolle, woher ich das weiß?«

Glücklicherweise kam in diesem Augenblick die Kellnerin, um den Tisch abzuräumen. Als Hal seine Bestellung aufgegeben hatte – Apfelkuchen, Schokopudding und einen Kaffee –, hatte Mary schon fast wieder festen Boden unter den Füßen.

»Und was machst du so beruflich?«, fragte sie.

»Dies und das.«

»Schauspielerei? Modeln?«

Er lachte. »Nein. Ich mag ja dekorativ sein. Aber ich ziehe es vor, mich nützlich zu machen.«

»Und inwiefern machst du dich nützlich?«

»Man könnte wohl sagen, ich bin ein Soldat.«

»Du bist beim Militär?«

»Gewissermaßen.«

Das würde zumindest diese tödliche Ausstrahlung erklären. Das physische Selbstvertrauen. Die Schärfe in seinem Blick.

»Und was genau machst du da?« Bestimmt eine Sondertruppe, so hart wie er wirkte.

Hals Gesicht verfinsterte sich. »Nichts Besonderes.«

Aus dem Nichts drang eine Parfümwolke in Marys Nase. Es war die rothaarige Kellnerin, die den Tisch abwischte.

»War alles in Ordnung?« Man konnte förmlich hören, wie sie unter Hals Blick brutzelte.

»Ja, danke.«

»Gut.« Sie ließ etwas auf den Tisch gleiten. Eine Serviette. Mit einem Namen und einer Nummer darauf.

Die Frau blinzelte ihm zu und ging dann betont langsam weg. Mary sah auf ihre Hände.

Zeit zu gehen, dachte sie. Aus irgendeinem Grund wollte sie nicht sehen, wie Hal die Serviette einsteckte. Auch wenn er jedes Recht hatte, das zu tun.

»Tja, also ... das war interessant«, begann sie. Dann nahm sie ihre Tasche und rutschte von der Bank.

»Warum gehst du denn?« Sein harter Blick passte jetzt schon eher zur Armee und nicht so gut zum Unterwäschemodel.

Sie spürte eine Beklemmung in der Brust. »Ich bin müde. Aber danke, Hal. Das war sehr ... also danke.«

Als sie sich an ihm vorbeiquetschen wollte, nahm er ihre Hand und streichelte ihr über das Handgelenk. »Bleib doch noch, bis ich mein Dessert gegessen habe.«

Sie wandte den Blick von seinem perfekten Gesicht und

den breiten Schultern ab. Die Brünette von gegenüber erhob sich schon, Visitenkarte in der Hand.

Mary ließ den Kopf sinken. »Ich bin sicher, du findest jede Menge anderer Frauen, die dir Gesellschaft leisten. Eine ist sogar gerade auf dem Weg zu uns. Ich würde dir ja viel Glück wünschen, aber ich glaube nicht, dass du das nötig hast.«

Mary ging schnurstracks zum Ausgang. Die kühle Luft und die relative Stille draußen waren eine Erholung nach dem überfüllten Restaurant. Nur dass sie das ungute Gefühl hatte, nicht allein zu sein. Sie blickte über die Schulter.

Hal war direkt hinter ihr, obwohl sie ihn gerade am Tisch hatte stehen lassen. Blitzschnell drehte sie sich um, ihr Herz pochte so heftig, als wolle es ihren Brustkasten sprengen.

»Du lieber Himmel! Was machst du denn hier?«

»Ich bringe dich zum Auto.«

»Ich … äh. Das ist nicht nötig.«

»Zu spät. Der Civic da ist deiner, stimmt's?«

»Woher …«

»Die Scheinwerfer haben aufgeleuchtet, als du aufgeschlossen hast.«

Sie ging ein bisschen auf Abstand, doch bei jedem Schritt rückwärts machte Hal einen nach vorn. Als sie gegen ihr Auto stieß, hielt sie die Hände hoch.

»Stopp.«

»Hab keine Angst.«

»Dann bedräng mich nicht so.«

Sie drehte sich um und wollte die Tür aufmachen. Da schoss seine Hand hervor und krallte sich um den Streifen zwischen Fenster und Autodach.

Sie würde einsteigen. Falls er sie ließ.

»Mary?« Seine tiefe Stimme ertönte direkt neben ihrem Ohr, und sie schreckte zusammen.

Sie spürte die ungeheure Anziehung, die von ihm ausging, und stellte sich vor, wie sein Körper sich um ihren schlang. Verräterisch verwandelte sich ihre Furcht in Lust. Begierde.

»Lass mich los«, flüsterte sie.

»Noch nicht.«

Sie hörte ihn tief einatmen, als sauge er ihren Geruch ein. Und dann wurden ihre Ohren erfüllt von einem rhythmischen, pulsierenden Geräusch. Ihr Körper entspannte sich, erwärmte sich, öffnete sich zwischen ihren Beinen, als wäre sie bereit, ihn in sich aufzunehmen.

Um Himmels willen, sie musste weg von ihm.

Sie umfasste seinen Unterarm und drückte ihn weg. Ohne irgendeine Wirkung.

»Mary?«

»Was denn?«, fauchte sie, wütend darüber, dass sie von ihm so angeturnt war. Verdammt, er war ein Fremder, ein großer, aufdringlicher Fremder, und sie war eine Frau, die niemand vermissen würde, wenn sie nicht mehr nach Hause kam.

»Danke, dass du zum Essen geblieben bist.«

»Keine Ursache. Könntest du mich jetzt loslassen?«

»Sobald ich dir einen Abschiedskuss gegeben habe.«

Mary musste den Mund weit aufsperren, um ihre Lungen ausreichend mit Sauerstoff zu versorgen. »Warum?«, fragte sie heiser. »Warum solltest du das tun wollen?«

Seine Hände legten sich auf ihre Schultern und drehten sie zu sich um. Riesengroß stand er vor ihr und verdeckte den Lichtschein des Restaurants. Es blieben nur die Laternen auf dem Parkplatz und die Sterne über ihnen.

»Lass mich dich einfach küssen, Mary.« Seine Hände glitten an ihrem Hals hinauf zu ihren Wangen. »Nur einmal, okay?«

»Nein, nicht okay«, wisperte sie, als er ihren Kopf nach hinten bog.

Langsam näherten sich seine Lippen ihrem Mund. Sie zitterte. Es war so lange her, dass sie zuletzt geküsst worden war. Und noch nie von einem Mann wie ihm.

Seine Berührung war sanft und weich. Unerwartet, in Anbetracht seiner Statur.

Und genau als eine Hitzewelle über ihre Brüste rollte und zwischen ihren Beinen landete, hörte sie ein Zischen.

Hal taumelte rückwärts und sah sie mit einem merkwürdigen Blick an. Mit einer ruckartigen Bewegung verschränkte er die Arme vor der Brust, als hielte er sich selbst fest.

»Hal?«

Er sagte kein Wort, stand einfach nur da und starrte sie an. Hätte sie es nicht besser gewusst, sie hätte ihn für völlig überwältigt gehalten.

»Hal, ist alles in Ordnung bei dir?«

Er schüttelte einmal den Kopf. Dann verschwand er sang- und klanglos in der Dunkelheit hinter dem Parkplatz.

13

Rhage materialisierte sich im Garten zwischen der Höhle und dem großen Haus.

Er konnte das Gefühl unter seiner Haut nicht genau definieren, doch es war eine Art schwaches Summen in Muskeln und Knochen, wie die Vibration einer Stimmgabel. Was er allerdings mit Sicherheit sagen konnte, war, dass er dieses Summen noch nie zuvor gespürt hatte. Und dass es eingesetzt hatte, als sein Mund den von Mary berührt hatte.

Da bei seinem Körper erfahrungsgemäß alle neuen Erfahrungen automatisch schlecht waren, hatte er sich schnellstens aus dem Staub gemacht. Nicht in der Nähe dieser Frau zu sein, schien zu helfen. Das Blöde war, dass sein Körper jetzt, wo das Gefühl langsam nachließ, wieder nach einem Ventil schrie. Was unfair war. Normalerweise hatte er ein paar Tage Pause, nachdem die Bestie zu Besuch gekommen war.

Er sah auf die Uhr.

Verflucht, er wäre am liebsten losgezogen und hätte ein paar *Lesser* gejagt, um sich wenigstens ansatzweise abzureagieren. Aber seit Tohr das Kommando über die Bruderschaft übernommen hatte, galten neue Regeln. Nach einer Verwandlung musste Rhage ein paar Tage den Ball flach halten, bis er wieder vollständig auf dem Posten war.

Nach Darius' Tod vergangenen Sommer waren die Brüder nur noch zu sechst gewesen. Dann hatte Wrath den Thron bestiegen, sodass jetzt noch fünf übrig waren. Die Rasse konnte es sich nicht leisten, noch einen Krieger zu verlieren.

Diese Zwangspausen waren sicherlich sinnvoll, aber er hasste es, wenn man ihm Anweisungen gab. Und er konnte es nicht ertragen, nicht auf dem Schlachtfeld zu stehen. Besonders, wenn er dringend Dampf ablassen musste.

Er zog einen Autoschlüssel aus der Manteltasche und ging zu seinem aufgemotzten Pontiac GTO. Eineinhalb Minuten später war er auf der Landstraße. Er wusste nicht, wohin er fuhr, und es war ihm auch völlig egal.

Mary. Dieser Kuss.

Ihr Mund war so unglaublich süß gewesen, als er unter seinem bebte, so süß, dass er die Zunge zwischen ihre Lippen schieben und hineingleiten lassen wollte. Hinein und wieder heraus, immer wieder. Und dasselbe wollte er danach mit seinem Körper zwischen ihren Beinen tun.

Aber er hatte aufhören müssen. Was auch immer das für ein Summen war, es hatte ihn aufgewühlt, also war es gefährlich. Dabei war so eine Reaktion unsinnig. Mary beruhigte ihn doch, löste seine Anspannung. Sicher, er wollte sie, und das erregte ihn, aber doch nicht so sehr, dass er gefährlich wurde.

Zum Teufel. Vielleicht hatte er seine körperliche Reaktion falsch gedeutet. Vielleicht war diese elektrische Ladung, die er da gespürt hatte, einfach eine intensivere sexuelle Anziehung gewesen, als er sie gewohnt war. Normalerweise beschränkte sich Erregung bei ihm schlicht und einfach auf den Drang zu kommen, um sich danach wieder im Griff zu haben.

Er dachte an die Frauen, die er bisher gehabt hatte. Es waren unzählige gewesen, alles namenlose, gesichtslose Gestalten, in die er sich ergossen hatte. Nicht eine von ihnen hatte ihm wahre Lust bereitet. Er berührte und küsste sie nur, weil er wollte, dass sie auch auf ihre Kosten kamen. Um sein schlechtes Gewissen etwas zu beruhigen, wenn er sie so benutzte.

Scheiße, das schlechte Gewissen blieb. Denn er benutzte sie ja trotzdem.

Er hätte Mary also auf dem Parkplatz stehen lassen müssen, selbst wenn ihn dieses Summen bei dem Kuss nicht so aus dem Konzept gebracht hätte. Mit ihrer wunderbaren Stimme, den Augen einer Kriegerin und den bebenden Lippen konnte Mary niemals einfach nur eine schnelle Nummer sein. Sie zu nehmen, selbst mit ihrem Einverständnis, wäre so, als würde er etwas Reines beschmutzen.

Sein Handy klingelte, und er sah auf das Display. Er fluchte, ging aber trotzdem dran. »Hey, Tohr. Ich wollte dich gerade anrufen.«

»Ich habe dein Auto wegfahren sehen. Triffst du dich jetzt mit der Frau?«

»Hab ich schon.«

»Das ging aber schnell. Sie muss dich gut behandelt haben.«

Rhage knirschte mit den Zähnen. Ausnahmsweise fiel ihm mal keine passende Bemerkung ein. »Ich habe mit ihr über den Jungen gesprochen, und da dürfte es keine Probleme geben. Sie mag ihn und hat Mitleid mit ihm, aber wenn er verschwände, würde sie keinen Aufstand machen. Sie kennt ihn erst seit Kurzem.«

»Gut gemacht, Hollywood. Und wohin fährst du jetzt?«

»Nirgendwohin. Ich fahre nur durch die Gegend.«

Tohrs Stimme wurde weicher. »Es ist schlimm für dich, nicht kämpfen zu können, oder?«

»Würde es dir nicht genauso gehen?«

»Natürlich, aber mach dir mal keine Sorgen. Morgen Nacht kommt früh genug, und dann bist du wieder im Einsatz. Und in der Zwischenzeit kannst du ja im *One Eye* ein bisschen Dampf ablassen.« Tohr kicherte. »Übrigens habe ich von den Schwestern gehört, die du vorgestern hattest, eine nach der anderen. Mann, du bist wirklich erstaunlich.«

»Mhm. Darf ich dich um einen Gefallen bitten?«

»Jeden, mein Bruder.«

»Bitte ... lass mich heute mit den Frauen zufrieden, okay?« Rhage holte tief Luft. »Denn die Wahrheit ist, dass ich es hasse. Ehrlich.«

Eigentlich wollte er es dabei belassen, aber plötzlich sprudelten die Worte nur so aus ihm heraus, und er konnte sie nicht stoppen.

»Ich hasse die Anonymität. Ich hasse den Schmerz danach. Ich hasse die Gerüche an meinem Körper und in meinen Haaren, wenn ich nach Hause komme. Aber am allermeisten daran hasse ich, dass ich es immer wieder tun muss, weil ich sonst eines Tages einen von euch oder einen Unbeteiligten verletzen könnte.« Er stieß geräuschvoll die Luft aus. »Und diese beiden Schwestern, die dich so beeindruckt haben, dazu sag ich dir jetzt mal was: Ich suche mir immer nur die raus, denen es scheißegal ist, mit wem sie es treiben. Denn alles andere wäre unfair. Die beiden Bräute haben mich abgecheckt, meine Uhr und meine Dollars gesehen und beschlossen, dass man mit mir angeben kann. Das Ficken war ungefähr so intim wie eine Autopanne. Und heute Nacht? Du gehst nach Hause zu

Wellsie. Ich gehe allein nach Hause. Wie ich gestern allein nach Hause gegangen bin und morgen allein nach Hause gehen werde. Das Rumvögeln macht mir keinen Spaß, es bringt mich um, und das schon seit Jahren, also bitte verschon mich damit, klar?«

Langes Schweigen am anderen Ende der Leitung. »Scheiße … es tut mir leid. Ich wusste das nicht. Ich hatte ja keine Ahnung …«

»Ja, also …« Er musste dieses Gespräch beenden. »Hör mal, ich muss jetzt weiter. Ich muss … weiter. Bis dann.«

»Nein, warte Rhage …«

Rhage legte auf und fuhr auf den Seitenstreifen. Als er sich umsah, bemerkte er, dass er mitten im Wald stand, überall um ihn herum nur Bäume. Er legte den Kopf auf das Steuer.

Bilder von Mary schoben sich vor sein inneres Auge. Und dann fiel ihm ein, dass er vergessen hatte, ihr Gedächtnis zu löschen.

Vergessen? *Na klar.* Er hatte sich nur deshalb nicht aus ihren Erinnerungen getilgt, weil er sie wiedersehen wollte. Und er wollte, dass sie sich an ihn erinnerte.

Das war nicht gut. Gar nicht gut.

14

Mary warf sich im Bett herum und strampelte sich aus der Decke frei. Im Halbschlaf spreizte sie die Beine weit, um sich ein wenig abzukühlen.

Verdammt, sie hatte den Thermostat zu hoch eingestellt …

Ein schrecklicher Verdacht schlich sich in ihr Unterbewusstsein, und dann plötzlich war sie hellwach.

Erhöhte Temperatur. Sie hatte erhöhte Temperatur.

Ach du Scheiße … Sie kannte das Gefühl nur allzu gut, die heißen Wangen, die trockene Hitze, die schmerzenden Gelenke. Und die Uhr sagte 4:18. Was damals genau die Uhrzeit gewesen war, zu der das Fieber in der Regel auftrat.

Sie griff mit der Hand über Kopf nach dem Fenster und öffnete es. Die kalte Luft nahm diese Einladung bereitwillig an und strömte herein, kühlte sie ab, beruhigte sie. Kurz danach flaute das Fieber wieder ab, der Rückzug kündigte sich durch einen feinen Schweißfilm an.

Vielleicht bekam sie einfach nur eine Erkältung. Leute mit ihrer Vorgeschichte konnten durchaus auch ganz normale Krankheiten bekommen, wie der Rest der Menschheit. Wirklich.

Aber egal, ob Schnupfenvirus oder Rückfall, an Schlaf war nicht mehr zu denken. Sie zog sich einen Fleecepulli über das T-Shirt und die Boxershorts und ging nach unten. Auf dem Weg in die Küche knipste sie jedes Licht an, an dem sie vorbeikam, bis sämtliche dunklen Ecken des Hauses hell erleuchtet waren.

Zielpunkt: ihr Kaffeebecher. Es wäre definitiv besser, ein paar Mails aus dem Büro zu beantworten und sich das lange Wochenende über auf den Columbus Day vorzubereiten, als im Bett zu liegen und die Minuten bis zum Arzttermin zu zählen.

Was übrigens noch dreihundertdreißig waren, nur mal so nebenbei.

Gott, wie sie das Warten hasste.

Sie goss Wasser in die Kaffeemaschine und nahm die Dose mit dem Pulver aus dem Schrank. Da sie fast leer war, holte sie die Reservepackung und ...

Sie war nicht allein.

Mary beugte sich vor und sah aus dem Fenster über der Spüle. Ohne Außenlicht konnte sie nichts sehen, also ging sie hinüber zur Terrassentür und drückte auf den Lichtschalter.

»Um Gottes willen!«

Eine riesige schwarze Gestalt stand auf der anderen Seite der Scheibe.

Mary stolperte rückwärts Richtung Telefon, doch als sie einen blonden Haarschopf sah, blieb sie stehen.

Hal hob die Hand zum Gruß.

»Hey.« Seine Stimme wurde durch das Glas gedämpft.

Mary schlang sich die Arme um den Leib. »Was machst du denn hier?«

Seine breiten Schultern hoben sich. »Ich wollte dich sehen.«

»Warum? Und warum jetzt?«

Wieder ein Achselzucken. »War nur so eine Idee von mir.«

»Bist du irre?«

»Ja.«

Beinahe musste sie lächeln. Doch dann erinnerte sie sich selbst daran, dass sie keine unmittelbaren Nachbarn hatte, und er praktisch so groß war wie ihr Haus.

»Wie hast du mich überhaupt gefunden?« Vielleicht hatte Bella ihm ja gesagt, wo sie wohnte.

»Kann ich nicht reinkommen? Oder komm du raus, wenn dir das lieber ist.«

»Hal, es ist halb fünf Uhr morgens.«

»Ich weiß. Aber du bist wach und ich auch.«

Himmel, er war einfach so beeindruckend in seinen schwarzen Lederklamotten, und wenn sein Gesicht überwiegend im Schatten lag, wirkte er auch eher bedrohlich als schön.

Und sie dachte ernsthaft darüber nach, die Tür zu öffnen? Sie war offenbar selbst irre.

»Hör mal, Hal, ich halte das für keine so gute Idee.«

Er sah sie unverwandt durch die Scheibe an. »Können wir uns dann einfach so unterhalten?«

Perplex starrte sie ihn an. Der Typ war bereit, hier stehen zu bleiben, vor der Haustür, ausgesperrt wie ein Triebtäter, nur um mit ihr zu plaudern?

»Hal, das ist nicht böse gemeint, aber es gibt ungefähr einhunderttausend Frauen in diesem Stadtviertel, die dich nicht nur ins Haus, sondern auch ins Bett lassen würden. Warum suchst du dir nicht eine von denen aus und lässt mich in Ruhe?«

»Die sind nicht du.«

In der Dunkelheit waren seine Augen nicht zu erkennen. Doch sein Tonfall klang verdammt ernst.

In dem langen Schweigen, das folgte, redete sie sich selbst gut zu, ihn nicht hereinzulassen.

»Mary, wenn ich dir wehtun wollte, könnte ich das ohne Probleme machen. Du könntest jede Tür und jedes Fenster verrammeln, ich würde trotzdem reinkommen. Aber ich will einfach nur … ein bisschen mit dir reden.«

Sie beäugte seinen Schulterumfang. Mit dem Hereinkommen hatte er sicherlich recht. Und sie hatte das dumpfe Gefühl, wenn sie auf der geschlossenen Tür zwischen ihnen bestand, würde er sich einen ihrer Gartenstühle herholen und sich einfach auf die Terrasse setzen.

Also löste sie den Riegel, öffnete die Tür und trat zurück. »Aber etwas musst du mir erklären.«

Er lächelte beinahe schüchtern, als er hereinkam. »Klar doch.«

»Warum bist du nicht bei einer Frau, die was von dir will?« Hal zuckte zusammen. »Also, ich meine, diese Frauen dort im Restaurant, die waren total scharf auf dich. Warum« – *hast du gerade keinen wilden Sex* – »äh … amüsierst du dich nicht mit einer von denen?«

»Ich bin lieber hier in deiner Nähe als in einer von diesen Frauen.«

Sie zog den Kopf bei dieser unverblümten Antwort ein, doch dann wurde ihr bewusst, dass er nicht grob war, sondern nur vollkommen ehrlich.

Jedenfalls hatte sie mit einem recht gehabt: Als er sie nach diesem sanften Kuss stehen gelassen hatte, war sie davon ausgegangen, dass er keinerlei Hitze gespürt hatte. Damit hatte sie ganz offenbar den Nagel auf den Kopf getroffen. Er war nicht wegen Sex hier, und sie redete sich ein, dass das auch gut so war. Sie glaubte es sogar beinahe selbst.

»Ich mache mir gerade einen Kaffee, willst du auch welchen?«

Er nickte und fing an, auf und ab zu wandern und sich

dabei umzusehen. Gegen all die weißen Möbel und cremefarbenen Wände wirkten seine schwarzen Kleider und seine schwere Gestalt bedrohlich, bis sie sein Gesicht ansah. Er trug ein nicht sehr intelligentes kleines Lächeln auf den Lippen, als wäre er glücklich, einfach nur bei ihr sein zu dürfen. Wie ein Tier, das im Hof angekettet gewesen war und nun endlich ins Haus gelassen wurde.

»Willst du nicht deinen Mantel ausziehen?«, fragte sie höflich.

Er streifte sich das Leder von den Schultern und warf es aufs Sofa. Der Mantel schlug mit einem dumpfen Geräusch auf und begrub ihre Kissen unter sich.

Was um alles in der Welt ist nur in den Taschen?, fragte sie sich.

Doch dann fiel ihr Blick auf seinen Körper, und sie vergaß den albernen Mantel. Er trug ein schwarzes T-Shirt, das seine kräftigen Arme freiließ. Die Brust war breit und muskulös, der Bauch so hart, dass sie das Waschbrett durch den Stoff hindurch erkennen konnte. Seine Beine waren lang, die Oberschenkel kräftig …

»Gefällt dir, was du siehst?«, fragte er sie mit tiefer, ruhiger Stimme.

Als ob sie darauf jetzt antworten würde.

Stattdessen steuerte sie auf die Küche zu. »Wie stark möchtest du deinen Kaffee?«

Sie widmete sich wieder dem Öffnen der Kaffeepackung und riss daran herum. Ungeduldig nahm sie ein Messer zu Hilfe.

»Ich hab dich was gefragt«, raunte er ihr direkt ins Ohr.

Sie zuckte zusammen und schnitt sich vor Schreck in den Daumen. Stöhnend hob sie die Hand hoch und betrachtete die Wunde. Sie war tief und blutete.

Hal fluchte. »Ich wollte dich nicht erschrecken.«

»Ich werd's überleben.«

Sie stellte das Wasser an, doch bevor sie noch ihre Hand unter den Strahl halten konnte, umfasste er ihr Handgelenk.

»Lass mich mal sehen.« Ohne ihr eine Gelegenheit zum Protest zu geben, beugte er sich über ihren Finger. »Das sieht nicht gut aus.«

Er steckte sich ihren Daumen in den Mund und saugte sanft daran.

Mary schnappte nach Luft. Das warme, feuchte Saugen lähmte sie. Und dann spürte sie seine Zunge. Als er sie wieder freigab, konnte sie ihn nur anstarren.

»O … Mary«, sagte er traurig.

Sie war viel zu geschockt, um sich über seinen Stimmungsumschwung zu wundern. »Das hättest du nicht tun sollen.«

»Warum nicht?«

Weil es sich so gut angefühlt hat. »Woher willst du wissen, ob ich nicht AIDS habe oder so was?«

Seine Schultern hoben sich kaum merklich. »Und wenn schon, das wäre vollkommen egal.«

Sie wurde blass. Offenbar war er selbst HIV-positiv, und sie hatte gerade zugelassen, dass er sich ihre offene Wunde in den Mund steckte.

»Und nein, Mary, ich habe diese Krankheit nicht.«

»Aber warum wäre es dir dann egal?«

»Ich wollte es nur besser machen. Siehst du? Es blutet nicht mehr.«

Sie sah auf ihren Daumen. Die Wunde war geschlossen. Schon halb verheilt. *Wie zum Henker …*

»Wirst du mir jetzt endlich antworten?«, bohrte Hal,

wie um die Frage abzuwürgen, die sie gerade stellen wollte.

Sie blickte zu ihm auf und bemerkte, dass seine Augen wieder dieses Leuchten hatten und das Stahlblau einen entrückten, hypnotischen Glanz bekam.

»Wie war noch mal die Frage?«, murmelte sie.

»Sagt dir mein Körper zu?«

Sie presste die Lippen zu einem Strich zusammen. Mann, wenn dem Typ einer abging, weil ihm Frauen Komplimente machten, dann musste sie ihn leider enttäuschen.

»Und was, wenn nicht?«, fauchte sie.

»Dann würde ich mich bedecken.«

»Ja, klar.«

Er legte den Kopf zur Seite, als würde er darüber nachdenken, ob er ihre Gedanken falsch gelesen hatte. Dann ging er hinüber ins Wohnzimmer zu seinem Mantel.

Herrje, er meinte es ernst.

»Hal, komm zurück. Du musst nicht … ich, äh, ich finde deinen Körper völlig in Ordnung.«

Lächelnd kehrte er zurück. »Da bin ich aber froh. Ich möchte dir gefallen.«

Alles klar, Süßer, dachte sie. Dann weg mit dem T-Shirt, Hosen runter, und leg dich auf den Fußboden. Wir können uns dabei abwechseln, unten zu liegen.

Innerlich fluchend wandte sie sich wieder dem Kaffee zu. Während sie das Pulver in den Filter löffelte, spürte sie Hals Blick auf sich. Und sie hörte ihn tief einatmen. Und sie fühlte, wie er … immer näher rückte.

Die Vorboten der Panik durchströmten ihren Körper. Er war zu nah. Zu groß. Zu … schön. Und die Hitze und die Lust, die er in ihr hervorrief, waren zu übermächtig. Als die Kaffeemaschine endlich gluckste, rückte sie von ihm ab.

»Warum willst du nicht, dass ich dir gefalle?«, fragte er.

»Hör auf, dieses Wort zu benutzen.« Denn wenn er *gefallen* sagte, konnte sie an nichts als Sex denken.

»Mary.« Seine Stimme war tief und voll. Eindringlich. »Ich möchte …«

Sie hielt sich die Ohren zu. Plötzlich gab es viel zu viel von ihm in ihrem Haus. In ihrem Kopf.

»Das war keine gute Idee. Du solltest lieber gehen.«

Sie spürte eine große Hand leicht auf ihrer Schulter.

Mary tauchte unter dem Griff hindurch und wurde langsam ärgerlich. Er war das Inbild von Gesundheit und Lebenskraft, purem Sex und Hunderten von Dingen, die sie nicht haben konnte. Er war so absolut lebendig, und sie war … sehr wahrscheinlich wieder krank.

Mary ging zur Terrassentür und öffnete sie. »Geh jetzt, okay? Bitte geh einfach.«

»Ich will aber nicht.«

»Raus. Bitte.« Immer noch starrte er sie nur an. »Meine Güte, du bist wie ein Straßenköter, den man nicht mehr loswird. Warum suchst du dir nicht jemand anderen, dem du auf den Geist gehen kannst?«

Hals kraftvoller Körper erstarrte. Einen Augenblick lang schien es, als wolle er ihr eine scharfe Antwort geben, doch dann nahm er einfach nur seinen Mantel. Als er sich das Leder um die Schultern warf und zur Tür ging, sah er sie nicht an.

Na super. Jetzt hatte sie ein schlechtes Gewissen.

»Hal. Hal, warte mal.« Sie griff nach seiner Hand. »Es tut mir leid, Hal …«

»Nenn mich nicht so«, zischte er.

Er entwand sich ihrem Griff, doch sie verstellte ihm den Weg. Und wünschte sofort, sie hätte das unterlassen. Seine Augen waren eiskalt und sahen aus wie wasserblaue Glasscherben.

Er klang bitter, als er sprach. »Tut mir leid, wenn ich dir zu nahe getreten sein sollte. Es muss ja ein echtes Scheißgefühl sein, wenn dich jemand einfach nur kennenlernen möchte.«

»Hal …«

Er schob sie mit Leichtigkeit beiseite. »Sag das noch einmal, und ich stecke meine Faust durch die Wand.«

Mit großen Schritten ging er hinaus und verschwand zwischen den Bäumen, die am Rand ihres Grundstücks wuchsen.

Aus einem plötzlichen Impuls heraus fuhr Mary in ein Paar Turnschuhe, schnappte sich eine Jacke und schoss durch die Tür. Sie rannte über den Rasen und rief nach ihm. Als sie am Rand des Waldes ankam, blieb sie stehen.

Sie hörte keine Äste schlagen, keine Zweige knacken, keine schweren Schritte. Aber er war doch in diese Richtung gegangen. Oder?

»Hal?«, rief sie.

Es dauerte lange, bis sie sich umdrehte und zum Haus zurückging.

15

»Heute Nacht haben Sie gute Arbeit geleistet, Mr. O.«

Mr. O trat aus dem Schuppen hinter der Blockhütte und dachte, Mr. X' Lob sei totaler Schwachsinn. Aber er behielt seine Verärgerung für sich. Er war gerade mal seit einem Tag aus den Klauen Omegas befreit und noch nicht in der Stimmung, sich aufzuregen. »Aber der Mann hat uns doch gar nichts erzählt«, murmelte er.

»Das lag daran, dass er nichts wusste.«

O schwieg. In der trüben Morgendämmerung schimmerte Mr. X' weißes Gesicht wie ein Nachtlicht.

»Wie bitte, Sensei?«

»Ich habe ihn selbst in die Mangel genommen, bevor Sie kamen. Ich musste sichergehen, dass ich mich auf Sie verlassen kann. Aber ich wollte keine günstige Gelegenheit verschwenden, falls Sie nicht mehr zuverlässig wären.«

Was auch den Zustand des Vampirs erklärte. O war davon ausgegangen, dass der Mann sich heftig gegen seine Entführung gewehrt hatte.

Vergeudete Zeit, vergeudete Mühe, dachte O und zog seine Autoschlüssel heraus.

»Haben Sie noch mehr Tests für mich vorgesehen?« *Du Pisser.*

»Im Augenblick nicht.« Mr. X sah auf die Uhr. »Ihre

neue Eskadron sollte gleich hier sein, also stecken Sie die Schlüssel weg. Gehen wir hinein.«

Os Abscheu dagegen, auch nur in die Nähe der Blockhütte zu kommen, ließ ihn das Gefühl in den Beinen verlieren. Seine blöden Stelzen wurden einfach völlig taub.

Doch er lächelte. »Nach Ihnen, Sensei.«

Drinnen ging er schnurstracks ins Schlafzimmer und lehnte sich gegen den Türpfosten. Obwohl sich seine Lungen anfühlten wie Wattebäusche, blieb er äußerlich ganz ruhig. Hätte er diesen Raum gemieden, wäre Mr. X sicher ein Grund eingefallen, ihn extra hier hereinzuschicken. Der Dreckskerl wusste, dass man in einer frischen Wunde bohren musste, um herauszufinden, ob sie heilte oder innerlich von Eiter zerfressen wurde.

Während die Vampirjäger nach und nach in die Hütte strömten, nahm O sie in Augenschein. Er erkannte keinen einzigen von ihnen; allerdings wurden die Mitglieder der Gesellschaft auch immer anonymer, je länger sie dabei waren. Die Haare, die Haut und die Augenfarbe verblassten mehr und mehr, und am Ende sah ein *Lesser* einfach nur noch aus wie ein *Lesser*.

Die anderen Männer begutachteten ihn ebenfalls und starrten seine dunklen Haare an. Neue Rekruten befanden sich normalerweise am unteren Ende der Leiter; es war ungewöhnlich, dass so jemand in den Kreis der erfahrenen Kämpfer aufgenommen wurde. *Ach ja? Leckt mich doch.* O sah jedem Einzelnen von ihnen in die Augen. Sie sollten wissen, dass er jedem, der sich mit ihm anlegen wollte, den Gefallen liebend gern tun würde.

Bei der Aussicht auf eine physische Konfrontation erwachten seine Lebensgeister. Er genoss die Wellen von Aggression, den guten alten Drang nach Herrschaft. Das zeigte ihm, dass er noch immer der Alte war. Dass Omega trotz allem nicht in sein Innerstes eingedrungen war.

Das Treffen dauerte nicht lange, und nichts Weltbewegendes wurde besprochen. Eine Mahnung, dass jeder jeden Morgen per E-Mail einchecken musste. Außerdem wurde die Überzeugungsmethode noch einmal aufgefrischt und neue Quoten für Gefangennahmen und Tötungen ausgegeben.

Am Ende der Versammlung war O der Erste an der Tür. Mr. X stellte sich ihm in den Weg.

»Sie bleiben noch.«

Die weißen Augen sahen ihn durchdringend an, lauernd, auf ein Aufblitzen von Furcht wartend.

O nickte einmal und stellte sich breitbeinig hin. »Natürlich, Sensei. Wie Sie wünschen.«

Über Mr. X' Schulter hinweg beobachtete O, wie die anderen aus der Tür gingen. Sie benahmen sich wie Fremde, keine Gespräche, die Augen starr geradeaus gerichtet, keine auch nur zufälligen Berührungen. Ganz eindeutig kannte keiner von ihnen den anderen, das hieß, sie mussten aus unterschiedlichen Bezirken stammen. Was wiederum bedeutete, dass Mr. X lange hatte suchen müssen.

Als sich die Tür hinter dem Letzten schloss, kribbelte Os Haut vor Panik, doch er rührte sich nicht vom Fleck.

Mr. X musterte ihn von Kopf bis Fuß. Ging dann zu seinem Laptop, der auf dem Küchentisch stand, und fuhr ihn hoch. Beinahe nachlässig fügte er hinzu: »Ich übergebe Ihnen das Kommando über die beiden Eskadrons. Ich will, dass sie in unseren Überzeugungstechniken geschult werden. Ich will, dass sie als Einheiten arbeiten.« Er sah von dem leuchtenden Bildschirm auf. »Und ich will, dass sie am Leben bleiben, haben Sie verstanden?«

O runzelte die Stirn. »Warum haben Sie das nicht verkündet, solange sie noch hier waren?«

»Erzählen Sie mir bloß nicht, dass Sie solche Schützenhilfe nötig haben.«

Os Augen verengten sich bei dem spöttischen Tonfall zu Schlitzen. »Mit denen komme ich schon klar.«

»Das will ich Ihnen auch geraten haben.«

»Sind wir jetzt fertig?«

»Nein. Aber Sie können gehen.«

O ging zur Tür, wusste aber in dem Moment, als er dort ankam, dass da noch etwas war. Er legte die Hand auf die Klinke, blieb aber stehen.

»Wollen Sie mir noch etwas mitteilen?«, murmelte Mr. X. »Ich dachte, Sie wollten gehen.«

Um sein Zögern zu rechtfertigen, zog O irgendein Problem aus dem Ärmel. »Wir können das Haus in der Innenstadt nicht mehr für die Überzeugungsaktionen benutzen, nicht seit dieser Vampir entkommen ist. Wir brauchen eine weitere Einrichtung zusätzlich zu der hinter dieser Hütte.«

»Das ist mir sehr wohl bewusst. Oder dachten Sie etwa, ich schicke Sie grundlos durch die Gegend, um sich Grundstücke anzusehen?«

Das war also der Plan. »Das Gelände gestern war nicht geeignet. Zu viel Sumpf, außerdem verliefen zu viele Straßen in der Nähe. Hatten Sie noch ein paar andere im Auge?«

»Ich werde Ihnen die Liste per Mail schicken. Und bis ich entscheide, wo wir bauen, bringen Sie die Gefangenen hierher.«

»Im Schuppen ist nicht genug Platz für Publikum.«

»Ich spreche vom Schlafzimmer. Es ist recht geräumig, wie Sie wissen.«

O schluckte und bemühte sich um eine ausdruckslose Miene. »Wenn Sie wollen, dass ich Unterricht gebe, brauche ich mehr Platz.«

»Sie kommen hierher, bis wir etwas Neues gebaut haben. Ist das jetzt klar genug, oder soll ich es Ihnen aufmalen?«

Bitte, wenn es unbedingt sein musste. Er würde schon klarkommen.

O öffnete die Tür.

»Mr. O, haben Sie nicht etwas vergessen?«

Himmel Herrgott. Seine Haare standen ihm am ganzen Körper buchstäblich zu Berge.

»Ja, Sensei?«

»Ich möchte, dass Sie mir für Ihre Beförderung danken.«

»Danke, Sensei«, sagte O durch zusammengebissene Zähne.

»Enttäuschen Sie mich nicht, mein Sohn.«

Genau, leck mich doch, Papi.

O verneigte sich knapp und verließ dann rasch die Hütte. Es war ein gutes Gefühl, in seinen Truck zu steigen und wegzufahren. Besser als gut. Es war ein verdammter Befreiungsschlag.

Auf dem Weg zu seinem Haus hielt O an einer Drogerie an. Er musste nicht lange nach dem Gewünschten suchen, und zehn Minuten später schloss er seine Haustüre hinter sich und deaktivierte die Alarmanlage. Das Haus war klein und hatte zwei Stockwerke. Es lag in einer nicht besonders tollen Wohngegend, aber die Lage hatte sich als gute Tarnung erwiesen. Die meisten seiner Nachbarn waren ältere Leute, und die restlichen waren Einwanderer, die zwei bis drei Jobs gleichzeitig machten. Niemand belästigte ihn.

Das Geräusch seiner Schritte auf dem Weg nach oben

hallte auf dem nackten Boden und wurde von den kahlen Wänden zurückgeworfen. Er hatte sich hier nie zu Hause gefühlt. Der Kasten war nicht viel mehr als eine Baracke, die einzige Möblierung stellten eine Matratze und ein Sessel dar. Vor jedem Fenster hingen Vorhänge und verdeckten den Blick nach innen. Die Wandschränke waren voller Waffen und Uniformen. Die Küche war vollkommen leer und seit seinem Einzug unbenutzt.

Er zog sich aus und nahm eine Waffe und die weiße Plastiktüte aus der Drogerie mit ins Badezimmer. Dort beugte er sich nah vor den Spiegel und teilte seine Haare mit den Fingern. Ein Ansatz von etwa einem halben Zentimeter war ausgebleicht.

Ungefähr vor einem Jahr hatte die Veränderung begonnen. Erst waren es nur einzelne Haare gewesen, am Scheitel, dann eine größere Fläche, die ganzen Strähnen. Seine Schläfen waren am längsten unverändert geblieben, obwohl auch sie inzwischen verblassten.

Clairol Hydrience Nr. 48, Farbton »Blauschwarz«, beseitigte dieses Problem und ließ sein Haar wieder dunkel werden. Er hatte anfangs Farbe für Männer benutzt, aber bald gemerkt, dass das Zeug für Frauen besser funktionierte und länger hielt.

Er öffnete die Schachtel und machte sich nicht die Mühe, die Plastikhandschuhe überzustreifen. Er leerte den kompletten Inhalt der Flasche auf seinen Kopf und knetete ihn innerhalb von Sekunden ein. Er hasste den chemischen Geruch und den Aufwand. Doch mehr noch hasste er den hellen Ansatz. Die Vorstellung, völlig auszubleichen, stieß ihn ab.

Warum *Lesser* im Laufe der Zeit ihre Pigmentierung verloren, wusste er nicht, und er hatte auch nie danach gefragt. Das *Warum* spielte für ihn keine Rolle. Er wollte einfach nicht in der großen Anonymität der Gesellschaft untergehen.

Als er fertig war, stellte er die Flasche auf dem Waschbecken ab und betrachtete sich im Spiegel. Er sah aus wie ein Vollidiot mit der dunklen Creme auf dem Kopf. Scheiße, was wurde nur aus ihm?

Was für eine blöde Frage. Die Entscheidung war längst gefallen, für Reue war es zu spät.

O Mann, in der Nacht seiner Initiation, als er einen Teil seines Selbst eingetauscht hatte gegen die Möglichkeit, Jahre über Jahre töten zu können, hatte er geglaubt zu wissen, was er aufgab und was er dafür bekam. Der Deal war ihm mehr als fair erschienen.

Und noch drei Jahre lang war es dabei geblieben. Die Impotenz hatte ihn nicht weiter belastet, denn die eine Frau, die er wollte, war tot. Nicht zu essen und zu trinken war gewöhnungsbedürftig gewesen, aber er war auch nie besonders verfressen oder versoffen gewesen. Und seine alte Identität loszuwerden, kam ihm damals gerade recht, da die Polizei nach ihm fahndete.

Die Habenseite war ihm absolut überzeugend erschienen. Die neue Körperkraft hatte seine Erwartungen sogar noch übertroffen. Als er noch als Türsteher zu Hause in Sioux City gearbeitet hatte, war er schon ein beinharter Schläger gewesen. Doch als Omega mit ihm fertig gewesen war, hatte O eine unmenschliche Spannkraft in Armen, Beinen und Brust gespürt. Und er hatte es genossen, sie einzusetzen.

Ein weiterer Vorteil war die finanzielle Unabhängigkeit. Die Gesellschaft gab ihm alles, was er benötigte, um seine Arbeit zu machen. Sie deckte die Kosten für Haus, Truck,

Waffen und Kleidung sowie seine elektronischen Spielzeuge. Er konnte unbelastet seine Beute jagen.

Zumindest war das in den ersten Jahren so gewesen. Als Mr. X das Kommando übernahm, hatte diese Autonomie ein Ende gefunden. Jetzt gab es morgendliche Appelle. Eskadrons, Quoten.

Und Besuche von Omega.

O stieg in die Dusche und wusch sich das Zeug aus den Haaren. Während er sich abtrocknete, ging er wieder zum Spiegel und musterte sein Gesicht. Seine Iris, einst braun wie seine Haare, wurde langsam grau.

In etwa einem Jahre wäre alles, was ihn einmal ausgemacht hatte, verschwunden.

Er räusperte sich. »Mein Name ist David Ormond. David. Ormond. Sohn von Bob und Lilly Ormond. Ormond.«

Gott, der Name klang seltsam aus seinem Mund. Und in seinem Kopf hörte er immer nur Mr. X' Stimme, die ihn Mr. O nannte.

Ein überwältigendes Gefühl überkam ihn, Furcht und Trauer gleichzeitig. Er wollte zurück. Er wollte ... zurück, ungeschehen machen, ausradieren, was ihm geschehen war. Das Geschäft mit seiner Seele war nur scheinbar gut gewesen. In Wirklichkeit war es eine besondere Form der Hölle. Er war ein lebendes, atmendes, mordendes Gespenst. Kein Mensch mehr, sondern ein Ding.

Mit zitternden Händen zog O sich an und sprang in seinen Truck. Als er in der Innenstadt ankam, war er schon jenseits von logischem Denken. Er parkte auf der Trade Street und wanderte durch die Gassen. Es dauerte eine Weile, bis er gefunden hatte, was er suchte.

Eine Hure mit langem, dunklem Haar. Die, solange sie

den Mund nicht aufmachte, eine gewisse Ähnlichkeit mit seiner Jennifer hatte.

Er steckte ihr fünfzig Mäuse zu und zog sie hinter einen Müllcontainer.

»Ich will, dass du mich David nennst«, begann er.

»Aber klar doch.« Sie lächelte, machte ihre Jacke auf und zeigte ihm ihre nackte Brust. »Wie willst du mich denn …«

Er presste ihr eine Hand auf den Mund und fing an zuzudrücken. Er hörte nicht auf, bis ihre Augen fast aus dem Kopf traten.

»Sag meinen Namen«, befahl er.

Dann lockerte O seinen Griff und wartete. Als sie nichts weiter tat als zu hyperventilieren, nahm er sein Messer heraus und hielt es ihr an die Kehle.

»Sag meinen Namen.«

»David«, flüsterte sie.

»Sag mir, dass du mich liebst.« Als sie zögerte, ritzte er die Haut an ihrem Hals mit der Klinge. Blut quoll hervor und rann an dem schimmernden Metall herab. »Sag es.«

Ihre Hängebrüste, so ganz anders als die von Jennifer, hoben und senkten sich. »Ich … ich liebe dich.«

Er schloss die Augen. Die Stimme war völlig falsch.

Das war einfach nicht das, was er brauchte.

Os Wut steigerte sich, bis er sie nicht mehr kontrollieren konnte.

16

Rhage stieß die Hantel von der Brust ab, Zähne gefletscht, zitternd, schweißüberströmt.

»Und zehn«, rief Butch.

Schnaufend setzte Rhage das Gewicht auf der Aufhängung über ihm ab, sie ächzte unter dem Gewicht der scheppernden Scheiben.

»Pack noch mal fünfzig drauf.«

Butch beugte sich über die Stange. »Du hast doch schon fünf fünfundzwanzig drauf, Mann.«

»Und ich *brauche* noch fünfzig.«

Haselnussbraune Augen verengten sich. »Immer locker, Hollywood. Wenn du deine Brustmuskeln schreddern willst, bitte sehr, aber reiß mir dann nicht den Kopf ab.«

»Sorry.« Er setzte sich auf und schüttelte die brennenden Arme. Es war neun Uhr morgens, er und der Cop waren seit sieben an den Gewichten. Es gab kein einziges Körperteil an ihm, das nicht lichterloh in Flammen stand, doch an Aufhören war für ihn noch nicht zu denken. Er lechzte nach der Art körperlicher Erschöpfung, die bis ins Mark ging.

»Fertig?«, murmelte er.

»Moment, ich zieh noch die Schrauben an. Okay, kann losgehen.«

Rhage legte sich wieder hin, drückte die Hantelstange

von der Aufhängung und ließ sie auf der Brust ruhen. Er kontrollierte seine Atmung, dann fing er an, das Gewicht zu stemmen.

Straßenköter.

Straßen. Köter.

Straßen. Köter.

Er hatte die Hantel bis zur vorletzten Wiederholung gut im Griff, dann musste Butch eingreifen.

»Bist du jetzt fertig?«, fragte Butch, während er ihm half, die Stange wieder abzusetzen.

Rhage richtete sich keuchend auf und legte die Unterarme auf die Knie. »Kurze Pause und dann noch eine Runde.«

Butch ging um ihn herum und drehte das ausgezogene T-Shirt zu einem Seil zusammen. Dank des ganzen Gewichtestemmens hatte sich seine Muskulatur in Brust und Armen stark aufgebaut. Dabei war er vorher schon nicht gerade schmächtig gewesen. Natürlich konnte er nicht so viel Eisen drücken wie Rhage, aber für einen Menschen war Butch ein Bulldozer.

»Du bist inzwischen ganz schön gut in Form, Bulle.«

»Ach, komm schon«, grinste Butch. »Lass dir mal nicht unsere eine gemeinsame Dusche zu Kopf steigen.«

Rhage bewarf den Mann mit einem Handtuch. »Ich sag ja nur, dass dein Bierbauch verschwunden ist.«

»Das war eine Whiskywampe. Und die vermisse ich kein bisschen.« Butch fuhr sich mit der Hand über seinen gut ausdefinierten Bauch. »Aber jetzt sag du mal was. Warum schindest du dich heute Morgen schon wie ein Tier?«

»Hast du große Lust, über Marissa zu sprechen?«

Butchs Miene versteinerte. »Nicht besonders.«

»Dann kannst du ja verstehen, dass ich nicht viel zu erzählen habe.«

Butchs dunkle Augenbrauen hoben sich. »Es geht um eine Frau? Im Sinne von, eine *bestimmte* Frau?«

»Ich dachte, wir reden nicht über Frauen.«

Der Polizist verschränkte die Arme vor der Brust und runzelte die Stirn. So als betrachtete er ein Blackjackblatt und überlegte, ob er sich noch eine Karte geben lassen sollte.

Dann sprach er schnell und abgehackt. »Ich bin total verschossen in Marissa. Aber sie will mich nicht sehen. Ende der Geschichte. Und jetzt erzähl mir von deinem Albtraum.«

Rhage musste lächeln. »Wie beruhigend, dass ich nicht der Einzige bin, bei dem es absolut beschissen läuft.«

»Jetzt weiß ich immer noch nichts. Ich brauche Einzelheiten.«

»Die Frau hat mich heute Morgen aus dem Haus geworfen, nachdem sie schwer an meinem Ego gekratzt hat.«

»Und was für ein Werkzeug hat sie dazu benutzt?«

»Einen wenig schmeichelhaften Vergleich zwischen mir und einem Hund ohne Zuhause.«

»Aua.« Butch verdrehte das T-Shirt in die andere Richtung. »Und deshalb kannst du es natürlich kaum erwarten, sie wiederzusehen.«

»So kann man es sagen.«

»Ganz schön armselig.«

»Ich weiß.«

»Aber das kann ich fast noch toppen.« Der Cop schüttelte den Kopf. »Gestern Nacht ... äh ... bin ich zum Haus von Marissas Bruder gefahren. Ich weiß nicht mal mehr, wie ich dahingekommen bin. Ich meine, das Letzte, was ich brauchen kann, ist, ihr über den Weg zu laufen, wenn du verstehst, was ich meine.«

»Lass mich raten. Du hast da rumgelungert in der Hoffnung, einen Blick zu erh…«

»In den Büschen, Rhage. Ich habe in den Büschen gesessen. Unter ihrem Schlafzimmerfenster.«

»Wow. Das ist …«

»In meinem alten Leben hätte ich mich dafür verhaften können. Aber vielleicht sollten wir lieber das Thema wechseln.«

»Super Idee. Machen wir den Bericht über den Vampir fertig, der den *Lessern* entkommen ist.«

Butch lehnte sich mit dem Rücken an die Betonwand, legte einen Arm quer über die Brust und dehnte ihn mit dem anderen. »Also, Phury hat mit der Krankenschwester gesprochen, die sich um ihn gekümmert hat. Der Typ war schon ziemlich am Ende, aber er konnte ihr noch zuflüstern, dass sie Fragen über euch Brüder gestellt haben. Wo ihr wohnt. Was ihr so treibt. Das Opfer hat zwar keine genaue Adresse angeben können, wo man ihn bearbeitet hat, aber es muss irgendwo in der Innenstadt sein. Denn dort haben sie ihn gefunden, und in dem Zustand hätte er Gott weiß nicht weit kommen können. Ach ja, und er hat immer so Buchstaben gemurmelt. X. O. E.«

»So nennen sich die *Lesser* gegenseitig.«

»Wie pfiffig. Sehr 007.« Butch nahm sich den anderen Arm vor, seine Schulter knackte. »Jedenfalls hab ich dem *Lesser,* den sie im Baum aufgehängt hatten, die Brieftasche abgenommen. Tohr hat sich die Wohnung von dem Kerl mal angesehen: Sie war leer geräumt, als hätten sie gewusst, dass wir kommen.«

»War die Kanope da?«

»Tohr sagte, nein.«

»Dann waren sie definitiv dort.«

»Was ist denn überhaupt in den Dingern drin?«

»Das Herz.«

»Igitt. Aber immer noch besser als gewisse andere Teile der Anatomie. Nach allem, was ich gehört habe, sollen sie ja keinen mehr hochkriegen.« Butch ließ die Arme fallen und biss sich auf die Lippe. Er stieß ein leises, nachdenkliches Geräusch aus. »Weißt du, langsam fügen sich die Puzzleteile zusammen. Weißt du noch, die Morde an diesen Prostituierten, die ich im Sommer untersuchen musste? Die mit den Bisswunden am Hals und dem Heroin im Blut?«

»Zsadists Freundinnen, Mann. So ernährt er sich. Nur von Menschen. Obwohl es wirklich ein totales Rätsel ist, wie er mit dem schwachen Blut am Leben bleibt.«

»Er hat immer gesagt, er war es nicht.«

Rhage verdrehte die Augen. »Und du denkst, man kann ihm glauben?«

»Was, wenn wir ihn beim Wort nehmen würden? Hey, nur mal rein hypothetisch, Hollywood. Wenn wir ihm glauben würden, dann hätte ich eine andere Erklärung.«

»Und die wäre?«

»Ein Köder. Wenn man einen Vampir entführen will, wie würde man das anstellen? Essen auslegen, Mann. Leg den Köder aus, und warte, bis einer kommt. Dann betäubst du ihn und verschleppst ihn, wohin du willst. Ich habe Pfeile an den Tatorten gefunden, solche, mit denen man Tiere betäuben kann.«

»Verdammt.«

»Und jetzt pass auf. Heute Morgen habe ich den Polizeifunk gehört. Sie haben wieder eine tote Prostituierte in einer Seitenstraße gefunden, ganz in der Nähe der alten Tatorte. V hat sich für mich in den Polizeiserver gehackt und im Bericht stand, dass ihre Kehle durchgeschnitten war.«

»Hast du Wrath und Tohr das alles schon erzählt?«

»Nein.«

»Das solltest du aber.«

Der Mensch wand sich. »Ich weiß nicht, wie weit ich mich da einmischen sollte. Weißt du, ich will meine Nase nicht in Dinge stecken, die mich nichts angehen. Ich bin keiner von euch.«

»Aber du gehörst zu uns. Zumindest hat V das gesagt.«

Butch zog die Stirn in Falten. »Echt?«

»Ja. Deshalb haben wir dich mit hierher genommen, anstatt dich … na, du weißt schon.«

»Unter die Erde zu bringen?« Er lächelte schief.

Rhage räusperte sich. »Nicht, dass das einem von uns Spaß gemacht hätte. Na ja, außer Z. Wobei … nein, eigentlich macht dem überhaupt nichts Spaß … Wie auch immer, Bulle, du bist uns irgendwie …«

Tohrments Stimme schnitt ihm das Wort ab. »Herr im Himmel, Hollywood!«

Der Vampir stürmte in den Fitnessraum wie ein wütender Stier. Und von allen Mitgliedern der Bruderschaft war er der Ausgeglichenste. Also brannte es irgendwo.

»Was ist los, mein Bruder?«

»Ich hab eine kleine Botschaft für dich auf der allgemeinen Mailbox. Von dieser Frau. Mary.« Tohr stützte die Hände in die Hüften, sein Oberkörper war nach vorn geneigt. »Warum zum Teufel erinnert sie sich an dich? Und woher hat sie unsere Telefonnummer?«

»Ich hab ihr bestimmt nicht gesagt, dass sie uns anrufen soll.«

»Du hast aber auch nicht ihre Erinnerung gelöscht. Was zum Henker denkst du dir eigentlich?«

»Sie wird nicht zum Problem werden.«

»Das ist sie schon. Sie hat uns angerufen.«

»Entspann dich, Mann …«

Tohr hielt ihm den Zeigefinger vor die Nase. »Kümmere dich gefälligst um sie, bevor ich es tun muss, klar?«

Mit einem Wimpernschlag war Rhage auf den Beinen und Nase an Nase mit seinem Bruder. »Keiner kommt auch nur in ihre Nähe, sonst kriegt er es mit mir zu tun. Das gilt auch für dich.«

Tohrs blaue Augen verengten sich. Sie wussten beide, wer im Ernstfall gewinnen würde. Keiner konnte es im Nahkampf mit Rhage aufnehmen; das war einfach eine Tatsache. Und er war bereit, Tohrment das Versprechen herauszuprügeln, die Finger von ihr zu lassen. Hier und jetzt.

Mit grimmigem Tonfall sagte Tohr: »Jetzt hol mal tief Luft, und mach einen Schritt zurück, Hollywood.«

Als Rhage sich nicht rührte, hörte man Schritte auf den Matten, und Butchs Arm legte sich um seine Taille.

»Warum kühlst du dich nicht mal ein bisschen ab, Großer«, sagte der Cop begütigend. »Schluss mit der Party, okay?«

Rhage ließ sich von Butch zurückziehen, doch er ließ Tohr nicht aus den Augen. Die Luft zwischen ihnen knisterte.

»Was ist hier los?«, donnerte Tohr.

Rhage befreite sich aus Butchs Griff und fing an, Achter um die Hanteln auf dem Boden zu laufen.

»Nichts. Nichts ist hier los. Sie weiß nicht, was ich bin, und ich weiß nicht, woher sie die Nummer hat. Vielleicht hat diese Vampirin sie ihr gegeben.«

»Sieh mich an, Bruder. Rhage, bleib stehen, und sieh mich an.«

Rhage gehorchte und hob den Blick.

»Warum hast du ihr nicht die Erinnerung genommen? Du weißt doch, sobald es ins Langzeitgedächtnis übergeht, bleibt immer etwas hängen. Warum hast du es nicht getan, als du noch konntest?« Als sich die Stille zwischen ihnen ausdehnte, schüttelte Tohr den Kopf. »Sag nicht, dass du dich mit ihr eingelassen hast.«

»Und wenn schon.«

»Ich nehme das als Ja. Himmel, Bruder … was hast du dir dabei gedacht? Du weißt doch, dass du die Finger von Menschen lassen sollst. Und ganz besonders von ihr, wegen des Jungen.« Tohrs Blick wurde streng. »Ich gebe dir hiermit einen Befehl. Erneut. Ich verlange, dass du dich aus der Erinnerung dieser Frau löschst und dass du sie nicht wiedersiehst.«

»Ich hab dir doch gesagt, sie weiß nicht, was ich bin …«

»Versuchst du, in der Sache mit mir zu verhandeln? So dumm kannst du nicht sein.«

Rhage sah seinen Bruder finster an. »Und du willst mich wohl nicht noch einmal provozieren. Dieses Mal lasse ich mich nicht von dem Bullen wegziehen.«

»Hast du sie schon geküsst? Wie willst du ihr die Fänge erklären, hm?« Als Rhage die Augen schloss und leise fluchte, wurde Tohrs Tonfall etwas milder. »Sei doch vernünftig. Sie ist eine Komplikation, die wir nicht gebrauchen können. Und für dich bedeutet sie Ärger, weil du sie dir gegen meinen ausdrücklichen Befehl ausgesucht hast. Ich mach das doch nicht, um dir auf die Nüsse zu gehen, Rhage. Sondern weil es für alle Beteiligten sicherer ist. Vor allem für sie. Du wirst das tun, was ich dir sage, Bruder.«

Sicherer für sie.

Rhage beugte sich nach unten und griff an seine Knöchel. Er dehnte seine Kniesehnen so heftig, dass er sie fast abriss.

Sicherer für Mary.

»Ich kümmere mich darum«, sagte er endlich.

»Miss Luce? Kommen Sie bitte mit.«

Mary sah auf und erkannte die Sprechstundenhilfe nicht. Die Frau sah in ihrem weiten rosafarbenen Kittel sehr jung aus, vermutlich eine Auszubildende. Und sie wirkte noch jünger, als sie lächelte und ihre Grübchen sichtbar wurden.

»Miss Luce?« Sie schob die dicke Akte von einem Arm in den anderen.

Mary hängte sich die Tasche über die Schulter, stand auf und folgte der Frau aus dem Wartezimmer. Sie liefen einen langen gelbbraunen Flur hinunter, bis sie vor einem Vorraum stehen blieben.

»Ich wiege sie nur eben und messe Ihre Temperatur.« Wieder lächelte die junge Frau, als ob sie Bonuspunkte dafür sammeln würde, dass sie so geschickt mit Waage und Thermometer umging. Sie war schnell und freundlich.

»Sie haben etwas abgenommen, Miss Luce«, sagte sie, während sie sich Notizen in ihrer Akte machte. »Wie steht es mit dem Essen?«

»Wie immer.«

»Hier links entlang, bitte.«

Die Untersuchungsräume sahen alle gleich aus, und dieser bildete keine Ausnahme. Gerahmte Monet-Poster hingen an den Wänden, und ein kleines Fenster wurde von heruntergelassenen Jalousien bedeckt. Ein Schreibtisch mit Broschüren und einem Computer. Ein Untersuchungstisch mit einem Streifen weißem Kreppapier, der darüber gezogen war. Ein Waschbecken und diverse Geräte. Und ein roter Abfalleimer für Sondermüll.

Mary hätte sich beinahe übergeben.

»Dr. Della Croce sagte, sie wolle Sie gründlich durchchecken.« Die Sprechstundenhilfe hielt ihr ein akkurat gefaltetes quadratisches Stück Stoff hin. »Ziehen Sie das bitte über, sie kommt dann sofort.«

Die Kittel waren auch alle gleich. Dünne, weiche Baumwolle, blau mit kleinem rosa Muster. Zwei Schleifen bildeten den Verschluss. Sie war sich nie sicher, ob sie die Dinger richtig anzog, ob der Schlitz vorne oder hinten hingehörte. Heute entschied sie sich für vorne.

Als sie fertig umgezogen war, setzte Mary sich auf den Untersuchungstisch und ließ die Beine über die Kante baumeln. Es war kühl ohne Kleider. Sehnsüchtig sah sie zu dem Stuhl neben dem Schreibtisch, wo sie in einem ordentlichen Stapel lagen. Sie hätte einiges gegeben, um sie wieder anziehen zu dürfen.

Da klingelte ihr Handy in der Handtasche. Sie hüpfte auf den Boden und ging in Socken zum Stuhl.

Sie erkannte die Nummer auf dem Display nicht und ging hoffnungsvoll dran. »Hallo?«

»Mary.«

Der Klang der sonoren Männerstimme ließ ihr vor Erleichterung die Knie weich werden. Sie war sich so sicher gewesen, dass Hal nicht zurückrufen würde.

»Hallo. Hallo, Hal. Danke, dass du anrufst.« Sie sah sich nach einem geeigneten Sitzplatz um, auf den Untersuchungstisch wollte sie nicht. Also nahm sie ihre Kleider auf den Schoß und setzte sich auf den Stuhl. »Hör mal, das mit letzter Nacht tut mir wahnsinnig leid. Ich war nur ...«

Es klopfte, und die Sprechstundenhilfe steckte den Kopf

zur Tür herein. »Entschuldigen Sie. Hatten Sie uns das Knochenszintigramm von letztem Juli zukommen lassen?«

»Ja. Es müsste in meiner Akte sein.« Als die junge Frau die Tür wieder schloss, sagte Mary: »Entschuldige.«

»Wo bist du?«

»Ich, äh …« Sie räusperte sich. »Nicht so wichtig. Ich wollte dir nur sagen, wie leid mir tut, was ich zu dir gesagt habe.«

Langes Schweigen.

»Ich habe einfach Panik bekommen.«

»Warum?«

»Du bist so … ich weiß nicht, du …« Mary fummelte am Saum des Kittels herum. Ihre Worte überschlugen sich beinahe. »Ich habe Krebs. Beziehungsweise, ich hatte Krebs, und er ist möglicherweise wieder da.«

»Ich weiß.«

»Dann hat Bella es dir erzählt?« Mary wartete auf eine Bestätigung; als keine kam, holte sie tief Luft. »Meine Leukämie soll keine Entschuldigung für mein Verhalten sein. Es ist nur … ich bin gerade an einem merkwürdigen Punkt. Meine Gefühle überschlagen sich, und dich in meinem Haus zu haben« – *und irrsinnig von dir angezogen zu sein* – »hat etwas in mir ausgelöst, und ich habe wild um mich getreten.«

»Das verstehe ich.«

Aus irgendeinem Grund nahm sie ihm das ab.

Aber du meine Güte, dieses lange Schweigen brachte sie um. Allmählich fühlte sie sich wie eine Idiotin, weil sie ihn am Telefon festhielt.

»Jedenfalls wollte ich dir das nur sagen.«

»Ich hole dich heute Abend um acht ab. Bei dir zu Hause.«

Sie umklammerte das Telefon. Mein Gott. Sie wollte ihn unbedingt wiedersehen. Der Wunsch war übermächtig. »Ich warte dann auf dich.«

Vor der Tür erhob sich Dr. Della Croces Stimme und mischte sich mit der der Sprechstundenhilfe.

»Und, Mary?«

»Ja?«

»Trag dein Haar offen für mich.«

Es klopfte, und die Ärztin trat ein.

»Ist gut. Mache ich«, sagte Mary, dann legte sie auf. »Hallo Susan.«

»Hallo Mary.« Als Dr. Della Croce den niedrigen Raum durchquerte, lächelte sie, und die Falten um ihre braunen Augen vertieften sich. Sie war etwa fünfzig Jahre alt und trug ihr dickes weißes Haar auf Kinnhöhe gerade abgeschnitten.

Die Ärztin setzte sich an den Schreibtisch und schlug die Beine übereinander. Während sie sich einen Moment sammelte, schüttelte Mary den Kopf.

»Ich hasse es, wenn ich Recht behalte«, murmelte sie.

»Womit?«

»Er ist wieder da, oder?«

Die Ärztin machte eine kurze Pause. »Es tut mir so leid, Mary.«

17

Mary ging nicht zur Arbeit. Stattdessen fuhr sie nach Hause, zog sich aus und ging ins Bett. Ein kurzer Anruf im Büro, und sie hatte nicht nur den Rest des Tages, sondern auch die ganze folgende Woche frei. Die Zeit würde sie brauchen. Nach dem langen Wochenende standen eine Reihe von Tests an, Fachleute mussten hinzugezogen und zusammen mit Dr. Della Croce die Optionen besprochen werden.

Das Seltsame war, dass Mary nicht überrascht war. Sie hatte tief im Herzen immer gewusst, dass sich die Krankheit nur zurückgezogen, aber sich nicht ergeben hatte.

Oder vielleicht stand sie auch einfach nur unter Schock, und krank zu sein, fühlte sich so vertraut an.

Sie dachte daran, was ihr jetzt bevorstand; was sie fürchtete, war nicht der Schmerz, es war der Zeitverlust. Wie lange würde es dauern, um die Krankheit wieder unter Kontrolle zu bekommen? Wie lange würde der nächste Aufschub währen? Wann konnte sie in ihr Leben zurückkehren?

Sie verweigerte sich dem Gedanken, dass es noch eine andere Möglichkeit als Besserung geben könnte. Darauf ließ sie sich gar nicht erst ein.

Sie drehte sich auf die Seite, starrte die gegenüberliegende Wand an und dachte an ihre Mutter. Sie sah sie vor sich, wie sie im Bett liegend einen Rosenkranz durch die Fingerspitzen gleiten ließ und Worte der Andacht murmelte. Die Mischung aus dem Reiben der Perlen und dem Flüstern hatte ihr geholfen, eine Erleichterung zu finden, die ihr das Morphium nicht geben konnte. Denn trotz des Fluchs ihrer Krankheit, selbst auf dem Höhepunkt des Schmerzes und der Furcht, hatte ihre Mutter an Wunder geglaubt.

Mary hatte ihre Mutter fragen wollen, ob sie tatsächlich glaubte, sie würde gerettet werden. Und zwar nicht im metaphorischen Sinne, sondern im praktischen. Hatte Cissy wirklich daran geglaubt, dass die richtigen Worte und die richtigen Gegenstände um sie herum sie heilen könnten? Dass sie wieder laufen, wieder leben würde?

Die Fragen wurden niemals gestellt. Das wäre einfach nur grausam gewesen, und Mary hatte die Antwort ohnehin gekannt. Sie hatte gespürt, dass ihre Mutter auf Erlösung gehofft hatte, bis zum bitteren Ende.

Aber vielleicht hatte Mary auch einfach nur das auf sie projiziert, was sie selbst sich gewünscht hatte. Für sie bedeutete Rettung, das eigene Leben wie ein normaler Mensch leben zu dürfen: Man war gesund und stark, und der Tod war weit weg, kaum real, eine eher theoretische Möglichkeit. Eine Schuld, die man in einer nicht vorstellbaren Zukunft abzahlte.

Vielleicht hatte ihre Mutter das anders gesehen, doch eines war sicher: Das Ergebnis war das gleiche gewesen. Die Gebete hatten sie nicht gerettet.

Mary schloss die Augen, die Erschöpfung drückte sie nieder. Leere breitete sich in ihr aus, und sie war dankbar dafür. Sie schlief mehrere Stunden lang, wurde wach, döste wieder ein, warf sich im Bett herum.

Um sieben Uhr wachte sie auf und griff nach dem Telefon. Sie wählte die Nummer, die Bella ihr gegeben hatte, um Hal zu erreichen, legte aber wieder auf, ohne eine Nachricht zu hinterlassen. Abzusagen wäre sicher das einzig Richtige, sie würde heute keine besonders gute Gesellschaft sein. Aber verdammt noch mal, heute wollte sie einmal egoistisch sein. Sie wollte ihn sehen. Bei Hal fühlte sie sich lebendig, und dieses Gefühl brauchte sie jetzt unbedingt.

Nach einer kurzen Dusche schlüpfte sie in einen Rock und einen Rolli. Beides saß lockerer als gewohnt, und sie musste an die Waage heute Morgen denken. Sie konnte heute Abend ruhig so viel essen wie Hal, denn es gab weiß Gott momentan keinen Grund, Diät zu halten. Wenn vor ihr eine weitere Runde Chemo lag, sollte sie lieber vorher ein paar Pfund zulegen.

Der Gedanke ließ sie erstarren.

Sie fuhr sich mit den Händen durch das Haar, zog es vom Kopf weg und ließ es durch die Finger auf die Schulter fallen. So unscheinbar braun, dachte sie. Und so unbedeutend für das Große und Ganze.

Bei der Vorstellung, es wieder zu verlieren, traten ihr die Tränen in die Augen.

Doch sie riss sich zusammen, strich die Strähnen zurück und drehte sie zu einem Knoten, den sie mit Nadeln befestigte.

Ein paar Minuten später stand sie vor der Tür und wartete. Die Kälte war ein Schock, und sie bemerkte, dass sie vergessen hatte, eine Jacke anzuziehen. Also ging sie wieder ins Haus und nahm eine schwarze Wolljacke von der Garderobe, doch unterwegs war ihr der Schlüssel abhandengekommen.

Wo war der Schlüssel? Hatte sie den Schlüssel in der …

Jawohl, der Schlüssel steckte im Schloss.

Sie ging hinaus, machte die Tür hinter sich zu und schloss ab, dann steckte sie den Schlüsselbund in die Jackentasche.

Während sie wartete, dachte sie an ihr Gespräch mit Hal.

Trag dein Haar offen für mich.

Ist gut.

Sie zog die Nadeln heraus und kämmte mit den Fingern durch die Haare, so gut sie konnte. Dann blieb sie reglos stehen.

Der Abend war so still. Genau deshalb liebte sie es, so weit draußen zu wohnen; sie hatte keine Nachbarn außer Bella.

Was sie wieder daran erinnerte: Sie hatte anrufen und von der Verabredung berichten wollen, hatte sich aber nicht danach gefühlt. Morgen. Morgen würde sie mit Bella sprechen. Und von den zwei Verabredungen berichten.

Eine Limousine bog etwa einen halben Kilometer entfernt von der Straße ab und beschleunigte danach wieder mit einem tiefen Brummen. Wären die beiden Scheinwerfer nicht gewesen, sie hätte gedacht, eine Harley käme den Weg entlang.

Als der alte violette Sportwagen vor ihr anhielt, dachte sie, er sähe aus wie eine Art GTO. Glänzend, laut, auffällig ... und er passte perfekt zu einem Mann, der sowohl für Geschwindigkeit als auch für Aufmerksamkeit etwas übrig hatte.

Hal stieg aus der Fahrertür und ging um die Motorhaube herum. Er trug einen Anzug, einen wirklich scharfen schwarzen Anzug, und darunter ein schwarzes Hemd mit offenem Kragen. Sein Haar war aus dem Gesicht gekämmt und fiel ihm in dicken, goldenen Wellen in den Nacken. Er sah sexy, kraftvoll und mysteriös aus.

Nur, dass seine Miene nicht gerade der Stoff war, aus dem Tagträume sind. Seine Augen waren zusammengekniffen, die Lippen angespannt.

Dennoch lächelte er, als er auf sie zukam. »Du trägst das Haar offen.«

»Das hab ich dir doch versprochen.«

Er hob die Hand, als wollte er sie berühren, zögerte dann aber. »Bist du so weit?«

»Wo fahren wir denn hin?«

»Ich habe im *Excel* reserviert.« Er ließ den Arm sinken und blickte zur Seite, wurde schweigsam und regungslos.

Ach … Verflucht.

»Hal, bist du sicher, dass du das hier durchziehen willst? Du stehst heute eindeutig etwas neben dir. Und ich ehrlich gesagt auch.«

Er trat zurück und starrte aufs Pflaster. Seine Kiefer mahlten angestrengt.

»Wir können das auch verschieben«, sagte sie. Er war ein viel zu netter Kerl, um einfach so ohne eine Verbindlichkeit zu verschwinden. »Das ist doch keine große …«

Er bewegte sich so schnell, dass ihre Augen ihm nicht folgen konnten. Im einen Augenblick stand er noch einen Meter von ihr entfernt, im nächsten presste er sich an sie. Er nahm ihr Gesicht in seine Hände und legte seine Lippen auf ihre. Als sie sich küssten, sah er ihr direkt in die Augen.

Es lag keine Leidenschaft darin, nur eine verbissene Entschlossenheit, durch die diese Geste etwas von einem Gelöbnis bekam.

Als er sie wieder losließ, taumelte sie rückwärts. Und landete direkt auf ihrem Hintern.

»Ach verflucht, Mary, entschuldige.« Er kniete sich neben sie. »Alles in Ordnung?«

Sie nickte, obwohl das gelogen war. Sie fühlte sich linkisch und lächerlich, wie sie so unfreiwillig auf dem Rasen saß.

»Bist du sicher, dass alles okay ist?«

»Ja.« Sie ignorierte die angebotene Hand, stand auf und strich das Gras von ihrem Rock. Gott sei Dank war der Boden trocken.

»Lass uns einfach essen gehen, Mary. Komm.«

Eine große Hand legte sich um ihren Nacken, und er führte sie zum Auto. Sie konnte nicht anders, als ihm zu folgen.

Wobei ihr nicht im Entferntesten der Gedanke kam, sich gegen ihn zu wehren. Sie war von einer ganzen Reihe von Dingen überwältigt, vor allem von ihm, und sie war viel zu müde, um Widerstand zu leisten. Außerdem war irgendetwas zwischen ihnen vorgegangen, als ihre Lippen sich getroffen hatten. Sie hatte keine Ahnung, was das war oder was es bedeutete, aber es gab da ein Band.

Hal öffnete die Beifahrertür und half ihr ins Auto. Als er sich auf dem Fahrersitz niederließ, sah sie sich in dem blitzsauberen Wageninneren um, damit sie nicht sein Profil betrachten musste.

Der Motor heulte auf, als er den ersten Gang einlegte, und dann schossen sie die kleine Straße hinauf bis zum Stoppschild an der Route 22. Er sah nach rechts und nach links, dann bog er rechts ab, der Wagen heulte erneut auf und wurde wieder leiser, als atmete er, während Hal Gang für Gang heraufschaltete.

»Das ist ein fantastisches Auto«, sagte sie.

»Danke. Mein Bruder hat es für mich überholt. Tohr liebt Autos.«

»Wie alt ist dein Bruder?«

Hal lächelte schief. »Alt genug.«

»Älter als du?«

»Mhm.«

»Bist du der Jüngste?«

»Nein, aber wir sind auch nicht körperlich verwandt. Wir sind nicht deshalb Brüder, weil wir von derselben Frau geboren wurden.«

Gott, manchmal drückte er sich so merkwürdig aus. »Wurdest du in die Familie adoptiert?«

Er schüttelte den Kopf. »Ist dir kalt?«

»Äh, nein.« Sie blickte auf ihre Hände. Sie waren tief in ihrem Schoß vergraben, die Schultern hochgezogen. Was erklärte, warum er dachte, ihr wäre kalt. Sie versuchte, sich locker zu machen. »Alles bestens.«

Sie sah durch die Windschutzscheibe. Die doppelte gelbe Linie in der Mitte der Straße leuchtete im Scheinwerferlicht. Und der Wald kroch bis an den Rand des Asphalts. In der Dunkelheit war diese Tunnelillusion hypnotisch; es ließ sie glauben, die Route 22 ginge endlos weiter.

»Wie schnell fährt der Wagen?«, murmelte sie.

»Sehr schnell.«

»Zeig es mir.«

Sie spürte seinen Blick über den Sitz fliegen. Dann schaltete er herunter, trat aufs Gaspedal, und sie hoben ab.

Der Motor jaulte auf wie ein Lebewesen, das ganze Auto vibrierte, die Bäume verschwommen zu einer schwarzen Wand. Immer schneller fuhren sie, aber Hal hatte den Wagen vollkommen unter Kontrolle. Er nahm die Kurven eng, schwebte aus der Spur und wieder zurück.

Als er langsamer wurde, legte sie die Hand auf seinen Oberschenkel. »Nicht aufhören.«

Er zögerte nur einen kurzen Moment. Dann streckte er

die Hand aus und schaltete die Anlage ein. »Dream Weaver«, die Hymne der Siebziger, flutete mit ohrenbetäubender Lautstärke über sie hinweg. Er trat aufs Gas, und das Auto schoss vorwärts. Mit halsbrecherischer Geschwindigkeit rasten sie über die leere, endlose Straße.

Mary ließ die Scheibe herunter, und die Luft hereinströmen. Der Windstoß verfing sich in ihrem Haar und kühlte ihre Wangen und weckte sie aus der Benommenheit, die sie seit Verlassen der Arztpraxis gefühlt hatte. Sie fing an zu lachen, und obwohl sie einen Hauch von Hysterie in ihrer Stimme wahrnahm, war ihr das egal. Sie steckte den Kopf aus dem Fenster in den kalten, brüllenden Wind.

Und ließ sich von dem Mann und dem Auto forttragen.

Mr. X musterte seine beiden neuen Elite-Eskadrons, als sie zu einem weiteren Treffen in seine Blockhütte kamen. Die Körper der *Lesser* beanspruchten den gesamten freien Platz und ließen den Raum zusammenschrumpfen. Er war befriedigt, dass er genug Muskelmasse für die Front hatte. Er hatte sie herbeordert, um die üblichen aktuellen Anweisungen zu geben; doch gleichzeitig wollte er auch persönlich sehen, wie sie auf die Nachricht reagierten, dass Mr. O nun das Kommando über sie hatte.

Mr. O kam als Letzter herein und marschierte direkt zum Türrahmen zum Schlafzimmer. Lässig lehnte er sich gegen den Türpfosten, die Arme vor der Brust verschränkt. Sein Blick war scharf, doch nun hatte er eine Zurückhaltung an sich, eine Beherrschtheit, die viel nützlicher war, als seine Wut es früher gewesen war. Es war, als hätte man einem Kampfhund-Welpen Gehorsam beigebracht, und wenn diese Tendenz anhielt, würde es sich für sie beide als vorteilhaft erweisen. Mr. X brauchte einen Stellvertreter.

In Anbetracht all der Verluste in letzter Zeit musste er sich auf die Rekrutierung konzentrieren, und das war ein Vollzeitjob. Die richtigen Kandidaten auszuwählen, sie an Bord zu holen, sie einzuarbeiten – jeder Schritt dieses Prozesses erforderte Aufmerksamkeit und Ressourcen. Doch während er die Reihen der Gesellschaft wieder aufstockte, durfte er nicht zulassen, dass seine neu eingeführte Entführungs- und Überzeugungsstrategie an Schwung verlor. Und Anarchie unter den Vampirjägern würde er auf keinen Fall tolerieren.

In vielerlei Hinsicht hatte O gute Voraussetzungen für eine rechte Hand. Er war engagiert, unbarmherzig, effizient, besonnen: ein machtvolles Werkzeug, das andere durch Furcht motivierte. Wenn es Omega gelungen war, ihm die Aufsässigkeit auszutreiben, wäre er beinahe perfekt.

Zeit, das Treffen zu beginnen. »Mr. O, erzählen Sie den anderen von den Grundstücken.«

Der *Lesser* begann seinen Bericht über die beiden Bauplätze, die er tagsüber besichtigt hatte. Mr. X hatte bereits beschlossen, beide zu erwerben, und natürlich bar zu bezahlen. Und während er diese Geschäfte abwickelte, würde er den Eskadrons auftragen, ein Überzeugungszentrum auf den dreißig Hektar zu errichten, die der Gesellschaft bereits gehörten. Mr. O hätte letztlich das Kommando über das Zentrum, doch weil Mr. U schon in Connecticut für ähnliche Projekte zuständig gewesen war, würde er die Bauarbeiten beaufsichtigen.

Geschwindigkeit und Zweckmäßigkeit standen dabei an erster Stelle. Die Gesellschaft brauchte mehr Platz zum

Arbeiten, Orte, die sowohl abgelegen und sicher als auch genau auf ihre Arbeit abgestimmt waren. Und sie brauchten sie sofort.

Als Mr. O schwieg, übertrug Mr. X den Bau des neuen Zentrums auf ihn und Mr. U; dann schickte er die Männer los, um ihrer nächtlichen Arbeit nachzugehen.

Mr. O blieb noch.

»Haben wir etwas zu besprechen?«, fragte Mr. X. »Ist sonst noch etwas schiefgelaufen?«

Die braunen Augen blitzten auf, doch Mr. O riss sich zusammen. Noch ein Beweis für die Besserung.

»Ich möchte in der neuen Einrichtung einige Vorratseinheiten einbauen.«

»Wozu? Wir wollen die Vampire doch nicht als Haustiere halten.«

»Ich gehe davon aus, dass wir mehrere Befragungssubjekte gleichzeitig haben werden, und ich möchte sie so lange behalten wie irgend möglich. Aber ich brauche etwas, aus dem sie sich nicht dematerialisieren können. Außerdem müssen sie vor der Sonne abgeschirmt werden.«

»Was hatten Sie sich denn so vorgestellt?«

Die Lösung, die Mr. O erläuterte, war nicht nur durchführbar, sie war auch noch kosteneffizient.

»Machen Sie das«, stimmte Mr. X lächelnd zu.

18

Als Rhage auf den Parkplatz des *Excel* einbog, fuhr er einfach an den Parkwächtern vorbei. Nicht etwa, weil die Kupplung des GTO etwas knifflig zu bedienen war. Aber er würde auf keinen Fall einem Fremden die Schlüssel zu dem Wagen geben. Nicht mit den Waffen und der Munition im Kofferraum.

Er suchte sich eine Lücke im hinteren Bereich, die direkt neben dem Seiteneingang lag. Als er den Motor abstellte, griff er nach seinem Sicherheitsgurt und …

Und tat gar nichts weiter. Er saß einfach nur da, die Hand auf dem Verschluss.

»Hal?«

Er schloss die Augen. O Gott, er würde alles dafür geben, Sie nur einmal seinen richtigen Namen sagen zu hören. Und er wollte … verflucht noch mal, er wollte sie nackt in seinem Bett, ihren Kopf auf seinem Kissen, ihren Körper zwischen den Laken. Er wollte sie nehmen, in seinem Zimmer, wo es nur sie beide gab. Keine Zeugen, keinen halbherzigen Sichtschutz durch seinen Trenchcoat. Nichts Öffentliches, kein Quickie im Flur oder auf der Toilette.

Er wollte ihre Fingernägel in seinem Rücken, ihre Zunge in seinem Mund und ihre Hüften unter sich spüren, bis er so heftig kam, dass er Sternchen sah. Und danach wollte er sie beim Einschlafen in den Armen halten. Und aufwachen und sie wieder lieben. Und im Dunklen reden, über Blödsinn und ernste Dinge und …

O Gott. Er baute eine emotionale Beziehung zu ihr auf. Er war auf dem besten Weg, sich zu binden.

Er hatte von anderen Vampiren gehört, dass es so laufen konnte. Schnell. Intensiv. Überhaupt nicht logisch. Einfach nur mächtige, urtümliche Instinkte, die die Kontrolle übernahmen; und der stärkste darunter war jener Drang, sie physisch zu besitzen und sie als sein Eigen zu kennzeichnen, damit jedes andere männliche Wesen wusste, dass sie einen Partner hatte. Und sich verdammt noch mal von ihr fernhalten würde.

Er warf einen Seitenblick auf ihren Körper. Und ihm wurde bewusst, dass er jeden Geschlechtsgenossen töten würde, der auch nur versuchte, sie zu berühren, bei ihr zu sein, sie zu lieben.

Rhage rieb sich die Augen. Jawohl, der Drang, sie sich ganz zu eigen zu machen, war definitiv am Werk.

Und das war nicht sein einziges Problem. Das merkwürdige Summen war zurück, noch angeheizt von den eindeutigen Bildern in seinem Kopf und ihrem Geruch und dem leisen Geräusch ihrer Atmung.

Und dem Pulsieren ihres Blutes.

Er wollte sie schmecken … wollte von ihr trinken.

Mary wandte sich ihm zu. »Hal, bist du …«

Seine Stimme war wie Schmirgelpapier. »Ich muss dir was sagen.«

Ich bin ein Vampir. Ich bin ein Krieger. Ich bin eine gefährliche Bestie. Am Ende dieses Abends wirst du dich nicht mal mehr daran erinnern, mich jemals getroffen zu haben.

Und die Vorstellung, nicht mal eine Erinnerung für dich zu bleiben, fühlt sich an, als hätte man mir ein Messer ins Herz gestoßen.

»Hal? Was ist denn?«

Tohrs Worte hallten in seinem Kopf wider. Es ist sicherer. Für sie.

»Ach nichts«, antwortete er, ließ den Sicherheitsgurt aufschnappen und stieg aus. »Nichts von Bedeutung.«

Er ging um das Auto herum, öffnete die Tür und streckte ihr die Hand hin, um ihr beim Aussteigen zu helfen. Als sie ihre Handfläche in seine legte, senkte er die Augenlider. Beim Anblick ihrer Arme und Beine, die sich aus dem Autositz schälten, zuckten seine Muskeln, und ein leises Knurren stieg in seiner Kehle auf.

Er konnte einfach nicht anders. Anstatt einen Schritt beiseite zu machen, ließ er sie ganz nah an sich herankommen, bis ihre Körper sich beinahe berührten. Die Vibrationen unter seiner Haut wurden stärker, genau wie seine brennende Lust. Er wusste, er sollte den Blick abwenden, denn seine Iris leuchtete sicherlich schon leicht. Aber er schaffte es einfach nicht.

»Hal?«, hörte er sie zaghaft sagen. »Deine Augen …«

Er schloss die Lider. »Tut mir leid. Lass uns reingehen«

Sie entzog ihm ihre Hand. »Ich glaube, ich möchte nichts essen.«

Sein erster Impuls war zu widersprechen. Aber er wollte sie nicht bedrängen. Außerdem, je weniger Zeit sie miteinander verbrachten, desto weniger Erinnerungen musste er später auslöschen.

Verdammt, er hätte einfach ihr Gedächtnis von sich befreien sollen, als er auf das Haus zufuhr.

»Ich bringe dich nach Hause.«

»Nein, ich meinte eigentlich, ob du nicht eher Lust hast, mit mir spazieren zu gehen? In dem Park da drüben? Ich fühle mich nicht so danach, still an einem Tisch zu sitzen. Ich bin so … ruhelos.«

Rhage steckte sich den Autoschlüssel in die Hosentasche. »Liebend gern.«

Während sie über das Gras schlenderten und unter einem Dach aus buntem Laub herliefen, suchte er unmerklich die Umgebung ab. Er blickte nach oben. Ein Halbmond stand am Nachthimmel.

Sie lachte leise. »Normalerweise würde ich so was niemals machen. Du weißt schon, nachts im Park rumlaufen. Aber mit dir zusammen habe ich überhaupt keine Angst vor Bösewichtern.«

»Gut. Das brauchst du nämlich auch nicht.« Denn er würde alles aufschlitzen, was ihr wehtun wollte, Mensch oder Vampir oder *Lesser*.

»Es fühlt sich irgendwie falsch an«, murmelte sie. »Im Dunkeln draußen zu sein, meine ich. Verboten und ein bisschen unheimlich. Meine Mutter hat mich immer davor gewarnt, nachts irgendwohin zu gehen.«

Sie blieb stehen, legte den Kopf in den Nacken und sah nach oben. Langsam streckte sie den Arm mit der flachen Hand gen Himmel aus. Sie schloss ein Auge.

»Was machst du da?«, fragte er.

»Ich halte den Mond in meiner Hand.«

Er stellte sich hinter sie, beugte den Kopf herunter und sah an ihrem Arm hinauf. »Ja, stimmt.«

Als er sich wieder aufrichtete, legte er seine Hände um ihre Taille und zog sie rückwärts an seinen Körper. Sie erstarrte kurz, dann entspannte sie sich und ließ die Hand sinken.

Gott, er liebte ihren Duft. So rein und frisch, mit einem Hauch von Zitrone.

»Du warst heute beim Arzt, als ich angerufen habe.«

»Stimmt.«

»Was werden sie für dich tun?«

Sie löste sich von ihm und lief weiter. Er holte auf und lief neben ihr her.

»Was haben sie dir gesagt, Mary?«

»Darüber müssen wir jetzt nicht sprechen.«

»Warum nicht?«

»Du benimmst dich ganz untypisch«, sagte sie leichthin. »Playboys kümmern sich normalerweise nicht um die unschönen Dinge des Lebens.«

Er dachte an seine innere Bestie. »An unschöne Dinge bin ich gewöhnt, das kannst du mir glauben.«

Mary blieb wieder stehen und schüttelte den Kopf. »Weißt du, irgendetwas stimmt an der ganzen Sache nicht.«

»Da hast du völlig recht. Ich müsste eigentlich deine Hand halten, während wir spazieren gehen.«

Er streckte seine aus, doch sie zog den Arm weg. »Im Ernst, Hal. Warum machst du das? Warum triffst du dich mit mir?«

»Ich bekomme noch Komplexe. Was ist denn so falsch daran, ein bisschen Zeit mit dir verbringen zu wollen?«

»Muss ich es unbedingt laut aussprechen? Ich bin eine Durchschnittsfrau mit einer unterdurchschnittlichen Lebenserwartung. Du bist schön. Gesund. Stark …«

Sich innerlich als Volltrottel verfluchend, trat er vor sie hin und legte seine Hände auf ihren Hals. Er würde sie wieder küssen, auch wenn er das eigentlich nicht sollte. Und dieses Mal wäre es nicht die Art von Kuss wie vor ihrem Haus.

Als er den Kopf senkte, wurde das seltsame Vibrieren in seinem Körper noch stärker, doch er machte weiter. Heute Nacht würde er sich nicht von seinem Körper tyrannisieren lassen. Er zwang das Summen unter Kontrolle, rang das Gefühl durch schiere Willenskraft nieder. Als es ihm gelang, es etwas abzuschirmen, war er erleichtert.

Und entschlossen, in sie einzudringen, selbst wenn es nur seine Zunge war, die in ihren Mund eindrang.

Mary starrte in Rhages stahlblaue Augen. Sie hätte schwören können, dass sie in der Dunkelheit glühten, dass ihnen tatsächlich türkisfarbenes Licht entströmte. Auf dem Parkplatz schon hatte sie einen ähnlichen Eindruck gehabt.

Die Haare in ihrem Nacken stellten sich auf.

»Mach dir keine Gedanken über das Leuchten«, sagte er sanft, als hätte er ihre Gedanken gelesen. »Das ist nichts.«

»Ich verstehe dich nicht«, flüsterte sie.

»Versuch es gar nicht erst.«

Er senkte den Kopf. Seine Lippen waren weich wie Seide, warm, geschmeidig. Seine Zunge strich ihr über den Mund.

»Lass mich rein, Mary.«

Er leckte sie, bis sie die Lippen öffnete. Als seine Zunge in ihren Mund glitt, traf sie der samtige Stoß direkt zwischen den Beinen. Sie drängte sich an seinen Körper, die Hitze durchbohrte sie, als ihre Brüste auf seinen Brustkorb trafen. Hungrig umklammerte sie seine Schultern, versuchte, noch näher an all die Wärme zu kommen.

Doch das gelang ihr nur einen kurzen Augenblick. Unvermittelt brachte er wieder Abstand zwischen ihre Körper, während seine Lippen weiter auf ihren lagen. Sie fragte sich, ob er den Kuss nur fortsetzte, um seinen Rückzug zu bemänteln. Oder vielleicht versuchte er auch, sie etwas abzukühlen – war sie etwa zu aggressiv?

Sie wandte den Kopf zur Seite.

»Was ist denn?«, fragte er. »Es gefällt dir doch.«

»Schon, aber nicht genug für uns beide.«

Er hinderte sie daran, von ihm abzurücken, indem er sie weiter im Nacken festhielt.

»Ich will nicht aufhören, Mary.« Seine Daumen streichelten die Haut auf ihrem Hals, dann drückten sie auf ihren Kiefer und zwangen ihren Kopf in den Nacken. »Ich will dich heiß machen. So heiß, dass du nichts mehr außer mir fühlst. Dass du an nichts mehr denkst als an das, was ich mit dir mache. Ich will dich zum Zerfließen bringen.«

Er ließ den Kopf sinken und ergriff Besitz von ihren Lippen, drang tief ein, eroberte sie. Jeden Winkel ihres Mundes erforschte er, bis seine Zunge jeden Zentimeter kennengelernt hatte. Dann änderte er den Kuss, stieß vor und zog zurück, eine rhythmische Penetration, die sie noch feuchter und bereitwilliger für ihn machte.

»Genau so, Mary«, murmelte er an ihren Lippen. »Lass los. Gott, ich kann deine Leidenschaft riechen ... Du bist *überwältigend.*«

Seine Hände wanderten nach unten, schoben sich unter ihre Jacke zum Schlüsselbein. O Gott, sie war vollkommen verloren. Hätte er ihr befohlen, ihre Klamotten hier und jetzt loszuwerden, sie hätte sich ausgezogen. Hätte er ihr gesagt, sie solle sich auf den Boden legen und die Beine breit machen, sie hätte sich auf den Rasen geworfen. Egal. Alles, was er wollte, solange er nur nicht aufhörte, sie zu küssen.

»Ich werde dich anfassen«, sagte er. »Nicht genug, nicht mal annähernd genug. Aber ein bisschen …«

Seine Finger strichen über den Rollkragenpulli, tiefer und tiefer und …

Ihr ganzer Körper zuckte, als er beide Nippel fand.

»Du bist schon so weit«, flüsterte er und knetete die fest aufgerichteten Brustwarzen. »Ich wünschte, ich könnte sie in den Mund nehmen. Ich will an ihnen saugen, Mary. Würdest du mich das tun lassen?«

Er legte seine Hände flach auf ihre Brüste und umfasste sie.

»Würdest du, Mary, wenn wir allein wären? In einem weichen Bett? Wenn du nackt für mich wärst? Würdest du mich kosten lassen, wie du schmeckst?« Als sie nickte, lächelte er grimmig. »Ja, das würdest du. Wo sonst willst du meinen Mund spüren?«

Er küsste sie fordernd, als sie nicht antwortete. »Sag es mir.«

Sie stieß den Atem aus, doch kein Wort kam. Sie konnte nicht denken, konnte nicht sprechen.

Er nahm ihre Hand und legte sie um seine.

»Dann zeig es mir, Mary«, wisperte er ihr ins Ohr. »Zeig mir, wo du mich haben willst. Führ mich. Mach schon, tu's.«

Sie konnte nicht anders, sie nahm seine Handfläche und legte sie sich auf den Hals. Mit einer langsamen Bewegung führte sie sie zurück auf ihre Brüste. Er schnurrte ermutigend und küsste sie seitlich auf den Kiefer.

»Ja, genau da. Wir wissen, dass ich dorthin soll. Und wo sonst noch?«

Besinnungslos, widerstandslos zog sie seine Hand hinab auf ihren Bauch. Dann auf die Hüfte.

»Gut. Das ist gut.« Als sie zögerte, flüsterte er: »Nicht aufhören, Mary. Mach weiter. Zeig mir, wo du mich haben willst.«

Bevor sie der Mut verließ, legte sie seine Hand zwischen ihre Beine. Ihr weiter Rock war kein Hindernis, er schob ihn einfach zur Seite. Ein Stöhnen entrang sich ihr, als sie seine Hand flach auf ihrer empfindlichsten Stelle spürte.

»O ja, Mary. So ist es gut.« Er rieb sie, und sie klammerte sich an seinen kräftigen Armen fest. Ihr Kopf fiel in den Nacken. »Mein Gott, du stehst in Flammen. Bist du feucht für mich, Mary? Ich glaube schon. Ich glaube, du bist bedeckt mit Honig …«

Sie musste ihn berühren. Gierig schob sie ihre Hände unter seine Jacke und legte sie um seine Hüften, spürte die rohe, fast einschüchternde Kraft seines Körpers. Doch bevor sie weiter vordringen konnte, zog er ihre Hände heraus und hielt ihre Handgelenke mit einer Hand fest. Allerdings hieß das nicht, dass er aufhörte. Er schob sie mit dem Brustkorb rückwärts, bis sie einen festen Baumstamm an den Schulterblättern spürte.

»Mary, lass mich dir Lust bereiten.« Durch den Stoff fanden seine Finger den Lustpunkt. »Ich will, dass du kommst. Hier und jetzt.«

Als sie einen leisen Schrei ausstieß, wurde ihr bewusst, dass sie selbst kurz vor dem Orgasmus stand und er gleichzeitig gänzlich teilnahmslos wirkte. Ein Lenker ihrer eigenen Lust, der selbst nichts empfand: Sein Atem ging gleichmäßig, seine Stimme war fest, sein Körper unbewegt.

»Nein«, stöhnte sie.

Hals Hand hörte auf zu reiben. »Was?«

»Nein.«

»Bist du sicher?«

»Ja.«

Sofort zog er sich zurück. Und während er ruhig vor ihr stand, rang sie nach Atem.

Seine Bereitwilligkeit verletzte sie, doch sie fragte sich, warum er getan hatte, was er getan hatte. Vielleicht stand er drauf, die Kontrolle zu haben. Klar, eine Frau völlig willenlos zum Hecheln zu bringen, musste einem ein irrsinniges Gefühl von Macht geben. Das würde auch erklären, warum er lieber mit ihr zusammen war als mit diesen Sexbomben. Bei einer weniger attraktiven Frau konnte man vielleicht besser Abstand halten.

Scham schnürte ihr die Brust zusammen.

»Ich will zurück.« Tränen standen ihr in den Augen. »Ich will nach Hause.«

Er holte tief Luft. »Mary …«

»Wenn du es wagst, dich zu entschuldigen, dann kotze ich …«

Plötzlich runzelte Hal die Stirn, und Mary musste niesen.

Mannomann, aus irgendeinem Grund kitzelte ihre Nase wie wahnsinnig. Etwas lag in der Luft. Süß. Wie Babypuder. Oder vielleicht Talkum?

Hals Hand schnitt in ihren Oberarm. »Auf den Boden. Sofort.«

»Warum? Was ist …«

»Auf den Boden.« Er drückte sie auf die Knie. »Leg die Arme über den Kopf.«

Er wirbelte herum und baute sich vor ihr auf, die Beine weit auseinander, die Hände vor der Brust. Durch seine Beine hindurch beobachtete sie, wie zwei Männer zwischen den Ahornbäumen hervortraten. Sie trugen schwarze Overalls, ihre blasse Haut und die weißen Haare glitzerten im Mondlicht. Die Bedrohlichkeit, die sie ausstrahlten, machte ihr bewusst, wie weit Hal und sie in den Park vorgedrungen waren. Sie fummelte in ihrer Handtasche nach dem Handy und versuchte sich einzureden, dass sie überreagierte.

Ja, klar.

Die Männer teilten sich und griffen Hal von beiden Seiten an. Sie bewegten sich schnell und flach über dem Boden. Erschrocken schrie sie auf, doch Hal … Himmel, Hal wusste, was er tat. Er machte einen Satz nach rechts, packte einen von ihnen am Arm und schleuderte den Kerl zu Boden. Bevor der Mann wieder aufstehen konnte, setzte Hal ihm den Fuß auf die Brust und hielt ihn unten. Der andere Angreifer fand sich in einem Würgegriff wieder, strampelnd und tretend, nach Atem ringend, doch völlig chancenlos.

Hal war düster, tödlich und völlig kontrolliert. Er fühlte sich wohl im Kampf. Und sein kalter, ruhiger Gesichtsausdruck verstörte sie maßlos, auch wenn sie ihm dankbar war, dass er sie gerettet hatte.

Sie fand endlich ihr Handy und wollte den Notruf wählen. Sicher konnte er die beiden in Schach halten, bis die Polizei kam.

Da vernahm sie ein ekelerregendes Knacken.

Mary sah auf. Der Mann im Würgegriff fiel auf den Boden, sein Kopf stand in einem völlig falschen Winkel vom Hals ab. Er bewegte sich nicht mehr.

Sie kam mühsam auf die Füße. »Was hast du getan!«

Hal zog ein langes Messer mit schwarzer Klinge hervor und beugte sich über den Mann, der unter seinem Stiefel eingeklemmt war. Der Kerl versuchte verzweifelt, sich in Sicherheit zu robben.

»Nein!« Sie sprang Hal vor die Nase.

»Geh zurück.« Seine Stimme war gespenstisch. Ausdruckslos und vollkommen unbeteiligt.

Sie hielt ihn am Arm fest. »Hör auf!«

»Ich muss das beenden …«

»Ich lasse dich nicht noch jemanden töten!«

Jemand packte sie grob an den Haaren und riss sie von den Füßen. Gerade als noch ein schwarz gekleideter Mann Hal angriff.

Schmerz durchzuckte ihren Kopf und ihren Hals, dann landete sie hart auf dem Rücken. Durch den Aufprall blieb ihr die Luft weg, und vor ihren Augen tanzten Sterne wie Feuerwerkskörper. Sie rang heftig nach Atem, als ihre Arme nach oben gezerrt wurden und sie weggeschleppt wurde. Schnell.

Ihr Körper stürzte so heftig zu Boden, dass ihre Zähne aufeinanderklapperten. Sie hob den Kopf, obwohl sich das anfühlte, als stäche ihr jemand mit spitzen Nadeln in die Wirbelsäule. Was sie sah, war grauenhaft, aber gleichzeitig eine Erleichterung. Hal schleuderte einen weiteren leblosen Körper auf die Wiese und rannte mit voller Geschwindigkeit hinter ihr her. Seine Oberschenkel hoben und senkten sich, die Rockschöße wehten hinter ihm her, den Dolch hielt er in der Hand. Seine Augen waren leuchtend blau in der Dunkelheit der Nacht, wie Xenonscheinwerfer, und sein starker Körper war eine einzige Todesdrohung.

Gott sei Dank.

Doch da warf sich noch ein Mann auf Hals Rücken.

Während er ihn abschüttelte, erinnerte Mary sich an ihren Selbstverteidigungskurs und drehte und wand sich, bis ihr Peiniger seinen Griff erneuern musste. Als sie spürte, wie seine Finger sich lockerten, riss sie, so fest sie konnte, an ihren Armen. Er drehte sich um und fing sie schnell wieder ein, doch dieses Mal war sein Griff nicht mehr so fest. Wieder zog sie und zwang ihn so, anzuhalten und herumzufahren.

Sie kauerte sich zusammen, in Erwartung eines Schlages. Hoffentlich hatte Hal dadurch wenigstens etwas Zeit gewonnen, um aufzuholen.

Aber der Hieb blieb aus. Stattdessen hörte sie ein Schmerzensgeheul, und ihr Entführer stürzte auf sie herab, eine schwere, erstickende Last. Panik und Schrecken verliehen ihr die Kraft, ihn von sich zu wuchten.

Sein Körper rollte leblos herum. Hals Dolch steckte in seinem linken Auge.

Mary war zu geschockt, um zu schreien. Sie sprang auf die Füße und rannte, so schnell sie konnte. Sie war sicher, dass man sie wieder einfangen würde, überzeugt, dass sie sterben müsste.

Doch endlich kamen die Lichter des Restaurants in Sicht. Als sie unter ihren Füßen den Asphalt des Parkplatzes spürte, wollte sie vor Dankbarkeit weinen.

Bis sie Hal vor sich sah. Als wäre er aus dem Nichts aufgetaucht.

Abrupt blieb sie stehen, keuchend, benommen, unfähig zu begreifen, wie er vor ihr hier sein konnte. Als ihre Knie nachgaben, hielt sie sich am nächsten Auto fest, das sie erreichen konnte.

»Komm, wir gehen«, sagte er grob.

Sie erinnerte sich wieder an das Knacken des Genicks, und ihr lief ein kalter Schauer über den Rücken. Die schwarze Klinge durch das Auge des Angreifers. Und Hals ruhige, brutale Kontrolle.

Hal war ... der Tod. Der Tod in einer schönen Verpackung.

»Geh weg.« Sie stolperte über ihre Füße, und er streckte die Hand nach ihr aus. »Nein! Fass mich nicht an!«

»Mary ...«

»Bleib weg von mir.« Rückwärts tastete sie sich Richtung Restaurant, die Hände abwehrend vor der Brust. Was auch immer das gegen ihn ausrichten konnte.

Hal folgte ihr, kraftvoll holten seine Arme und Beine aus. »Hör mir zu ...«

»Ich muss ...« Sie räusperte sich. »Ich muss die Polizei rufen.«

»Nein, musst du nicht.«

»Wir wurden überfallen! Und du ... hast jemanden getötet. Menschen. Du hast Menschen getötet. Ich will die ...«

»Das ist eine Privatangelegenheit. Die Polizei kann dich nicht beschützen. Ich schon.«

Sie blieb stehen. Plötzlich sah sie ihn so, wie er wirklich war. Alles ergab einen Sinn. Die Bedrohlichkeit, die sich hinter seinem Charme verbarg. Sein vollständiger Mangel an Furcht, als sie überfallen wurden. Seine Entschlossenheit, die Cops nicht zu rufen. Gott, allein die Tatsache, dass er jemandem mit solcher Leichtigkeit das Genick gebrochen hatte, als wäre es nicht das erste Mal.

Hal wollte nicht, dass sie Hilfe rief, weil er auf der anderen Seite des Gesetzes stand. Er war ebenso ein brutaler Verbrecher wie die Männer, die sie attackiert hatten.

Sie wollte unter ihrem Arm nach der Handtasche greifen und wieder wegrennen. Und stellte fest, dass die Tasche weg war.

Hal fluchte, kurz und heftig. »Du hast deine Tasche verloren, stimmt's?« Er sah sich um. »Hör zu, Mary, du musst mit mir kommen.«

»Ich bin doch nicht bescheuert.«

Sie wollte ins Restaurant flüchten, doch Hal machte einen Satz nach vorn und versperrte ihr den Weg. Er hielt ihre Arme fest.

»Ich schreie!« Sie warf einen Blick auf die Parkwächter. Sie mussten etwa 30 Meter entfernt sein. »Ich schreie, so laut ich kann.«

»Dein Leben ist in Gefahr, aber ich kann dich beschützen. Vertrau mir.«

»Ich kenne dich gar nicht.«

»Doch, das tust du.«

»Klar, du hast recht. Du siehst gut aus, also kannst du unmöglich böse sein.«

Er machte eine heftige Geste in Richtung des Parks. »Ich habe dich da draußen gerettet. Du wärst jetzt nicht mehr am Leben, wenn ich nicht da gewesen wäre.«

»Großartig. Vielen Dank auch. Und jetzt lass mich in Ruhe!«

»Ich will das nicht tun«, murmelte er. »Ehrlich nicht.«

»Was tun?«

Er fuhr ihr mit der Hand vor dem Gesicht hin und her.

Und plötzlich wusste sie nicht mehr, warum sie eigentlich so aus dem Häuschen war.

19

Rhage stand dicht vor Mary und sah ihr in die Augen. Er war der Herr über ihr Erinnerungsvermögen, und er ermahnte sich, die Sache zu Ende zu bringen. Sich einfach aus ihrem Gedächtnis zu wischen.

Und wie sollte das bitte schön funktionieren?

Er hatte mindestens einen, wenn nicht zwei *Lesser* im Park am Leben gelassen, als er ihr nachgerannt war. Wenn diese Dreckskerle sich ihre Tasche geschnappt hatten, wovon er ausgehen musste, würde sie von nun an im Fadenkreuz stehen. Die Gesellschaft entführte inzwischen schon Vampire, die absolut nichts über die Bruderschaft wussten; sie aber war mit ihm *gesehen* worden.

Doch was zum Teufel sollte er jetzt machen? Er konnte sie nicht allein in ihrem Haus lassen, weil ihre Adresse sicher auf dem Führerschein zu finden war. Das wäre also der erste Ort, den die *Lesser* aufsuchen würden. Sie in ein Hotel zu bringen, war auch keine Option, denn er konnte nicht sicher sein, dass sie dort bliebe: Sie würde nicht verstehen, warum sie nicht nach Hause durfte, denn sie erinnerte sich ja nicht an den Überfall.

Am liebsten hätte er sie mit zu sich genommen, zumindest bis er sich überlegt hatte, wie er mit dieser Scheißsituation umgehen sollte. Das Blöde war nur, dass früher oder später jemand bemerken würde, dass sie sich in seinem Zimmer aufhielt. Und das verhieß für alle Beteiligten Ärger. Selbst wenn Tohrs Befehl, ihre Erinnerung zu löschen, aufgehoben wurde – Menschen waren in ihrer Welt streng verboten: Ihre Anwesenheit war gewöhnlich zu gefährlich. Das Letzte, was die Bruderschaft gebrauchen konnte, war, dass der Homo sapiens von der Existenz der Vampire und ihrem geheimen Krieg gegen die *Lesser* Wind bekam.

Schön und gut, aber er war verantwortlich für Marys Leben. Und Regeln waren dazu da, gebrochen zu werden.

Vielleicht konnte er Wrath dazu bewegen, sie aufzunehmen. Wraths *Shellan* war selbst ein halber Mensch, und seit die beiden zusammengefunden hatten, war der Blinde König merklich weicher geworden, wenn es um das Thema Frauen ging. Und selbst Tohr konnte sich nicht über den König hinwegsetzen. Niemand konnte das.

Trotzdem musste Mary für die Zeit, in der Rhage versuchte, die Angelegenheit zu klären, in Sicherheit gebracht werden.

Er dachte an ihr Haus. Es lag abseits, was bedeutete, dass er sie dort ohne großes Aufsehen verteidigen konnte, falls es nötig wurde. Und er hatte genug Waffen im Auto. Er konnte sie dorthin bringen, sie notfalls beschützen und in der Zeit Wrath anrufen.

Rhage gab ihren Verstand wieder frei und schnitt den Faden ihrer Erinnerung an dem Punkt ab, als sie aus dem Auto gestiegen waren. Sie würde sich nicht einmal mehr an ihre Küsse erinnern.

Was alles in allem eine gute Sache war. Verdammt. Er hatte es zu weit getrieben, war zu schnell vorgegangen, und hatte sich dabei selbst fast in den Abgrund gerissen. Als sein Mund und seine Hände sie gestreichelt hatten, war das innere Summen zu einem Kreischen angestiegen. Besonders stark war es, als sie seine Hand zwischen ihre Oberschenkel gelegt hatte.

»Hal?« Verwirrt sah Mary zu ihm auf. »Was ist los?«

Er fühlte sich furchtbar, als er in ihre aufgerissenen Augen blickte und die Bilder in ihrem Kopf endgültig begrub. Er hatte schon Erinnerungen aus dem Gedächtnis unzähliger Frauen gelöscht, und niemals auch nur einen zweiten Gedanken daran verschwendet. Aber bei Mary war es etwas anderes. Es fühlte sich an, als würde er sie betrügen.

Er fuhr sich mit der Hand durchs Haar. Am liebsten hätte er sich ein paar Strähnen ausgerissen. »Du möchtest also lieber das Essen ausfallen lassen und zu dir gehen? Von mir aus gern. Ich könnte auch ein bisschen Ruhe vertragen.«

»In Ordnung, aber … ich habe das Gefühl, wir müssten noch etwas anderes erledigen.« Sie sah an sich herab und wischte sich das Gras vom Rock. »Obwohl – so wie ich aussehe, und nach dem, was vor meinem Haus passiert ist, sollte ich mich wohl ohnehin nicht in der Öffentlichkeit blicken lassen. Ich dachte eigentlich, ich hätte das ganze Gras abgewischt … Moment mal, wo ist denn meine Handtasche?«

»Vielleicht hast du sie im Auto gelassen?«

»Nein, ich … o Gott.« Sie begann, unkontrolliert zu zittern, ihr Atem ging schnell und flach. Die Augen weiteten sich panisch. »Hal, es tut mir leid, ich muss … ich muss … verdammt.«

Es war das Adrenalin, das durch ihre Adern schoss. Ihr Kopf war ruhig, aber ihr Körper war immer noch voller Furcht.

»Komm her«, sagte er und zog sie an sich. »Ich halte dich, bis es vorbei ist.«

Während er sie leise vor sich hin murmelnd beruhigte, hielt er ihre Hände vor seiner Brust fest, damit sie nicht zufällig noch den verbleibenden Dolch unter seinem Arm oder die 9-Millimeter-Beretta in seinem Hosenbund ertastete. Seine Augen scannten ununterbrochen die Gegend, suchten die Schatten des Parks zur Rechten und das Restaurant zur Linken ab. Er wollte unbedingt endlich ins Auto steigen.

»Das ist mir so peinlich«, nuschelte sie an seiner Brust. »Ich hatte schon ewig keine Panikattacke mehr.«

»Mach dir darüber keine Sorgen.« Als sie aufhörte zu zittern, rückte er ab. »Lass uns fahren.«

Rasch schob er sie zu seinem Auto und war erst zufrieden, als er den Gang einlegte und aus dem Parkplatz herausfuhr.

Mary sah sich im Auto um.

»Mist. Hier ist meine Tasche auch nicht. Ich muss sie zu Hause gelassen haben. Ich bin heute so was von zerstreut.« Sie lehnte sich im Sitz zurück und durchwühlte ihre Taschen. »Wenigstens habe ich meine Schlüssel noch.«

Die Rückfahrt war kurz und ereignislos. Als er vor ihrem Haus anhielt, verbarg Mary ein Gähnen und wollte die Autotür aufmachen. Er legte seine Hand auf ihren Arm.

»Lass mich den Gentleman spielen und das für dich übernehmen.«

Sie lächelte und senkte den Blick, als wäre sie nicht daran gewöhnt, von Männern hofiert zu werden.

Rhage stieg aus. Er schnüffelte in die Luft und suchte die Dunkelheit rings um sie her mit den Augen ab. Nichts. Einfach nichts.

Auf seinem Weg um den Wagen herum nahm er schnell

einen großen Seesack aus dem Kofferraum und blieb wieder stehen. Alles war still, keiner seiner hochempfindlichen Sinne meldete irgendeine Gefahr.

Als er die Beifahrertür öffnete, und Mary sah, was er über der Schulter trug, runzelte sie die Stirn.

Doch er schüttelte den Kopf. »Nicht, dass du denkst, ich wollte bei dir einziehen oder so was. Mir fiel nur gerade ein, dass mein Kofferraumschloss nicht funktioniert, und ich will das nicht draußen lassen.«

Er hasste es, sie anzulügen. Es drehte ihm buchstäblich den Magen um.

Mary zuckte die Achseln und ging zur Haustür. »Muss ja was Wichtiges drin sein.«

Könnte man sagen. Ungefähr genug Feuerkraft, um ein zehnstöckiges Gebäude dem Erdboden gleichzumachen. Und dennoch schien es ihm nicht genug, um sie zu beschützen.

Sie wirkte verlegen, als sie die Haustür aufschloss und eintrat. Er ließ sie erst einmal durch alle Zimmer gehen, alle Lichter anmachen und ihre Nervosität abbauen, doch er blieb immer in ihrer Nähe. Im Vorbeigehen überprüfte er sämtliche Türen und Fenster. Alles war verschlossen. Das Haus war sicher, zumindest das Erdgeschoss.

»Möchtest du etwas essen?«, fragte sie.

»Nein, danke.«

»Ich hab auch keinen Hunger.«

»Was ist oben?«

»Ähm … mein Schlafzimmer.«

»Zeigst du es mir?« Er musste unbedingt auch das obere Stockwerk in Augenschein nehmen.

»Vielleicht später. Ich meine, musst du das wirklich sehen? Also … ach, was soll's.« Sie blieb stehen und stützte die Hände in die Hüften. »Ich bin jetzt einfach mal ganz direkt. Ich hatte noch nie männlichen Besuch in diesem Haus. Und was meine Qualitäten als Gastgeberin betrifft, bin ich ein bisschen eingerostet.«

Er ließ den Seesack auf den Boden fallen. Auch wenn er kampfbereit und aufs Äußerste angespannt war, gelang es ihr doch problemlos, ihn umzuhauen. Die Tatsache, dass noch kein Mann einen Fuß in ihr Haus gesetzt hatte, entzückte ihn so sehr, dass seine Brust schier zerspringen wollte.

»Ich finde, du machst das ganz gut.« Er streckte den Arm aus und strich ihr mit dem Daumen über die Wange. Gleichzeitig dachte er daran, was er gern mit ihr oben in diesem Schlafzimmer machen würde.

Sofort lief sein Körper auf Hochtouren, und dieses unheimliche innere Brennen verdichtete sich entlang seiner Wirbelsäule.

Er zwang sich, die Hand sinken zu lassen. »Ich muss mal schnell telefonieren. Darf ich nach oben gehen, damit ich ungestört bin?«

»Natürlich. Ich … warte dann hier.«

»Dauert nicht lange.«

Auf dem Weg nach oben in ihr Schlafzimmer zog er sein Handy aus der Tasche. Die Hülle hatte einen Riss, wahrscheinlich durch einen der Tritte des *Lesser,* aber es funktionierte noch. Als Wraths Mailbox ansprang, hinterließ er eine kurze Nachricht und betete inständig, dass der König bald zurückrufen würde.

Dann sah er sich kurz in allen Zimmern um und kam wieder herunter. Mary saß auf der Couch, die Beine hochgezogen.

»Also, was sollen wir uns ansehen?«, fragte er und

suchte gleichzeitig Türen und Fenster nach bleichen Gesichtern ab.

»Warum schaust du dich die ganze Zeit hier so um, als würden überall Gefahren lauern?«

»Tut mir leid. Alte Gewohnheit.«

»Du musst ja in einer heftigen Armeeeinheit gewesen sein.«

Er ging nicht darauf ein. Stattdessen ging er zu dem Regal, auf dem all ihre DVDs säuberlich aufgereiht standen. »Was willst du dir ansehen?«

»Such dir was aus. Ich ziehe mir schnell etwas Bequemeres an.« Sie errötete. »Ohne Grasflecken.«

Um kein Risiko einzugehen, wartete er am Fuße der Treppe, während sie sich im Schlafzimmer umzog. Als sie wieder auf dem Weg nach unten war, schlüpfte er eiligst wieder ins Wohnzimmer und baute sich vor dem Regal auf.

Der Blick auf die DVD-Sammlung verhieß nichts Gutes. Viele ausländische Filme standen da, auch einige sehr ernsthafte amerikanische. Ein paar Evergreens wie *Die große Liebe meines Lebens. Casa*-Scheiß-*Blanca*.

Absolut nichts von Sam Raimi oder George A. Romero. Und hatte sie denn noch nie was von *Tanz der Teufel* gehört? Moment mal, da war ein Hoffnungsschimmer. *Nosferatu. Eine Symphonie des Grauens*. Der Klassiker unter den Vampirfilmen in der deutschen Originalfassung von 1922.

»Hast du was gefunden?«, fragte sie.

»Ja.« Er blickte über die Schulter.

O … Mann. Sie sah zum Anbeißen aus. Zumindest in seinen Augen: Pyjamahose mit Sternchen und Monden. Kleines weißes T-Shirt. Bequeme Ledermokassins.

Sie zupfte am Saum des T-Shirts, versuchte, es weiter herunterzuziehen. »Ich wollte erst eine Jeans anziehen, aber ich bin so müde, und das trage ich immer im Bett ... also ich meine, wenn ich es mir gemütlich mache. Du weißt schon, nichts Besonderes.«

»Mir gefällst du in den Sachen«, sagte er mit tiefer Stimme. »Sieht bequem aus.«

Was für ein Quatsch. Sie sah super *sexy* aus.

Sobald er den Film eingelegt hatte, schnappte er sich seinen Seesack, stellte ihn neben die Couchlehne und setzte sich soweit wie möglich weg von ihr ans andere Ende des Sofas. Er streckte sich aus und versuchte, um ihretwillen so zu tun, als wäre nicht jeder Muskel in seinem Körper bis zum Zerreißen angespannt. In Wahrheit war er völlig fertig. Er fühlte sich wie ein lebendiges, atmendes Stahlseil: Jeden Moment konnte ein *Lesser* einbrechen, Wrath hatte noch nicht zurückgerufen, und gleichzeitig verspürte er das dringende Bedürfnis, die Innenseite ihrer Oberschenkel mit Küssen zu bedecken.

»Du kannst gern die Füße auf den Tisch legen, wenn du willst«, sagte sie.

»Ich sitze gut.« Er machte die Lampe neben sich aus und hoffte, sie würde einschlafen. Dann könnte er wenigstens herumlaufen und das Gelände ums Haus herum im Auge behalten, ohne sie total nervös zu machen.

Fünfzehn Minuten später hörte er sie sagen: »Entschuldige bitte, aber ich döse hier so langsam weg.«

Er warf ihr einen Seitenblick zu. Das Haar hing ihr lose auf die Schultern, und sie hatte sich ganz klein zusammengerollt. Ihre Haut schimmerte und wirkte durch das Flimmern des Fernsehers leicht gerötet. Die Augenlider waren schwer.

So würde sie aussehen, wenn sie morgens aufwachte, dachte er.

»Quäl dich nicht, Mary. Aber ich bleibe noch ein bisschen, wenn dir das recht ist, ja?«

Sie wickelte sich in eine weiche cremefarbene Decke. »Aber sicher. Nur, ähm, Hal …«

»Warte mal. Könntest du mich bitte mit meinem … anderen Namen ansprechen?«

»Von mir aus. Wie heißt du denn noch?«

»Rhage.«

Sie runzelte die Stirn. »Rhage?«

»Ja.«

»Klar. Ist das eine Art Spitzname oder so was?«

Er schloss die Augen. »Ja.«

»Gut, Rhage … Danke für heute Abend. Ich meine, dass du so flexibel warst.«

Er fluchte innerlich. Sie sollte ihm lieber eine knallen, statt dankbar zu sein. Er war schuld, dass sie beinahe umgebracht worden wäre. Und jetzt war sie eine Zielscheibe für die *Lesser.* Und wenn sie nur einen Bruchteil von dem ahnen würde, was er mit ihrem Körper anstellen wollte, würde sie sich vermutlich im Bad einschließen und die Tür nie mehr öffnen.

»Es ist okay, weißt du«, murmelte sie.

»Was denn?«

»Mir ist klar, dass du nur mit mir befreundet sein willst.«

Befreundet?

Sie lachte verkrampft. »Du sollst nur wissen, dass ich den Kuss hier vor dem Haus nicht falsch verstanden habe. Ich weiß, das war nicht … du weißt schon. Jedenfalls brauchst du dir keine Sorgen zu machen, dass ich das in den falschen Hals kriege.«

»Warum glaubst du, dass ich mir darüber Sorgen mache?«

»Du sitzt steif wie ein Brett am anderen Ende der Couch. Als hättest du Angst, dass ich dich bespringe.«

Er hörte draußen ein Geräusch, und sein Blick schoss zum Fenster auf der rechten Seite. Doch es war nur ein Blatt, das gegen die Scheibe geweht worden war.

»Ich wollte dich nicht verlegen machen«, platzte sie heraus. »Ich wollte dich nur ... beruhigen.«

»Mary, ich weiß nicht, was ich sagen soll.« Denn die Wahrheit würde sie zu Tode erschrecken. Und er hatte ihr bereits genug Lügen aufgetischt.

»Du brauchst nichts zu sagen. Ich hätte gar nicht davon anfangen sollen. Eigentlich wollte ich nur sagen, ich bin froh, dass du hier bist. Als Freund. Und die Fahrt in deinem Auto hat mir wirklich sehr gut gefallen. Und es macht Spaß, einfach mit dir zusammen zu sein. Mehr brauche ich nicht von dir, ehrlich. Du bist ein echt guter Kumpel.«

Rhage sog hörbar die Luft ein. In seinem gesamten Erwachsenenleben hatte ihn noch nie eine Frau als Freund bezeichnet. Oder seine Gesellschaft aus einem anderen Grund als Sex gesucht.

In der Alten Sprache flüsterte er: »Die Worte versagen mir den Dienst, meine Angebetete. Denn kein Laut aus meinem Mund kann deiner würdig sein.«

»Was für eine Sprache war denn das?«

»Die Sprache meiner Kindheit.«

Sie legte den Kopf schief und betrachtete ihn. »Es klingt fast wie Französisch, aber nicht ganz. Irgendwas Slawisches scheint auch mit drin zu sein. Ist das Ungarisch?«

Er nickte. »Im Prinzip ja.«

»Und was hast du gesagt?«

»Ich bin auch gern mit dir zusammen.«

Sie lächelte und legte den Kopf auf die Lehne.

Sobald er sicher war, dass sie tief und fest schlief, öffnete er den Seesack und vergewisserte sich, dass die Waffen alle geladen waren. Dann ging er durch das ganze Haus und machte alle Lichter aus. Als es stockdunkel war, gewöhnten seine Augen sich an die Finsternis, und seine Sinne wurden noch schärfer.

Er suchte den Wald hinter dem Haus ab. Und die Wiese auf der rechten Seite. Das große Bauernhaus dahinter. Die Straße vor der Tür.

Er lauschte, folgte den Schritten der Tiere im Gras und hörte den Wind, der an den Holzschindeln entlangstrich. Als die Außentemperatur absank, siebte er das Knarren und Quietschen des Hauses heraus und forschte nach Anzeichen für einen Einbruch. Er schlich herum, von Zimmer zu Zimmer, bis er glaubte, zerspringen zu müssen.

Wieder checkte er sein Handy. Es war an, der Klingelton eingeschaltet. Empfang hatte es auch.

Er fluchte und wanderte weiter.

Der Film war zu Ende. Er startete ihn neu, für den Fall, dass sie aufwachte und wissen wollte, warum er immer noch da war. Dann machte er noch einen Rundgang durch den ersten Stock.

Als er zurück ins Wohnzimmer kam, rieb er sich die Stirn und spürte Schweiß auf seiner Handfläche. Ihr Haus war wärmer, als er es gewohnt war. Oder vielleicht stand er auch zu sehr unter Strom. So oder so war ihm zu heiß, und er zog die Jacke aus und legte seine Waffen und das Handy oben auf den Seesack.

Während er sich die Ärmel hochkrempelte, stand er über sie gebeugt und betrachtete sie und ihr langsames, gleichmäßiges Atmen. Sie wirkte so klein auf diesem Sofa, noch kleiner als sonst, da ihre starken grauen Kriegeraugen hinter Lidern und Wimpern verborgen waren. Er setzte sich neben sie und bettete sanft ihren Kopf in seine Armbeuge.

Im Vergleich zu ihm wirkte sie winzig.

Sie regte sich, hob den Kopf. »Rhage?«

»Schlaf weiter«, flüsterte er und drückte sie an seine Brust. »Ich will dich nur festhalten. Mehr mache ich nicht.«

Er sog ihr Seufzen tief in sich ein und schloss die Augen, als ihr Arm sich um seine Taille legte.

Alles war so ruhig. Ruhe im Haus. Ruhe draußen.

Er hatte den albernen Impuls, sie zu wecken und umzubetten, nur, damit er noch einmal spüren konnte, wie sie sich an ihn kuschelte.

Doch er tat es nicht. Stattdessen konzentrierte er sich auf das Heben und Senken ihrer Brust und begann, im selben Rhythmus zu atmen.

So … friedlich.

So ruhig.

20

Als John Matthew *Moe's Diner* verließ, in dem er als Aushilfe arbeitete, machte er sich Sorgen um Mary. Sie war nicht zu ihrer Donnerstagsschicht bei der Helpline erschienen, was schon sehr ungewöhnlich war. Er hoffte, sie wäre heute da. Da es jetzt halb eins war, würde sie in einer halben Stunde Feierabend machen. Also konnte er sie auf jeden Fall noch erwischen. Vorausgesetzt, sie hatte gearbeitet.

Er ging, so schnell er konnte, und legte die sechs schmutzigen Straßenblocks bis zu seiner Wohnung in etwa zehn Minuten zurück. Der Heimweg verlief völlig ereignislos, und in seinem Haus war wie üblich die Hölle los. Als er vor der Tür ankam, hörte er einige Männer, die sich mit schwerer Zunge stritten. Ihre betrunkenen Beleidigungen waren anzüglich, farbenfroh und unlogisch. Eine Frau überbrüllte wummernde Musik. Die wütende, männliche Antwort klang für John nach jemandem, der Waffen zu Hause hatte.

Blitzschnell schoss er durch die Lobby und die ausgetretenen Stufen hinauf, dann schloss er mit einer raschen Handbewegung die Tür hinter sich zu.

Seine Wohnung war klein und würde vermutlich in spätestens fünf Jahren der Abrissbirne zum Opfer fallen. Die Böden waren halb mit Linoleum, halb mit Teppich ausgelegt, wobei die Übergänge eher fließend waren. Das Linoleum war so durchgescheuert, dass es von einer Art Pelz überzogen schien, und der Teppichboden war inzwischen fast so hart und glatt wie der Kunststoff.

Die Fenster waren vor Dreck praktisch blind, was eigentlich ganz gut war, denn so brauchte er keine Vorhänge. Immerhin funktionierte die Dusche und auch das Waschbecken im Badezimmer; wohingegen der Abfluss in der Küche seit dem Tag verstopft war, als er eingezogen war. Einmal hatte er versucht, das Ding mit Abflussfrei sauber zu kriegen, aber das war zwecklos gewesen. Sich die Rohre einmal näher anzusehen, hatte er unterlassen. Er wollte lieber gar nicht wissen, was in diesen Schlund gesteckt worden war.

Wie immer, wenn er freitagnachts nach Hause kam, riss er mühsam eines der verklemmten Fenster auf und sah über die Straße. Die Büroräume der Selbstmord-Helpline waren hell erleuchtet, aber Mary saß nicht an ihrem üblichen Schreibtisch.

John runzelte die Stirn. Vielleicht ging es ihr nicht gut. Sie hatte wirklich erschöpft gewirkt, als er bei ihr zu Hause gewesen war.

Morgen würde er mit dem Fahrrad zu ihr fahren und sehen, was mit ihr los war.

Gott, er war so froh, dass er sich endlich getraut hatte, ihr gegenüberzutreten. Sie war so nett, noch netter als am Telefon. Und dann konnte sie auch noch die Zeichensprache. Das war doch wohl Schicksal!

Er schloss das Fenster wieder, ging zum Kühlschrank und machte den Expander ab, der die Tür zuhielt. Drinnen standen vier Sixpacks *Ensure*-Trinknahrung, Geschmacksrichtung Vanille. Er nahm zwei Dosen heraus und hakte den Expander wieder um die Tür. Seine Wohnung war vermutlich die einzige im ganzen Gebäude, in der es keine Kakerlaken gab. Und das lag nur daran, dass er keine echten Lebensmittel kaufte. Er konnte das Zeug einfach nicht vertragen.

Er setzte sich auf seine Matratze und lehnte sich mit dem Rücken an die Wand. Im Restaurant war heute viel los gewesen, und seine Schultern schmerzten furchtbar.

Vorsichtig nippte er an einer Dose und hoffte inständig, dass sein Magen ihm heute gnädig sein würde. Dazu nahm er die neueste Ausgabe von *Muskeln & Fitness* in die Hand. Die er bereits zweimal von vorne bis hinten durchgelesen hatte.

Er betrachtete das Cover. Der Kerl auf dem Foto hatte dicke Muskelpakete unter der gebräunten Haut, voll ausgeformte, aufgeblähte Bizeps, Trizeps, Brust- und Bauchmuskeln. Um den He-Man-Look noch zu betonen, hatte er ein wunderschönes Mädchen im grellgelben Bikini um sich gewickelt wie eine Schleife.

Seit Jahren las John alles über Gewichtheber, er hatte monatelang gespart, um sich ein kleines, eisernes Hantelset zu kaufen. Sechs Tage die Woche trainierte er damit, und es war absolut kein Fortschritt zu erkennen. Egal, wie eifrig er Gewichte stemmte oder wie verzweifelt er versuchte, Masse zuzulegen, er entwickelte überhaupt keine Muskeln.

Zum Teil lag das sicherlich an seiner Ernährung. Diese Trinknahrung war so ungefähr das Einzige, wovon ihm nicht schlecht wurde, und sie enthielt nicht gerade tonnenweise Proteine. Aber sein Problem hatte nicht nur mit dem Essen zu tun, seine körperliche Veranlagung war auch zum Kotzen. Mit dreiundzwanzig Jahren war er knapp einen Meter siebzig groß und wog keine fünfzig Kilo. Rasieren musste er sich nicht. Er hatte kein einziges Haar an seinem Körper. Und er hatte noch nie eine Erektion gehabt.

Unmännlich. Schwach. Das Schlimmste daran war, dass er sich überhaupt nicht veränderte. Seit zehn Jahren war er schon so.

Die Eintönigkeit seines Lebens machte ihn fertig, erschöpfte ihn, saugte ihn aus. Er hatte die Hoffnung aufgegeben, jemals zu einem richtigen Mann zu werden, und dieses Akzeptieren der Realität hatte ihn altern lassen. Er fühlte sich uralt in seinem kleinen Körper, als gehörte sein Kopf nicht zum Rest von ihm.

Aber es gab auch kleine Lichtblicke. Er liebte es, einzuschlafen. In seinen Träumen sah er sich kämpfen, und er war stark, er war sicher, er war … ein Mann. Nachts, mit geschlossenen Augen, war er furchterregend; er trug einen Dolch in der Hand und war ein Killer, der das, was er so perfekt beherrschte, aus edlen Motiven tat. Und er war nicht allein. Er war umgeben von anderen Männern wie ihm selbst, Kämpfern und Brüdern, treu bis in den Tod.

Und in seinen Visionen liebte er Frauen, wunderschöne Frauen, die lustvolle Schreie von sich gaben, wenn er in ihre Körper eindrang. Manchmal waren mehrere bei ihm, und er nahm sie hart, denn das wollten sie, und er wollte es auch. Seine Liebhaberinnen krallten sich in seinem Rücken fest, kratzten ihm die Haut auf, als sie unter seinen starken Hüften erschauerten und sich aufbäumten. Mit einem triumphalen Brüllen ließ er dann los, sein Körper zuckte und entlud sich in die feuchte Hitze, die sie ihm darboten. Und wenn er in einem schockierenden Akt des Lasters gekommen war, dann trank er ihr Blut, und sie tranken von ihm, und die wilde Raserei färbte die weißen Laken rot. Endlich, wenn alle Bedürfnisse gestillt und das Verlangen und die Entfesselung erloschen waren, hielt er sie sanft im Arm, und sie blickten ihn mit leuchtenden und bewundernden Augen an. Frieden und Harmonie überkamen ihn und wurden als Segen willkommen geheißen.

Unglücklicherweise wachte er morgens immer auf.

Im wirklichen Leben konnte er nicht darauf hoffen, jemanden zu verteidigen, nicht bei seiner Statur. Und er hatte noch niemals eine Frau geküsst. Hatte nie die Gelegenheit bekommen. Das andere Geschlecht reagierte genau auf zwei Arten auf ihn: Die älteren wollten ihn wie ein Kind beschützen, und die jüngeren sahen einfach durch ihn hindurch. Beides verletzte ihn, Ersteres, weil es seine Schwäche noch unterstrich; Letzteres, weil es ihm jegliche Hoffnung nahm, einmal jemanden zu finden, für den er sorgen durfte.

Was der Grund für ihn war, eine Frau zu wollen. Er hatte ein ungeheures Bedürfnis zu beschützen, zu behüten, zu bewachen. Eine Berufung, deren Erfüllung aussichtslos schien.

Außerdem, welche Frau würde ihn schon wollen? Er war so verflucht dürr. Seine Jeans schlackerten um seine Beine, das T-Shirt klebte in der Höhlung zwischen seinen Rippen und seinen Hüften. Seine Füße waren so groß wie die eines Zehnjährigen.

John spürte, wie die Frustration in ihm wuchs, aber er wusste nicht, was ihn so aufbrachte. Gut, er mochte Frauen. Und er wollte sie berühren, weil ihre Haut so zart wirkte, und sie so gut rochen. Aber er war noch nie erregt gewesen, selbst wenn er mitten in seinen Träumen aufwachte. Er war ein totaler Freak. Gefangen irgendwo in der Mitte zwischen Mann und Frau, weder das eine noch das andere. Ein Hermaphrodit ohne die zusätzliche Ausstattung.

Eines stand allerdings fest: Für Männer hatte er nichts übrig. Es hatten ihm über die Jahre genug nachgestellt, ihn mit Geld oder Drogen oder Gewalt bedrängt, gewollt, dass er ihnen in Klos oder Autos einen blies. Irgendwie hatte er es immer geschafft, ihnen zu entkommen.

Immer hieß bis vergangenen Winter. Im Januar hatte ihm einer im Treppenhaus seiner vorherigen Wohnung eine Pistole ins Gesicht gehalten.

Danach war er umgezogen und hatte sich selbst eine Waffe zugelegt.

Und er hatte die Selbstmord-Helpline angerufen.

Das war vor zehn Monaten gewesen, und er konnte das Gefühl seiner Jeans auf der Haut immer noch nicht ertragen. Am liebsten hätte er alle vier weggeworfen, doch das konnte er sich nicht leisten. Also hatte er nur die eine verbrannt, die er in der Nacht getragen hatte, und sich angewöhnt, immer lange Unterhosen zu tragen, selbst im Sommer.

Also nein, er stand definitiv nicht auf Männer.

Vielleicht war das noch ein Grund, warum er so auf Frauen reagierte.

Nicht dass er etwa vorhatte, jemanden wegen seiner Erfahrung ins Vertrauen zu ziehen. Er hatte nicht die Absicht, darüber zu sprechen, was ihm in jenem Treppenhaus zugestoßen war. Er konnte sich einfach nicht vorstellen, diese Geschichte jemals zu erzählen.

Aber was sollte er sagen, falls ihn eine Frau fragen würde, ob er schon mal mit jemandem zusammen gewesen war? Er wüsste nicht, wie er darauf antworten sollte.

Ein lautes Klopfen ertönte an seiner Tür.

Erschrocken setzte er sich auf und tastete unter dem Kopfkissen nach der Pistole. Er entsicherte sie mit einem Finger.

Es klopfte wieder.

Er zielte mit der Waffe auf die Tür und wartete auf eine Schulter, die das Holz rammte und zersplitterte.

»John?« Es war eine männliche Stimme, tief und kraftvoll. »John, ich weiß, dass du da bist. Mein Name ist Tohr. Wir haben uns vorgestern kennengelernt.«

John zog die Stirn in Falten und zuckte zusammen, als er ein Stechen in den Schläfen verspürte. Unvermittelt, als hätte jemand eine Schleuse geöffnet, erinnerte er sich daran, in einem unterirdischen Raum gewesen zu sein. Und einen großen Mann in Leder getroffen zu haben. Er war mit Mary und Bella dort gewesen.

Als die Erinnerung mit Wucht zurückkehrte, regte sich etwas ganz tief in ihm. Auf der Ebene seiner Träume. Etwas Altes …

»Ich bin hier, um mich mit dir zu unterhalten. Lässt du mich rein?«

Mit der Waffe in der Hand ging John zur Tür und öffnete sie, ließ aber die Kette vorgelegt. Er reckte den Kopf hoch, sehr hoch, um dem Mann in die blauen Augen zu sehen. Ein Wort kam ihm in den Sinn, eines, das er nicht verstand.

Bruder.

»Willst du nicht die Waffe wieder sichern, Sohn?«

John schüttelte den Kopf. Er schwankte zwischen der seltsamen Erinnerung in seinem Kopf und dem, was er vor sich sah: einem Mann des Todes, gekleidet in schwarzes Leder.

»Okay. Dann pass aber bitte auf, wohin du zielst. Du siehst nicht besonders geübt mit dem Ding aus, und ich hätte ungern ein Loch in meinem Bauch.« Der Mann sah die Kette an. »Lässt du mich jetzt rein?«

Zwei Türen weiter steigerte sich ein wüstes Geschrei in ein Crescendo und wurde durch zersplitterndes Glas abrupt beendet.

»Komm schon, mein Junge. Ein bisschen Privatsphäre kann doch nicht schaden.«

John horchte tief in sich hinein und forschte nach einer instinktiven Warnung. Er fand nichts, obwohl der Mann groß und zweifellos bewaffnet war. So jemand musste einfach eine Knarre dabeihaben.

John entsicherte die Kette, trat zurück und ließ die Waffe sinken.

Der Mann schloss die Tür hinter sich. »Du erinnerst dich doch daran, mich getroffen zu haben, oder?«

John nickte und fragte sich, warum die Erinnerung so ruckartig zurückgekehrt war. Und warum sie von rasenden Kopfschmerzen begleitet wurde.

»Und du weißt auch noch, worüber wir gesprochen haben. Über das Training, das wir anbieten.«

John sicherte die Pistole. Er konnte sich an alles erinnern, und die Neugier, die er damals verspürt hatte, kehrte zurück. Ebenso wie die heftige Sehnsucht.

»Also, was hältst du davon, dich uns anzuschließen und mit uns zu trainieren? Und ehe du jetzt sagst, du seiest nicht kräftig genug: Ich kenne jede Menge Kerle, die deine Statur haben. Wir haben sogar gerade eine neue Klasse von Jungs, die genau so sind wie du.«

Ohne den Blick von dem Fremden abzuwenden, steckte John sich die Pistole in die Gesäßtasche und ging zum Bett hinüber. Er nahm einen Block und einen Kuli und schrieb: *Ich habe kein $.*

Als er ihm den Block zeigte, antwortete der Mann: »Darüber musst du dir keine Sorgen machen.«

John kritzelte: *Mach ich aber,* und drehte das Blatt um.

»Ich leite die Einrichtung, und ich brauche ein bisschen Hilfe bei dem Bürokram. Du könntest den Unterricht abarbeiten. Kennst du dich mit Computern aus?«

John schüttelte den Kopf. Er fühlte sich wie ein Idiot. Er konnte nichts außer Teller und Gläser abräumen und spülen. Und dieser Typ hier brauchte bestimmt keine Küchenhilfe.

»Kein Problem, einer unserer Brüder kennt die Dinger in- und auswendig. Er bringt es dir bei.« Der Mann lächelte. »Du wirst arbeiten. Du wirst trainieren. Alles ist in Butter. Und ich habe auch schon mit meiner *Shellan* gesprochen. Sie würde sich sehr freuen, wenn du bei uns wohnen würdest, solange du den Unterricht besuchst.«

John senkte die Augenlider, er war misstrauisch. Das alles klang nach einem wunderbaren Rettungsanker. Nur, warum wollte der Kerl ihm helfen?

»Willst du wissen, warum ich das alles mache?«

Als John nickte, zog der Mann seinen Mantel aus und knöpfte sein Hemd auf. Er zog es auseinander und entblößte seine linke Brust.

Johns Blick blieb an der kreisrunden Narbe hängen, die er dort sah.

Als er die Hand auf seine eigene Brust legte, brach ihm der Schweiß auf der Stirn aus. Er hatte das merkwürdige Gefühl, dass eben etwas von großer Tragweite geschehen war.

»Du bist einer von uns, mein Sohn. Es wird Zeit, dass du nach Hause zu deiner Familie kommst.«

John stockte der Atem, ein seltsamer Gedanke schoss ihm durch den Kopf: *Endlich bin ich gefunden worden.*

Doch dann brach die Realität wieder über ihn herein und saugte ihm die Freude aus der Brust.

Wunder geschahen ihm nicht einfach so. Seine Glückssträhne war versiegt, lange bevor ihm bewusst gewesen war, dass er eine hatte. Oder vielleicht war es eher so, dass das Schicksal ihn übergangen hatte. So oder so, dieser Mann in den Lederklamotten, der aus dem Nichts kam und ihm ein Entkommen aus der Hölle seines Lebens anbot, war zu gut, um wahr zu sein.

»Brauchst du noch etwas Zeit zum Nachdenken?«

John schüttelte den Kopf und schrieb: *Ich möchte lieber hierbleiben.*

Der Mann zog die Augenbrauen zusammen, als er die Worte las. »Hör mal, mein Junge. Du stehst an einem gefährlichen Punkt deines Lebens.«

Ach nein. Er hatte diesen Kerl in seine Wohnung gelassen, wohl wissend, dass niemand ihm zu Hilfe käme, falls er schrie. Er tastete nach seiner Pistole.

»Gut, bleib ganz locker. Ich mach dir einen Vorschlag. Kannst du pfeifen?«

John nickte.

»Ich gebe dir eine Telefonnummer, unter der du mich erreichen kannst. Du pfeifst einfach ins Telefon, und ich weiß dann, dass du es bist.« Er gab ihm eine kleine Karte. »Ich gebe dir ein paar Tage Zeit. Ruf mich einfach an, wenn du es dir anders überlegst. Wenn nicht, mach dir keine Sorgen. Du wirst dich an nichts erinnern.«

John hatte keine Ahnung, was er von der letzten Bemerkung halten sollte, also starrte er einfach nur auf die schwarzen Zahlen und verlor sich in Möglichkeiten und Unwahrscheinlichkeiten. Als er wieder aufsah, war der Mann verschwunden.

Gott, er hatte noch nicht mal die Tür gehört.

21

Mary kam mit einem Ganzkörperkrampf zu sich.

Ein kehliger Schrei donnerte durch ihr Wohnzimmer und erschütterte die morgendliche Stille. Ruckartig setzte sie sich auf, wurde aber sofort wieder auf die Seite gedrückt. Dann schob sich das gesamte Sofa von der Wand ab.

Im grauen Morgenlicht sah sie Rhages Seesack. Seine Anzugjacke.

Und stellte fest, dass er hinter die Couch gesprungen war.

»Die Vorhänge!«, brüllte er. »Zieh die Vorhänge zu!«

Der Schmerz in seiner Stimme durchdrang den Nebel ihrer Verwirrung und jagte sie quer durch den Raum. Sie schloss alle Vorhänge, bis nur noch Tageslicht durch die offene Küchentür eindrang.

»Und die Tür da auch …« Seine Stimme brach. »Die in das andere Zimmer.«

Rasch zog sie sie zu. Es war jetzt vollkommen dunkel, bis auf das Flimmern des Fernsehers.

»Hat das Badezimmer ein Fenster?«, fragte er grob.

»Nein, hat es nicht. Rhage, was ist denn los?« Sie wollte sich über die Sofalehne beugen.

»Komm mir nicht zu nahe.« Die Worte klangen erstickt. Und wurden von einem saftigen Fluch gefolgt.

»Alles in Ordnung mit dir?«

»Lass mich nur … zu Atem kommen. Du musst mich jetzt mal in Ruhe lassen.«

Sie kam trotzdem um das Sofa herum. Sie konnte seine große Gestalt nur schemenhaft in der Dunkelheit erkennen.

»Was ist denn los, Rhage?«

»Nichts.«

»Das sehe ich.« Verdammt, sie hasste diese Harter-Kerl-Nummer. »Es liegt am Sonnenlicht, oder? Du bist allergisch dagegen.«

Er lachte schroff. »Könnte man sagen. Mary. Stopp! Komm nicht näher.«

»Warum denn nicht?«

»Ich will nicht, dass du mich siehst.«

Sie tastete nach einer Lampe und machte das Licht an. Ein zischendes Geräusch ertönte.

Als ihre Augen sich an das Licht gewöhnt hatten, sah sie, dass Rhage flach auf dem Rücken lag, einen Arm vor die Brust gedrückt, die andere vor den Augen. Eine böse Brandverletzung hatte sich auf der Haut gebildet, wo er den Hemdsärmel hochgekrempelt hatte. Sein Gesicht war schmerzverzerrt, die Lippen entblößten …

Das Blut gefror ihr in den Adern.

Fänge.

Zwei lange Reißzähne befanden sich in der oberen Zahnreihe.

Er hatte Fänge.

Sie musste wohl aufgekeucht haben, denn er murmelte: »Ich hab doch gesagt, du sollst mich nicht ansehen.«

»Herr im Himmel«, flüsterte sie. »Sag, dass die nicht echt sind.«

»Ich fürchte, sie sind echt.«

Sie taumelte herum, bis sie gegen eine Wand stieß. *Heilige … du lieber Gott.*

»Was … bist du?«, stammelte sie.

»Kein Sonnenlicht. Komische Beißerchen.« Er keuchte. »Dreimal darfst du raten.«

»Das kann nicht …«

Er stöhnte auf, dann hörte sie ein Schlurfen, als bewegte er sich. »Könntest du bitte die Lampe ausmachen? Meine Netzhaut wurde gerade geröstet und muss sich kurz erholen.«

Mary drückte auf den Schalter und riss hektisch die Hand wieder zurück. Ängstlich schlang sie die Arme um sich und lauschte den heiseren Geräuschen, die er beim Atmen von sich gab.

Die Minuten verrannen. Er sagte nichts mehr. Setzte sich nicht hin, lachte und nahm die falschen Zähne heraus. Erzählte ihr nicht, dass er Napoleons bester Freund oder Johannes der Täufer oder Elvis war, wie ein durchgeknallter Irrer.

Er flog auch nicht durch die Luft und versuchte, sie zu beißen. Und er verwandelte sich auch nicht in eine Fledermaus.

Jetzt hör aber auf, dachte sie. Sie konnte ihn ja wohl unmöglich ernst nehmen?

Nur, dass er tatsächlich anders war. Grundlegend anders als jeder Mann, den sie je getroffen hatte. Was wenn …

Er stöhnte leise. Im Schein des Fernsehers sah sie seinen Stiefel hinter der Couch hervorlugen.

Sie begriff zwar nicht, für was er sich hielt, aber sie verstand, dass er litt. Und sie würde ihn nicht einfach so auf dem Boden liegen lassen, wenn er Schmerzen hatte.

»Wie kann ich dir helfen?«, fragte sie.

Pause. Als hätte sie ihn überrascht.

»Könntest du mir etwas Eiscreme bringen? Ohne Nüsse oder Schokostückchen, wenn's geht. Und ein Handtuch.«

Als sie mit einer Schüssel voll zurückkam, hörte sie, wie er sich mühsam aufsetzte.

»Lass mich zu dir kommen«, sagte sie.

Er hielt in der Bewegung inne. »Hast du denn keine Angst vor mir?«

In Anbetracht dessen, dass er entweder weggetreten oder ein Vampir war, hätte sie sich wohl eigentlich fürchten sollen. Was aber nicht der Fall war.

»Wäre eine Kerze zu hell?«, fragte sie, ohne auf die Frage zu reagieren. »Sonst kann ich da hinten überhaupt nichts sehen.

»Vermutlich nicht. Mary, ich werde dir nichts tun. Versprochen.«

Sie setzte die Schüssel ab, zündete eine ihrer größeren Votivkerzen an und stellte sie auf das Tischchen neben der Couch. Im flackernden Schein musterte sie seinen Körper. Und den Arm, der immer noch über den Augen lag. Und die Verbrennungen. Sein Gesicht war nicht mehr verzerrt, aber der Mund stand leicht offen.

Sie konnte gerade so die Spitzen seiner Fänge erkennen.

»Ich weiß, dass du mir nichts tun wirst«, murmelte sie und hob die Schüssel wieder auf. »Du hättest schon genug Gelegenheit dazu gehabt.«

Sie lehnte sich weit über die Sofalehne herunter und löffelte etwas Eiscreme heraus.

»Hier. Mund weit auf. Häagen-Dazs Vanille.«

»Das ist nicht zum Essen. Die Proteine in der Milch und die Kälte werden die Wundheilung beschleunigen.«

Es war unmöglich für sie, weit genug hinunterzureichen,

also zog sie die Couch weiter zurück und kauerte sich neben ihm auf den Boden. Sie rührte das Eis zu einem zähen Brei, dann strich sie es mit den Fingern sanft auf seine entzündete, mit Blasen überzogene Haut. Er zuckte zurück, fletschte kurz die Reißzähne, und sie wartete einen Moment ab.

Er *war* kein Vampir. Das konnte nicht sein.

»Doch, ich bin wirklich einer«, murmelte er.

Sie hielt die Luft an. »Kannst du Gedanken lesen?«

»Nein, aber ich weiß, dass du mich anstarrst, und ich kann mir ungefähr vorstellen, wie es mir an deiner Stelle ginge. Hör mal, wir gehören unterschiedlichen Spezies an, das ist alles. Nichts Abartiges, nur … anders.«

Also gut, dachte sie und strich mehr Eiskrem auf die Verbrennungen. *Nur mal aus Spaß: angenommen, dass es stimmt.*

Sie saß hier bei einem Vampir. Einer Horrorikone. Einer zwei Meter großen, hundertdreißig Kilo schweren Horrorikone mit einem Gebiss wie ein Dobermann.

Konnte das denn wahr sein? Und warum hatte sie ihm geglaubt, als er sagte, er würde ihr nichts tun? Sie musste den Verstand verloren haben.

Rhage ächzte erleichtert. »Es funktioniert. Gott sei Dank.«

Zum einen, weil er viel zu sehr mit seinen Schmerzen beschäftig war, um eine Bedrohung darzustellen. Es würde Wochen dauern, bis er sich von diesen Verbrennungen wieder erholt hatte.

Sie tauchte die Finger in die Schüssel und trug mehr Eis auf seinen Arm auf. Beim dritten Durchgang musste sie schon ganz genau hinsehen, um die Wunde zu finden. Seine Haut schien das Eis zu absorbieren wie eine Salbe, und die Verbrennungen heilten mit unglaublicher Geschwindigkeit ab. Direkt vor ihren Augen.

»Das tut so gut«, sagte er leise. »Danke.«

Er nahm den Arm von der Stirn. Das halbe Gesicht und der Hals waren leuchtend rot.

»Soll ich da auch Eis draufpacken?« Sie deutete auf die verbrannten Partien.

Seine unheimlichen stahlblauen Augen öffneten sich. Etwas zweifelnd sah er zu ihr auf. »Bitte. Wenn es dir nichts ausmacht.«

Er sah ihr zu, wie sie die Finger in die Schüssel steckte und dann den Arm ausstreckte. Ihre Hand zitterte ein ganz kleines bisschen, als sie die Paste zunächst auf seine Wange auftrug.

Gott, seine Wimpern waren so dicht. Dicht und dunkelblond. Und seine Haut war weich, obwohl über Nacht die Bartstoppeln gewachsen waren. Er hatte eine tolle Nase. Kerzengerade. Und seine Lippen waren vollkommen. Genau die richtige Größe für sein Gesicht. Dunkelrosa. Und die untere war etwas größer.

Sie holte noch mehr Eis aus der Küche und bedeckte seinen Kiefer damit. Dann wandte sie sich dem Hals zu und bestrich die festen Muskelstränge, die von seinen Schultern bis hoch zur Schädelbasis führten.

Als sie etwas auf ihrer Schulter spürte, wandte sie den Kopf. Seine Finger streichelten ihre Haarspitzen.

Angst überfiel sie. Sie zuckte zurück.

Rhage ließ die Hand sinken, nicht erstaunt, dass sie ihn zurückwies.

»Tut mir leid«, murmelte er und schloss die Augen.

Im Dunkel hinter geschlossenen Lidern war er sich noch stärker ihrer sanften Finger bewusst, die über seine Haut fuhren. Und sie war so nahe bei ihm, dass ihr Duft das Einzige war, was er riechen konnte. Als der Schmerz allmählich nachließ, begann sein Körper auf andere Art zu brennen.

Er öffnete die Augen wieder, hielt die Lider aber gesenkt. Beobachtend. Begehrend.

Als sie fertig war, stellte sie die Schüssel weg und sah ihn direkt an. »Nehmen wir mal an, ich glaube dir, dass du ein … dass du anders bist. Warum hast du mich nicht gebissen, als du Gelegenheit dazu hattest? Ich meine, diese Zähne da sind ja sicher nicht nur zu Dekozwecken da, oder?«

Ihr Körper war angespannt, als wollte sie jeden Moment aufspringen und wegrennen. Doch sie gab ihrer Furcht nicht nach. Und sie hatte ihm geholfen, als er sie brauchte, obwohl sie Angst gehabt hatte.

Mein Gott, Mut war so was von sexy.

»Ich nähre mich bei Frauen meiner eigenen Spezies. Nicht bei Menschen.«

Ihre Augen weiteten sich. »Gibt es viele von deiner Sorte?«

»Genug. Nicht so viele wie früher. Man will uns ausrotten.«

Was ihn wieder daran erinnerte: Es trennten ihn etwa fünf Meter und eine Couch von seinen Waffen. Er versuchte aufzustehen, aber das Schwächegefühl machte ihn langsam und unkoordiniert.

Verfluchte Sonne, dachte er. *Saugt einem das Leben aus dem Körper.*

»Was brauchst du?«, fragte sie.

»Meinen Seesack. Stell ihn bitte einfach nur vor meine Füße.«

Sie stand auf und verschwand um die Couch. Er hörte einen dumpfen Schlag und dann ein Schleifgeräusch auf dem Fußboden.

»Meine Güte, was ist denn da drin?« Sie kam wieder in sein Blickfeld. Als sie die Henkel losließ, fielen sie zur Seite.

Er hoffte inständig, dass sie nicht hineinsah.

»Hör mal, Mary, wir haben ein kleines Problem.« Er zwang seinen Oberkörper vom Boden hoch und stützte sich mit den Armen ab.

Die Wahrscheinlichkeit, dass ein *Lesser* um diese Zeit angreifen würde, war gering. Zwar konnten die Vampirjäger im Tageslicht herumlaufen, doch sie arbeiteten normalerweise nachts und mussten tagsüber ihre Kräfte erneuern. Meistens verhielten sie sich im Sonnenlicht ruhig.

Doch er hatte noch nichts von Wrath gehört. Und irgendwann würde es zwangsläufig wieder Abend werden.

Mary sah mit ernster Miene auf ihn herab. »Musst du unter die Erde? Ich könnte dich nämlich in den alten Vorratskeller bringen. Die Tür dazu ist in der Küche, aber ich könnte Decken vor die Glastür hängen – Mist, da sind die Oberlichter. Vielleicht könnten wir dich in etwas einwickeln. Da unten wärest du vermutlich sicherer.«

Rhage ließ den Kopf zurückfallen und starrte die Decke an.

Hier saß er nun im Haus einer menschlichen Frau, die nicht halb so schwer war wie er, die krank war, die gerade erfahren hatte, dass er ein Vampir war – und sie machte sich Sorgen, wie sie ihn beschützen konnte.

»Rhage?« Sie kam zu ihm und kniete sich neben ihn. »Ich kann dir helfen, nach unten …«

Ohne nachzudenken, nahm er ihre Hand, presste seine Lippen in die Innenfläche und legte sie sich aufs Herz.

Ihre Furcht wirbelte durch die Luft, der beißende, rauchige Geruch mischte sich mit ihrem natürlichen Duft. Doch dieses Mal zog sie die Hand nicht weg, und der Fluchtinstinkt hielt nicht lange an.

»Du musst dir keine Sorgen machen«, sagte sie sanft. »Ich lasse heute keinen in deine Nähe. Du bist in Sicherheit.«

Zur Hölle. Sie brachte ihn einfach zum Schmelzen. Ohne wenn und aber.

Er räusperte sich. »Vielen Dank. Aber ich mache mir eher Sorgen um dich. Mary, gestern Abend wurden wir im Park überfallen. Dabei hast du deine Handtasche verloren, und ich muss davon ausgehen, dass unsere Feinde sie haben.«

Anspannung prickelte durch ihren Arm und schoss durch ihre Handfläche in seine Brust. Als er ihre Angst spürte, wünschte er, es gäbe einen Weg, ihre Furcht für sie zu ertragen, sie in sich aufzunehmen.

Sie schüttelte den Kopf. »Ich kann mich an keinen Überfall erinnern.«

»Ich habe deine Erinnerung verhüllt.«

»Was meinst du mit ›verhüllt‹?«

Er gab die Erinnerungen an die Ereignisse des vergangenen Abends in ihrem Bewusstsein wieder frei.

Mary keuchte und legte die Hände an die Schläfen, ihre Augenlider hoben und senkten sich in rascher Folge. Er wusste, er musste ihr jetzt schnell alles erklären. Es würde nicht lange dauern, alles zu verarbeiten und zu dem Schluss zu kommen, dass er ein skrupelloser Killer war, vor dem man sich in Sicherheit bringen musste.

»Mary, ich musste dich nach Hause bringen, um dich

zu beschützen, während ich auf Nachrichten von meinen Brüdern wartete.« Die immer noch nicht eingetroffen waren, verflucht noch mal. »Diese Männer, die uns angegriffen haben, sind keine Menschen. Und sie sind sehr gut in dem, was sie tun.«

Sie ließ sich wenig graziös zu Boden plumpsen, als hätten ihre Knie nachgegeben. Ihre Augen waren weit aufgerissen und starrten ins Leere, während sie ungläubig den Kopf schüttelte.

»Du hast zwei von ihnen getötet«, sagte sie mit ausdrucksloser Stimme. »Dem einen hast du das Genick gebrochen. Und den anderen …«

Rhage fluchte. »Es tut mir so leid, dass ich dich da hineingezogen habe. Und es tut mir leid, dass du jetzt in Gefahr bist. Und auch, dass ich deine Erinnerung manipuliert …«

Sie durchbohrte ihn mit den Augen. »Tu das nie wieder.«

Er wünschte, er könnte ihr dieses Versprechen geben. »Nur, wenn es unbedingt sein muss, um dich zu retten. Du weißt sehr viel über mich, und das ist gefährlich für dich.«

»Wir haben uns im Trainingszentrum kennengelernt. Du warst mit John und Bella da.«

»Wie lange ist das her?«

»Ein paar Tage. Die Erinnerung kann ich dir auch zurückgeben.«

»Moment mal.« Sie runzelte die Stirn. »Warum hast du mich nicht einfach alles vergessen lassen, was dich betrifft? Ich meine von Anfang an.«

Als wäre ihr das lieber gewesen.

»Ich wollte. Gestern Abend. Nach dem Essen.«

Sie sah zur Seite. »Und du hast es nicht, wegen dem, was im Park geschehen ist?«

»Und weil …« Himmel, wie weit wollte er das noch treiben? Wollte er sie wirklich wissen lassen, wie stark seine Gefühle für sie waren? Nein, dachte er. Sie wirkte ohnehin schon völlig verstört. Es war jetzt wohl kaum der Zeitpunkt, ihr die gute Nachricht zu verkünden, dass sich ein männlicher Vampir zu ihr hingezogen fühlte. »Weil es einen Eingriff in deine Persönlichkeit bedeutet hätte.«

In dem darauf folgenden Schweigen konnte er ihr ansehen, wie sie die Ereignisse, die Bedeutung der Situation herumwälzte. Und dann sandte ihr Körper den süßen Duft ihrer Erregung aus. Sie erinnerte sich an den Kuss.

Unvermittelt zuckte sie zusammen und runzelte die Stirn. Und der Duft war fort.

»Äh, Mary, da im Park, als ich Abstand zwischen uns gebracht habe, während wir …«

Sie hielt eine Hand hoch, um ihn zu unterbrechen. »Ich möchte nur darüber sprechen, was wir jetzt machen sollen.«

Ihre grauen Augen wichen seinem Blick nicht aus. Ihm wurde bewusst, dass sie zu allem bereit war.

»Mein Gott, du bist wirklich unglaublich, Mary.«

Ihre Augenbrauen hoben sich. »Warum?«

»Du nimmst das Ganze wirklich gut auf. Besonders den Teil über mich.«

Sie klemmte sich eine Strähne hinters Ohr und betrachtete eingehend sein Gesicht. »Weißt du was? So groß ist die Überraschung auch wieder nicht. Also irgendwie schon, aber … ich wusste von Anfang an, dass du anders bist. Ich wusste zwar nicht, dass du ein … nennt ihr euch Vampire?«

Er nickte.

»Vampir.« Es klang, als probiere sie das Wort aus. »Du hast mir nicht wehgetan oder mich erschreckt. Nicht besonders zumindest. Und … du musst wissen, dass ich schon mindestens zweimal klinisch tot war. Einmal hatte ich einen Herzstillstand während einer Knochenmarks-transplantation. Und einmal füllten sich meine Lungen mit Flüssigkeit, als ich eine Lungenentzündung hatte. Ich bin mir nicht sicher, wo ich in der Zeit war, oder warum ich zurückkam, aber da war etwas auf der anderen Seite. Nicht der Himmel mit den Wolken und den Engeln und dem ganzen Zinnober. Nur ein weißes Licht. Ich wusste beim ersten Mal nicht, was es war. Beim zweiten Mal habe ich mich direkt hineingestürzt. Ich weiß nicht, warum ich zurückgekommen bin …«

Sie errötete und brach ab, als sei ihr peinlich, was sie da preisgegeben hatte.

»Du warst im Schleier«, murmelte er ehrfürchtig.

»Im Schleier?«

Er nickte. »Zumindest nennen wir es so.«

Sie schüttelte den Kopf, eindeutig nicht gewillt, weiter auf das Thema einzugehen. »Jedenfalls gibt es viele Dinge, die wir an dieser Welt nicht begreifen. Und die Existenz von Vampiren ist wohl nur eins davon.«

Als er eine Weile nichts sagte, blickte sie ihn an. »Warum siehst du mich so an?«

»Du bist ein *Wanderer*«, gab er zurück. Er hatte das Gefühl, aufstehen und sich vor ihr verneigen zu müssen, wie es der Brauch war.

»Ein Wanderer?«

»Jemand, der auf der anderen Seite war und zurückgekehrt ist. Wo ich herkomme, ist das eine Ehrenbezeichnung.«

Das Klingeln eines Handys ließ ihre beiden Köpfe herumwirbeln. Das Geräusch kam aus dem Seesack.

»Könntest du mir die Tasche da geben?«, bat er.

Sie beugte sich vor und versuchte, sie anzuheben. Schaffte es nicht. »Warum kann ich dir nicht einfach das Telefon rausholen?«

»Nein.« Mühsam erhob er sich auf die Knie. »Lass mich einfach ...«

»Rhage, ich mach das sch...«

»Nicht, Mary«, befahl er. »Ich will nicht, dass du deine Hand in den Sack steckst.«

Sie schauderte vor der Tasche zurück, als wäre sie voller Schlangen.

Er machte einen Satz nach vorn und steckte die Hand hinein. Sobald er das Telefon ertastet hatte, nahm er ab.

»Ja?«, bellte er, während er gleichzeitig versuchte, die Tasche zu schließen.

»Alles in Ordnung bei dir?«, hörte er Tohr sagen. »Und wo zum Henker bist du?«

»Mir geht's gut. Ich bin nur nicht zu Hause.«

»Ach was. Als du dich nicht mit Butch im Trainingsraum getroffen hast, und er dich auch im Haupthaus nicht finden konnte, hat er sich Sorgen gemacht und mich angerufen. Sollen wir dich abholen?«

»Nein. Mir geht es gut da, wo ich bin.«

»Und wo ist das?«

»Ich hab Wrath letzte Nacht angerufen, und er hat sich noch nicht gemeldet. Ist er in der Nähe?«

»Er und Beth sind in sein Haus in der Stadt gefahren, um ein bisschen Zeit für sich zu haben. Also, wo bist du?«

Als nicht sofort eine Antwort kam, wurde die Stimme des Bruders leiser. »Rhage, was zum Teufel geht da vor?«

»Sag einfach nur Wrath, dass ich ihn sprechen muss.«

Tohr fluchte. »Bist du sicher, dass du nicht abgeholt werden musst? Ich könnte ein paar *Doggen* mit einer bleigefütterten Decke vorbeischicken.«

»Lass mal, mir geht's gut.« Ohne Mary würde er nirgendwo hingehen. »Bis dann.«

»Rhage …«

Er legte auf, und sofort klingelte das Telefon erneut. Er sah auf dem Display, dass es wieder Tohr war, ließ ihn aber auf die Mailbox sprechen. Als er das Gerät neben sich auf den Fußboden legte, ließ sein Magen ein lautes Knurren vernehmen.

»Soll ich dir was zu essen machen?«, fragte Mary.

Er sah sie einen Moment perplex an. Und ermahnte sich dann selbst, dass sie nicht wissen konnte, welche Intimität dieses Angebot für ihn bedeutete. Dennoch, die Vorstellung, dass sie ihn mit von eigener Hand zubereitetem Essen beehren würde, ließ ihm den Atem stocken.

»Schließ die Augen«, bat er.

Sie erstarrte. Doch dann senkte sie die Lider.

Er beugte sich vor und drückte sanft seine Lippen auf ihre. Die grauen Augen wurden wieder aufgerissen, doch er zog sich wieder zurück, bevor sie es tun konnte.

»Essen wäre wunderbar. Danke.«

22

Als die Sonne aufging, blätterte O durch die Baupläne, die auf Us Küchentisch ausgebreitet lagen, und zupfte schließlich einen heraus.

»Das will ich. Wie schnell können wir das hochziehen?«

»Sehr schnell. Das Gelände liegt mitten in der Einöde und wird in näherer Zukunft an keine städtischen Versorgungsleitungen angeschlossen werden, weswegen wir keine Baugenehmigung brauchen. Die Stützwände einzuziehen und ein paar Balken außen anzunageln, dauert bei 140 Quadratmeter nicht lange. Die Aufbewahrungsvorrichtungen für die Gefangenen sollten auch kein Problem sein. Was die Dusche betrifft, können wir leicht den nahe gelegenen Fluss umleiten und eine Pumpe installieren, dann haben wir fließendes Wasser. Armaturen und Werkzeug sind alle Standardgröße, und die Balken habe ich alle auf Richtmaß gelassen, um uns die Sägerei weitgehend zu sparen. Ein Benzingenerator liefert Strom für die Sägen und Elektrotacker. Außerdem haben wir dann Licht, wenn wir wollen. Das bleibt auch langfristig so.«

»Wie viele Tage voraussichtlich?«

»Mit einer Truppe von fünf Jungs kann ich Ihnen in achtundvierzig Stunden ein Dach über dem Kopf schaffen. Vorausgesetzt, ich darf die Burschen richtig schinden, und das Material wird pünktlich geliefert.«

»Dann bleibt es dabei: Sie haben zwei Tage Zeit.«

»Ich fahre gleich heute Morgen zum Baumarkt und besorge das Nötige. Die Bestellungen teile ich zwischen zwei Geschäften auf. Und wir werden einen kleinen Bulldozer brauchen, eins von diesen Toro-Dingo-Geräten, mit denen man baggern und ausschachten kann. Ich weiß, wo man so was mieten kann.«

»Gut. Das klingt alles sehr gut.«

O lehnte sich zurück, um seine Arme zu recken, und teilte gedankenverloren den Vorhang. Us Haus war ein anonymer Bau mitten in einem spießigen Vorort. Das war der Teil von Caldwell, in dem die Straßen die Namen von Bäumen trugen, die Kinder mit dem Fahrrad auf dem Bürgersteig fuhren und um sechs das Essen auf dem Tisch stand.

Bei all diesem friedlichen Vorstadtidyll bekam O eine Gänsehaut. Er wollte das Haus anzünden. Salz auf die Rasenflächen schütten. Die Bäume abhacken. Alles dem Erdboden gleichmachen. Der Drang saß so tief bei ihm, dass es ihn selbst überraschte. Er hatte kein Problem damit, Eigentum zu zerstören, aber eigentlich war er ein Killer, kein Vandale. Er kapierte einfach nicht, warum ihm das alles nicht scheißegal war.

»Ich würde gerne Ihren Truck benutzen«, hörte er U sagen. »Ich möchte einen Anhänger mieten, dann kann ich die Balken und das Bedachungsmaterial jeweils selbst in einem Schwung mitnehmen. Die vom Baumarkt müssen ja nicht unbedingt wissen, wo wir sind.«

»Und das Zeug für die Aufbewahrungseinheiten?«

»Ich weiß genau, nach was Sie da suchen, und wo man es bekommt.«

Ein elektronisches Piepen ertönte.

»Was zum Teufel ist das?«, fragte O.

»Erinnerung an den 9-Uhr-Appell.« U nahm ein BlackBerry heraus, und seine plumpen Finger flogen über die kleine Tastatur. »Soll ich Ihren Status auch für Sie durchgeben?«

»Ja.« O musterte U. Der *Lesser* war seit 175 Jahren in der Gesellschaft. Er war so weiß wie Papier. Ruhig, und mit einem messerscharfen Verstand ausgestattet. Nicht so aggressiv wie einige andere, aber verlässlich.

»Sie sind Gold wert, U.«

U lächelte knapp und sah von seinem BlackBerry auf. »Ich weiß. Und ich stehe gern zur Verfügung. Apropos, wen werden Sie mir zuteilen?«

»Wir werden beide Elite-Eskadrons einsetzen.«

»Sie ziehen uns alle für zwei ganze Nächte aus dem Verkehr?«

»Und zwei Tage. Wir werden in Schichten auf der Baustelle schlafen.«

»Gut.« U blickte wieder auf das Gerät in seiner Hand und spielte an einem kleinen Rädchen an der Seite herum. »Ach du Scheiße. Das wird Mr. X gar nicht gefallen.«

O verengte die Augen. »Was denn?«

»Ein Rundmail an alle Beta-Eskadrons. Ich stehe offenbar noch im Verteiler.«

»Und?«

»Ein Trupp Betas hat vergangene Nacht im Park gejagt und ist über einen der Brüder gestolpert. Von den fünfen sind drei verschwunden. Und jetzt passen Sie auf: Der Krieger hatte eine menschliche Frau dabei.«

»Manchmal haben sie Sex mit denen.«

»Mhm. Diese Glückspilze.«

Mary stand am Herd und dachte daran, wie Rhage sie gerade angesehen hatte. Sie begriff nicht, warum es so eine Riesensache für ihn war, ihm ein Frühstück zu servieren, aber er hatte so getan, als würde sie ihm ein unermessliches Geschenk machen.

Sie wendete das Omelett, ging zum Kühlschrank und nahm einen Plastikbehälter mit Obstsalat heraus. Umgefüllt in eine Schüssel sah es ziemlich wenig aus, also schnippelte sie noch eine Banane dazu.

Als sie das Messer hinlegte, berührte sie ihre Lippen mit den Fingern. An dem Kuss, den er ihr hinter der Couch gegeben hatte, war nichts Sexuelles gewesen; darin lag nichts als Dankbarkeit. Die Sache im Park war zwar viel tiefer gegangen, doch auch dort war er so distanziert gewesen. Die Leidenschaft war einseitig gewesen. Und zwar auf ihrer Seite.

Schliefen Vampire überhaupt mit Menschen? Vielleicht hielt er sich deswegen zurück, und es war gar kein merkwürdiges Machtspielchen.

Aber was war mit der Kellnerin in dem Restaurant neulich gewesen? Die hatte er definitiv taxiert, und nicht, weil er ihr ein Kleid kaufen wollte. Also hatte seine Spezies eindeutig kein Problem damit, mit menschlichen Frauen zusammen zu sein. Was ihn nicht interessierte, war sie.

Freunde. Nur Freunde.

Als das Omelett fertig war und der Toast gebuttert, rollte sie eine Gabel in eine Serviette ein, klemmte sie sich unter den Arm und trug den Teller und den Obstsalat ins Wohnzimmer. Rasch schloss sie die Tür hinter sich und wandte sich zur Couch.

Wow.

Rhage hatte das Hemd ausgezogen und lehnte sich

rückwärts an die Wand, um seine Wunden zu inspizieren. Im Kerzenschein konnte sie seine massigen Schultern, die kräftigen Arme und den Brustkorb gut erkennen. Den Bauch. Seine Haut war golden und frei von Behaarung.

Sie riss sich mit Gewalt zusammen und stellte ihre Gaben neben ihm auf dem Boden ab, dann setzte sie sich einen Meter neben ihn. Um seinen Körper nicht die ganze Zeit anzustarren, sah sie ihm ins Gesicht. Er starrte nur auf das Essen, ohne sich zu rühren und ohne zu sprechen.

»Ich wusste nicht genau, was du magst«, sagte sie.

Sein Blick schnellte hoch, und er schob sein Gesicht frontal vor ihres. Von vorn sah er noch spektakulärer aus als im Profil. Seine Schultern waren so breit, dass sie vom Sofa bis zur Wand reichten. Und die sternförmige Narbe über der linken Brust war höllisch sexy, wie eine Art Brandzeichen.

Nachdem er sie ein, zwei Minuten lang nur angestarrt hatte, streckte sie die Hand nach dem Teller aus. »Ich hol dir was anderes …«

Blitzschnell packte er sie am Handgelenk. Er streichelte mit dem Daumen über ihre Haut. »Es ist wundervoll.«

»Aber du hast doch noch gar nicht probiert …«

»Du hast es gemacht. Das reicht.« Er nahm die Gabel aus der Serviette, und sie konnte das Spiel seiner Muskeln sehen. »Mary?«

»Ja?«

»Ich möchte dich jetzt füttern.« Als er sprach, heulte sein Magen erneut auf.

»Das ist schon in Ordnung. Ich hole mir selbst was … warum siehst du mich denn jetzt so an?«

Er rieb sich die Stirn, als wollte er den Gesichtsausdruck glatt bügeln. »Entschuldige, das kannst du nicht wissen.«

»Was wissen?«

»Wo ich herkomme, gilt es als Ausdruck von Respekt, wenn ein Mann einer Frau mit der eigenen Hand Essen reicht. Respekt und … Zuneigung.«

»Aber du hast doch Hunger.«

Er riss ein Stückchen Toast ab und legte ein quadratisches Stückchen Omelett darauf.

»Mary, lass mich dich füttern. Nimm es an.«

Er beugte sich vor und streckte den langen Arm aus. Seine stahlblauen Augen hatten etwas Hypnotisches, sie riefen sie, zogen sie wie unsichtbare Fäden zu sich und öffneten ihren Mund. Als sie die Lippen um das Essen legte, das sie für ihn zubereitet hatte, knurrte er befriedigt. Und als sie geschluckt hatte, hielt er ihr erneut ein Stück Toast mit den Fingerspitzen hin.

»Solltest du nicht auch etwas abbekommen?«, fragte sie.

»Nicht, bis du nicht satt bist.«

»Was, wenn ich alles aufesse?«

»Nichts würde mir mehr gefallen, als zu wissen, dass du gut gegessen hast.«

Freunde, sagte sie sich. *Nur Freunde.*

»Mary, iss, für mich.« Seine Beharrlichkeit ließ sie wieder den Mund öffnen. Sein Blick hing an ihren Lippen.

Himmel. Das fühlte sich nicht an wie Freundschaft.

Während sie kaute, fuhr Rhage suchend mit dem Finger über die Schüssel. Endlich entschied er sich für ein Stück Honigmelone und hielt es ihr hin. Sie nahm das Stück im Ganzen, und ein Tropfen Saft rann ihr den Mundwinkel hinab. Sie wollte ihn mit dem Handrücken abwischen, doch er hielt ihre Hand fest und strich ihr leicht mit der Serviette über die Haut.

»Ich bin satt.«

»Nein, bist du nicht. Ich kann deinen Hunger spüren.« Dieses Mal kam eine halbe Erdbeere auf sie zu.

Er fütterte ihr ausgewählte Stücke und sah ihr mit einer schlichten Zufriedenheit beim Essen zu, wie sie sie noch nie bei ihm erlebt hatte.

Als sie keinen Bissen mehr herunterbekam, vernichtete er in Windeseile die Reste. Sobald er fertig war, nahm sie den Teller und trug ihn in die Küche. Sie machte noch ein Omelett, schüttete Müsli in eine Schüssel und tat die restlichen Bananen dazu.

Sein Lächeln war strahlend, als sie alles vor ihm ausbreitete. »Wie du mich ehrst mit all dem hier.«

Während er auf diese ihm eigene methodische, gewissenhafte Art und Weise aß, schloss sie die Augen und ließ den Kopf an die Wand hinter sich sinken. Sie ermüdete immer leichter, und der Schrecken fuhr ihr in alle Glieder, weil sie den Grund dafür kannte. O Gott, sie wollte gar nicht wissen, was die Ärzte alles mit ihr anstellen würden, wenn die Testergebnisse da waren.

Als sie die Augen wieder öffnete, befand sich Rhages Gesicht unmittelbar vor ihrem.

Sie zuckte zurück und knallte mit dem Kopf an die Wand. »Ich, ähm, ich hab gar nicht gehört, dass du dich bewegt hast.«

Auf allen vieren, wie ein Tier kurz vor dem Sprung, hatte er seine Arme auf beiden Seiten ihrer Beine abgestützt; aus dieser Nähe wirkte er riesig. Er zeigte viel Haut. Und er roch wirklich gut, nach dunklen, schweren Gewürzen.

»Mary, ich würde dir gerne danken, wenn du mich lässt.«

»Wie denn?«, krächzte sie.

Er legte den Kopf zur Seite und legte seine Lippen auf

ihre. Als sie keuchte, drang seine Zunge in ihren Mund ein und streichelte ihre eigene. Dann zog er den Kopf zurück, wie um ihre Reaktion zu begutachten, die Augen leuchtend vom Versprechen auf eine Lust, die ihr Innerstes zum Sieden bringen würde.

Sie räusperte sich. »Gern ... geschehen.«

»Ich würde das gern wiederholen, Mary. Darf ich?«

»Ein schlichtes Dankeschön reicht völlig. Ehrlich, ich ...«

Seine Lippen schnitten ihr das Wort ab, dann übernahm seine Zunge wieder die Kontrolle, drängend, fordernd, liebkosend. Als die Hitze in ihrem Körper zu lodern begann, gab Mary den Widerstand auf und kostete das wilde Begehren aus, das Pochen in der Brust, die schmerzliche Sehnsucht zwischen ihren Beinen.

O Gott. Es war so lange her. Und so war es noch nie gewesen.

Rhage stieß ein tiefes Schnurren aus, als er ihre Erregung spürte. Sie fühlte, wie seine Zunge sich zurückzog, dann nahm er ihre Unterlippe zwischen seine ...«

Fänge. Das waren Fänge, die da an ihr knabberten.

Furcht mischte sich mit ihrer Leidenschaft und steigerte sie noch, das Gefühl der Gefahr öffnete sie noch mehr für ihn. Sie legte die Hände auf seine Arme. Er war so stark. Wie würde sich sein Gewicht wohl auf ihr anfühlen?

»Lässt du mich bei dir liegen?«, fragte er.

Mary schloss die Augen und stellte sich vor, wie sie beide sich nicht nur küssten, sondern nackt beieinanderlagen. Sie war nicht mehr mit einem Mann zusammen gewesen, seit ihre Krankheit zum ersten Mal ausgebrochen war. Und an ihrem Körper hatte sich seither viel verändert.

Sie wusste auch nicht, woher Rhages Verlangen kam.

Freunde hatten keinen Sex. Nicht in ihrem Verständnis jedenfalls.

Sie schüttelte den Kopf. »Ich weiß nicht so …«

Sein Mund legte sich kurz über ihren. »Ich will nur neben dir liegen, okay?«

Ach so, das war wörtlich gemeint … na gut. Doch als sie ihn anblickte, konnte sie über den Unterschied zwischen ihnen beiden nicht hinwegsehen. Sie war atemlos. Er war ruhig. Ihr war schwindlig. Er wirkte völlig klar.

Sie war heiß. Er … nicht.

Unvermittelt setzte Rhage sich auf und zog die Decke von der Couch auf seinen Schoß. Sie überlegte den Bruchteil einer Sekunde, ob er eine Erektion verbarg.

Ja, klar. Eher war ihm wohl kalt, weil er halb nackt war.

»Ist dir plötzlich wieder eingefallen, was ich bin?«, fragte er.

»Wie bitte?«

»Hat dich das abgeturnt?«

Sie dachte an die Fänge auf ihren Lippen. Die Vorstellung, dass er ein Vampir war, machte sie an. »Nein.«

»Warum ziehst du dich dann zurück? Mary?« Sein Blick bohrte sich in ihre Augen. »Mary, sag mir doch, was los ist.«

Seine Verwirrung, als er sie ansah, war abstoßend. Dachte er wirklich, sie hätte nichts gegen einen Mitleidsfick?

»Rhage, ich weiß dein Engagement in Sachen Freundschaft wirklich zu schätzen, aber du musst mir keinen Gefallen tun, okay?«

»Dir gefällt, was ich mit dir mache. Das kann ich spüren. Ich kann es riechen.«

»Verdammter Mist, geht dir einer ab, wenn ich mich vor mir selbst schäme? Denn ich kann dir sagen, wenn mich ein Kerl total heiß macht, während er selber genauso gut Zeitung lesen könnte, fühlt sich das von meiner Seite aus nicht besonders toll an. Mein Gott … du bist echt krank, weißt du das?«

Der Neonblick verengte sich gekränkt. »Du glaubst, ich will dich nicht.«

»Oh, Verzeihung. Ich habe wohl die ungeheure Fleischeslust bei dir übersehen. Du bist ja wirklich total scharf auf mich.«

Sie konnte nicht fassen, wie schnell er sich bewegte. In einem Moment saß er noch an der Wand und sah sie an. Im nächsten hatte er sie unter sich auf dem Boden liegen. Sein Oberschenkel schob ihre Beine auseinander, dann drückte er sich machtvoll in ihre Mitte. Was sie da fühlte, war groß und hart.

Mit der Hand griff er in ihre Haare und zog daran, zog sie zu sich heran. Er senkte seinen Mund an ihr Ohr herab.

»Spürst du das, Mary?« Er rieb seine Erregung in engen Kreisbewegungen an ihr, liebkoste sie, ließ sie erblühen. »Fühlst du mich? Was bedeutet das wohl?«

Sie rang nach Atem. Sie war so feucht, mehr als bereit, ihn tief in sich aufzunehmen.

»Sag mir, was das bedeutet, Mary.« Als sie keine Antwort gab, saugte er an ihrem Hals, bis es wehtat, und nahm dann ein Ohrläppchen zwischen seine Zähne. Kleine Bestrafungen. »Ich will, dass du es sagst. Damit ich weiß, dass du kapiert hast, was ich empfinde.«

Mit der freien Hand griff er ihr unter den Po und drückte sie näher an sich heran. Seine Erektion traf die richtige Stelle. Sie spürte, wie seine Spitze prüfend durch seine Hose und ihren Pyjama stieß.

»Sag es, Mary.«

Wieder stieß er zu, und sie stöhnte. »Du willst mich.«

»Dann wollen wir mal sichergehen, dass du es auch nicht vergisst.«

Er ließ ihr Haar los und küsste sie beinahe grob. Er war jetzt überall, in ihrem Mund, auf ihrem Körper. Seine Hitze, der männliche Geruch und seine ungeheure Erektion versprachen einen wilden, leidenschaftlichen Ritt.

Doch dann rollte er sich von ihr herunter und setzte sich wieder auf seinen Platz an der Wand. Einfach so hatte er sich wieder unter Kontrolle. Atmete gleichmäßig. Rührte sich nicht.

Sie setzte sich mühsam auf und versuchte krampfhaft, sich zu erinnern, wie man Arme und Beine benutzt.

»Ich bin kein normaler Mann, Mary, auch wenn ich oberflächlich betrachtet wie einer aussehe. Was du gerade erlebt hast, ist nichts gegen das, was ich mit dir machen will. Ich will meinen Kopf zwischen deine Beine stecken und dich lecken, bis du meinen Namen schreist. Dann will ich dich besteigen wie ein wildes Tier und dir in die Augen sehen, während ich in dir komme. Und danach? Ich will dich auf jede erdenkliche Art nehmen. Von hinten. Aufrecht stehend gegen die Wand gelehnt. Ich will, dass du auf meinen Hüften sitzt und mich reitest, bis ich keine Luft mehr bekomme.« Sein Blick war kühl, fast brutal in seiner Ehrlichkeit. »Aber leider wird nichts davon passieren. Wenn ich weniger stark für dich empfinden würde, wäre es anders, leichter. Aber du stellst etwas Merkwürdiges mit meinem Körper an, deshalb kann ich nur bei dir sein, wenn ich mich vollkommen kontrolliere. Sonst habe ich mich nicht mehr im Griff, und das Letzte, was ich will, ist dir Angst einjagen. Oder schlimmer noch, dir wehtun.«

Bilder schwirrten ihr im Kopf herum, Bilder von all dem,

was er gerade beschrieben hatte, und ihr Körper sehnte sich nach ihm. Er holte tief Luft und knurrte leise, als hätte er den Duft ihres Geschlechts wahrgenommen und ausgekostet.

»Ach, Mary. Darf ich dich verwöhnen? Darf ich diese süße Erregung dahin forttragen, wohin sie strebt?«

Sie wollte Ja sagen, aber die Umsetzung seines Vorschlags traf sie wie ein Schlag: Sie müsste sich nackt ausziehen, vor ihm, im Kerzenschein. Niemand außer Ärzten und Krankenschwestern wussten, was für Spuren die Krankheit auf ihrem Körper hinterlassen hatte. Und sie musste ständig an die sexy Frauen denken, die so auf ihn abgefahren waren.

»Ich bin nicht das, woran du gewöhnt bist«, begann sie leise. »Ich bin nicht ... schön.« Er runzelte die Stirn, doch sie schüttelte den Kopf. »Vertrau mir in diesem einen Punkt.«

Rhage kam zu ihr herüber, bewegte sich mit der Anmut eines Löwen. »Lass mich dir zeigen, wie schön du bist. Vorsichtig. Langsam. Nichts Wildes. Ich werde ein perfekter Gentleman sein, versprochen.«

Seine Lippen teilten sich, und sie erhaschte einen flüchtigen Blick auf die Spitzen seiner Fänge. Mein Gott, er war einfach fantastisch, seine Lippen und Zunge ein einziger Rausch. Mit einem Aufstöhnen schlang sie die Arme um seinen Hals und vergrub die Finger in seiner Kopfhaut.

Als er sie vorsichtig auf den Rücken legte, wappnete sie sich innerlich für sein Gewicht. Doch er legte sich neben sie und strich ihr Haar zurück.

»Langsam«, murmelte er. »Sanft.«

Wieder küsste er sie, und es dauerte lang, bis seine Finger zum Saum ihres T-Shirts wanderten. Während er den

Stoff hochschob, versuchte sie sich auf ihren Mund zu konzentrieren, damit sie nicht daran dachte, was er zum Vorschein brachte. Doch als er das Kleidungsstück über ihren Kopf zog, spürte sie kühle Luft auf ihren Brüsten. Sie hob ihre Hände, um sich zu bedecken, und schloss die Augen. Hoffentlich war es zu dunkel, und er konnte nicht so viel von ihr erkennen.

Eine Fingerspitze strich über ihren Hals, wo die Narbe von dem Luftröhrenschnitt lag. Dann blieb sie auf den wulstigen Punkten auf ihrer Brust liegen, wo die Katheter gelegen hatten. Er zog das Gummiband ihrer Pyjamahose herunter, bis all die Löcher zu sehen waren, in denen die Magensonden gesteckt hatten. Dann entdeckte er die Einstichnarbe der Knochenmarkstransplantation auf ihrer Hüfte.

Sie hielt es nicht länger aus. Sie setzte sich auf und schnappte sich ihr T-Shirt, um sich zu bedecken.

»O nein, Mary. Bitte nicht.« Er nahm ihre Hände und küsste sie. Dann zupfte er an dem T-Shirt. »Lass mich dich ansehen.«

Sie wandte den Kopf ab, als er ihr das Kleidungsstück abnahm. Ihre nackten Brüste hoben und senkten sich, als er sie betrachtete.

Dann küsste Rhage jede einzelne Narbe.

Sie bebte, sosehr sie sich auch bemühte, still zu halten. Ihr Körper war mit Gift vollgepumpt worden. War übersät von Löchern und Narben. Unfruchtbar. Und hier war ein wunderschöner Mann, der ihn andächtig verwöhnte, als sei alles, was sie ertragen musste, der Ehrfurcht würdig.

Als er aufsah und sie anlächelte, brach sie in Tränen aus. Die Schluchzer kamen tief und heftig, zerrissen ihr die Brust und den Hals, zerquetschten ihr die Rippen. Sie bedeckte das Gesicht mit den Händen und wünschte, sie wäre stark genug, aus dem Zimmer zu gehen.

Während sie weinte, hielt Rhage sie liebevoll an seine Brust gedrückt, wiegte sie vor und zurück. Sie wusste nicht, wie lange es dauerte, bis sie sich ausgeweint hatte. Doch irgendwann ließ das Weinen nach, und ihr wurde bewusst, dass er zu ihr sprach. Die Silben und die Satzmelodie waren ihr völlig unbekannt, die Worte nicht zu deuten. Doch der Klang … der Klang war wunderbar.

Und seine Güte war eine Versuchung, vor der sie zurückschreckte.

Sie konnte sich nicht gehen lassen und seinen Trost annehmen, nicht einmal in diesem Augenblick. Ihr Leben hing davon ab, sich zusammenzureißen. Wenn sie jetzt anfing zu weinen, würde sie die folgenden Tage und Wochen nicht mehr damit aufhören. Gott wusste, ihr harter innerer Kern war das Einzige gewesen, was sie während ihrer Krankheit am Leben erhalten hatte. Wenn sie diese Entschlossenheit einmal verlor, dann hatte sie der Krankheit nichts mehr entgegenzusetzen.

Mary wischte sich die Augen.

Nicht schon wieder, dachte sie. Sie wollte nicht noch einmal vor ihm in die Knie gehen.

Sie räusperte sich und versuchte zu lächeln. »Kein schlechter Stimmungskiller, was?«

Er sagte etwas in der fremden Sprache, dann schüttelte er den Kopf und wechselte ins Englische. »Du darfst so viel weinen, wie du möchtest.«

»Ich will aber nicht weinen.« Sie betrachtete seine nackte Brust.

Nein, was sie jetzt wollte, war Sex mit ihm haben. Jetzt, wo der Weinkrampf vorüber war, reagierte ihr Körper wieder auf seinen. Und da er jetzt ohnehin die schlimmsten ihrer Narben gesehen hatte, und sie ihn nicht abzuturnen schienen, fühlte sie sich etwas wohler.

»Besteht auch nur der Hauch einer Chance, dass du mich nach all dem noch küssen willst?«

»Ja.«

Ohne sich selbst Zeit zum Überlegen zu geben, packte sie ihn an den Schultern und zog ihn zu sich herunter. Er zögerte kurz, als wäre er überrascht von ihrer Kraft, doch dann küsste er sie tief und lang, als verstünde er, was sie von ihm brauchte. Innerhalb von Sekunden hatte er sie nackt ausgezogen, Pyjama, Socken, Slip – alles wurde achtlos zur Seite geworfen.

Er streichelte sie von Kopf bis Fuß mit den Händen, und sie folgte ihm mit ihren Bewegungen, gierig, sehnsüchtig. Sie spürte seine nackte Brust auf ihren Brüsten und ihrem Bauch. Der weiche Stoff seiner edlen Hose rieb wie Körperöl über ihre Beine. Sie war wie benommen, spürte eine schmerzliche Lust, als er ihren Hals liebkoste und an ihrem Schlüsselbein knabberte, auf dem Weg nach unten zu ihren Brüsten. Sie hob den Kopf und beobachtete, wie seine Zunge herauskam und einen Nippel umkreiste, bevor er ihn in den Mund nahm. Während er daran saugte, glitt seine Hand an der Innenseite ihres Oberschenkels herauf.

Und dann berührte er ihr Innerstes. Sie wand sich unter ihm, der Atem verließ stoßweise ihre Lungen.

Er stöhnte, sie fühlte seine Brust an ihrer vibrieren.

»Meine süße Mary, du bist genau, wie ich es mir ausgemalt habe. Weich … feucht.« Seine Stimme war rau, hart, sie bekam eine ungefähre Vorstellung davon, wie viel Kraft es ihn kosten musste, sich selbst unter Kontrolle zu halten.

»Öffne deine Beine ganz weit für mich. Noch weiter. So ist es gut, Mary. Das ist so … o ja.«

Er tauchte einen Finger in sie hinein, dann noch einen zweiten.

Es war lange her, aber ihr Körper kannte das Spielchen noch. Keuchend, sich mit den Nägeln in seinen Schultern vergrabend, sah Mary zu, wie er ihre Brüste leckte, während er seine Hand in ihren Körper hinein- und wieder herausbewegte. Bei jeder Abwärtsbewegung traf sein Daumen genau die richtige Stelle. In einem hellen Blitz explodierte sie, die Wucht ihrer Ekstase katapultierte sie in eine Leere, in der es nur Pochen und weiße Hitze gab.

Als sie wieder auf die Erde kam, war Rhages Blick unter den schweren Augenlidern ernst, das Gesicht finster und angespannt. Er wirkte wie ein Fremder, weit entfernt von ihr.

Sie zog die Decke über sich, das T-Shirt würde sie nur halb bedecken. Die Bewegung machte ihr bewusst, dass seine Finger immer noch in ihr waren.

»Du bist so wunderschön«, sagte er schroff.

Jetzt fühlte sie sich noch unbehaglicher. »Lass mich aufstehen.«

»Mary …«

»Das ist so peinlich.« Sie zappelte, und durch die Windungen ihres Körpers spürte sie ihn noch stärker.

»Mary, sieh mich an.«

Frustriert funkelte sie ihn an.

Unendlich langsam zog er seine Hand zwischen ihren Beinen hervor und brachte die beiden glitzernden Finger an seinen Mund. Seine Lippen teilten sich, und genießerisch saugte er ihre feuchte Leidenschaft von seinen Fingerspitzen. Als er schluckte, schloss er die leuchtenden Augen.

»Du bist unglaublich schön.«

Ihr Atem stockte. Und überschlug sich dann, als er an ihrem Körper herabwanderte und die Hände auf die Innenseite ihrer Schenkel legte. Sie verspannte sich, als er versuchte, ihre Beine zu spreizen.

»Wehr dich nicht, Mary.« Er küsste ihren Nabel und ihre Hüfte, dann öffnete er sie weit. »Ich brauche mehr von dir in meinem Mund, in meiner Kehle.«

»Rhage, ich ... o *Gott.*«

Seine Zunge war ein warmes Streicheln genau auf ihrem Zentrum, ihr Nervensystem spielte völlig verrückt. Er hob den Kopf und sah sie an. Und dann ließ er den Kopf wieder sinken und leckte sie weiter.

»Du bringst mich um«, sagte er, sein Atem strich über ihre empfindlichste Stelle. Er rieb sein Gesicht an ihr, seine Bartstoppeln schabten sanft an ihrer Haut.

Sie schloss die Augen, sie fühlte sich, als müsste sie gleich zerspringen.

Rhage schmiegte sich in sie hinein, dann nahm er ihr heißes Fleisch zwischen die Lippen, saugte, zog, leckte. Als sie sich vom Boden aufbäumte, legte er eine Hand unter ihr Kreuz, die andere auf ihren Unterleib. So hielt er sie fest, während er sie bearbeitete.

»Sieh mich an, Mary. Sieh, was ich tue.«

Als sie gehorchte, sah sie flüchtig seine rosa Zunge in ihrer Spalte, und das reichte. Ihr Höhepunkt erschütterte sie bis ins Mark, doch er machte einfach weiter. Seine Entschlossenheit und seine Technik schienen kein Ende zu haben.

Endlich streckte sie die Arme nach ihm aus, sie musste seine riesige Erektion in sich aufnehmen. Mit Leichtigkeit widerstand er ihr und machte etwas Sündiges mit seinen Fängen. Als sie wieder kam, sah er ihrem Orgasmus zu, die stahlblauen Augen blickten zwischen ihren Beinen auf, so hell, dass sie Schatten warfen. Nachdem es vorbei war, sprach sie seinen Namen wie eine heisere Frage aus.

In einer einzigen fließenden Bewegung stand er auf und rückte von ihr ab. Als er sich wieder umdrehte, zischte sie überrascht.

Ein überwältigendes, vielfarbiges Tattoo bedeckte seinen gesamten Rücken. Ein Drache, eine furchterregende Kreatur mit klauenbewehrten Gliedmaßen und einem sich windenden, machtvollen Körper. Von ihrer Ruhestätte aus starrte die Bestie sie an, als könnte sie tatsächlich mit den weißen Augen sehen. Und während Rhage unruhig im Raum auf und ab schritt, bewegte sich das Wesen mit dem Auf und Ab seiner Muskeln und seiner Haut, schlängelte sich, krümmte sich.

Als ob es sich von ihm lösen wollte, dachte sie.

Sie spürte eine Brise und wickelte sich die Decke um den Körper. Als sie wieder aufsah, stand Rhage am anderen Ende des Raums.

Und immer noch starrte die Tätowierung sie an.

23

Rhage tigerte im Wohnzimmer umher und versuchte, das lodernde Feuer in seinem Inneren abzukühlen. Es war schon schwer genug gewesen, seinen Körper unter Kontrolle zu halten, bevor er seinen Mund auf sie gelegt hatte. Nun da seine Zunge ihren Geschmack kannte, stand er von Kopf bis Fuß in Flammen, das Knistern breitete sich auf jeden einzelnen Muskel aus. Seine Haut prickelte so heftig, dass er sich am liebsten mit Schmirgelpapier abgerieben hätte.

Als er sich die Arme abrubbelte, zitterten seine Hände völlig unkontrolliert.

Lieber Himmel, er musste weg von diesem Duft. Von ihrem Anblick. Von dem Wissen, dass er sie jetzt sofort nehmen könnte, weil sie es ihm gestatten würde.

»Mary, ich muss jetzt ein bisschen allein sein.« Er blinzelte in Richtung der Badezimmertür. »Ich gehe da rein. Wenn jemand zum Haus kommt, oder du irgendetwas Ungewöhnliches hörst, musst du mich sofort holen. Ich brauche nicht lange.«

Er sah sie nicht an, als er die Tür hinter sich schloss.

Im Spiegel über dem Waschbecken sah er seine Pupillen weiß in der Dunkelheit leuchten.

Bitte, lieber Gott, er durfte sich jetzt nicht verwandeln. Wenn die Bestie sich befreite …

Vor Angst um Marys Sicherheit bekam er Herzrasen, was die Lage nur noch verschlimmerte.

Scheiße. Was sollte er nur tun? Und warum passierte das? Warum – *Schluss jetzt. Hör einfach auf zu denken. Schluss mit der Panik. Schalt erst mal dein inneres Getriebe zurück in den Leerlauf. Dann kannst du dir so viele Sorgen machen, wie du willst.*

Er klappte den Toilettendeckel herunter und setzte sich, die Hände auf die Knie gestützt. Er zwang seine Muskeln, sich zu lockern, dann konzentrierte er sich auf seine Lungen. Atmete durch die Nase ein und durch den Mund aus, ganz ruhig, ganz langsam.

Einatmen, ausatmen. Einatmen, ausatmen.

Die Welt zog sich zurück, bis alle Geräusche und Gerüche aus seinem Bewusstsein verschwanden, und es nur noch seinen Atem gab.

Nur seinen Atem.

Nur seinen Atem.

Nur seinen …

Als er sich beruhigt hatte, öffnete er die Augen wieder und hob die Hände. Das Zittern war weg. Und ein rascher Blick in den Spiegel zeigte ihm, dass seine Pupillen wieder schwarz waren. Er legte die Hände auf das Waschbecken und ließ sich darauf fallen.

Seit ihn der Fluch getroffen hatte, war Sex immer ein verlässliches Werkzeug im Umgang mit der Bestie gewesen. Wenn er eine Frau nahm, stimulierte ihn das genug, um sich die nötige Erleichterung zu verschaffen, doch die Erregung steigerte sich niemals so weit, dass die Bestie hervorbrechen konnte. Bei Weitem nicht.

Bei Mary aber lag die Sache vollkommen anders. Er glaubte nicht, dass er sich so weit in der Gewalt hatte, um in sie einzudringen, geschweige denn, es bis zum Orgasmus zu schaffen. Dieses verdammte Vibrieren, das sie in ihm hervorrief, katapultierte seinen Sexualtrieb auf direktem Weg ins Land der Gefahr.

Er holte tief Luft. Die einzig gute Nachricht war, dass er sich offenbar schnell wieder in den Griff bekam. Wenn er nur räumlichen Abstand zwischen sie beide brachte, wenn er sein Nervenkostüm zur Ordnung rief, gelang es ihm rasch, seine Empfindungen wieder auf eine überschaubare Intensität zurückzuschrauben. *Gott sei Dank.*

Rhage ging auf die Toilette, dann wusch er sich das Gesicht und trocknete sich ab. Bevor er die Tür wieder öffnete, wappnete er sich innerlich. Er hatte das dumpfe Gefühl, dass das Vibrieren zurückkehren würde, wenn er Mary wieder sah.

Genau so war es auch.

Sie saß auf der Couch, in eine beige Stoffhose und einen Pulli gekleidet. Das Kerzenlicht betonte ihren ängstlichen Gesichtsausdruck.

»Hey«, sagte er.

»Alles in Ordnung bei dir?«

»Ja.« Er rieb sich den Kiefer. »Tut mir wirklich leid. Manchmal brauche ich einen Moment für mich.«

Ihre Augen weiteten sich.

»Was ist denn?«, fragte er.

»Es ist kurz vor sechs. Du warst fast acht Stunden da drin.«

Rhage fluchte. Von wegen *sich schnell wieder im Griff haben.* »Mir war nicht klar, dass ich so lange weg war.«

»Ich habe ein paar Mal nach dir gesehen, weil ich mir Sorgen gemacht habe … Jedenfalls hat jemand für dich angerufen. Ein Roth oder so.«

»Wrath?«

»So hieß er. Dein Handy hat ewig geklingelt, deswegen bin ich irgendwann drangegangen.« Sie sah auf ihre Hände. »Bist du sicher, dass alles in Ordnung ist?«

»Jetzt schon.«

Sie holte tief Luft und stieß sie geräuschvoll wieder aus. Das Ausatmen half nicht dabei, die Anspannung in ihren Schultern zu lockern.

»Mary, ich ...« Verflucht, was konnte er ihr schon sagen, das die Sache nicht noch schwieriger für sie machen würde?

»Ist schon okay. Was auch passiert ist, es ist okay.«

Er kam zum Sofa und setzte sich neben sie.

»Hör mal, Mary, ich möchte, dass du mich heute Abend zu einem sicheren Ort begleitest. Die *Lesser,* diese Wesen, die du im Park gesehen hast, machen vermutlich Jagd auf dich, und hier werden sie zuallererst suchen. Sie haben dich im Visier, weil du mit mir zusammen warst.«

»Wohin sollen wir denn gehen?«

»Ich will, dass du bei mir bleibst.« Vorausgesetzt, Wrath würde sie zur Tür hereinlassen. »Es ist viel zu gefährlich für dich hierzubleiben, und wenn die Jäger nach dir suchen, dann werden sie es bald tun. Vermutlich schon heute Nacht. Komm für ein paar Tage mit zu mir, bis wir überlegt haben, was wir tun.«

Eine langfristigere Lösung überstieg im Augenblick seinen Horizont, aber er würde schon eine finden. Er hatte jetzt die Verantwortung für sie, weil sie durch ihn mit seiner Welt in Berührung gekommen war. Und er würde sie nicht schutzlos zurücklassen.

»Vertrau mir bitte. Nur für ein paar Tage.«

Während Mary eine Tasche packte, zweifelte sie ernsthaft an ihrem Verstand. *Ich muss vollkommen verrückt sein. Mich weiß der Geier wohin bringen zu lassen. Von einem Vampir.*

Doch es ließ sich nicht leugnen, dass sie Vertrauen zu Rhage hatte. Er war zu ehrlich, um zu lügen, und zu klug, um die Bedrohung zu unterschätzen. Außerdem hatte sie den ersten Arzttermin erst am Mittwochnachmittag. Und sie hatte die ganze Woche frei, und von der Hotline hatte man sie auch bis auf Weiteres beurlaubt. Sie würde also nichts verpassen, wenn sie für ein paar Tage verschwand.

Als sie wieder ins Wohnzimmer kam, drehte Rhage sich zu ihr um und schwang sich den Seesack über die Schulter. Unter seiner schwarzen Anzugjacke entdeckte sie einige neue Wölbungen.

»Bist du bewaffnet?«

Er nickte.

»Womit?« Als er sie einfach nur wortlos ansah, schüttelte Mary den Kopf. »Du hast recht. Wahrscheinlich ist es besser, wenn ich es nicht weiß. Machen wir uns auf den Weg.«

Sie fuhren schweigend über die Route 22 bis in den Speckgürtel zwischen Caldwells ländlichen Ausläufern und der nächsten größeren Stadt. Es war ein hügeliges, weithin unbewohntes Waldgebiet, in dem nur gelegentlich ein halb vergammelter Wohnwagen am Straßenrand stand. Es gab keine Straßenlaternen, nur wenige Autos, dafür aber viele Rehe.

Nach etwa zwanzig Minuten bog Rhage in eine schmale Landstraße ab, die sachte bergauf führte. Im Scheinwerferlicht versuchte sie erfolglos zu erkennen, wo sie waren. Seltsamerweise schien es keinerlei charakteristische Merkmale im Wald oder auf der Straße zu geben. Die Landschaft hatte etwas Verschwommenes, wie eine Art Pufferzone, die sie sich nicht erklären und auch nicht durchdringen konnte, egal wie oft sie blinzelte.

Aus dem Nichts tauchte urplötzlich ein schwarzes Eisentor auf.

Mary schrak in ihrem Sitz zusammen, doch Rhage drückte nur auf einen Knopf, und das schwere Tor öffnete sich genau so weit, dass sie hindurchfahren konnten. Sofort standen sie vor einem weiteren Tor. Er ließ das Fenster hinunter und tippte einen Code in eine Gegensprechanlage. Eine angenehme Stimme hieß ihn willkommen, und er hob den Kopf und nickte einer Überwachungskamera zu.

Das zweite Tor ging auf, und Rhage beschleunigte auf einer langen, ansteigenden Auffahrt. Als sie um eine Kurve bogen, materialisierte sich eine sechs Meter hohe Steinmauer auf dieselbe beinahe magische Weise wie zuvor die Tore. Sie fuhren unter einem Torbogen hindurch und passierten noch ein weiteres Hindernis, bis sie endlich in einen Hof gelangten, in dessen Mitte ein Springbrunnen stand.

Zur Rechten befand sich ein vierstöckiges Herrenhaus aus grauem Stein, von der Art, wie man sie üblicherweise in Horrorfilmen sieht: düster, unheimlich, bedrückend, von mehr Schatten erfüllt, als die Nerven eines normalen Menschen ertragen können. Gegenüber stand ein kleines einstöckiges Haus mit demselben Wes-Craven-Ambiente.

Sechs Autos, alles teure Marken, standen ordentlich aufgereiht davor. Rhage steuerte seinen GTO in eine Lücke zwischen einem Escalade und einem Mercedes.

Mary stieg aus und reckte den Hals. Sie hatte das Gefühl, aus dem Herrenhaus heraus beobachtet zu werden, und so war es auch. Vom Dach starrten alte Gargoyles und neue Überwachungskameras auf sie herab.

Rhage kam um den Wagen herum, ihre Reisetasche in der Hand. Seine Lippen waren zusammengepresst, der Blick durchdringend.

»Ich werde mich um dich kümmern. Das weißt du doch, oder?« Als sie nickte, lächelte er leicht. »Alles wird gut, aber ich möchte, dass du in meiner Nähe bleibst. Ich will nicht, dass wir getrennt werden. Ist das klar? Du bleibst bei mir, egal, was passiert.«

Beschwichtigung, gekoppelt mit einem Befehl, dachte sie. *Das fängt ja gut an.*

Sie traten auf eine verwitterte Flügeltür aus Bronze zu, und Rhage öffnete einen Seitenflügel. Sobald sie in eine fensterlose Vorhalle getreten waren, schloss sich das schwere Tor hinter ihnen mit einem Donnern, das den Boden erzittern ließ. Unmittelbar vor ihnen befand sich eine weitere massive Tür, diesmal aus Holz und mit geschnitzten Symbolen verziert. Wieder tippte Rhage einen Code ein, woraufhin ein Schloss zurückschnappte. Er nahm sie fest am Arm und zog sie durch die zweite Tür in eine Halle.

Mary stockte der Atem. Wie … märchenhaft.

Die Eingangshalle war ein Feuerwerk aus Farben, so unerwartet wie ein blühender Garten in einer Höhle. Grüne Malachitsäulen erhoben sich abwechselnd mit Pfeilern aus weinrotem Marmor von einem farbenfrohen Mosaikfußboden. Die Wände waren hellgelb gestrichen und mit goldgerahmten Spiegeln und Kristallwandleuchtern dekoriert. Die drei Stockwerke darüber liegende Decke war mit einem Meisterwerk der Malerei und Blattgoldverzierung geschmückt und stellte Helden, Pferde und Engel dar. Direkt gegenüber der Eingangstür, inmitten all dieser Pracht, erhob sich eine Freitreppe, die auf eine Galerie im ersten Stock führte.

Es war so schön wie ein russisches Zarenschloss ... doch die Geräuschkulisse war nicht ganz so formell und elegant. Aus einem Zimmer auf der linken Seite wummerte harter Rap, und tiefe männliche Stimmen drangen heraus. Billardkugeln knallten gegeneinander. Jemand brüllte: »Gib Gas, Bulle.«

Ein Football segelte in die Eingangshalle, und ein muskulöser Mann jagte dem Ball hinterher. Er sprang hoch und hatte schon die Hände am Ball, als ein noch größerer Kerl mit einer Löwenmähne ihn rammte. Die beiden gingen in einem Gewirr aus Armen und Beinen zu Boden und schlitterten ungebremst gegen eine Wand.

»Ich hab dich, Bulle.«

»Aber du hast denn Ball noch nicht, Vampir.«

Schnauben, Gelächter und saftige Flüche erhoben sich zur prunkvollen Decke, während die Männer um den Football rangen, sich gegenseitig schubsten und zu Boden drückten. Zwei weitere riesige Burschen in schwarzem Leder kamen angelaufen, um sich die Balgerei anzusehen. Und dann kam ein kleiner alter, distinguiert wirkender Mann im Frack von rechts, einen frischen Blumenstrauß in einer Kristallvase vor sich hertragend. Der Butler lief mit nachsichtigem Lächeln um den Ringkampf herum.

Plötzlich trat totale Stille ein, als alle gleichzeitig die Neuankömmlinge bemerkten.

Rhage schob sie hinter sich.

»Verflucht noch mal«, sagte jemand.

Einer der Männer kam auf Rhage zu, bedrohlich wie ein Panzer. Sein dunkles Haar war militärisch kurz geschnitten, und Mary hatte das merkwürdige Gefühl, ihn schon einmal gesehen zu haben.

»Was *zum Teufel* machst du da?«

Rhage stellte sich breitbeinig hin, ließ Marys Reisetasche fallen und brachte seine Hände auf Brusthöhe. »Wo ist Wrath?«

»Ich habe dich was gefragt«, bellte der andere. »Was denkst du dir dabei, sie hierher zu bringen?«

»Ich brauche Wrath.«

»Habe ich dir nicht gesagt, du sollst sie loswerden? Oder erwartest du etwa, dass einer von uns das erledigt?«

Rhage baute sich Nase an Nase vor dem Kerl auf. »Vorsichtig, Tohr. Zwing mich nicht, dir wehzutun.«

Mary blickte sich um. Die Tür zur Vorhalle stand immer noch offen. Vielleicht wäre es besser, im Auto zu warten, bis Rhage das hier geregelt hatte? Egal, was er ihr befohlen hatte.

Während sie sich vorsichtig rückwärtsgehend entfernte, behielt sie die beiden Streitenden im Auge. Bis sie gegen etwas Hartes stieß.

Sie wirbelte herum, sah hoch und bekam keinen Ton heraus.

Was ihr den Fluchtweg versperrte, hatte ein vernarbtes Gesicht, schwarze Augen und die Aura eiskalter Wut.

Bevor sie noch weglaufen konnte, nahm er ihren Arm und riss sie in einem Satz von der Tür weg.

»*Denk* nicht mal an Flucht.« Er entblößte lange Fänge und begutachtete ihren Körper. »Komisch, du bist gar nicht sein Typ. Aber du bist am Leben und machst dir in die Hosen vor Angst. Also bist du gut genug für mich.«

Mary schrie auf.

Alle Köpfe im Raum wandten sich um. Rhage machte einen Satz zu ihr, zog sie weg und presste sie dicht an sich.

Er sagte in scharfem Tonfall etwas in der Sprache, die sie nicht verstand.

Der Narbige verengte die Augen. »Immer locker bleiben, Hollywood. Ich hab nur dafür gesorgt, dass dein kleines Spielzeug nicht wegläuft. Willst du sie teilen, oder bist du so selbstsüchtig wie üblich?«

Rhage stand ganz offensichtlich kurz davor, auszurasten, als eine Frauenstimme ertönte.

»Du meine Güte, Jungs! Ihr macht ihr Angst.«

Mary blickte um Rhages Brust herum und sah eine Frau die Treppe hinunterkommen. Sie sah völlig normal aus: langes schwarzes Haar, Jeans, weißer Rolli. Eine schwarze Katze schnurrte auf ihrem Arm wie eine Nähmaschine. Als sie durch die Gruppe von Männern marschierte, machten ihr alle Platz.

»Rhage, wir sind froh, dass du unversehrt nach Hause gekommen bist. Und Wrath ist in einer Minute unten.« Sie deutete auf den Raum, aus dem die Männer gekommen waren. »Und die anderen verziehen sich wieder da rein. Hopp, hopp. Wenn ihr euch abreagieren müsst, tut das beim Billard. In einer halben Stunde gibt es Essen. Butch, nimm den Football mit.«

Sie scheuchte sie aus der Halle, und sie fügten sich wie halbwüchsige Jungs. Der Einzige, der blieb, war der Mann mit dem militärischen Haarschnitt.

Er war jetzt ruhiger, als er Rhage ansah. »Das wird Folgen haben, mein Bruder.«

Rhages Gesichtsausdruck verhärtete sich, und sie wechselten in die geheime Sprache.

Die schwarzhaarige Frau kam auf Mary zu, ohne das Streicheln der Katze zu unterbrechen. »Mach dir keine Sorgen, alles wird gut. Ich bin übrigens Beth. Und das ist Boo.«

Mary holte tief Luft und fasste instinktiv Vertrauen zu diesem einsamen weiblichen Vorposten in einem Dschungel aus Testosteron.

»Mary. Mary Luce.«

Beth bot ihr die Hand, mit der sie die Katze gestreichelt hatte, und lächelte.

Noch mehr Fänge.

Der Boden unter Marys Füßen schwankte.

»Ich glaube, sie kippt um«, rief Beth und streckte die Hand aus. »Rhage!«

Starke Arme legten sich um ihre Hüfte, als ihre Knie nachgaben.

Das Letzte, was sie hörte, bevor sie in Ohnmacht fiel, war Rhages Stimme: »Ich bringe sie in mein Zimmer.«

Als Rhage Mary auf sein Bett legte, ließ er ein gedämpftes Licht angehen. O Gott, was hatte er nur getan? Er hätte sie niemals auf das Anwesen bringen dürfen.

Als sie sich regte und die Augen aufschlug, sagte er: »Hier bist du in Sicherheit.«

»Ja, klar.«

»Ich mache es sicher für dich, wie wäre das?«

»Jetzt glaube ich dir.« Sie lächelte schwach. »Sorry, dass ich umgekippt bin. Ich falle normalerweise nicht so leicht in Ohnmacht.«

»Das ist nur zu verständlich. Pass mal auf, ich muss jetzt mit meinen Brüdern sprechen. Siehst du dieses Stahlschloss an der Tür? Ich bin der Einzige, der einen Schlüssel dazu hat. Dir kann hier also nichts passieren.«

»Diese Kerle waren nicht gerade begeistert, mich zu sehen.«

»Das ist ihr Problem.« Er strich ihr das Haar zurück und klemmte es ihr hinter die Ohren. Er wollte sie küssen, doch dann besann er sich und stand stattdessen auf.

Sie sah aus, als gehöre sie in sein Bett, eingekuschelt in den Kissenberg, den er immer unbedingt zum Schlafen brauchte. Er wollte sie hier haben, morgen und übermorgen und … *Das war kein Fehler,* dachte er. Sie gehörte genau hierher.

»Rhage, warum tust du das alles für mich? Ich meine, du schuldest mir ja eigentlich gar nichts, und du kennst mich kaum.«

Weil du zu mir gehörst, dachte er.

Diese kleine Weisheit behielt er allerdings für sich, beugte sich herunter und strich ihr mit dem Zeigefinger über die Wange. »Es wird nicht lange dauern.«

»Rhage …«

»Lass mich einfach für dich sorgen. Und mach dir um nichts Gedanken.«

Er verschloss die Tür hinter sich und ging den Flur hinunter. Die Brüder warteten schon oben an der Treppe, Wrath an der Spitze. Der König wirkte grimmig, die Augen hinter einer Sonnenbrille verborgen.

»Wo soll das stattfinden?«, fragte Rhage.

»In meinem Arbeitszimmer.«

Als alle nacheinander in den Raum geschritten waren, ging Wrath zu seinem Schreibtisch und setzte sich dahinter. Tohr folgte ihm und stellte sich rechts hinter ihn. Phury und Z lehnten sich an eine mit Seide bezogene Wand, Vishous saß auf einem der Ohrensessel neben dem Kamin und zündete sich eine Selbstgedrehte an.

Wrath schüttelte den Kopf. »Rhage, Mann, wir haben hier ein ernsthaftes Problem. Du hast einen direkten Befehl missachtet. Zweimal. Und dann schleppst du diese Frau in unser Haus, obwohl du weißt, dass das verboten ist ...«

»Sie ist in Gefahr ...«

Wrath donnerte die Faust auf den Tisch, sodass das ganze Möbel einen Satz machte. »Du solltest mich jetzt *wirklich* nicht unterbrechen.«

Rhage mahlte angestrengt mit den Zähnen. Er musste sich zwingen, die Worte des Respekts zu äußern, die ihm normalerweise bereitwillig über die Lippen kamen. »Ich wollte dich nicht beleidigen, Herr.«

»Wie ich schon sagte, du hast Tohr den Gehorsam verweigert und die Sache noch weiter verschlimmert, indem du mit einem Menschen hier aufgetaucht bist. Was zum Teufel denkst du dir dabei? Ich meine, Scheiße, du bist doch kein Idiot. Auch wenn du dich gerade so benimmst. Sie kommt aus der anderen Welt, also stellt sie eine echte Gefahr für unsere Tarnung dar. Und du musst doch wissen, dass ihre Erinnerungen inzwischen im Langzeitgedächtnis sind. Sie ist jetzt gefährdet.«

Rhage spürte ein Knurren in seiner Brust aufsteigen und konnte es einfach nicht herunterschlucken. Das Geräusch durchdrang den ganzen Raum. »Sie wird nicht getötet werden.«

»Genau das meine ich, das liegt nicht in deiner Hand. Du hast es zu meiner Angelegenheit gemacht, als du sie auf unseren Grund und Boden gebracht hast.«

Rhage fletschte die Fänge. »Dann gehe ich eben. Und zwar mit ihr.«

Wraths Augenbrauen erschienen über der Sonnenbrille. »Das ist jetzt nicht der Zeitpunkt für Drohungen, Bruder.«

»Drohungen? Ich meine es verdammt ernst!« Er beruhigte sich etwas, indem er sich das Gesicht rieb und versuchte, gleichmäßig zu atmen. »Vergangene Nacht wurden wir von einem Haufen *Lesser* angegriffen. Sie wurde verschleppt, und ich habe mindestens einen der Kerle leben lassen, als ich sie gerettet habe. Dabei hat sie ihre Handtasche verloren, und die übrigen *Lesser* haben sich das Ding mit Sicherheit geschnappt, das wisst ihr so gut wie ich. Selbst wenn ich jetzt ihre Erinnerung lösche, ihr Haus ist nicht mehr sicher, und ich werde nicht zulassen, dass die Gesellschaft sie in die Finger bekommt. Wenn wir nicht gemeinsam hierbleiben können, und ich sie nur beschützen kann, indem wir zusammen verschwinden, dann werde ich genau das tun.«

Wrath runzelte die Stirn. »Ist dir klar, dass du einer Frau den Vorzug vor der Bruderschaft gibst?«

Rhage stieß hörbar die Luft aus. *Scheiße.* Er hatte nicht erwartet, dass die Situation sich derart verschärfen würde. Aber so war es wohl.

Nicht in der Lage, weiter stillzustehen, ging er zu einem der Fenster, die vom Boden bis zur Decke reichten. Er sah hinaus auf die Terrassengärten, den Swimmingpool, die hügeligen Rasenflächen. Doch er bewunderte nicht die gepflegten Anlagen. Was er wahrnahm, war der Schutz, den das Anwesen bot.

Flutlicht erleuchtete den Ausblick. Kameras in den Bäumen zeichneten jeden Sekundenbruchteil auf. Bewegungsmelder überwachten jedes bunte Blatt, das zu Boden segelte. Und sollte jemand versuchen, die Mauer zu übersteigen, würde er von zweihundertzwanzig Volt freundlich begrüßt. Und tschüss.

Das war die sicherste Umgebung für Mary. Besser ging es nicht.

»Sie ist nicht nur einfach irgendeine Frau für mich«,

murmelte er. »Ich würde sie zur *Shellan* nehmen, wenn ich könnte.«

Jemand fluchte, während einige andere sich vernehmlich räusperten.

»Du kennst sie noch nicht mal«, ließ sich Tohr vernehmen. »Und sie ist ein *Mensch.*«

»Na und?«

Wraths Stimme war leise und eindringlich. »Rhage, Mann, zieh dich nicht wegen dieser Sache aus der Bruderschaft zurück. Wir brauchen dich. Deine Leute brauchen dich.«

»Dann sieht es wohl so aus, als dürfte sie bleiben, oder?« Als Wrath einen düsteren Fluch murmelte, wandte sich Rhage direkt an ihn. »Wenn Beth in Gefahr wäre, würdest du dann zulassen, dass sich dir irgendetwas in den Weg stellt? Und wenn es die Bruderschaft wäre?«

Wrath stand auf und kam mit festen Schritten um den Schreibtisch herum. Er blieb stehen, als ihre Brustkörbe sich fast berührten.

»Meine Beth hat nichts mit deinen Entscheidungen und der Situation zu tun, in die du uns alle gebrachst hast. Der Kontakt zu Menschen muss begrenzt bleiben und darf ausschließlich auf ihrem Territorium stattfinden, das weißt du genau. Und niemand lebt in diesem Haus, außer den Brüdern und ihren *Shellans,* so sie denn eine haben.«

»Was ist mit Butch?«

»Er ist die einzige Ausnahme. Und ihm ist das nur gestattet, weil V von ihm träumt.«

»Aber Mary wird nicht für immer hier im Haus bleiben.«

»Wie kommst du darauf? Glaubst du etwa, die Gesellschaft wird aufgeben? Glaubst du, die Menschheit wird von einem Tag auf den anderen toleranter? Komm zu dir.«

Rhage senkte die Stimme, aber nicht seinen Blick. »Sie ist krank, Wrath. Sie hat Krebs. Ich will mich um sie kümmern, und nicht nur wegen dieses *Lesser*-Albtraums.«

Ein langes Schweigen entstand.

»Scheiße, du hast dich an sie gebunden.« Wrath fuhr sich mit der Hand durch das lange Haar. »Um Himmels willen … du hast sie doch gerade erst kennengelernt, mein Bruder.«

»Und wie lange hast du noch mal gebraucht, um Beth zu kennzeichnen? Vierundzwanzig Stunden? Nein, stimmt ja, du hast zwei Tage gewartet. Gut Ding will Weile haben.«

Wrath stieß ein kurzes Lachen aus. »Du kannst es nicht lassen, was? Du musst immer meine *Shellan* ins Spiel bringen.«

»Sieh doch, mein Herr, Mary ist für mich … anders. Ich will gar nicht so tun, als würde ich das alles begreifen. Ich weiß nur, dass sie ein Pochen in meiner Brust ist, das ich nicht überhören kann … das ich auch gar nicht überhören *will*. Und deshalb kommt es einfach nicht infrage, sie auf Gedeih und Verderb der Gesellschaft auszuliefern. Bei ihr springt sofort jeder Beschützerinstinkt in mir an, und ich kann das nicht unterdrücken. Nicht mal für die Bruderschaft.«

Rhage verstummte, und es vergingen einige Minuten. Oder auch nur ein paar Herzschläge.

»Wenn ich ihr gestatte, zu bleiben«, begann Wrath. »Dann nur, weil du sie als deine Partnerin betrachtest, und nur, wenn sie ihre Klappe halten kann. Und dann müssen wir uns trotzdem noch damit befassen, dass du Tohrs Befehle missachtet hast. Das kann ich nicht durchgehen lassen. Ich muss es der Jungfrau der Schrift mitteilen.«

Vor Erleichterung sackte Rhage in sich zusammen. »Ich bin bereit, jegliche Konsequenzen zu tragen.«

»So sei es.« Wrath ging zurück zum Schreibtisch und setzte sich. »Wir müssen noch über einige andere Dinge sprechen, meine Brüder. Tohr, du bist dran.«

Tohrment trat vor.

»Es gibt schlechte Neuigkeiten. Eine Familie hat sich bei uns gemeldet. Ein männlicher Vampir, zehn Jahre nach seiner Transition, verschwand vergangene Nacht in der Innenstadt. Ich hab sofort die ganze Gemeinde per E-Mail informiert, dass besondere Vorsicht geboten ist, wenn jemand das Haus verlässt. Und dass uns jeder Vermisste umgehend zu melden ist. Außerdem habe ich mich mit Butch unterhalten. Der Bulle ist alles andere als blöd. Hat jemand was dagegen, wenn ich ihn ein bisschen in unsere Angelegenheiten einweihe?« Als einige Köpfe geschüttelt wurden, wandte sich Tohr an Rhage. »Und jetzt erzähl uns mal, was gestern Abend im Park passiert ist.«

Als Rhage gegangen war und sie glaubte, sich einigermaßen auf den Beinen halten zu können, rutschte Mary vom Bett und überprüfte die Tür. Sie war fest verschlossen, also fühlte sie sich einigermaßen sicher. Als sie links von der Tür einen Lichtschalter erkannte, drückte sie darauf, und das Zimmer wurde hell erleuchtet.

Heilige Mutter Gottes.

Seidene, üppige Vorhänge in Rot und Gold waren vor die Fenster gezogen. Satin und Samt schmückten ein riesiges, antikes Bett aus der Zeit Jakobs I., dessen Pfosten aus ganzen Eichenstämmen bestehen mussten. Auf dem

Boden lag ein Aubusson-Teppich, an den Wänden hingen Ölgemälde ....

Du lieber Himmel, war diese *Madonna mit Kind* etwa ein echter Rubens?

Doch nicht alle Teile der Einrichtung stammten von Sotheby's. Es gab einen Plasmafernseher, eine Stereoanlage, mit der man ein ganzes Fußballstadion hätte beschallen können, und einen Computer, auf den die NASA neidisch gewesen wäre. Und auf dem Fußboden befand sich eine Xbox.

Sie wanderte zu den Bücherregalen, wo ledergebundene Werke in unterschiedlichen Sprachen nebeneinanderstanden. Anerkennend überflog sie die Titel, bis sie auf eine DVD-Sammlung stieß.

Lieber Himmel.

Die Bonusausgabe der kompletten Austin-Powers-Reihe. *Alien* und *Aliens – Die Rückkehr. Der weiße Hai.* Alle drei Folgen der *Nackten Kanone. Godzilla. Mecha-Godzilla. Godzilla versus Megaguirus. Godzilla* ... Moment mal, das ganze restliche Regal war *Godzilla.* Sie ging eins tiefer. *Freitag der Dreizehnte, Halloween, Nightmare on Elm Street.* Wenigstens hatte er nicht alle Teile der Freddy-Kruger-Saga. *Caddyshack – Wahnsinn ohne Handicap.* Und *Tanz der Teufel* mit allen Sequels.

Ein Wunder, dass Rhage bei all diesen wunderbaren Blüten der Popkultur nicht blind geworden war.

Mary ging ins Badzimmer und machte das Licht an. Ein Whirlpool in der Größe eines Wohnzimmers war in den Marmorfußboden eingelassen.

Na, das ist ja mal was wirklich Schönes, dachte sie.

Sie hörte die Tür aufgehen und war erleichtert, als Rhage ihren Namen rief.

»Ich bin hier drin und sehe mir deine Wanne an.« Sie ging zurück ins Schlafzimmer. »Was ist passiert?«

»Alles im Lot.«

Bist du dir da ganz sicher?, wollte sie fragen. Denn er wirkte angespannt und abwesend, als er einen der begehbaren Kleiderschränke betrat.

»Keine Sorge, du kannst hierbleiben.«

»Aber …«

»Kein aber.«

»Rhage, was ist denn los?«

»Ich muss heute Nacht mit meinen Brüdern losziehen.« Er kam ohne seine Anzugjacke auf sie zu und führte sie zum Bett. Dann setzte er sich aufs Bett und zog sie zu sich herunter. »Die *Doggen*, unsere Bediensteten, wissen, dass du hier bist. Sie sind unglaublich loyal und freundlich, also kein Grund zur Beunruhigung. Fritz ist der, der hier den Haushalt schmeißt. Er wird dir etwas zu essen bringen. Wenn du irgendwas brauchst, frag ihn einfach. Ich bin im Morgengrauen zurück.«

»Werde ich hier so lange eingesperrt bleiben?«

Er schüttelte den Kopf und stand auf.

»Du kannst dich im Haus frei bewegen. Niemand wird dir etwas tun.« Er nahm ein Stück Papier aus einer Lederschachtel und notierte etwas darauf. »Hier ist meine Handynummer. Ruf mich an, wenn du mich brauchst, ich kann sofort hier sein.«

»Hast du hier irgendwo einen Transporter versteckt?«

Rhage sah sie an und verschwand.

Nicht im Sinne von *richtig schnell aus dem Zimmer verschwinden*. Sondern *puff!* Weg.

Mary sprang vom Bett auf, die Hand vor den Mund gehalten, um einen Schrei zu unterdrücken.

Von hinten spürte sie Rhages Arme um sich. »Sofort.«

Sie umfasste seine Handgelenke und quetschte sie bis auf die Knochen, um sicherzugehen, dass sie nicht halluzinierte.

»Das ist ja mal ein irrer Trick.« Ihre Stimme klang dünn. »Was kannst du denn noch so aus dem Hut zaubern?«

»Ich kann Dinge an- und abstellen.« Der Raum wurde stockdunkel. »Ich kann Kerzen anzünden.« Zwei Kerzenflammen flackerten auf seiner Kommode auf. »Und ich bin ganz geschickt mit Schlössern und solchen Dingen.«

Sie hörte den Riegel an der Tür klicken, dann ging die Schranktür auf und wieder zu.

»Ach ja, und ich kann etwas ganz Tolles mit meiner Zunge und einem Kirschstängel.«

Er hauchte ihr einen Kuss seitlich auf den Hals und ging ins Badezimmer. Die Tür schloss sich, und nach kurzer Zeit hörte sie die Dusche laufen.

Regungslos blieb Mary stehen, ihr Verstand hüpfte wie die Nadel eines Plattenspielers. Mit einem Seitenblick auf die DVD-Sammlung befand sie, dass Realitätsflucht durchaus etwas für sich hatte. Vor allem, wenn ein Mensch zu viel Seltsames erlebt hatte, zu viele neue Wahrheiten erfahren, zu viel … von allem.

Als Rhage kurze Zeit später rasiert, nach Seife duftend und mit einem Handtuch um die Hüften aus dem Bad kam, hatte sie es sich auf dem Bett bequem gemacht und schaute *Austin Powers in Goldständer.*

»Hey, das ist ein Klassiker.« Er lächelte und schaute auf den Bildschirm.

Mary allerdings vergaß den Film, als sie seine breiten Schultern ansah, die Muskeln an den Armen, das eng an seinen Hintern geschmiegte Handtuch. Und das Tattoo. Diese sich windende, wilde Kreatur mit den weißen Augen.

»Zwillinge, Basil, Zwillinge«, sprach Rhage in perfektem Timing und Tonlage den Dialog mit.

Er zwinkerte ihr zu und ging in den Schrank.

Wider besseres Wissen folgte sie ihm und lehnte sich bemüht unbeteiligt an einen den Türpfosten. Rhage stand mit dem Rücken zu ihr und zog sich eine schwarze Lederhose an, ohne Unterhose. Die Tätowierung bewegte sich mit ihm, als er den Reißverschluss zuzog.

Ihrem Mund entschlüpfte ein leises Seufzen. *Was für ein Mann. Vampir. Was auch immer.*

Er blickte über die Schulter. »Alles in Ordnung?«

Um ehrlich zu sein, war ihr überall heiß.

»Mary?«

»Alles bestens.« Sie ließ die Augen sinken und interessierte sich plötzlich brennend für die Schuhsammlung auf dem Fußboden. »Ich werde mir einfach eine Überdosis von deinen DVDs reinziehen, bis ich in ein Kulturkoma falle.«

Als er sich bückte, um Socken anzuziehen, schnellte ihr Blick wieder auf seine Haut. All diese nackte, glatte, goldene …

»Was die Schlafsituation betrifft«, sagte er. »Ich hau mich nachher einfach auf den Boden.«

Aber ich will doch mit dir in diesem großen Bett liegen, dachte sie.

»Sei nicht albern, Rhage. Wir sind doch beide erwachsen. Und das Ding ist nun wirklich breit genug für eine halbe Fußballmannschaft.«

Er zögerte. »Also gut. Ich verspreche dir auch, nicht zu schnarchen.«

Und wie wär's, wenn du auch versprichst, deine Hände nicht bei dir zu behalten?

Er zog sich ein kurzärmeliges schwarzes Hemd an und versenkte die Füße in schwere Stiefel. Dann hielt er inne und betrachtete einen Metallschrank, der vom Boden bis zur Decke reichte und in die Seitenwand des Schranks eingelassen war.

»Mary, könntest du noch mal kurz rausgehen? Ich müsste mal einen Moment allein sein. Okay?«

Sie errötete und wandte sich ab. »Entschuldige. Ich wollte dir nicht zu nahe treten …«

Er nahm ihre Hand. »Das ist es nicht. Es könnte nur sein, dass dir nicht gefällt, was du jetzt siehst.«

Als könnte man sie nach dem heutigen Tag überhaupt noch mit etwas schocken.

»Mach nur«, murmelte sie. »Mach … was du willst.«

Rhage streichelte ihr über das Handgelenk, dann öffnete er den Metallschrank. Er nahm ein leeres schwarzes Lederhalfter heraus, legte es sich quer über die Schultern an und befestigte es unterhalb der Brust. Als Nächstes kam ein breiter Gürtel, wie ihn Polizisten trugen; aber genau wie das Halfter war er leer.

Er sah sie an. Und dann brachte er die Waffen zum Vorschein.

Zwei lange Dolche mit schwarzer Klinge, die er in das Halfter steckte. Eine glänzende Pistole, deren Munition er mit schnellen, sicheren Bewegungen überprüfte, bevor er sie an der Hüfte verankerte. Blitzende Wurfsterne und mattschwarze Ladestreifen, die er sich in den Gürtel steckte. Noch ein kleineres Messer, das er irgendwo versteckte.

Dann nahm er seinen schwarzen Ledertrenchcoat vom Bügel und schlüpfte hinein. Er klopfte sich auf die Taschen. Dann zog er eine weitere Handfeuerwaffe aus dem Schrank, überprüfte sie und verbarg sie zwischen den Falten des Leders. Noch ein paar Wurfsterne wanderten in die Manteltaschen. Und noch ein Dolch.

Als er sie wieder ansah, wich sie zurück.

»Mary, sieh mich nicht an wie einen Fremden. Unter all dem Zeug stecke immer noch ich.«

Sie blieb erst stehen, als sie ans Bett stieß. »Du bist aber ein Fremder.«

Sein Gesicht verfinsterte sich, und die Stimme wurde tonlos. »Ich bin vor Morgengrauen zurück.«

Ohne weiteres Zögern verließ er den Raum.

Mary wusste nicht, wie lange sie so dasaß und den Schrank ansah. Aber als sie endlich wieder zu sich kam, ging sie zum Tisch und schnappte sich das Telefon.

24

Bella klappte die Ofentür auf, warf einen Blick auf das Abendessen und gab sich geschlagen.

Igitt.

Sie schnappte sich zwei Topflappen und zog den Hackbraten heraus. Das arme Ding hatte sich furchtsam vom Rand der Auflaufform zurückgezogen, war oben pechschwarz und hatte schon Risse von der Trockenheit, die jedem Savannenboden zur Ehre gereicht hätten. Völlig ungenießbar. Wenn überhaupt, war das noch als Baumaterial zu gebrauchen, aber bestimmt nicht als Nahrung. Noch ein paar Dutzend von der Sorte und ein bisschen Mörtel, dann könnte sie endlich die Mauer um die Terrasse hochziehen.

Als sie die Ofentür mit der Hüfte zustieß, hätte sie schwören können, dass der edle Profiherd sie wütend anfunkelte. Die Feindseligkeit beruhte auf Gegenseitigkeit. Ihr Bruder hatte das alte Bauernhaus für sie renoviert und von allem nur das Beste für sie ausgesucht, denn etwas anderes kam für Rehvenge einfach nicht infrage. Dass Bella die altmodische Küche und die quietschenden Dielen und die leichte Patina, die über allem lag, eigentlich mochte, hatte keine Rolle gespielt. Und um Himmels willen durfte sie kein Wort über die Sicherheitsvorkehrungen verlieren. Rehvenge hatte darauf bestanden, ihr neues Zuhause feuersicher, kugelsicher und uneinnehmbar wie eine Festung zu machen.

Hach, es ging doch nichts über einen despotischen Bruder mit einem ausgeprägten Kontrollfetischismus.

Sie war gerade auf dem Weg zur Terrassentür, um die kläglichen Überreste des Essens zu entsorgen, als das Telefon klingelte.

Hoffentlich war das nicht Rehvenge. »Hallo?«

Pause. »Bella?«

»Mary! Ich hab heute schon versucht, dich anzurufen. Warte mal kurz, ich muss schnell die Waschbären füttern.« Sie legte das Telefon auf den Tisch, rannte in den Garten, leerte die Auflaufform aus und kam zurück. Dann nahm sie den Hörer wieder auf. »Wie geht's dir?«

»Bella, du musst mir was sagen.« Ihre Stimme klang angestrengt.

»Aber klar doch, Mary. Was willst du denn wissen?«

»Bist du ... auch eine von denen?«

Bella ließ sich auf einen Küchenstuhl sinken. »Du meinst, ähm, ob ich *anders* bin als du?«

»M-hm.«

Abwesend blickte Bella in ihr Aquarium. Da drin sah alles immer so friedlich aus.

»Ja, Mary. Ja, ich bin anders.«

Am anderen Ende der Leitung ertönte ein Seufzen. »Gott sei Dank.«

»Komisch, ich hatte eher damit gerechnet, dass dich das nicht gerade erleichtern würde.«

»Tut es aber. Ich ... ich muss unbedingt mit jemandem reden. Ich bin so verwirrt.«

»Verwirrt wovon?« *Moment mal.* Warum führten sie dieses Gespräch überhaupt? »Mary, woher weißt du von uns?«

»Rhage hat es mir erzählt. Also, ich meine, er hat mit mir darüber gesprochen, und es mir auch gezeigt.«

»Soll das heißen, er hat dein Gedächtnis nicht ... Du kannst dich an ihn erinnern?«

»Ich bin gerade bei ihm zu Hause.«

»Wie bitte?«

»Ich bin in dem Haus, in dem er lebt. Mit einem Haufen Männer, die Vampire sind ... liebe Güte, dieses Wort ...« Sie räusperte sich. »Ich bin hier mit ungefähr fünf anderen Kerlen, die genauso sind wie er.«

Bella schlug sich die Hand vor den Mund. Niemand durfte auch nur wissen, wo sie wohnten. Und diese Frau war auch noch ein *Mensch*.

»Mary, wie bist du ... wie ist das alles passiert?«

Bella war sprachlos, als sie die Geschichte schließlich gehört hatte.

»Hallo? Bella?«

»Entschuldige ... alles in Ordnung bei dir?«

»Ja. Im Moment zumindest. Hör mal, ich muss das jetzt wissen. Warum hast du Rhage und mich zusammengebracht?«

»Er hat dich gesehen und er ... mochte dich. Er hat mir versprochen, dir nichts zu tun. Sonst hätte ich niemals diese Verabredung arrangiert.«

»Wann hat er mich denn gesehen?«

»An dem Abend, als wir John in dieses Schulungszentrum gebracht haben. Oder erinnerst du dich daran nicht?«

»Nein, aber Rhage hat mir davon erzählt. Ist John ... auch ein Vampir?«

»Ja. Seine Wandlung steht kurz bevor, weshalb ich mich eingemischt habe, als ich ihn bei dir traf. Er stirbt, wenn bei seiner Transition keiner von uns bei ihm ist. Er braucht einen weiblichen Vampir, von dem er trinken kann.«

»Du wusstest es also an dem Abend, als du ihn getroffen hast.«

»Ja.« Bella wählte ihre Worte sorgfältig. »Mary, behandelt der Krieger dich gut? Ist er … sanft zu dir?«

»Er passt auf mich auf und beschützt mich. Obwohl ich keine Ahnung habe, warum.«

Bella seufzte. Sie glaubte es zu wissen. So fixiert, wie er auf die Frau war, hatte er sich vermutlich an sie gebunden.

»Aber ich komme bald nach Hause«, hörte sie Mary sagen. »In ein paar Tagen.«

Da war Bella sich nicht so sicher. Mary war viel tiefer in ihre Welt eingedrungen, als ihr selbst bewusst war.

Der Benzingestank war ekelhaft, dachte O, während er den Toro-Dingo-Bagger in der Dunkelheit manövrierte.

»Gut so. Das reicht«, rief U.

O stellte den Motor ab und sah sich um. Er hatte eine zwölf Quadratmeter große Schneise in den Wald geschlagen. Auf diesem Grundstück würden sie das Überzeugungszentrum samt ihren Arbeitsräumen bauen.

U trat auf die neu entstandene Lichtung und richtete das Wort an die versammelten *Lesser.* »Fangen wir mit den Außenwänden an. Ich möchte drei Seiten hochgezogen haben, und eine Seite bleibt offen.« Er machte eine ungeduldige Geste. »Hopp, hopp. Bewegt euch.«

Die Männer hoben die aus 2,5 Meter langen Kanthölzern gezimmerten Gerüste auf und trugen sie herum.

Das Geräusch eines sich nähernden Fahrzeugs ließ alle innehalten, obwohl das Fehlen von Scheinwerferlicht darauf hindeutete, dass es ein weiterer *Lesser* war. Die Mitglieder der Gesellschaft konnten in der Dunkelheit so gut sehen, dass sie mitten in der Nacht herumlaufen konnten wie am helllichten Tag; wer auch immer da am Steuer saß und geschickt den Bäumen auswich, hatte die gleichen scharfen Augen.

Als Mr. X aus dem Minivan ausstieg, ging O zu ihm.

»Sensei.« Er verbeugte sich. Dieser Bastard liebte solche Respektsbezeugungen, das wusste er, und dem Typen auf den Geist zu gehen, machte irgendwie nicht mehr so viel Spaß wie früher.

»Mr. O, es sieht aus, als würden Sie Fortschritte machen.«

»Kommen Sie, ich zeige Ihnen alles.«

Sie mussten brüllen, um sich bei dem Lärm zu verständigen, doch um die Ohren der Nachbarn brauchten sie sich keine Sorgen zu machen. Sie befanden sich mitten auf einem über 30 Hektar großen Stück Land etwa dreißig Minuten von Caldwells Innenstadt entfernt. Westlich des Grundstücks lag ein Sumpf, der als eines der Überschwemmungsgebiete des Hudson River diente. Im Norden und Osten lag das Big-Notch-Gebirge, ein Haufen Felsen in Staatsbesitz, der bei Kletterern wegen der dort heimischen Klapperschlangen nicht besonders beliebt war, und den Touristen generell nicht ansprechend fanden. Die einzig ungeschützte Seite lag im Süden, doch die Rednecks, die dort verstreut in ihren vergammelten Hütten lebten, wirkten nicht gerade wie begeisterte Wanderer.

»Das sieht gut aus«, meinte Mr. X. »Und wo wollen Sie jetzt die Vorratseinheiten unterbringen?«

»Hier.« O zeigte auf das Stück Erde, auf dem er stand. »Morgen früh bekommen wir das Baumaterial. In einem

Tag sollten wir alles so weit für unsere Gäste vorbereitet haben.«

»Das haben Sie ziemlich gut hinbekommen, mein Sohn.«

Verflucht noch mal. O hasste diesen *mein Sohn*-Mist. Wirklich.

»Danke, Sensei«, sagte er.

»Und jetzt bringen Sie mich zu meinem Auto.« Als sie etwas Abstand zu der Baustelle hatten, raunte Mr. X: »Sagen Sie mal, haben Sie viel mit den Betas zu tun?«

O achtete darauf, ihren Blickkontakt nicht zu unterbrechen. »Eigentlich nicht.«

»Haben Sie in letzter Zeit welche von ihnen getroffen?«

Verdammt, worauf wollte der Haupt-*Lesser* hinaus? »Nein.«

»Nicht zufällig vergangene Nacht?«

»Nein, wie ich schon sagte, ich habe keinen Kontakt zu den Betas.« O runzelte die Stirn. Wenn er jetzt nachfragte, würde er defensiv wirken. Scheiß drauf. »Worum geht es?«

»Diese Betas, die wir vergangene Nacht im Park verloren haben, waren vielversprechend. Ich wäre untröstlich, wenn Sie Ihre eigene Konkurrenz abschlachten würden.«

»Ein Bruder …«

»Ganz recht, ein Mitglied der Bruderschaft griff sie an. Nur komisch, dass die Brüder immer darauf achten, ihren Opfern den Dolch in die Brust zu rammen, damit der Körper sich auflöst. Letzte Nacht aber wurden die Betas halbtot liegen gelassen. Und als die Unterstützungseskadron eintraf, waren sie so übel mitgenommen, dass sie nicht mehr auf Fragen antworten konnten. Daher weiß niemand, was wirklich passiert ist.«

»Ich war nicht in diesem Park, und das wissen Sie auch.«

»Weiß ich das?«

»Verflucht noch …«

»Passen Sie auf, was Sie sagen. Und passen Sie auf sich selbst auf.« Mr. X' helle Augen verengten sich zu Schlitzen. »Sie wissen, wen ich rufe, um ihr Würgehalsband enger zu ziehen. Und jetzt zurück an die Arbeit. Ich sehe Sie und die anderen von der Eskadron beim ersten Morgengrauen zum Appell.«

»Ich dachte, dafür hätten wir E-Mail«, presste O heraus.

»Ab sofort gilt persönliches Erscheinen.«

Als der Minivan wegfuhr, starrte O in die Nacht und lauschte den Geräuschen der Bauarbeiten. Eigentlich müsste er vor Wut kochen. Stattdessen war er einfach nur … müde. Ihm war die Begeisterung für seinen Job abhandengekommen. Und er konnte sich noch nicht mal mehr über Mr. X' Schwachsinn aufregen.

Der Reiz der Rebellion war verschwunden.

Mary sah auf den Wecker: 1:56 Uhr. Bis zur Dämmerung würden noch Stunden vergehen, und an Schlaf war nicht zu denken. Immer, wenn sie die Augen schloss, sah sie Rhage mit all diesen Waffen behängt vor sich.

Sie drehte sich auf den Rücken. Die Vorstellung, ihn vielleicht niemals wieder zu sehen, war so verstörend, dass sie sich weigerte, sich damit auseinanderzusetzen. Sie musste ihre widerstreitenden Gefühle wohl einfach hinnehmen.

Gott, sie wünschte, sie könnte die Zeit zurückdrehen, bis zu dem Moment, in dem er gegangen war. Sie hätte ihn fest umarmt. Und ihn streng dazu aufgefordert, auf sich aufzupassen, auch wenn sie keinen blassen Schimmer vom Kämpfen hatte und er – hoffentlich – ein Meister darin war. Sie wollte ihn einfach nur in Sicherheit –

Plötzlich wurde die Tür aufgeschlossen. Als sie aufschwang, leuchtete Rhages blondes Haar im Flurlicht auf.

Mary schoss aus dem Bett und quer durch den Raum und warf sich ihm dann in die Arme.

»Hey, hey, was zum ...« Sein Arm umschlang sie, hob sie hoch und drückte sie an sich, während er hereinkam und die Tür schloss. Als er sie wieder losließ, glitt sie an seinem Körper herunter. »Alles okay bei dir?«

Ihre Füße trafen auf den Boden, und sie kehrte in die Realität zurück.

»Mary?«

»Ähm, ja ... ja, alles okay.« Sie trat zur Seite. Sah sich um. Wurde dunkelrot im Gesicht. »Ich bin nur ... ähm, also, ich gehe dann mal wieder ins Bett.«

»Moment mal, Frau.« Rhage zog seinen Trenchcoat, das Halfter und den Gürtel aus. »Komm wieder her. Ich mag es, wie du mich begrüßt.«

Er breitete die Arme weit aus, und sie drückte sich ganz fest an ihn, spürte seinen Atem. Sein Körper war so warm, und er roch wunderbar. »Ich hatte nicht erwartet, dass du noch auf bist«, murmelte er und streichelte ihr mit der Hand über die Wirbelsäule.

»Konnte nicht schlafen.«

»Ich hab dir doch gesagt, dass du hier in Sicherheit bist, Mary.« Seine Finger fanden ihren Halsansatz und massierten sanft ihren Nacken. »Hey, du bist ganz schön verspannt. Wirklich alles in Ordnung?«

»Mir geht's gut. Rhage?«

Seine Finger hielten inne. »Beantwortest du diese Frage jemals wahrheitsgemäß?«

»Habe ich gerade.« *So ungefähr.*

Er streichelte sie wieder. »Versprichst du mir etwas?«

»Was denn?«

»Gib mir Bescheid, wenn es dir nicht gut geht, ja?« Seine Stimme klang jetzt ganz zärtlich. »Ich meine, ich weiß ja, dass du eine ganz Harte bist, deshalb halte ich bestimmt nicht die ganze Zeit die Luft an. Du musst dir keine Sorgen machen, dass ich vor Nervosität umkomme.«

Sie lachte. »Ich verspreche es.«

Er hob ihr Kinn mit dem Finger an, seine Augen blickten ernst. »Sonst werde ich dich daran erinnern.« Dann küsste er sie leicht auf die Wange. »Ich wollte gerade in die Küche gehen und mir was zu essen holen. Willst du mitkommen? Das Haus ist ganz still. Die Brüder sind noch unterwegs.«

»Klar. Ich ziehe mich nur schnell um.«

»Zieh einfach eine Jacke von mir über.« Er ging zur Kommode und zog etwas Schwarzes, Weiches in der Größe eines Zelts heraus. »Mir gefällt die Vorstellung, dass du meine Klamotten trägst.«

Als er ihr in die Jacke half, lag in seinem Lächeln etwas sehr Zufriedenes.

Verdammt, der ganze Mann strahlte vor Besitzerstolz.

Als er und Mary gegessen hatten und wieder zurück im Zimmer waren, konnte Rhage sich kaum noch konzentrieren. Das Summen in seinem Inneren war ohrenbetäubend laut geworden, schlimmer als je zuvor. Und er war total erregt, sein Körper fühlte sich so heiß an, dass er das Gefühl hatte, sein Blut müsste in den Venen vertrocknen. Als Mary sich ins Bett legte, duschte er rasch und überlegte, ob er sich kurz um seine Erektion kümmern sollte, bevor er wieder ins Schlafzimmer ging. Das verdammte Ding war hart, steif und schmerzte, und das Wasser, das an ihm hinunter rann, erinnerte ihn an Marys Hände auf seiner Haut. Er berührte sich und dachte daran, wie sie sich an seinen Lippen gewunden hatte, als er ihre geheimsten Stellen liebkost hatte. Er hielt es weniger als eine Minute aus.

Als es vorbei war, brachte ihn der einsame Orgasmus nur noch mehr in Fahrt. Es war, als wüsste sein Körper, dass das einzig Wahre da draußen auf ihn wartete und nicht die Absicht hatte, sich von ein wenig Handentspannung ablenken zu lassen.

Fluchend stieg er aus der Dusche und rubbelte sich trocken, dann ging er zum Schrank. Innerlich dankte er Fritz für seine Gewissenhaftigkeit und fand nach einigem Wühlen einen Pyjama, den er noch nie zuvor getragen hatte. Er schlüpfte hinein, dann zog er zur Sicherheit auch noch einen Morgenmantel über.

Rhage zog eine Grimasse, er hatte das Gefühl, seinen halben Kleiderschrank am Leib zu tragen. Aber genau darum ging es ja.

»Ist es dir zu warm hier drin?«, fragte er, ließ eine Kerze aufflackern und das Licht ausgehen.

»Genau richtig.«

Er persönlich fand es heißer als in den verfluchten Tropen. Und je näher er dem Bett kam, desto höher stieg die Temperatur.

»Mary, in etwa einer, eineinhalb Stunden wirst du die Rollläden hören, die sich automatisch für den Tag schließen. So laut ist es nicht, aber ich möchte nicht, dass du dich erschreckst.«

»Danke.«

Rhage legte sich auf der anderen Seite des Bettes auf die Bettdecke und verschränkte die Beine an den Knöcheln. Ihn nervte einfach alles, das heiße Zimmer, der Pyjama, der

Morgenmantel. Jetzt wusste er, wie es sich anfühlte, ein Geschenk vor sich zu haben, das man noch nicht auspacken durfte: Schön in Papier eingewickelt mit einer Schleife darum. Es juckte ihn in den Fingern.

»Trägst du immer so viele Sachen im Bett?«, hörte er sie fragen.

»Auf jeden Fall.«

»Und warum ist dann das Preisschild noch am Morgenmantel?«

»Falls ich noch mal so einen will, kann ich damit herausfinden, wo es ihn gab.«

Er drehte sich auf die Seite, weg von ihr. Wälzte sich wieder auf den Rücken und starrte die Decke an. Dann probierte er es auf dem Bauch.

»Rhage.« Ihre Stimme klang zauberhaft in der stillen Dunkelheit.

»Was denn?«

»Normalerweise schläfst du nackt, oder?«

»Äh, meistens schon.«

»Dann zieh doch die Klamotten aus. Das macht mir nichts aus.«

»Ich möchte aber nicht, dass du dich … unbehaglich fühlst.«

»Ich fühle mich unbehaglich, wenn du dich ständig um deine eigene Achse drehst. Ich komm mir vor wie in einer Salatschleuder.«

Normalerweise hätte er über ihren vernünftigen Tonfall gekichert, hätte ihm nicht das heiße Pochen zwischen seinen Beinen jeglichen Sinn für Humor aus den Knochen gesaugt.

Ach, egal. Er glaubte doch wohl nicht ernsthaft, sein lächerlicher Aufzug würde ihn in Schach halten. Er war so scharf auf sie, dass man ihn schon in Ketten legen müsste; das bisschen Stoff würde sicher keinen Unterschied machen.

Mit dem Rücken zu ihr stand er auf und zog sich aus. Danach gelang es ihm mit einiger Geschicklichkeit, unter die Decke zu schlüpfen, ohne ihr einen aufschlussreichen Blick auf seine Vorderfront zu gewähren. Von der gigantischen Erregung, die zwischen seinen Beinen deutlich sichtbar war, musste sie nicht unbedingt wissen.

Wieder wandte er sich von ihr ab und legte sich auf die Seite.

»Kann ich ihn anfassen?«, fragte sie.

Sein Gerät zuckte heftig, als wollte es sich freiwillig zur Verfügung stellen. »Wen anfassen?«

»Den tätowierten Drachen auf deinem Rücken. Ich würde ihn gern … berühren.«

O Gott, sie war so nah bei ihm und diese Stimme – diese wunderschöne, liebliche Stimme – war einfach nur magisch. Doch die Vibration in seinem Körper fühlte sich an, als hätte er eine Betonmischmaschine im Bauch.

Als er nichts sagte, murmelte sie. »Lass gut sein. Ich wollte nicht …«

»Nein. Es ist nur …« Scheiße. Er hasste diese Distanz in ihrer Stimme. »Mary, es ist schon okay. Tu, was immer du möchtest.«

Er hörte Laken rascheln. Spürte, wie sich die Matratze leicht bewegte. Und dann strichen ihre Finger über seine Schultern. Er unterdrückte das Zucken, so gut er konnte.

»Wo hast du das machen lassen?«, flüsterte sie und fuhr den Umriss mit der Fingerspitze nach. »Es ist ganz außergewöhnlich kunstvoll.«

Sein gesamter Körper spannte sich an, er fühlte genau, welchen Teil der Bestie sie gerade berührte. Jetzt wanderte sie über das linke Vorderbein, das wusste er, weil er das entsprechende Kitzeln in seinem eigenen Bein spürte.

Rhage schloss die Augen, er war gefangen zwischen dem Entzücken, ihre Hand auf sich zu spüren, und der Gewissheit, dass er mit dem Feuer spielte. Das Vibrieren, das Brennen – es steigerte sich immer mehr und rief die dunkelste, zerstörerischste Seite in ihm wach.

Mit zusammengebissenen Zähnen atmete er tief durch, als sie die Flanke der Kreatur streichelte.

»Deine Haut ist so weich.« Sie ließ ihre Handfläche über seine Wirbelsäule gleiten.

Völlig erstarrt, atemlos betete er um Selbstbeherrschung.

»Und ... überhaupt.« Sie zog die Hand zurück. »Ich finde es wunderschön.«

Er lag auf ihr, bevor ihm noch bewusst war, dass er sich überhaupt bewegt hatte. Und er benahm sich nicht wie ein Gentleman. Fordernd schob er ihr seinen Oberschenkel zwischen die Beine, drückte ihr die Hände über dem Kopf auf die Matratze und bedeckte ihren Mund mit seinem. Als sie sich ihm entgegen bäumte, griff er nach dem Saum ihres Nachthemds und zog es mit einem Ruck nach oben. Er würde sie nehmen. Jetzt sofort und in seinem Bett, wie er es sich erträumt hatte. Und es würde *perfekt* sein.

Ihre Schenkel boten ihm keinen Widerstand, sie spreizten sich weit, und Mary zog ihn zu sich, stieß seinen Namen in einem heiseren Stöhnen aus. Das Geräusch löste ein heftiges Zittern in ihm aus, ihm wurde beinahe schwarz vor Augen, Schauer rannen ihm über Arme und Beine. Seine Lust verzehrte ihn, legte seine Instinkte unter der dünnen zivilisierten Schicht frei. Er war roh, wild und ...

Er stand kurz vor der sengenden Implosion, die den Vorboten des Fluchs darstellte.

Das pure Entsetzen gab ihm die nötige Kraft, um von ihr herunter zu klettern und quer durch den Raum zu taumeln. Krachend stieß er gegen etwas. Die Wand.

»Rhage!«

Er sank zu Boden, hielt sich die zitternden Hände vors Gesicht, er wusste, seine Augen waren weiß. Sein ganzer Körper schüttelte sich so heftig, dass die Worte in abgehackten Fetzen seinen Mund verließen. »Ich hab den Verstand verloren ... Das ist ... Verdammt, ich kann nicht ... ich muss mich von dir fernhalten.«

»Warum? Ich möchte nicht, dass du aufhörst.«

Er sprach einfach weiter. »Ich sehne mich nach dir, Mary. Ich bin so verdammt ... hungrig. Ich will dich, unbedingt, aber ich kann dich nicht haben. Ich werde dich nicht ... nehmen.«

»Rhage«, zischte sie, als versuchte sie, zu ihm durchzudringen. »Warum denn nicht?«

»Du willst mich nicht. Glaub mir, so willst du mich wirklich nicht.«

»Woher willst du das wissen?«

Er würde ihr mit Sicherheit nicht erklären, dass in ihm eine Bestie lauerte. Lieber Abscheu als Furcht, beschloss er. »Ich hatte allein diese Woche schon acht verschiedene Frauen.«

Ein langes Schweigen folgte. »Du liebe ... Güte.«

»Ich möchte dich nicht anlügen. Niemals. Also lass mich das ein für alle Mal klarstellen. Ich hatte haufenweise anonymen Sex. Ich war mit wirklich vielen Frauen zusammen, die mir alle vollkommen gleichgültig waren. Und du sollst niemals glauben, dass ich dich auf diese Art und Weise ausnutzen würde.«

Seine Pupillen fühlten sich an, als wären sie jetzt wieder schwarz, also nahm er die Hände vom Gesicht.

»Bitte sag mir, dass du Kondome benutzt«, murmelte sie.

»Wenn die Frauen mich darum bitten, tue ich das.«

Ihre Augen blitzten auf. »Und wenn nicht?«

»Ich kann mir von ihnen genauso wenig eine banale Erkältung holen wie HIV oder Hepatitis C oder irgendwelche sonstigen Krankheiten. Und ich kann auch keine Infektionen übertragen. Menschliche Viren befallen uns nicht.«

Sie wickelte sich die Decke um die Schultern. »Aber du könntest sie doch schwängern? Oder können Menschen und Vampire …«

»Mischlinge sind selten, aber es kommt vor. Ich weiß, ob eine Frau fruchtbar ist, ich kann es riechen. Wenn sie es ist oder bald sein wird, habe ich keinen Sex mit ihr. Nicht mal mit Gummi. Wenn ich einmal Kinder habe, dann sollen sie in Sicherheit und in meiner Welt geboren werden. Und ich werde die Mutter lieben.«

Marys Blick wandte sich ab, wurde starr, gequält. Er folgte ihrem Blick; sie starrte das Bild der Madonna mit dem Kind über der Kommode an.

»Ich bin froh, dass du mir das erzählt hast«, sagte sie schließlich. »Aber warum müssen es immer Fremde sein? Warum kannst du nicht mit jemandem zusammen sein, den du … Ach nein, vergiss die Frage. Das geht mich nichts an.«

»Ich wäre lieber mit dir zusammen, Mary. Nicht in dir sein zu dürfen, ist Folter für mich. Ich begehre dich so sehr, dass ich es kaum aushalten kann.« Geräuschvoll stieß er den Atem aus. »Aber willst du mich wirklich und ehrlich jetzt in diesem Moment? Obwohl … Verdammt, selbst wenn es so wäre, gibt es da noch was anderes. Du machst mich ganz schwindlig. Ich hab es dir schon mal gesagt, ich habe Angst, die Kontrolle zu verlieren. Du hast eine völlig andere Wirkung auf mich als andere Frauen.«

Wieder entstand ein langes Schweigen. Mary brach es schließlich.

»Sag mir noch mal, dass du untröstlich bist, dass wir nicht miteinander schlafen«, sagte sie tonlos.

»Ich bin absolut untröstlich. Ich hab solche Sehnsucht nach dir, dass es wehtut. Hab ununterbrochen einen Ständer. Bin abwesend und genervt.«

»Gut.« Sie lachte kurz. »Junge, Junge, ich bin ganz schön fies, was?«

»Überhaupt nicht.«

Es wurde still im Zimmer. Irgendwann legte er sich auf den Boden und rollte sich auf der Seite zusammen, den Kopf auf den Arm gebettet.

Sie seufzte. »Du musst deswegen nicht auf dem Fußboden schlafen.«

»Es ist besser so.«

»Himmelherrgott, Rhage, steh jetzt gefälligst auf.«

Seine Stimme wurde zu einem tiefen Knurren. »Wenn ich zurück in dieses Bett komme, führt für mich kein Weg an dieser hinreißenden Stelle zwischen deinen Beinen vorbei. Und dieses Mal wären es nicht nur meine Hand und meine Zunge. Ich würde sofort da weitermachen, wo wir vorhin aufgehört haben. Mein Körper auf deinem, jeder harte Zentimeter von mir begierig, in dich einzudringen.«

Als er den köstlichen Duft ihrer Erregung aufnahm, knisterte die Luft zwischen ihnen vor sexueller Energie. Und sein Körper verwandelte sich wieder in pure Elektrizität.

»Mary, ich sollte lieber gehen. Ich komme zurück, wenn du eingeschlafen bist.«

Er verschwand, bevor sie noch protestieren konnte. Als sich die Tür hinter ihm schloss, glitt er an der Wand im Flur entlang zu Boden. Nicht mehr im Zimmer zu sein, half schon etwas. So stieg ihm ihr verführerischer Duft nicht so stark in die Nase.

Er hörte ein Lachen und sah auf. Phury schlenderte den Gang hinunter.

»Du siehst ganz schön fertig aus, Hollywood. Und du bist splitterfasernackt.«

Rhage bedeckte sich notdürftig mit den Händen. »Wie du das aushältst, ist mir schleierhaft.«

Der Bruder blieb stehen und ließ den heißen Cidre in seinem Becher kreisen. »Was aushalten?«

»Das Zölibat.«

»Erzähl mir nicht, dass die Frau dich nicht will?«

»Das ist nicht das Problem.«

»Und warum bist du dann hier draußen und stehst stramm?«

»Ich, äh, ich will ihr nicht wehtun.«

Phury wirkte erstaunt. »Du bist ein großer Junge, aber du hast noch nie eine Frau verletzt. Zumindest wüsste ich nichts davon.«

»Nein, es ist nur so … ich begehre sie so sehr, dass … ich steh total unter Strom.«

Phurys gelbe Augen verengten sich. »Du sprichst von deiner Bestie?«

Rhage blickte zur Seite. »Ja.«

Das Pfeifen, das sein Bruder ausstieß, klang bitter. »Wenn das so ist … pass lieber gut auf dich auf. Du willst ihr deine Achtung erweisen, das ist in Ordnung. Aber du musst dich im Griff haben, sonst wirst du ihr noch wirklich schaden, wenn du weißt, was ich meine. Such dir einen Kampf, such dir wenn nötig andere Frauen, aber sorg dafür, dass du ausgeglichen bist. Und wenn du was von meinem roten Rauch brauchst, sag einfach Bescheid. Du kannst jederzeit von meinem Kraut haben.«

Rhage holte tief Luft. »Beim Rauchen passe ich. Aber könnte ich mir eine Jogginghose und ein Paar Turnschuhe von dir leihen? Ich versuche mal zu rennen, bis ich umfalle.«

Phury schlug ihm auf den Rücken. »Komm, mein Bruder. Ich rette dir doch gern den Hintern, wenn ich kann.«

25

Im schwindenden Licht des Nachmittags rangierte O den kleinen Bagger um den Erdhaufen herum, den er damit aufgetürmt hatte.

»Fertig für die Rohre?«, rief U ihm zu.

»Ja. Lassen Sie mal eins runter. Mal sehen, ob es passt.«

Ein ungefähr einen Meter dickes und zwei Meter langes Abflussrohr aus Wellblech wurde langsam in das Loch herabgelassen, bis es aufrecht darin stand. Es passte perfekt.

»Dann versenken wir die anderen beiden auch«, ordnete O an.

Zwanzig Minuten später standen die drei Rohrabschnitte in Reih und Glied. Mit dem kleinen Bagger schaufelte O die Erde zurück, während die anderen beiden *Lesser* die Rohre festhielten.

»Sieht gut aus«, meinte U und ging im Kreis um die Vorrichtung herum. »Sieht verdammt gut aus. Aber wie kriegen wir die Vampire hier rein und raus?«

»Mit einem Gurtsystem.« O stellte den Motor ab, ging zu den Rohren und linste hinein. »Die kann man im Sportladen kaufen. Sind eigentlich zum Klettern gedacht. Wir sind stark genug, um sie hochzuziehen, egal wie schwer sie sind, und die Gefangenen werden betäubt und erschöpft sein oder Schmerzen haben, also werden sie sich kaum wehren.«

»Das war wirklich eine großartige Idee«, murmelte U. »Aber wie decken wir die Rohre oben ab?«

»Die Deckel werden aus Drahtgeflecht sein, und darauf wird ein Gewicht liegen.«

O blickte in den blauen Himmel hinauf. »Wie lange wird es noch dauern, bis das Dach fertig ist?«

»Im Moment stellen wir die letzte Mauer auf. Dann müssen wir nur noch die Dachsparren einziehen und die Oberlichter einbauen. Das Decken dauert dann nicht mehr lange. Danach bringe ich das Werkzeug hinein, besorge einen Tisch und morgen Nacht können wir loslegen.«

»Haben wir bis dahin die Jalousien für die Oberlichter?«

»Ja. Und sie können per Fernsteuerung bedient werden.«

Mann, die Dinger würden sehr nützlich sein. So ein bisschen Sonnenlicht war die beste Hilfe, die ein *Lesser* haben konnte. Ein satter Strahl und voilà! Kein Vampirmüll mehr.

O deutete mit dem Kopf auf den Bagger. »Ich bringe das Gerät zurück zur Vermietung. Brauchen Sie etwas aus der Stadt?«

»Nein. Wir haben alles.«

Auf dem Weg nach Caldwell, den kleinen Bagger auf der Ladefläche seines Pick-ups, hätte O eigentlich bester Laune sein müssen. Der Bau ging gut voran. Seine Eskadron akzeptierte ihn als Führer. Mr. X hatte das Thema Betas nicht mehr angeschnitten. Aber stattdessen fühlte er sich … tot. Was wirklich ein schlechter Witz war bei jemandem, der seit drei Jahren ohnehin nicht mehr am Leben war.

So war es ihm schon einmal ergangen.

Damals in Sioux City, bevor er zum *Lesser* geworden war, hatte er sein Leben gehasst. Irgendwie hatte er sich durch die Schule gemogelt, aber für ein College hatte das Geld nicht gereicht. Also waren seine beruflichen Chancen ziemlich eingeschränkt gewesen. Als Rausschmeißer zu arbeiten, hatte sich in Anbetracht seiner Körpergröße und seiner Aggressivität angeboten, doch das war nur mäßig amüsant: Die Betrunkenen wehrten sich meistens gar nicht und einen Bewusstlosen zu verprügeln machte ungefähr so viel Spaß, wie eine tote Kuh zu schlagen.

Das einzig Gute war Jennifer gewesen. Sie hatte ihn vor der geistlosen Langeweile gerettet und dafür hatte er sie geliebt. Sie brachte Aufregung und Dramatik in die öde Landschaft seines Daseins. Und wenn er mal wieder einen seiner Wutanfälle bekam, dann schlug sie sofort zurück, obwohl sie kleiner war als er und leichter anfing zu bluten. Er hatte nie herausgefunden, ob sie ihre Boxhiebe verteilte, weil sie nicht kapierte, dass er am Ende doch gewinnen würde; oder weil sie so daran gewöhnt war, von ihrem Vater geschlagen zu werden, dass sie es als normal empfand, Prügel zu kassieren. Ob nun Dummheit oder Gewohnheit, er nahm alles, was sie ihm geben konnte, und dann prügelte er sie windelweich. Sie hinterher, wenn die Wut verraucht war, zu pflegen, gehörte zu den zärtlichsten Augenblicken seines Lebens.

Aber wie alle guten Dinge hatte auch dieses ein Ende gefunden. Gott, wie er sie vermisste. Sie war die Einzige gewesen, die verstand, dass Liebe und Hass in seinem Herzen Seite an Seite wohnten, die Einzige, die mit beidem gleichzeitig hatte umgehen können. Wenn er an ihr langes, dunkles Haar und ihren schlanken Körper dachte, vermisste er sie so stark, dass er sie beinahe neben sich spüren konnte.

Als er nach Caldwell hinein fuhr, dachte er an die Prostituierte, die er sich neulich geleistet hatte. Am Ende hatte er von ihr doch bekommen, was er brauchte. Aber sie hatte es das Leben gekostet. Und während er jetzt die Straße entlangfuhr, hielt er Ausschau nach Nachschub. Leider waren in der horizontalen Branche Brünette schwerer zu bekommen als Blonde. Vielleicht sollte er sich eine Perücke zulegen und die Huren zwingen, sie zu tragen.

O dachte an all die Leute, die er auf dem Gewissen hatte. Den ersten Menschen hatte er in Notwehr getötet. Der zweite war ein Versehen gewesen. Den dritten hatte er kaltblütig umgelegt. Als er dann auf der Flucht vor dem Gesetz an der Ostküste angekommen war, wusste er schon das ein oder andere über den Tod.

Damals, kurz nach dem Verlust Jennifers, hatte sich der Schmerz in seiner Brust wie ein lebendiges Wesen angefühlt, wie ein tollwütiger Hund, der ihn von innen auffressen würde. Sich der Gesellschaft der *Lesser* anzuschließen, war für ihn wie ein Wunder gewesen. Es bewahrte ihn vor der quälenden Einsamkeit, gab ihm eine Daseinsberechtigung und ein Ziel und ein Ventil für den Schmerz.

Jetzt aber waren all diese Vorteile plötzlich verschwunden, und er fühlte sich leer. Genau wie vor fünf Jahren in Sioux City, direkt bevor er Jennifer getroffen hatte.

Na ja, also fast, dachte er, als er auf den Parkplatz der Gerätevermietung einbog.

Damals war er noch am Leben gewesen.

»Bist du noch in der Wanne?«

Mary lachte und hielt sich das Telefon ans andere Ohr. Sie vergrub sich noch tiefer in die Kissen. Es war schon nach vier Uhr.

»Nein, Rhage.«

Sie konnte sich nicht erinnern, je einen luxuriöseren Tag verbracht zu haben. Ausschlafen. Essen aufs Zimmer geliefert bekommen, inklusive Büchern und Zeitschriften. Der Whirlpool.

Es war wie ein Aufenthalt in einem Wellness-Hotel, allerdings in einem, in dem ständig das Telefon klingelte. Sie wusste schon nicht mehr, wie oft er angerufen hatte.

»Hat Fritz dir gebracht, was ich ihm aufgetragen habe?«

»Woher hatte er mitten im Oktober die frischen Erdbeeren?«

»Er findet Mittel und Wege.«

»Und die Blumen sind wunderschön.« Sie beäugte den riesigen Strauß aus Rosen, Fingerhut, Rittersporn und Tulpen. Frühling und Sommer in einer Vase vereint. »Vielen Dank.«

»Schön, dass sie dir gefallen. Ich wünschte, ich hätte sie selbst besorgen können. Es wäre mir ein Vergnügen gewesen, nur die allervollkommensten für dich auszusuchen. Sie sollten bunt sein und gut riechen.«

»Tagesziel erreicht.«

Männliche Stimmen ertönten im Hintergrund. Rhages Stimme senkte sich. »Hey, Bulle, kann ich mal in dein Zimmer gehen? Ich brauche ein bisschen Privatsphäre.«

Die Antwort war unverständlich, dann hörte sie eine Tür ins Schloss fallen.

»Hi«, hörte sie Rhages jetzt rauchige Stimme. »Liegst du im Bett?«

Ihr Körper regte sich und wurde warm. »Ja.«

»Ich vermisse dich.«

Sie öffnete den Mund. Es kam nichts heraus.

»Bist du noch dran, Mary?« Als sie seufzte, sagte er: »Das klingt nicht gut.«

Ich hatte allein diese Woche schon acht verschiedene Frauen.

O Gott. Sie wollte sich nicht in ihn verlieben. Das durfte einfach nicht passieren.

»Mary?«

»Sag … nicht solche Sachen zu mir.«

»Aber so empfinde ich.«

Sie antwortete nicht. Was sollte sie schon sagen? Dass es ihr ebenso ging? Dass sie ihn vermisste, obwohl sie bislang einmal pro Stunde mit ihm telefoniert hatte? So war es, aber sie war selbst nicht gerade begeistert davon. Er war einfach viel zu schön … und als Liebhaber stellte er alles Dagewesene in den Schatten. Selbst wenn sie also gesund gewesen wäre, hätte die Sache garantiert in einer Katastrophe geendet. Aber mit ihren Aussichten?

Sich in ihn zu verlieben, sich an ihn zu binden, war schlicht und ergreifend absurd.

Als sich das Schweigen zwischen ihnen in die Länge zog, fluchte er. »Wir müssen heute Nacht eine Menge erledigen. Ich weiß nicht, wann ich zurückkomme, aber du weißt ja, wo du mich findest, wenn du mich brauchst.«

Als sie aufgelegt hatten, fühlte Mary sich schrecklich. Und sie wusste, dass ihre guten Vorsätze, was das Abstandhalten betraf, nicht besonders aussichtsreich waren.

26

Rhage bohrte seine Stiefelspitze in den Boden und sah sich im Wald um. Nichts. Kein Laut, keine Witterung der *Lesser.* Kein Anzeichen dafür, dass in den letzten Jahren irgendjemand durch dieses stille Waldstück gelaufen war. Genau wie bei den anderen Plätzen, die sie schon aufgesucht hatten.

»Was zum Teufel machen wir hier?«, murmelte er.

Er kannte die Antwort. Tohr war vergangene Nacht auf einem einsamen Stück der Route 22 einem *Lesser* begegnet. Der Vampirjäger war zwar auf einem Mountainbike in den Wald entkommen, aber er hatte dabei einen nützlichen kleinen Zettel verloren: Eine Liste größerer Flächen an den Rändern Caldwells, die gerade zum Verkauf standen.

Heute hatten Butch und V eine Suche nach allen Grundstücken gestartet, die in den vergangenen zwölf Monaten in der Stadt und angrenzenden Gemeinden verkauft worden waren. Etwa fünfzig ländliche Baugründe waren dabei herausgekommen, fünf davon hatten Rhage und V bisher überprüft. Die Zwillinge waren in gleicher Mission unterwegs. Butch hielt währenddessen in der Höhle die Stellung, sammelte die Feldberichte, erstellte eine Karte und suchte nach einem Muster. Es würde ein paar Nächte dauern, alle Grundstücke abzuklappern, denn gleichzeitig mussten auch noch Patrouillen durchgeführt werden. Und außerdem musste Marys Haus überwacht werden.

Rhage schritt den Wald ab und hoffte, einige der Schatten würden sich als *Lesser* erweisen. Allmählich entwickelte er einen Hass auf Äste und Zweige. Die verdammten Bäume machten ihm immer falsche Hoffnungen, wenn sie sich im Wind bewegten.

»Wo sind diese Drecksäcke?«

»Ganz ruhig, Hollywood.« V strich sich über sein Ziegenbärtchen und zupfte an seiner Baseballkappe. »Mann, deine Nerven liegen heute Nacht echt blank.«

Das traf es nicht ganz. Er rastete fast aus. Er hatte gehofft, sich tagsüber von Mary fernzuhalten würde ihm helfen, sich zusammenzureißen. Und er hatte darauf gebaut, heute Abend einen Kampf aufzutreiben. Außerdem hatte er gehofft, die Erschöpfung durch Schlafentzug würde ihn ein bisschen runterbringen.

Leider war auf der ganzen Linie Fehlanzeige zu vermelden. Er sehnte sich inzwischen mit einer solchen Verzweiflung nach Mary, dass körperliche Nähe kein Kriterium mehr war. Und die beinahe 48 Stunden, die er verbracht hatte, ohne einmal die Augen zu schließen, machten ihn nur noch aggressiver.

Was noch schlimmer war, es war schon drei Uhr morgens. Ihm lief die Zeit davon, es wurde immer unwahrscheinlicher, dass er sich heute noch bei einem Zusammenprall mit ihren Feinden abreagieren könnte. *Verflucht noch –*

»Rhage.« V wedelte mit seiner behandschuhten Hand vor seinem Gesicht herum. »Jemand zu Hause?«

»Entschuldige, was?« Er rieb sich die Augen. Das Gesicht. Den Bizeps. Seine Haut juckte so stark, als würde er in einem Ameisenhaufen sitzen.

»Du stehst ja total neben dir.«

»Nein, alles bestens …«

»Und warum knetest du dann deine Arme wie ein Irrer?«

Rhage ließ die Hände sinken. Nur, um kurz darauf seine Oberschenkel zu bearbeiten.

»Wir müssen dich ins *One Eye* schaffen«, sagte V sanft. »Du drehst durch. Du brauchst Sex.«

»Kommt nicht infrage.«

»Phury hat mir erzählt, wie er dich im Flur getroffen hat.«

»Ihr Typen seid vielleicht Waschweiber, ich fass es nicht.«

»Wenn du es nicht mit deiner Frau tun willst und dich nicht beim Kämpfen austoben kannst, was bleibt dir übrig?«

»So sollte es nicht sein.« Er schüttelte den Kopf, versuchte, Schultern und Nacken zu lockern. »So funktioniert das nicht. Ich hab mich verändert. Es dürfte nicht mehr so weit kommen …«

»Dürfte, könnte, hätte. Du bist in einem desolaten Zustand, mein Bruder. Und du weißt, was du zu tun hast, um dich daraus zu befreien, hab ich recht?«

Als Mary die Tür hörte, wurde sie wach. Sie fühlte sich schlapp und desorientiert. Verdammt, sie hatte wieder Fieber.

»Rhage?«, murmelte sie.

»Ja, ich bin es.«

Seine Stimme klang grauenhaft, fand sie. Und er hatte die Tür offen gelassen, das hieß wohl, er würde nicht lange bleiben. Vielleicht war er noch böse wegen des letzten Telefonats.

Vom Schrank her hörte sie ein metallisches Schaben und dann das Rascheln von Stoff, als zöge er ein frisches Hemd an. Als er wieder herauskam, ging er direkt zurück in den Flur. Die Schöße seines Trenchcoats wehten hinter ihm her. Die Vorstellung, dass er einfach gehen würde, ohne sich zu verabschieden, war irgendwie erschütternd.

Mit der Hand am Türgriff blieb er stehen. Das Licht von draußen fiel auf sein blondes Haar und die breiten Schultern. Sein Profil zeichnete sich dunkel vor dem hellen Hintergrund ab.

»Wo gehst du hin?«, fragte sie und setzte sich auf.

Ein langes Schweigen folgte. »Weg.«

Warum wirkte er so kleinlaut?, fragte sie sich. Sie brauchte keinen Babysitter. Wenn er etwas zu erledigen hatte …

Ach … klar. Frauen. Er ging auf Frauenfang.

Ihre Brust verwandelte sich in ein kaltes, dunkles Loch. Besonders, als ihr Blick auf die Blumen fiel, die er ihr geschenkt hatte. Gott, allein bei dem Gedanken, dass er eine andere so berührte wie sie, musste sie fast würgen.

»Mary … es tut mir leid.«

Sie räusperte sich. »Nicht nötig. Zwischen uns läuft ja nichts, es besteht also kein Grund für dich, deine Gewohnheiten zu ändern.«

»Das ist keine Gewohnheit.«

»Ach, stimmt ja. Sorry. Deine Sucht.«

Wieder langes Schweigen. »Mary, ich … wenn es einen anderen Weg gäbe …«

»Was zu tun?« Sie wischte mit der Hand durch die Luft. »Vergiss es, du brauchst mir keine Antwort zu geben.«

»Mary …«

»Lass es gut sein, Rhage. Es geht mich nichts an. Geh einfach.«

»Mein Handy ist die ganze Zeit an, falls du …«

»Klar. Als ob ich anrufen würde.«

Er blickte sie einen Moment an. Und dann verschwand sein schwarzer Schatten durch die Tür.

27

John Matthew ging vom *Moe's* nach Hause. Es war halb vier Uhr morgens, und er folgte der Polizeistreife. Ihm graute vor den Stunden bis zum Morgengrauen. Tatenlos in seiner Wohnung zu sitzen, würde sich anfühlen wie in einen Käfig gesperrt zu sein, doch es war bereits viel zu spät, um noch auf der Straße unterwegs zu sein. Dennoch … er war so ruhelos und aufgewühlt. Und dass er mit niemandem darüber sprechen konnte, machte es noch schlimmer.

Er brauchte dringend einen guten Rat. Seit Tohrment gegangen war, herrschte ein totales Durcheinander in seinem Kopf, er überlegte hin und her, ob er das Richtige getan hatte. Immer wieder redete er sich ein, dass es so war, doch er konnte nicht aufhören zu grübeln.

Er wünschte, er könnte Mary finden. Vergangene Nacht war er zu ihrem Haus gegangen, doch es war dunkel und verlassen gewesen. Und zur Hotline war sie auch nicht gekommen. Sie war wie vom Erdboden verschluckt, und die Sorge um sie machte ihn noch nervöser.

Als er sich seinem Haus näherte, sah er einen Pick-up davor parken. Die Ladefläche war voller Kisten, als ob jemand vorhatte einzuziehen.

Seltsame Uhrzeit für einen Umzug, dachte er und betrachtete den Wagen.

Niemand stand beim Wagen und bewachte die Ladefläche. Hoffentlich kam der Besitzer bald zurück. Sonst würden seine Sachen Beine bekommen.

John ging ins Haus und die Treppe hoch, ohne den Zigarettenkippen, leeren Bierdosen und zerknautschten Chipstüten Beachtung zu schenken. Als er im zweiten Stock ankam, blinzelte er. Da lag eine Lache im Korridor. Tiefrot …

Blut.

Rückwärts schlich er zurück zur Treppe, den Blick starr auf seine Wohnungstür gerichtet. Da war ein roter Fleck in der Mitte, als hätte jemand einen Kopf … Doch dann sah er die zerbrochene grüne Flasche. Rotwein. Es war nur Rotwein. Das Säuferpärchen von nebenan hatte sich mal wieder im Flur geprügelt.

Seine Schultern sackten herab.

»'tschuldigung«, hörte er jemanden über sich murmeln.

Er machte einen Schritt zur Seite und sah auf.

John erstarrte.

Der große Mann hinter ihm trug eine schwarze Armeehose und eine Lederjacke. Sein Haar und die Haut waren leuchtend weiß, und seine blassen Augen hatten einen unheimlichen Glanz.

Böse. Untot. Feind.

Das hier war sein Feind, das spürte er instinktiv.

»Ganz schöne Sauerei hier auf dem Boden«, sagte der Kerl. Dann verengte er die Augen und blickte John durchdringend an. »Ist was?«

Heftig schüttelte John den Kopf und ließ den Blick sinken. Sein erster Impuls war, in seine Wohnung zu rennen, doch er wollte nicht, dass der Mann wusste, wo er wohnte.

Ein tiefes Kichern ertönte. »Du wirkst ein bisschen blass, Kleiner.«

John raste los, stürmte die Treppe hinunter und hinaus auf die Straße. An der Ecke bog er links ein und lief weiter. Er rannte und rannte, bis er nicht mehr konnte. Dann quetschte er sich in den Spalt zwischen einem Ziegelbau und einem Müllcontainer und rang nach Atem.

In seinen Träumen kämpfte er gegen weiße Männer. Weiße Männer in schwarzer Kleidung, deren Augen seelenlos waren.

Meine Feinde.

Er zitterte so sehr, dass er kaum die Hand in die Tasche stecken konnte. Er fand eine Münze und umklammerte sie so fest, dass sie sich in seine Handfläche eingrub. Als er wieder Luft bekam, steckte er den Kopf heraus und blickte die Straße auf und ab. Niemand zu sehen, kein Geräusch schwerer Schritte auf dem Asphalt.

Sein Feind hatte ihn nicht erkannt.

John verließ sein Versteck und ging mit raschen Schritten zur Ecke.

Die verbeulte Telefonzelle war mit Graffiti besprüht, aber er wusste, dass sie funktionierte. Von hier aus hatte er oft Mary angerufen. Er steckte die Münze in den Schlitz und tippte die Nummer ein, die Tohrment ihm gegeben hatte.

Schon nach dem ersten Klingeln ging der Anrufbeantworter an und wiederholte mit blecherner Stimme die gewählte Nummer.

John wartete auf den Signalton. Und pfiff.

28

Kurz vor Morgengrauen hörte Mary männliche Stimmen im Flur. Als die Tür aufging, pochte ihr Herz wie wild. Rhage füllte den Türrahmen aus, und ein anderer Mann sprach mit ihm.

»Mann, das war vielleicht ein Kampf vor der Bar. Du warst wie ein Dämon da draußen.«

»Ich weiß«, murmelte Rhage.

»Du bist einfach unglaublich, Hollywood, und nicht nur im Faustkampf. Diese Frau, die du ...«

»Bis dann, Phury.«

Die Tür wurde zugezogen, und das Licht im Kleiderschrank ging an. Dem Klicken und Rascheln nach legte er die Waffen ab. Als er herauskam, stieß er schaudernd die Luft aus.

Mary tat, als schliefe sie, seine Schritte verharrten kurz am Fuß des Bettes und gingen dann in Richtung Badezimmer. Als sie die Dusche hörte, stellte sie sich vor, was er da alles von seinem Körper wusch: Schweiß. Kampf. Sex.

Vor allem den Sex.

Sie legte die Hände vor ihr Gesicht. Heute würde sie nach Hause gehen. Sie würde ihre Sachen packen und verschwinden. Er konnte sie nicht zwingen zu bleiben; er war nicht für sie verantwortlich, nur weil er behauptete, es zu sein.

Das Wasserrauschen hörte auf.

Die entstandene Stille saugte alles Leben aus dem Raum, und Mary bekam keine Luft mehr. Sie keuchte, rang nach Atem … dann warf sie die Decke von sich und rannte zur Tür. Ihre Hände fanden den Griff und kämpften mit dem Schloss, zerrten und zogen, bis ihre Haare wild hin und her schwangen.

»Mary«, sagte Rhage direkt hinter ihr.

Sie schrak zusammen und riss noch heftiger an der Tür.

»Lass mich raus. Ich muss hier raus … Ich kann nicht mit dir in diesem Zimmer sein. Ich kann nicht hier bleiben … mit dir.« Sie spürte, wie sich seine Hände auf ihre Schultern legten. *»Fass mich nicht an.«*

Ziellos taumelte sie durch den Raum, bis sie in der entgegengesetzten Ecke landete. Sie konnte nirgendwo hin, es gab keinen Weg nach draußen. Er stand vor der Tür, und sie hatte das Gefühl, dass er sie verschlossen hielt.

Sie saß in der Falle. Mit verschränkten Armen drückte sie sich an die Wand, um aufrecht stehen zu bleiben. Sie wusste nicht, was sie tun würde, wenn er sie noch einmal berührte.

Rhage versuchte es nicht einmal.

Er setzte sich auf das Bett, ein Handtuch um die Hüften geschlungen, das Haar feucht. Langsam strich er sich mit einer Hand über Gesicht und Kiefer. Er sah grauenhaft aus, doch sein Körper war immer noch das Schönste, was sie je gesehen hatte. Sie stellte sich andere Frauen vor, die sich mit den Händen an diese Schultern klammerten, so wie sie es getan hatte. Sie sah ihn vor sich, wie er anderen Körpern Lust bereitete, wie er es mit ihrem getan hatte.

Sie wusste nicht, ob sie Gott danken sollte, dass sie nicht

mit ihm geschlafen hatte; oder ob sie stinksauer sein sollte, dass er sich nach all seinen Frauengeschichten geweigert hatte, mit ihr Sex zu haben.

»Wie viele?«, wollte sie wissen. Ihre Stimme war so heiser, dass man sie fast nicht hören konnte. »Und lass hören, war es gut für dich? Ich muss ja wohl nicht fragen, ob sie es genossen haben. Ich weiß ja, wie talentiert du bist.«

»Meine süße … Mary«, flüsterte er. »Wenn du mich nur lassen würdest, würde ich dich im Arm halten. Gott, im Augenblick würde ich dafür töten, dich im Arm halten zu dürfen.«

»Du kommst mir niemals mehr zu nahe. Also, wie viele waren es? Zwei? Vier? Ein halbes Dutzend?«

»Willst du wirklich die Details hören?« Seine Stimme war sanft und so traurig, dass sie beinahe brach. Unvermittelt sank sein Kopf auf die Brust. Allem Anschein nach war er am Boden zerstört. »Ich kann nicht … ich werde das nicht mehr tun. Ich werde einen anderen Weg finden.«

»Einen anderen Weg, um auf deine Kosten zu kommen?«, fauchte sie. »Mit mir wirst du sicher nicht schlafen, also willst du dir vielleicht Schwielen an der Hand holen?«

Er holte tief Luft. »Dieses Bild. Auf meinem Rücken. Das ist ein Teil von mir.«

»Was auch immer. Ich haue hier heute ab.«

Sein Kopf wandte sich ihr zu. »Nein, das wirst du nicht tun.«

»O doch.«

»Ich überlasse dir das Zimmer. Du musst mich nicht sehen. Aber du wirst nirgendwohin gehen.«

»Und wie willst du mich davon abhalten? Mich hier einsperren?«

»Wenn es nicht anders geht, ja.«

Sie wandte erschrocken den Kopf. »Das meinst du doch wohl nicht ernst.«

»Wann hast du deinen nächsten Arzttermin?«

»Das geht dich nichts an.«

»Wann?«

Die Wut in seiner Stimme dämpfte ihre Empörung etwas ab. »Ähm … Mittwoch.«

»Ich sorge dafür, dass du hinkommst.«

Sie starrte ihn an. »Warum tust du mir das an?«

Seine Schultern hoben und senkten sich. »Weil ich dich liebe.«

»Wie bitte?«

»Ich liebe dich.«

Marys Selbstbeherrschung verpuffte in einem Gefühl aufwallenden Zorns, der so heftig war, dass sie kein Wort herausbrachte. Er *liebte* sie? Er *kannte* sie doch gar nicht. Und er war mit einer anderen zusammen gewesen … Sie schäumte vor Wut, als sie sich vorstellte, wie er Sex mit einer anonymen Schönheit hatte.

Plötzlich sprang Rhage vom Bett auf und kam auf sie zu, als spürte er ihre Empfindungen und werde von ihnen angezogen.

»Ich weiß, dass du wütend bist, ängstlich, verletzt. Lass es an mir aus, Mary.« Er umfing ihre Taille, damit sie nicht weglaufen konnte, aber er hinderte sie nicht daran, ihn von sich wegzuschubsen. »Benutz mich, um deinen Schmerz erträglich zu machen. Lass es mich auf meiner eigenen Haut spüren. Schlag mich, wenn nötig, Mary.«

Verfluchte Scheiße, sie war in Versuchung. Auf ihn loszugehen, schien der einzige Ausweg für die Anspannung in ihrem Körper zu sein.

Doch sie war kein Tier, ließ sich nicht von ihren Instinkten leiten. »*Nein.* Lass mich los.«

Er umfasste ihr Handgelenk, und sie zappelte und wehrte sich mit ihrem ganzen Körper, bis sie dachte, ihre Schulter würde aus dem Gelenk springen. Mühelos hielt Rhage sie in Schach und drehte ihre Hand um, sodass ihre gekrümmten, starren Fingerspitzen auf sein Gesicht deuteten.

»Benutz mich, Mary. Lass mich das für dich ertragen.« Mit einer blitzschnellen Bewegung zog er ihre Fingernägel über seine eigene Brust, dann umfasste er ihr Gesicht mit den Händen.

»Lass mich für dich bluten …« Sein Mund strich über ihren. »Lass deine Wut an mir aus.«

Gott steh' ihr bei, sie biss ihn. In die Unterlippe. Sie versenkte einfach die Zähne in sein Fleisch.

Als etwas sündhaft Köstliches auf ihre Zunge traf, stöhnte Rhage zufrieden und presste sich fester an sie. Ein leichtes Summen vibrierte durch ihren Körper.

Mary stieß einen leisen Schrei aus.

Entsetzt über das, was sie getan hatte, und besorgt, was sie vielleicht als Nächstes tun würde, wollte sie sich freimachen. Doch er hielt sie fest, küsste sie, sagte ihr immer und immer wieder, dass er sie liebe. Seine harte, heiße Erregung stieß durch das Handtuch, und er rieb sich an ihr, sein Körper ein geschmeidiges, pochendes Versprechen auf den Sex, den sie nicht wollte, aber so sehr brauchte, dass ihr ganzes Inneres sich verkrampfte.

Sie wollte ihn … obwohl sie wusste, dass er heute Nacht andere Frauen gevögelt hatte.

»Mein Gott … nein …« Sie riss ihren Kopf zur Seite, doch er drehte ihr Kinn wieder zu sich zurück.

»Ja, Mary …« Er küsste sie gierig, die Zunge in ihrem Mund. »Ich liebe dich.«

In ihr zerriss etwas, sie stieß ihn von sich und duckte sich aus seinem Griff heraus.

Doch anstatt zur Tür zu rennen, blieb sie stehen und sah ihn an.

Vier Kratzer zogen sich über seine Brust. Seine Unterlippe blutete. Er keuchte, seine Wangen waren gerötet.

Sie riss ihm das Handtuch herunter.

Rhage war schockierend erregt, seine Erektion war riesig, bebend.

Und in diesem atemlosen Augenblick zwischen ihnen beiden verachtete sie all seine glatte, goldfarbene Haut, seine harten Muskeln, die Schönheit eines gefallenen Engels. Am allermeisten verabscheute sie sein stolzes Glied, dieses Werkzeug der Lust, von dem er so viel Gebrauch machte.

Und trotzdem wollte sie ihn.

Wäre sie bei Sinnen gewesen, hätte sie sich in Sicherheit vor ihm gebracht. Hätte sich im Badezimmer eingeschlossen. Doch sie war wütend und außer Kontrolle. Sie packte sein hartes Fleisch mit der einen Hand, seine Hoden mit der anderen. Beides konnte sie kaum umfassen. Sein Kopf klappte nach hinten, die Sehnen in seinem Hals traten hervor, der Atem ging stoßweise.

Seine bebende Stimme erfüllte den Raum. »Tu, was du musst. O mein Gott, ich liebe dich.«

Unsanft zog sie ihn zum Bett und ließ ihn nur los, um ihn rückwärts auf die Matratze zu werfen. Er fiel auf das Durcheinander aus Decken und Laken, Arme und Beine ausgebreitet, als biete er sich ihr rückhaltlos und bedingungslos dar.

»Warum jetzt?«, fragte sie bitter. »Warum willst du es

jetzt? Oder geht es überhaupt nicht um den Sex, sondern nur darum, dass ich dich bluten lasse?«

»Ich halte es kaum mehr aus. Ich muss mit dir schlafen. Und in diesem Augenblick kann ich das tun, weil ich ausgeglichen bin. Ich bin … erschöpft.«

Na, das war ja mal ein entzückender Gedanke.

Sie schüttelte den Kopf, doch er ließ sie nicht zu Wort kommen. »Du willst mich. Dann nimm dir, was du willst. Denk nicht darüber nach. Nimm von mir, was du willst.«

Außer sich vor Lust und Wut und Frustration riss Mary sich das Nachthemd hoch über die Hüften und setzte sich rittlings auf seine Oberschenkel. Doch als sie auf ihm saß, blickte sie auf sein Gesicht herab und zögerte. Wollte sie das wirklich durchziehen? Ihn nehmen? Ihn benutzen, nur um ihre Lust zu befriedigen und sich an ihm zu rächen für etwas, das sein gutes Recht war?

Sie wollte sich besinnen, zögerte.

Blitzartig schossen Rhages Beine unter ihr hoch und kippten sie auf seine Brust. Als sie auf ihn fiel, schlang er die Arme um sie.

»Du weißt doch, was du willst, Mary«, raunte er ihr ins Ohr. »Hör nicht auf. Nimm dir, was du brauchst.«

Mary schloss die Augen, schaltete ihr Gehirn ab und ließ los.

Sie griff zwischen seine Schenkel, richtete ihn auf und setzte sich hart auf ihn.

Beide schrien sie auf, als sie seine ganze Länge umfing, bis zum Schambein.

Er füllte ihr ganzes Inneres aus, dehnte sie, bis sie dachte, sie müsste zerreißen. Sie atmete tief ein und bewegte sich nicht, ihre Oberschenkel spannten sich an, während ihr Körper sich seinem anpasste.

»Du bist so eng«, stöhnte Rhage. Seine Lippen entblößten die Zähne, die Fänge blitzten auf. »O … Gott, ich kann dich überall spüren, Mary.«

Seine Brust hob und senkte sich, seine Bauchmuskeln waren so angespannt, dass sich jeder einzelne von ihnen unter der Haut abzeichnete. Als seine Hände ihre Knie massierten, weiteten sich seine Augen, bis kaum mehr Blau in ihnen zu sehen war. Und dann blitzten seine Pupillen weiß auf.

Panik verzerrte kurz sein Gesicht. Doch dann schüttelte er den Kopf, als müsste er sich sammeln, und bekam einen konzentrierten Ausdruck. Langsam wurden seine Pupillen wieder schwarz, als hätte er sie mit eigener Willensanstrengung dazu gebracht.

Mary hörte auf, sich darüber Gedanken zu machen, und konzentrierte sich auf sich selbst.

Nur noch die Stelle, an der ihre Körper sich trafen, war jetzt noch von Bedeutung. Sie stützte ihre Hände auf seine Schultern und schob sich von ihm hoch. Die Reibung war elektrisierend, und die Welle von Lust, die sie empfand, machte es einfacher, ihn wieder in sich aufzunehmen. Sie glitt an seiner Erektion herab. Auf und ab. Ihr Rhythmus war langsam, jede Abwärtsbewegung dehnte sie weiter aus, jedes Heben bedeckte ihn mit der seidigen Reaktion ihres Körpers.

Mit wachsender Leidenschaft ritt sie ihn, nahm sich, was sie brauchte. Seine harte, heiße Erektion schuf tief in ihr einen wilden, schlingernden Energiefluss. Sie öffnete die Augen und blickte auf ihn herab.

Rhage war ein Bild männlicher Ekstase. Ein feiner Schweißfilm bedeckte seine breite Brust und die Schultern. Der Kopf war in den Nacken gelegt, das Kinn hoch erhoben, das blonde Haar fiel aufs Kissen, die Lippen waren leicht geöffnet. Er beobachtete sie unter gesenkten Lidern, die Augen wanderten von ihrem Gesicht zu ihren Brüsten und zu der Stelle, an der sie vereint waren.

Als wäre er völlig verzaubert von ihr.

Sie kniff die Augen wieder zu und schob den Gedanken daran von sich weg. Denn sonst hätte sie sich von dem Orgasmus entfernt, dem sie so nahe war. Weil sie bei seinem Anblick weinen wollte.

Es dauerte nicht lange, bis sie kam. Mit gewaltiger Wucht entlud sich die Lust in ihr, schwappte über sie hinweg und nahm ihr die Sicht, das Gehör und den Atem, bis sie nur noch auf ihn herabsinken konnte.

Als ihr Atem wieder ruhiger ging, wurde ihr bewusst, dass er sanft ihren Rücken streichelte und zärtliche Worte flüsterte. Im Nachhinein empfand sie Scham, Tränen brannten ihr in den Augen.

Gleich mit wem er heute Nacht zusammen gewesen war, er verdiente es nicht, dass sie nur aus Zorn mit ihm schlief. Und genau das hatte sie getan. Anfangs war sie wütend gewesen, und dann hatte sie ihn auch noch aus ihren Gefühlen ausgeschlossen, indem sie sich weigerte, ihn anzusehen, bevor sie kam. Sie hatte ihn wie ein Sexspielzeug behandelt.

»Es tut mir leid, Rhage. Es … tut mir leid …«

Sie wollte von ihm heruntersteigen und bemerkte, dass er immer noch genauso steif in ihr war. Er war nicht einmal gekommen.

O Gott. Das machte die ganze Sache noch furchtbarer.

Rhages Hände umklammerten ihre Oberschenkel. »Du darfst nicht bereuen, dass wir zusammen waren.«

Sie sah ihm in die Augen. »Ich habe das Gefühl, dir Unrecht getan zu haben.«

»Ich war mehr als bereit dafür, Mary. Es ist alles in Ordnung. Komm her, lass mich dich küssen.«

»Wie kannst du mich in deiner Nähe ertragen?«

»Das Einzige, was ich nicht ertrage, ist dich gehen zu sehen.«

Er nahm ihre Handgelenke und zog sie an seinen Mund herab. Als ihre Lippen sich trafen, umschlang er sie mit den Armen und hielt sie ganz fest. Die veränderte Position machte ihr schmerzlich bewusst, wie hart seine Erektion noch immer war. Sie konnte das unfreiwillige Zucken seiner Erregung spüren.

Sanft rieb er seine Hüften an ihr und strich ihr das Haar aus dem Gesicht. »Lange kann ich das Brennen nicht mehr aushalten, du bringst mich zum Glühen. Aber solange ich die Beherrschung behalten kann, möchte ich deinen Körper mit meinem lieben. Wie immer es beginnen oder enden mag.«

Er bewegte seine Hüften auf und ab, zog sich aus ihr heraus, glitt hinein. Sie schmolz förmlich um ihn herum. Die Lust war tief, endlos. Erschreckend.

»Hast du sie geküsst?«, fragte sie rau. »Die anderen Frauen?«

»Nein, ich hab die Frauen nicht geküsst. Das tue ich nie. Und ich habe es gehasst. Ich werde das nie wieder tun, Mary. Es muss einen anderen Weg geben, um mich unter Kontrolle zu halten, solange du in meinem Leben bist. Ich will keine außer dir.«

Sie ließ zu, dass er sie herumrollte. Dann lag er auf ihr, das warme, schwere Gewicht seines Körpers drückte in ihren Schoß. Zärtlich küsste er sie, leckte sie, liebkoste sie mit den Lippen. Er war so sanft, obwohl er sich in ihr gewaltig anfühlte und seinem Körper eine Kraft innewohnte, die sie mühelos zerbrechen konnte.

»Ich mache nicht weiter, wenn du nicht willst«, flüsterte er an ihrem Hals. »Ich höre sofort auf.«

Mary legte die Hände auf seinen Rücken und spürte das Spiel der Muskeln, seinen Brustkorb, der sich mit jedem Atemzug bewegte. Tief sog sie die Luft ein und erschnupperte einen wunderbaren, erotischen Duft. Dunkel, würzig und üppig. Als Antwort darauf fühlte sie eine Welle von Feuchtigkeit zwischen ihren Beinen, als wäre der Duft eine Berührung oder ein Kuss.

»Was ist das für ein herrlicher Geruch?«

»Das bin ich«, murmelte er. »Das passiert, wenn ein männlicher Vampir sich bindet. Ich kann nichts dagegen machen. Wenn du mich weitermachen lässt, wirst du ihn überall auf der Haut haben, im Haar, sogar in deinem Inneren.«

Bei diesen Worten stieß er tief in sie hinein. Sie bäumte sich auf vor Lust und ließ die Hitze durch ihren ganzen Körper fließen.

»Eine Nacht wie heute halte ich nicht noch einmal aus«, stöhnte sie, mehr zu sich selbst als zu ihm.

Plötzlich wurde er völlig regungslos, nahm ihre Hand und legte sie sich aufs Herz. »Niemals wieder, Mary. Ich schwöre es bei meiner Ehre.«

Seine Augen waren ernst, sein Gelöbnis so gut wie jedes andere, das ein Lebewesen machen konnte. Doch die Erleichterung, die sie bei seiner Beteuerung empfand, war gefährlich.

»Ich will mich nicht in dich verlieben«, erklärte sie. »Das kann ich nicht zulassen. Auf keinen Fall.«

»Das ist in Ordnung. Ich werde dich genug für uns beide lieben.« Er schwoll in ihr an und füllte sie voll und ganz aus.

»Du kennst mich gar nicht.« Sie knabberte an seiner Schulter und leckte dann über sein Schlüsselbein. Der Geschmack seiner Haut versengte ihre Zunge, dieser besondere Duft verdichtete sich in ihrem Mund.

»Doch, ich kenne dich.« Er zog sich zurück und blickte ihr mit der Entschlossenheit und Klarheit eines Raubtiers vor dem Sprung in die Augen. »Ich weiß, dass du mich beschützt hast, als die Sonne schien, und ich wehrlos war. Ich weiß, du hast dich um mich gekümmert, obwohl du Angst hattest. Ich weiß, dass du mir Essen aus deiner Küche gegeben hast. Ich weiß, dass du eine Kriegerin bist, eine Überlebende, eine *Wanderin.* Und ich weiß, dass deine Stimme der schönste Klang ist, den meine Ohren je vernommen haben.« Er küsste sie sanft. »Ich weiß alles über dich, und alles, was ich sehe, ist wunderschön. Alles, was ich sehe, gehört mir.«

»Ich gehöre dir nicht«, flüsterte sie.

Die Ablehnung entmutigte ihn nicht. »Auch gut. Wenn ich dich nicht haben kann, musst eben du mich nehmen. Nimm mich ganz oder nur einen Teil, ein kleines Stück, was auch immer du willst. Aber bitte, bitte, nimm dir etwas.«

Sie strich über die vollkommenen Konturen seines Gesichts.

»Hast du keine Angst vor Schmerzen?«, fragte sie.

»Nein. Aber ich will dir sagen, was mich zu Tode ängstigt: dich zu verlieren.« Er betrachtete ihre Lippen. »Also, soll ich jetzt aufhören? Ich würde es tun.«

»Nein. Bleib in mir.« Mary ließ die Augen geöffnet und zog ihn zu sich heran. Dann schob sie ihre Zunge in seinen Mund.

Er erbebte und begann wieder mit seinen rhythmischen Bewegungen, drang ein und zog sich zurück. Jedes Mal stand seine pochende Spitze kurz davor, die Verbindung zu ihr zu unterbrechen.

»Du fühlst dich … einfach vollkommen an«, sagte er, den Worten mit seinen Stößen Nachdruck verleihend. »Mein Körper ist wie geschaffen dafür, in dir zu sein.«

Der köstliche Duft wurde stärker, wie auch seine Bewegungen, bis sie nur noch ihn fühlte, nur noch ihn roch, nur noch ihn schmeckte.

Als sie zum Höhepunkt kam, rief sie laut seinen Namen, und sie spürte, wie er mit ihr gemeinsam kam. Sein Körper erschauerte in ihrem, der Ausbruch war so mächtig, wie es seine Stöße gewesen waren.

Sein Orgasmus ergoss sich in sie.

Danach drehte er sie beide auf die Seite. Er presste sie nah an sich, so nah, dass sie das kräftige Schlagen seines Herzens hören konnte.

Mary schloss die Augen und fiel in einen totengleichen Schlaf der Erschöpfung.

29

Am Abend, als die Sonne unterging und sich die Jalousien automatisch öffneten, befand Mary, dass sie sich durchaus daran gewöhnen könnte, sich von Rhage verwöhnen zu lassen. Was allerdings auf keinen Fall infrage kam, war noch mehr Essen. Sie legte ihre Finger auf sein Handgelenk und hielt die Gabel voller Kartoffelbrei auf, die auf ihren Mund zukam.

»Nein, ich bin pappsatt.« Sie lehnte sich an die Kissen in ihrem Rücken. »Ich platze gleich.«

Mit einem Lächeln hob er das Tablett auf und stellte es auf den Nachttisch, dann setzte er sich wieder neben sie. Den Großteil des Tages war er weg gewesen, bei seiner Arbeit, vermutete sie. Dankbar hatte sie den fehlenden Schlaf nachgeholt. Ihre Erschöpfung nahm von Tag zu Tag zu, und sie konnte spüren, wie sie immer mehr in die Krankheit abglitt. Ihr Körper fühlte sich an, als kämpfe er darum, die regulären Abläufe aufrechtzuerhalten, kleinere Wehwehchen und Beschwerden waren allgegenwärtig. Und die Blutergüsse waren wieder da: Schwarze und blaue Flecken bildeten sich mit alarmierendem Tempo unter ihrer Haut. Rhage war zu Tode erschrocken gewesen, als er sie entdeckt hatte; er war überzeugt davon, sie ihr beim Sex zugefügt zu haben. Sie hatte lange auf ihn einreden müssen, um ihm klarzumachen, dass es nicht seine Schuld war.

Mary konzentrierte sich auf Rhage, sie wollte nicht an die Krankheit denken, an den Arzttermin, der immer näher rückte. Gott, er sah kein bisschen besser aus, als sie sich fühlte. Obwohl er völlig unter Strom stand, sich nie eine Pause gönnte. Der Mann konnte einfach nicht zur Ruhe kommen. Als er sich neben sie aufs Bett setzte, rieb er sich unablässig die Oberschenkel; er wirkte, als hätte er einen schlimmen Ausschlag oder Windpocken. Sie wollte ihn gerade fragen, was los war, als er zu sprechen begann.

»Mary, darf ich etwas für dich tun?«

Obwohl Sex eigentlich das Letzte sein sollte, woran sie dachte, warf sie einen Blick auf seinen Bizeps unter dem schwarzen T-Shirt. »Darf ich mir was aussuchen?«

Er stieß ein leises Knurren aus. »Du solltest mich nicht so ansehen.«

»Warum nicht?«

»Weil ich dich dann sofort besteigen will.«

»Tu dir keinen Zwang an.«

Wie zwei gleichzeitig angezündete Streichhölzer blitzten seine Pupillen weiß auf. Es war sehr merkwürdig. In einem Moment waren sie schwarz, im nächsten strahlte ein blasses Licht daraus hervor.

»Warum passiert das?«, fragte sie.

Er umschlang seine Beine mit den Armen, dann stand er abrupt auf und wanderte im Zimmer auf und ab. Sie konnte spüren, wie Energie von ihm abstrahlte, aber nicht aus ihm heraus.

»Rhage?«

»Du brauchst dir darüber keine Sorgen zu machen.«

»Deinem Tonfall nach sollte ich das aber vielleicht doch.«

Er lächelte sie an und schüttelte den Kopf. »Nein. Das brauchst du nicht. Zurück zum Thema. Wir Vampire haben einen Arzt, sein Name ist Havers. Darf ich ihm Zugang zu deiner Krankenakte verschaffen? Vielleicht kann unsere Wissenschaft dir helfen.«

Mary runzelte die Stirn. Ein Vampirarzt. Da bekam der Begriff *Alternative Heilmethoden* einen ganz neuen Klang.

Aber was genau hatte sie denn schon zu verlieren?

»In Ordnung. Nur dass ich nicht weiß, wie ich an die Akte …«

»Mein Bruder V ist ein Computergott. Er kann sich überall reinhacken, und die meisten Daten sollten online sein. Ich brauche nur Namen und Orte. Daten auch, wenn du sie weißt.«

Als er sich Papier und Stift schnappte, zählte sie ihm auf, wo und bei wem sie in Behandlung gewesen war. Er schrieb alles auf, dann starrte er auf den Zettel.

»Was denn?«, fragte sie.

»Es sind so viele.« Sein Blick hob sich. »Wie schlimm war es, Mary?«

Ihr erster Impuls war, ihm die Wahrheit zu sagen: Dass sie zwei Runden Chemotherapie und eine Knochenmarkstransplantation hinter sich hatte und gerade noch mal dem Tod von der Schippe gesprungen war. Aber dann dachte sie an die vergangene Nacht, als ihre Gefühle so verrückt gespielt hatten. Im Moment war sie ein Pulverfass, und ihre Krankheit war die ideale Zündschnur. Das Letzte, was sie gebrauchen konnte, war, wieder die Kontrolle zu verlieren, denn die letzten beiden Male hatte das wahrlich nicht besonders gut geendet. Beim ersten Mal hatte sie ihm die Ohren voll geheult. Beim zweiten Mal hatte sie ihn in die Lippe gebissen.

Sie zuckte die Achseln, log, und hasste sich dafür, murmelte: »Ich bin okay. Ich war froh, als es vorbei war.«

Seine Augen verengten sich.

Genau in diesem Moment hämmerte jemand an die Tür.

Rhages Blick blieb unverwandt auf sie gerichtet, trotz der Dringlichkeit, die in dem Geräusch zu liegen schien. »Eines Tages wirst du lernen, mir zu vertrauen.«

»Ich vertraue dir.«

»Blödsinn. Und noch ein kleiner Tipp für dich: Ich hasse es, angelogen zu werden.«

Das Trommeln an der Tür wurde lauter.

Rhage ging zur Tür und machte auf. Wer auch immer davor stand, sollte sich gefälligst verziehen. Er hatte das Gefühl, dass er und Mary kurz vor einem Streit standen, und er wollte es hinter sich bringen.

Tohr stand vor ihm. Er sah aus, als hätte ihm jemand eins mit einem Elektroschocker verpasst.

»Was zum Henker ist denn mit dir passiert?«, fragte Rhage, während er in den Flur trat. Er zog die Tür etwas zu.

Tohr schnupperte an der Luft, die aus der offenen Tür strömte. »Meine Güte. Du hast sie gekennzeichnet, richtig?«

»Hast du ein Problem damit?«

»Nein, es macht die ganze Sache sogar irgendwie einfacher. Die Jungfrau der Schrift hat gesprochen.«

»Erzähl.«

»Die anderen Brüder sollten auch dabei sein, wenn ...«

»Scheiß drauf. Ich will es jetzt wissen, Tohr.«

Als der Bruder seinen Bericht in der Alten Sprache beendet hatte, holte Rhage tief Luft. »Gib mir zehn Minuten.«

Tohr nickte. »Wir sind in Wraths Arbeitszimmer.«

Rhage ging zurück in sein Zimmer und schloss die Tür. »Hör mal, Mary. Ich hab was mit meinen Brüdern zu erledigen. Vielleicht komme ich heute Nacht nicht zurück.«

Sie erstarrte und ihre Augen wandten sich von seinem Gesicht ab.

»Mary, es hat nichts mit anderen Frauen zu tun, das schwöre ich dir. Versprich mir einfach, dass du hier bist, wenn ich zurückkomme.« Als sie zögerte, ging er zu ihr und streichelte ihre Wange. »Du hast gesagt, der Arzttermin sei erst am Mittwoch. Was macht schon noch eine Nacht aus? Du könnest dich noch mal in den Whirlpool legen. Das hat dir doch so gut gefallen.«

Sie lächelte schwach. »Du manipulierst mich.«

»Sagen wir, ich orientiere mein Handeln am Ergebnis.«

»Wenn ich noch einen Tag bleibe, wirst du mich nur zu noch einem überreden und zu noch einem ...«

Er beugte sich über sie und küsste sie heftig. Er wünschte, er hätte mehr Zeit, wollte bei ihr sein, in ihr sein, bevor er ging. Doch verdammt, selbst wenn er noch viele Stunden Zeit hätte, könnte er das nicht tun. Das Summen und Kitzeln in ihm brachte seinen Körper schon wieder fast zum Zerspringen.

»Ich liebe dich«, sagte er. Dann zog er den Kopf zurück, nahm seine Rolex ab und drückte sie ihr in die Hand. »Bewahr die für mich auf.«

Er ging zum Schrank und zog sich aus. Ganz in der Ecke, zwischen zwei weiteren Pyjamas, die er niemals benutzen würde, fand er seinen schwarzen Zeremonienumhang. Er zog die schwere Seide über seine nackte Haut und gürtete sie mit einem dicken Strang aus geflochtenem Leder.

Als er wieder herauskam, sagte Mary: »Du siehst aus, als hättest du vor, ins Kloster zu gehen.«

»Versprich mir, dass du hier bist, wenn ich zurückkomme.«

Nach kurzem Zögern nickte sie.

Er zog sich die Kapuze über den Kopf. »Das ist gut.«

»Rhage, was geht hier vor?«

»Warte einfach nur auf mich. Bitte, warte auf mich.« An der Tür warf er einen letzten Blick zurück auf sein Bett.

Das war ihr erster schmerzhafter Abschied, ihre erste Trennung, nach der er die schreckliche Distanz von Zeit und Erfahrung spüren würde. Er wusste, die heutige Nacht würde nicht einfach durchzustehen sein. Er hoffte einfach nur, dass die Nachwirkungen der Strafe nicht zu lange andauern würden. Und dass sie bei ihm bleiben würde, wenn es vorüber war.

»Bis später dann, Mary«, sagte er und schloss sie in seinem Zimmer ein.

Als er in Wraths Arbeitszimmer kam, zog er die Flügeltür hinter sich zu. Alle Brüder waren bereits da, und niemand sagte ein Wort. Ein beklemmender Geruch durchdrang den Raum, es roch wie Wundbenzin.

Wrath trat hinter seinem Schreibtisch hervor, und seine Miene war ebenso starr wie Tohrs vorher. Sein Blick hinter der dunklen Sonnenbrille war bohrend, das konnte Rhage deutlich spüren.

»Bruder.«

Rhage verneigte den Kopf. »Mein Herr.«

»Du trägst den Umhang, so als wolltest du bei uns bleiben.«

»Aber natürlich will ich das.«

Wrath nickte knapp. »Hier ist also die Verkündung. Die

Jungfrau der Schrift hat verfügt, dass du die Bruderschaft gekränkt hast, indem du Tohrs Befehle missachtet und einen Menschen in unsere Heimstatt gebracht hast. Ich will ehrlich zu dir sein, Rhage. Sie möchte meinen Entschluss überstimmen. Sie möchte nicht, dass Mary hier bleibt.«

»Du weißt, wohin das führt.«

»Ich habe ihr mitgeteilt, dass du bereit bist, uns zu verlassen.«

»Das hat sie sicher aufgemuntert«, meinte Rhage mit einem düsteren Grinsen. »Seit Jahren versucht sie, mich loszuwerden.«

»Es liegt jetzt an dir, Bruder. Wenn du bei uns bleiben willst, und wenn die Frau weiterhin Schutz hinter diesen Mauern finden soll, verlangt die Jungfrau der Schrift von dir einen *Rythos.*«

Die rituelle Prozedur, um eine Kränkung ungeschehen zu machen, war die folgerichtige Bestrafung. Wurde ein *Rythos* entboten und angenommen, gestattete der Beleidiger dem Geschmähten üblicherweise den freien Einsatz einer Waffe gegen ihn, ohne sich zu verteidigen. Der Gekränkte konnte zwischen allen Arten von Waffen wählen, von einem Messer über einen Schlagring bis hin zur Pistole, vorausgesetzt, die zugefügte Wunde war nicht tödlich.

»Ich bin mehr als bereit, einen *Rythos* zu entbieten«, sagte Rhage.

»Du musst jedem von uns einen *Rythos* entbieten.«

Ein kollektives Aufstöhnen war zu hören. Jemand murmelte: »Ach du Scheiße.«

»Ich bin auch dazu mehr als bereit.«

»Dann sei es so, mein Bruder.«

»Aber« – Rhage ließ seine Stimme entschlossen klingen – »ich entbiete ihn nur unter der Voraussetzung, dass

Mary so lange bleiben kann, wie sie will, wenn ich mich dem Ritual beuge.«

»Darauf habe ich mich mit der Jungfrau der Schrift geeinigt. Und du solltest wissen, dass sie ihre Meinung erst geändert hat, als ich ihr erklärte, dass du diese Frau zu deiner *Shellan* nehmen willst. Ich glaube, Ihre Heiligkeit war schockiert, dass du eine Verantwortung dieser Art überhaupt in Betracht ziehst.« Wrath blickte über die Schulter. »Tohr soll die Waffe wählen, die wir alle benutzen werden.«

»Die dreischwänzige Peitsche«, sagte Tohr leise, aber bestimmt.

Verdammt. Das würde wehtun.

Mehr Gemurmel erklang.

»So sei es«, sagte Wrath.

»Aber was ist mit der Bestie?«, wollte Rhage wissen. »Sie könnte hervorbrechen, wenn ich Schmerzen habe.«

»Die Jungfrau der Schrift wird bei deiner Bestrafung dabei sein. Sie hat gesagt, sie könne sie in Schach halten.«

Natürlich konnte sie das. Sie hatte sich das verdammte Ding ja auch ausgedacht.

»Machen wir es heute Nacht?« Rhage sah sich im Raum um. »Ich meine, es gibt keinen Anlass, damit zu warten.«

»Wir gehen sofort in die Grotte.«

»Sehr gut. Bringen wir's hinter uns.«

Zsadist war als Erster zur Tür heraus, als alle aufstanden und sich halblaut über den Ablauf unterhielten. Tohr brauchte einen Umhang, hatte jemand einen übrig? Phury verkündete, er werde die Waffe mitbringen. V bot sich an, mit dem Escalade zu fahren.

Letzteres war ein guter Gedanke. Sie würden ein Fahrzeug brauchen, um ihn nach dem *Rythos* nach Hause zu schaffen.

»Meine Brüder?«, sagte Rhage.

Alle wurden still und blieben stehen. Er sah einen nach dem anderen an. Alle trugen grimmige Mienen zur Schau. Sie hassten diese Sache, und er konnte sie nur zu gut verstehen. Einen von ihnen zu verletzen, wäre für ihn unerträglich. Es war viel besser, selbst der Empfänger der Strafe zu sein.

»Ich habe eine Bitte, meine Brüder. Wenn es vorbei ist, will ich nicht hierhergebracht werden. Ich möchte nicht, dass Mary mich so sieht.«

Vishous ergriff das Wort. »Du kannst in der Höhle bleiben. Butch und ich werden uns um dich kümmern.«

Rhage lächelte. »Das ist schon das zweite Mal innerhalb einer Woche. Ihr zwei würdet gute Krankenschwestern abgeben.«

V klopfte ihm auf die Schulter und ging. Tohr folgte ihm mit derselben Geste. Phury umarmte ihn kurz im Vorbeigehen.

Wrath blieb kurz stehen.

Als der König schwieg, drückte Rhage seinen Arm. »Ich weiß schon, mein Herr. Mir würde es an deiner Stelle genauso gehen. Aber ich bin zäh. Ich kann eine Menge aushalten.«

Wrath steckte die Hände in Rhages Kapuze und zog sein Gesicht leicht nach unten. Dann küsste er ihn lange auf die Stirn, eine Respektsbezeugung vom König an seinen Krieger, eine Bekräftigung ihres engen Bandes.

»Ich bin froh, dass du bei uns bleibst«, sagte Wrath sanft. »Ich hätte dich ungern verloren.«

Etwa fünfzehn Minuten später versammelten sie sich im Hof vor dem Auto. Die Brüder waren alle barfuß und trugen schwarze Umhänge. Unter den Kapuzen waren sie nur schwer zu unterscheiden, außer Phury. Er war leicht an seiner Fußprothese zu erkennen, und er trug einen ausgebeulten Seesack über der Schulter. Ohne Zweifel hatte er neben der Waffe auch Verbandszeug in die Tasche geworfen.

Alle schwiegen, als V mit ihnen durch den dichten hügeligen Wald aus Kiefern und Schierlingstannen fuhr. Die unebene Straße war kaum mehr als ein asphaltierter Weg, eng gesäumt von den immergrünen Bäumen.

Rhage konnte die angespannte Stille keine Minute länger ertragen.

»Himmelherrgott noch mal. Jetzt macht euch mal locker. Ihr werdet mich ja nicht umbringen. Können wir das Ganze nicht ein bisschen entspannter angehen?«

Niemand sah ihn an.

»V, leg doch mal Snoop oder Fifty ein, okay? Diese Totenstille ist ja gruselig.«

Phurys Lachen kam aus dem Umhang rechts von ihm. »Das kannst auch nur du – aus der Sache noch eine Party machen.«

»Ihr alle wolltet mir doch schon mal ordentlich eine pfeffern, weil ich mich daneben benommen habe, oder nicht? Dann ist das jetzt der richtige Tag dafür.« Er schlug Phury auf den Oberschenkel. »Komm schon, Bruder, seit Jahren geh ich dir doch auf den Sack wegen der Sache mit der Enthaltsamkeit. Und Wrath, erst vor ein paar Monaten hab ich dich so provoziert, dass du deinen Dolch in die Wand gehämmert hast. V, du hast erst letztens damit gedroht, deine Hand gegen mich einzusetzen, weißt du noch? Als ich dir gesagt habe, was ich von deinem grauenvollen Ziegenbärtchen halte.«

V kicherte. »Ich musste ja was unternehmen, damit du die Klappe hältst. Seit ich mir das Ding habe wachsen lassen, fragst du mich jedes verdammte Mal, wenn wir uns begegnen, ob ich mit einem Auspuff geknutscht habe.«

»Und ich bin immer noch davon überzeugt, dass du es mit meinem GTO treibst, du Autoschänder.«

Das brachte das Gespräch in Gang. Geschichten über Rhage flogen durch den Wagen, bis das Stimmengewirr so groß war, dass niemand mehr etwas anderes hören konnte.

Während die Brüder Dampf abließen, lehnte sich Rhage im Sitz zurück und starrte in die Nacht hinaus. Er hoffte inständig, dass die Jungfrau der Schrift wusste, was sie tat. Denn wenn seine Bestie sich in der Grotte losriss, dann saßen seine Brüder in der Tinte. Und sie würden ihn am Ende doch noch töten müssen.

Er runzelte die Stirn und sah sich um. Hinter ihm saß Wrath. Er konnte den schwarzen Diamantring am Mittelfinger des Königs funkeln sehen.

Rhage drückte den Rücken durch und sprach leise über die Schulter. »Mein Herr, ich bitte dich um einen Gefallen.«

Wrath beugte sich vor, die Stimme tief und gleichmäßig. »Was willst du?«

»Falls ich das … nicht überstehen sollte, aus welchem Grund auch immer, dann bitte ich dich, auf Mary zu achten.«

Der König nickte bedächtig. In der Alten Sprache sagte er: *»Wie du es wünschst, so gelobe ich es. Ich werde sie achten wie meine eigene Blutsschwester und mich um sie kümmern wie um eine der Meinen.«*

Rhage atmete aus. »Das ist gut. Das ist … gut.«

Schon bald parkte V den Escalade auf der kleinen Lichtung. Alle stiegen aus und blieben stehen, lauschend, spähend, spürend.

Im Großen und Ganzen war es ein angenehmer Abend,

und dies war ein heiterer Ort. Die leichte Brise, die durch die zahllosen Äste und Baumstämme hindurchwehte, trug den freundlichen Duft von Erde und Kiefern mit sich. Über ihren Köpfen schimmerte ein voller Mond durch milchig weiße Wolken.

Als Wrath das Signal gab, gingen sie etwa einhundert Meter bis zu einer Höhle. Der Platz sah überhaupt nicht ungewöhnlich aus, selbst wenn man hineinging. Man musste wissen, nach was man suchte, um die dünne Fuge in der rückwärtigen Wand zu entdecken. Wenn man den richtigen Auslöser betätigte, glitt eine steinerne Platte zur Seite.

Als alle nacheinander in den inneren Bereich der Höhle traten, schloss sich der Felskeil hinter ihnen mit einem Flüstern. Fackeln steckten in den Wänden, ihre Flammen flackerten golden, fauchend und zischend, als sie der Luftzug traf.

Der Pfad ins Erdinnere wand sich langsam bergab, der Steinfußboden fühlte sich kalt unter ihren Füßen an. Als sie unten ankamen, zogen sie die Umhänge aus, und zwei gusseiserne Tore öffneten sich. Die vor ihnen liegende Halle war etwa zwanzig Meter lang und sieben Meter hoch. An allen Wänden ringsum standen unzählige Regale.

Darauf befanden sich Tausende und Abertausende von Keramikkanopen unterschiedlichster Größe und Form. Jedes Gefäß enthielt das Herz eines *Lesser,* das Organ, das Omega den Anwärtern während der Aufnahmezeremonie entfernte. Während der gesamten Existenz eines *Lesser* als Vampirjäger stellte diese Kanope seinen einzigen persönlichen Besitz dar. Und wenn möglich sammelten die Brüder sie ein, wenn sie einen von ihnen getötet hatten.

Am Ende der Halle lag eine weitere Flügeltür. Sie stand bereits offen.

Das Allerheiligste der Bruderschaft war Anfang des 18. Jahrhunderts aus dem Gestein gehauen und mit schwarzem Marmor verkleidet worden, als die erste Einwanderungswelle von Vampiren aus der Alten Welt über den Ozean gekommen war. Das Gewölbe war geräumig, und die Decke bestand aus Stalaktiten, die wie Dolche herabhingen. Massive Kerzen, jede so dick wie ein Männerarm und doppelt so lang, steckten in schwarzen Eisenhaltern; ihre Flammen waren beinahe so leuchtend wie die Fackeln.

Ganz vorne gab es eine erhöhte Plattform, zu der einige flache Stufen hinaufführten. Der Altar darauf war aus einem Kalkfelsen gefertigt, der noch aus dem Alten Land stammte. Sein enormes Gewicht wurde von zwei grob behauenen steinernen Stürzen getragen. Im Zentrum befand sich ein weiß schimmernder Totenkopf.

Hinter dem Altar war in eine glatte Wand der Name jedes Bruders geritzt, der jemals gelebt hatte, bis zurück zu jenem ersten, dessen Schädel auf dem Altar lag. Die Inschriften verliefen in Streifen lückenlos über die gesamte Oberfläche, außer einem freien Streifen in der Mitte. Dieses Stück war knappe zwei Meter breit und reichte über die gesamte Vertikale der Marmorfläche. Genau im Zentrum, etwa eineinhalb Meter vom Boden entfernt, ragten zwei dicke Pflöcke aus der Wand, so angebracht, dass ein Mann sie greifen und sich daran festhalten konnte.

Die Luft roch vertraut: feuchte Erde und Bienenwachskerzen.

»Meinen Gruß, Bruderschaft.«

Alle wandten sich der weiblichen Stimme zu.

Die Jungfrau der Schrift war eine winzige Gestalt, die in der hinteren Ecke stand. Ihr schwarzer Umhang schwebte über dem Fußboden. Von ihrem Gesicht und ihrer Statur war nichts zu erkennen. Doch unter den schwarzen Falten quoll Licht hervor wie herabstürzendes Wasser.

Sie trieb auf die Gruppe zu und hielt vor Wrath an. »Krieger.«

Er verneigte sich tief. »Jungfrau der Schrift.«

Sie begrüßte jeden von ihnen. Rhage war der Letzte. »Rhage, Sohn des Tohrture.«

»Jungfrau der Schrift.« Er neigte den Kopf.

»Wie fühlst du dich?«

»Es geht mir gut.« Besser gesagt: Es würde ihm gut gehen, sobald das hier vorbei war.

»Und du warst sehr beschäftigt, ist es nicht so? Du gehst weiterhin neue Wege, wie es deiner Natur entspricht. Schade nur, dass sie nicht zu einem lobenswerten Ziel führen.« Sie lachte. Eine Note von Bitterkeit schwang darin mit. »Es überrascht mich nicht besonders, dass du uns hierher geführt hast. Dir ist doch bewusst, dass dies der erste *Rythos* ist, der jemals von der Bruderschaft anberaumt wurde?«

Nicht ganz, dachte er. Tohr hatte im Juli einen abgelehnt, den Wrath ihm entboten hatte.

Doch das würde er jetzt garantiert nicht zur Sprache bringen.

»Krieger, bist du bereit anzunehmen, was du entboten hast?«

»Das bin ich.« Er wählte seine nächsten Worte mit Bedacht, denn der Jungfrau der Schrift stellte man keine Fragen. Nicht, wenn einem die eigene Haut lieb und teuer war. »Ich möchte von Euch erbitten, dass ich meine Brüder nicht verletze.«

Ihre Stimme wurde kalt. »Das ist ein gefährliches Anliegen.«

»Es war nicht meine Absicht, Euch zu kränken.«

Wieder hörte man das leise Kichern.

O Mann, sie genoss das Ganze hier in vollen Zügen. Sie hatte ihn noch nie leiden können, obwohl er ihr das noch nicht mal zum Vorwurf machen konnte. Er hatte ihrer Abneigung gegen ihn ausreichend Nahrung gegeben.

»Du wolltest mich nicht kränken, Krieger?« Der Umhang bewegte sich, als schüttele sie den Kopf. »Im Gegenteil, du scheust vor einer Kränkung niemals zurück, wenn du etwas zu bekommen wünschst. Das war schon immer dein Problem. Eben deshalb sind wir auch heute Nacht zusammengekommen.« Sie wandte sich ab. »Habt ihr die Waffe?«

Phury stellte den Seesack ab, öffnete ihn und nahm die dreischwänzige Peitsche heraus. Der fünfzig Zentimeter lange Griff war aus Holz und mit braunem Leder umwickelt, das vom Schweiß vieler Hände dunkel geworden war. Daran befestigt waren drei geschwärzte Stahlketten, an deren Ende sich jeweils eine mit Stacheln bewehrte Kugel befand.

Die dreischwänzige Peitsche war eine uralte, erbarmungslose Waffe, doch Tohr hatte weise entschieden. Damit das Ritual als erfolgreich galt, durften die Brüder Rhage nichts ersparen – weder, was die Waffe betraf, noch die Art und Weise, wie sie ihn damit trafen. Milde walten zu lassen würde bedeuten, die Redlichkeit der Tradition und somit die dargebotene Reue und die Chance auf wahre Läuterung zu mindern.

»So sei es also«, sagte sie. »Begib dich zur Wand, Rhage, Sohn des Tohrture.«

Er ging nach vorn und nahm immer zwei Stufen auf einmal. Als er am Altar vorbeiging, betrachtete er den heiligen

Schädel und die Flammen, die von innen an den Augenhöhlen und den langen Fängen leckten. Er stellte sich mit dem Gesicht zu den Brüdern vor dem schwarzen Marmor auf, umfasste die Steinpflöcke und spürte die glatte Kälte an seinem Rücken.

Die Jungfrau der Schrift schwebte zu ihm und hob ihren Arm. Ihr Ärmel fiel zurück und entblößte ein Licht, das heller war als gleißendes Feuer, und dessen Form entfernt an eine Hand erinnerte. Eine niedrige elektrische Ladung fuhr durch seinen Körper, und er fühlte, wie sich etwas in seinem Rumpf verschob, als wären seine inneren Organe neu arrangiert worden.

»Ihr dürft nun das Ritual beginnen.«

Die Brüder stellten sich in einer Reihe auf, ihre nackten Körper schimmerten vor Kraft, aber in die Gesichter waren tiefe Furchen eingegraben. Wrath nahm die Peitsche von Phury entgegen und trat als Erster vor. Bei der Bewegung klingelten die Ketten so süß wie Vogelgezwitscher.

»Bruder«, sagte der König leise.

»Mein Herr.«

Rhage starrte unverwandt in die Gläser der Sonnenbrille, als Wrath die Peitsche kreisen ließ, um Schwung zu bekommen. Ein Brummen setzte leise ein und schwoll immer weiter an, bis die Waffe nach vorn schnellte und die Luft zerschnitt. Die Ketten trafen auf Rhages Brust und die Stacheln bohrten sich in sein Fleisch, trieben die Luft aus seinen Lungen. Er stützte sich auf die Pflöcke, doch den Kopf hielt er hoch, während ihm schwarz vor Augen wurde.

Tohr war der Nächste, sein Hieb nahm Rhage den Atem und für einen Moment gaben seine Knie nach. Dann folgten Vishous und Phury.

Jedes Mal begegnete er dem schmerzvollen Blick seiner Brüder, um ihnen die Qual zu erleichtern. Doch als Phury sich abwandte, konnte Rhage seinen Kopf nicht länger oben halten. Er ließ ihn auf die Schulter sinken und entdeckte dadurch das Blut, das ihm über die Brust und die Oberschenkel bis auf die Füße rann. Eine Lache bildete sich bereits auf dem Boden, in der sich der Schein der Kerzen spiegelte. Das Rot machte ihn schwindlig. Fest entschlossen, auf den Beinen zu bleiben, drückte er seine Ellbogen durch, sodass seine Knochen und Gelenke sein Gewicht trugen.

Als eine Pause eintrat, erkannte er schemenhaft, dass eine Art Streit entbrannt war. Er blinzelte mehrere Male, bis er klar sehen konnte.

Phury hielt die Peitsche hoch, und Zsadist wich davor zurück. Er schien von Entsetzen gepackt zu sein. Z hielt seine zu Fäusten geballten Hände hoch und seine Brustwarzenpiercings blitzten im Licht der Flammen auf, weil er viel zu heftig atmete. Der Bruder war ganz grau geworden, seine Haut glänzte unnatürlich.

Sanft sprach Phury auf ihn ein und versuchte, ihn am Arm zu berühren. Z drehte sich wild im Kreis herum, doch Phury blieb an seiner Seite. Es war eine Art Tanz, den sie vollführten. Die Peitschennarben auf Zs Rücken bewegten sich im Spiel mit seinen Muskeln.

Das führte doch zu nichts, dachte Rhage. Zsadist war in Panik, wie ein in die Enge getriebenes Tier. Das war deutlich zu erkennen. Es musste einen anderen Weg geben, zu ihm durchzudringen.

Rhage holte tief Luft und öffnete den Mund, aber es kam kein Ton heraus. Er versuchte es erneut.

»Zsadist …« Seine schnarrende Stimme ließ alle Köpfe zum Altar herumfahren. »Bring es zu Ende, Z … Kann mich … kann mich nicht mehr lange auf den Beinen halten.«

»Nein …«

Phury fiel seinem Bruder ins Wort. »Du musst …«

»Nein! Geh weg von mir!«

Z rannte zur Tür, doch die Jungfrau der Schrift erreichte sie vor ihm und stellte sich ihm in den Weg. Er konnte gerade noch abbremsen, bevor er sie erreichte. Mit zitternden Beinen und bebenden Schultern stand er vor der winzigen Gestalt. Leise sprach sie zu ihm, doch die Worte drangen nicht durch den Schleier der Schmerzen zu Rhage durch.

Endlich deutete die Jungfrau der Schrift auf Phury, der ihr die Waffe brachte. Sie nahm Zs Hand und legte die lederbezogene Peitsche hinein. Dann zeigte sie auf den Altar, und Zsadist ließ den Kopf hängen. Einen Augenblick später kam er mit taumelnden Schritten auf Rhage zu.

Als Rhage den Bruder ansah, wollte er fast vorschlagen, dass jemand Z die Aufgabe abnahm. Die schwarzen Augen waren so weit aufgerissen, dass sie beinahe aus den Höhlen zu treten schienen. Und Zsadist schluckte in einem fort, sein Hals sah aus, als müsste er einen Schrei ersticken.

»Ist schon gut, mein Bruder«, murmelte Rhage. »Aber du musst es beenden. *Jetzt.*«

Z keuchte und schwankte, Schweiß troff ihm in die Augen und lief über die Narbe auf seinem Gesicht.

»Tu es.«

»Bruder«, flüsterte Z und hob die Peitsche hoch über die Schulter. Er holte keinen Schwung, vermutlich hätte das seine Koordination in diesem Augenblick einfach überstiegen. Aber er war stark und die Waffe sang, als sie durch die Luft schwirrte. Die Ketten und Stachel zuckten über Rhages Bauch wie ein Sturm aus Eisennadeln.

Rhages Knie gaben nach, und er versuchte, sich mit den Armen abzufangen. Doch auch die versagten ihm den Dienst. Er sank zu Boden, und seine Handflächen griffen in sein eigenes Blut.

Aber wenigstens war es jetzt vorbei. Er atmete tief durch, entschlossen, nicht ohnmächtig zu werden.

Plötzlich erfüllte ein zischendes Geräusch das Heiligtum, es klang, als schabe Metall auf Metall. Erst schenkte er dem kaum Beachtung. Er war viel zu sehr damit beschäftigt, seinen Magen davon zu überzeugen, dass Würgen ihn jetzt auch nicht wirklich weiterbrachte.

Als er sich einigermaßen gefasst hatte, kroch er auf Händen und Knien um den Altar herum und atmete noch einmal tief durch, bevor er die Stufen in Angriff nahm. Er hob den Kopf und sah, dass die Brüder sich wieder in einer Reihe aufgestellt hatten. Rhage rieb sich die Augen, wodurch er sein Blut im Gesicht verteilte.

Das gehört nicht zum Ritual, dachte er.

Jeder der Brüder hatte einen schwarzen Dolch in der rechten Hand. Wrath begann den Sprechgesang, und die anderen fielen ein, bis ihre Stimmen zu lauten Rufen angewachsen waren, die im Gewölbe widerhallten. Immer weiter steigerte sich der Gesang, bis sie beinahe schon schrien. Dann riss der Singsang abrupt ab.

Alle gleichzeitig zogen sie sich ihre Dolche über die Brust.

Der Schnitt auf Zsadists Brust war der tiefste.

30

Mary unterhielt sich unten im Billardzimmer mit Fritz über die Geschichte des Hauses, als die Ohren des *Doggen* ein Geräusch wahrnahmen, das sie gar nicht bemerkt hatte.

»Die Herrschaften kehren zurück.«

Sie stellte sich an ein Fenster und sah Scheinwerfer in den Hof einbiegen.

Der Escalade kam zum Stehen, die Türen öffneten sich und die Passagiere stiegen aus. Ohne die Kapuzen erkannte sie die Männer von jenem ersten Abend, als sie das Haus betreten hatte. Der Typ mit dem Ziegenbärtchen und den Tattoos auf einer Schläfe. Der Mann mit den spektakulären Haaren. Der Vernarbte, Furcht Einflößende, und der Militärische. Der Einzige, den sie noch nie gesehen hatte, war ein Mann mit langem schwarzem Haar und Sonnenbrille.

Mein Gott, ihre Mienen waren niedergeschlagen. Vielleicht war jemand verletzt worden.

Krampfhaft um Ruhe bemüht, suchte sie nach Rhage.

Das Grüppchen lief herum und sammelte sich am Kofferraum des SUV. Genau in diesem Moment kam jemand aus dem Pförtnerhäuschen und hielt die Tür auf. Es war der Typ, der den Football in der Eingangshalle gefangen hatte.

Zwischen all den großen Gestalten, die um den Wagen

herumstanden, konnte man schwer erkennen, was vor sich ging. Aber es wirkte, als würde ein schwerer Gegenstand zwischen ihnen herumgereicht …

Ein blonder Schopf schimmerte im Licht.

Rhage. Bewusstlos. Und er wurde zu der offenen Tür getragen.

Ohne eine Sekunde nachzudenken, rannte Mary aus dem Haus.

»Rhage! Halt! Wartet!« Kalte Luft strömte in ihre Lungen. »Rhage!«

Als er ihre Stimme hörte, zuckte er zusammen und streckte schwach eine Hand nach ihr aus. Die Männer blieben stehen. Einige fluchten leise.

»Rhage!« Sie bremste abrupt, Kiesel stoben unter ihren Füßen auf. »Was … um Gottes willen.«

Sein Gesicht war mit Blut verschmiert, und sein Blick war vor Schmerz unstet.

»Rhage …«

Sein Mund öffnete sich. Artikulierte etwas, das sie nicht verstehen konnte.

Einer der Männer sagte: »Verdammt, jetzt können wir ihn genauso gut in sein eigenes Zimmer bringen.«

»Natürlich bringt ihr ihn dahin! Wurde er im Kampf verletzt?«

Niemand gab ihr eine Antwort. Sie änderten einfach nur ihre Richtung und schleppten Rhage durch die Eingangshalle des großen Hauses und die Treppe hinauf. Nachdem sie ihn auf sein Bett gelegt hatten, strich der Kerl mit dem Ziegenbärtchen und den Tattoos im Gesicht Rhage das Haar aus dem Gesicht.

»Bruder, sollen wir dir etwas gegen die Schmerzen bringen?«

Rhages war kaum zu verstehen. »Nichts. Besser so. Ihr kennt die Regeln. Mary … wo ist Mary?«

Sie ging zum Bett und nahm seine Hand in ihre. Als sie ihre Lippen auf seine Knöchel drückte, bemerkte sie, dass sein Umhang vollkommen unversehrt war, und keine Risse oder Löcher auswies. Was bedeutete, dass er das Ding nicht getragen hatte, als er verletzt wurde. Jemand hatte es ihm hinterher wieder umgelegt.

Von einer schrecklichen Vorahnung gepackt, löste sie die Lederschnur um seine Taille und zog den Umhang auf. Vom Schlüsselbein bis zu den Hüften war er mit Mullbinden bandagiert. Blut quoll durch den weißen Stoff, in einem leuchtend hellen, erschreckenden Rot.

Sie wagte es kaum, hinzusehen, doch sie musste es wissen und lugte vorsichtig unter den Verband.

»Um Himmels willen.« Sie schwankte und einer der Brüder fing sie auf. »Wie ist das passiert?«

Als die Gruppe schwieg, machte sie einen Schritt zurück und sah einen nach dem anderen an. Sie standen völlig unbewegt da und blickten Rhage an.

Und ihre Gesichter drückten alle denselben Schmerz aus wie seins.

Sie werden doch wohl nicht …

Der mit dem Bärtchen begegnete ihrem Blick.

Sie haben.

»Ihr habt das getan«, zischte sie. »Ihr habt ihm das angetan.«

»Ja«, entgegnete der mit der Sonnenbrille. »Und es geht dich nichts an.«

»Ihr Mistkerle.«

Rhage machte ein Geräusch und räusperte sich dann. »Lasst uns allein.«

»Wir sehen später nach dir, Hollywood«, sagte der mit den bunten Haaren. »Brauchst du noch etwas?«

»Außer einer Hauttransplantation und einem großen Whiskey?« Rhage grinste schief und zuckte zusammen, als er sein Gewicht verlagerte.

Mary funkelte die Rücken der Männer zornig an, als sie den Raum verließen. *Diese Gott verfluchten … Tiere.*

»Mary?«, hörte sie Rhage murmeln. »Mary.«

Sie versuchte, sich zusammenzureißen. Sich über diese Schlägerbande aufzuregen, half Rhage im Augenblick auch nicht weiter. *Warum, um Himmels willen?*

Mitleidig blickte sie auf ihn herab, schluckte ihre Wut herunter und sagte: »Darf ich diesen Arzt für dich rufen, von dem du mir erzählt hast? Wie hieß er noch?«

»Nein.«

Sie wollte ihm sagen, dass er sich seine »ein Indianer kennt keinen Schmerz«-Nummer sonst wohin stecken konnte. Doch sie wusste, dass er dann mit ihr streiten würde, und Streit war das Letzte, was er im Moment brauchen konnte.

»Soll ich dir den Umhang ausziehen?«, fragte sie.

»Ja, bitte. Wenn du meinen Anblick aushältst.«

»Mach dir darüber mal keine Sorgen.«

Als sie die schwarze Seide von seinem Körper zog, hätte sie am liebsten geschrien. Er rollte sich hin und her, um ihr beim Ausziehen behilflich zu sein und ächzte dabei vor Schmerzen. Endlich hatten sie es geschafft, doch durch die Bewegung sickerte Blut an seiner Seite herunter.

Das wunderschöne Federbett würde ruiniert, dachte sie. Scheißegal.

»Du hast eine Menge Blut verloren.« Sie knüllte den schwarzen Umhang zusammen.

»Ja, ich weiß.« Erschöpft schloss er die Augen und ließ den Kopf auf das Kissen sinken. Sein nackter Körper wurde von einer Reihe von Krämpfen geschüttelt, das Zittern seiner Oberschenkel, seines Bauchs und seiner Brust rüttelte an der Matratze.

Mary warf den Umhang in die Badewanne und kam zurück. »Haben sie die Wunden gesäubert, bevor sie dich verbunden haben?«

»Keine Ahnung.«

»Ich sollte mir das besser mal ansehen.«

»Warte eine Stunde. Dann wird die Blutung aufgehört haben.« Er holte tief Luft und zog eine Grimasse. »Mary, sie mussten es tun.«

»Was?« Sie beugte sich über ihn.

»Sie mussten das hier tun. Ich bin nicht …« Ein leises Stöhnen. »Sei nicht wütend auf sie.«

Und ob sie wütend war.

»Mary.« Seine Stimme hatte diesmal mehr Nachdruck, sein trüber Blick blieb an ihr hängen. »Ich habe ihnen keine Wahl gelassen.«

»Was hast du getan?«

»Es ist jetzt vorbei. Und du sollst nicht wütend sein.« Seine Augen rollten wieder zur Seite.

Was sie betraf, würde sie so wütend auf diese Mistkerle sein, wie sie wollte.

»Mary?«

»Keine Sorge.« Sie streichelte seine Wange. Wenn sie ihm doch nur das Blut vom Gesicht waschen dürfte. Als er bei der sanften Berührung zusammenzuckte, zog sie die Hand zurück. »Darf ich dir bitte irgendetwas Gutes tun?«

»Sprich einfach mit mir. Lies mir was vor …«

Auf dem Regal neben der DVD-Sammlung standen einige zeitgenössische Bücher. Sie suchte einen Harry Potter aus, den zweiten Band, und zog einen Stuhl ans Bett. Anfangs fiel es ihr schwer, sich zu konzentrieren, weil sie immer auf seine unregelmäßige Atmung horchte, doch schließlich fand sie einen Rhythmus, in dem sie lesen konnte. Seine Atmung wurde allmählich langsamer, und die Krämpfe hörten auf.

Als er eingeschlafen war, schloss sie das Buch. Seine Stirn war gerunzelt, die Lippen blass und schmal. Für sie war es furchtbar, dass der Schmerz ihm selbst im Schlaf keine Ruhe ließ.

Mary spürte, wie die Jahre von ihr abfielen und sie in die Vergangenheit zurückkehrte.

Sie sah das gelbe Schlafzimmer ihrer Mutter. Roch Desinfektionsmittel. Hörte mühsames, verzweifeltes Luftholen.

Jetzt saß sie also wieder an einem Bett, dachte sie. Sah hilflos jemandem beim Leiden zu.

Ihr Blick blieb an dem Gemälde der *Madonna mit Kind* hängen. Hier in diesem Zimmer war das Bild ein Kunstwerk, kein Symbol, Teil einer museumsreifen Sammlung und reine Dekoration.

Also musste sie das verdammte Ding nicht hassen. Und sie hatte auch keine Angst davor.

Die Madonnenstatue im Zimmer ihrer Mutter war etwas anderes gewesen. Mary hatte sie verabscheut, und sobald man Cissy Luces Leiche aus dem Haus gebracht hatte, war der Gipsklumpen in die Garage gewandert. Ihn kaputtzuschlagen hatte Mary nicht übers Herz gebracht, aber eigentlich hatte sie sich gewünscht, die Kraft zu besitzen, das Ding mit dem Hammer zu bearbeiten.

Stattdessen hatte sie die Statue am nächsten Morgen in

die Kirche *Unserer lieben Frau* gebracht, genauso wie das Kruzifix. Triumphierend war sie vom Parkplatz der Kirche heruntergefahren; sie hatte Gott symbolisch den Stinkefinger gezeigt, und es war ein berauschendes Gefühl gewesen, das einzige, das sie seit langer Zeit empfunden hatte. Das Hochgefühl hatte allerdings nicht lange vorgehalten. Zurück im Haus war da der Schatten des Kreuzes an der Wand gewesen, und den staubfreien Fleck auf dem Fußboden, wo vorher die Statue gestanden hatte, konnte sie nicht übersehen.

Auf den Tag genau zwei Jahre nach diesem Tag hatte man bei ihr Leukämie diagnostiziert.

Rational wusste sie, dass kein Fluch auf ihr lastete, weil sie Kreuz und Madonna weggebracht hatte. Das Jahr hatte 365 Tage, und wie beim Roulette hatte die Verkündung ihrer Krankheit auf einem davon landen müssen. Im Herzen aber glaubte sie manchmal, dass es anders war. Weswegen sie Gott noch mehr verachtete.

Zum Teufel ... Er hatte nicht mal die Zeit gefunden, ein Wunder an ihrer Mutter zu vollbringen, die doch so gläubig gewesen war. Aber die Mühe, eine Sünderin wie sie zu bestrafen, machte er sich schon. *Das muss man sich mal auf der Zunge zergehen lassen.*

»Du tust mir gut«, sagte Rhage.

Überrascht sah sie ihn an. Um den Kopf wieder frei zu bekommen, ergriff sie seine Hand. »Wie geht es dir?«

»Besser. Deine Stimme beruhigt mich.«

Bei ihrer Mutter war es genauso gewesen, dachte sie. Ihre Mutter hatte ihr auch gern zugehört.

»Willst du was trinken?«, fragte sie.

»Woran hast du gerade gedacht?«

»An nichts.«

Er schloss die Augen.

»Soll ich dich waschen?«, schlug sie vor.

Als er die Achseln zuckte, ging sie ins Badezimmer und kam mit einem warmen, feuchten Waschlappen und einem trockenen Badetuch zurück. Sanft reinigte sie sein Gesicht und seine Haut um die Verbände herum.

»Ich nehme die mal ab, ja?«

Er nickte, und sie zupfte vorsichtig die Heftpflaster von seiner Haut. Dann nahm sie den Mull und die Watte ab.

Mary erschauerte, als sie sah, was darunter war, und die Galle stieg ihr hoch.

Er war ausgepeitscht worden. Das war die einzige Erklärung für diese Wunden.

»O … Rhage.« Ihre Augen füllten sich mit Tränen, doch sie bemühte sich, sie wegzublinzeln. »Ich wechsle nur schnell den Verband. Die Haut ist noch zu … empfindlich, um sie zu waschen. Hast du …«

»Badezimmer. Im Schrank rechts neben dem Spiegel.«

Fassungslos stand sie vor seiner Hausapotheke. Operationsbesteck. Gipsverbände. Bandagen aller Art. Pflaster. Sie nahm, was sie gebrauchen konnte und ging zu ihm zurück. Sie legte ihm die sterilen Mullverbände auf die Brust und den Bauch, denn es war völlig aussichtslos, ihn hochheben zu wollen, um ihm einen Verband um den Rücken zu wickeln.

Als sie den linken unteren Verband leicht festdrückte, zuckte Rhage zusammen. Sie sah ihn an. »Hab ich dir wehgetan?«

»Komische Frage.«

»Wie bitte?«

Seine Lider klappten auf, sein Blick war hart. »Du hast überhaupt keine Ahnung, oder?«

Offenbar nicht. »Rhage, was ist los? Was soll ich tun?«

»Mit mir sprechen.«

»Gut. Nur lass mich das hier erst zu Ende bringen.«

Sobald sie fertig war, schlug sie das Buch wieder auf. Sie wollte gerade zu lesen beginnen, als er fluchte.

Verwirrt griff sie nach seiner Hand. »Ich weiß nicht, was du von mir willst.«

»So schwer ist es nun auch wieder nicht.« Seine Stimme klang schwach, aber aufgebracht. »Verdammt, Mary, kannst du mich nicht wenigstens einmal teilhaben lassen?«

Es klopfte an der Tür. Beide starrten sie zornig in die Richtung, aus der das Klopfen kam.

»Ich bin gleich wieder da.«

Als sie die Tür öffnete, stand der Mann mit dem Bärtchen davor. Er balancierte mit einer Hand ein silbernes Tablett, auf dem sich Essen türmte.

»Ich bin übrigens Vishous. Ist er wach?«

»Hey, V«, kam es aus Rhages Ecke.

Vishous marschierte einfach an ihr vorbei und stellte das Tablett auf dem Nachttisch ab. In diesem Augenblick wünschte sich Mary, sie wäre so groß wie er, um ihn aus dem Raum vertreiben zu können.

Stattdessen pflanzte der Kerl seine Hüfte auf die Bettkante. »Wie geht's dir, Hollywood?«

»Ganz gut.«

»Lässt der Schmerz schon nach?«

»Ja.«

»Dann heilst du gut.«

»Von mir aus kann es gar nicht schnell genug gehen.« Rhage schloss erschöpft die Augen.

Einen Moment lang betrachtete Vishous ihn nur, die

Lippen zu einem schmalen Strich gepresst. »Ich komme später noch mal wieder, mein Bruder. In Ordnung?«

»Danke, Mann.«

Vishous drehte sich um und sah ihr in die Augen. Sie wünschte, sie könnte ihm eine Kostprobe des Schmerzes geben, den er Rhage zugefügt hatte. Und sie wusste auch, dass ihre Rachegelüste sich in ihrer Miene spiegelten.

»Wenn er dein Bruder ist, warum hast du ihm das angetan?«

»Mary, nicht«, unterbrach Rhage heiser. »Ich hab dir doch gesagt …«

»Du hast mir gar nichts gesagt.« Sie kniff die Augen zusammen. Es war nicht fair, ihn anzubrüllen, wenn er flach auf dem Rücken lag und seine Brust aussah wie ein rohes Steak.

»Vielleicht sollten wir uns mal so richtig aussprechen«, sagte Vishous.

Mary verschränkte die Arme vor der Brust. »Das ist doch mal ein Vorschlag. Warum erzählst du mir nicht einfach die ganze Geschichte? Damit ich verstehen kann, warum ihr ihn erst zusammenschlagt und ihn dann bemuttert.«

Rhage schaltete sich noch mal ein. »Mary, ich will nicht, dass du …«

»Also, schieß los. Wenn du nicht willst, dass ich deine Brüder hasse, dann erklär es mir.«

Vishous sah zum Bett hinüber, und Rhage musste wohl genickt oder die Achseln gezuckt haben, denn der Mann begann: »Er hat die Bruderschaft verraten, um mit dir zusammen zu sein. Das musste er wiedergutmachen, um bei uns bleiben zu können und dich gleichzeitig hier behalten zu dürfen.«

Mary stockte der Atem. Das alles war ihretwegen geschehen?

O mein Gott. Er hatte sich für sie in Fetzen schlagen lassen …

Ich mache es sicher für dich, wie wäre das?

Für diese Art von Opfer hatte sie nicht das Geringste übrig. Für den Schmerz, den er ihretwegen aushielt. Für das, was ihm von Leuten angetan wurde, denen er angeblich etwas bedeutete.

»Ich kann nicht … mir ist ein bisschen schwindelig. Würdet ihr mich entschuldigen …«

Rückwärts schob sie sich von ihnen weg und hoffte, sie würde es bis ins Badezimmer schaffen. Aber Rhage richtete sich im Bett auf, als wollte er ihr nachlaufen.

»Nein, du bleibst hier, Rhage.« Sie ging zu ihm zurück, setzte sich auf den Stuhl und strich ihm über das Haar. »Bleib, wo du bist. Ganz ruhig, Großer.«

Als er sich etwas entspannt hatte, sah sie Vishous an. »Ich verstehe das alles nicht.«

»Wie solltest du auch?«

Der Blick des Vampirs blieb weiter auf sie gerichtet, die silberne Tiefe darin war irgendwie beängstigend. Sie konzentrierte sich einen Moment auf das Tattoo, das sich bis auf seine Wange ausbreitete, dann wandte sie sich wieder Rhage zu. Mit den Fingerspitzen strich sie ihm über die Schläfen und murmelte etwas, bis er wieder eingeschlafen war.

»Hat es euch Schmerzen bereitet, ihm das anzutun?«, fragte sie leise. Sie wusste, dass Vishous noch da war. »Sag mir, dass es euch auch wehgetan hat.«

Sie hörte ein Rascheln. Als sie über die Schulter blickte, hatte Vishous sein Shirt ausgezogen. Auf der muskulösen

Brust zeichnete sich eine frische Wunde ab, ein Schnitt wie von einem Dolch.

»Es hat jeden von uns fast umgebracht.«

»Gut.«

Der Vampir lächelte grimmig. »Du verstehst uns besser, als du glaubst. Und das Essen da ist nicht nur für ihn, wenn er Hunger bekommt. Ich habe auch genug für dich mitgebracht.«

Mochte ja sein, aber sie wollte nichts von ihnen haben. »Danke. Ich sorge dafür, dass er etwas isst.«

Auf dem Weg nach draußen blieb Vishous noch einmal stehen. »Hast du ihm von deinem Namen erzählt?«

Ihr Kopf wirbelte herum. »Was?«

»Rhage. Weiß er es?«

Kalte Schauer krochen ihr über den Nacken. »Selbstverständlich kennt er meinen Namen.«

»Nein, das *Warum,* meine ich. Du solltest es ihm vielleicht erzählen.« Vishous runzelte die Stirn. »Und nein, ich habe es nicht im Internet herausgefunden. Wie sollte ich?«

Du meine Güte, genau das war ihr gerade in den Sinn gekommen … »Kannst du Gedanken lesen?«

»Wenn ich will, schon; und manchmal, wenn es nicht anders geht.« Vishous ging und schloss die Tür leise hinter sich.

Mühsam versuchte Rhage, sich auf die Seite zu drehen und stützte sich mit einem Ächzen auf. »Mary?«

»Ich bin hier.« Sie nahm seine Hand zwischen ihre beiden.

»Was ist los?« Als er sie ansah, waren seine stahlblauen Augen wacher als vorher. »Mary, bitte. Erzähl mir doch einmal, nur ein einziges Mal, woran du denkst.«

Sie zögerte noch. »Warum bist du nicht einfach gegangen? All das hier … wäre dann nie passiert.«

»Es gibt nichts, was ich nicht tun würde, um dich und dein Leben zu beschützen.«

Sie schüttelte den Kopf. »Ich begreife nicht, wie du so viel für mich empfinden kannst.«

»Kann schon sein, aber weißt du was?« Er lächelte schwach. »Diese ganze Verständnis-Kiste kannst du total vergessen.«

»Verstehen ist besser als blind zu vertrauen«, flüsterte sie und fuhr ihm mit der Hand durch die blonden Strähnen. »Schlaf noch ein bisschen, Großer. Immer wenn du aufwachst, scheinst du Riesenfortschritte bei deiner Genesung gemacht zu haben.«

»Lieber möchte ich dich ansehen.« Aber er schloss die Augen. »Ich liebe es, wenn du mit meinen Haaren spielst.«

Er reckte den Hals und legte den Kopf schief, damit sie besser an seine Haare kam.

Selbst seine Ohren sind schön, dachte sie.

Rhages Brust hob und senkte sich mit einem tiefen Seufzer. Ein Weilchen lehnte sie sich hinten an die Stuhllehne und legte die Füße auf einen der massiven Bettpfosten.

Die Stunden vergingen, und einer nach dem anderen kamen die Brüder vorbei, um nach Rhage zu sehen. Jeder stellte sich vor; Phury mit der wilden Mähne brachte etwas warmen Cider, den sie sogar tatsächlich annahm. Wrath, der mit der Sonnenbrille, und Beth, vor der sie in Ohnmacht gefallen war, kamen auch zu Besuch. Butch, der Footballspieler, kam ebenso wie Tohr mit seinem Bürstenschnitt.

Rhage schlief viel, wachte aber jedes Mal auf, wenn er versuchte, sich auf die Seite zu drehen. Immer, wenn er sich bewegte, sah er sie an, als zöge er Kraft aus ihrem Anblick. Dann brachte sie ihm Wasser und streichelte sein Gesicht, fütterte ihn oder las ihm vor. Sie sprachen nicht viel miteinander. Die Berührungen waren genug.

Ihre Augenlider wurden schwer, und sie ließ gerade den Kopf zurückfallen, als es wieder leise klopfte. Vermutlich Fritz mit etwas zu essen.

Sie reckte sich und ging zur Tür.

»Komm rein«, sagte sie, noch während sie öffnete.

Draußen stand der Mann mit dem Narbengesicht, stocksteif wie eine Statue. Das Licht fiel auf seine harten Konturen und betonte seine tief liegenden Augen, den Schädel unter dem extrem kurz geschorenen Haar, die gezackte Narbe, das kantige Kinn. Er trug einen weiten Rollkragenpulli und eine Hose, die ihm tief auf den Hüften saß. Beides war schwarz.

Instinktiv näherte sie sich dem Bett, um Rhage zu beschützen, obwohl es dumm von ihr war, zu glauben, sie könnte einen solchen Riesen wie den Vampir abwehren, der bedrohlich im Türrahmen stand.

Die Stille breitete sich aus. Mary sagte sich, dass er vermutlich nur nach Rhage sehen wollte wie all die anderen, und dass er seinem Bruder bestimmt keinen weiteren Schmerz zufügen wollte.

Es war nur ... er wirkte so angespannt, seine breitbeinige Haltung ließ vermuten, dass er jeden Moment einen Satz nach vorn machen konnte. Und was ihr wirklich den Rest gab, war, dass er weder sie noch Rhage anzusehen schien. Der kalte, schwarze Blick dieses Kerls war abgrundtief.

»Möchtest du reinkommen und ihn sehen?«, fragte sie ihn schließlich.

Seine Augen wandten sich ihr zu.

Obsidian, dachte sie. Sie waren wie Obsidian. Schimmernd. Bodenlos. Seelenlos.

Sie wich weiter zurück und tastete nach Rhages Hand. Der Vampir im Türrahmen zog eine Grimasse.

»Du wirkst ein bisschen angriffslustig, Frau. Glaubst du, ich bin hier, um ihm noch ein Stückchen Fleisch herauszureißen?« Die Stimme war tief und weich. Eigentlich klangvoll. Und so unnahbar und undurchdringlich wie seine Augen.

»Wirst du ihn verletzen?«

»Dumme Frage.«

»Und warum?«

»Du würdest mir die Antwort nicht glauben, also solltest du nicht fragen.«

Sie schwiegen wieder, und Mary musterte ihn. Ihr dämmerte, dass er möglicherweise nicht einfach nur aggressiv war. Er war auch schüchtern.

Möglicherweise.

Sie küsste Rhages Hand und zwang sich, beiseite zu treten. »Ich wollte gerade duschen. Setzt du dich so lange zu ihm?«

Der Vampir blinzelte, als habe sie ihn überrascht. »Macht es dir nichts aus, dich nackt auszuziehen, wenn ich nebenan sitze?

Doch, und wie.

Sie zuckte die Achseln. »Es ist deine Entscheidung. Aber wenn er aufwacht, ist er sicher froh, dich zu sehen, statt allein zu sein.«

»Machst du dann das Licht aus?«

»Kommst du oder gehst du?« Als er nicht antwortete, fuhr sie fort: »Heute Nacht muss für dich die Hölle gewesen sein.«

Sein Gesicht verzog sich zu einer Fratze. »Du bist die Erste, die nicht glaubt, dass mir einer abgeht, wenn ich Leuten wehtue. Bist du so was wie 'ne Heilige? Willst immer nur das Gute in großen, verletzten Wesen sehen oder so was?«

»Die Narbe hast du dir sicher nicht freiwillig zugelegt. Und ich möchte wetten, dass du davon noch mehr hast. Ich weiß, was das bei Leuten anrichten kann. Also wie gesagt, heute Nacht muss für dich die Hölle gewesen sein.«

Seine Augen verengten sich zu Schlitzen, und ein kalter Hauch wehte durch den Raum, als hätte er die Luft um sich herum abkühlen lassen. »Vorsicht, Frau. Mut kann auch gefährlich sein.«

Jetzt baute sie sich direkt vor ihm auf. »Weißt du was? Die Sache mit der Dusche war gelogen. Ich wollte dir nur ein bisschen Zeit allein mit ihm geben, weil nicht zu übersehen ist, dass du dich furchtbar fühlst. Sonst würdest du nicht da im Türrahmen herumstehen und so verdammt zerrissen aussehen. Nimm das Angebot an, oder lass es bleiben, aber in jedem Fall wäre ich dir dankbar, wenn du nicht versuchen würdest, mir Angst zu machen.«

Ihr war inzwischen völlig egal, ob er auf sie losgehen würde. Andererseits stand sie derart unter Strom und war vor Erschöpfung so überdreht, dass sie vermutlich nicht besonders klar denken konnte.

»Also, was darf's sein?«, herrschte sie ihn an.

Der Vampir trat ein und schloss die Tür hinter sich. Der Raum wurde spürbar kälter, als er ihn betrat. Er strahlte eine greifbare Bedrohung aus, die ihr wie eine Hand über den Körper strich. Als sie das Schloss einschnappen hörte, sank ihr Mut.

»Das versuche ich nicht«, sagte er mit samtiger Stimme.

»Was?«, krächzte sie.

»Dir Angst zu machen. Du *hast* ohnehin Angst.« Er lächelte. Seine Fänge waren sehr lang, länger als Rhages. »Ich kann deine Furcht riechen, Frau. Wie nasse Farbe, sie kitzelt mich in der Nase.«

Als Mary vor ihm zurückwich, ging er auf sie zu, trieb sie vor sich her.

»Hm ... und ich mag deinen Duft. Mochte ihn vom ersten Augenblick an.«

Sie ging schneller, hielt eine Hand vor sich, hoffte, endlich das Bett hinter sich zu spüren. Stattdessen verwickelte sie sich in den schweren Vorhängen am Fenster.

Der Vampir mit der Narbe drängte sie in die Ecke. Er war zwar nicht so muskulös wie Rhage, aber zweifellos ein tödlicher Gegner. Seine kalten Augen sprachen Bände über seine Fähigkeit zu töten.

Mit einem Fluch ließ Mary den Kopf sinken und ergab sich. Wenn er ihr wehtun wollte, konnte sie nichts dagegen machen, und Rhage war in seinem Zustand ebenso hilflos. Sie hasste es, so wehrlos zu sein, doch manchmal brachte das Leben einen in eine solche Lage.

Der Vampir beugte sich zu ihr herunter, und sie zog den Kopf ein.

Er atmete tief ein und stieß die Luft mit einem langen Seufzen wieder aus.

»Geh duschen, Frau. Ich hatte vorhin nicht den Wunsch, ihm wehzutun, und daran hat sich nichts geändert. Und ich habe auch kein Interesse daran, dir zu nahe zu treten. Wenn dir etwas zustieße, würde das für ihn noch mehr Qualen bedeuten.«

Sie sackte in sich zusammen, als er sich abwandte. Doch sie sah ihn zusammenzucken, als er Rhage ansah.

»Wie heißt du?«, murmelte sie.

Er zog eine Augenbraue hoch und betrachtete dann wieder seinen Bruder. »Ich bin der Schurke, falls dir das noch nicht aufgefallen ist.«

»Ich wollte deinen Namen wissen, nicht deine Bestimmung.«

»Ein Scheißkerl zu sein, ist eigentlich eher ein Zwang als eine Bestimmung. Und mein Name lautet Zsadist.«

»Also dann … freut mich, Zsadist.«

»Wie höflich«, spottete er.

»Okay, wie wäre es damit: Danke, dass du weder ihn noch mich gerade getötet hast. Ist dir das ehrlich genug?«

Zsadist blickte über die Schulter. Seine Augenlider waren wie geschlossene Vorhänge, sie ließen die kalte Nacht nur durch einen schmalen Schlitz herein. Und mit dem kahl geschorenen Schädel und der Narbe sah er aus wie die personifizierte Gewalt: Aggression und Schmerz in Menschengestalt. Wenn auch ein Anflug von Wärme über sein Gesicht huschte, als er sie im Kerzenschein musterte. Es geschah so unmerklich, dass sie nicht genau erklären konnte, woher sie wusste, dass diese Regung da war.

»Du«, sagte er leise, »bist außergewöhnlich.« Bevor sie noch etwas sagen konnte, hielt er eine Hand hoch. »Geh jetzt. Lass mich mit meinem Bruder allein.«

Ohne ein weiteres Wort ging Mary ins Badezimmer. Sie blieb so lange in der Dusche, bis ihre Finger ganz aufgeweicht waren, und der Wasserdampf so dick wie Watte war. Als sie herauskam, zog sie dieselben Kleider an wie vorher, weil sie keine neuen mitgebracht hatte. Leise öffnete sie die Tür.

Zsadist saß heruntergebeugt am Bett, mit hängenden Schultern, die Arme um die Taille geschlungen. Näher hätte er nicht bei Rhage sein können, ohne ihn zu berühren. Während er vor und zurück schaukelte, lag eine kaum hörbare, zarte Melodie in der Luft.

Der Vampir sang, seine Stimme hob und senkte sich, umfasste ganze Oktaven, stieg hoch hinauf, sank tief hinunter. Wunderschön. Einfach wunderschön. Und Rhage war ganz ruhig, schlief friedlicher als je zuvor.

Rasch durchquerte sie den Raum und ging hinaus, um die Männer allein zu lassen.

31

Irgendwann im Laufe des folgenden Nachmittags wurde Rhage wach. Sofort tastete er nach Mary, doch dann hielt er inne. Er fürchtete, das innere Brennen könnte wieder einsetzen, und er fühlte sich noch nicht stark genug, dagegen anzukämpfen.

Er schlug die Augen auf und drehte den Kopf. Da schlief sie neben ihm im Bett, auf dem Bauch liegend.

Wieder einmal hatte sie ihn gepflegt, als er sie brauchte. Unbeirrbar war sie gewesen. Stark. Bereit, seinen Brüdern entgegenzutreten.

Liebe erfüllte sein Herz, mehr und mehr, bis ihm der Atem stockte.

Er befühlte die Verbände auf seiner Brust und nahm einen nach dem anderen vorsichtig herunter. Die Wunden sahen gut aus. Sie hatten sich geschlossen und schmerzten nicht mehr. Morgen würde nichts weiter zu sehen sein als helle Streifen auf seiner Haut, und am Tag darauf würden sie komplett verschwunden sein.

Er dachte an all die Belastungen, die sein Körper in letzter Zeit hatte aushalten müssen. Die Verwandlung. Das Brennen, wenn er in Marys Nähe war. Die Sonnenstrahlen, denen er ausgesetzt gewesen war. Das Auspeitschen. Er würde bald trinken müssen, und zwar am besten, bevor der Hunger wirklich groß wurde.

Was das Trinken betraf, war er sehr gewissenhaft. Die meisten der Brüder zögerten es so lange es irgend ging hinaus, weil sie mit der Intimität des Vorgangs nicht gut umgehen konnten. Das kam für ihn nicht infrage. Das Letzte, was er brauchen konnte, war eine Bestie im Blutrausch –

Moment mal.

Rhage holte tief Luft. In ihm war eine höchst verwunderliche ... Leere. Kein Summen im Hintergrund. Keine drängenden Triebe. Kein Brennen. Und das, obwohl er direkt neben Mary lag.

Es gab nur ... ihn in seinem Körper. Nur ihn selbst. Der Fluch der Jungfrau der Schrift war verschwunden.

Aber natürlich, dachte er. Sie hatte ihn vorübergehend davon befreit, damit er den *Rythos* durchstand, ohne sich zu verwandeln. Und ganz offensichtlich gönnte sie ihm eine Ruhepause während der Heilung. Er fragte sich, wie lange die Gnadenfrist wohl noch andauern würde.

Langsam stieß er die Luft durch die Nase aus und versenkte sich in seinen eigenen Körper. Er genoss den vollkommenen Frieden. Die himmlische Stille. Die brüllende Leere.

Es war nun schon ein Jahrhundert her.

Lieber Gott, er hätte am liebsten geweint.

Nur für den Fall, dass ihm wirklich die Tränen kämen, und Mary aufwachte, legte er sich die Hand über die Augen.

Wussten andere Leute, wie viel Glück sie hatten, Momente wie diesen erleben zu dürfen? Augenblicke überwältigender Stille? Vor dem Fluch hatte er so etwas nicht zu schätzen gewusst, hatte es nicht einmal bemerkt. Wahrscheinlich hätte er sich einfach auf die Seite gedreht und weitergeschlafen.

»Wie fühlst du dich? Brauchst du etwas?«

Beim Klang von Marys Stimme wappnete er sich innerlich gegen einen Energieschub. Nichts geschah. Er fühlte nichts als ein warmes Leuchten in der Brust. Liebe, die befreit war vom Chaos seines Fluchs.

Er rieb sich das Gesicht und sah sie an. Empfand so viel für sie, dass es ihm Angst machte.

»Ich muss bei dir sein, Mary. Jetzt sofort. Ich muss in dir sein.«

»Dann küss mich.«

Er zog ihren Körper an seinen. Sie trug nur ein T-Shirt, und er ließ seine Hand darunter gleiten und spannte sie um ihren Rücken. Er war bereits hart für sie, mehr als bereit, sie zu nehmen. Doch ohne gegen die eigene innere Anspannung kämpfen zu müssen, war es ein köstlicher Genuss, sie zu streicheln.

»Ich muss dich lieben.«

Er warf die Laken und Decken vom Bett. Er wollte alles von ihr sehen, jeden Zentimeter berühren, und nichts durfte ihm im Weg sein.

Langsam zog er ihr das T-Shirt über den Kopf, dann ließ er die Kerzen im Raum aufflackern. Strahlend lag sie da im goldenen Glanz, den Kopf zur Seite gedreht, den Blick ihrer grauen Augen auf ihn gerichtet. Die Spitzen ihrer Brüste waren bereits hart, die Haut unter den rosafarbenen Nippeln war cremeweiß. Der Bauch war flach, ein bisschen zu flach, sorgte er sich. Doch ihre Hüften waren perfekt, wie auch ihre schlanken Beine.

Und die Stelle unterhalb ihres Nabels, so lustvoll …

»Meine Mary«, wisperte er und dachte an all die Stellen, die er berühren wollte.

Als er sich rittlings auf ihre Beine setzte, stach sein Geschlecht aufrecht hervor, schwer, stolz, fordernd. Doch bevor er sich noch zu ihrer Haut hinunterbeugen konnte, fanden ihre Hände seine Erektion, und er erschauerte, als sie ihn zu kneten begann. Schweiß brach ihm am ganzen Körper aus. Er sah ihr zu, wie sie ihn berührte, und ließ sich einen kurzen Moment lang gehen, ließ der Reinheit seines Begehrens, der unverdorbenen Lust freien Lauf.

Als sie sich unter ihm aufsetzte, war ihm nicht gleich klar, was sie vorhatte. »Mary?«

Ihre Lippen teilten sich, und sie nahm ihn in den Mund.

Rhage keuchte und fiel zurück auf seine Arme. »O mein ... Gott.«

Seit dem Fluch hatte er keiner Frau gestattet, ihn dort unten mit den Lippen zu berühren. Er hatte es einfach nicht gewollt.

Doch das hier war Mary.

Der Sog und die Wärme ihres Mundes, aber vor allem das Wissen, dass sie es war, raubten ihm die Kraft und lieferten ihn ihr hilflos aus. Ihre Augen blickten zu ihm empor, beobachteten ihn, wie er in der Lust badete, die sie ihm bereitete. Als er sich kraftlos rücklings auf die Matratze fallen ließ, kroch sie auf seinen Schenkeln höher. Er nahm ihren Kopf zwischen seine Hände und bog sich ihrem Mund entgegen, während sie einen Rhythmus fand.

Kurz bevor er kam, zog er seine Hüften weg. Er wollte noch nicht loslassen.

»Komm her«, sagte er und zog sie auf seinen Bauch hoch. Dann rollte er sie auf den Rücken. »Ich will in dir sein, wenn ich komme.«

Er küsste sie und legte seine Hand auf ihren Hals, dann glitt er weiter hinunter und ließ sie auf ihrem Herzen ruhen. Es schlug schnell, und er ließ den Kopf sinken und drückte seine Lippen auf ihr Brustbein. Dann fand er ihre Brust. Während er an einem harten Nippel saugte, legte er den Arm um ihr Schulterblatt und hob sie dichter an seinen Mund.

Sie machte ein ganz unfassbares Geräusch tief in der Kehle, ein atemloses Keuchen, das ihn den Kopf heben ließ, um sie anzusehen. Ihre Augen waren geschlossen, die Zähne zusammengebissen. Er zog eine Spur von Küssen bis hinunter zu ihrem Nabel, wo er verweilte und sie leckte. Dann wanderte er weiter zu ihrer Hüfte. Mit einer raschen Bewegung drehte er sie auf den Bauch, spreizte ihre Beine und legte seine Handfläche von unten um den Mittelpunkt zwischen ihren Beinen. Die seidige Feuchtigkeit, die seine Hand bedeckte, ließ ihn erbeben. Er küsste ihre Hüfte, ihren Rücken.

Er ließ einen Finger in sie hineingleiten, gleichzeitig fletschte er seine Fänge und strich ihr damit über die Wirbelsäule.

Mary stöhnte, ihr Körper bäumte sich seinen Zähnen entgegen.

An ihrer Schulter hielt er inne. Streichelte ihr Haar aus dem Weg. Und knurrte leise beim Anblick ihres Halses.

Als er spürte, wie sie sich anspannte, flüsterte er: »Hab keine Angst, Mary. Ich werde dir nicht wehtun.«

»Ich habe keine Angst.« Sie rutschte mit der Hüfte etwas herum und zog ihre feuchte Hitze um seine Hand zusammen.

Rhage zischte, die Begierde pulsierte in seinem Körper. Er fing an zu keuchen, fing sich aber gleich wieder. Er spürte kein Vibrieren, kein verfluchtes Summen. Nur sie und er. Zwei Liebende. Wenngleich er auch noch nach etwas anderem hungerte.

»Mary, verzeih mir.«

»Was?«

»Ich will … von dir trinken«, raunte er ihr ins Ohr.

Sie zitterte, doch er fühlte die Schauer der Wollust dort, wo sein Finger war.

»Willst du das … wirklich?«, fragte sie.

»O Gott, ja.« Sein Mund schloss sich seitlich um ihren Hals, er saugte an ihrer Haut, wollte noch so vieles mehr. »Ich will an deine Vene.«

»Ich hab mich schon gefragt, wie sich das anfühlen würde.« Ihre Stimme war rauchig, erregend. Du lieber Himmel, würde sie ihn etwa lassen? »Tut es weh?«

»Nur am Anfang ein bisschen, aber dann ist es wie … Sex. Du würdest meine Lust spüren, wenn ich dich in mir aufnehme. Und ich wäre sehr vorsichtig. Ich würde es ganz sanft machen.«

»Das weiß ich.«

Begehren pulsierte in ihm, und seine Fänge blitzten auf. Er stellte sich vor, wie er sie in ihren Hals versenken würde. Das Saugen. Das Schlucken. Der Geschmack. Und dann das Gefühl der Verbundenheit, wenn sie das Gleiche bei ihm tat. Er würde sie gut nähren, sie so viel nehmen lassen, wie sie nur wollte …

Wenn sie das Gleiche tat?

Rhages Kopf schnellte zurück. Was zum Henker dachte er sich dabei? Sie war ein Mensch, verdammt noch mal. Sie würde nicht von ihm trinken.

Er legte seine Stirn auf ihre Schulter. Nicht nur war sie ein Mensch; sie war auch krank. Er leckte sich die Lippen, um seine Fänge dazu zu überreden, sich wieder zurückzuziehen.

»Rhage? Wirst du … du weißt schon.«

»Ich glaube, ich sollte es lieber nicht.«

»Ehrlich, ich habe keine Angst davor.«

»Das weiß ich, Mary. Du hast vor überhaupt nichts Angst.« Und ihr Mut war ein Grund, warum er sich an sie gebunden hatte.

»Aber lieber möchte ich deinen Körper lieben, als etwas von ihm zu nehmen, was er nicht entbehren kann.«

In einer fließenden Bewegung richtete er sich halb auf, zog ihre Hüften von der Matratze hoch und drang von hinten in sie ein, stieß tief hinein. Sengende Hitze brannte in ihm, als sie sich aufbäumte, er legte einen Arm zwischen ihre Brüste und hielt sie dicht an seinen Oberkörper gepresst. Mit der anderen Hand drehte er ihr Kinn zur Seite, um sie küssen zu können.

Ihr Atem war heiß und gierig in seinem Mund, als er sich langsam aus ihrer Mitte zurückzog. Der Stoß zurück ließ sie beide aufstöhnen. Sie war so unglaublich eng, umklammerte ihn wie ein Schraubstock. Ein paarmal gelang es ihm noch, bedächtig zuzustoßen, dann übernahm sein Schwanz die Kontrolle über seinen Verstand; seine Hüften bewegten sich losgelöst von seinem Willen, bis er den Kontakt zu ihren Lippen verlor und den Kopf zurückwarf. Sein Körper hämmerte in ihren hinein, er legte seine Hände auf beiden Seiten um ihre Taille und hielt sie fest.

Sie sank aufs Bett, das Gesicht zur Seite gedreht. Die Lippen waren leicht geöffnet, die Augen geschlossen. Dann ließ er ihre Taille los und stützte die Fäuste neben ihren Schultern auf die Matratze. Sie war so winzig unter ihm, der Umfang seiner Oberarme ließ sie noch zarter wirken. Und doch nahm sie ihn vollkommen in sich auf, von der Spitze bis zur Wurzel, wieder und wieder, bis er sich vollkommen verlor.

Aus dem Nichts spürte er ein lustvolles Stechen in der Hand. Er sah hinunter und entdeckte, dass sie sich um einen seiner Arme herumgerollt und ihre Lippen um seinen Daumen gelegt hatte. Sie biss zu.

»Fester, Mary«, sagte er heiser. »O *ja.* Beiß zu ... fester.«

Bei dem kurzen Schmerz, als ihre Zähne in seinen Finger sanken, ging er vor Verzückung beinahe durch die Decke, er konnte kaum noch an sich halten.

Doch er wollte nicht, dass es vorbei war.

Er zog sich heraus und drehte sie blitzschnell um. Als sie auf dem Rücken landete, fielen ihre Beine schlaff zur Seite, als hätte sie keine Kraft mehr darin. Bei ihrem Anblick, wie sie offen vor ihm lag, glitzernd, angeschwollen, bereit für ihn, ergoss er sich beinahe über ihre Oberschenkel. Er senkte den Kopf und küsste sie genau da, wo er gerade gewesen war, schmeckte einen Hauch von sich selbst, ein bisschen von dem Duft, mit dem er ihren Körper als sein Eigen bezeichnet hatte.

Sie schrie wild auf, als sie zum Höhepunkt kam. Und noch bevor das heftige Pochen nachgelassen hatte, versenkte er sich wieder in ihr.

Sie rief laut seinen Namen, ihre Nägel ritzten seine Haut.

Endlich ließ er los und sah ihr dabei in die großen, glasigen Augen. Diesmal hielt nichts ihn zurück, und er kam immer und immer wieder, pumpte seinen Orgasmus in sie hinein. Der Höhepunkt dauerte an und an, er ritt die Wellen, die über ihn hinwegschwappten. Schier endlos schien die Ekstase, und er konnte nicht aufhören.

Nicht, dass er das gewollt hätte.

Mary hielt Rhage fest umschlungen, während er erneut erschauerte, sein Körper sich aufbäumte, sein Atem stoßweise ging. Er stöhnte tief, und sie spürte, wie er zuckte und sich erneut in sie ergoss.

Es war eine so intensive Vertrautheit, sie so ruhig, er in den Fängen eines multiplen Orgasmus. Da sie nicht von ihrer eigenen Leidenschaft abgelenkt war, spürte sie jede winzige Kleinigkeit in seinem Körper wie auch jeden seiner schweren Stöße. Sie wusste genau, wann ein neuerlicher Höhepunkt für ihn kam, konnte das Beben in seinem Bauch und seinen Oberschenkeln fühlen. Jetzt gerade passierte es wieder, sein Atem stockte, seine Brust und die Schultern verspannten sich gleichzeitig mit seinen Hüften, als er wieder kam.

Dieses Mal hob er den Kopf, zog die Lippen von den Fängen zurück, die Augen geschlossen. Sein Körper verkrampfte sich, alle Muskeln spannten sich an, und dann spürte sie den heißen Erguss tief in sich.

Seine Augen öffneten sich. Waren glasig.

»Es tut mir leid, Mary.« Wieder übermannte ihn ein Zucken, mühsam sprach er weiter. »Ist ... mir noch nie ... passiert. Gott *verdammt!*«

Er stieß ein kehliges Geräusch aus, eine Mischung aus Entschuldigung und Ekstase.

Sie lächelte ihn an und strich ihm mit den Händen über den glatten Rücken, spürte das Muskelspiel, als sein Unterkörper wieder in sie hineinstieß. Sie war völlig durchnässt zwischen den Beinen und genoss die köstliche Hitze, die sein Körper abstrahlte.

Der wundervolle Geruch ihrer Verbindung lag schwer in der Luft, sie fühlte sich vollkommen eingehüllt von dem dunklen Duft.

Er hievte sich hoch auf die Arme, als wollte er sich aus ihr zurückziehen.

»Wo willst du denn hin?« Sie schlang die Beine erneut um seine Hüften.

»Ich … zerquetsche dich noch.« Mit einem Zischen sog er die Luft ein.

»Mir geht es wunderbar.«

»O, Mary … ich …« Wieder bäumte er sich auf, keuchte, der Kopf fiel in den Nacken, die Sehnen im Hals spannten sich an, die Schultern wölbten sich. Er war einfach wunderschön.

Völlig unvermittelt sackte er zusammen, sein Körper lag nun schlaff auf ihrem. Sein Gewicht war immens, sie konnte kaum noch atmen. Aber da rollte er sich auch schon zur Seite und zog sie in seine Armbeuge. Sein Herz schlug dröhnend, und sie lauschte darauf, wie er sich allmählich beruhigte.

»Hab ich dir wehgetan?«, fragte er mit rauer Stimme.

»Überhaupt nicht.«

Er küsste sie und zog sich vorsichtig aus ihr zurück, dann sprang er schnell ins Badezimmer und kam mit einem Handtuch zurück, das er sanft zwischen ihren Beinen ausbreitete.

»Soll ich die Dusche anmachen?«, sagte er. »Ich … äh, hab wohl ganz schön was angerichtet.«

»Wohl kaum. Und nein, ich möchte einfach nur hier liegen.«

»Ich kann mir das auch nicht erklären.« Er runzelte die Stirn, während er Kissen und Decken zurück aufs Bett warf und sie beide zudeckte. »Obwohl … vielleicht weiß ich es doch.«

»Was auch immer der Grund dafür ist, du bist unglaublich.« Sie presste ihre Lippen auf sein Kinn. »Absolut unglaublich.«

Eine Weile lang lagen sie still nebeneinander.

»Hör mal, Mary, mein Körper hat in letzter Zeit einiges durchgemacht.«

»Das kann man wohl sagen.«

»Ich werde ... mich ein bisschen darum kümmern müssen.«

In seiner Stimme lag ein Misston, der ihr unerklärlich war, und sie blickte zu ihm auf. Er starrte an die Decke.

Ein kalter Schauer lief ihr über den Rücken.

»Und wie das?«

»Ich werde mich ernähren müssen. Von einer Frau. Meiner Spezies.«

»Ach so.« Sie dachte daran, wie seine Fänge über ihre Wirbelsäule gestrichen hatten. Und an das erwartungsvolle Beben, als er an ihrem Hals geknabbert hatte. Doch die Schatten einer anderen Erinnerung brachten sie zurück in die Realität. Sie konnte nicht noch einmal in seinem Bett auf ihn warten, wissend, dass er bei einer anderen Frau war. Das würde sie kein zweites Mal ertragen.

Er nahm ihre Hände in seine. »Mary, ich muss mich nähren, damit ich die Beherrschung über meinen Körper behalte. Und ich möchte, dass du dabei bist, wenn ich es tue. Wenn es zu schwer für dich ist, dabei zuzusehen, könntest du zumindest im selben Raum sein. Du sollst dir keine falschen Vorstellungen darüber machen, was zwischen mir und der Vampirin passiert.«

»Von wem wirst du« – sie räusperte sich, um das Wort auszusprechen – »trinken?«

»Ich habe schon darüber nachgedacht. Es soll niemand sein, mit dem ich geschlafen habe.«

Das würde dann wohl die Auswahl stark einschränken, wie viele blieben da noch übrig. Fünf? Sechs?

Sie schüttelte den Kopf. Sie wollte nicht so denken.

»Ich werde eine der Auserwählten bitten.«

Bitte sag mir, dass das alles zahnlose alte Hexen sind, dachte sie. »Wer ist das?«

»In erster Linie dienen sie der Jungfrau der Schrift, unserer Gottheit. Doch eine Zeitlang leisteten sie allein stehenden Mitgliedern der Bruderschaft ihre Dienste. In jüngerer Zeit haben wir sie dafür nicht mehr benutzt, aber ich werde sie ansprechen und versuchen, etwas zu arrangieren.«

»Wann?«

»So bald wie möglich. Vielleicht morgen Nacht.«

»Dann bin ich nicht mehr da.« Seine Miene verfinsterte sich, doch sie ließ ihn nicht zu Wort kommen. »Es wird Zeit für mich, zu gehen.«

»Das kommt nicht infrage.«

»Rhage, sei doch realistisch. Glaubst du ernsthaft, dass ich einfach für immer hier bei dir bleibe?«

»Das wünsche ich mir. Also: ja.«

»Ist dir schon mal der Gedanke gekommen, dass ich mein Haus vermissen könnte, meine Sachen, meine …«

»Ich lasse alles hierherbringen. Alles.«

Sie schüttelte den Kopf. »Ich muss nach Hause.«

»Dort ist es nicht sicher.«

»Dann müssen wir es eben sicher machen. Ich lasse eine Alarmanlage installieren, lerne schießen, was weiß ich. Aber ich muss zurück zu meinem Leben.«

Er schloss die Augen.

»Rhage, sieh mich an. Sieh mich *an.*« Sie drückte seine Hand. »Ich habe Dinge zu erledigen. In meiner Welt.«

Seine Lippen verzogen sich zu einem dünnen Strich. »Darf Vishous dir ein Sicherheitssystem einbauen?«

»Ja.«

»Und an manchen Tagen kommst du hierher zu mir.«

Sie holte tief Luft. »Was, wenn ich Nein sage?«

»Dann komme ich zu dir.«

»Ich denke nicht …«

»Ich hab es dir schon mal gesagt: Nicht denken.«

Seine Lippen fanden ihre, doch bevor seine Zunge hindurchschlüpfen und ihr die Fähigkeit zum logischen Denken rauben konnte, schob sie ihn von sich weg.

»Rhage, du weißt doch, dass das nirgendwohin führt. Dieses … was auch immer es ist, was zwischen uns besteht. Es geht nicht. Es kann nicht gehen.«

Er drehte sich auf den Rücken und legte den Arm hinter den Kopf. Als er die Kiefer zusammenbiss, traten die Sehnen am Hals hervor.

Sie hasste das; hasste es wirklich. Aber es war besser, es offen auszusprechen. »Ich bin dir dankbar für alles, was du für mich getan hast. Das Opfer, das du gebracht hast, um mich in Sicherheit zu bringen …«

»Warum warst du in jener Nacht so aufgebracht, als ich ausgegangen bin?«

»Wie bitte?«

»Warum hat es dir etwas ausgemacht, dass ich bei einer anderen war? Oder war dir einfach nur nach ein bisschen derbem Sex, und du brauchtest eine Entschuldigung dafür?« Sein Blick begegnete ihrem. Das Blau seiner Augen leuchtete jetzt wie Neon, es blendete sie fast. »Weißt du was, wenn du es das nächste Mal ein bisschen härter willst, sag einfach nur Bescheid. Ich spiele gerne mit.«

O Gott. Sie hatte ihn nicht so wütend machen wollen. »Rhage …«

»Weißt du, ich hab richtig Gefallen daran gefunden. An dieser Domina-Nummer, die du da abgezogen hast. Mein Blut auf deinen Lippen zu schmecken, nachdem du mir in den Mund gebissen hattest, das hat mich total angeturnt.«

Der kalte Ton in seiner Stimme war furchtbar. Und seine ausdruckslosen, leuchtenden Augen nicht minder.

»Es tut mir leid«, sagte sie. »Aber …«

»Um ehrlich zu sein, kriege ich gerade schon wieder einen Ständer. Was erstaunlich ist, wenn man bedenkt, womit ich die letzten zwanzig Minuten verbracht habe.«

»Was genau soll denn deiner Meinung nach die Zukunft für uns bereithalten?«

»Das werden wir nie erfahren, oder? Aber bis zum Abend bleibst du doch noch? Und wenn nur, weil du mich brauchst, um dich nach Hause zu fahren. Dann wollen wir doch mal sehen, ob ich mich noch mal in Schwung bringen kann. Ich möchte ja nicht deine Zeit verschwenden.« Er griff unter die Bettdecke. »Mann, du bist echt gut. Ich bin schon wieder so hart wie ein Baseballschläger.«

»Hast du eine Ahnung, wie die nächsten sechs Monate für mich sein werden?«

»Nein, und ich werde es auch nie erfahren, oder? Wie wär's also mit ein bisschen Sex. Denn mehr willst du ja nicht von mir. Und da ich so ein erbärmlicher Penner bin, dass ich alles von dir nehme, was ich kriegen kann, sollte ich besser zugreifen.«

»Rhage!«, schrie sie, um zu ihm durchzudringen.

»Mary!«, äffte er sie nach. »Tut mir leid, rede ich zu viel? Dir wäre es lieber, wenn mein Mund etwas anderes täte, stimmt doch? Soll er auf deinen Mund? Nein, auf deine

Brüste. Warte mal, noch tiefer. Genau, am liebsten hast du meine Zunge noch tiefer. Und ich weiß genau, wie man es dir richtig besorgt.«

Sie stützte den Kopf in die Hände. »So will ich nicht gehen. Nicht im Streit.«

»Aber davon lässt du dich nicht aufhalten, richtig? Nicht du, nicht die starke Mary. Nein, du gehst einfach in die Welt hinaus …«

»Um *krank* zu sein, Rhage! Ich verlasse dich, um krank zu sein, kapiert? Morgen gehe ich zum Arzt. Auf mich wartet nicht gerade eine Riesenparty, wenn ich nach Hause komme.«

Er starrte sie durchdringend an. »Hältst du mich für so unwürdig, dass ich nicht für dich sorgen kann?«

»Was?«

»Du hältst mich für so einen armseligen Typen, dass du mich während deiner Krankheit nicht für dich sorgen lässt.«

Sie dachte daran, wie schwer der Anblick seiner Schmerzen für sie gewesen war und das Gefühl, ihm nicht helfen zu können.

»Warum solltest du das wollen?«, flüsterte sie.

Rhages Mundwinkel sanken herab, als hätte sie ihm eine Ohrfeige gegeben.

Wütend schoss er aus dem Bett. »Leck mich doch einfach, Mary.«

Er zwängte seine Beine in eine Lederhose und schnappte sich ein T-Shirt aus der Kommode.

»Pack deine Sachen zusammen, Süße. Du musst dich nicht länger mit einem streunenden Hund rumärgern.« Er zog sich das T-Shirt über den Kopf. »Ich lasse V so schnell wie möglich dein Haus verkabeln. Das sollte nicht lange dauern, und bis er fertig ist, kannst du woanders schlafen. Einer der *Doggen* wird dir dein neues Zimmer zeigen.«

Sie sprang von der Matratze und auf ihn zu, doch er durchbohrte sie mit einem eiskalten Blick, der sie abrupt stehen bleiben ließ.

»Weißt du, Mary, ich habe das verdient. Wirklich. So oft habe ich mit anderen dasselbe getan, bin einfach gegangen, ohne einen Scheiß auf ihre Gefühle zu geben.« Er öffnete die Tür. »Wobei die Frauen, die ich gevögelt habe, noch Glück hatten. Wenigstens erinnern sie sich nicht an mich. Und im Moment würde ich wirklich dafür töten, um dich zu vergessen, das kannst du mir glauben.«

Er knallte die Tür nicht zu. Er schloss sie leise und sanft.

32

O beugte sich über den Vampir und zog den Schraubstock fester. Er hatte den jungen Mann in einer Seitenstraße hinter dem *Screamer's* entführt, und bis jetzt funktionierte das neu gebaute Überzeugungszentrum ausgezeichnet. Auch mit seinem Gefangenen kam er gut voran. Es hatte sich herausgestellt, dass der Kerl eine lose Verbindung zur Bruderschaft unterhielt.

Unter normalen Umständen hätte O in Ekstase geraten müssen, soweit ihm das noch möglich war. Stattdessen sah er immer sich selbst und Omega vor sich, wenn er den Schüttelfrost und die glasigen, rollenden Augen des Vampirs betrachtete. Er sah sich selbst. Machtlos. Chancenlos. Gequält.

Die Erinnerung verklebte seine Lungen mit einem Schlick aus Furcht und Grauen, bis er wegsehen musste. Als der Vampir aufstöhnte, kam O sich vor wie ein Weichei.

Himmelherrgott, er musste sich endlich zusammenreißen.

O räusperte sich. Atmete ein. »Und, äh … wie gut kennt deine Schwester die Bruderschaft?«

»Sie … hat Sex … mit ihnen.«

»Wo?«

»Das weiß ich nicht.«

»Ein bisschen mehr Mühe musst du dir schon geben.« O erhöhte den Druck noch etwas.

Der Gefolterte schrie auf, und seine wilden Augen kreisten hilflos im Kopf herum. Er stand kurz davor, wieder ohnmächtig zu werden, deshalb lockerte O die Schraube wieder etwas.

»Wo trifft sie sich mit ihnen?«

»Caith geht in alle Bars.« Der Vampir hustete schwach. *»Zero Sum. Screamer's.* Neulich war sie im *One Eye.«*

»One Eye?« Merkwürdig. Das lag mitten in der Prärie.

»Kann ich jetzt bitte nach Hause gehen? Meine Eltern machen sich …«

»Sie machen sich sicherlich Sorgen. Und das sollten sie auch.« O schüttelte den Kopf. »Aber ich kann dich nicht freilassen. Noch nicht.«

Er konnte ihn überhaupt nicht freilassen, aber das brauchte der Junge nicht zu wissen.

O zog den Schraubstock wieder zu. »Sag mal, wie hieß deine Schwester noch mal?«

»Caith.«

»Und welchen der Brüder bumst sie?«

»Auf jeden Fall … den mit dem Bärtchen. Vishous. Sie mag auch den blonden Krieger. Aber er steht nicht auf sie.«

Der blonde Bruder mit der Bestie? »Wann hat sie den Blonden zuletzt gesehen?«

Undeutliche Laute kamen aus dem Mund des Jungen.

»Wie war das? Ich kann dich nicht hören.«

Der Junge versuchte zu sprechen, doch plötzlich bäumte er sich auf und riss den Mund auf, als bekäme er keine Luft.

»Ach, komm schon«, murmelte O. »So weh tut es nun auch wieder nicht.«

Scheiße, diese Schraubstocknummer war doch bloß Kinderkram; das war doch noch nicht annähernd tödlich. Dennoch war der Vampir zehn Minuten später tot, und O stand über die Leiche gebeugt da und fragte sich, was zur Hölle eigentlich passiert war.

Die Tür ging auf und U kam hereingeschlendert. »Wie läuft's heute Nacht?«

»Der Kerl hier hat ins Gras gebissen, aber ich habe keinen blassen Schimmer, warum. Ich hatte gerade erst angefangen.«

O befreite die Hand des Vampirs aus dem Schraubstock und schleuderte das Gerät in die Ecke zu dem übrigen Werkzeug. Als er die leblose Hülle auf dem Tisch betrachtete, wurde ihm unvermittelt und schockierend übel.

»Wenn Sie ihm einen Knochen gebrochen haben, könnte sich ein Gerinnsel gebildet haben.«

»Was ... wie? Ach so. Aber nur von einem Finger? Bei einem Oberschenkelknochen vielleicht, aber es war seine Hand.«

»Spielt keine Rolle. Das kann sich überall bilden. Und wenn es bis zu den Lungen wandert und dort steckenbleibt, ist Schicht im Schacht.«

»Er hat nach Luft geschnappt.«

»Dann war es das wahrscheinlich.«

»Echt schlechtes Timing. Seine Schwester vögelt die Brüder, aber viel hab ich nicht aus ihm herausbekommen.«

»Seine Adresse?«

»Leider nein. Der Idiot hat sich die Brieftasche klauen lassen, direkt bevor ich ihn gefunden habe. War betrunken und wurde auf offener Straße überfallen. Er hat aber ein paar Orte genannt. Die üblichen Klubs in der Innenstadt, aber auch diese Hinterwäldlerkneipe, das *One Eye.*«

U runzelte die Stirn, während er seine Pistole herauszog und die Kammern überprüfte. »Sind Sie sicher, dass er nicht einfach nur geredet hat, damit Sie aufhören? Das *One Eye* ist nicht weit von hier, und diese Bastarde von Brüdern sind eher Stadtmenschen, oder nicht? Ich meine, da finden wir sie doch normalerweise.«

»Dort *lassen* sie sich von uns finden. Weiß der Himmel, wo sie wohnen.« O schüttelte den Kopf. »Mist, bevor er starb, hat er noch was gesagt. Ich konnte es nicht verstehen.«

»Diese Sprache, die sie benutzen, ist wirklich ein Hammer. Ich wünschte, wir hätten einen Dolmetscher.«

»Das kann man wohl sagen.«

U sah sich um. »Und, wie gefällt Ihnen das Gebäude?«

Das Gebäude ist mir scheißegal, dachte O.

»Perfekt«, sagte er. »Ich habe den Kerl ein Weilchen in eines der Rohre gesteckt, um ihn mürbe zu machen. Das Gurt-Seil-System funktioniert einwandfrei.« O klappte einen Arm des Vampirs auf seine Brust und tippte auf den Edelstahltisch, auf dem er lag. »Und dieser Tisch ist ein Gottesgeschenk. Die Abflusslöcher, die Kopfstützen.«

»Dachte ich mir doch, dass Ihnen das gefällt. Habe ich aus einem Leichenschauhaus gestohlen.«

»Sehr schön.«

U trat zu dem feuerfesten Schrank, in dem sie ihre Munition aufbewahrten. »Was dagegen, wenn ich mir was nehme?«

»Dazu ist sie da.«

U nahm eine faustgroße Schachtel mit der Aufschrift REMINGTON heraus. Während er seine Waffe nachlud, sagte er: »Ich hörte, Mr. X hat Ihnen das Kommando für diese Einrichtung übertragen.«

»Er hat mir den Schlüssel gegeben, stimmt.«

»Gut. Dann wird sie wenigstens vernünftig geführt.«

Natürlich war eine Bedingung an das Vorrecht geknüpft gewesen. Mr. X hatte gefordert, dass O hier einzog. Was auch sinnvoll war. Wenn sie hier Vampire über mehrere Tage gefangen halten wollten, musste jemand die Gefangenen bewachen.

O lehnte seine Hüfte an den Tisch. »Mr. X wird eine Neuorientierung der Eliteeinheiten verkünden. Innerhalb der Eskadrone wird in Paaren gearbeitet, und ich durfte mir als Erstes jemanden aussuchen. Ich möchte Sie.«

U schloss lächelnd die Munitionsschachtel. »Ich war ein Trapper oben in Kanada, wussten Sie das? Damals in den 1820ern. Ich bin gern draußen unterwegs und fange Dinge ein.«

O nickte. Bevor er seinen Elan verloren hatte, hätten er und U ein unschlagbares Team abgegeben.

»Stimmt das denn mit Ihnen und X?«, wollte U wissen.

»Stimmt was?«

»Dass Sie sich kürzlich mit Omega getroffen haben?« U bemerkte, dass Os Augen bei der Erwähnung des Namens kurz flackerten, missdeutete die Reaktion aber Gott sei Dank. »Verdammter Mist, Sie haben ihn wirklich getroffen. Werden Sie etwa X' Stellvertreter? Läuft es darauf hinaus?«

O schluckte mühsam, sein Magen schlug Purzelbäume. »Da müssen Sie schon den Sensei fragen.«

»Ja, klar. Das mache ich *ganz* bestimmt. Mir ist allerdings nicht klar, warum Sie ein Geheimnis daraus machen müssen.«

Da O auch nicht mehr wusste als der andere *Lesser*, blieb ihm kaum eine andere Wahl, als zu schweigen.

Mann, noch vor kurzer Zeit hätte ihn die Vorstellung, zweiter Haupt-*Lesser* zu sein, in Hochstimmung versetzt.

U ging zur Tür. »Also, wo und wann brauchen Sie mich?«

»Hier. Jetzt.«

»Was haben Sie vor?«

»Wir fahren zurück in die Stadt. Ich wollte die anderen zusammenrufen, um ihnen heute Abend eine Unterrichtsstunde zu erteilen. Aber es sieht wohl so aus, als hätte ich mein Anschauungsmaterial verloren.«

U neigte den Kopf. »Dann nichts wie los. Holen wir uns neues.«

Rhage betete inständig um ein Ventil, während er die Kneipenmeile der Innenstadt ablief. Es war kalt und regnerisch, und er war mit den Nerven am Ende. Innerlich kochte er vor Wut und Schmerz. Vishous hatte bereits vor zwei Stunden den Versuch aufgegeben, mit ihm zu sprechen.

Als sie wieder auf die Trade Street stießen, blieben sie neben der Tür des *Screamer's* stehen. Eine ungeduldige, fröstelnde Menge stand Schlange vor dem Klub, und zwischen den Menschen standen vier Vampire.

»Das ist mein letzter Versuch, Hollywood.« V zündete sich eine Selbstgedrehte an und schob seine Baseballkappe in den Nacken. »Was soll das Schweigen? Hast du noch Schmerzen von gestern Nacht?«

»Mir geht's bestens.«

Rhage schielte in eine dunkle Ecke der Straße.

Schwachsinn. Es ging ihm überhaupt nicht bestens. Seine Sehschärfe war beim Teufel, egal wie häufig er blinzelte, er konnte im Dunklen kaum etwas erkennen. Normalerweise vernahm er Geräusche aus einer Entfernung von über einem Kilometer, aber heute musste er sich schon voll konzentrieren, um das Geplapper aus der Schlange vor dem *Screamer's* zu hören.

Sicher, er war aufgewühlt wegen der Sache mit Mary; von der Frau, die man liebte, derart auf Abstand gehalten zu werden, konnte einen Mann wirklich fertigmachen. Aber diese Veränderungen waren physiologisch, keine Gefühlsduselei.

Und er wusste auch, woran es lag. Die Bestie war heute Nacht nicht bei ihm.

Es hätte eine Erleichterung sein sollen. Das verdammte Biest los zu sein – und wenn auch nur vorübergehend – war ein Segen. Nur, dass er sich offensichtlich schon viel zu sehr daran gewöhnt hatte, sich auf die hellwachen Instinkte des Untiers zu verlassen. O Mann, der Gedanke, dass er eine Art symbiotische Beziehung mit seinem Fluch hatte, war wirklich eine Überraschung. Wie auch die Verletzlichkeit, die momentan damit einherging. Nicht dass er an seiner Geschicklichkeit im Faustkampf oder seiner Schnelligkeit mit dem Dolch zweifelte. Es war mehr, als versorge ihn die Bestie normalerweise mit Informationen über seine Umgebung, auf die er sich gewohnheitsmäßig verließ. Außerdem war die hässliche Kreatur ein sagenhafter Trumpf im Ärmel. Wenn sonst alles schieflief, machte sie einfach kurzen Prozess mit ihren Feinden.

»Sieh mal einer an«, ließ sich V vernehmen und nickte nach rechts.

Zwei *Lesser* kamen die Trade Street entlang, das weiße Haar leuchtete im Scheinwerferlicht eines Autos auf. Wie Marionetten, die an denselben Schnüren hingen, drehten die Köpfe sich gleichzeitig zu ihm und Vishous um. Die beiden verlangsamten ihren Schritt. Blieben stehen.

V ließ die Zigarette fallen und trat sie mit dem Stiefelabsatz aus. »Ganz schön viele Zeugen für einen Kampf.«

Die Jäger schienen das Gleiche zu empfinden, sie machten keine Anstalten anzugreifen. In einer Pattsituation kam die bizarre Etikette im Krieg zwischen der Bruderschaft und den *Lesser* zum Tragen: Unauffälligkeit unter Angehörigen von *Homo sapiens* war entscheidend, um die Tarnung beider Seiten aufrechtzuerhalten. Mitten in einer Menschenmenge aufeinander loszugehen, nützte keinem von ihnen.

Während die Brüder und die *Lesser* einander finster anstarrten, bekamen die Menschen um sie herum nichts von der Anspannung mit. Die Vampire in ihrer Mitte allerdings wussten sehr genau, was los war. Unruhig traten sie von einem Fuß auf den anderen und dachten eindeutig an Flucht. Rhage blickte sie durchdringend an und schüttelte ganz langsam den Kopf. Der sicherste Ort für diese Jungs war hier in der Öffentlichkeit, und er hoffte inständig, dass sie das begriffen.

Doch natürlich rannten die vier los.

Die verdammten *Lesser* lächelten. Und sprinteten ihrer Beute hinterher wie zwei Leichtathletikweltmeister.

Rhage und Vishous gingen von null auf hundert und rasten hinterher.

Törichterweise rannten die Vampire in eine Seitenstraße hinein. Vielleicht hofften sie darauf, sich zu dematerialisieren. Vielleicht konnten sie vor Angst nicht mehr klar denken. In jedem Fall verringerten sie dadurch ihre Chancen, lebend aus der Sache herauszukommen, beträchtlich. Wegen des Eisregens waren dort keine Menschen unterwegs, und da es weder Straßenbeleuchtung noch Fenster in den Gebäuden gab, hinderte die Jäger nichts daran, ihre Arbeit im Freien zu erledigen.

Rhage und V rannten noch schneller, die Stiefel donnerten durch Pfützen und spritzten das Schmutzwasser in alle Richtungen. Sie holten auf, und es sah so aus, als würden sie die *Lesser* erreichen, bevor die wiederum die vier Vampire erwischten.

Gerade wollte Rhage den Rechten der beiden packen, als ein dunkler Pick-up von vorn in die Straße einbog, auf der glatten Straße ins Schleudern geriet und dann wieder Haftung bekam. Genau als der *Lesser* einen der Vampire einfing, wurde der Wagen langsamer. Unsanft schleuderten die beiden Jäger den jungen Mann hinten auf die Ladefläche und wirbelten dann herum, bereit zum Kampf.

»Ich schnapp mir den Lieferwagen«, rief Rhage.

V nahm sich die *Lesser* vor, als Rhage losspurtete. Die Reifen des Wagens drehten durch, als er beschleunigen wollte, was Rhage ein, zwei zusätzliche Sekunden verschaffte. Doch gerade als er ihn erreichte, fing sich der Fahrer wieder und schoss davon. Mit einem Riesensatz warf Rhage sich hoch in die Luft und erwischte gerade noch rechtzeitig den Rand der Ladefläche.

Doch seine Hand rutschte an dem glatten Metall ab. Er versuchte verzweifelt, einen besseren Halt zu bekommen, als sich das Rückfenster öffnete und eine Gewehrmündung heraus geschoben wurde. Er duckte sich in Erwartung des lauten Knalls einer abgefeuerten Kugel. Doch stattdessen zuckte der Vampir, der gerade von der Ladefläche springen wollte, zusammen und klammerte sich an Rhages Schulter. Dann sah er sich verwirrt um und fiel wie in Zeitlupe rückwärts auf die Ladefläche.

Der Pick-up schüttelte Rhage ab, und im Fallen gelang es ihm, sich umzudrehen, sodass er mit dem Gesicht nach oben landete. Er knallte auf dem Asphalt auf und schlitterte weiter. Ohne seinen Ledermantel wäre er zerfetzt worden.

Blitzschnell sprang er auf die Füße und sah dem Wagen nach, der in der Ferne um eine Ecke bog. Fluchend rannte er zurück zu V. Der Kampf war in vollem Gange und sehr heftig, die Vampirjäger hatten großes Zutrauen in ihre eigenen Fähigkeiten, sie waren längst keine Anfänger mehr. V stand in Abwehrhaltung da und hielt sie mit dem Dolch in Schach.

Rhage stürzte sich auf den erstbesten *Lesser*, den er in die Finger bekam; er war stinksauer, dass er den Vampir nicht aus dem Pick-up hatte retten können. Am liebsten hätte er die ganze Welt kurz und klein geschlagen – wegen Mary. Mit den Fäusten prügelte er den Mistkerl windelweich, die Knochen brachen und stachen durch die Haut. Schwarzes Blut spritzte ihm ins Gesicht und in die Augen. Er hörte nicht auf, bis V ihn von hinten wegzog und ihn mit dem Rücken an eine Mauer drückte.

»Was zum Teufel machst du da?« Rhage hatte gute Lust, sich V auch gleich noch vorzuknöpfen, weil der sich zwischen ihn und den *Lesser* stellte.

Mit beiden Händen packte V Rhage am Revers und schüttelte ihn kräftig, wie um ihn wieder zur Vernunft zu bringen. »Der Kerl bewegt sich nicht mehr. Sieh mich an, mein Bruder. Er liegt auf dem Boden, und da bleibt er auch.«

»Ist mir scheißegal!« Rhage versuchte, sich loszureißen, aber V hielt ihn fest. Mit knapper Not.

»Rhage! Komm schon, Mann, was ist los? Was läuft hier? Wo bist du, Bruder?«

»Ich muss ihn einfach töten … ich muss …« Aus dem Nichts schlich sich plötzlich Hysterie in seine Stimme. »Wegen dem, was sie tun … die Zivilisten können sich nicht wehren … ich muss ihn töten …« Er war kurz vor dem Durchdrehen, doch er konnte nicht aufhören. »O Gott, Mary, sie wollen sie holen … sie werden sie mitnehmen, so wie diesen Jungen, V. Ach Scheiße, mein Bruder … was soll ich nur tun, um sie zu retten?«

»Sch-sch. Ganz ruhig, Hollywood. Jetzt entspann dich mal.«

V griff Rhage um den Nacken und strich mit dem Daumen beruhigend über seine Halsschlagader. Das hypnotische Streicheln beruhigte ihn erst kaum merklich, dann schlagartig.

»Besser?«, fragte V.

»Ja, besser.«

Rhage holte tief Luft und lief eine Weile auf und ab. Dann ging er zurück zu der Leiche des *Lesser*. Er durchwühlte seine Taschen, fand eine Brieftasche, etwas Bargeld, eine Waffe.

Hey, das war gut.

»Sieh dir das mal an«, murmelte er. »Schönen guten Tag, Mr. BlackBerry.«

Er warf V das Gerät zu, der anerkennend pfiff. »Sehr schön.«

Rhage zückte einen seiner Dolche und vergrub die schwarze Klinge in der Brust des Jägers. Mit einem Zischen und einem Blitz löste sich das Wesen in Luft auf. Doch Rhage hatte immer noch nicht das Gefühl, genug getan zu haben. Er wollte gleichzeitig brüllen und weinen.

Er und V machten noch einen schnellen Rundgang durch die Nachbarschaft. Alles ruhig. Mit ein bisschen

Glück hatten es die anderen drei Vampire nach Hause und in Sicherheit geschafft und erholten sich gerade von der Überdosis Adrenalin.

»Ich will die Kanopen der *Lesser* haben«, sagte Rhage. »Hatte deiner irgendetwas dabei?«

V wedelte mit einer Brieftasche herum. »Im Führerschein steht 195 LaCrosse Street. Und bei dir?«

Rhage blätterte durch. »Nichts. Kein Führerschein. Warum zum Teufel hatte er – hm. Na, das ist ja mal interessant.«

Die kleine Karteikarte war ordentlich in der Mitte gefaltet worden. Innen war eine Adresse notiert, nicht weit von dem Ort, an dem sie sich befanden.

»Das sehen wir uns mal genauer an, bevor wir rüber in die LaCrosse fahren.«

33

Unter Fritz' wachsamen Augen packte Mary ihre Reisetasche. Der Butler wollte ihr unbedingt behilflich sein und trat unruhig von einem Bein aufs andere. »Das wäre doch eigentlich meine Aufgabe«, sagte er freundlich, aber bestimmt.

»Ich bin so weit«, sagte sie schließlich, auch wenn es nicht so war.

Fritz lächelte, endlich konnte er sich wieder nützlich machen. Er führte sie über die Galerie zu einem Zimmer, das auf den Garten hinter dem Haus hinaussah. Eines musste sie ihm wirklich lassen: Er war unglaublich diskret. Falls er es merkwürdig fand, dass sie aus Rhages Zimmer auszog, dann ließ er es sich jedenfalls nicht anmerken. Und er behandelte sie mit derselben Höflichkeit wie immer.

Als sie allein war, dachte sie über ihre Möglichkeiten nach. Sie wollte nach Hause, aber sie war nicht dumm. Von diesen *Dingern* da im Park ging eine tödliche Gefahr aus, und so sehr sie auch etwas Raum für sich brauchte – umbringen lassen würde sie sich nicht für ein bisschen Unabhängigkeit. Außerdem, wie lange konnte es schon dauern, eine Alarmanlage einzubauen? Vielleicht arbeitete dieser Vishous genau in diesem Augenblick schon daran.

Sie dachte an ihren Arzttermin morgen Nachmittag.

Rhage hatte gesagt, er würde sie dorthin gehen lassen, und egal wie wütend er vorhin gewesen war, sie wusste, dass er sie nicht davon abhalten würde. Fritz würde sie wahrscheinlich ins Krankenhaus fahren, dachte sie. Er hatte ihr erklärt, dass er sich tagsüber draußen aufhalten konnte.

Mary warf einen Blick auf ihre Tasche. Da es vielleicht ein Abschied für immer wurde, konnte sie Rhage nicht so im Streit verlassen, das war ihr bewusst. Vielleicht würde er sich unterwegs etwas beruhigen. Sie selbst fühlte sich auf jeden Fall schon wieder etwas vernünftiger.

Sie öffnete die Zimmertür weit genug, um ihn hören zu können, wenn er heimkam. Und dann setzte sie sich aufs Bett und wartete.

Es dauerte nicht lange, bis sie ganz zappelig vor Nervosität wurde, also schnappte sie sich das Telefon. Als Bella abhob, war sie erleichtert, die Stimme ihrer Freundin zu hören. Sie plauderten ein Weilchen über nichts Besonderes. Dann, als sie sich stark genug fühlte, erklärte Mary, dass sie heimkäme, sobald das Sicherheitssystem in ihrem Haus installiert war. Sie war dankbar, dass Bella keine Einzelheiten wissen wollte.

Danach entstand eine längere Pause. »Ähm, Mary, darf ich dich etwas fragen?«

»Klar.«

»Hast du welche der anderen Krieger gesehen?«

»Ein paar, ja. Aber ich weiß nicht, ob ich schon allen begegnet bin.«

»Und was ist mit dem, der … der die Narbe im Gesicht hat?«

»Das ist Zsadist. Sein Name ist Zsadist.«

»Aha. Ähm, ist er …«

»Was?«

»Na ja, man erzählt sich so einiges von ihm. Er hat einen ziemlich düsteren Ruf.«

»Das kann ich mir gut vorstellen. Aber weißt du, ich glaube eigentlich nicht, dass er wirklich einen schlechten Charakter hat. Ich denke eher, er will, dass jeder ihn für gefährlich hält, damit ihm niemand zu nahe kommt. Warum fragst du?«

»Ach, nur so. Ehrlich.«

Um ein Uhr morgens verließ John Matthew das *Moe's* und machte sich auf den Heimweg. Tohrment war nicht gekommen. Vielleicht würde er gar nicht kommen. Vielleicht hatte er die Chance vertan, durch seine Hilfe seinem tristen Leben zu entfliehen.

Allein in der kalten Nacht fühlte John sich verzweifelt, wenn er nicht bald aus seiner Wohnung wegkam, würde er noch wahnsinnig. Er hatte solche Angst, dass sie ihn bis in seine Träume verfolgte. Vor seiner Schicht hatte er noch ein kurzes Nickerchen gemacht, und seine Albträume waren entsetzlich gewesen, voller weißhaariger Männer, die ihn verfolgten und einfingen und ihn an einen dunklen Platz unter der Erde brachten.

Er hielt den Schlüssel schon in der Hand, als er auf seine Wohnungstür zuging, und ohne zu trödeln flitzte er hinein, schlug die Tür zu und verrammelte alles: Zwei Riegel, die Kette. Trotzdem fühlte er sich noch nicht sicher.

Er wusste, dass er etwas essen musste, aber er hatte einfach nicht die Kraft, sich damit auseinanderzusetzen. Also ließ er sich auf sein Bett sinken, in der Hoffnung, seine schwindenden Energien würden sich auf magische Art und Weise von allein wieder aufladen. Er würde sie brauchen.

Morgen musste er losziehen und sich nach einer neuen Unterkunft umsehen. Er musste die Dinge selbst in die Hand nehmen, es war höchste Zeit.

Aber bei Gott, er wünschte wirklich, er wäre damals mit Tohrment mitgegangen, als –

Es klopfte an der Tür. John sah auf, Hoffnung und Furcht schnürten ihm die Brust zusammen.

»Sohn? Ich bin es, Tohrment. Mach auf.«

John rannte durch den Raum, riss die Kette und die Riegel zurück und warf sich dem Mann beinahe in die Arme.

Tohrment zog die dunklen Brauen über den blauen Augen zusammen. »Was ist los, John? Hast du Ärger?«

Er war nicht sicher, wie viel er von dem blassen Mann im Flur erzählen sollte. Am Ende beschloss er, nichts zu sagen. Er würde nicht riskieren, dass Tohrment es sich anders überlegte, weil der Junge, den er zu sich holen wollte, ein paranoider Psychofreak war.

»Sohn?«

John holte seinen Block und den Stift, während Tohrment die Tür schloss.

Ich bin froh, dass Sie gekommen sind. Vielen Dank.

Tohrment las die Worte. »Ja, ich wäre auch schon eher gekommen, aber vergangene Nacht musste ich … etwas erledigen. Hast du es dir noch mal überlegt?«

John nickte und kritzelte eilig *Ich möchte mit Ihnen kommen.*

Tohrment lächelte. »Das ist gut, mein Sohn. Das ist eine gute Entscheidung.«

John atmete tief ein, ihm fiel ein Stein vom Herzen.

»Wir machen es so. Ich komme morgen Nacht wieder und hole dich hier ab. Jetzt im Moment kann ich dich nicht mit nach Hause nehmen, weil ich noch bis zum Morgengrauen unterwegs bin.«

John schluckte seine neuerliche Panik herunter. *Jetzt komm schon,* sagte er zu sich selbst. Was war schon ein Tag?

Zwei Stunden vor Sonnenaufgang standen Rhage und Vishous vor der Grotte. Rhage wartete im Wald, während Vishous die Kanope hineinbrachte, die sie in der Wohnung des *Lesser* in der LaCrosse Street gefunden hatten.

Die andere Adresse hatte sich als verlassener Folterkeller herausgestellt. Im stickigen Untergeschoss des einfachen Hauses hatten sie verstaubte Instrumente, einen Tisch und Fesseln gefunden. Der Ort war ein schrecklicher Beweis für den Strategiewechsel der Gesellschaft von der Bekämpfung der Bruderschaft hin zu Angriffen auf zivile Vampire. Beide hatten sie nach Vergeltung gelechzt, als sie das Haus wieder verlassen hatten.

Auf dem Weg zurück waren sie kurz bei Marys Haus vorbeigefahren, damit V die Räumlichkeiten in Augenschein nehmen und abschätzen konnte, was er brauchen würde, um das Haus einbruchssicher zu machen. Dort zu sein, war für Rhage die Hölle gewesen. Ihre Sachen zu sehen. An die erste Nacht zu denken, als er bei ihr gewesen war. Die Couch hatte er sich überhaupt nicht ansehen können, sie erinnerte ihn zu sehr daran, was er dahinter auf dem Boden mit ihr gemacht hatte.

All das kam ihm vor, als wäre es schon ewig her.

Rhage fluchte und suchte wieder den Wald um den Eingang der Höhle ab. Als V herauskam, dematerialisierten sich die beiden in den Hof des großen Hauses.

»Hey, Hollywood. Butch und ich gehen noch auf einen Absacker ins *One Eye*. Kommst du mit?«

Rhage blickte zum dunklen Fenster seines Zimmers.

Auch wenn ihn ein Besuch des *One Eye* eigentlich kalt ließ, wusste er, dass er lieber nicht allein sein sollte. In seinem derzeitigen Zustand würde er höchstwahrscheinlich nach Mary suchen und sich wieder zum Idioten machen, indem er sie anflehte, es sich anders zu überlegen. Was wirklich eine überflüssige Erniedrigung wäre. Sie hatte eindeutig klar gemacht, wo sie stand, und sie war nicht die Sorte Frau, die man leicht überreden konnte. Außerdem hatte er es satt, den liebeskranken Penner zu spielen.

Mehr oder weniger.

»Klar. Ich komm mit.«

Vs Augen blitzten auf, als hätte er nur höflich sein wollen und nicht mit einer Zusage gerechnet. »Okay, super. Wir fahren in einer Viertelstunde. Ich muss nur noch schnell duschen.«

»Ich auch.« Er wollte sich das Blut des *Lessers* abwaschen.

Auf dem Weg durch die Eingangshalle kam ihm Fritz aus dem Esszimmer entgegen.

Der Butler verneigte sich tief. »Guten Abend, Sir. Euer Gast ist hier.«

»Gast?«

»Die Abgesandte der Auserwählten. Sie gab zu verstehen, dass Ihr sie gerufen hättet.«

Mist. Er hatte völlig vergessen, dass er diese Bitte geäußert hatte. Außerdem benötigte er ihre Dienste eigentlich gar nicht mehr. Ohne Mary in seinem Leben brauchte er keine speziellen Arrangements mehr, um sich zu ernähren. Er war frei wie ein Vogel und konnte beißen und bumsen, wen er wollte. Yippie. Gott, die Vorstellung, mit einer anderen als Mary zusammen zu sein, hatte die gleiche Wirkung auf seinen Schritt wie eiskaltes Wasser.

»Herr? Lasst Ihr bitten?«

Er wollte schon nein sagen, doch dann überlegte er sich, dass das sicherlich kein besonders schlauer Schachzug war. In Anbetracht seiner vergangenen Probleme mit der Jungfrau der Schrift war es sicher nicht gerade klug, ihre auserwählten Dienerinnen zu kränken.

»Sag ihr, ich bin in zwei Minuten da.«

Er rannte die Treppe hinauf, drehte die Dusche auf, um sich aufzuwärmen, und rief dann V an. Der Bruder wirkte nicht überrascht, dass er den Trip zur Kneipe absagte.

Schade nur, dass es nicht aus dem Grund geschah, von dem Vishous offenbar ausging.

Mary wurde wach, weil sie Stimmen aus der Eingangshalle hörte. Eine davon gehörte zu Rhage, dieses tiefe Grollen hätte sie überall herausgehört.

Sie rutschte vom Bett und ging zu dem Türspalt, den sie offen stehen gelassen hatte.

Rhage kam die Treppe hinauf. Sein Haar war feucht, als hätte er gerade geduscht, und er trug ein weites schwarzes Hemd und eine ausgebeulte schwarze Hose. Sie wollte gerade in den Flur treten, als sie bemerkte, dass er nicht allein war. Die Frau bei ihm war hoch gewachsen und hatte das volle Haar zu einem langen Zopf geflochten. Sie trug ein hauchdünnes weißes Kleid. Zusammen sahen sie aus wie ein Goth-Hochzeitspaar, er ganz in Schwarz, sie in zarten Spitzenstoff gehüllt. Als sie oben ankamen, blieb die Frau stehen, als wüsste sie nicht, in welche Richtung sie gehen würden. Rhage schob ihr besorgt die Hand unter den Ellbogen, als sei sie zu zerbrechlich, um es überhaupt in den ersten Stock zu schaffen.

Mary sah sie gemeinsam in sein Zimmer gehen. Die Tür schloss sich hinter ihnen.

Langsam ging sie zurück zu ihrem Bett und setzte sich. Bilder stürzten auf sie ein. Rhages Mund und seine Hände, die überall auf ihrem Körper lagen. Rhage, der sich bei ihr für das Essen bedankte. Rhage, der ihr in die Augen sah und ihr sagte, dass er sie liebte.

Eine wirklich große Liebe. Er liebte sie so sehr, dass er in diesem Moment mit einer anderen schlief.

Im selben Augenblick wusste sie, dass das unsinnig war. Sie hatte ihn von sich weggeschoben. Er hatte nur reagiert. Sie hatte nicht das Recht, ihm Vorwürfe zu machen, weil er mit einer anderen Sex hatte.

Sie bekam genau das, worum sie gebeten hatte.

Er ließ sie gehen.

34

Am folgenden Abend direkt vor Sonnenuntergang machte Rhage sich auf den Weg in den Kraftraum, sozusagen als Dienst an der Allgemeinheit. Als er genug Gewichte gestemmt hatte, kam das Laufband an die Reihe, und er begann zu rennen. Die ersten acht Kilometer vergingen wie im Flug. Nach zehn Kilometern lief ihm der Schweiß in Strömen herunter. Ab dem fünfzehnten Kilometer wurde es richtig heftig.

Er erhöhte die Steigung und lief im selben Schritt weiter. Seine Oberschenkel brannten, seine Lungen standen lichterloh in Flammen. Die Füße und Knie schmerzten.

Mit dem T-Shirt, das er ausgezogen und über die Konsole gehängt hatte, wischte er sich den Schweiß aus den Augen. Sicher war er schon total dehydriert, aber er stieg bestimmt nicht für einen Schluck Wasser ab. Er hatte die feste Absicht so lange weiter zu laufen, bis er umfiel.

Um das mörderische Tempo beizubehalten, verlor er sich in der Musik, die aus den Lautsprechern dröhnte. Marilyn Manson, Nine Inch Nails, Nirvana. Der Lärm war so ohrenbetäubend, dass er das Brummen des Laufbands übertönte, die Songs kreischten durch den Raum. Böse, aggressiv, verletzt. Passend zu seiner Stimmung.

Als die Musik plötzlich abbrach, machte er sich nicht die Mühe, sich umzusehen. Entweder hatte er die Anlage zerschossen oder jemand wollte mit ihm sprechen. Beides interessierte ihn nicht die Bohne.

Tohr trat vor das Gerät. Beim Anblick seines Gesichtsausdrucks sprang Rhage vom Band und brachte es zum Stehen.

»Was gibt's?« Er keuchte und rubbelte sich wieder mit dem T-Shirt übers Gesicht.

»Sie ist weg. Mary. Sie ist weg.«

Rhage erstarrte, das nasse Stoffknäuel unter dem Kinn. »Was soll das heißen, weg?«

»Fritz hat fast drei Stunden vor dem Ärztezentrum auf sie gewartet. Als er endlich hineingegangen ist, war die Praxis, in der sie den Termin hatte, schon geschlossen. Also ist er zu ihrem Haus gefahren. Als sie da auch nicht war, ist er wieder zurückgefahren und hat das gesamte Ärztehaus nach ihr abgesucht.«

Rhages Schläfen pochten jetzt vor Sorge statt vor Anstrengung.

»Irgendwelche Anzeichen von gewaltsamem Eindringen oder Gewalt in ihrem Haus?«, zischte er.

»Nein.«

»Stand ihr Auto in der Garage?«

»Ja.«

»Wann hat er sie zuletzt gesehen?«

»Das war um drei, als sie zu dem Termin ging. Nur zu deiner Information, Fritz hat wiederholt versucht, dich telefonisch zu erreichen. Aber es ging immer nur die Mailbox dran.«

Rhage sah auf die Uhr. Es war kurz nach sechs. Der Arzttermin hatte vermutlich etwa eine Stunde gedauert, was bedeutete, dass sie seit zwei Stunden vermisst wurde.

Schwer vorstellbar, dass die *Lesser* sie einfach auf der Straße aufgelesen hatten. Ein viel wahrscheinlicheres Szenario war, dass sie nach Hause gefahren war und die Jäger sie dort angetroffen hatten. Aber ohne Hinweise auf einen Kampf bestand immer noch die Möglichkeit, dass ihr nichts zugestoßen war.

Aber vielleicht war hier auch der Wunsch Vater des Gedanken.

»Ich muss mich bewaffnen.«

Tohr drückte ihm eine Wasserflasche in die Hand. »Trink das erst mal. Phury bringt dir deine Ausrüstung. Ihr trefft euch im Umkleideraum.«

Rhage rannte los.

»Die Bruderschaft wird dir helfen, sie zu finden«, rief Tohr ihm noch nach.

Bei Einbruch der Dunkelheit kam Bella die Treppe hoch und stieß triumphierend die Küchentür auf. Jetzt wo die Tage kürzer wurden, hatte sie so viel mehr Zeit unterwegs zu sein. Es war erst sechs Uhr, aber schon stockfinster. Wunderbar.

Sie schwankte noch zwischen Toast und Pfannkuchen, als sie Licht am anderen Ende der Wiese bemerkte. Jemand war in Marys Haus. Vermutlich die Krieger, die das Sicherheitssystem installierten.

Was bedeutete, dass sie vielleicht den vernarbten Mann wiedersehen würde.

Seit sie ihm begegnet war, ging Zsadist ihr nicht mehr aus dem Kopf. Inzwischen häuften sich in ihrem Tagebuch die Mutmaßungen über ihn. Er war einfach so … wild. Und nachdem sie jahrelang von ihrem Bruder verhätschelt worden war, sehnte sie sich danach, etwas Neues und Wildes zu erleben.

Zsadists derbe Sexualität war da genau das Richtige.

Sie zog sich einen Mantel an und tauschte ihre Schlappen gegen Turnschuhe. Kurz bevor sie Marys Garten erreichte, verlangsamte sie ihren Schritt. Sie war alles anderes als scharf darauf, einem *Lesser* über den Weg zu …

»Mary! Was machst du denn hier?«

Sie wirkte benommen, als sie von ihrem Liegestuhl aufsah. Obwohl es kalt war, trug sie nur einen Pulli und Jeans.

»Ach … hallo. Wie geht's dir?«

Bella setzte sich auf die Kante des Liegestuhls. »Ist Vishous schon fertig?«

»Womit?« Marys Bewegungen waren steif, als sie sich aufsetzte. »Ach, die Alarmanlage. Ich glaube nicht. Oder zumindest hat niemand mir gegenüber was erwähnt, und drinnen sieht alles noch aus wie vorher.«

»Wie lange bist du schon hier?«

»Nicht lange.« Sie rieb sich die Arme, dann blies sie in ihre Hände. »Ich hab mir nur den Sonnenuntergang angesehen.«

Bella warf einen schnellen Blick auf das Haus, sie bekam Angst. »Holt Rhage dich bald ab?«

»Rhage kommt nicht.«

»Dann einer der *Doggen?*«

Mary zuckte zusammen und stand auf. »Mann, es wird langsam echt kalt.«

Als sie wie ein Zombie auf ihr Haus zuschwankte, folgte Bella ihr. »Mary, äh … du solltest wirklich nicht allein hier sein.«

»Ich weiß. Ich dachte, ich wäre in Sicherheit, weil es noch hell war.«

»Hat Rhage oder einer der Brüder dir gesagt, dass die

Lesser kein Sonnenlicht vertragen? Ich bin mir nämlich nicht sicher.«

Mary zuckte die Achseln. »Bisher haben sie mir noch nichts getan, aber ich bin nicht blöd. Ich werde in ein Hotel gehen. Ich muss nur ein paar Sachen packen.«

Im Haus ging sie jedoch nicht die Treppe hoch, sondern wanderte merkwürdig desorientiert im Erdgeschoss herum.

Sie musste unter einer Art Schock stehen, dachte Bella. Aber was auch immer los war, sie beide mussten schnellstens von hier verschwinden.

»Mary, wie wär's, wenn du zu mir kommst und etwas isst?« Sie beäugte die Hintertür. »Und weißt du, bis Vishous hier fertig ist, kannst du auch bei mir bleiben. Mein Bruder hat mein Haus absolut einbruchssicher gemacht. Es gibt sogar einen unterirdischen Fluchtweg. Ich bin dort sicher, und es ist auch weit genug weg von hier. Wenn die *Lesser* nach dir suchen, kommen sie nicht auf die Idee, dass du bei mir sein könntest.«

Sie stellte sich innerlich auf Gegenwehr ein und legte sich schon mal Argumente zurecht.

»Gut, danke«, sagte Mary. »Ich brauche nur eine Minute.«

Sie ging in den ersten Stock, und Bella tigerte unruhig auf und ab. Wenn sie doch wenigstens eine Waffe hätte und wüsste, wie man sie benutzt.

Als Mary fünf Minuten später mit einer Reisetasche in der Hand wieder herunterkam, atmete Bella tief durch.

»Wie wär's mit einer Jacke?«, sagte sie, als Mary zur Tür wollte.

»Ach ja. Eine Jacke.« Mary ließ die Tasche fallen, ging zu einem Schrank und zog einen roten Parka an.

Auf dem Weg über die Wiese versuchte Bella, das Tempo zu erhöhen.

»Fast Vollmond«, bemerkte Mary, während sie durch das Gras liefen.

»Stimmt.«

»Wenn wir bei dir sind, möchte ich nicht, dass du Rhage anrufst oder so was. Er und ich … gehen ab jetzt getrennte Wege. Also belästige ihn nicht meinetwegen.«

Bella schluckte ihre Überraschung hinunter. »Weiß er denn gar nicht, dass du weg bist?«

»Nein. Und das wird er ganz allein herausfinden. Okay?«

Bella willigte nur ein, damit Mary weiterlief. »Darf ich dich trotzdem was fragen?«

»Natürlich.«

»Hat er es beendet oder du?«

Einen Moment lang schwieg Mary. »Ich.«

»Ähm, also, habt ihr möglicherweise … Wart ihr beide intim miteinander?«

»Ob wir Sex hatten?« Mary nahm die Reisetasche in die andere Hand. »Ja.«

»Und als ihr euch geliebt habt, ist dir da ein Duft aufgefallen, der von seiner Haut ausging? Ein dunkler, würziger Geruch und …«

»Warum fragst du mich das?«

»Entschuldige. Ich wollte nicht aufdringlich sein.«

Sie waren schon beinahe bei Bellas Haus angelangt, als Mary murmelte: »Das war der wunderbarste Duft, den ich je gerochen habe.«

Bella unterdrückte ihren Fluch. Egal, was Mary zu glauben schien, der blonde Krieger würde kommen, um sie zu holen. Ein Vampir, der sich gebunden hatte, ließ seinen

Partner nicht gehen. Niemals. Und das waren nur ihre Erfahrungen mit normalen Männern.

Sie konnte sich ungefähr vorstellen, was ein Krieger tun würde, wenn sich seine Frau aus dem Staub machte.

Rhage suchte jeden Raum in Marys Haus ab. Oben im Badezimmer fand er ein Schränkchen unter dem Waschbecken offen stehen. Darin standen säuberlich aufgereiht Vorräte an Toilettenartikeln wie Seife, Zahnpasta und Deo. In den ordentlichen Reihen waren Lücken, als hätte sie etwas mitgenommen.

Sie wollte also nicht in ihrem Haus bleiben, dachte er und blickte aus dem Fenster. Wenn sie in einem Hotel war, hätte er keine Chance. Sicher würde sie unter falschem Namen einchecken. Vielleicht sollte er es bei ihrer Arbeitsstelle …

Er betrachtete das Bauernhaus auf der anderen Seite der Wiese. In den Fenstern blitzte Licht auf.

Konnte es sein, dass sie zu Bella gegangen war?

Rhage ging die Treppe hinunter und schloss die Tür ab. Den Bruchteil einer Sekunde später materialisierte er sich auf Bellas Veranda und hämmerte an die Tür. Als Bella aufmachte, trat sie einfach nur einen Schritt zur Seite, als hätte sie ihn erwartet.

»Sie ist oben.«

»Wo?«

»Erstes Zimmer links.«

Rhage nahm immer zwei Stufen auf einmal. Nur eine Tür war geschlossen; er klopfte nicht an, riss sie einfach auf. Licht aus dem Gang flutete herein.

Mary schlief tief und fest in einem riesigen Messingbett, in einem Pulli und einer Jeans, die er wiedererkannte. Eine Tagesdecke war über ihre Beine gezogen, und sie lag halb auf dem Bauch, halb auf der Seite. Sie sah völlig erschöpft aus.

Sein erster Impuls war, sie in die Arme zu nehmen.

Doch er rührte sich nicht vom Fleck.

»Mary.« Er bemühte sich um einen sachlichen Tonfall. »Mary. Wach auf.«

Ihre Augenlider flatterten, doch sie seufzte nur und drehte den Kopf ein bisschen.

»Mary.«

Verdammt noch mal.

Er ging zum Bett und brachte die Matratze mit den Händen zum Wackeln. Das wirkte. Sie schoss hoch, die Augen vor Schreck weit aufgerissen, bis sie ihn erkannte.

Und dann sah sie ihn völlig verwirrt an.

»Was machst du denn hier?« Sie schob sich die Haare aus dem Gesicht.

»Warum beantwortest du mir nicht zuerst mal die gleiche Frage?«

»Ich bin nicht zu Hause.«

»Nein, das bist du nicht. Du bist auch nicht da, wo du sein solltest.«

Sie ließ sich zurück aufs Kissen sinken, und er bemerkte mit Schrecken die dunklen Ringe unter ihren Augen, ihre blassen Lippen … und die Tatsache, dass sie sich nicht mit ihm stritt.

Frag nicht nach, ermahnte er sich.

Verdammte Scheiße. »Was ist heute Nachmittag passiert?«

»Ich brauchte einfach ein bisschen Zeit für mich.«

»Ich spreche nicht davon, wie du Fritz hast sitzen lassen. Darauf kommen wir später zurück. Ich will wissen, was der Arzt gesagt hat.«

»Ach so. Das.«

Er sah sie durchdringend an, während sie am Saum der Decke herumfummelte. Er hätte am liebsten gebrüllt, weil sie schwieg. Mit Sachen geworfen. Etwas angezündet.

»Also?«, bohrte er.

»Es war nicht, weil ich dich für unwürdig halte.«

Wovon zum Henker redete sie da? Ach so, die hübsche Unterhaltung über ihre Pflege, wenn sie krank war. Junge, Junge, sie war voll auf Ausweichkurs.

»Wie schlimm ist es, Mary? Und wag es nicht, mich anzulügen.«

Sie sah ihm in die Augen. »Ich soll nächste Woche mit der Chemo anfangen.«

Langsam stieß Rhage die Luft aus. Das zog ihm den Boden unter den Füßen weg. Er setzte sich auf die Bettkante und ließ die Tür ins Schloss fallen. »Wird es helfen?«

»Ich glaube. In ein paar Tagen treffe ich mich wieder mit meiner Ärztin, bis dahin berät sie sich noch mit ein paar Kollegen. Die wichtigste Frage ist, wie viel von der Behandlung mein Organismus noch verkraften kann. Deshalb haben sie mir Blut abgenommen, um Leber und Nieren zu testen. Ich hab ihnen gesagt, ich nehme so viel ich kriegen kann.«

Er rieb sich über das Gesicht. »Lieber Gott.«

»Ich habe meiner Mutter beim Sterben zugesehen«, begann sie leise. »Es war schrecklich. Zu beobachten, wie sie nach und nach die Kraft verlor und solche Schmerzen hatte. Am Ende sah sie überhaupt nicht mehr aus wie sie selbst, sie benahm sich auch nicht mehr wie sie selbst. Sie war schon weg, nur ihr Körper weigerte sich, seine Grundfunktionen einzustellen. Ich will damit nicht sagen, dass es bei mir genauso sein wird. Aber es wird hart.«

Verflucht, seine Brust tat weh. »Und du willst nicht, dass ich das mit dir durchmache?«

»Nein, das will ich nicht. Für keinen von uns. Ich möchte lieber, dass du mich so im Gedächtnis behältst, wie ich jetzt bin. Und ich möchte uns so im Gedächtnis behalten, wie wir waren. Ich werde ein paar glückliche Erinnerungen brauchen.«

»Ich will für dich da sein.«

»Und genau das will ich auch nicht. Ich werde nicht die Energie haben, um eine Fassade aufrechtzuerhalten. Und Schmerz ... Schmerz verändert Menschen.«

Und wie er das tat. Seit er sie kennengelernt hatte, fühlte er sich hundert Jahre älter.

»Ach, Rhage ...« Als ihre Stimme brüchig wurde, räusperte sie sich heftig. Und er verachtete sie dafür, immer die Kontrolle behalten zu müssen. »Ich werde dich ... vermissen.«

Über die Schulter hinweg sah er sie an. Er wusste, wenn er jetzt versuchen würde, sie in den Arm zu nehmen, würde sie aus dem Zimmer stürzen. Also umklammerte er die Ecke der Matratze. Und drückte zu.

»Was mache ich denn da?« Sie lachte verlegen. »Tut mir leid, dass ich dich mit all dem Zeug belaste. Ich weiß ja, dass du damit abgeschlossen hast.«

»Abgeschlossen?«, knirschte er. »Wie kommst du denn darauf?«

»Die Frau letzte Nacht. Wie dem auch sei ...«

»Was für eine Frau?«

Als sie den Kopf schüttelte, verlor er die Geduld. »Himmelherrgott noch mal, kannst du nicht *einmal* eine Frage beantworten, ohne zu streiten? Und wenn du es nur aus Mitleid tust. Wäre doch mal was Neues. In ein paar Minuten bin ich sowieso weg, also musst du dir über Wiederholungen keine Sorgen machen.«

Als sie die Schultern hängen ließ, fühlte er sich furchtbar, weil er sie angebrüllt hatte. Doch bevor er sich noch entschuldigen konnte, sagte sie: »Ich spreche von der Frau, mit der du gestern Nacht ins Bett gestiegen bist. Ich ... ich habe auf dich gewartet, um mich bei dir zu entschuldigen. Und dann hab ich gesehen, wie du mit ihr in dein Zimmer gegangen bist. Hör mal, ich erzähle dir das nicht, um dir ein schlechtes Gewissen zu machen oder so.«

Nein, natürlich nicht. Sie wollte ja nichts von ihm. Nicht seine Liebe, nicht seine Unterstützung. Nicht seine Gewissensbisse. Nicht einmal Sex.

Er schüttelte den Kopf, seine Stimme wurde tonlos. Er war es so müde, sich ihr zu erklären, doch aus Reflex tat er es trotzdem. »Das war die Abgesandte der Auserwählten. Wir haben darüber gesprochen, wie sie mich nähren kann, Mary. Ich hatte keinen Sex mit ihr.«

Er blickte zu Boden. Dann ließ er das Bett los und legte den Kopf in die Hände.

Eine lange Pause entstand. »Es tut mir leid, Rhage.«

»Ja. Mir auch.«

Er hörte ein schluchzendes Geräusch und blinzelte durch die Finger. Aber sie weinte nicht. Nein, nicht Mary. Sie war viel zu stark dafür.

Er aber nicht. Er hatte Tränen in den Augen.

Rhage räusperte sich und blinzelte hektisch. Als er sie wieder ansah, betrachtete sie ihn mit einer Zärtlichkeit, die ihn wütend machte.

Großartig. Jetzt hat sie Mitleid mit mir, weil ich so rühr-

selig bin. Mann, wenn er sie nicht so lieben würde, hätte er sie in diesem Moment gehasst.

Er stand auf. Und ließ seine Stimme so hart klingen, wie er konnte. »Die Anlage in deinem Haus wird mit dem Anwesen verkabelt. Wenn ein Alarm ausgelöst wird, komme ich« – er verbesserte sich – »kommt einer von uns sofort her. Vishous wird dir hier Bescheid geben, wenn alles funktioniert.«

Als die Stille sich ausdehnte, zuckte er die Achseln. »Also dann … ciao.«

Auf dem Weg zur Tür verbot er sich, noch einmal zurückzuschauen. Er ging die Treppe hinunter und fand Bella im Wohnzimmer sitzend. Sobald sie ihn bemerkte, riss sie die Augen auf. Eindeutig sah er so schlimm aus, wie er sich fühlte.

»Danke«, sagte er, ohne sich ganz sicher zu sein, wofür er sich bedankte. »Und nur damit du Bescheid weißt: Die Bruderschaft wird regelmäßig hier bei dir vorbeifahren. Auch wenn sie weg ist.«

»Das ist sehr freundlich von euch.«

Er nickte und hielt sich nicht länger auf. Er schaffte es gerade noch, die Tür hinter sich zuzumachen, ohne zusammenzubrechen und zu heulen wie ein Baby.

Ziellos spazierte er noch ein bisschen über die Wiese. Er hatte keine Ahnung, was er jetzt tun, wo er hingehen sollte. Wahrscheinlich müsste er Tohr anrufen und herausfinden, was die anderen Brüder trieben.

Stattdessen blieb er abrupt stehen. Vor ihm erhob sich der Mond gerade knapp über die Baumwipfel, und er war voll, eine leuchtende Scheibe in der kalten, wolkenlosen Nacht. Er streckte einen Arm aus und kniff ein Auge zu. Dann brachte er seinen Blickwinkel in Einklang, bis er den strahlenden Himmelskörper in der gekrümmten Handfläche wog. Vorsichtig hielt er die Erscheinung fest.

Gedämpft hörte er ein donnerndes Geräusch aus Bellas Haus. Eine Art rhythmisches Klopfen.

Rhage blickte sich um, als es lauter wurde.

Die Eingangstür flog auf, und Mary kam aus dem Haus geschossen, sprang von der Veranda, machte nicht den Umweg über die Stufen. Barfuß rannte sie über den mit Reif bedeckten Rasen und warf sich ihm in die Arme. Beide Hände schlangen sich um seinen Nacken. Sie drückte ihn so fest, dass seine Wirbelsäule knackte.

Sie schluchzte. Heulte. Weinte so heftig, dass sie am ganzen Körper zitterte.

Er stellte keine Fragen, er nahm sie einfach nur in die Arme.

»Es geht mir nicht gut«, stieß sie heiser zwischen zwei Schluchzern aus. »Rhage … es geht mir nicht gut.«

Er schloss die Augen und hielt sie fest.

35

O hob den Deckel aus Drahtgeflecht von dem Abflussrohr und leuchtete mit einer Taschenlampe in das Loch. Der junge Vampir da unten war der, den sie vergangene Nacht mit dem Pick-up gefangen hatten. Er hatte den Tag offenbar überstanden und war noch am Leben. Die Aufbewahrungsvorrichtung hatte sich bewährt.

Die Tür schwang auf, und Mr. X marschierte herein, mit schweren Stiefeln und scharfem Blick. »Hat er überlebt?«

O nickte und klappte den Deckel wieder zu. »Ja.«

»Sehr gut.«

»Ich wollte ihn gerade herausholen.«

»Nicht jetzt. Ich möchte, dass Sie diese *Lesser* aufsuchen.« Mr. X reichte ihm einen Zettel mit sieben Adressen darauf. »Die Meldepflicht per E-Mail ist zwar effektiv, erweist sich aber als etwas unzuverlässig. Von diesen Betas hier bekomme ich zwar regelmäßig Bestätigungen, aber wenn ich mit ihren Eskadronen spreche, muss ich hören, dass sie zum Teil seit Tagen nicht gesehen wurden.«

Sein Instinkt sagte O, dass Vorsicht geboten war. Mr. X hatte ihn zwischen den Zeilen beschuldigt, die Betas im Park getötet zu haben. Und jetzt wollte der Haupt-*Lesser*, dass ausgerechnet er sie überprüfte?

»Gibt es ein Problem, Mr. O?«

»Nein. Kein Problem.«

»Und noch etwas. Ich habe drei neue Rekruten für die Gesellschaft. Ihre Initiationen werden innerhalb der nächsten zehn Tage stattfinden. Möchten Sie kommen? Für einen unbeteiligten Zuschauer ist das wirklich ein sehenswertes Schauspiel.«

O schüttelte den Kopf. »Ich sollte mich besser auf das hier konzentrieren.

Mr. X lächelte süffisant. »Besorgt, dass Omega sich von ihren Reizen ablenken lassen könnte?«

»Omega lässt sich durch nichts ablenken.«

»Wie Unrecht Sie damit haben. Er spricht unentwegt von Ihnen.«

Auch wenn O bewusst war, dass Mr. X ihn sehr wahrscheinlich nur mental testen wollte, war sein Körper nicht ganz so zuversichtlich. Seine Knie gaben nach und kalter Schweiß brach ihm aus. »Ich fange sofort mit der Liste an«, sagte er und ging Jacke und Schlüssel holen.

Mr. X' Augen glitzerten. »Tun Sie das, mein Sohn, laufen Sie nur. Ich spiele in der Zeit ein bisschen mit unserem Gast.«

»Das ist jetzt also mein Zuhause«, murmelte Mary, als Rhage die Tür zu ihrem Schlafzimmer schloss.

Sie spürte, wie er von hinten seine Arme um ihre Taille legte, dann zog er sie an sich. Als sie auf die Uhr sah, wurde ihr bewusst, dass sie Bellas Haus erst vor eineinhalb Stunden verlassen hatte. Doch ihr gesamtes Leben hatte sich in diesem kurzen Zeitraum verändert.

»Ja, das ist jetzt dein Zuhause. Unser Zuhause.«

In den drei Kartons an der Wand waren ihre Kleider, ihre Lieblingsbücher, ein paar DVDs, einige Fotos. Mit Vishous', Butchs und Fritz' Hilfe hatte es nicht lange gedauert, ein paar Sachen zusammenzupacken, sie in Vs Escalade zu verfrachten und zurück zum großen Haus zu fahren. Später würden sie und Rhage noch einmal zurückfahren, um den Rest zu erledigen. Und am nächsten Morgen würde sie im Anwaltsbüro anrufen und kündigen. Das Haus wollte sie von einem Maklerbüro verkaufen lassen.

Meine Güte, sie hatte es wirklich getan. Sie war bei Rhage eingezogen und hatte ihr altes Leben für immer hinter sich gelassen.

»Ich sollte auspacken.«

Doch Rhage zog sie an den Händen zum Bett. »Ich möchte, dass du dich ausruhst. Du siehst so müde aus, als könntest du im Stehen einschlafen.«

Während sie sich hinlegte, zog er seinen Trenchcoat aus und legte das Halfter und den Pistolengürtel ab. Dann legte er sich neben sie. Unter seinem Gewicht sank die Matratze ein, und Mary wurde förmlich zu ihm gesaugt. Alle Lampen gingen auf einmal aus, der Raum wurde schwarz wie Tinte.

»Bist du sicher, dass du bereit für all das bist?«, fragte sie, nachdem sich ihre Augen langsam an das schwache Licht gewöhnt hatten, das von draußen hereindrang.

»Fang bloß nicht schon wieder an.«

Sie lachte. »Nein, es ist ja nur ...«

»Mary, ich liebe dich. Ich bin mehr als bereit.«

Sie legte ihre Hand auf sein Gesicht, und einen Moment lagen sie beide still. Sie taten nichts als gemeinsam zu atmen.

Gerade, als sie fast eingeschlafen war, sagte er: »Mary, was meine Vorkehrungen für das Trinken betrifft. Von deinem Haus aus habe ich die Auserwählten kontaktiert. Jetzt wo du wieder bei mir bist, werde ich ihre Dienste benötigen.«

Erst versteifte sie sich. Aber zur Hölle, wenn sie schon mit einem Vampir zusammen war und er von ihrem Blut nicht leben konnte, dann mussten sie das Problem eben anders lösen.

»Wann wirst du es tun?«

»Heute Nacht soll eine Vampirin kommen, und wie ich schon sagte, ich hätte dich gern dabei. Wenn dir das recht ist.«

Wie würde es wohl aussehen, wenn er trinkt?, überlegte sie. Würde er die Frau in den Armen halten und an ihrem Hals saugen? Gott, selbst wenn er keinen Sex mit ihr hätte, war Mary sich nicht sicher, ob sie dabei zusehen könnte.

Er küsste ihre Hand. »Vertrau mir. Es ist besser so.«

»Und wenn … wenn ich damit nicht klarkomme?«

»Ich werde dich nicht zwingen, zuzusehen. Es ist nur so, dass der ganzen Sache eine unvermeidliche Intimität innewohnt, und ich glaube, wir werden uns beide wohler fühlen, wenn du dabei bist. Dann weißt du ganz genau, worum es geht. Es ist nichts Geheimes oder Zwielichtiges daran, und ich will, dass du das mit eigenen Augen siehst.«

Sie nickte. »In Ordnung.«

Er atmete tief durch. »Es gehört nun mal zu meinem Leben, daran kann ich nichts ändern.«

Mary strich ihm mit der Hand über die Brust. »Weißt du, auch wenn es ein bisschen erschreckend ist, aber ich wünschte, ich könnte es tun.«

»Ach, Mary, ich auch.«

John sah auf die Uhr. In fünf Minuten würde Tohrment ihn abholen, also sollte er lieber hinunter zum Eingang gehen. Mit beiden Händen hob er seinen Koffer hoch und schleppte ihn zur Tür. Er betete, dass er nicht dem bleichen Mann auf der Treppe oder vor dem Haus begegnen würde. Aber er wollte draußen auf Tohrment warten. Irgendwie fühlte er sich ihm dann ebenbürtiger.

Als er unten ankam, blickte er noch einmal zu den beiden Fenstern hinauf, aus denen er so viele Stunden gestarrt hatte. Die Matratze und die Hanteln ließ er zurück, wie auch seine Kaution und die letzte Miete. Er müsste nur noch einmal hochgehen, um sein Fahrrad zu holen, wenn Tohrment da war. Abgesehen davon war dieses Kapitel seines Lebens abgeschlossen.

Er blickte die Straße auf und ab und überlegte, aus welcher Richtung der Mann wohl käme. Und was für ein Auto er wohl fuhr. Und wo er wohnte. Und mit wem er verheiratet war.

Bibbernd vor Kälte schaute John schon wieder auf die Uhr. Punkt neun.

Ein einzelner Scheinwerfer blitzte rechts von ihm auf. Er war sich ziemlich sicher, dass Tohrment ihn nicht mit einem Motorrad abholen würde. Aber die Vorstellung, auf einem Bike durch die Nacht zu brausen, war erhebend.

Als die Harley an ihm vorbeidröhnte, blickte er über die Straße hinüber zu den Büros der Selbstmordhotline. Ihre Freitags- und Samstagsschicht hatte Mary ebenfalls verpasst. Er hoffte inständig, dass sie nur Urlaub machte. Sobald er sich in seinem neuen Zuhause eingewöhnt hatte, würde er sie besuchen und sich davon überzeugen, dass es ihr gut ging.

Nur ... er hatte keinen blassen Schimmer, wohin er eigentlich gebracht wurde. Er ging zwar davon aus, in dieser Gegend zu bleiben, aber wer wusste das schon? Vielleicht fuhr er ja ganz weit weg. Allein der Gedanke, Caldwell zu verlassen, sandte ein Kribbeln durch seine Glieder. O Mann, er würde wirklich gern noch mal neu anfangen. Und er würde immer einen Weg finden, zu Mary zu kommen, auch wenn der Weg weit war.

Zwei weitere Autos und ein Lkw fuhren vorbei.

Es war so einfach gewesen, sich aus seinem armseligen Leben zu verabschieden. Bei *Moe's* interessierte es niemanden, dass er fristlos kündigte. Spüljungen gab es wie Sand am Meer. Und es verstand sich von selbst, dass niemand in seinem Mietshaus ihn vermissen würde. Dementsprechend waren auch die Seiten seines Adressbuches blütenweiß – er besaß keine Freunde und keine Familie.

Um ehrlich zu sein, hatte er noch nicht einmal ein Adressbuch.

John blickte an sich hinunter. *Schon ziemlich erbärmlich, oder?* Seine Turnschuhe waren so dreckig, dass die weißen Stellen inzwischen grau waren. Seine Klamotten waren zwar sauber, aber die Jeans war schon zwei Jahre alt, und das Button-down-Hemd – sein bestes – sah aus, als ob es aus der Altkleidersammlung stammen würde. Er hatte nicht einmal eine Jacke, weil sein Parka letzte Woche bei *Moe's* geklaut worden war und er erst Geld sparen müsste, um sich einen neuen zu kaufen.

Er wünschte sich, er sähe besser aus.

Von der Trade Street bogen Scheinwerfer um die Ecke und blitzten dann nach oben, als hätte der Fahrer das Gaspedal durchgetreten. Was nicht gut war. In dieser Gegend bedeutete so ein rasanter Fahrstil normalerweise, dass jemand auf der Flucht vor den Bullen war oder es zumindest bald sein würde.

John trat hinter einen verbeulten Briefkasten und versuchte, total unauffällig zu wirken. Trotzdem blieb der Range Rover mit quietschenden Reifen genau vor ihm stehen. Verdunkelte Scheiben. Protzige Chromfelgen. Und G-Unit dröhnte heraus, der Rap wummerte so laut, dass man ihn im ganzen Viertel hören konnte.

John schnappte sich seinen Koffer und verkrümelte sich Richtung Eingang. Selbst wenn er dem bleichen Mann begegnete, wäre er im Hausflur vermutlich immer noch sicherer als in der Nähe dieses Drogendealers mit dem Rover. Er drängte sich gerade durch die Tür, als die Musik aufhörte.

»Fertig, Junge?«

Beim Klang von Tohrments Stimme drehte John sich um. Der Mann trat gerade um die Motorhaube, im Halbdunkel wirkte er ungemein bedrohlich, eine riesenhafte Gestalt, vor der jeder vernünftige Mensch Reißaus nehmen würde.

»Junge? Können wir los?«

Tohrment trat in das trübe Licht einer Straßenlaterne, und Johns Blick fiel auf sein Gesicht. Himmel, er hatte ganz vergessen, wie einschüchternd der Mann mit seinem Bürstenschnitt und dem kantigen Kinn aussah.

Vielleicht war das doch keine so gute Idee, dachte John. Eine Entscheidung aus Furcht zu treffen, die ihn nur noch tiefer in den nächsten Ärger verstrickte. Er wusste noch nicht einmal, wo es hingehen sollte. Und Jungs wie er landeten schnell mal im Fluss, wenn sie in so ein Auto einstiegen. Mit so einem Mann.

Als könne er Johns Unentschlossenheit spüren, lehnte sich Tohrment rückwärts gegen den Rover und verschränkte die Beine an den Knöcheln.

»Ich möchte nicht, dass du dich gedrängt fühlst, mein Junge. Aber ich kann dir sagen, dass meine Shellan ein gutes Essen für uns gekocht hat, und ich bin hungrig. Vielleicht kommst du einfach mit, isst mit uns und siehst dir das Haus mal an? Checkst die Lage. Deine Sachen könnten wir solange ja noch hier lassen. Wie klingt das?«

Die Stimme war ruhig, gleichmäßig. Unbedrohlich. Aber wer wusste schon, ob der Kerl nicht brutal wurde, sobald er erst mal im Auto saß?

Ein Handy klingelte. Tohrment griff in seine Lederjacke und klappte es auf.

»Ja. Nein, ich bin gerade bei ihm.« Ein Lächeln glitt über sein Gesicht. »Wir denken darüber nach. Ja, das sage ich ihm. M-hm. Okay. Gut, mach ich. Ja, das auch. Wellsie, ich … ich weiß. Tut mir leid, ich wollte es nicht liegen lassen – ich tu's nie wieder. Versprochen. Nein … ja, ehrlich … M-hm. Tut mir leid, *Lielan.*«

Das ist seine Frau, dachte John. Und sie geigte ihm gerade ordentlich die Meinung. Und der Mann ließ es brav über sich ergehen.

»Okay. Ich liebe dich. Ciao.« Tohrment klappte das Handy zu und steckte es wieder in die Tasche. Er wandte sich wieder John zu. Eindeutig achtete er seine Frau so hoch, dass er weder die Augen verdrehte noch eine Macho-Bemerkung über nervige Weiber machte. »Wellsie lässt ausrichten, dass sie sich sehr darauf freut, dich kennen zu lernen. Sie hofft, du bleibst bei uns.«

Na … dann gut.

Seine innere Stimme sagte ihm, dass Tohrments Gesellschaft Sicherheit versprach, egal wie er aussah. Also schleifte John sein Gepäck zum Auto.

»Ist das alles?«

John errötete und nickte.

»Es gibt keinen Grund, dich dafür zu schämen, mein Junge«, sagte Tohrment sanft. »Nicht, solange du bei uns bist.«

Der Mann hob den Koffer auf, als wöge er überhaupt nichts und schleuderte ihn lässig auf den Rücksitz.

Als Tohrment zur Fahrertür ging, fiel John ein, dass er sein Fahrrad vergessen hatte. Er klopfte auf die Motorhaube des Rovers, um die Aufmerksamkeit des Mannes zu erregen; dann deutete er auf das Haus und hielt seinen Zeigefinger hoch.

»Brauchst du noch was?«

John nickte und schoss die Treppe zu seiner Wohnung hinauf. Er hatte sein Fahrrad schon in der Hand und wollte gerade die Schlüssel auf die Spüle legen, als er innehielt und sich noch einmal umsah. Jetzt wo er die Wohnung wirklich endgültig verließ, wurde ihm erst richtig bewusst, wie ungemütlich sie war. Und trotzdem war sie eine Zeitlang sein Reich gewesen, das Beste, was er sich hatte leisten können. Aus einem Impuls heraus holte er einen Stift aus der Tasche, öffnete einen der klapprigen Hängeschränke und schrieb seinen Namen und das Datum innen an die Wand.

Dann schob er sein Fahrrad in den Flur, schloss die Tür und eilte die Treppe hinunter.

36

»Mary? Mary, wach auf. Sie ist da.«

Mary spürte ein Rütteln an der Schulter, und als sie die Augen öffnete, sah sie Rhage, der sich über sie beugte. Er hatte sich umgezogen und trug jetzt ein langärmeliges Oberteil und eine weite Hose, beides in Weiß.

Sie setzte sich auf, noch immer etwas benommen. »Hab ich noch eine Minute Zeit?«

»Aber sicher.«

Sie ging ins Badezimmer und wusch sich das Gesicht. Das kalte Wasser tropfte ihr von den Wangen, und sie sah in den Spiegel. Ihr Liebhaber würde jetzt gleich Blut trinken. Vor ihren Augen.

Und das war noch nicht einmal das Merkwürdigste an der Sache. Sie fühlte sich unzulänglich, weil es nicht ihr Blut war, das ihn nährte.

Doch in dieses gefährliche Fahrwasser wollte sie sich nicht begeben. Also nahm sie ein Handtuch und rubbelte sich kräftig ab. Zeit sich umzuziehen blieb nicht mehr, also behielt sie Jeans und Pullover an. Eigentlich wollte sie auch gar nichts anderes tragen.

Als sie wieder herauskam, nahm Rhage seine Armbanduhr ab.

»Soll ich die für dich aufbewahren?« Sie dachte an das erste Mal, als sie auf seine Rolex aufgepasst hatte.

Er kam zu ihr und legte die schwere Uhr in ihre Handfläche. »Küss mich.«

Sie stellte sich auf die Zehenspitzen, und er beugte sich zu ihr herunter. Ihre Lippen trafen sich für einen kurzen Moment.

»Komm.« An der Hand führte er sie in den Flur. Als sie ihn verwirrt ansah, meinte er: »Ich möchte das nicht in unserem Schlafzimmer tun. Das ist unser Reich.«

Dann brachte er sie zu einem weiteren Gästezimmer, öffnete die Tür und ließ sie eintreten.

Als Erstes roch Mary Rosen, dann bemerkte sie die Frau in der Ecke. Ihr sinnlicher Körper steckte in einem weißen Wickelkleid, das rötlich-blonde Haar war hochgesteckt. Durch den tiefen Ausschnitt und ihre Frisur war ihr Hals so entblößt wie nur möglich.

Sie lächelte und verneigte sich, dann sagte sie etwas in der fremden Sprache.

»Nein«, sagte Rhage. »Auf Englisch. Wir werden Englisch reden.«

»Selbstverständlich, Krieger.« Die Stimme der Frau war hoch und rein, schön wie die eines Singvogels. Ihre blassgrünen, wunderschönen Augen ruhten auf Rhages Gesicht. »Ich bin entzückt, Euch dienen zu dürfen.«

Mary trat von einem Fuß auf den anderen und versuchte krampfhaft, sich davon abzuhalten, ihr Revier zu verteidigen. *Sie ist erfreut, ihm zu dienen?*

»Wie ist dein Name, Auserwählte?«, fragte Rhage.

»Ich bin Layla.« Wieder verneigte sie sich. In der Aufwärtsbewegung wanderte ihr Blick an Rhages Körper empor.

»Und das hier ist Mary.« Er legte den Arm um ihre Schultern. »Sie ist meine …«

»Freundin«, fiel Mary ihm scharf ins Wort.

Rhages Mund zuckte. »Sie ist meine Partnerin.«

»Selbstverständlich, Krieger.« Noch einmal verneigte sich die Frau, dieses Mal vor Mary. Als sie den Kopf wieder hob, lächelte sie warm. »Herrin, ich bin entzückt, auch Euch dienen zu dürfen.«

Von mir aus, dachte Mary. *Wie wär's dann, wenn du deinen dürren Hintern hier heraus bewegst und stattdessen einen hässlichen Drachen in einem Kartoffelsack vorbeischickst.*

»Wie möchtet Ihr mich?«, fragte Layla.

Rhage blickte sich im Zimmer um, dann zeigte er auf das luxuriöse Himmelbett. »Dort.«

Mary ließ sich ihren Schrecken nicht anmerken. Das fand sie jetzt überhaupt nicht verlockend.

Gehorsam schritt Layla zum Bett. Das seidene Kleid wirbelte um ihre Beine. Sie setzte sich auf die Satindecke, doch als sie die Beine darauf legen wollte, schüttelte Rhage den Kopf.

»Nein, bleib sitzen.«

Layla runzelte die Stirn, widersprach aber nicht. Sie lächelte wieder, als er einen Schritt auf sie zumachte.

»Komm mit.« Er zog an Marys Hand.

»Das ist nah genug.«

Er küsste sie, ging zu der Frau und sank vor ihr auf die Knie. Als ihre Hände an das Kleid wanderten, als wollte sie es aufschnüren, unterbrach Rhage sie.

»Ich trinke aus dem Handgelenk. Und du sollst mich nicht berühren.«

Ihre Miene drückte Bestürzung aus, die Augen weiteten sich. Dieses Mal schien sie den Kopf aus Scham zu senken, nicht aus Ehrerbietung. »Ich wurde für Euch gebührend gereinigt, Herr. Solltet Ihr das wünschen, dürft Ihr mich selbstverständlich untersuchen, bevor Ihr mich benutzt.«

Mary schlug sich die Hand auf den Mund. Dass diese Frau sich selbst lediglich als Objekt sah, war vollkommen abscheulich.

Rhage schüttelte den Kopf, auch er fühlte sich sichtlich unbehaglich bei dieser Antwort.

»Möchtet Ihr eine andere von uns?«, fragte Layla leise.

»Ich möchte das überhaupt nicht.«

»Aber warum habt Ihr dann die Auserwählten angerufen, wenn Ihr nicht die Absicht hattet, von uns Gebrauch zu machen?«

»Ich hatte nicht damit gerechnet, dass es so schwer sein würde.«

»Schwer?« Laylas Stimme wurde lauter. »Ich bitte um Vergebung, aber wie bereitete ich Euch Ungemach?«

»Das meine ich nicht, und ich möchte dich nicht kränken. Meine Mary ... sie ist ein Mensch, und ich kann nicht von ihr trinken.«

»Dann wird sie also nur die Verzückungen des Bettes mit uns teilen. Es wird mir eine Ehre sein, mich ihrer ebenfalls anzunehmen.«

»Äh, also, das ist nicht so ... Sie ist nicht hier, um ... äh, ich meine, wir drei werden nicht ...« Du meine Güte, Rhage wurde ja rot. »Mary ist hier, weil ich bei keiner anderen Frau liegen will; aber ich muss mich nähren, verstehst du?« Rhage fluchte und stand auf. »Das hier funktioniert einfach nicht. Ich kann das nicht.

Laylas Augen blitzten auf. »Ihr sagt, Ihr müsst Euch nähren, aber Ihr könnt ihre Vene nicht nutzen. Ich bin hier. Ich bin bereit. Es wäre mir eine Freude, Euch zu geben, was Ihr braucht. Warum solltet Ihr Euch dabei unbehaglich fühlen? Oder vielleicht möchtet Ihr noch etwas länger warten? Bis der Hunger Euch verzehrt und Gefahr auf Eure Partnerin lauert?«

Rhage schob sich die Hand ins Haar. Packte eine Strähne und zog kräftig daran.

Layla schlug die Beine übereinander, ihr Kleid fiel dabei bis zum Oberschenkel auseinander. Sie sah wunderschön aus, wie sie da auf dem prächtigen Bett saß, so züchtig und gleichzeitig so unglaublich sexy.

»Ist denn Eure Erinnerung an unsere Traditionen bereits so verblasst, Krieger? Ich weiß, es ist lange her, doch wie könnt Ihr unzufrieden damit sein, dass ich Euch diene? Es ist eine meiner Pflichten, und ich empfinde es als große Ehre.« Layla schüttelte den Kopf. »Oder sollte ich sagen: früher empfand ich so. Wir empfanden so. Die Auserwählten haben in den vergangenen Jahrhunderten gelitten. Niemand aus der Bruderschaft wendet sich mehr an uns, wir sind nicht mehr gewünscht, werden nicht mehr gebraucht. Als Ihr schließlich auf uns zugekommen seid, waren wir glücklich.«

»Es tut mir leid.« Rhage warf einen Blick auf Mary. »Aber ich kann nicht …«

»Ihretwegen sorgt Ihr Euch, ist es so?«, murmelte Layla. »Ihr sorgt Euch, was sie empfinden wird, wenn sie Euch an meinem Handgelenk sieht.«

»Sie ist an unsere Sitten nicht gewöhnt.«

Die Frau streckte ihre Hand aus. »Herrin, setzt Euch zu mir. So kann er Euch anblicken, während er trinkt. So kann er Euch spüren, so werdet Ihr ein Teil davon sein. Sonst wird er mich zurückweisen, und wo wird das Euch beide hinführen?« Als niemand ein Wort sagte, und Mary sich nicht vom Fleck rührte, machte die Frau eine ungeduldige Geste. »Euch ist doch bewusst, dass er sonst nicht trinken wird? Ihr *müsst* das für ihn tun.«

»Da wären wir also«, sagte Tohrment, als er den Rover vor einem hübschen, modernen Haus parkte.

Sie waren in einem Stadtviertel, das John nicht kannte. Die Häuser lagen hier nicht direkt an der Straße und hielten alle ein wenig Abstand voneinander. Es gab viele schwarze Eisentore und gepflegte Rasenflächen, und die Bäume waren nicht nur einfache Ahorne und Eichen, sondern edlere Sorten, deren Namen er nicht kannte.

John schloss die Augen. Er wünschte sich, er trüge ein Hemd, das noch alle Knöpfe hatte. Vielleicht würde Tohrments Frau nichts von seiner Misere merken, wenn er den Arm über den Bauch hielt.

Gott ... was, wenn sie Kinder hatten? Würden sie sich über ihn lustig machen?

Haben Sie Kinder?, fragte John ohne nachzudenken in Zeichensprache.

»Was meinst du, mein Junge?«

John kramte in seiner Hosentasche nach einem Stück Papier. Rasch schrieb er etwas auf und hielt Tohrment den Zettel hin.

Tohrment wurde still und blickte zu seinem Haus. Sein Gesichtsausdruck wurde angespannt, als habe er Angst vor dem, was im Inneren geschah.

»Wir bekommen vielleicht ein Kind. In etwas über einem Jahr. Meine Wellsie ist schwanger, aber für unsere Frauen ist eine Geburt etwas sehr Schwieriges.« Tohrment schüttelte den Kopf, seine Lippen wurden schmal. »Wenn man älter wird, lernt man eine Schwangerschaft zu fürchten. Das ist ein verdammter Killer. Um ehrlich zu sein, hätte ich lieber keine Kinder, als meine *Shellan* zu verlieren.« Er räusperte sich. »Jedenfalls sollten wir jetzt erst mal reingehen. Wir essen etwas, und dann gebe ich dir eine Führung durch unser Trainingszentrum.«

Tohrment öffnete mit einem Knopfdruck das Garagentor und stieg aus. Während John seinen Koffer vom Rücksitz holte, hievte er das Zehngangrennrad aus dem Kofferraum. Dann gingen sie in die Garage, und Tohrment machte das Licht an.

»Ich stelle dein Fahrrad hier an die Wand, okay?«

John nickte und sah sich um. Da stand ein Volvo Kombi und ... ein Corvette-Sting-Ray-Cabrio aus den Sechzigern.

John blieb der Mund offen stehen.

Tohrment lachte leise. »Du kannst es dir ruhig mal näher ansehen.«

John stellte den Koffer ab und ging verliebt zu dem Wagen. Er wollte das glatte Metall streicheln, doch dann zog er die Hand wieder zurück.

»Nein, fass ihn ruhig an. Er steht gern im Mittelpunkt«, sagte Tohrment und zwinkerte John zu.

Das Auto war einfach wunderschön. Der Lack war glänzend metallic-eisblau. Das Dach war geöffnet, weshalb er ins Wageninnere sehen konnte. Die weißen Sitze waren einfach umwerfend. Das Lenkrad glänzte, und das Armaturenbrett war aus poliertem Holz gefertigt. Er mochte wetten, dass der Motor dröhnte wie ein Donnerschlag, wenn man ihn startete. Und er roch vermutlich nach frischem Öl, wenn man die Heizung anstellte.

Er blickte zu Tohrment und hatte das Gefühl, die Augen müssten ihm aus dem Kopf fallen. Wenn er doch nur sprechen könnte, nur um dem Mann zu erklären, wie großartig er den Wagen fand.

»Sieht wirklich klasse aus, was? Hab ihn selbst wieder hergerichtet. Über den Winter werde ich ihn stilllegen, aber wir könnten später damit ins Trainingszentrum fahren, was hältst du davon? Es wird bestimmt ein bisschen kühl, aber wir können uns ja dick einpacken.«

John strahlte. Und er grinste weiter, als der schwere Arm des Mannes sich um seine schmalen Schultern legte.

»Dann wollen wir dich mal füttern, mein Junge.«

Tohrment nahm den Koffer auf, und sie gingen ins Haus. Der Geruch von mexikanischem Essen lag würzig in der Luft.

Johns Nase war entzückt, aber sein Magen schlug Purzelbäume. Mist, wie sollte er denn so etwas herunterkriegen? Und was, wenn Tohrments Frau böse wurde …?

Dann trat ihnen eine atemberaubende Rothaarige entgegen. Sie war mindestens eins achtzig groß, hatte eine Haut wie weißes Porzellan und trug ein weites, gelbes Kleid. Ihr Haar war einfach fantastisch – es fiel ihr in großzügigen, leuchtenden Wellen über den ganzen Rücken.

John legte sich den Arm vor den Leib, um den fehlenden Knopf zu verdecken.

»Wie geht es meinem *Hellren?*«, fragte die Frau und bot Tohrment den Mund für einen Kuss dar.

»Mir geht es gut, *Lielan*. Wellsie, das ist John Matthew. John, das ist meine *Shellan*.«

»Herzlich willkommen, John.« Sie hielt ihm die Hand hin. »Ich bin so glücklich, dass du bei uns bleiben willst.«

John schüttelte ihre Hand und legte dann den Arm rasch wieder vor den Bauch.

»Kommt, Jungs. Das Essen ist fertig.«

Die Küche war ein Traum aus Kirschholz, Granit und glänzenden Geräten. Ein runder Glastisch auf einem Metallgestell in einer Nische war für drei Personen gedeckt. Alles sah brandneu aus.

»Setzt euch«, sagte Wellsie. »Ich hole das Essen.«

Er betrachtete das Spülbecken. Es war aus weißem Porzellan, und ein eleganter Messingwasserhahn erhob sich in der Mitte.

»Möchtest du dir die Hände waschen?«, fragte sie. »Mach nur.«

In einer kleinen Schale lag ein Stück Seife, und John achtete darauf, sich gründlich abzuschrubben. Als er und Tohrment sich hingesetzt hatten, brachte Wellsie Platten und Schüsseln, auf denen sich das Essen häufte. Enchiladas. Quesadillas. Und sie holte noch mehr.

»Siehst du, das hatte ich gemeint«, begann Tohrment, während er sich großzügig den Teller voll schaufelte. »Wellsie, das sieht fantastisch aus.«

John beäugte das Angebot; auf dem Tisch stand nichts, was sein Magen vertrug. Vielleicht sollte er ihnen erzählen, er habe schon gegessen …

Da stellte Wellsie eine Schüssel vor ihm ab. Darin war Reis mit einer Art blasser Soße. Es duftete nur schwach, aber appetitlich.

»Das wird deinen Magen etwas besänftigen, da ist Ingwer drin«, erklärte sie. »Und die Soße enthält viel Fett, damit du ein bisschen zunimmst. Als Nachtisch habe ich Bananenpudding für dich gemacht, der ist Magen schonend und hat viele Kalorien.«

Ungläubig starrte John das Essen an. Sie wusste es. Sie wusste genau, was er nicht essen konnte. Und was er vertrug.

Die Schüssel verschwamm vor seinen Augen. Rasch blinzelte er ein paarmal.

Krampfhaft presste er die Lippen zusammen und ballte die Hände im Schoß, bis die Knöchel knackten. Er würde nicht losheulen wie ein Baby. Auf keinen Fall würde er sich so blamieren.

Wellsies Stimme war ruhig, als sie sagte: »Tohr, könntest du uns mal eine Minute allein lassen?«

Ein Stuhl wurde zurückgeschoben, dann spürte John kurz eine feste Hand auf der Schulter. Schwere Schritte entfernten sich.

»Du kannst jetzt loslassen. Er ist weg.«

John schloss die Augen und sackte in sich zusammen, Tränen rannen ihm über die Wangen.

Leise zog Wellsie einen Stuhl zu ihm heran und begann, ihm langsam und sachte über den Rücken zu streicheln.

Er war so froh, dass Tohrment ihn gerade noch rechtzeitig gefunden hatte. Dass er in diesem hübschen, sauberen Haus würde leben dürfen. Dass Wellsie ihm etwas Besonderes zubereitet hatte, etwas, das sein Magen vertrug.

Dass sie beide ihm seinen Stolz gelassen hatten.

Dann wurde John zur Seite gezogen, in den Arm genommen und sacht hin und her gewiegt.

Wie ein Verdurstender saugte er diese Freundlichkeit in sich auf.

Etwas später hob er den Kopf und Wellsie drückte ihm eine Serviette in die Hand. Damit wischte er sich die Augen ab, drückte die Schultern durch und sah Wellsie an.

Sie lächelte. »Besser?«

Er nickte.

»Dann hole ich Tohr, ja?«

Wieder nickte John und nahm die Gabel in die Hand. Als

er den Reis probierte, stöhnte er auf. Er hatte zwar nicht viel Geschmack, aber als er seinen Magen erreichte, fühlte es sich einfach gut an. Er genoss das Essen, statt wie üblich Krampfanfälle davon zu bekommen. Es war, als wäre es exakt auf seine Ernährungsbedürfnisse zugeschnitten.

Er konnte den Blick nicht heben, als Tohrment und Wellsie sich wieder hinsetzten, und er war erleichtert, dass sie von ganz normalen Dingen sprachen. Von ihren Erledigungen, ihren Freunden, ihren Plänen.

Er aß die ganze Schüssel leer und blickte zum Herd, ob es wohl noch mehr gab. Aber noch bevor er fragen konnte, nahm Wellsie seine Schüssel und füllte sie nach. Drei Portionen schaffte er, und danach noch etwas Bananenpudding. Als er den Löffel hinlegte, wurde ihm klar, dass er zum ersten Mal in seinem Leben satt war.

Er atmete tief ein, lehnte sich zurück und schloss die Augen. Zufrieden lauschte er Tohrments tiefer Stimme und Wellsies melodischen Antworten.

Es klang wie ein Wiegenlied, dachte er. Besonders, als sie in eine Sprache fielen, die er nicht kannte.

»John?«, hörte er Tohrment.

Er versuchte, sich aufzusetzen, aber er war so schläfrig, dass er kaum die Lider heben konnte.

»Wie wäre es, wenn ich dich auf dein Zimmer bringe und du dich ein bisschen aufs Ohr haust? In das Trainingszentrum können wir auch noch in ein paar Tagen fahren. Gewöhn dich erstmal hier ein.«

John nickte. Er konnte nur daran denken, einmal richtig auszuschlafen.

Dennoch räumte er seinen Teller ab, spülte ihn ab und stellte ihn in die Maschine. Als er noch mehr helfen wollte, schüttelte Wellsie den Kopf.

»Das mache ich schon. Geh du mit Tohr.«

John holte Zettel und Stift heraus. Als er fertig geschrieben und ihr die Worte gezeigt hatte, lachte Wellsie.

»Sehr gern geschehen. Und ja, ich zeige dir, wie man das kocht.«

John nickte. Und verengte die Augen.

Wellsie lächelte so breit, dass er ihre Zähne sehen konnte. Zwei davon waren sehr lang.

Sie schloss den Mund, als hätte sie sich erschreckt. »Geh einfach schlafen, John, und mach dir keine Sorgen. Morgen ist immer noch Zeit genug zum Nachdenken.«

Er blickte zu Tohrment hinüber, dessen Miene nicht zu deuten war.

In diesem Augenblick wusste er es. Wusste es ohne weitere Erklärungen. Er hatte schon immer gewusst, dass er anders war, und endlich würde er erfahren, warum: Diese beiden wunderbaren Menschen würden ihm sagen, wer er war.

John dachte an seine Träume. Vom Biss und dem Blut.

Er hatte das Gefühl, das waren keine Fantasien.

Das waren seine Erinnerungen.

37

Mary blickte auf die ausgestreckte Hand der Auserwählten und dann zu Rhage. Sein Gesicht war finster, sein Körper angespannt.

»Wollt Ihr ihm nicht helfen?«, fragte Layla.

Mary fasste sich ein Herz, ging auf sie zu und legte ihre Finger in die dargebotene Hand.

Layla zog sie zu sich herunter und lächelte leicht. »Ich weiß, dass Ihr aufgeregt seid, aber sorgt Euch nicht, es wird schnell vorbei sein. Dann werde ich gehen, und es wird nur noch Euch und ihn geben. Ihr könnt einander festhalten und mich aus Euren Gedanken verbannen.«

»Wie kannst du es ertragen, so … benutzt zu werden?«, fragte Mary.

Layla runzelte die Stirn. »Ich gebe, was benötigt wird, ich werde nicht benutzt. Und wie sollte ich der Bruderschaft etwas verweigern? Sie beschützen uns, damit wir weiterleben können. Sie schenken uns Töchter, damit unsere Traditionen fortgeführt werden … oder zumindest pflegte es früher so zu sein. In letzter Zeit sind wir weniger und weniger geworden, da die Brüder nicht länger zu uns kommen. Wir benötigen dringend Kinder, doch nach dem Gesetz dürfen wir uns nur mit Mitgliedern der Bruderschaft paaren.« Sie blickte zu Rhage. »Daher wurde ich für heute Nacht ausgewählt. Ich nähere mich meiner Triebigkeit, und wir hatten gehofft, Ihr würdet mich nehmen.«

»Ich werde nicht bei dir liegen«, sagte Rhage leise.

»Ich weiß. Und dennoch werde ich Euch zu Diensten sein.«

Mary schloss die Augen und stellte sich das Kind vor, das Rhage zeugen könnte. Unbewusst wanderte ihre Hand zu ihrem flachen Bauch und sie versuchte, ihn sich angeschwollen und schwanger vorzustellen. Die Freude wäre überwältigend; dessen war sie sich sicher. Denn der Schmerz darüber, dass es nie dazu kommen würde, war unermesslich.

»Also, Krieger, was werdet Ihr tun? Werdet Ihr nehmen, was ich Euch mit Freuden gebe? Oder werdet Ihr riskieren, Eure Partnerin zu verletzen?

Als Rhage immer noch zögerte, wurde Mary klar, dass die einzig mögliche Lösung für sie direkt vor ihnen lag. Er musste das hier tun.

»Trink«, befahl sie ihm.

Er begegnete ihrem Blick. »Mary?«

»Ich möchte, dass du trinkst. Jetzt sofort.«

»Bist du dir sicher?«

»Ja.«

Einen Herzschlag lang herrschte eisige Stille. Dann ließ er sich wieder vor Layla zu Boden sinken. Er beugte sich vor, und die Frau schob den Ärmel ihres Kleides über das Handgelenk und legte ihren Arm auf den Oberschenkel. Die Venen auf der Innenseite des Gelenks schimmerten blassblau unter der weißen Haut.

Während er den Mund öffnete, griff Rhage nach Marys Hand. Seine Fänge verlängerten sich auf das Dreifache ihrer üblichen Größe. Mit einem leise zischenden Geräusch senkte er den Kopf und legte seinen Mund auf Laylas Arm. Die Frau zuckte kurz, dann wurde sie ganz ruhig.

Rhages Daumen strich über Marys Handgelenk, seine Hand fühlte sich warm an. Sie konnte nicht ganz genau sehen, was er tat, aber seine kaum merklichen Kopfbewegungen ließen auf Saugen schließen. Als er ihre Hand drückte, erwiderte sie die Geste schwach. Die ganze Erfahrung war noch zu fremd, und er hatte recht: Es lag eine schockierende Intimität darin.

»Streichle ihn«, wisperte Layla. »Er will schon aufhören, und es ist noch zu früh. Er hat noch nicht genug genommen.«

Wie betäubt legte Mary ihm ihre freie Hand auf den Kopf. »Alles in Ordnung, mir geht es gut.«

Rhage versuchte, den Kopf zurückzuziehen, als wüsste er, dass sie log. Doch sie dachte an all das, was er für sie zu tun bereit gewesen war, alles, was er für sie durchgemacht hatte.

Sie hielt seinen Kopf fest und drückte ihn nach unten. »Lass dir Zeit. Wirklich, alles in Ordnung.«

Sie hielt seine Hand, und seine Schultern lockerten sich wieder. Er rutschte näher zu ihr heran, und sie öffnete die Beine, damit er sich dazwischen knien konnte. Seine Brust ruhte nun auf ihrem Oberschenkel, sein breiter Rücken ließ sie winzig erscheinen. Sanft strich sie ihm mit der Hand durch das blonde Haar, ihre Finger versanken in den dicken, weichen Wellen.

Und urplötzlich war die ganze Sache gar nicht mehr so merkwürdig.

Obwohl sie spüren konnte, wie er aus Laylas Vene trank, fühlte sich sein Körper an ihrem eigenen so vertraut an, und das Reiben ihres Handgelenks bewies ihr, dass er beim

Trinken an sie dachte. Sie musterte Layla; die Frau betrachtete ihn, doch der konzentrierte Ausdruck auf ihrem Gesicht war nüchtern.

Mary fiel wieder ein, was er über das Trinken gesagt hatte: würde er sie beißen, könnte sie seine Lust spüren. Ganz eindeutig fand nichts dergleichen zwischen ihm und der Auserwählten statt. Beide waren völlig ruhig, friedlich. Nicht gebeutelt von einer wie auch immer gearteten Leidenschaft.

Laylas Blick hob sich und sie lächelte. »Es ist gut. Nur noch etwa eine Minute.«

Dann war es vorbei. Rhage hob den Kopf leicht und drehte ihn zu Mary hinüber; er legte ihn in ihren Schoß und schlang die Arme um sie. Das Gesicht ruhte auf ihrem Oberschenkel, und wenn sie auch seine Miene nicht sehen konnte, waren doch seine Muskeln gelöst, und seine Atmung war tief und gleichmäßig.

Mary betrachtete Laylas Handgelenk. Da waren zwei kleine runde Löcher und eine leichte Rötung, aber nur ein dünnes Rinnsal Blut.

»Er wird ein bisschen Zeit brauchen, um sich zu sammeln«, erklärte die Auserwählte, während sie ihr Handgelenk ableckte und den Ärmel wieder nach unten schob. Dann stand sie auf.

Mary rieb Rhages Rücken und sah die andere Frau an. »Vielen Dank.«

»Das habe ich sehr gern getan.«

»Wirst du wiederkommen, wenn er dich braucht?«

»Würdet Ihr mich wieder haben wollen? Mich speziell?«

Mary schluckte ihre Eifersucht bei der Begeisterung der Auserwählten herunter. »Ja … ähm … ich glaube schon.«

Layla strahlte geradezu, ihre Augen blitzten vor Glück.

»Herrin, es wäre mir eine Ehre.« Sie verneigte sich. »Er weiß, wie er mich rufen kann. Ich stehe immer zu Eurer Verfügung.«

Sie verließ den Raum mit federnden Schritten.

Als die Tür ins Schloss fiel, beugte sich Mary hinab und küsste Rhages Schulter. Er rührte sich und hob den Kopf an. Dann wischte er sich den Mund mit der Handfläche ab, als wollte er nicht, dass sie Reste von Blut an ihm sah.

Als ihre Blicke sich trafen, hingen seine Lider schwer herab, die stahlblauen Augen waren glasig.

»Hallo«, sagte sie und strich ihm das Haar aus dem Gesicht.

Er lächelte dieses spezielle Lächeln, das ihn aussehen ließ wie einen Engel. »Hallo.«

Zärtlich berührte sie seine Unterlippe mit dem Daumen. »Hat sie gut geschmeckt?« Als er zögerte, drängte sie: »Sei ehrlich zu mir.«

»Ja, das hat sie. Aber trotzdem wärst du mir lieber gewesen, und ich habe die ganze Zeit an dich gedacht. Ich habe mir vorgestellt, du wärest es.«

Mary senkte den Kopf und leckte ihm über die Lippen. Als seine Augen verwundert aufblitzten, ließ sie ihre Zunge in ihn hineingleiten und schmeckte einen Hauch des noch verbliebenen Aromas. *Wie ein süßer Rotwein.*

»Gut«, murmelte sie an seinen Lippen. »Ich möchte, dass du an mich denkst, während du das tust.«

Er legte die Hände seitlich an ihren Hals, die Daumen direkt über den Venen. »Nur an dich.«

Seine Lippen fanden ihre, und Mary umklammerte ihn, zog ihn gierig näher an sich heran. Er zog ihr Sweatshirt hoch, und sie reckte die Arme, um ihm das Ausziehen zu erleichtern. Dann ließ sie sich rückwärts aufs Bett fallen.

Er zog ihr Hose und Unterhose aus und schlüpfte dann aus seinen eigenen Kleidern.

Er schwebte über ihr, umschlang sie mit einer Hand und schob sie auf dem Bett weiter hoch. Dann schob er den Oberschenkel zwischen ihre Beine und drückte sie mit seinem Körper auf die Matratze. Seine schwere Erregung lag mitten auf ihrem Bauch. Verzückt schlängelte sie sich um ihn herum, streichelte sich selbst, streichelte ihn.

Sein Mund war fordernd, als er sie küsste, doch er drang ganz langsam in sie ein, dehnte sie vorsichtig, vereinte sie beide miteinander. Seine Erektion war groß und hart und himmlisch, und er bewegte sich träge tief in sie hinein. Der köstliche dunkle Geruch flutete über sie hinweg.

»Ich werde keine andere haben«, flüsterte er an ihrem Hals. »Nie. Ich werde keine außer dir nehmen.«

Mary schlang die Beine um seine Hüften, sie wollte ihn so tief in sich haben, wie es möglich war. Und sie wollte, dass er für immer bei ihr bleiben konnte.

John folgte Tohrment durch das Haus. Es gab eine Menge Zimmer, und alle Möbel und Dekorationsgegenstände waren wirklich hübsch und viele waren wirklich alt. Er blieb vor einem Gemälde stehen, das ein Gebirge darstellte. Ein Messingschildchen auf dem Goldrahmen nannte den Namen Frederic Church. Er fragte sich, wer das wohl war, und befand, dass der Kerl ein echt guter Maler war.

Am Ende des Flurs öffnete Tohrment eine Tür und knipste das Licht an. »Ich hab deinen Koffer schon hier herein gestellt.

John trat ein. Die Wände und die Decke waren dunkelblau gestrichen, auf dem großen, eleganten Bett häuften sich dicke Kissen. Außerdem gab es noch einen Schreibtisch und eine Kommode. Eine Schiebetür führte auf eine Terrasse hinaus.

»Das Bad ist hier.« Tohrment machte ein weiteres Licht an.

Als John seinen Kopf durch die Tür steckte, sah er blauen Marmor. Die Dusche war verglast, und … wow, es gab *vier* Duschköpfe.

»Wenn du etwas brauchst: Wellsie ist hier. Ich komme gegen vier Uhr morgens zurück. Um die Zeit treffen wir uns jede Nacht. Wenn du uns tagsüber brauchst, kannst du uns von jedem Telefon aus anrufen. Wähl einfach Sternchen eins. Wir sind jederzeit für dich da. Ach ja, und wir haben zwei *Doggen,* unsere Angestellten, die uns ein bisschen im Haushalt helfen, Sal und Regine. Beide wissen, dass du jetzt bei uns wohnst. Sie kommen gegen fünf. Wenn du irgendwohin musst, bitte sie einfach, dich zu fahren.«

John ging zum Bett hinüber und berührte eines der weichen Kissen.

»Es wird dir hier gut gehen, mein Junge. Vielleicht dauert es ein bisschen, bis du dich daran gewöhnt hast, aber alles wird gut werden. Ach so, und sag bitte *du* zu uns. Du gehörst jetzt zur Familie.«

John sah sich im Zimmer um. Dann nahm er all seinen Mut zusammen und öffnete den Mund. Er deutete zunächst auf seine Zähne, dann auf Tohrment.

»Bist du sicher, dass du das jetzt hören willst?«, murmelte Tohrment.

Als John nickte, öffnete Tohrment langsam die Lippen. Und entblößte ein Paar Fänge.

O … Mann. O …

John schluckte und deutete mit dem Finger in seinen eigenen Mund.

»Ja, du wirst auch welche bekommen. Innerhalb der nächsten paar Jahre.« Tohrment setzte sich aufs Bett und stützte die Ellbogen auf die Knie. »Wir erleben die Verwandlung mit etwa fünfundzwanzig. Danach wirst du trinken müssen, um zu überleben. Und wir sprechen hier nicht von Milch, mein Junge.«

John zog die Augenbrauen hoch. Von wem würde er trinken müssen?

»Wir werden eine Vampirin für dich finden, um dich durch die Wandlung zu bringen, und ich werde dir erklären, was dich erwartet. Ist nicht gerade ein Picknick, aber wenn du das überstanden hast, wirst du so stark sein, dass es das alles wert war.«

Johns Augen leuchteten auf, als er Tohrment musterte. Plötzlich breitete er die Arme längs aus und legte sich dann den Daumen auf die Brust.

»Ja, du wirst so groß sein wie ich.«

John formte mit den Lippen das Wort *ach Quatsch*.

»Wirklich. Deshalb ist die Transition auch kein Spaß. Dein Körper macht eine riesige Veränderung innerhalb weniger Stunden durch. Danach musst du vieles neu lernen. Wie man geht und sich bewegt, zum Beispiel. Unsere Körper sind anfangs schwer zu beherrschen.«

Abwesend rieb John sich die Brust, wo sich die kreisrunde Narbe befand. Tohrments Augen folgten der Bewegung.

»Ich muss ehrlich mit dir sein, mein Junge. Es gibt vieles, was wir über dich nicht wissen. Zum einen können wir nicht erkennen, wie viel von unserem Blut in dir fließt. Und wir haben keine Ahnung, von welcher Linie du abstammst. Was die Narbe betrifft, kann ich dir ebenfalls nicht helfen – ich weiß nicht, woher sie stammt. Du sagst, du hattest sie schon immer, und ich glaube dir auch. Aber diese Kennzeichnung erhalten wir erst später, wir werden nicht damit geboren.«

John nahm einen Zettel heraus und schrieb darauf: *Hat jeder sie?*

»Nein. Nur meine Brüder und ich. Deshalb hat Bella dich zu uns gebracht.«

Wer seid ihr?, schrieb John.

»Die Bruderschaft der Black Dagger. Wir sind Krieger, mein Junge. Wir kämpfen, um unsere Rasse zu erhalten, und genau dazu werden wir auch dich ausbilden. Mit der Kennzeichnung könntest du am Ende einer von uns werden. Ich weiß es nicht.« Tohrment rieb sich den Nacken. »Sehr bald werde ich dich zu Wrath bringen. Er ist der Chef, unser König. Außerdem möchte ich, dass Havers dich untersucht, unser Arzt. Er könnte vielleicht mehr über deine Blutlinie herausfinden. Wäre das okay für dich?«

John nickte.

»Ich bin sehr froh, dass wir dich gefunden haben, John. Wenn nicht, wärst du gestorben, denn niemand hätte dir geben können, was du brauchst.«

John ging zum Bett und setzte sich neben Tohrment.

»Hast du noch etwas auf dem Herzen?«

Wieder nickte John, doch er konnte seine Gedanken nicht vernünftig ordnen.

»Denk doch einfach heute Nacht in Ruhe darüber nach. Wir reden morgen weiter.«

Wie durch einen Nebel bekam John mit, dass er eine zustimmende Kopfbewegung machte. Tohrment stand auf und ging zur Tür.

Da durchfuhr John aus dem Nichts heraus ein Gefühl

von Panik. Die Vorstellung, allein zu sein, selbst in einem so schönen Haus bei so freundlichen Leuten in einer sicheren Gegend, erschreckte ihn. Er fühlte sich so … klein.

Da schoben sich Tohrments Stiefel in sein Gesichtsfeld.

»Weißt du was, John, ich glaube, ich bleib einfach noch ein bisschen hier bei dir. Soll ich? Wir könnten ein bisschen fernsehen.

Danke, bedeutete John ihm, ohne nachzudenken. *Ich fühle mich ein bisschen seltsam.*

»Das interpretiere ich als Ja.« Tohrment machte es sich auf dem Bett bequem, schnappte sich die Fernbedienung und schaltete den Fernseher an. »Vishous, einer meiner Brüder, hat hier im Haus alles verkabelt. Ich glaube, wir kriegen ungefähr siebenhundert Sender. Was möchtest du sehen?«

John zuckte die Achseln und lehnte sich hinten an das Kopfteil.

Gemächlich zappte Tohrment durch die Kanäle, bis er *Terminator* 2 fand. »Magst du den?«

John pfiff leise durch die Zähne und nickte dann.

»Ja, ich auch. Ein echter Klassiker, und Linda Hamilton ist einfach heiß.«

38

Rhage schlief sehr lange, und was ihn schließlich weckte, waren schlechte Neuigkeiten. Die Ruhelosigkeit, dieses furchtbare innere Summen, war wieder erwacht. Die Gnadenfrist der Jungfrau der Schrift war vorüber. Die Bestie war zurückgekehrt.

Er öffnete die Augen und sah Marys Haar auf dem Kissen. Und die Kontur ihres Halses. Und ihren nackten Rücken. Ihm brach der Schweiß aus. Innerhalb von Sekunden bekam er einen Ständer.

Er musste daran denken, wie sie miteinander geschlafen hatten, nachdem er getrunken hatte. Und dann erneut, als sie wieder auf ihrem Zimmer waren. Noch zweimal an diesem Tag hatte er sie genommen, wenn er auch ein schlechtes Gewissen dabei hatte, so fordernd zu sein und sie nie in Ruhe zu lassen. Trotzdem hatte sie ihn jedes Mal angelächelt und ihn bereitwillig in sich aufgenommen, obwohl sie erschöpft sein musste und vermutlich auch ein bisschen wund.

Und jetzt wollte er sie schon wieder, aber mit einer pochenden Begierde, die er zuvor nicht gefühlt hatte. Dieser Hunger war animalisch, als hätte er sie noch nie besessen oder wäre monatelang von ihr getrennt gewesen. Während er gegen den Drang ankämpfte, krümmten seine Finger sich, seine Hände kitzelten, die Haut straffte sich. Er stand völlig unter Strom, seine Knochen vibrierten geradezu.

Er stand auf und ging duschen. Danach hatte er sich wieder etwas besser in der Gewalt, doch dann entdeckte er, dass Mary sich von der Decke frei gestrampelt hatte. Herrlich nackt lag sie auf dem Bauch, ihr wunderschöner Hintern eine Versuchung, der er nur mit Mühe widerstehen konnte.

»Kann ich dir was aus der Küche mitbringen?«, fragte er heiser.

»Schlafen«, murmelte sie und wälzte sich auf den Rücken. Die rosa Spitzen ihrer Brüste wurden hart, als die kühle Luft darüber strich.

O mein Gott ... Moment mal, irgendetwas stimmte hier nicht. Ihr Gesicht war gerötet, als hätte sie zu lange im Wind gestanden, und die Muskeln ihrer Beine zuckten unkontrolliert.

Er ging zum Bett und legte ihr eine Hand auf die Stirn. Sie war heiß und trocken.

»Mary, ich glaube, du hast Fieber.«

»Ein bisschen. Das ist normal.«

Angst kroch an ihm hoch und kühlte seine Begierde nach Sex ab. »Soll ich dir ein Aspirin holen?«

»Ich muss einfach schlafen, bis es vorbei ist.«

»Möchtest du, dass ich bei dir bleibe?«

Sie öffnete die Augen. Er hasste den trüben Blick darin. »Nein, das kommt öfter vor. Ehrlich, mir geht's gut. Ich muss einfach nur schlafen.«

Ein Weilchen blieb Rhage noch bei ihr, dann zog er eine enge schwarze Laufhose und ein T-Shirt an. Bevor er ging, betrachtete er sie noch einmal. Er konnte es schon kaum aushalten, wenn sie ein bisschen fiebrig war. Wie zum

Henker sollte er damit klarkommen, wenn es ihr wirklich schlecht ging?

Havers. Havers hatte sich noch nicht zurückgemeldet, dabei sollte der Arzt eigentlich inzwischen ausgiebig Einsicht in ihre Krankenakte genommen haben. Rhage holte sein Handy heraus und ging in den Flur.

Das Gespräch mit dem Arzt dauerte nicht lange, weil der Mann nichts für sie tun konnte. Da Vampire keinen Krebs bekamen, hatte er sich mit der Krankheit nie näher befasst.

Rhage wollte schon auflegen, als der Arzt zögerlich ansetzte: »Verzeih, Herr, ich möchte nicht aufdringlich sein. Aber hast du … ist dir klar, wie weitreichend die Behandlungen bisher waren?«

»Ich weiß, dass es viele gab.«

»Aber ist dir bewusst, wie intensiv sie waren? Wenn die Leukämie zurückgekehrt ist, dann hat sie möglicherweise nur begrenzte Möglichkeiten …«

»Danke, dass du dir ihre Akten angesehen hast. Ich weiß das zu schätzen.« Als bräuchte er noch eine Bestätigung, wie ernst die Situation war.

»Warte … Bitte denk dran, dass ich euch auf jede erdenkliche Weise helfen möchte. Auch wenn ich in Bezug auf die Chemotherapie nicht von Nutzen sein kann. Aber wir haben hier die Rezepturen für viele der Schmerzmittel und verschiedene andere Medikamente, die sie früher schon genommen hat. Ich kann ihr Erleichterung verschaffen und sie unterstützen, auch wenn sie ihre eigentliche Behandlung in einem menschlichen Krankenhaus erhalten wird. Du musst mir nur Bescheid geben.«

»Das werde ich. Und … danke, Havers.«

Nach dem Telefonat ging er zu Wraths Arbeitszimmer,

doch der Raum war leer. Also ging er die Treppen hinunter. Vielleicht holten sich Wrath und Beth gerade einen Snack.

Aus dem Nichts tauchte plötzlich eine Wand aus Leder vor ihm auf, gekrönt von einer langen schwarzen Mähne. Die Sonnenbrille, die Wrath heute trug, war silbern.

»Suchst du mich?«, fragte der König.

»Hi. Ja. Mary ist hier eingezogen. Auf Dauer.«

»Das habe ich gehört. Fritz hat gesagt, sie hätte ein paar Sachen mitgebracht.«

»Mhm. Hör mal, was hältst du davon, heute Abend eine kleine Party zu veranstalten? Ich möchte, dass Mary ihre Freundin Bella mal wieder treffen kann, und ich dachte mir, die Bruderschaft könnte ja mal versuchen, sich von ihrer besten Seite zu präsentieren. Du weißt schon, mit Anzug und allem Schnickschnack. Vielleicht möchte Wellsie auch kommen. Mary hat zwar mich, aber sie muss auch mal ein paar andere Leute sehen. Ich möchte nicht, dass sie sich isoliert fühlt.«

»Verdammt gute Idee. Beth wollte, dass wir heute Nacht in die Stadt fahren, aber …«

»Dann tut das auch. Es soll doch ganz ungezwungen sein.«

»Tja, also, meine *Shellan* hat sich schon darauf gefreut, mal hier herauszukommen. Sie mag es gern, wenn sie mich ganz für sich allein hat. Und ich, ähm, ich mag es auch, wenn du verstehst, was ich meine.«

Rhage musste lächeln, als Wraths Körper eine Welle von Hitze abstrahlte.

Eine kurze Pause entstand. Dann sagte der König: »Mein Bruder, ist noch etwas?«

»Ja. Mary wird bald sehr krank sein. Ich werde jede

Nacht mit der Bruderschaft unterwegs sein, solange ich kann. Aber wenn es hart auf hart kommt …«

»Natürlich. Tu einfach, was du für nötig hältst.«

»Danke, Mann.«

Wrath schüttelte den Kopf. »Weißt du was – du zeigst gerade deinen wahren Wert. Ehrlich.«

»Ja, ähm, aber es wäre mir lieber, du würdest das für dich behalten. Ich habe einen Ruf als egozentrisches Arschloch zu wahren.«

»Sehr witzig. Aber im Ernst: Ich kann mir vorstellen, dass sonst nur Tohr oder Phury das alles tun würden. Vielleicht noch V.«

Rhage runzelte die Stirn. »Das klingt, als wäre es ein Opfer, verflucht. Ich liebe sie.«

»Das ist ja das Opfer. Du liebst sie, obwohl du weißt, dass sie bald in den Schleier eingehen wird.«

»Sie wird *nirgendwohin* gehen.« Rhage biss die Zähne zusammen. »Sie wird wieder gesund. Es wird hart, aber sie *wird* wieder gesund.«

»Vergib mir.« Wrath verneigte den Kopf. »Natürlich wird sie das.«

Rhage sah zu Boden. Er wusste nicht, wie er mit der Entschuldigung umgehen sollte, da er nur daran gewöhnt war, selbst welche auszusprechen. Und außerdem fühlte er sich jedes Mal, wenn er an Marys Tod dachte, als stünde sein Brustkorb in Flammen.

»Bis später, Herr.« Er musste hier schnellstens weg, bevor er sich lächerlich machte, indem er zu gefühlsduselig wurde.

Als er allerdings aufblickte, stockte ihm der Atem. Der König nahm nie seine Sonnenbrille ab.

Niemals.

Fasziniert starrte Rhage in die leuchtend silbergrünen Augen, die ihn musterten. Da waren keine richtigen Pupillen, nur zwei winzige schwarze Pünktchen. Und die Wärme, die in diesen blinden, strahlenden Kreisen lag, war erschütternd.

»Ich bin stolz darauf, dich Bruder nennen zu dürfen«, sagte Wrath.

Schwere Arme legten sich um Rhage, und er wurde an eine massive Brust gezogen. Er verspannte sich kurz, doch dann lehnte er sich an Wraths wuchtige Schultern.

»Wrath?«

»Ja?«

Rhage öffnete den Mund, aber die Stimme versagte ihm.

In die Stille hinein entgegnete Wrath: »Wir werden alle für dich da sein. Deshalb musst du um Hilfe bitten, wenn du sie brauchst. Und wenn die Zeit kommt, wird für sie die vollständige Schleier-Zeremonie vollzogen, wie es der *Shellan* eines Kriegers zusteht.«

Rhage kniff die Augen zusammen. »Danke, Herr.«

Später an diesem Abend stand Mary im Bad und föhnte sich die Haare. Als sie fertig war, betrachtete sie sich im Spiegel und strich die dunklen Wellen glatt. Sie fühlten sich so weich an, und in diesem Licht schimmerten goldene und rote Funken darin auf.

Sie weigerte sich, daran zu denken, dass sie bald wieder glatzköpfig sein würde. Verbot sich jedes Grübeln. Sie hätte weiß Gott noch ausreichend Zeit dazu, wenn es so weit wäre.

»Du bist immer noch so schön wie gestern«, sagte Rhage zu ihr, als er aus der Dusche kam. Während er sich abtrocknete, trat er hinter sie und blies ihrem Spiegelbild einen Kuss zu.

Sie lächelte. »Vielen, vielen Dank, dass du Bella und John eingeladen hast. Sie ist eine so gute Freundin geworden, und wegen des Jungen hatte ich mir schon Sorgen gemacht.«

»Ich möchte nicht, dass du den Kontakt zu deinen Freunden verlierst, nur weil du hier lebst. Außerdem braucht die Bruderschaft hin und wieder einen Grund, sich zivilisiert zu benehmen. Das tut uns gut.«

»Ich finde es so nett von Tohrment und Wellsie, John bei sich aufzunehmen.«

»Die beiden sind einfach die Besten.«

Als Rhage das Badezimmer verließ, starrten die Augen seiner Drachen-Tätowierung sie an. Das wirkte etwas unheimlich, fand sie, aber nicht unangenehm. Es war, als würde man von einem Wachhund fixiert, der eigentlich gern gestreichelt werden wollte.

Sie ging hinüber und setzte sich auf die Bettkante. »Hey, tut mir leid, falls ich dich heute Morgen geweckt habe. Ich wälze mich immer ziemlich im Bett umher, wenn das Fieber kommt.«

Rhage kam aus dem begehbaren Schrank und zog den Reißverschluss seiner schwarzen Hose zu. »Du hast mich überhaupt nicht gestört. Aber können wir denn nichts dagegen unternehmen?«

»Eigentlich nicht. Aber ich schlafe gern woanders, wenn es dich stört.« Sie lachte über seinen Blick. »Ist ja gut, ist ja gut. Ich bleibe hier.«

»Ich hatte wirklich gehofft, Havers könnte irgendwas für dich tun.«

»Mach dir keine Gedanken. Immerhin hast du es versucht.«

»Wann musst du wieder zu deinem Onkologen?«

»Bald, aber ich möchte heute nicht mehr davon sprechen, okay? Heute Abend geht es um das Leben. Ich fühle mich gut, und ich werde keine Minute mehr mit düsteren Gedanken verschwenden.«

Rhages Mundwinkel hoben sich, seine Augen glänzten vor Bewunderung und Respekt.

Wie habe ich nur eine Sekunde daran denken können, ihn aus meinem Leben auszuschließen?, dachte sie.

Sie lächelte zurück und freute sich schon auf das Ende der Party, wenn sie wieder allein sein konnten. Im Dunkeln, wenn nichts zwischen ihnen war.

Als er wieder im Schrank verschwand, ging sie ihm nach. Ein paar Minuten Zeit hatten sie noch, da konnte man sich ja schon mal einen Vorgeschmack holen. Während er die ordentlich auf Bügeln hängenden Hemden musterte, legte sie ihm die Hand auf den Rücken, direkt auf die Schulter der Bestie.

Rhage schreckte zurück und machte einen Schritt beiseite.

»Hast du dir wehgetan?«, fragte sie.

Sie umkreiste ihn, während er krampfhaft auswich und die beiden so mehrfach die Plätze tauschten.

»Rhage ...«

»Wir müssen uns beeilen, sonst kommen wir zu spät.« Seine Stimme klang etwas heiser, seine Brustmuskeln zuckten.

»Was ist denn mit deinem Rücken?«

Er holte ein Hemd vom Bügel und zog es über, dann knöpfte er es eilig zu. »Dem Rücken geht's gut.«

Er gab ihr einen flüchtigen Kuss auf die Wange und quetschte sich an ihr vorbei. Dann öffnete er die Tür zum

Flur und nahm im Vorbeigehen seine Uhr von der Kommode. Seine Finger zitterten, als er den Verschluss zumachte.

Gerade als sie noch einmal fragen wollte, was los war, tauchte Phury im Türrahmen auf.

»Hey, mein Bruder, hallo Mary«, lächelte er. »Wollen wir zusammen runtergehen?«

Mary verbarg ihre Enttäuschung. Und befand, dass das immerhin die bestaussehende Unterbrechung war, die man sich vorstellen konnte.

Phurys prachtvolles, mehrfarbiges Haar war über seine breiten Schultern ausgebreitet, und er sah todschick aus. Sein Anzug war schwarzblau mit Nadelstreifen, das rosa Hemd darunter gab seinen kräftigen Hals und seinen absurd schönen Teint frei. Die Manschettenknöpfe waren aus massivem Gold, und er trug einen Diamantring am kleinen Finger.

Der Bruder sah aus wie einem Hochglanzmagazin entsprungen. Bella und er würden wirklich gut zusammen passen, dachte Mary.

»Phury, hast du eigentlich Bella schon kennengelernt?«

Der Vampir fummelte an dem Tuch in seiner Brusttasche, obwohl das Ding gar nicht schief saß. »Ja, ich hab sie gesehen. An dem Abend, als du mit dem Jungen hier warst.«

»Sie kommt auch heute Abend.«

»Ich, äh, ich weiß.«

»Und sie ist im Moment solo.«

Junge, Junge, dieses leichte Erröten war einfach der Hammer, dachte sie. Phury war umwerfend.

»Er ist nicht interessiert«, sagte Rhage, während er sich eine Pistole hinten in die Hose steckte.

Mary warf ihm einen scharfen Blick zu, den er nicht bemerkte, weil er sich gerade die Anzugjacke überstreifte.

»Aber du bist doch auch Single«, sagte sie zu Phury. »Oder?«

»Das schon«, ließ sich wieder Rhage vernehmen.

»Rhage, wie wäre es, wenn du ihn mal selbst antworten lässt? Also Phury, wenn ihr beide frei seid, warum lädst du sie dann nicht mal zum Abendessen ein?«

Phury strich sich das Revers glatt und errötete noch etwas stärker. »Also, ich weiß nicht so recht.«

»Sie ist wirklich großartig ...«

Rhage schüttelte den Kopf und schubste sie in den Flur. »Lass es gut sein, Mary. Komm schon.«

Auf halber Treppe zupfte sie Rhage am Ärmel und blieb stehen. Als Phury weiterging, flüsterte sie: »Was hast du denn? Er und Bella würden prächtig zusammenpassen.«

»Das Einzige, was Bella von ihm haben könnte, wären Gespräche.«

»Was soll ...«

»Er fängt nichts mit Frauen an.«

»Ist er schwul?«

»Nein, aber dräng ihm Bella nicht auf, okay? Es wäre beiden gegenüber nicht fair.«

Marys Blick heftete sich auf Phury, der eben auf den Mosaikfußboden der Eingangshalle trat. Selbst mit dem leichten Hinken wirkte er eindeutig wie ein Mann, dessen Körperteile alle wunschgemäß funktionierten. Aber vielleicht täuschte das. Vielleicht war er im Kampf verletzt worden.

»Ist er, du weißt schon, impotent?«

»Soweit ich weiß, nicht. Aber er lebt zölibatär.«

Was für eine Verschwendung, dachte sie. Allein schon

wie der Mann sich bewegte, war eine Herausforderung an das weibliche Geschlecht, ihn von seinem klösterlichen Leben abzubringen.

»Ist er Mitglied eines religiösen Ordens?«

»Nein.«

»Warum dann, um Himmels willen?«

»Bei Phury führen alle Fragen zurück zu seinem Zwilling Zsadist. Und ja, ich weiß, dass sie sich nicht ähnlich sehen.« Rhage gab ihr einen kleinen Schubs, und sie ging weiter.

»Warum hinkt Phury?«

»Er trägt eine Prothese. Er hat sein halbes Bein verloren.«

»Um Himmels willen, wie denn?«

»Er hat es sich abgeschossen.«

Wie angewurzelt blieb Mary stehen. »Wie bitte? War das ein Unfall?«

»Nein, es war Absicht. Mary, jetzt komm endlich, wir können später weiterreden.« Er nahm sie bei der Hand und zog sie hinter sich her.

Bella kam hinter dem *Doggen*, der sie abgeholt hatte, durch die Eingangshalle. Als sie sich umsah, war sie sprachlos: Ihre Familie besaß zwar auch ein vornehmes Haus, aber gegen das hier blieb es eindeutig zurück. Das hier war … königlich. Was vermutlich nur logisch war, da der Blinde König und seine Königin hier residierten.

»Willkommen, Bella«, sagte eine tiefe männliche Stimme.

Sie wandte sich um und entdeckte den Bruder mit den tollen Haaren, denjenigen, der an jenem Abend zwischen sie und Zsadist getreten war.

»Ich bin Phury. Wir haben uns schon mal gesehen. Damals, in der Turnhalle.«

»Krieger«, grüßte sie ihn und verneigte sich tief. Es war schwer, keine ehrfürchtige Scheu vor den Brüdern zu empfinden, vor allem vor einem wie diesem. So groß. So … Waren diese Haare echt?

»Wir sind froh, dass du kommen konntest.« Er lächelte sie an, ein warmer Ausdruck lag in seinen hellen Augen. »Darf ich dir aus dem Mantel helfen?«

Sie legte ihn sich über den Arm. »Ich kann nicht fassen, dass ich wirklich hier bin, um ehrlich zu sein. Mary! Hallo!«

Die beiden umarmten sich erst und unterhielten sich dann mit Phury. Schon bald fühlte sich Bella völlig gelöst in seiner Gegenwart. Er strahlte etwas so Ruhiges und Vertrauenswürdiges aus, und seine Augen waren einfach der Hit. Sie waren tatsächlich auch aus der Nähe betrachtet gelb.

Doch so attraktiv er auch war, sie hielt die ganze Zeit Ausschau nach dem Bruder mit der Narbe. Während sie weiterplauderte, suchte sie insgeheim den ausgedehnten, dekorativen Eingangsbereich ab. Zsadist war nirgends zu sehen. Vielleicht hatte er keine Lust auf die Party. Er wirkte nicht gerade wie der gesellige Typ; so viel stand fest.

Als Mary sich zu Rhage gesellte, war Bella fest entschlossen, sich nicht im Stich gelassen zu fühlen. Du meine Güte, warum sollte sie jemandem wie Zsadist hinterherlaufen?

»Phury, dürfte ich …«, begann sie. »Ich weiß, das tut man eigentlich nicht, aber ich muss einfach dein Haar berühren.« Noch bevor er ablehnen konnte, streckte sie die Hand aus und ergriff ein paar blonde und rote Wellen, rieb die kräftigen Strähnen zwischen den Fingern. »Toll. Die Farben sind einfach umwerfend. Und … es riecht so gut. Was für ein Shampoo benutzt du?«

Sie sah ihm in die Augen, in Erwartung einer lockeren Bemerkung über Männer, Shampoo und das natürliche Desinteresse der Ersteren für das Zweitere. Doch er war völlig erstarrt. Blinzelte nicht mal, als er sie anblickte.

Und dann wurde ihr plötzlich bewusst, dass Rhage sie aus einem Türrahmen mit entsetzter Miene anstarrte. Genau wie ein anderer Vampir mit einem Ziegenbärtchen. Und ein großer Mensch. Und …

Irgendwie war die Party zum Stillstand gekommen.

Sie ließ die Hand sinken und flüsterte: »Es tut mir so leid. Ich habe gerade etwas schrecklich Unpassendes getan, oder?«

Ruckartig tauchte Phury aus seinem Trancezustand wieder auf. »Nein, das ist schon in Ordnung.«

»Warum sehen mich dann alle so an?«

»Sie sind nicht daran gewöhnt, mich mit … also, ähm, Frauen … äh …«. Phury drückte ihre Hand. »Bella, du hast nichts falsch gemacht. Ehrlich. Und mach dir keine Sorgen über meine Brüder, okay? Sie sind nur eifersüchtig, weil sie möchten, dass du ihre Haare auch anfasst.«

Aber dennoch war etwas nicht in Ordnung mit ihm, und sie war nicht überrascht, als er sich kurze Zeit später entschuldigte.

Ein *Doggen* trat vor sie. »Verzeiht, Madam, ich hätte Euch schon längst den Mantel abnehmen sollen.«

»Oh, vielen Dank.«

Nachdem sie dem Mann das Kleidungsstück gegeben hatte, bemerkte sie, dass alle anderen in das Billardzimmer gegangen waren. Sie wollte ihnen gerade folgen, als sie von hinten eine kalte Brise spürte. Hatte sich die Eingangstür geöffnet?

Sie drehte sich um.

Zsadist stand in einer dunklen Ecke der Halle und starrte sie aus dem Schatten heraus unverwandt an. Er trug wieder einen schwarzen Rollkragenpullover und eine weite schwarze Hose. Und wieder wirkten seine Nachtaugen wild. Erotisch.

O ja, dachte sie und errötete. Genau deshalb war sie gekommen. Sie hatte diesen Vampir wieder treffen wollen.

Sie holte tief Luft und ging auf ihn zu.

»Hallo.« Als er nicht antwortete, zwang sie sich zu einem Lächeln. »Schöner Abend, nicht?«

»Magst du es, wie mein Zwillingsbruder sich anfühlt?«

Das war sein *Zwilling?* Wie konnten diese beiden … Na ja, es gab schon eine Ähnlichkeit. Wenn man sich Zsadist ohne Narbe und mit längeren Haaren vorstellte.

»Ich habe dich was gefragt, Frau. Hat sich sein Haar gut angefühlt?« Schwarze Augen wanderten über ihren Körper, zeichneten die Konturen ihrer Seidenbluse und des engen Rocks nach. Als sie wieder zu ihrem Gesicht zurückkehrten, blieben sie an ihrem Mund hängen. »Antwortest du mir jetzt, Frau?«

»Bella«, murmelte sie mechanisch. »Bitte nenn mich doch Bella.«

Zsadists Blick wurde durchdringend. »Findest du meinen Bruder schön?«

»Äh … er sieht gut aus, ja.«

»Sieht gut aus. So kann man es auch sagen. Was mich interessieren würde: Willst du ihn so sehr, dass du dafür bei mir liegen würdest?«

Hitze wallte in ihr auf, ein Feuerwerk, entzündet von seinen Worten und diesem Blick voller Sex. Aber dann wurde ihr bewusst, was er gesagt hatte.

»Tut mir leid, aber ich verstehe nicht ...«

»Mein Zwilling lebt unerschütterlich im Zölibat. Ich fürchte also, du musst mit mir vorlieb nehmen.« Er machte ein schnalzendes Geräusch. »Aber ich bin ein ziemlich armseliger Ersatz, stimmt's?«

Bella legte die Hand in den Nacken, vor ihrem geistigen Auge sah sie sich unter Zsadists Körper liegen, während er sich in ihr bewegte. Wie sich das wohl anfühlen würde, von ihm genommen zu werden? Der draufgängerische Teil in ihr lechzte danach, es herauszufinden.

O Gott. Allein der Gedanke daran ließ sie erzittern.

Zsadist lachte kalt.

»Hab ich dich schockiert? Sorry. Ich wollte dir nur aus deiner Zwangslage helfen. Etwas zu wollen, was man nicht haben kann, muss ziemlich ätzend sein.« Sein Blick heftete sich auf ihren Hals. »Ich persönlich kenne das Problem nicht.«

Als sie schluckte, folgten seine Augen der Bewegung. »Problem?«, wisperte sie.

»Wenn ich etwas will, nehme ich es mir.«

Ja, dachte sie. *Ganz bestimmt.*

Mit einem inneren Brennen stellte sie sich vor, wie er auf sie herabblickte, während ihrer beider Körper miteinander verschmolzen waren, sein Gesicht nur Zentimeter von ihrem entfernt. Wie im Traum hob sie den Arm. Sie wollte mit der Fingerspitze die Narbe entlangfahren, bis zu seinem Mund. Nur um zu sehen, wie es sich anfühlte.

Mit einer blitzschnellen Bewegung entzog sich Zsadist der Berührung. Seine Augen blitzten auf, als habe sie ihn erschreckt. Der Ausdruck wurde eilig wieder hinter einer nicht zu deutenden Maske verborgen.

Mit kalter, tonloser Stimme sagte er: »Vorsichtig, Frau. ich beiße.«

»Wirst du jemals meinen Namen sagen?«

»Wie wär's mit etwas zu trinken, Bella?«, unterbrach Phury. Er nahm ihren Ellbogen. »Die Bar ist hier drüben im Billardzimmer.«

»Ja, nimm sie mit«, ließ sich Zsadist vernehmen. »Du bist ja ein solcher Held, Bruder. Immer damit beschäftigt, jemanden zu retten. Und du solltest wissen, dass sie dich gut aussehend findet.«

Phury verzog das Gesicht, doch er sagte nichts, während er sie durch die Halle führte.

Als sie zurückblickte, war Zsadist weg.

Phury zupfte sie am Arm. »Du musst dich von ihm fernhalten.« Als sie nicht antwortete, zog der Krieger sie in eine Ecke und packte sie an den Schultern. »Mein Zwilling ist kein gebrochener Mensch, er ist ein Wrack. Begreifst du den Unterschied? Wenn etwas gebrochen ist, kann man es vielleicht reparieren. Aber bei einem Wrack bleibt einem nichts übrig, als zu warten, bis man es begraben kann.«

Ihr Mund öffnete sich leicht. »Das ist so ... herzlos.«

»Das ist die Wahrheit. Wenn er vor mir sterben sollte, würde mich das umbringen. Aber das ändert nichts an dem, was er ist.«

Demonstrativ befreite sie sich aus seinem Griff. »Ich werde mir das merken. Danke.«

»Bella ...«

»Wolltest du mir nicht etwas zu trinken holen?«

39

O parkte vor dem hoch aufragenden Wohnblock. Der riesige, hässliche Bau war einer von Caldwells Luxusbauten, ein Versuch der Städtebauer, das Flussufer zu einer noblen Gegend zu machen. Cs Wohnung lag im 26. Stock, mit Blick auf das Wasser.

Protzig. Sehr protzig.

Die meisten *Lesser* wohnten in Drecklöchern, da die Gesellschaft das Geld aus Überzeugung lieber in den Krieg steckte. C konnte sich diesen großspurigen Stil nur erlauben, weil er die Ressourcen dazu hatte. Er war von Beruf Sohn gewesen, bevor er in den Siebzigern der Gesellschaft beigetreten war, und hatte es irgendwie geschafft, sein Geld zu behalten. Der Kerl war eine ungewöhnliche Mischung: Ein Lebemann mit Serienmörder-Tendenzen.

Da es bereits nach zehn Uhr abends war, war kein Pförtner mehr da. Das elektronische Schloss an der Tür zur Lobby zu knacken, dauerte nur einen Moment. O fuhr mit dem Stahl-Glas-Lift in den siebenundzwanzigsten Stock und ging dann eine Treppe hinunter, mehr aus Gewohnheit denn aus Notwendigkeit. Es gab keinen Anlass zu befürchten, dass es irgendjemanden interessierte, wer er war, oder wo er hinwollte. Außerdem war das Gebäude um diese Uhrzeit völlig ausgestorben; die neureichen Yuppies, die hier wohnten, tummelten sich im *Zero Sum* und dröhnten sich mit Ecstasy und Koks zu.

Er klopfte an Cs Tür.

Das war nun schon die fünfte Adresse von Mr. X' Liste der vermissten Mitglieder, und die erste für heute Nacht. Am Abend vorher war er sehr erfolgreich gewesen. Einer der Jäger hatte den Staat verlassen, weil er auf eigene Faust einem Kumpel in D.C. unter die Arme greifen wollte. Zwei der Verschwundenen, die zusammen wohnten, hatten sich gegenseitig bei einer Prügelei verletzt; sie heilten gerade und würden in ein paar Tagen wieder einsatzfähig sein. Der letzte war kerngesund und hatte einfach nur auf der Couch vor der Glotze gehangen. Also, kerngesund war er gewesen, bis er einen tragischen Unfall gehabt hatte, als O wieder ging. Es würde eine gute Woche dauern, bis er wieder auf den Beinen war. Aber der Besuch hatte seine Prioritäten sicherlich wieder zurechtgerückt.

Komisch, was zwei gebrochene Kniescheiben so alles bewirken konnten.

O klopfte noch einmal an Cs Tür, dann knackte er das Schloss. Als er die Tür aufschob, schauderte er. *Ach du Scheiße.* Es roch schlecht. Nach verwesendem Küchenabfall.

Er ging in die Wohnung.

Nein, Müll war das nicht. Das war C.

Der *Lesser* lag mit dem Gesicht nach unten auf dem Fußboden, um ihn herum eine getrocknete Blutlache. In Reichweite lagen einige Mullverbände, Nadel und Faden, als hätte er versucht, sich wieder zusammenzuflicken. Neben dem Verbandszeug lag sein BlackBerry. Die Tastatur war mit Blut beschmiert. Eine Frauenhandtasche, ebenfalls schmutzig, lag auf der anderen Seite.

O drehte C um. Der Hals des Jägers war aufgeschlitzt worden, ein sauberer, tiefer Schnitt. Den Hautverätzungen an den Rändern nach zu urteilen, war das einer der perfiden schwarzen Dolche der Bruderschaft gewesen. Mann, was auch immer die in ihr Metall mischten, wirkte wie Batteriesäure in der Wunde eines *Lessers*.

Cs Mund bewegte sich mühsam, gurgelnde Geräusche waren zu hören, der eindeutige Beweis dafür, dass man tatsächlich ein bisschen tot sein konnte. Als er die Hand hob, sah O ein Messer darin liegen. Einige flache Schnitte waren in seinem T-Shirt zu sehen, als hätte er versucht, sich in die Brust zu stechen, hätte aber nicht die nötige Kraft besessen, es zu Ende zu bringen.

»Du bist ja in einem schlimmen Zustand«, sagte O und nahm ihm die Klinge ab. Er setzte sich auf die Hacken und betrachtete den Kerl, der in Zeitlupe mit Armen und Beinen ruderte. Wie er so auf dem Rücken lag und seine Gliedmaßen nutzlos herumzappelten, wirkte er wie ein Käfer, der kurz davor stand, den Geist aufzugeben.

O warf einen Blick auf die Handtasche.

»Willst du dich umorientieren, C?« Er nahm das Ding in die Hand und wühlte darin. Medikamente. Taschentücher. Tampons. Handy.

Hallo Brieftasche.

Er nahm den Führerschein heraus. Braunes Haar. Graue Augen. Unmöglich zu sagen, ob sie ein Vampir oder ein Mensch war. Die Adresse lautete Route 22, mitten in der Pampa.

»Sag mir, ob ich richtig liege«, begann O. »Du und einer dieser Brüder seid aufeinander geprallt. Der Krieger hatte eine Frau dabei. Du bist entkommen, nachdem er dich mit dem Dolch erwischt hatte, und hast die Tasche an dich genommen, damit du deine Arbeit bei der Freundin des Kerls zu Ende bringen kannst. Das Blöde war nur, dass deine Wunden zu schwerwiegend waren, und du seitdem hier herumliegst. Habe ich recht?«

O warf die Brieftasche zurück in die Tasche und blickte auf den Mann hinunter. Cs Augen rollten ihm im Kopf herum wie Murmeln.

»Weißt du was, C, wenn es nach mir ginge, würde ich dich einfach hier lassen. Ich weiß nicht, ob dir das bewusst ist, aber wenn wir uns in Rauch auflösen, gehen wir zurück zu Omega. Und glaub mir, gegen das, was uns dort auf der anderen Seite erwartet, ist das hier ein verdammter Kindergeburtstag.« O sah sich um. »Unglücklicherweise verpestest du die ganze Wohnung. Irgendein Mensch wird bald herkommen, um nachzusehen, was hier verdammt noch mal so riecht, und dann haben wir ein Problem.«

O nahm das Messer und hielt den Griff fest umklammert. Als er es über die Schulter hob, wurde C von solcher Erleichterung übermannt, dass sein Gezappel urplötzlich aufhörte.

»Du solltest dich wirklich nicht darüber freuen«, sagte O leise.

Dann versenkte er die Klinge in der Brust des *Lessers*. Ein Lichtblitz fuhr durch den Raum, und dann war C verschwunden.

O nahm die Tasche und verließ die Wohnung.

Mary ging zu Rhage, die Hand hielt sie hinter dem Rücken versteckt, solange sie noch auf den richtigen Moment wartete. Er war mitten in einer Runde Billard, bei der er und Butch V und Phury so richtig nass machten.

Während sie ihnen so zusah, dachte sie, dass sie die Brüder wirklich mochte. Selbst Zsadist mit all seiner Grübelei. Sie waren so gut zu ihr und behandelten sie mit einer Achtung und einer Ehrerbietung, von der sie nicht wusste, wodurch sie sie verdient hatte.

Rhage blinzelte ihr zu, als er sich über den Tisch beugte und seinen Queue in Position brachte.

»Es liegt daran, wie du dich um ihn kümmerst«, raunte ihr jemand ins Ohr.

Sie zuckte zusammen. Vishous stand direkt hinter ihr.

»Wovon redest du?«

»Deshalb mögen wir dich so. Und bevor du mir jetzt sagst, ich solle gefälligst nicht deine Gedanken lesen: Ich wollte nicht lauschen, aber der Gedanke war einfach zu laut, um ihn zu überhören.« Der Vampir nahm einen Schluck Wodka aus einem flachen Glas. »Aber genau deshalb akzeptieren wir dich. Wenn du ihn gut behandelst, ehrst du damit jeden Einzelnen von uns.«

Rhage blickte auf und runzelte die Stirn. Sobald er seinen Stoß gemacht hatte, kam er um den Tisch und drängte V demonstrativ mit seinem Körper ab.

Vishous lachte. »Entspann dich, Hollywood. Sie hat nur Augen für dich.«

Rhage knurrte und zog sie an seine Seite. »Vergiss das bloß nicht, dann bleiben deine Arme und Beine intakt.«

»Weißt du, bisher warst du nie der besitzergreifende Typ.«

»Das liegt daran, dass ich bisher nie etwas hatte, was ich behalten wollte. Du bist dran, mein Bruder.«

Als V sein Glas abstellte und sich auf das Spiel konzentrierte, streckte Mary die Hand aus. Von den Fingerspitzen baumelte eine Kirsche am Stiel.

»Ich möchte deinen anderen Trick sehen«, sagte sie. »Du hast mir erzählt, du könntest etwas Tolles mit deiner Zunge und einem Kirschstängel.«

Er musste lachen. »Ach komm …«

»Was denn? Doch kein Trick?«

Sein Lächeln war träge und breit. »Schau zu und genieße, Frau.«

Unter schweren Augenlidern hinweg sah Rhage sie an, dann beugte er sich über ihre Hand. Seine Zunge kam heraus und holte sich die Kirsche zwischen die Lippen. Er kaute und schüttelte dann den Kopf, als er schluckte.

»Nicht ganz dasselbe«, murmelte er.

»Was?«

»Deine Geheimnisse sind so viel süßer.«

Errötend bedeckte sie die Augen mit der Hand.

Na klar, dachte sie. *Mistkerl.*

Als sie tief einatmete, drang der erotische, dunkle Duft in ihre Nase, der immer von ihm ausging, wenn er in sie eindringen wollte. Sie hob die Finger und warf ihm durch halbgeschlossene Lider hindurch einen Blick zu, der nur für ihn bestimmt war.

Er starrte sie völlig fasziniert an. Und die Mittelpunkte seiner Augen waren so weiß und leuchtend wie frisch gefallener Schnee.

Mary blieb die Luft weg.

Da ist noch etwas anderes, dachte sie. Da war … ein anderer, der sie durch seine Augen hindurch ansah.

Phury kam lächelnd auf sie zu. »Nimm dir ein Zimmer, Hollywood, wenn du so scharf darauf bist. Der Rest von uns muss nicht daran erinnert werden, was du hast und wir nicht.«

Rhage wirbelte herum und schnappte mit den Zähnen

nach der Hand seines Bruders. Das Geräusch seiner aufeinander klappenden Kiefer war so laut, dass sämtliche Gespräche im Raum erstarben.

Phury machte einen Satz rückwärts und zog seinen Arm zurück. »Himmelherrgott, Rhage! Was ist denn – *Scheiße.* Deine Augen, Mann. Sie haben sich verändert.«

Rhage wurde bleich und stolperte blinzelnd weg von ihnen. »Tut mir leid, Phury, ich wusste noch nicht mal, dass ich …«

Alle im Raum legten hin, was auch immer sie gerade in Händen hielten, kamen auf ihn zu und umrundeten ihn.

»Wie kurz stehst du vor der Verwandlung?«, fragte Phury.

»Bringt die Besucher raus«, befahl jemand. »Bringt die Frauen nach oben.«

Im allgemeinen Aufbruch drückte Vishous Marys Arm. »Komm mit mir.«

»Nein.« Sie wehrte sich. »Hör auf. Ich will bei ihm bleiben.«

Rhage sah sie an, und sofort kehrte dieser merkwürdige, starre Blick zurück. Dann wanderten seine weißen Augen zu Vishous. Rhage fletschte die Zähne und knurrte so laut wie ein Löwe.

»V, Mann, lass sie los. *Sofort«*, stieß Phury hervor.

Vishous ließ die Hand sinken, flüsterte ihr aber zu: »Du musst hier raus.«

Kommt überhaupt nicht infrage.

»Rhage?«, begann sie sanft. »Rhage, was ist los?«

Er schüttelte den Kopf und wandte den Blick von ihr ab. Rückwärts schob er sich gegen den Marmorkamin. Schweiß glänzte auf seinem Gesicht. Er hielt sich an dem kühlen Stein fest und strengte sich dabei sichtlich an, als versuche er, den ganzen verdammten Kaminsims aus der Wand zu reißen.

Die Zeit schien stillzustehen, während er mit sich kämpfte, der Brustkorb hob und senkte sich, Arme und Beine zitterten. Es dauerte lange, bevor er endlich zusammensackte und die Spannung in seinem Körper sich löste. Was auch immer das für ein Kampf gewesen war, er hatte ihn gewonnen. Aber nur um Haaresbreite.

Als er wieder aufblickte, sahen seine Augen wieder normal aus, doch er war ebenso weiß wie die Wand.

»Es tut mir leid, meine Brüder«, murmelte er. Dann sah er Mary an und öffnete den Mund, doch statt etwas zu sagen, ließ er den Kopf hängen, als ob er sich seines Verhaltens schämen würde.

Mary schritt durch das Spalier aus männlichen Körpern und legte ihm die Hände aufs Gesicht.

Als er erstaunt die Luft anhielt, küsste sie ihn direkt auf den Mund. »Zeig uns den Kirschentrick. Komm schon.«

Die Männer um ihn herum waren fassungslos, das erkannte sie an ihren Blicken. Rhage war ebenfalls erschüttert. Doch als sie ihn einfach nur durchdringend anblickte, begann er auf dem Stängel herumzukauen.

Sie drehte sich zu den Kriegern um. »Es geht ihm gut. Uns geht es gut. Macht einfach weiter wie bisher, okay? Er braucht einen Moment, und es ist nicht besonders hilfreich, wenn ihr ihn alle anstarrt.«

Phury lachte kurz auf und ging zum Billardtisch. »Wisst ihr was? Sie ist einfach fabelhaft.«

V nahm sein Queue in die eine Hand und das Glas in die andere. »Stimmt.«

Die Party ging weiter, und Bella und Wellsie kamen zurück. Fürsorglich streichelte Mary Rhage über Gesicht und Nacken. Er schien ihr nicht in die Augen sehen zu können.

»Alles okay bei dir?«, fragte sie leise.

»Es tut mir wirklich so leid …«

»Lass die Entschuldigungen. Was auch immer das ist, du kannst nichts dagegen machen, oder?«

Er nickte.

»Also brauchst du dich nicht zu entschuldigen.«

Sie wollte wissen, was gerade passiert war. Aber nicht hier und nicht jetzt. Manchmal war das beste Gegenmittel gegen den Wahnsinn die Normalität. Alles andere würde sich dann schon finden.

»Mary, ich möchte nicht, dass du Angst vor mir hast.«

Einen Augenblick betrachtete sie seinen Mund, der heftig an dem Kirschstängel arbeitete.

»Ich habe keine Angst. V und Phury hatten möglicherweise ein kleines Problem, aber mir hättest du nie wehgetan. Ausgeschlossen. Ich bin nicht sicher, woher ich das weiß, aber ich weiß es.«

Er seufzte tief. »Gott, ich liebe dich. Ehrlich, ich liebe dich.«

Und dann lächelte er.

Sie brach in so lautes Gelächter aus, dass alle Köpfe im Raum sich wendeten.

Der Kirschstängel war fein säuberlich um einen seiner Fänge geknotet.

40

So geht das nicht weiter, dachte Bella. Sie starrte ihn immer noch an. Aber sie konnte nichts dagegen unternehmen. Zsadist war der Einzige, den sie wahrnahm.

Nicht, dass er sich wirklich an der Party beteiligte. Abgesehen von der Episode mit Rhage hatte Zsadist sich von ihnen allen ferngehalten. Er stand wie eine Statue an einem der hohen Fenster, und seine Reglosigkeit war faszinierend. Er schien nicht einmal zu atmen. Nur seine Augen bewegten sich. Und er war immer bemüht, ihren Blicken auszuweichen.

Bella gönnte ihnen beiden eine kurze Pause und holte sich noch etwas Wein.

Das Billardzimmmer war ein dunkler, üppig ausgestatteter Raum. Die Wände waren mit waldgrüner Seide bespannt und mit schwarz-goldenen Vorhängen geschmückt. In der Ecke, in der die Bar aufgebaut war, waren die Schatten ziemlich undurchdringlich, weshalb sie genau dort Schutz suchte.

Vielleicht könnte sie ihn von hier aus heimlich beobachten. In den vergangenen Tagen hatte sie sich umgehört und sich alles über Zsadist berichten lassen. Die Gerüchte waren geradezu schauerlich, vor allem die über ihn und die Frauen. Unter ihresgleichen wurde erzählt, er töte ihr Geschlecht rein zum Spaß, doch das klang dann doch mehr nach einer Legende. Bei einem Vampir, der so gefährlich aussah wie er, mussten die Leute sich ja die Mäuler zerreißen. Bei ihrem Bruder war es ganz genauso. Sie hörte schon seit Jahren wilde Geschichten über Rehvenge, und nichts davon entsprach der Wahrheit.

Es war einfach völlig ausgeschlossen, dass all das Geschwätz über Zsadist stimmen konnte. Du meine Güte, manche behaupteten steif und fest, er ernähre sich vom Blut menschlicher Prostituierter. Das war schon rein physiologisch nicht möglich, außer er trank jede zweite Nacht. Und selbst dann – wie konnte er bei so ärmlicher Kost so stark bleiben?

Bella wandte sich von der Bar ab und suchte den Raum mit den Augen ab. Zsadist war verschwunden.

Enttäuscht warf sie einen Blick in die Eingangshalle. Sie hatte ihn noch nicht einmal gehen sehen. Vielleicht hatte er sich demateriali…

»Suchst du nach mir?«

Vor Schreck machte sie einen kleinen Satz, und ihr Kopf schnellte herum. Zsadist stand direkt hinter ihr und rieb einen giftgrünen Apfel an seinem T-Shirt. Als er ihn an den Mund hob, beäugte er ihren Hals.

»Zsadist …«

»Weißt du, für eine aristokratische Vampirin benimmst du dich nicht besonders gut.« Er fletschte die Fänge und biss krachend in das feste, saftige Fleisch der Frucht. »Hat deine Mutter dir nicht beigebracht, dass es unhöflich ist, andere Leute anzustarren?«

Sie beobachtete, wie er kaute, wie sein Kiefer kreisende Bewegungen machte. Allein schon seine Lippen anzusehen, nahm ihr den Atem. »Ich wollte dich nicht beleidigen.«

»Außerdem verletzt du meinen lieben Zwilling damit, wenn wir schon bei schlechten Manieren sind.«

»Was?«

Zsadists Blick ruhte auf ihrem Gesicht, dann wanderte er zu ihrem Haar. Er biss ein weiteres Stück aus dem Apfel. »Phury mag dich. Vielleicht fühlt er sich sogar von dir angezogen, was noch nie vorgekommen ist, zumindest nicht, seit ich ihn kenne. Normalerweise lässt er sich von Frauen nicht ablenken.«

Merkwürdig, das war ihr gar nicht aufgefallen. Andererseits hatte sie auch eigentlich nur auf Zsadist geachtet.

»Ich glaube nicht, dass Phury …«

»Er beobachtet dich. Während du mich ansiehst, starrt er dich an. Und zwar nicht, weil er sich Sorgen um dich macht. Er betrachtet deinen Körper, Frau.« Zsadist legte den Kopf schief. »Weißt du, vielleicht hatte ich Unrecht. Vielleicht bist du diejenige, die ihn aus seinem Zölibat befreien könnte. Schön genug bist du jedenfalls, und er ist ja noch nicht tot.«

Sie errötete. »Zsadist, du solltest wissen, dass ich dich, äh, ich finde dich …«

»Abstoßend und interessant, richtig? So wie einen Autounfall.« Er biss in seinen Apfel. »Die Faszination kann ich nachvollziehen, aber du musst deinen Blick mal auf ein anderes Zielobjekt richten. Schau dir doch einfach von jetzt an Phury an, kapiert?«

»Ich möchte aber dich ansehen. Ich sehe dich gern an.«

Seine Augen verengten sich. »Nein, das tust du nicht.«

»Doch.«

»Niemand sieht mich gern an. Ich sehe mich nicht mal selbst gern an.«

»Du bist nicht hässlich, Zsadist.«

Er lachte und strich sich bedächtig mit einer Fingerspitze über die Narbe. »Na, das nenne ich mal eine mutige Ansage. Und außerdem eine verdammt krasse Lüge.«

»Ich finde dich faszinierend. Und überhaupt nicht abstoßend. Ich bekomme dich einfach nicht aus meinem Kopf. Ich will mit dir zusammen sein.«

Zsadist runzelte die Stirn und erstarrte. »Was genau meinst du mit *zusammen sein?*«

»Du weißt schon. Zusammen sein.« Sie wurde knallrot, doch was hatte sie schon zu verlieren? »Ich möchte ... mit dir schlafen.«

Zsadist trat so heftig zurück, dass er gegen die Theke stieß. Und als die Schnapsflaschen klirrten, war sonnenklar, dass all die Geschichten über ihn nicht stimmten. Er verachtete Frauen nicht. Wenn überhaupt, wirkte er starr vor Schreck bei dem bloßen Gedanken, dass sie sich sexuell von ihm angezogen fühlte.

Sie öffnete den Mund, doch er schnitt ihr das Wort ab.

»Du hältst dich von mir fern, Frau.« Er schleuderte den halb aufgegessenen Apfel in den Müll. »Sonst werde ich mich zu verteidigen wissen.«

»Wovor? Ich bin doch keine Bedrohung für dich.«

»Nein, aber ich kann dir garantieren, dass ich für dich gesundheitsgefährdend bin. Es gibt einen guten Grund dafür, dass sich die Leute von mir fernhalten.«

Er ging aus dem Zimmer.

Bella blickte zu der Gruppe um den Billardtisch. Alle waren auf das Spiel konzentriert. Perfekt. Sie wollte sich nicht von einem von ihnen ausreden lassen, was sie jetzt vorhatte.

Sacht stellte sie das Weinglas ab und schlüpfte durch die Tür. Als sie in die Eingangshalle kam, ging Zsadist gerade die Treppe hinauf. Sie ließ ihm ein wenig Vorsprung, dann huschte sie hinter ihm her. Als sie im ersten Stock ankam, sah sie gerade noch seinen Stiefel um die Ecke verschwinden. Eilig lief sie über den Teppich, hielt aber immer einen großzügigen Abstand zu ihm. Er bog in einen Flur ab, der von der Galerie und der Eingangshalle wegführte.

Zsadist blieb kurz stehen. Sie versteckte sich hinter einer Marmorstatue.

Als sie sich wieder heraustraute, war er verschwunden. Sie schlich zu der Stelle, wo er zuletzt gestanden hatte, und fand eine Tür einen Spalt breit offen stehen. Sie steckte den Kopf hinein. Der Raum war stockdunkel, das Licht aus dem Flur kam in der Schwärze nicht weit. Und es war eiskalt, als wäre die Heizung nicht nur über Nacht abgeschaltet worden, sondern überhaupt nie an gewesen.

Ihre Augen gewöhnten sich an die Dunkelheit. Da stand ein breites, üppiges Himmelbett mit dunkelroten Samtvorhängen. Die übrigen Möbelstücke waren ebenso prunkvoll, wenn sie auch in einer Ecke etwas entdeckte, das sie seltsam fand: Ein Lager aus Decken. Und ein Totenschädel.

Bella wurde mit einem Ruck hereingezerrt.

Die Tür knallte zu, und der Raum wurde vollkommen dunkel. Im Bruchteil einer Sekunde wurde sie herumgewirbelt und mit dem Gesicht gegen die Wand gedrückt. Kerzen flackerten auf.

»Was zum Teufel machst du hier?«

Sie schnappte nach Luft, aber Zsadists Unterarm drückte so heftig gegen ihren Rücken, dass ihre Lungen nicht viel Spielraum hatten.

»Ich, äh, ich … dachte, wir könnten uns unterhalten.«

»Tatsächlich. Deshalb bist du hier oben? Um dich zu unterhalten?«

»Ja, ich wollte …«

Seine Hand umklammerte ihren Nacken. »Ich unterhalte mich nicht mit Frauen, die dumm genug sind, mir nachzulaufen. Aber ich werde dir zeigen, was ich mit ihnen mache.«

Er schlang einen Arm um ihren Bauch, zog mit einem Ruck ihre Hüften von der Wand weg und drückte ihren Kopf nach unten. Sie verlor das Gleichgewicht und klammerte sich an einer Stuckverzierung fest.

Seine Erregung presste sich gegen ihre Körpermitte. Sie keuchte.

Eine flammende Hitze züngelte zwischen ihren Beinen empor, und sie spürte seine Brust an ihrem Rücken. Er zerrte ihre Bluse aus dem Rock und ließ die Hand auf ihren Bauch gleiten, umspannte ihn mit seinen langen Fingern.

»Eine Frau wie du sollte mit einem anderen Aristokraten zusammen sein. Oder sind die Narben und der Ruf Teil meiner Anziehung?« Als sie nicht antwortete, weil sie keine Luft bekam, murmelte er: »Klar, das ist es.«

Mit einer raschen Bewegung schob er ihr den BH hoch und umfing ihre Brust. Von einer Woge roher Begierde überwältigt, zischte sie und zuckte zusammen. Er lachte auf.

»Zu schnell?« Er nahm ihre Brustwarze und drehte sie zwischen den Fingern. Sie schrie in einer Mischung aus Schmerz und Lust auf. »Ist dir das zu grob? Ich werde versuchen, mich zu beherrschen, aber du musst wissen, ich bin ein ziemlich wilder Junge. Was genau der Grund ist, warum du das hier willst, stimmt's?«

Aber es war nicht zu schnell oder zu grob. Sie mochte es. Sie wollte es hart, und sie wollte es jetzt, und zwar mit ihm. Sie wollte die Regeln brechen, wollte die Gefahr und den Kitzel, wollte seine Hitze und seine Kraft. Und sie war bereit und feucht für ihn, als er ihr den Rock über die Hüften schob. Er musste nur noch den Tanga beiseiteschieben und konnte tief versinken.

Nur dass sie ihn ansehen wollte, wenn er in sie eindrang. Und sie wollte seinen Körper auch berühren. Sie wollte sich aufrichten, doch er hielt sie fest, stützte sich auf ihren Nacken und drückte sie nach unten.

»Sorry. Ich bin nicht so versiert in diesen Dingen. Ich mache es nur so.«

Sie zappelte, sehnte sich danach, ihn zu küssen. »Zsadist …«

»Jetzt ist es ein bisschen zu spät, um es sich anders zu überlegen.« Seine Stimme war ein sinnliches Knurren an ihrem Ohr. »Aus irgendeinem Grund will ich dich ficken. Unbedingt. Also tu uns beiden den Gefallen und beiß die Zähne zusammen. Ich werde nicht lange brauchen.«

Seine Hand verließ ihre Brust, griff ihr zwischen die Beine und fand ihr feuchtes Zentrum.

Zsadist erstarrte.

Instinktiv begann sie, ihre Hüften zu bewegen, sich an seinem Finger zu reiben. Sie spürte eine elektrisierende Bewegung …

Er machte einen Satz rückwärts. »Raus hier.«

Völlig verwirrt und heftig erregt geriet sie ins Schwanken, als sie sich aufrichtete. »Was?«

Zsadist marschierte zur Tür, riss sie auf und starrte krampfhaft zu Boden. Als sie sich nicht rührte, brüllte er: »Hau ab!«

»Warum …«

»Gott, du machst mich *krank*.«

Bella spürte, wie ihr alles Blut aus dem Gesicht wich. Sie zog sich den Rock hinunter und fummelte an Bluse und BH herum. Dann stürzte sie aus dem Zimmer.

Zsadist warf die Tür zu und rannte ins Badezimmer. Er schaffte es gerade noch zur Toilette und würgte den Apfel wieder heraus, den er gegessen hatte.

Dann drückte er die Spülung und sank zitternd und erschöpft auf den Boden. Er versuchte, tief durchzuatmen, doch er roch nur Bella. Ihre wunderbare, unerklärliche Erregung lag auf seinen Fingern. Hektisch riss er sich den Rollkragenpulli vom Leib und wickelte ihn um seine Hand.

Gott, ihre seidige Vollkommenheit. Dieser herrliche Duft ihrer Leidenschaft. Diese köstliche Feuchtigkeit.

Seit hundert Jahren war keine Frau seinetwegen feucht geworden. Nicht seit seiner Zeit als Blutsklave. Und damals … hatte er es nicht gewollt, hatte gelernt, diese Erregung zu fürchten.

Er versuchte, sich wieder auf die Gegenwart zu konzentrieren, in seinem Badezimmer zu bleiben, doch die Vergangenheit riss ihn hinab in ihren Mahlstrom aus Erinnerungen …

Er war wieder in seinem Kerker, lag in Ketten. Sein Körper war nicht sein Eigentum. Er spürte die Hände der Herrin auf sich, roch die Salbe, mit der sie ihn bestreichen musste, um die Erektion bei ihm hervorzurufen, die sie brauchte. Und dann ritt sie ihn heftig, bis es ihr kam. Danach musste er ihre Bisse über sich ergehen lassen, wenn sie sich an seiner Vene nährte.

Es kam alles zurück. Die Vergewaltigungen. Die Erniedrigung. Die Jahrzehnte des Missbrauchs, bis er jedes Gefühl für Zeit verloren hatte, bis er ein Nichts war, innerlich tot. Nur sein Herz schlug unermüdlich, und die Lungen saugten mechanisch Luft ein und stießen sie wieder aus.

Er vernahm ein merkwürdiges Geräusch. Merkte, dass er stöhnte.

O … Bella.

Er wischte sich die Stirn mit dem Handrücken ab. Bella. Vor ihr schämte er sich so sehr für seine Narben und seine Hässlichkeit, seinen zugrunde gerichteten Körper und sein schwarzes, bösartiges Wesen.

Auf der Party hatte sie sich mühelos mit seinen Brüdern und den anderen Frauen unterhalten, gelächelt, gelacht. Sie hatte die Art von Charme und Unbeschwertheit an sich, die typisch für Leute mit einem sorglosen Leben war. Vermutlich hatte sie bisher kaum je ein böses Wort gehört, war nie unfreundlich behandelt worden. Sicherlich war sie niemals grausam oder gemein zu anderen gewesen. Sie war eine wunderbare Frau, ganz anders als all die wertlosen, zornigen Menschen, von denen er immer trank.

Er hatte ihr nicht geglaubt, dass sie sein Bett teilen wollte, doch sie hatte die Wahrheit gesagt. Genau das hatte ihre seidige Feuchtigkeit bedeutet. Frauen konnten in vielen Dingen lügen, aber darin nicht. Niemals darin.

Zsadist erschauerte. Als er sie vornüber gebeugt und ihre Brüste berührt hatte, war es eigentlich seine Absicht gewesen, rechtzeitig aufzuhören, trotz seiner Drohung. Er wollte sie einfach nur einschüchtern, damit sie ihn in Ruhe ließ, ihr ein bisschen Angst einjagen und sie dann wegschicken.

Aber sie hatte ihn wirklich begehrt.

Wieder stellte er sich vor, wie es sich angefühlt hatte, zwischen ihre Schenkel zu greifen. Sie war so … weich gewesen. So unglaublich warm und glatt und feucht. Die erste Frau, die er jemals berührt hatte, die so für ihn empfand. Er war damit völlig überfordert. Doch dann war aus seiner Verwirrung heraus seine Herrin zu ihm zurückgekehrt. Er hatte ihr Gesicht vor sich gesehen, ihren Körper auf seinem gespürt.

Die Herrin war immer scharf gewesen, wenn sie zu ihm kam. Und sie hatte sich die allergrößte Mühe gegeben, ihn das wissen zu lassen, wenn sie ihn auch nie dazu gezwungen hatte, sie mit seinen Händen zu berühren. Klug war sie schon gewesen. Nach allem, was sie ihm angetan hatte, hätte er sie zerrissen wie ein tollwütiges Tier, wenn er sie in die Hände bekommen hätte. Und das wussten sie beide. Die gebändigte Todesgefahr, die er dargestellt hatte, hatte ihre Erregung noch gesteigert.

Auch Bella fühlte sich von ihm angezogen. War das nicht genau dasselbe? Sex und Macht. Der in Ketten liegende Wilde, den man zu seinem eigenen Vergnügen benutzte.

Oder in Bellas Fall: Der gefährliche Mann, den man für ein Abenteuer benutzte.

Wieder drehte sich sein Magen um, und er beugte sich über die Toilette.

»Ich dachte, du willst einfach nur grausam sein«, sagte Bella hinter ihm. »Ich wusste nicht, dass du mich tatsächlich zum Kotzen findest.«

Scheiße. Er hatte die Tür nicht abgesperrt.

Er wäre nie auf die Idee gekommen, dass sie zurückkommen könnte.

Bella schlang die Arme um sich. Das hier sprengte wirklich den Rahmen jeder Vorstellungskraft. Zsadist hing halb nackt auf dem Boden, seinen Pulli um die Hand gewickelt, und krümmte sich würgend und fluchend.

Sie wollte sich schon abwenden, doch dann fiel ihr Blick auf seinen Rücken. O mein Gott. Die gesamte Hautfläche war von Narben übersät, Zeugnis vergangener Peitschenhiebe, die – wie auch die Wunde in seinem Gesicht – aus irgendeinem Grund nicht normal verheilt waren. Wenn sie sich auch nicht erklären konnte, wie das hatte geschehen können.

»Warum bist du wieder in meinem Zimmer?« Seine Stimme hallte dumpf von den engen Wänden wider.

»Weil ich dich anschreien wollte.«

»Was dagegen, wenn ich erst fertig kotze?« Sie hörte Wasser rauschen und gurgeln.

»Alles in Ordnung?«

»Klar, ich mache das hier aus Spaß.«

Sie trat ins Badezimmer und nahm flüchtig wahr, dass es sehr sauber, sehr weiß und vollkommen unpersönlich war.

Schneller als sie mit den Augen zwinkern konnte, war Zsadist auf den Beinen und stand direkt vor ihr.

Sie schluckte heftig.

Seine Muskeln traten markant hervor, die einzelnen Stränge bildeten deutliche Furchen. Für einen Krieger – eigentlich für jeden Mann – war er dünn, zu dünn. Um ehrlich zu sein, schien er kurz vor dem Verhungern zu stehen. Und er hatte auch an seiner Brust Narben, aber nur an zwei Stellen: Unter seinem linken Schlüsselbein und auf der rechten Schulter. Beide Brustwarzen waren gepierct, silberne Ringe mit kleinen Kugeln daran reflektierten das Licht beim Heben und Senken der Brust.

Doch all das brachte sie nicht aus der Fassung. Die breiten, schwarzen, um Hals und Handgelenke tätowierten Riemen waren es, die sie schockierten.

»Warum trägst du die Zeichnung eines Blutsklaven?«, wisperte sie.

»Dreimal darfst du raten.«

»Aber das …«

»Sollte einem wie mir nicht passieren?«

»Ja. Ich meine, du bist ein Krieger. Von edlem Blute.«

»Das Schicksal kann manchmal grausam sein.«

Das Herz ging ihr auf, plötzlich empfand sie völlig neu für ihn. Er löste mehr als nur einen Nervenkitzel bei ihr aus. Er war ein Mann, dem sie helfen wollte, den sie trösten, in den Arm nehmen wollte. Ohne nachzudenken machte sie einen Schritt auf ihn zu.

Seine schwarzen Augen verengten sich. »Es ist wirklich keine gute Idee, mir zu nahe zu kommen, Frau. Besonders nicht jetzt.«

Sie hörte nicht auf ihn. Je näher sie ihm kam, desto weiter wich er zurück, bis er in der Ecke zwischen der Dusche und der Wand eingeklemmt war.

»Was zum Henker machst du da?«

Sie gab keine Antwort, denn sie war sich selbst nicht sicher.

»Geh weg«, fauchte er. Er öffnete den Mund, seine Fänge wurden so lang wie die eines Tigers.

Das bremste sie etwas. »Aber ich könnte doch …«

»Mich retten oder so was? Aber sicher. In deiner Fantasie ist das jetzt vielleicht der Teil, an dem ich von deinen Augen hypnotisiert werde. Mein garstiges Selbst in den Armen der Jungfrau aufgebe.«

»Ich bin keine Jungfrau.«

»Schön für dich.«

Sie streckte die Hand aus, wollte sie auf seine Brust legen. Direkt über sein Herz.

Er wich zurück, drückte sich flach an die Kacheln. Schweiß strömte ihm aus allen Poren, er reckte den Hals, so weit er konnte, das Gesicht verzerrt. Sein Atem ging heftig, die Ringe in den Brustwarzen blitzten auf.

Seine Stimme wurde immer schwächer, bis er kaum noch zu hören war. »Fass mich nicht an. Ich … ich kann es nicht ertragen, berührt zu werden, klar? Es tut weh.«

Bella hielt inne.

»Warum?«, frage sie sanft. »Warum tut es …«

»Hau einfach endlich ab, *bitte.*« Das Reden kostete ihn offensichtlich eine fast übermenschliche Anstrengung. »Ich stehe kurz davor, etwas zu zerstören. Und ich will nicht, dass du es bist.«

»Du würdest mich nicht verletzen.«

Er schloss die Augen. »Verflucht noch mal. Was ist nur mit euch vornehmen Bräuten los? Bringt man euch bei, dass es geil ist, Leute zu foltern?«

»Du meine Güte, nein. Ich will dir nur helfen.«

»Lügnerin«, sagte er verächtlich. Seine Augenlider schnellten hoch. »Du bist so eine Lügnerin. Du willst mir nicht helfen, du willst nur die Klapperschlange ein bisschen mit dem Stock ärgern, um zu sehen, was sie dann macht.«

»Das ist nicht wahr. Wenigstens nicht … mehr.«

Sein Blick wurde kalt, seelenlos. Die Stimme verlor jeden Klang. »Du willst mich? Bitte. Du kannst mich verdammt noch mal haben.«

Zsadist machte einen Satz. Er warf sie auf den Boden, drehte sie auf den Bauch und zerrte ihre Hände auf den

Rücken. Der Marmor fühlte sich auf ihrem Gesicht kalt an, als er gewaltsam ihre Beine spreizte. Man hörte das Geräusch von zerreißendem Stoff. Ihr Tanga.

Sie war wie benommen. Ihre Gedanken konnten mit dem Tempo nicht mehr mithalten, das ihr Körper vorlegte, ebenso wenig wie ihre Gefühle. Doch ihr Körper wusste, was er wollte. Egal wie wütend sie war, sie würde ihn in sich aufnehmen. Sie wollte ihn, mehr als alles andere.

Kurz stützte er sich von ihr ab, sie hörte einen Reißverschluss, der aufgezogen wurde. Dann lag er auf ihr, kein Streifen Stoff lag zwischen seiner riesigen Erektion und ihrem Schoß. Doch er stieß nicht zu. Er keuchte nur und verharrte reglos, sein Atem dröhnte in ihren Ohren, so laut … schluchzte er etwa?

Sein Kopf sank in ihren Nacken. Dann rollte er sich von ihr herunter, zog aber noch den Rock wieder herunter, bevor er ihren Körper freigab. Auf dem Rücken liegend, warf er sich die Arme über das Gesicht.

»O mein Gott«, stöhnte er. »Bella.«

Sie wollte ihn anfassen, wagte es aber nicht. Mit unsicheren Bewegungen rappelte sie sich auf und blickte auf ihn hinab. Zsadists Hose hing ihm um die Oberschenkel, sein Geschlecht war nicht mehr aufgerichtet.

Mein Gott, sein Körper sah wirklich furchtbar aus. Der Bauch war eine eingefallene Höhle, die Hüftknochen stachen hervor. Er musste wirklich nur von Menschen trinken, dachte sie. Und fast nichts essen.

Sie betrachtete die tätowierten Riemen um seinen Hals und die Handgelenke. Und die Narben.

Ein Wrack. Nicht nur gebrochen.

Auch wenn sie sich schämte, es zuzugeben: Seine Düsterkeit hatte den größten Teil seines Reizes ausgemacht.

Sie war so anders, ein Gegensatz zu allem, was sie bisher im Leben gekannt hatte. Sie hatte ihn gefährlich wirken lassen. Aufregend. Sexy. Doch das waren Fantasien. Das hier war die Realität.

Er litt. Litt wie ein gefangenes Tier. Und daran war nichts sexy oder aufregend.

Sanft nahm sie ein Handtuch und legte es ihm über das entblößte Fleisch. Er zuckte zusammen, dann hielt er es krampfhaft um sich gewickelt. Als er zu ihr aufsah, waren seine Augen blutunterlaufen, aber er weinte nicht. Vielleicht hatte sie sich getäuscht, und er hatte nicht geschluchzt.

»Bitte lass mich allein«, sagte er.

»Ich wünschte …«

»Geh. Jetzt sofort. Keine Wünsche, keine Hoffnungen. Nichts. Geh einfach. Und komm mir nie wieder zu nahe. Schwör es mir. Schwöre.«

»Ich … ich verspreche es.«

Bella rannte aus seinem Zimmer. Als sie weit genug weg war, kämmte sie sich rasch mit den Fingern durch ihr zerzaustes Haar. Sie spürte den Tanga um ihre Hüfte, ließ ihn aber einfach dort. Sie wusste nicht wohin damit, wenn sie den zerfetzten Stoff ausziehen würde.

Unten war die Party noch voll im Gange, aber sie fühlte sich müde und ausgelaugt. Also ging sie zu Mary und verabschiedete sich, dann sah sie sich nach einem *Doggen* um, der sie nach Hause bringen konnte.

Doch da kam Zsadist wieder in den Raum. Er trug jetzt weiße Trainingsklamotten und eine große schwarze Tasche in der Hand. Ohne sie auch nur anzusehen, trat er hinter Phury, der nur wenige Meter weg stand. Als Phury sich umdrehte und die Tasche sah, wich er zurück.

»Nein, Z. Ich will das nicht …«

»Entweder du machst es, Bruder, oder ich finde einen anderen, der es tut.«

Zsadist hielt ihm die Tasche hin.

Lange starrte Phury die Tasche nur an. Als er sie schließlich entgegennahm, zitterten seine Hände.

Die beiden gingen zusammen hinaus.

41

Mary stellte die leere Porzellanplatte neben der Spüle ab und reichte Rhage ein Tablett, um die leeren Flaschen einzusammeln. Die Party war vorbei, und alle räumten auf.

Als sie zusammen in die Eingangshalle gingen, sagte sie: »Ich bin so froh, dass Wellsie und Tohr John bei sich aufgenommen haben. Und ich hätte ihn sehr gern heute Abend gesehen. Aber jedenfalls ist er in guten Händen.«

»Tohr hat erzählt, der arme Junge würde überhaupt nicht mehr aus dem Bett kommen, so erschöpft ist er. Er tut nichts außer schlafen und essen. Übrigens hattest du recht, glaube ich. Phury steht auf Bella. So hab ich ihn noch nie zuvor erlebt.«

»Aber nach allem, was du mir erzählt hast …«

In diesem Moment ging eine Geheimtür unter der breiten Flügeltreppe auf, an der sie gerade vorbeiliefen.

Zsadist kam heraus. Sein Gesicht war übel zugerichtet, das T-Shirt hing in Fetzen. Überall war Blut.

»Ach du Scheiße«, murmelte Rhage.

Der Bruder ging wortlos an ihnen vorbei, die glasigen schwarzen Augen blickten ins Leere. Das kleine, zufriedene Lächeln auf seinem Gesicht wirkte völlig unpassend; als hätte er gerade gut gegessen oder Sex gehabt, anstatt sich die Seele aus dem Leib prügeln zu lassen. Langsam ging er die Treppe hinaus wobei er ein Bein nachzog.

»Ich sollte besser nach Phury sehen.« Rhage drückte Mary das Tablett in die Hand und gab ihr einen flüchtigen Kuss. »Das könnte ein bisschen dauern.«

»Warum sollte Phury … O mein Gott.«

»Nur, weil er dazu gezwungen war. Das ist der einzige Grund, Mary.«

»Nimm dir so viel Zeit, wie du brauchst.«

Doch bevor Rhage bei der Tür zum Geheimgang ankam, trat Phury bereits heraus. Er trug Sportsachen und sah genauso abgekämpft aus wie Zsadist, nur dass ihm keine Wunden anzusehen war. Nein, das stimmte nicht ganz. Seine Knöchel waren blau und angeknackst. Und seine Brust war mit Blut verschmiert.

»Hey, Mann«, sagte Rhage.

Phury sah sich um und schien erschrocken, sich an diesem Ort wiederzufinden.

Rhage trat direkt vor ihn hin. »Bruder?«

Ein völlig verstörter Blick, der erst langsam wieder fokussierte. »Hey.«

»Willst du nach oben gehen? Soll ich mitkommen?«

»Ja … nein. Mir geht's gut.« Sein Blick fiel auf Mary. Dann zu Boden. »Mir, äh, mir geht es gut. Genau. Ehrlich. Die Party ist vorbei, schätze ich mal.«

Rhage nahm die Tasche. Phurys rosa Hemd lugte heraus, es war im Reißverschluss eingeklemmt.

»Komm, gehen wir hoch.«

»Du solltest bei deiner Frau bleiben.«

»Sie versteht das. Wir gehen zusammen, mein Bruder.«

Phurys Schultern fielen herunter. »Ja, okay. Eigentlich … wäre ich jetzt lieber nicht allein.«

Als Rhage schließlich zurück in sein und Marys Zimmer kam, wusste er, dass sie schon schlafen würde. Also schloss er die Tür ganz leise.

Auf dem Nachttisch brannte eine Kerze, und in ihrem Schein konnte er sehen, dass das Bett völlig zerwühlt war. Mary hatte die Decke von sich gestrampelt und die Kissen überall verteilt. Sie lag auf dem Rücken, das zarte cremefarbene Nachthemd war völlig verdreht und über die Oberschenkel hoch gerutscht.

Er hatte dieses Seidenteil noch nie gesehen und wusste, dass sie es trug, weil diese Nacht etwas ganz Besonderes für sie sein sollte. Ihr Anblick turnte ihn an, und obwohl das Summen in ihm brannte, kniete er sich ans Bett. Er musste in ihrer Nähe sein.

Er wusste nicht, wie Phury das aushielt, besonders in einer Nacht wie dieser. Der Einzige, den er liebte, hatte durch seine Hand bluten wollen, hatte Schmerz und Bestrafung verlangt. Also hatte Phury getan, um was er gebeten wurde, und gleichzeitig hingenommen, dass sich der Kummer auf ihn übertrug. Z schlief jetzt zweifellos den Schlaf seliger Erschöpfung. Und Phury würde tagelang völlig neben sich stehen.

Er war ein so guter Mann, loyal, stark, Z treu ergeben. Aber seine Schuldgefühle wegen all der schrecklichen Dinge, die man Zsadist angetan hatte, brachten ihn um.

Gott, wie konnte man es ertragen, jemanden zu schlagen, den man liebte, weil dieser jemand genau das brauchte?

»Du riechst gut«, murmelte Mary, drehte sich auf die Seite und schlug die Augen auf. »Was ist das?«

»Das ist der rote Rauch. Phury hat sich ordentlich was angezündet, aber ich kann es ihm nicht verdenken.« Rhage nahm ihre Hand und runzelte die Stirn. »Du hast schon wieder Fieber.«

»Es lässt gerade nach. Ich fühle mich schon viel besser.« Sie küsste sein Handgelenk. »Wie geht es Phury?«

»Das alles ist eine Katastrophe.«

»Verlangt Zsadist das oft von ihm?«

»Nein. Ich weiß nicht, was heute Abend der Grund dafür war.«

»Es tut mir für beide leid. Aber vor allem für Phury.«

Er lächelte sie an. Dafür, dass sie sich so um seine Brüder sorgte, liebte er sie nur umso mehr.

Langsam setzte Mary sich auf und schwang ihre Beine herum, sodass sie vom Bett herabhingen. Das Nachthemd hatte ein Spitzenoberteil, durch das er ihre Brüste sehen konnte. Seine Oberschenkel spannten sich an, und er schloss die Augen.

Es war die Hölle. Mit ihr zusammen sein zu wollen und gleichzeitig Angst davor zu haben, wie sein Körper auf sie reagieren würde. Und er dachte nicht einmal nur an Sex. Er musste sie umarmen.

Ihre Hände hoben sich an sein Gesicht. Als sie ihm mit dem Daumen über die Lippen strich, öffneten sie sich von ganz allein, eine unausgesprochene Einladung, der sie nachkam. Sie beugte sich herab und küsste ihn, ihre Zunge drang in ihn ein, nahm sich, was er ihr eigentlich gar nicht anbieten durfte.

»Mhm. Du schmeckst so gut.«

Er hatte auch etwas bei Phury mitgeraucht, in dem Wissen, dass er später zu ihr kommen würde, in der Hoffnung, der Rauch würde ihn entspannen. Eine Wiederholung der Szene im Billardzimmer würde er nicht durchstehen.

»Ich will dich, Rhage.« Sie öffnete die Schenkel und zog ihn an sich heran. Ein Strudel von Elektrizität umkreiste seine Wirbelsäule und strahlte von dort nach außen ab, stieß in seine Hände und Füße vor, ließ seine Nägel vor Schmerz vibrieren und seine Haare senkrecht hoch stehen.

Er zog den Kopf zurück. »Hör mal, Mary …«

Sie lächelte, zog sich das Nachthemd über den Kopf und warf es dann neben sich in einem Knäuel zu Boden. Ihre nackte Haut im Kerzenlicht hypnotisierte ihn. Er konnte sich nicht rühren.

»Liebe mich, Rhage.« Sie nahm seine Hände und legte sie sich auf die Brüste. Obwohl er sich selbst ermahnte, sie nicht zu berühren, umfasste er die Wölbungen und strich mit dem Daumen über ihre Nippel. Sie bog den Rücken durch. »O ja. Genau so.«

Er beugte sich über ihren Hals und leckte an der Vene. Er sehnte sich so sehr danach, von ihr zu trinken, besonders da sie seinen Kopf dort festhielt, als wollte sie das auch. Es war nicht so, dass er trinken musste. Er wollte sie in seinem Körper haben, in seinem Blut. Er wollte sich von ihr nähren, wollte durch sie leben. Er wünschte sich nichts mehr, als das sie dasselbe mit ihm machen könnte.

Sie schlang die Arme um seine Schultern und presste ihn an sich, versuchte, ihn mit sich auf die Matratze zu ziehen. Und er ließ sie. Nun lag sie unter ihm, und er spürte ihre Erregung.

Rhage schloss die Augen. Er konnte sie nicht zurückweisen. Konnte die eigene Begierde nicht zurückhalten. Gefangen zwischen diesen beiden Empfindungen küsste er sie und betete.

Irgendetwas stimmte hier nicht, dachte Mary.

Rhage entzog sich ihr. Als sie ihm das Hemd ausziehen wollte, ließ er sie nicht an die Knöpfe kommen. Als sie seine Erektion berühren wollte, schob er die Hüfte weg. Selbst als er an ihren Brüsten saugte und die Hand zwischen ihre Beine schob, fühlte es sich an, als würde er sie aus der Ferne lieben.

»Rhage …« Ihre Stimme versagte, als sie seine Lippen auf ihrem Nabel spürte. »Rhage, was ist los?«

Seine großen Hände spreizten ihre Beine weit, sein Mund drängte sich auf die Innenseite ihrer Schenkel. Er knabberte an ihr, seine Fänge neckten sie, verletzten sie aber nicht.

»Rhage, warte mal einen Moment …«

Er legte den Mund auf ihr Geschlecht, zog sie zwischen seine Lippen, saugte, bewegte sich auf und ab, liebkoste sie. Beim Anblick seines blonden Kopfes über ihr bäumte sie sich vom Bett auf. Seine massigen Schultern lagen unter ihren Knien, ihre Beine wirkten so schmal gegen seine riesige Gestalt.

Noch eine Sekunde länger, und sie wäre vollkommen verloren.

Heftig packte sie ihn an den Haaren und zog seinen Kopf von sich weg.

Seine stahlblauen Augen schimmerten vor erotischer Kraft, während er schwer durch offene, glänzende Lippen atmete. Betont zog er die Unterlippe zwischen die Zähne und saugte daran. Dann leckte seine Zunge langsam über den Mund.

Sie schmolz dahin, schloss die Augen.

»Was ist denn nur los?«, fragte sie krächzend.

»Nichts, was soll sein?« Mit den Fingerknöcheln strich er über ihre empfindliche Mitte, rieb die zarte Haut. »Gefällt dir das nicht?«

»Natürlich gefällt es mir.«

Sein Daumen begann, Kreise zu zeichnen. »Dann lass mich doch einfach weitermachen, wo ich aufgehört habe.«

Bevor er den Kopf fallen lassen und wieder zwischen ihre Beine stecken konnte, klemmte sie die Beine um seine Hand zusammen, so gut sie vermochte.

»Warum darf ich dich nicht berühren?«, wollte sie wissen.

»Wir berühren uns doch.« Er bewegte seine Finger. »Ich bin doch hier.«

O mein Gott, konnte sie noch heißer werden? »Nein, bist du nicht.«

Angestrengt versuchte sie, sich von ihm zu lösen und aufzusetzen, doch blitzschnell fuhr sein freier Arm herum. Seine Handfläche landete auf ihrer Brust und drückte sie zurück aufs Bett.

»Ich bin noch nicht fertig«, sagte er mit einem tiefen Grollen in der Stimme.

»Ich möchte deinen Körper berühren.«

Seine Augen blitzten hell auf. Doch urplötzlich war der Glanz verschwunden, und ein flüchtiger Ausdruck huschte über seine Miene. Furcht? Sie konnte es nicht erkennen, da er den Kopf senkte. Er küsste sie auf den Oberschenkel, rieb seine Wange an ihr, seine Stirn, seinen Mund.

»Es gibt für mich nichts Schöneres als deine Hitze, deinen Geschmack, deine Zartheit. Lass mich dir Lust bereiten, Mary.«

Bei diesen Worten lief ihr ein kalter Schauer über den Rücken. Sie hatte sie früher schon einmal gehört. Damals, ganz am Anfang.

Seine Lippen wanderten an der Innenseite der Schenkel entlang auf ihr erregtes Zentrum zu.

»*Nein.* Hör auf, Rhage.« Er gehorchte. »Einseitiger Sex

bringt mir nichts. Ich will nicht, dass du mich befriedigst. Ich will mit dir zusammen sein.«

Er presste den Mund zusammen und hob ruckartig den Oberkörper vom Bett. Wollte er einfach gehen?

Doch er kniete sich nur auf den Boden, stützte die Arme auf der Matratze ab und ließ den Kopf hängen. Versuchte, sich unter Kontrolle zu bekommen.

Sie streckte das Bein aus und berührte ihn mit dem Fuß am Unterarm.

»Sag nicht nein«, murmelte sie.

Er blickte zu ihr auf. Aus der niedrigen Position wirkten seine Augen wie schmale Schlitze, die helle Strahlen blauen Neonlichts ausstrahlten.

Sie bog den Rücken durch, legte das Bein zur Seite und gewährte ihm einen Blick auf das, was er doch so sehnsüchtig begehrte.

Sie hielt den Atem an.

In einer kraftvollen, fließenden Bewegung sprang Rhage vom Fußboden hoch und auf ihren Körper. Er landete zwischen ihren Oberschenkeln, machte seine Hose auf und …

Danke, lieber Gott.

Sie kam sofort, zog sich in Wellen um seine Härte zusammen. Als das Tosen der Empfindung nachließ, spürte sie, wie er über ihr, in ihr erbebte. Gerade wollte sie ihn auffordern, sich nicht länger zu beherrschen, als ihr bewusst wurde, dass es darum nicht ging. Er hatte eine Art Anfall, jeder Muskel in seinem Körper verkrampfte sich.

»Rhage?« Sie sah ihm ins Gesicht.

Seine Augen leuchteten weiß.

Um ihn zu beruhigen, strich sie ihm über den Rücken. Doch da war etwas auf seiner Haut. Ein hervorspringendes Muster. Beinahe wie eine Gestalt.

»Rhage, da ist etwas auf deinem …«

Er stieß sich von ihr ab und rannte zur Tür.

»Rhage?« Hektisch zog sie sich ihr Nachthemd über und lief ihm nach.

Draußen im Flur blieb er kurz stehen, um seine Hose wieder zuzumachen, und Mary schrie beinahe laut auf. Die Tätowierung war lebendig geworden. Das Wesen hatte sich von seinem Rücken erhoben und warf Schatten an die Wand.

Und es bewegte sich, obwohl er regungslos war. Der große Drache schäumte, als er sie unverwandt anblickte, Kopf und Augen starr auf sie gerichtet, während sein Körper sich wand und schlängelte.

Er versuchte, aus Rhage herauszukommen.

Außer sich vor Panik schrie sie seinen Namen.

Er schoss los wie eine Pistolenkugel, die Stufen hinunter und durch die Geheimtür unter der Treppe.

Rhage blieb erst stehen, als er im Trainingszentrum ankam. Im Umkleideraum riss er alle Türen auf und ging in die Gemeinschaftsduschen. Er drehte eine auf, ließ sich auf die Fliesen sinken und setzte sich unter den eiskalten Wasserstrahl.

Es war so schrecklich klar. Das Vibrieren. Das Summen. Immer in Marys Nähe, besonders, wenn sie erregt war.

Warum nur war er nicht früher darauf gekommen? Vielleicht hatte er die Wahrheit einfach nicht sehen wollen.

Mit Mary zusammen zu sein, war anders, weil … er nicht der Einzige war, der sie lieben wollte.

Die Bestie wollte sie auch.

Die Bestie wollte heraus, um sie nehmen zu können.

42

Als Bella nach Hause kam, konnte sie sich nicht entspannen. Nachdem sie eine Stunde lang im Morgenmantel in ihr Tagebuch geschrieben hatte, zog sie sich eine Jeans und ein Sweatshirt an und warf den Parka über. Draußen wirbelten Schneeflocken in wilden Strudeln durch die Luft, tanzten, von kalten Windböen angetrieben.

Sie zog den Reißverschluss hoch und wanderte in das höhere, kräftigere Gras der Wiese.

Zsadist. Jedes Mal, wenn sie die Augen schloss, sah sie ihn auf dem Rücken in seinem Badezimmer liegen.

Ein Wrack.

Sie blieb stehen und betrachtete den Schnee.

Sie hatte ihm ihr Wort gegeben, ihn nicht mehr zu belästigen, doch sie wollte dieses Versprechen nicht halten. Sie wollte es unbedingt noch einmal mit ihm versuchen …

In der Ferne bemerkte sie jemanden, der um Marys Haus herumschlich. Bella erstarrte vor Angst, doch dann sah sie das dunkle Haar. Es konnte also kein *Lesser* sein.

Offenbar machte sich Vishous an der Alarmanlage zu schaffen. Sie winkte ihm zu und ging auf ihn zu.

Auf der Party hatte sie sich mit ihm unterhalten, und sie mochte ihn sehr. Er war so klug, dass er eigentlich sozial völlig unverträglich sein müsste. Aber bei diesem Krieger bekam man die volle Packung: Er war sexy, fast allwissend *und* stark. Die Art von Vampir, mit dem man sofort Babys machen wollte, nur um seine DNS im Genpool zu halten.

Sie fragte sich, warum er wohl immer diesen schwarzen Lederhandschuh trug. Und was die Tätowierungen auf seinem Gesicht bedeuteten. Vielleicht sollte sie ihn einfach mal fragen, wenn sich die Gelegenheit ergab.

»Ich dachte, du müsstest das nicht mehr fertig machen«, rief sie ihm von der Terrasse aus zu. »Wo doch Mary jetzt …«

Die dunkelhaarige Gestalt, die vor sie hintrat, war nicht Vishous. Und sie war nicht am Leben.

»Jennifer?«, flüsterte der *Lesser* ehrfürchtig.

Den Bruchteil einer Sekunde lang konnte Bella sich nicht bewegen. Dann drehte sie sich um und spurtete davon. Sie stolperte nicht; sie stockte nicht. Sie war schnell und sicher auf den Beinen, als sie die Wiese überquerte, obwohl sie zu Tode erschrocken war. Wenn sie es bis zu ihrem Haus schaffte, könnte sie den *Lesser* aussperren. Bis er das Glas durchbrochen hätte, wäre sie unten im Keller, wo niemand eindringen konnte. Sie würde Rehvenge anrufen und durch den unterirdischen Gang auf die andere Seite des Grundstücks fliehen.

Der *Lesser* war ihr auf den Fersen – sie konnte seine donnernden Schritte und das Rascheln seiner Kleidung hören –, doch er holte nicht auf. Das gefrorene Gras knirschte unter ihren Füßen. Sie heftete den Blick auf die tröstenden Lichter ihres Hauses und holte noch einmal alles aus ihren Muskeln heraus.

Der erste Stich traf sie in den Oberschenkel. Der zweite ins Kreuz, durch den Parka hindurch.

Ihre Beine wurden langsamer, und ihre Füße verwandelten sich in riesengroße Flossen. Die Entfernung bis zu ihrem Haus wurde immer größer, dehnte sich in die Unendlichkeit, doch sie lief einfach weiter. Als sie bei ihrer Hintertür anlangte, torkelte sie. Irgendwie schaffte sie es hinein, doch sie bekam das Schloss nicht zu. Ihre Finger schienen plötzlich aus Gummi zu sein.

Sie drehte sich um ihre eigene Achse und stürmte auf den Keller zu. Das Geräusch der zersplitternden Terrassentür war merkwürdig leise, als käme es von weit, weit her.

Eine Hand legte sich auf ihre Schulter.

Sie spürte einen starken Drang, sich zu wehren, und sie schüttelte den *Lesser* ab und schlug ihm mit der geschlossenen Faust ins Gesicht. Einen kurzen Moment war er verblüfft, dann schlug er zurück, und sie ging zu Boden. Er drehte sie herum und gab ihr mit der flachen Hand eine Ohrfeige, die ihren Kopf zu Boden schleuderte.

Sie spürte nichts. Nicht den Schlag, nicht den Aufprall ihres Schädels. Was gut war, so war sie nicht abgelenkt, als sie ihren Angreifer in den Arm biss.

Im Kampfgetümmel stießen sie gegen den Küchentisch, warfen alle Stühle um. Bella konnte sich freimachen, indem sie ihm einen davon an der Brust zerschmetterte. Orientierungslos und keuchend krabbelte sie weg.

Am Fuße der Kellertreppe versagte ihr Körper.

Sie lag da, noch bei Bewusstsein, aber unfähig, sich zu bewegen. Sie hatte das Gefühl, dass ihr irgendetwas in die Augen tropfte. Vermutlich ihr eigenes Blut, vielleicht auch das des *Lesser*.

Ihr Blickfeld veränderte sich ruckartig, als sie umgedreht wurde.

Sie sah dem *Lesser* ins Gesicht. Dunkles Haar, blassbraune Augen.

Du lieber Himmel.

Der Vampirjäger weinte, als er sie vom Boden aufhob und in den Armen wiegte. Das Letzte, was sie noch mitbekam, war der Anblick seiner Tränen, die auf ihr Gesicht fielen.

Sie spürte überhaupt nichts.

Vorsichtig hob O die Frau aus dem Fahrerhäuschen seines Pick-ups. Er wünschte, er hätte nicht zugestimmt, seine eigene Wohnung aufzugeben und im Überzeugungszentrum zu leben. Er hätte sie lieber von den anderen *Lessern* ferngehalten. Andererseits konnte er hier dafür sorgen, dass sie nicht entkam. Und wenn einer seiner Kollegen ihr zu nahe kam ... Dafür gab es ja die Messer.

Während er sie durch die Tür trug, betrachtete er ihr Gesicht. Sie war seiner Jennifer so ähnlich. Die Augen hatten eine andere Farbe, aber dieses herzförmige Gesicht. Das dichte, dunkle Haar. Und der Körper – schlank und perfekt proportioniert.

Eigentlich war sie sogar schöner, als Jennifer es je gewesen war. Und sie schlug auch härter zu.

Er legte die Frau auf den Tisch und befühlte den Bluterguss auf ihrer Wange, die aufgeplatzte Lippe, die Druckstellen auf ihrem Hals. Der Kampf war überwältigend gewesen; gnadenlos, bedingungslos, grenzenlos, bis er gewonnen hatte und ihren erschöpften Körper endlich in den Armen hielt.

Er dachte zurück an die Vergangenheit. Immer hatte er Angst gehabt, dass er es wäre, der Jennifer eines Tages töten würde. Dass eines Nachts all das Prügeln eine Grenze überschreiten würde. Stattdessen hatte er am Ende den Autofahrer umgebracht, der betrunken frontal mit ihrem

Auto zusammengeprallt war. Der Drecksack war um fünf Uhr nachmittags sternhagelvoll gewesen, und sie auf dem Heimweg von der Arbeit.

Ihren Mörder kaltzumachen war leicht gewesen. Er hatte herausgefunden, wo der Kerl wohnte, und gewartet, bis er besoffen nach Hause kam. Dann hatte er ihm den Schädel mit einer Brechstange eingeschlagen und ihn die Treppe hinuntergestoßen. Noch bevor die Leiche kalt war, hatte O sich ins Auto gesetzt und war quer durchs Land gen Nordosten gefahren.

Wo er in die Fänge der Gesellschaft geraten war.

Draußen hielt ein Wagen. Rasch hob er die Vampirin wieder auf und trug sie zu den Aufbewahrungsrohren hinüber. Er schlang ein Geschirr um ihre Brust, öffnete einen Deckel und ließ sie hinunter.

»Haben Sie noch einen?«, fragte U, als er hereinkam.

»Ja.« O schaute demonstrativ in das andere Loch auf den Vampir, den Mr. X vergangene Nacht bearbeitet hatte. Er rutschte unruhig in dem Rohr herum und machte leise, ängstliche, maunzende Geräusche.

»Dann knöpfen wir uns den frischen Fang doch mal vor«, meinte U.

O parkte seinen Stiefel auf dem Deckel über der Vampirin. »Die hier gehört mir. Wenn einer sie anfasst, ziehe ich ihm mit den Zähnen die Haut ab.«

»Was? Ausgezeichnet. Der Sensei wird ausflippen.«

»Kein Wort zu ihm. Haben wir uns verstanden?«

U runzelte die Stirn, dann zuckte er die Achseln. »Klar. Wie Sie wollen. Aber Ihnen ist doch klar, dass er es früher oder später herausfinden wird? Glauben Sie dann bloß nicht, dass er es von mir hat.«

O konnte sich tatsächlich vorstellen, dass U das Geheimnis wahren würde. Aus einem Impuls heraus gab er dem Jäger die Adresse der umgebauten Scheune, in die er eingebrochen war. Ein kleiner Gefallen im Austausch gegen die Verschwiegenheit des *Lessers*.

»Der Name der Besitzerin ist Mary Luce. Sie wurde mit einem Bruder gesichtet. Schnappen Sie sich die Braut.«

U nickte. »Das werde ich machen, aber die Sonne geht schon bald auf, und ich muss mich mal aufs Ohr hauen. Ich hab seit zwei Nächten nicht geschlafen und werde langsam schwach.«

»Dann eben morgen. Und jetzt lassen Sie uns allein.«

U legte den Kopf schief und blinzelte in das Rohr hinein. »Uns?«

»Verschwinden Sie hier, U.«

U fügte sich und O lauschte, bis das Motorengeräusch schwächer wurde.

Zufrieden betrachtete er den Deckel. Und konnte nicht aufhören zu grinsen.

43

Rhage kehrte erst um fünf Uhr nachmittags in das große Haus zurück. Völlig geräuschlos lief er durch den Tunnel. Er hatte seine Schuhe ausgezogen, weil sie durchweicht waren, und dann vergessen, wo er sie hingestellt hatte.

Er stand völlig unter Strom; in ihm tobte ein Feuer, gegen das er machtlos war. Egal wie müde er war oder wie viele Gewichte er stemmte oder wie weit er rannte: Er war so weit, dass nicht einmal Sex mit einhundert verschiedenen Frauen ihn auf ein normales Level gebracht hätte. Nicht dass er das in Betracht gezogen hätte.

Es gab kein Entkommen für ihn, er musste mit Mary sprechen. Ihm graute davor, ihr von dem Fluch zu erzählen, den er seit einhundert Jahren mit sich herumtrug, und er hatte keinen blassen Schimmer, wie er ihr erklären sollte, dass seine Bestie Sex mit ihr haben wollte. Aber sie musste erfahren, warum er so lange weg gewesen war.

Er holte tief Luft und öffnete die Tür zu ihrem Schlafzimmer. Sie war nicht da.

Dann ging er ins Erdgeschoss. Fritz war in der Küche.

»Hast du Mary gesehen?«, fragte er bemüht unbeteiligt.

»Ja, Sir. Sie ist weggegangen.«

Rhages Blut verwandelte sich in Eis. »Und wo wollte sie hin?«

»Das hat sie mir nicht mitgeteilt.«

»Hat sie etwas mitgenommen? Eine Handtasche? Eine Reisetasche etwa?«

»Ein Buch. Einen Bagel. Einen Parka.«

Im Nu rannte Rhage wieder durch den Tunnel und war in einer halben Minute in der Höhle. Er hämmerte gegen die Tür.

Vishous ließ sich verdammt viel Zeit damit, die Tür zu öffnen, und zeigte sich dann verschlafen und in Boxershorts. »Was zum …«

»Mary hat das Haus verlassen. Allein. Ich muss sie finden.«

Innerhalb von Sekunden verwandelte V sich von einem griesgrämigen und Augen reibenden Bruder in einen hochkonzentrierten Vampir. Er ging zu seinem Computer, rief alle Außenbilder auf und entdeckte sie zusammengekauert direkt vor der Eingangstür des großen Hauses in der Sonne. Was schlau war: Wenn irgendjemand oder etwas sie angreifen würde, könnte sie in null Komma nichts ins Haus flüchten.

Rhage atmete erleichtert auf. »Wie fährt man damit näher ran?«

»Klick oben rechts mit der Maus auf Zoom.«

Rhage holte sie näher heran. Sie fütterte ein paar Spatzen mit ihrem Bagel. Hin und wieder hob sie den Kopf und blickte sich um. Das Lächeln auf ihrem Gesicht war kaum zu erkennen, lag nur leicht in ihren Mundwinkeln.

Er berührte den Bildschirm und strich mit der Fingerspitze über ihr Gesicht. »Weißt du, du hattest Unrecht, Bruder.«

»Ach ja?«

»Sie ist mein Schicksal.«

»Habe ich gesagt, dass sie das nicht ist?«

Rhage betrachtete über die ganze Computerausrüstung hinweg Vs tätowiertes Auge. »Ich bin nicht ihr erster Liebhaber. Du hast mir mal gesagt, mein Schicksal sei eine Jungfrau. Also hast du dich geirrt.«

»Ich irre mich niemals.«

Rhage runzelte die Stirn. Es kam nicht infrage, dass eine andere Frau ihm jemals mehr bedeuten oder Marys Platz in seinem Herzen einnehmen würde.

Scheiß auf das Schicksal, wenn es ihn zwingen wollte, eine andere zu lieben. Und zur Hölle mit Vs Voraussagen.

»Muss schön sein, alles zu wissen«, murmelte er. »Oder zumindest, das zu glauben.«

Als er sich umwandte und wieder zum Tunnel gehen wollte, wurde sein Arm hart gepackt.

Vs diamantene Augen, normalerweise so ruhig, waren schmal und wütend. »Wenn ich sage, ich irre mich nie, dann bin ich nicht auf einem Egotrip. Die Zukunft zu sehen, ist ein verdammter Fluch, mein Bruder. Glaubst du, es macht mir Spaß zu wissen, wie jeder von euch sterben wird?«

Rhage zuckte zurück, und V lächelte kalt. »Darüber kannst du mal nachdenken. Und dann stell dir vor, dass das Einzige, was ich nicht weiß, der Zeitpunkt ist. Also kann ich keinen von euch retten. Kannst du mir mal erklären, warum ich mit diesem beschissenen Fluch rumprotzen sollte?«

»O mein Gott … Bruder. Es tut mir so leid …«

V stieß hörbar die Luft aus. »Schon okay. Hör mal, geh doch einfach zu deiner Frau. Sie hat den ganzen Nachmittag an dich gedacht. Nichts für ungut, aber ich bin es langsam leid, ihre Stimme so laut in meinem Kopf zu hören.«

Mary lehnte sich an die schwere Messingtür und blickte hoch. Der Himmel über ihr war herrlich blau, die Luft trocken und klar nach dem ungewöhnlich frühen Schneefall letzte Nacht. Eigentlich wollte sie vor Sonnenuntergang noch einen Spaziergang über das Gelände machen. Doch die Wärme, die durch ihren Parka drang, machte sie träge. Oder vielleicht war es auch die Erschöpfung. Nachdem Rhage davongelaufen war, hatte sie nicht schlafen können und den ganzen Tag damit verbracht, auf ihn zu warten.

Sie hatte keine Ahnung, was passiert war. War nicht einmal sicher, dass das, was sie zu sehen geglaubt hatte, wirklich real gewesen war. Meine Güte, Tattoos konnten nicht einfach aus jemandes Haut auferstehen. Und sie bewegten sich nicht von allein. Zumindest nicht in ihrer Welt.

Aber Rhage war nicht der einzige Grund für ihre Schlaflosigkeit. Es wurde langsam Zeit, sich zu erkundigen, was die Ärzte alles mit ihr machen wollten. Der Termin mit Dr. Della Croce war morgen, und danach würde sie wissen, wie schlimm die Behandlungen würden.

Ach, über all das würde sie so gern mit Rhage sprechen. Sie wollte versuchen, ihn darauf vorzubereiten.

Als die Sonne hinter den Bäumen verschwand, wurde ihr kühl. Sie stand auf, reckte sich und trat dann durch die äußeren Türen. Als diese sich hinter ihr geschlossen hatten, blickte sie in eine Überwachungskamera und die inneren Türen schwangen auf.

Rhage saß auf dem Fußboden direkt neben dem Eingang. Langsam stand er auf. »Hi. Ich hab auf dich gewartet.«

Sie lächelte etwas verlegen und schob ihr Buch von der einen Hand in die andere. »Ich wollte dir ja sagen, wo ich bin. Aber du hattest dein Handy vergessen, als du …«

»Mary, hör mir zu. Wegen letzter Nacht …«

»Warte mal, bevor wir damit anfangen.« Sie hielt die Hand hoch. Atmete tief durch. »Morgen gehe ich ins Krankenhaus. Für das Beratungsgespräch vor Beginn der Behandlung.«

Er sah so bestürzt drein, dass seine Augenbrauen sich in der Mitte trafen. »Welches Krankenhaus?«

»Saint Francis.«

»Wann?«

»Nachmittags.«

»Ich möchte, dass dich jemand begleitet.«

»Ein *Doggen?*«

Er schüttelte den Kopf. »Butch. Der Cop kann gut mit der Pistole umgehen, und ich will nicht, dass du ohne echten Schutz unterwegs bist. Sollen wir nicht vielleicht lieber hochgehen?«

Als sie nickte, nahm er sie bei der Hand und führte sie die Treppe hinauf. Oben in ihrem Zimmer setzte sie sich aufs Bett, während er unruhig auf und ab wanderte.

Zunächst sprachen sie über den Arzttermin. Indem sie ihn darauf vorbereitete, gewöhnte auch sie selbst sich langsam an den Gedanken. Dann schwiegen sie.

»Rhage, erklär mir, was letzte Nacht passiert ist.« Als er zögerte, fügte sie hinzu: »Was auch immer es ist, wir werden es schon durchstehen. Du kannst mir alles erzählen.«

Er blieb stehen. Blickte ihr direkt in die Augen. »Ich bin gefährlich.«

Sie runzelte die Stirn. »Nein, das bist du nicht. Zumindest nicht für mich.«

»Weißt du, was das Bild auf meinem Rücken ist?«

Mit einem Schaudern erinnerte sie sich daran, wie die Tätowierung sich bewegt hatte …

Stopp, befahl sie sich. Das hatte sie nicht getan. Er hatte schwer geatmet, und deshalb hatte das Ding so ausgesehen, als hätte es sich bewegt.

»Mary, das ist ein Teil von mir. Die Bestie. Sie lebt *in* mir.« Er rieb sich die Brust, dann die Arme und die Oberschenkel. »Ich versuche, sie unter Kontrolle zu halten, so gut ich kann. Aber sie ... ich will dich nicht verletzen. Ich weiß nicht, was ich tun soll. Selbst jetzt, in deiner Nähe, bin ich ... Scheiße, ich bin völlig fertig.«

Er hielt ihr seine zitternden Hände hin und wirkte tatsächlich vollkommen ausgelaugt.

»Ein Grund, warum ich immer kämpfen muss, ist, dass solche Auseinandersetzungen die Bestie beruhigen«, erklärte er. »Deshalb auch die vielen Frauen. Die habe ich nur zum Entspannen benutzt, weil ich so das Tier in Schach halten konnte. Jetzt, wo ich keinen Sex mehr haben kann, bin ich instabil. Deshalb hätte ich gestern Nacht beinahe die Kontrolle verloren. Zweimal.«

»Moment mal ... Wovon redest du denn da? Du hast *mich*. Warum schläfst du nicht mit mir?«

»Das kann ich nicht mehr geschehen lassen«, presste er durch zusammengebissene Zähne hervor. »Ich kann nicht mehr ... bei dir liegen.«

Fassungslos starrte sie ihn an. »Du meinst, du wirst überhaupt nicht mehr mit mir zusammen sein? Nie mehr?«

Er schüttelte den Kopf. »Nie mehr.«

»Spinnst du total? Du willst mich doch.« Ihr Blick schnellte zu der Erektion in seiner Hose. »Ich sehe doch, dass du steif bist. Ich kann deine Sehnsucht riechen.«

Unvermittelt hörten seine Augen auf zu blinzeln und blitzten weiß auf.

»Warum verändern sich deine Augen?«, flüsterte sie.

»Weil die Bestie ... zum Leben erwacht.«

Er wurde still und begann, in einem merkwürdigen Rhythmus zu atmen. Zweimal schnell ein, einmal langsam aus. Zweimal kurz, einmal lang.

Sie versuchte zu begreifen, was er ihr da erklärte. Und versagte kläglich. *Ob er eine Art Hardcore-Alter-Ego hat?*, fragte sie sich.

»Mary, ich kann nicht mehr ... mit dir schlafen ... denn wenn ich bei dir bin, will die Bestie hinaus.« Wieder zwei kurze Atemzüge. »Sie will ...«

»Was genau?«

»Die Bestie will dich.« Er wich vor ihr zurück. »Mary, sie will in dir sein. Verstehst du, was ich da sage? Meine andere Seite will dich *nehmen*. Ich ... ich muss jetzt gehen.«

»Warte!« Er blieb an der Tür stehen. Ihre Blicke trafen sich. »Dann soll sie mich haben.«

Rhages Unterkiefer klappte herunter. »Bist du wahnsinnig?«

Nein, sie war nicht verrückt. Sie hatten sich mit einer Verzweiflung geliebt, die schon an Gewalttätigkeit grenzte. Sie hatte seine harten Stöße gespürt. Wenn seine andere Persönlichkeit etwas grob war, dann würde sie damit schon klarkommen.

»Lass sie einfach los. Es ist okay.«

Zwei kurze Atemzüge. Ein Seufzer. »Mary, du hast keine Vorstellung davon ... was zum Teufel du da vorschlägst.«

Sie versuchte, seine Verwirrung ins Komische zu ziehen. »Was wirst du schon machen? Mich fressen?«

Als er sie nur wortlos mit den weißen Augen anblickte, wurde ihr eiskalt. Meine Güte, vielleicht hatte er doch recht? Aber sie war entschlossen.

»Wir binden dich einfach fest«, erklärte sie.

Er schüttelte den Kopf, stolperte über seine eigenen Füße und klammerte sich an die Türklinke. »Ich will es nicht darauf ankommen lassen.«

»Warte! Weißt du ganz sicher, was passieren wird?«

»Nein.« Er kratzte sich im Nacken und an den Schultern und zuckte immer wieder.

»Besteht eine Möglichkeit, dass du einfach nur dem Bedürfnis freien Lauf lassen musst?«

»Möglich.«

»Dann probieren wir es. Ich renne einfach weg, wenn ... na ja, wenn etwas Seltsames passiert. Rhage, lass mich das für uns tun. Was haben wir schon für eine Alternative? Soll ich ausziehen? Sollen wir uns nie wieder sehen? Nie wieder Sex haben? Ich meine, schau dich doch an. Jetzt in dieser Sekunde bist du doch so scharf, dass du aus allen Nähten platzt.«

Die Angst verdunkelte seine Miene, verzerrte seinen Mund, weitete seine Augen. Gefolgt von Scham. Es war so furchtbar, so unendlich traurig, dass sie quer durch den ganzen Raum auf ihn zugestürmt kam. Sie nahm seine Hände in ihre, fühlte, wie sie zitterten.

»Ich ertrage es nicht, dich so zu sehen, Rhage.« Er wollte etwas sagen, doch sie ließ ihn nicht zu Wort kommen. »Du weißt, womit wir es hier zu tun haben. Ich nicht. Also triff alle nötigen Sicherheitsvorkehrungen und dann ... warten wir ab, was passiert.«

Er blickte sie ausdruckslos an. Am liebsten hätte sie ihn gedrängt, doch sie hatte das Gefühl, das würde ihn nur weiter in die Defensive treiben.

Endlich sagte er: »Ich spreche mit V.«

»Ketten«, wiederholte Rhage. Er stand mitten im Wohnzimmer der Höhle.

V blickte über den Computerbildschirm. »Was für Ketten?«

»Die Sorte, mit der man Autos abschleppt.«

Butch kam aus der Küche, ein Bier in der einen, ein Sandwich in der anderen Hand. »Hey, Großer. Wie läuft's?«

»Ich möchte, dass ihr beide mich an mein Bett kettet.«

»Ist ja irre.«

»Haben wir denn was Passendes da?« V rückte seine Kappe zurecht. »In der Garage vielleicht. Aber Rhage, Mann, wie stellst du dir das vor?«

»Ich muss ... mit Mary zusammen sein. Aber ich will nicht Gefahr laufen ...« Er hielt inne. Stieß die Luft durch die Zähne. »Ich habe Angst, mich zu verwandeln, wenn ich zu aufgeladen bin.«

Vs helle Augen verengten sich. »Und die anderen Frauen hast du aufgegeben, richtig?«

Rhage nickte. »Ich will nur noch Mary. Ich könnte momentan bei einer anderen nicht mal einen hochkriegen.«

»Ach, du Scheiße, Mann«, raunte V.

»Was ist so schlecht an der Monogamie?«, fragte Butch, setzte sich hin und machte das Bier auf. »Ich meine, sie ist doch eine tolle Frau. Mary ist was Besonderes.«

V schüttelte den Kopf. »Weißt du nicht mehr, was du auf dieser Lichtung gesehen hast? Wie würde es dir gefallen, wenn das in der Nähe einer Frau passiert, die du liebst?«

Butch stellte das Bier ab, ohne einen Schluck getrunken zu haben. Er musterte Rhages Körper.

»Wir brauchen eine verdammte Wagenladung Stahl.«

44

O wurde langsam unruhig. Die Vampirin war immer noch nicht wieder bei vollem Bewusstsein, und das nach achtzehn Stunden. Diese Betäubungspfeile waren zwar für einen Mann dosiert gewesen, aber trotzdem sollte sie langsam wieder auf die Beine kommen.

Er machte sich Sorgen, dass sie eine Gehirnerschütterung erlitten haben könnte.

Es war genau so, wie es auch damals immer gewesen war. Er und Jennifer hatten sich geprügelt, und danach hatte er Angst gehabt, dass er sie ernsthaft verletzt haben könnte. Dann versorgte er liebevoll ihre Wunden und untersuchte sie auf gebrochene Knochen oder tiefe Schnitte. Und sobald er sich überzeugt hatte, dass sie okay war, liebte er sie. Selbst wenn sie noch ohnmächtig war. In ihr zu kommen, in dem sicheren Bewusstsein, dass er es nicht zu weit getrieben hatte, war immer das Allerbeste gewesen.

Er wünschte, er könnte mit der Frau schlafen, die er entführt hatte.

O ging zu dem Loch, in dem sie saß. Er nahm den Deckel ab, knipste eine Taschenlampe an und richtete den Lichtkegel hinein. Sie saß zusammengekauert auf dem Boden, seitlich an das Rohr gelehnt.

Er wollte sie herausholen und sie in den Arm nehmen. Sie küssen und ihre Haut auf seiner spüren. Er wollte in ihr kommen. Aber alle *Lesser* waren impotent. Omega, dieses Schwein, war ein eifersüchtiger Herr.

O schob den Deckel wieder vor und schlich im Raum herum. Er dachte an die Nacht und den Tag, die er mit Omega verbracht hatte. Seitdem war er so niedergeschlagen gewesen. Merkwürdig – seit er diese Frau hatte, war sein Geist wieder klarer, und er spürte neue Energie in sich.

Er wusste, dass das da in dem Loch nicht Jennifer war; aber diese Vampirin kam dem, was man ihm genommen hatte, sehr nahe. Und er würde bestimmt nicht wählerisch sein. Er würde das Geschenk annehmen, das er bekommen hatte, und gut darauf aufpassen. Dieses Mal würde niemand ihm seine Frau wegnehmen. Niemand.

Als die Rollläden sich für die Nacht öffneten, erhob Zsadist sich von seinem Lager auf dem Fußboden und ging nackt durch das Zimmer, das er bewohnte.

Was vergangene Nacht mit Bella passiert war, ließ ihm keine Ruhe. Er wollte sie finden und sich entschuldigen, aber er hatte keine blasse Ahnung wie er das anstellen konnte.

Sorry, ich habe dich besprungen wie ein Tier. Und ich finde dich gar nicht zum Kotzen. Ehrlich nicht.

Gott, er war so ein Arschloch.

Er schloss die Augen und dachte daran, wie er sich an die Fliesen neben der Dusche gedrückt und sie die Hand nach ihm ausgestreckt hatte. Ihre Finger waren lang und elegant gewesen, die Nägel schön geformt und unlackiert. Ihre Berührung wäre sanft gewesen. Sanft und warm.

Er hätte sich zusammenreißen müssen. Denn dann hätte er dieses eine Mal vielleicht als freier Mann spüren können, wie es sich anfühlte, die weiche Hand einer Frau auf der Haut zu spüren. Als Sklave war er zu oft angefasst worden, und immer gegen seinen Willen. Aber frei …

Und es wäre nicht irgendeine Hand gewesen. Es wäre Bellas Hand gewesen.

Sie hätte sie auf seine Brust gelegt, in die Mitte. Und vielleicht hätte sie ihn sogar ein bisschen gestreichelt. Es hätte ihm sogar gefallen können, wenn sie ganz vorsichtig gewesen wäre. Ja, je mehr er darüber nachdachte, desto besser konnte er sich vorstellen, dass ihm das gefallen könnte …

Verdammt, was sollte denn das? Die Fähigkeit, jegliche Art von Intimität zu ertragen, war ihm vor vielen Jahren mit Gewalt ausgetrieben worden. Außerdem war es absurd, sich Fantasien über eine Frau wie Bella hinzugeben. Er war noch nicht mal der wütenden menschlichen Huren würdig, von denen er sich nähren musste.

Zsadist öffnete die Augen wieder und schüttelte die lächerlichen Gedanken ab. Das Netteste, was er für Bella tun konnte, die beste Wiedergutmachung wäre dafür zu sorgen, dass sie ihn niemals wieder sehen musste. Nicht einmal unbeabsichtigt. Obgleich *er* sie schon sehen würde. Jede Nacht würde er bei ihrem Haus vorbeifahren und sicherstellen, dass es ihr gut ging. Es waren gefährliche Zeiten für ihre Rasse, und jemand musste auf sie aufpassen. Er würde sich einfach im Schatten halten, während er das tat.

Der Gedanke, sie zu beschützen, tat ihm gut.

Er konnte sich selbst nicht so weit vertrauen, mit ihr zusammen zu sein. Aber er hatte vollstes Vertrauen in seine Fähigkeit, sie zu beschützen, egal wie viele *Lesser* er dafür bei lebendigem Leib fressen müsste.

45

Mary tigerte auf der Galerie im ersten Stock auf und ab, direkt vor ihrer Schlafzimmertür. Sie konnte Butch und V nicht dabei zusehen, wie sie all diese Ketten anbrachten. Und es war schwer zu sagen, ob es düster-erotisch war, wie die beiden Rhage auf den Sex mit ihr vorbereiteten, oder einfach nur Furcht einflößend.

Die Tür ging auf.

Butch wich unruhig ihrem Blick aus. »Er ist so weit.«

Vishous kam heraus und zündete sich eine Selbstgedrehte an. Er inhalierte tief. »Wir bleiben hier in der Nähe. Falls du uns brauchst.«

Ihr erster Impuls war, sie wegzuschicken. Wie gruselig war das denn: die beiden vor der Tür, während sie und Rhage dahinter Sex hatten? Privatsphäre war schließlich mehr als ein abgeschlossener Raum, es war auch ein Geisteszustand. Doch dann dachte sie an all den Stahl, den sie da drinnen angebracht hatten. Diese Massen von Eisenwaren hatten dann doch ihre Erwartungen überstiegen. Etwas Seil, okay. Handschellen. Aber nicht genügend Ausrüstung, um den Motorblock eines Lkw hochzuheben.

»Seid ihr sicher, dass ihr warten wollt?«

Beide nickten.

»Vertrau uns einfach«, murmelte Butch.

Mary ging hinein und schloss die Tür. Kerzen waren auf beiden Seiten des Bettes angezündet und Rhage lag nackt auf der Matratze, die Arme über dem Kopf gefesselt, die Beine so weit es irgend ging gespreizt. Ketten waren um seine Handgelenke und Knöchel geschlungen und an den massiven Eichenpfosten des Bettes befestigt.

Rhage hob den Kopf, seine stahlblauen Augen durchbohrten die Dämmerung. »Bist du dir ganz sicher, dass du das durchziehen willst?«

Das war sie ganz und gar nicht. »Das sieht nicht besonders gemütlich aus.«

»So schlimm ist es gar nicht.« Sein Kopf fiel zurück. »Wobei ich doch froh bin, dass es nur Bettpfosten sind und keine Pferde, die in vier unterschiedliche Richtungen losrennen.«

Sie betrachtete seinen makellosen Körper, für sie ausgebreitet wie eine sexuelle Opfergabe.

Verfluchter Mist. Meinte sie das ernst? Wollte sie wirklich – *Schluss jetzt,* schalt sie sich. *Halt ihn hier nicht länger fest als nötig. Und wenn es vorbei ist, und er weiß, dass alles in Ordnung ist, musst du es nie wieder tun.*

Mary streifte die Schuhe ab und zog ihren Pulli über den Kopf. Dann schlüpfte sie aus der Jeans.

Wieder hob sich Rhages Kopf. Als sie den BH und die Unterhose auszog, regte sich sein Geschlecht. Sie sah ihm dabei zu, wie sein Schwanz sich für sie verwandelte, härter wurde, dicker wurde, größer wurde. Die Erregung rötete sein Gesicht, und ein feiner Schweißfilm überzog seine wunderschöne, glatte Haut.

»Mary …« Seine Pupillen wurden weiß, und er begann zu schnurren und mit den Hüften zu kreisen. Die Erektion legte sich auf seinen Bauch, ihre Spitze reichte bis zum Nabel und ein Stück darüber. Urplötzlich zuckten seine Arme und zerrten an den Fesseln. Ketten rasselten und ruckten.

»Alles in Ordnung?«, fragte sie.

»Mary, bitte. Ich bin … wir sind so hungrig. Wir verzehren uns nach dir.«

Sie nahm all ihren Mut zusammen und ging zum Bett. Beugte sich über ihn und küsste ihn auf den Mund. Dann kletterte sie auf die Matratze. Auf ihn.

Als sie sich rittlings auf seine Hüften setzte, wand er sich zuckend unter ihr.

Sie nahm ihn in ihre Hand und versuchte, ihn in sich einzuführen. Doch es klappte nicht gleich. Er war zu groß, und sie war noch nicht so weit. Es tat weh. Sie versuchte es noch einmal, dann zog sie eine Grimasse.

»Du bist noch nicht bereit für mich«, sagte Rhage. Er bäumte sich auf, als sie seine Spitze ein weiteres Mal an ihren Mittelpunkt führte. Ein wildes, summendes Geräusch drang aus ihm hervor.

»Es wird schon gehen, lass mich nur …«

»Komm her.« Beim Sprechen veränderte sich seine Stimme. Wurde tiefer. »Küss mich, Mary.«

Sie legte sich auf seine Brust und küsste ihn auf den Mund. Sie wollte unbedingt angeturnt werden. Es klappte nicht.

Er löste sich von ihr, als spüre er ihre mangelnde Erregung.

»Komm etwas höher.« Die Ketten klirrten, es klang fast wie Glockengeläut. »Gib mir deine Brüste. Halt sie mir an den Mund.«

Sie schob sich höher und legte ihm eine Brustwarze an die Lippen. Sobald sie ein sanftes Saugen spürte, reagierte ihr Körper. Sie schloss erleichtert die Augen, als die Hitze Besitz von ihr ergriff.

Rhage erkannte offenbar die Veränderung in ihr, denn sein Schnurren wurde lauter, ein wunderschönes Geräusch. Während er sie mit den Lippen liebkoste, löste sich sein Körper gierig von der Matratze, seine Brust hob sich, dann sein Hals. Der Kopf fiel in den Nacken. Wieder brach ihm der Schweiß aus, und der Duft seiner Begierde erfüllte die Luft mit Aroma.

»Mary, lass mich dich schmecken.« Seine Stimme war jetzt so tief, dass die Worte verzerrt klangen. »Zwischen den Beinen. Lass mich dich schmecken.«

Sie blickte auf ihn hinab. Zwei leuchtend weiße Kugeln starrten sie an. Sie hatten etwas Hypnotisches an sich, eine erotische Überzeugungskraft, der sie sich nicht entziehen konnte. Obwohl ihr sehr wohl bewusst war, dass sie nicht mit Rhage allein war.

Sie schob sich an seinem Körper hoch, hielt aber inne, als sie auf Brusthöhe war. Die Intimität war irgendwie schockierend, besonders weil er angekettet war.

»Näher, Mary.« Sogar ihren Namen sprach er anders aus. »Näher an meinen Mund.«

Also rutschte sie höher und versuchte, sich an seine Lage anzupassen. Am Ende lag ein Knie auf seiner Brust, das andere auf der gegenüberliegenden Schulter. Er reckte den Hals und drehte den Kopf, um ihre Mitte zu erreichen. Dann nahm er sie zwischen die Lippen.

Sein Stöhnen vibrierte tief in ihr, und sie legte eine Hand auf die Wand. Die Lust nahm ihr jeden Rest von Hemmungen, machte sie zu seiner Sklavin, während er sie leckte und an ihr saugte. Als ihr Körper darauf mit einem Strom von Feuchtigkeit reagierte, hörte sie einen scharfen

Laut, gefolgt von einem Aufstöhnen, als sich die Ketten anspannten, und der Holzrahmen des Bettes lautstark protestierte. Rhages starke Arme zerrten an den Fesseln, seine Muskeln waren zum Bersten gespannt, die Finger weit gespreizt und zu Klauen gekrümmt.

»Das ist es«, flüsterte er zwischen ihren Beinen. »Ich kann fühlen … wie du kommst.«

Seine Stimme verebbte und verschwand in einem Knurren.

Da entlud sich ihr Orgasmus, und sie fiel nach hinten aufs Bett, ihr Bein strich über sein Gesicht und kam dann an seinem Hals zu liegen. Sobald ihr Atem wieder ruhiger ging, sah sie ihn an. Seine weißen, reglosen Augen waren vor Ehrfurcht und Staunen weit aufgerissen. Er war völlig gefesselt von ihr, wie sie so auf ihm lag. Sein Atem folgte wieder dem Muster von zwei kurzen Zügen und einem langen Seufzer.

»Nimm mich jetzt, Mary.« Die Worte klangen tief und verzerrt. Es war nicht Rhages Stimme.

Doch sie hatte keine Angst mehr und auch nicht das Gefühl, ihn zu betrügen.

Was auch immer aus ihm herausgetreten war, es war nicht bösartig und auch nicht vollkommen fremd. Sie hatte dieses … *andere* Wesen schon die ganze Zeit in ihm gefühlt und wusste, sie brauchte es nicht zu fürchten. Und als sie jetzt seinem Blick begegnete, sah sie dasselbe wie neulich im Billardzimmer: ein separates Wesen und doch auch Rhage.

Sie schob sich an ihm herunter und nahm ihn in ihren Körper auf. Seine Hüften hoben sich ihr entgegen, und wieder entrang sich ihm ein Stöhnen. Dann begann er zu stoßen. Auf und ab, ein köstliches pochendes Gleiten, das immer stärker wurde. Um nicht abgeworfen zu werden, stützte sie sich auf alle viere und hielt dagegen.

Der klagende Ton wurde lauter, als er immer wilder wurde, seine Hüften gegen ihre schlugen. Er bebte am ganzen Körper. Immer drängender wurden seine Bewegungen, wie ein Sturm, der sich aufbaut und jeden Moment losbrausen kann. Plötzlich bäumte er sich auf, das Bett quietschte, als seine Arme und Beine sich zusammenzogen. Seine Augenlider hoben sich, und ein weißes Licht durchströmte den Raum und machte ihn taghell. Tief in sich spürte sie die Zuckungen seines Höhepunktes, und die Empfindung löste auch ihre Anspannung in einem weiteren Orgasmus auf.

Als es vorbei war, sank sie auf seine Brust, und sie lagen still da. Ihre Atmung war beschleunigt, sein Atem ging noch immer in dem merkwürdigen Rhythmus.

Sie hob den Kopf und sah ihm ins Gesicht. Die weißen Augen betrachteten sie mit einer brennenden Liebe.

»Meine Mary«, sagte die Stimme.

Und dann durchströmte sie eine schwache elektrische Spannung, die Luft um sie herum lud sich auf. Jedes Licht im Raum ging an, alles wurde hell erleuchtet. Ihr stockte der Atem, und sie sah sich verwirrt um, doch die Aufwallung verschwand so schnell, wie sie gekommen war. Die Energie verpuffte einfach wieder. Sie sah ihn an.

Rhages Augen waren wieder normal, ein glänzendes Stahlblau.

»Mary?«, fragte er leicht benommen und etwas undeutlich.

Sie musste ein paarmal tief durchatmen, bevor sie sprechen konnte. »Da bist du ja wieder.«

»Und dir geht es gut.« Er hob die Arme hoch, bewegte probehalber seine Finger. »Ich hab mich nicht verwandelt.«

»Was meinst du mit verwandelt?«

»Ich habe nicht … ich konnte dich sehen, während es da war. Du warst zwar verschwommen, aber ich wusste, dass dir nichts passiert. Es ist das erste Mal, dass ich mich hinterher an etwas erinnere.«

Sie wusste nicht, wie sie das zu deuten hatte. Was sie aber sah, war, dass die Ketten seine Haut wund gerieben hatten. »Kann ich dich jetzt wieder losmachen?«

»Ja, bitte.«

Die Fesseln zu lösen, dauerte einige Zeit. Als er endlich frei war, massierte er sich die Handgelenke und Knöchel und beobachtete sie dabei aufmerksam, als müsse er sich versichern, dass es ihr wirklich gut ging.

Sie sah sich nach einem Morgenmantel um. »Ich sollte besser Butch und V Bescheid geben, dass sie jetzt gehen können.«

»Das mache ich schon.« Er ging zur Tür und steckte den Kopf hinaus.

Während er mit den Männern draußen sprach, betrachtete sie die Tätowierung auf seinem Rücken. Sie hätte schwören können, dass sie lächelte.

Meine Güte, sie war ja verrückt. Also wirklich.

Rasch hüpfte sie aufs Bett und wickelte sich in die Decke.

Rhage schloss die Tür wieder und lehnte sich mit dem Rücken dagegen. Immer noch wirkte er nervös, wenn auch erleichtert. »Nach allem, was passiert ist … hast du jetzt endlich Angst vor mir?«

»Nein.«

»Hast du keine Angst vor … ihm?«

Sie hielt ihm die Arme hin. »Komm her. Ich möchte dich festhalten. Du siehst aus, als wärst du von einem Bus überfahren worden.«

Langsam ging er auf das Bett zu, er wollte nicht, dass sie sich bedroht fühlte. Doch sie machte eine ungeduldige Geste, damit er sich beeilte.

Rhage legte sich neben sie, fasste sie aber nicht an.

Einen Augenblick später kroch sie auf ihn zu, umschlang ihn mit ihrem ganzen Körper und streichelte ihn überall. Als sie seine Seite berührte und dabei an die Schwanzspitze des Drachen stieß, zuckte Rhage und rückte von ihr ab.

Er will mich das Tattoo nicht berühren lassen, dachte sie.

»Dreh dich um«, befahl sie. »Auf den Bauch.«

Als er den Kopf schüttelte, drückte sie gegen seine Schultern. Genauso hätte sie versuchen können, einen Konzertflügel allein zu bewegen.

»Dreh dich um, verdammt noch mal. Komm schon, Rhage.«

Wenig elegant gehorchte er und ließ sich fluchend auf den Bauch plumpsen.

Mit der Hand fuhr sie seine Wirbelsäule hinab, direkt über den Drachen.

Rhages Muskeln kontrahierten willkürlich. Nein, nicht willkürlich. Es waren immer genau die Körperteile, deren entsprechenden Gegenpart sie gerade auf der Tätowierung berührte.

Wie eigenartig.

Sie machte weiter, es fühlte sich an, als reibe sich die Tinte an ihrer Handfläche wie eine Katze.

»Wirst du jemals wieder mit mir schlafen wollen?«, fragte Rhage sie da etwas steif. Dabei drehte er das Gesicht zur Seite, um sie sehen zu können. Ohne aber den Blick zu heben.

Sie verweilte ein wenig beim Mund der Bestie und strich ihr mit der Fingerspitze über die Lippen. Rhages eigene öffneten sich, als spüre er die Berührung.

»Warum, zum Geier, sollte ich nicht mehr mit dir schlafen wollen?«

»Das war ein bisschen seltsam, findest du nicht?«

Sie lachte. »Seltsam? Ich wohne in einem Haus voller Vampire. Und ich habe mich in einen Blutsauger verliebt?«

Mary brach ab. *Mist.* Was hatte sie da bloß gesagt?

Eifrig stieß Rhage seinen Oberkörper vom Bett und drehte sich herum, um sie anzusehen. »Wie bitte?«

Das hatte nicht passieren sollen, dachte sie. Weder das Verlieben noch das Ausplaudern.

Doch sie wollte keines von beidem zurücknehmen.

»Ich bin mir nicht ganz sicher«, murmelte sie. »Aber ich glaube, es war etwas in der Art wie ›Ich liebe dich‹. Genau, das war's. Ich … ich liebe dich.«

Wie lahm war das denn? Das konnte sie doch wohl besser.

Mary umfasste sein Gesicht und küsste ihn heftig auf den Mund, dann blickte sie ihm direkt in die Augen.

»Ich liebe dich, Rhage. Wie wahnsinnig.«

Er schlang seine kräftigen Arme um sie und vergrub den Kopf an ihrem Hals. »Ich habe nicht geglaubt, dass du das jemals sagen würdest.«

»Bin ich so unromantisch?«

»Nein. Ich bin so unwürdig.«

Mary zog den Kopf zurück und funkelte ihn streng an. »Das will ich nie wieder hören. Du bist das Beste, was mir jemals passiert ist.«

»Selbst mit der Bestie?«

Bestie? Gut, sie hatte gemerkt, dass da in ihm noch etwas anderes war. Aber eine Bestie? Dennoch wirkte Rhage so besorgt, dass sie ihm den Gefallen tat.

»Ja, selbst mit der Bestie. Aber können wir es das nächste Mal ohne das ganze Metall machen? Ich bin sehr zuversichtlich, dass du mir nichts tun wirst.«

»Ja, ich glaube, wir können die Fesseln lockern.«

Mary zog ihn wieder an ihren Hals und ertappte sich dabei, das Bildnis der Madonna mit Kind zu fixieren.

»Du bist ein merkwürdiges Wunder«, flüsterte sie ihm zu, den Blick auf das Gemälde gerichtet.

»Was?«, kam es gedämpft von ihrem Hals.

»Ach nichts.« Sie küsste ihn auf den blonden Scheitel und blickte lächelnd die Madonna an.

46

Bella atmete tief ein und roch Erde.

Gott, ihr Kopf tat vielleicht weh. Und ihre Knie schmerzten höllisch. Sie waren gegen etwas Hartes gedrückt. Und ihr war kalt.

Sie schlug die Augen auf. Dunkelheit umgab sie, sie konnte nichts erkennen.

Sie versuchte, eine Hand zu heben, doch ihr Ellbogen stieß gegen eine unebene Wand. In ihrem Rücken war ebenfalls eine Wand, und vor ihr und an der Seite auch. Sie tastete in dem engen Raum herum, geriet in Panik. Dann öffnete sie den Mund, so weit sie konnte, doch sie bekam keine Luft. Da war nur der Geruch nach feuchter Erde, verstopft … Nase … sie …

Schrie. Und über ihr regte sich etwas. Ein Licht blendete sie, als sie hochsah.

»Willst du raus?«, fragte eine Männerstimme leise.

Jetzt fiel ihr alles wieder ein: Die Flucht zum Haus über die Wiese, der Kampf mit dem *Lesser,* die Ohnmacht.

Mit einem Ruck wurde sie an einem Brustgeschirr aus einem Rohr in der Erde herausgezogen, wie ihr klar wurde, als sie an die Oberfläche kam. In panischer Angst blickte sie sich um, sie hatte keine Ahnung, wo sie war. Der Raum war nicht besonders groß und die Wände unverputzt. Es gab keine Fenster, nur zwei Oberlichter in der niedrigen

Decke, welche beide mit schwarzem Tuch verhängt waren. Drei nackte Glühbirnen hingen an Drähten herunter. Es roch süßlich, eine Mischung aus frischen Kiefernplanken und dem typischen Talkum-Geruch der *Lesser.*

Als sie einen Edelstahltisch und Dutzende von Messern und Hämmern entdeckte, fing sie so heftig zu zittern an, dass sie einen Hustenanfall bekam.

»Mach dir darum keine Sorgen«, sagte der *Lesser.* »Das ist nicht für dich gedacht, solange du brav bist.«

Seine Hände vergruben sich in ihrem Haar und breiteten es über ihren Schultern aus. »Du wirst dich jetzt duschen und deine Haare waschen. Du wirst sie für mich waschen.«

Er nahm ein Bündel Kleidung und drückte es ihr in die Hand. Es waren ihre eigenen Sachen.

»Wenn du dich gut benimmst, darfst du die anziehen. Aber erst, wenn wir dich saubergemacht haben.« Er schob sie auf eine offene Tür zu. In diesem Augenblick klingelte ein Handy. »In die Dusche. Sofort.«

Zu verstört und verängstigt, um Widerstand zu leisten, taumelte sie in ein noch unfertiges Badezimmer, in dem es keine Toilette gab. Mechanisch schloss sie die Tür ab und drehte mit zitternden Händen das Wasser auf. Als sie herumwirbelte, sah sie, dass der *Lesser* die Tür geöffnet hatte und sie beobachtete.

Er legte die Hand über das Mikrofon des Handys. »Zieh die Klamotten aus. Sofort.«

Sie beäugte die Messer. Magensäure stieg ihre Kehle empor, als sie sich auszog. Als sie fertig war, bedeckte sie sich notdürftig mit den Händen und zitterte.

Der *Lesser* legte auf und warf das Telefon auf den Tisch. »Du versteckst dich nicht vor mir. Lass die Arme fallen.«

Sie wich zurück, benommen den Kopf schüttelnd.

»Runter mit den Händen.«

»Bitte nicht?

Er machte zwei Schritte auf sie zu und verpasste ihr eine Ohrfeige, die sie rückwärts gegen die Wand schleuderte. Dann packte er sie an den Armen.

»Sieh mich an. Sieh mich an!« Seine Augen glitzerten vor Aufregung, als sie gehorchte. »Mein Gott, es tut so gut, dich wiederzuhaben.«

Er schlang die Arme um sie und drückte sie an sich. Sein süßlicher Geruch nahm ihr den Atem.

Butch war eine sagenhafte Eskorte, dachte Mary, als sie die onkologische Abteilung des Saint Francis verließen. Mit seinem schwarzen Wollmantel, dem Humphrey-Bogart-Hut und einer umwerfenden Fliegersonnenbrille sah er aus wie ein sehr eleganter Auftragskiller.

Was auch in etwa stimmte. Sie wusste, dass er bis an die Zähne bewaffnet war, denn Rhage hatte seine Ausrüstung inspiziert, bevor er sie beide aus dem Haus gelassen hatte.

»Brauchst du noch was, bevor wir zurückfahren?«, fragte Butch, als sie draußen waren.

»Nein, danke. Lass uns nach Hause fahren.«

Der Nachmittag war nervenaufreibend und weitgehend ergebnislos gewesen. Dr. Della Croce beriet sich immer noch mit ihren Kollegen und hatte Mary eine Kernspintomografie und eine weitere Untersuchung verordnet. Noch mehr Blut war abgenommen worden, da das Team außerdem noch ein paar Leberfunktionen erneut überprüfen wollte.

Wie sie es hasste, morgen schon wieder kommen und

wieder eine Nacht in Unwissenheit durchstehen zu müssen. Auf dem Weg über den offenen Parkplatz zu dem Mercedes befand sie sich in einem schrecklichen Zustand, gleichzeitig müde und überdreht. Eigentlich musste sie unbedingt ins Bett, aber sie war so nervös, dass an Schlaf einfach nicht zu denken war.

»Oder könnten wir auf dem Heimweg vielleicht bei mir zu Hause vorbeifahren? Ich möchte ein Medikament holen, das ich noch dort habe.« Die schwach dosierten Schlaftabletten wären jetzt genau das Richtige.

»Ich würde eigentlich lieber vermeiden, dorthin zu fahren. Können wir nicht einfach kurz bei einer Apotheke anhalten?«

»Die sind verschreibungspflichtig.«

Er runzelte die Stirn. »In Ordnung. Aber du beeilst dich, und ich komme mit rein.«

Fünfzehn Minuten später hielten sie vor dem Haus. Im goldenen Schein der untergehenden Sonne sah es vollkommen verlassen aus. Laub war vor die Tür geweht, ihre Chrysanthemen waren halb vertrocknet, und auf dem Weg lag ein abgebrochener Ast.

Sie hoffte, dass jeder mögliche Käufer das Haus genauso lieben würde wie sie.

Als sie eintrat, fuhr ein kalter Windstoß durch das Wohnzimmer, und sie stellte fest, dass das Fenster über der Küchenspüle knapp zehn Zentimeter weit offen stand. Vermutlich hatte V es offen gelassen, als er hier an der Alarmanlage gearbeitet hatte. Sorgfältig verschloss sie das Fenster und ging dann nach oben, um das Medikament zu holen.

Bevor sie wieder ging, blieb sie noch einmal an der hinteren Schiebetür zum Garten stehen und blickte hinaus. Der

Pool war mit einer Schicht Blättern bedeckt, die Oberfläche trübe. Die Wiese dahinter war ein See aus wogenden Gräsern – Etwas blitzte drüben in Bellas Haus auf.

Sofort beschlich sie ein ungutes Gefühl. »Butch, hast du was dagegen, wenn wir da drüben mal nach dem Rechten sehen?«

»Unbedingt. Ich muss dich nach Hause bringen.«

Sie schob die Tür auf.

»Mary, das ist gefährlich.«

»Das ist Bellas Haus. Tagsüber sollte sich dort eigentlich überhaupt nichts bewegen. Komm mit.«

»Du kannst sie vom Auto aus anrufen.«

»Das mache ich von hier aus.« Einen Augenblick später legte sie auf und ging zur Tür. »Meldet sich nicht. Ich gehe jetzt rüber.«

»Nein, das wirst du … Mary, warte! Verdammt noch mal, zwing mich nicht, dich über die Schulter zu werfen und hier heraus zu tragen.«

»Wenn du das tust, sage ich Rhage, dass du mich begrapscht hast.«

Butchs Augen flackerten. »O Mann, du bist genauso manipulativ wie er.«

»Nicht ganz, aber ich arbeite daran. Also, kommst du jetzt mit, oder muss ich alleine gehen?«

Er stieß einen saftigen Fluch aus und zog eine Waffe. »Das gefällt mir gar nicht.«

»Ist registriert. Hör mal, wir versichern uns einfach nur, dass es ihr gut geht. Das dauert keine zehn Minuten.«

Sie stapften über die Wiese, und Butch suchte mit finsterem Blick die Umgebung ab. Als sie näher kamen, bemerkten sie, dass Bellas Terrassentür im Wind schwang und die letzten Sonnenstrahlen einfing.

»Bleib in meiner Nähe, klar?«, befahl Butch, während sie über den Rasen gingen.

Wieder klappte die Tür auf.

»Ach du Scheiße«, murmelte er.

Das Messingschloss war zerbrochen und die Scheibe zersplittert.

Vorsichtig traten sie ein.

»O mein Gott«, keuchte Mary.

Stühle lagen in der Küche verstreut, neben zerbrochenen Tellern und Bechern und einer kaputten Lampe. Auf dem Boden waren Brandflecken und eine schwarze, tintenähnliche Substanz zu sehen.

Als sie sich hinhockte, um sich die öligen Flecken näher anzusehen, hielt Butch sie zurück. »Fass das bloß nicht an. Das ist das Blut eines *Lessers.*«

Entsetzt schloss sie die Augen. Diese Kreaturen aus dem Park hatten Bella in ihrer Gewalt.

»Ist ihr Schlafzimmer im Keller?«, erkundigte er sich.

»Das hat sie mir zumindest erzählt.«

Beide rannten sie die Treppe hinunter und fanden die Schlafzimmertür weit offen stehend. Einige der Schubladen ihrer Kommode waren auf den Boden geschleudert worden, und es sah aus, als fehlte einiges an Kleidung. Was eigentlich nicht besonders viel Sinn ergab.

Auf dem Weg zurück in die Küche klappte Butch sein Handy auf.

»V? Es gab einen Einbruch. Bei Bella.« Er blickte auf die schwarzen Flecken auf einem kaputten Stuhl. »Sie hat sich offenbar heftig gewehrt. Aber ich glaube, die *Lesser* haben sie geschnappt.«

Während Rhage sich seine Lederkluft anzog, klemmte er das Handy zwischen Schulter und Ohr. »Bulle? Lass mich mit Mary sprechen.«

Er hörte ein Rascheln, dann: »Hallo? Rhage?«

»Hey, meine Süße. Alles okay bei dir?«

»Mir geht's gut.« Ihre Stimme zitterte zwar, aber er war höllisch erleichtert, sie zu hören.

»Ich werde dich abholen.« Er schnappte sich ein Brusthalfter und zog gleichzeitig seine Stiefel an. »Die Sonne geht gerade unter, ich bin also gleich da.«

Er wollte sie zu Hause und in Sicherheit wissen. Während er und die Brüder sich diese Arschlöcher schnappten.

»Lieber Himmel, Rhage. Was werden sie mit ihr machen?«

»Ich weiß es nicht.« Was gelogen war. Er wusste ganz genau, was sie mit Bella machen würden. Gott steh ihr bei. »Hör mal, ich weiß, dass du dir Sorgen um sie machst. Aber im Augenblick musst du dich auf dich selbst konzentrieren. Du weichst Butch nicht von der Seite, ja?«

Er würde sich dematerialisieren, das ging schneller, als wenn Butch sie mit dem Auto nach Hause fuhr. Bis dahin aber war sie schutzlos.

Erst als er die Dolche in das Halfter gesteckt hatte, fiel ihm auf, dass am anderen Ende der Leitung Stille herrschte. »Mary? Hast du gehört, was ich gesagt habe? Denk an dich selbst. Bleib in Butchs Nähe.«

»Ich stehe direkt neben ihm.«

»Gut. Bleib da. Und mach dir keine Sorgen, so oder so werden wir Bella zurückholen. Ich liebe dich.« Er legte auf und streifte sich den schweren Trenchcoat über.

Als er in die Halle rannte, traf er dort auf Phury, der ebenfalls in Leder und voll bewaffnet die Treppe hinunterkam.

»Was zum Teufel ist hier los?« Zsadist lief den Flur entlang. »Ich hab eine völlig hysterische Nachricht von V bekommen, irgendwas mit einer Frau?«

»Bella wurde von den *Lessern* entführt«, erklärte Rhage und überprüfte seine Glock.

Ein eiskalter Windstoß wehte von Z herüber. *»Was hast du gerade gesagt?«*

Rhage runzelte die Stirn ob der heftigen Reaktion des Bruders. »Bella. Marys Freundin.«

»Wann?«

»Wissen wir nicht. Butch und Mary sind gerade in ihrem Haus.«

Aber Zsadist war bereits verschwunden.

Rhage und Phury folgten ihm auf dem Fuße und dematerialisierten sich zu Bellas Haus. Alle drei rannten zusammen die Stufen zur Eingangstür hinauf.

Mary war in der Küche bei Butch, der gerade etwas auf dem Fußboden untersuchte. Rhage kam donnernd angelaufen und drückte sie an sich.

»Ich bringe dich nach Hause«, murmelte er in ihr Haar.

»Der Mercedes steht vor ihrem Haus«, sagte Butch, als er sich aus der Hocke erhob. Er warf Rhage einen Schlüsselbund zu.

Fluchend stellte Phury einen Stuhl auf. »Was wissen wir bereits?«

Der Cop schüttelte den Kopf. »Ich gehe davon aus, dass sie sie lebend mitgenommen haben. Hier, diese versengten Streifen im Boden deuten darauf hin, dass da eine Blutspur war, die verbrannt ist, als Sonnenstrahlen darauf gefallen sind.«

Noch bevor Butch abrupt innehielt und einen Blick auf

Mary warf, zog Rhage sie zur Tür. Die abscheulichen Details musste sie jetzt wirklich nicht hören.

Dann fuhr der Polizist fort. »Außerdem nützt sie ihnen tot nichts … Zsadist? Alles in Ordnung?«

Im Vorbeigehen blickte Rhage Zsadist über die Schulter hinweg an.

Zsadist zitterte vor Zorn wie Espenlaub, sein Gesicht zuckte unter dem linken Auge um die Narbe herum. Er sah aus, als würde er gleich explodieren; es war schwer zu glauben, dass die Entführung einer Frau ihn so mitnehmen konnte.

Rhage blieb stehen. »Zsadist, was ist denn los?«

Der Bruder wandte sich ab, als wollte er nicht angesehen werden, dann beugte er sich näher zu dem Fenster, vor dem er stand. Mit einem leisen Knurren dematerialisierte er sich.

Rhage blickte nach draußen. Alles, was er sehen konnte, war Marys Haus jenseits der Wiese.

»Lass uns abhauen«, sagte er zu ihr. »Du musst hier raus.«

Sie nickte, und er führte sie mit festem Griff am Arm zur Tür. Keiner von beiden sagte etwas, während sie eilig durch das Gras liefen.

Gerade als sie Marys Garten erreichten, hörten sie Glas zersplittern.

Etwas – jemand – wurde aus Marys Haus geworfen. Direkt durch die Schiebetür.

Als der Körper auf der Terrasse aufschlug, sprang Zsadist durch das Loch in der Scheibe hinterher, die Fänge gefletscht, das Gesicht voll Angriffslust. Er stürzte sich auf den *Lesser,* packte ihn an den Haaren und hob ihn daran vom Boden auf.

»Wo ist sie?«, zischte der Bruder. Als das Wesen nicht antwortete, hielt er ihn näher an sich heran und biss ihn in die Schulter, durch die Lederjacke. Der Jäger jaulte vor Schmerz auf.

Rhage raste mit Mary um das Haus herum, nur um dort zwei weiteren *Lessern* in die Arme zu laufen. Er schob seine Frau mit Gewalt hinter sich, um sie mit seinem Körper abzuschirmen, während er nach seiner Waffe tastete. Gerade als er sich in Schießposition gebracht hatte, ertönten knallende Geräusche rechts von ihm. Kugeln schwirrten ihm am Ohr vorbei, schlugen im Haus ein und trafen ihn in den Arm und den Oberschenkel und …

Noch nie war er so froh gewesen, dass die Bestie zum Vorschein kam. Mit einem Brüllen warf er sich in den Strudel, begrüßte die Verwandlung, genoss den heißen Blitz und die Explosion seiner Muskeln und Knochen.

Als eine Hitzewelle aus Rhage hervorbrach, wurde Mary gegen die Hauswand geschleudert. Ihr Kopf fiel nach hinten und knallte gegen die Schindeln. Dann glitt sie zu Boden. Nur vage nahm sie wahr, wie eine riesenhafte Gestalt Rhages Platz einnahm.

Sie hörte noch mehr Schüsse, Schreie, ein ohrenbetäubendes Gebrüll. Mühsam kroch sie weg und versteckte sich hinter einem Wacholderbusch. Da schaltete jemand das Außenlicht an.

Oh Gott.

Die Tätowierung war zum Leben erwacht: eine drachenartige Kreatur, von Kopf bis Fuß von schillernden, lilafarbenen und hellgrünen Schuppen bedeckt. Das Wesen hatte einen mit Stacheln bewehrten, mächtigen Schwanz, lange gelbe Klauen und eine wilde schwarze Mähne. Das Gesicht konnte sie nicht sehen, doch die Geräusche, die es von sich gab, ließen ihr das Blut in den Adern gefrieren.

Und die Bestie war tödlich; sie machte kurzen Prozess mit den *Lessern.*

Sie hielt sich die Arme vor die Augen, das konnte sie nicht mit ansehen. Inständig flehte sie, dass die Bestie sie nicht bemerken würde, und wenn doch, dass sie sie erkennen würde.

Mehr Gebrüll ertönte. Noch ein Schrei. Dann ein furchtbares knirschendes Knacken.

Hinter dem Haus prasselten Schüsse.

Jemand schrie: »Zsadist! Hör auf! Wir brauchen sie lebendig!«

Der Kampf ging weiter und weiter und dauerte doch wahrscheinlich nur fünf oder zehn Minuten. Dann hörte Mary nur noch Atmen. Zweimal kurz ein, einmal lang aus.

Sie blickte auf. Das Ungeheuer beugte sich über den Busch, hinter dem sie kauerte, den reglosen weißen Blick auf sie gerichtet. Das Gesicht war riesig, die Kiefer präsentierten ein Gebiss wie das eines Hais, die Mähne fiel ihm über die breite Stirn. Schwarzes Blut rann ihm über die Brust.

»Wo ist sie? Wo ist Mary?« Vs Stimme kam um die Ecke. »Mary? Ach du Scheiße.«

Der Kopf der Bestie schwang herum, als Vishous und Zsadist abrupt stehen blieben.

»Ich lenke ihn ab«, sagte Zsadist. »Und du bringst sie in Sicherheit.«

Die Bestie drehte sich zu den Brüdern um und ging in Angriffsstellung, Klauen erhoben, Kopf nach vorn gebeugt, Schwanz hin und her peitschend. Seine Muskeln bebten.

Zsadist kam immer näher, während V sich vorsichtig zu der Kreatur hin schob.

Die Bestie knurrte und klappte die Kiefer aufeinander.

Fluchend sprach Z sie an. »Ach ja? Was wirst du mir wohl antun, was nicht schon ein anderer gemacht hat?«

Mary sprang auf die Füße. »Zsadist! Nicht!«

Ihre Stimme ließ unvermittelt die ganze Szenerie erstarren: Zsadist in Vorwärtsbewegung, die Bestie sprungbereit, V gebückt zu ihr schleichend. Alle drei sahen Mary den Bruchteil einer Sekunde lang an.

»Haut ab, ihr zwei!«, zischte sie. »Sonst wird noch jemand verletzt. Ihr macht ihn wütend.«

»Mary, wir müssen dich vor ihm in Sicherheit bringen.« V versuchte es mit Vernunft, die geradezu lächerlich deplatziert wirkte.

»Mir wird er nichts tun, aber er reißt gleich einen von euch beiden in Stücke. Weg da!«

Niemand hörte auf sie.

»Lieber Gott, verschone mich mit Helden«, murmelte sie. »Haut gefälligst ab, verflucht noch mal!«

Das kam an. Die beiden Brüder blieben stocksteif stehen. Und das Untier blickte über die Schulter.

»Hey.« Sie trat hinter dem Busch hervor. »Ich bin's. Mary.«

Der große Drachenkopf schwang auf und ab, die Mähne flog umher. Der massige Körper wandte sich halb zu ihr.

Die Bestie war wunderschön, dachte sie. Schön in der Art, wie eine Kobra schön war; die Hässlichkeit wurde von den anmutigen, geschmeidigen Bewegungen und einer raubtierhaften Intelligenz überschattet, die man bewundern musste.

»Du bist wirklich riesig, weißt du das?« Sie sprach absichtlich leise, während sie sich langsam näherte. Sie versuchte sich zu erinnern, was Rhage gerne von ihr hörte. »Und du hast das wirklich großartig gemacht, wie du mir diese *Lesser* vom Hals gehalten hast. Danke.«

Als sie direkt neben der Bestie stand, öffnete sie das Maul und brüllte laut in den Himmel, ohne die Augen von ihr abzuwenden. Ganz plötzlich senkte sich der große Kopf, als wollte er angefasst werden. Sie strich mit der Hand über die glatten Schuppen, spürte Spannkraft in dem starken Hals und den Schultern.

»Aus der Nähe bist du wirklich irrsinnig Furcht einflößend. Aber du fühlst dich gut an. Ich hätte nicht gedacht, dass deine Haut so warm ist.«

Die weißen Augen flackerten und verengten sich, die Lippen verzogen sich zu einem Fletschen.

»Sag bloß nicht, dass jemand näher kommt«, sprach sie weiter, ohne den Tonfall zu ändern oder zur Seite zu blicken. Ihr Blick blieb weiter auf das riesige Gesicht geheftet.

»Butch, bleib hier, Mann«, murmelte V. »Sie beruhigt ihn gerade.«

Die Bestie knurrte tief im Rachen.

»Ach komm, kümmere dich nicht um sie«, sagte Mary. »Die werden weder dir noch mir was tun. Außerdem hast du doch heute schon genug gehabt, oder?«

Die Bestie stieß einen tiefen Seufzer aus.

»Ja, du bist hier fertig«, murmelte sie und kraulte ihn unter der Mähne. Harte Muskelstränge verliefen in dicken Strängen unter der Haut. Die Bestie bestand aus keinem Gramm Fett, nur aus purer Kraft.

Wieder beäugte die Kreatur die Vampire.

»Ehrlich, über die müssen wir uns keine Sorgen machen. Du kannst hier einfach bei mir stehen bleiben und …«

Ohne jede Vorwarnung wirbelte die Bestie herum und warf sie dabei mit dem Schwanz zu Boden. Sie machte einen hohen Satz auf das Haus zu und krachte mit dem Oberkörper durch ein Fenster.

Ein *Lesser* wurde in die Nacht herausgezerrt. Das empörte Brüllen erstarb, als die Kreatur sich den bleichen Mann zwischen die Kiefer steckte.

Mary krümmte sich zu einer Kugel zusammen, um sich vor den Stacheln auf dem Schwanz zu schützen. Sie hielt sich die Ohren zu und kniff die Augen zusammen, um die schmatzenden Geräusche und den furchtbaren Anblick zu vermeiden.

Einen Augenblick später spürte sie ein Stupsen. Die Bestie stieß sie mit der Nase an.

Sie richtete sich auf und sah in die weißen Augen. »Mir geht es gut. Aber an deinen Tischmanieren müssen wir noch arbeiten.«

Die Kreatur schnurrte und legte sich flach auf den Boden, den Kopf auf ihre Schienbeine gebettet. Dann gab es einen hellen Lichtblitz, und Rhage erschien in derselben Position. Über und über mit schwarzem Blut verschmiert, zitternd vor Kälte.

Sie zog ihre Jacke aus, als die Brüder angerannt kamen. Jeder der Männer zog ebenfalls seine Jacke aus und deckte Rhage damit zu.

»Mary?«, krächzte er.

»Ich bin ja hier. Allen geht es gut. Ihr beide habt mich gerettet.«

47

Wenn er es nicht mit eigenen Augen gesehen hätte – Butch hätte es nicht geglaubt. Mary hatte die wütende Bestie in ein Schoßhündchen verwandelt.

Diese Frau war wirklich etwas Besonderes. Und Mut hatte sie auch. Nachdem die hässliche Kreatur vor ihren Augen die ganzen Vampirjäger aufgefressen hatte, spazierte sie einfach zu ihr und streichelte das Vieh. Den Mumm hätte er mit Sicherheit nicht gehabt.

Mary blickte von Rhage auf. »Helft ihr mir, ihn ins Auto zu schaffen?«

Sofort kam Butch zu ihr und nahm Rhages Beine, V und Zsadist hoben jeder einen Arm hoch. Dann trugen sie ihn zum Mercedes und hievten ihn auf den Rücksitz.

»Ich kann ihn nicht nach Hause fahren«, sagte Mary. »Ich kenne den Weg nicht.«

V ging zur Fahrertür. »Ich fahre euch. Bulle, ich bin in zwanzig Minuten zurück.«

»Seid vorsichtig mit ihm«, murmelte Butch. Als er sich umdrehte, starrten Phury und Tohr, die inzwischen eingetroffen waren, ihn genauso erwartungsvoll an, wie er es von früher gewohnt war. Ohne es überhaupt bemerkt zu haben, war er zurück im Reich der Mordkommission, mitten in seinem Element, und er übernahm willig das Kommando.

»Was wir bisher haben, ist Folgendes.« Er führte die beiden hinter Marys Haus und deutete auf einige schwarze Flecken auf dem Boden. »Seht ihr diese verbrannten Stellen auf der Erde? Bella wurde von dem *Lesser* mitgenommen und über das Feld von ihrem Haus hierher getragen. Sie hat geblutet, und als die Sonne herauskam, verbrannte die Blutspur und hinterließ diese Flecken. Und warum musste er sie über die Wiese schaffen? Ich glaube, der Jäger war eigentlich wegen Mary hier und ist nur zufällig auf Bella gestoßen. Vermutlich ist sie vor ihm weggelaufen, und er musste sie dann wieder hierher zurückbringen, weil sein Auto hier stand. Folgt mir, Jungs.«

Sie gingen um das Haus herum und die Straße hinunter, wo ein Ford Explorer geparkt war.

»Bella haben sie nur aus Versehen mitgenommen, was aber für sie ein Glücksfall war. Heute Nacht kamen sie zurück, um die Sache zu Ende zu bringen und Mary zu holen. V muss später unbedingt das Kennzeichen des Wagens überprüfen.« Butch blickte in den Himmel. Winzige Schneeflocken schwebten herab. »Der Mist hier versaut uns die Spuren am Tatort, aber ich glaube, wir wissen das Wesentliche schon. Ich durchsuche den Wagen hier, ihr kümmert euch um die Überreste der *Lesser*. Ich brauche euch ja wohl nicht extra aufzufordern, ihnen die Brieftaschen, BlackBerrys und Handys abzunehmen. Gebt alles V, wenn er zurück ist, er nimmt den Kram dann mit in die Höhle. Und keines der beiden Häuser darf betreten werden, bis ich nicht mit der Spurensuche fertig bin.«

Während die Brüder sich an die Arbeit machten, durchsuchte Butch den Explorer mit einem feinen Kamm. In der Zwischenzeit schickten die Vampire die restlichen Leichen der *Lesser* in den Äther.

»Der Wagen ist blitzblank, aber angemeldet ist er auf

einen Kerl namens Ustead.« Er gab Phury den Fahrzeugschein. »Wahrscheinlich ein falscher Name, aber könnte einer von euch die Adresse trotzdem mal checken? Ich geh noch mal zu Bellas Haus und erledige dort den Rest.«

Tohr sah auf die Uhr. »Wir fahren zu der Wohnung dieses Ustead, dann werden wir unsere übliche Tour machen. Oder brauchst du unsere Hilfe noch?«

»Nein, ich sollte besser allein weitermachen.«

Der Bruder zögerte. »Wie wär's mit etwas Deckung, Bulle? Es könnten noch weitere *Lesser* auftauchen. Von denen hier ist zwar keiner entkommen, aber wenn die Jungs nicht zum Appell erscheinen, könnten ihre Kumpels misstrauisch werden.«

»Ich kann auf mich selbst aufpassen.« Er zog seine Waffe. »Aber ich habe meine komplette Munition verschossen. Hat einer von euch noch was bei sich?«

Phury hielt ihm eine Beretta hin. »Nimm einfach die.«

Und Tohr wollte nicht gehen, bevor Butch nicht auch noch eine seiner Glocks angenommen hatte.

Eine Waffe im Halfter, die andere in der Hand trabte Butch über die Wiese. Sein Körper war in Topform, weshalb er unterwegs kaum ins Schwitzen kam, und sein Verstand so klar wie die Nachtluft. Im Geist zählte er auf, was er noch alles erledigen musste, und wälzte Theorien, wohin Bella gebracht worden sein könnte.

Als er sich dem Haus von hinten näherte, nahm er eine flüchtige Bewegung im Inneren wahr. Sofort presste er sich flach an die Wand neben der aufgebrochenen Terrassentür und entsicherte die Beretta. Aus der Küche hörte man das Knirschen von Glas, und ein Geräusch wie Popcorn in der Pfanne. Jemand lief da herum. Ein großer Jemand.

Butch wartete, bis er näher kam; dann sprang er blitzschnell in den Türrahmen und zielte mit der Waffe auf Brusthöhe.

»Ich bin's bloß, Bulle«, murmelte Z.

Butch richtete den Lauf zur Decke. »Verdammt, ich hätte dich erschießen können.«

Aber Z schien es nicht zu kümmern, dass er sich beinahe eine Kugel eingefangen hätte. Ungerührt bückte er sich und wühlte mit der Fingerspitze in einigen Scherben.

Butch zog die Jacke aus und krempelte die Ärmel hoch. Er würde Z nicht auffordern, zu gehen. Ein Streit mit ihm wäre völlig sinnlos, und außerdem benahm sich der Bruder vollkommen seltsam. Als stünde er unter Schock. Seine tödliche Ruhe war absolut unheimlich.

Z hob etwas vom Fußboden auf.

»Was ist das?«, fragte Butch.

»Nichts.«

»Versuch bitte, den Tatort nicht zu verändern, ja?«

Butch sah sich um und fluchte innerlich. Er wollte seinen alten Partner von der Truppe, José. Er wollte das gesamte Team von der Mordkommission. Er wollte die Kriminaltechniker im Labor.

Er gestattete sich ein paar Sekunden finsterster Frustration, dann machte er sich an die Arbeit. Angefangen bei der Terrassentür nahm er sich jeden Zentimeter des Hauses vor. Er würde seine Sache gründlich machen, und wenn es die ganze Nacht dauerte.

Mary brachte eine weitere Runde Alka Seltzer aus dem Badezimmer. Rhage lag auf dem Bett, er atmete schwer und war mehr als etwas blass um die Nase.

Als er das Glas ausgetrunken hatte, sah er sie an. Seine

Miene wurde angespannt, und die Augen bekamen einen argwöhnischen, besorgten Ausdruck.

»Mary, ich wünschte, du hättest das alles nicht mit ansehen müssen.«

»Sch-sch. Jetzt ruh dich erst mal aus. Später ist noch genug Zeit zum Reden.«

Sie zog sich aus und schlüpfte neben ihm unter die Decke. Sobald sie die Matratze berührte, wickelte er sich um sie herum wie eine lebendige Decke.

Als sie so neben ihm lag, sicher und beschützt, musste sie an Bella denken.

Marys Brust zog sich zusammen. Hätte sie an Gott geglaubt, dann hätte sie jetzt gebetet. Stattdessen hoffte sie einfach mit aller Kraft, dass Bella nichts geschehen würde.

Irgendwann kam der Schlaf. Bis Stunden später Rhage einen mächtigen Schrei ausstieß.

»Mary! Mary, renn weg!«

Er schlug wild mit den Armen um sich. Mit einem Satz warf sie sich auf seine Brust, hielt ihn fest und sprach mit ihm. Als sie ihn so nicht beruhigen konnte, legte sie sich seine Hände aufs Gesicht.

»Alles in Ordnung. Ich bin hier.«

»Gott sei Dank … Mary.« Er streichelte ihre Wangen. »Ich kann nicht besonders gut sehen.«

Im Kerzenlicht blickte sie ihm in die flackernden Augen.

»Wie lange dauert es normalerweise, bis du dich erholt hast?«, fragte sie.

»Ein oder zwei Tage.« Er runzelte die Stirn und streckte die Beine aus. »Ich bin gar nicht so steif wie sonst. Mein Magen ist eine Katastrophe, aber die Schmerzen sind nicht so schlimm. Normalerweise, wenn ich mich verwandle …«

Erschrocken stockte er mitten im Satz. Dann lockerte

er seine Umarmung, als wollte er nicht, dass sie sich bedrängt fühlte.

»Keine Sorge«, murmelte sie. »Ich habe keine Angst vor dir, obwohl ich weiß, was in dir wohnt.«

»Verdammt, Mary … du hättest das niemals sehen sollen.« Er schüttelte den Kopf. »Es ist einfach furchtbar. Die ganze Sache ist so furchtbar.«

»Da bin ich mir gar nicht so sicher. Ich war sogar ganz nah bei der Bestie. Ich war so nah, wie ich dir jetzt bin.«

Rhage schloss die Augen. »Das hättest du nicht tun sollen, Mary.«

»Sonst hätte das Vieh V und Zsadist gefressen. Und zwar buchstäblich. Aber keine Sorge, deine Bestie und ich, wir kommen prima miteinander klar.«

»Tu das nie wieder.«

»Und ob ich das wieder tun werde. Du kannst es nicht kontrollieren. Die Brüder können damit nicht umgehen. Aber die Kreatur hört auf mich. Ob's dir passt oder nicht: ihr beide braucht mich.«

»Aber ist sie nicht … abstoßend?«

»Nein. Für mich nicht.« Sie drückte ihm einen Kuss auf die Brust. »Sie ist Furcht einflößend und erschreckend und mächtig und Ehrfurcht gebietend. Und wenn jemals jemand versuchen sollte, mir etwas zu tun, würde sie ganze Stadtviertel auslöschen. Da muss man sich doch einfach geschmeichelt fühlen. Außerdem bin ich ehrlich dankbar dafür, was die Bestie alles kann, seit ich diese *Lesser* in Aktion gesehen habe. Jetzt fühle ich mich absolut sicher. Mit dir und dem Drachen zusammen muss ich keine Angst haben – vor gar nichts.«

Als sie ihn lächelnd ansah, blinzelte Rhage hektisch.

»O Rhage … ist ja gut. Nicht …«

»Ich dachte, wenn du wüsstest, wie die Bestie aussieht«,

begann er heiser, »könntest du mein eigentliches Ich nicht mehr sehen. Ich habe geglaubt, dass du dann immer nur ein abstoßendes Monster vor Augen hättest.«

Sie küsste ihn und wischte ihm eine Träne von der Wange. »Das ist ein Teil von dir, aber das macht doch nicht dein ganzes Wesen aus. Und ich liebe dich. Mit oder ohne das Vieh.«

Er zog sie fest an sich und verbarg seinen Kopf in ihrer Halsbeuge. Als er tief aufseufzte, fragte sie: »Wurdest du damit geboren?«

»Nein. Es war eine Bestrafung.«

»Für was?«

»Ich habe einen Vogel getötet.«

Ungläubig sah Mary ihn an. Das klang ein bisschen unverhältnismäßig.

»Ich habe weit mehr als das angestellt, aber den Vogel zu töten hat das Fass zum Überlaufen gebracht«, ergänzte er und strich ihre Haare glatt.

»Willst du es mir nicht erzählen?«

Lange schwieg er. »Als ich jung war, kurz nach meiner Transition, war ich … nicht zu bändigen. Ich hatte plötzlich so viel Energie, so viel Kraft, und ich konnte damit nicht richtig umgehen. Ich war nicht böse, glaube ich, nur … dumm. Ein furchtbarer Angeber. Ich hab ständig Streit gesucht. Und mit vielen Frauen geschlafen, Frauen, die eigentlich tabu hätten sein müssen, weil sie die *Shellans* von anderen Vampiren waren. Ich habe es nie gemacht, um ihren *Hellrens* eins auszuwischen, aber ich nahm, was mir angeboten wurde. Nicht nur bei den Frauen. Ich nahm … alles, was sich mir bot. Ich trank, ich rauchte Opium, wurde süchtig nach Laudanum … ich bin froh, dass du mich damals nicht gekannt hast.«

»Das ging zwanzig, dreißig Jahre so. Ich war ein Pulverfass, jeden Moment hätte ich hochgehen können. Und natürlich hab ich eine Frau kennengelernt. Ich begehrte sie, aber sie hielt mich auf Abstand. Je mehr sie mir auswich, desto mehr wollte ich sie haben. Aber erst als ich in die Bruderschaft aufgenommen wurde, wurde sie zugänglicher. Waffen turnten sie an. Krieger turnten sie an. Sie wollte nur mit Brüdern zusammen sein. Eines Nachts nahm ich sie mit in den Wald und zeigte ihr meine Dolche und meine Schießeisen. Sie spielte mit meinem Gewehr. Gott, ich weiß noch genau, wie das Gerät in ihrer Hand aussah, es war eines dieser Steinschlossgewehre, wie sie im neunzehnten Jahrhundert hergestellt wurden.«

Im neunzehnten Jahrhundert? *Um Himmels willen, wie alt ist er denn?*, überlegte Mary.

»Jedenfalls ging das Ding in ihrer Hand los, und ich hörte etwas auf dem Boden aufschlagen. Es war eine Schleiereule. Eine dieser wunderschönen weißen Schleiereulen. Ich sehe immer noch die roten Flecken vor mir, als das Blut durch die Federn sickerte. Als ich den Vogel aufhob und das zarte Gewicht in meinen Händen spürte, begriff ich, dass Leichtsinn auch eine Form von Grausamkeit ist. Weißt du, ich hatte mir immer eingeredet, dass alles, was geschah, nicht meine Schuld war, solange ich keine bösen Absichten hatte. In jenem Augenblick aber verstand ich, dass das nicht stimmte. Hätte ich der Frau nicht mein Gewehr gegeben, wäre der Vogel nicht erschossen worden. Ich war dafür verantwortlich, auch wenn ich nicht selbst den Abzug gedrückt hatte.«

Er räusperte sich. »Die Eule war so ein unschuldiges Wesen. So zerbrechlich und klein im Vergleich zu mir. Sie blutete und starb vor meinen Augen. Ich fühlte mich schrecklich und überlegte gerade, wo ich das Tier begraben sollte, da kam die Jungfrau der Schrift zu mir. Sie tobte. Wirklich, sie tobte. Zum einen liebt sie Vögel, und die Schleiereule ist ihr heiliges Symbol. Aber natürlich ging es nur zum Teil um den Tod dieses Tiers. Sie nahm mir den Vogel aus den Händen, hauchte ihm wieder Leben ein und schickte ihn in den Nachthimmel. Es war eine solche Erleichterung, ihn davonfliegen zu sehen. Wie ein Neuanfang. Ich war frei, gereinigt. Doch dann wandte sich die Jungfrau der Schrift mir zu. Sie verfluchte mich, und seither bricht jedes Mal, wenn ich die Beherrschung verliere, die Bestie aus mir hervor. Eigentlich ist es eine perfekte Strafe für mich. Sie hat mir beigebracht, meine Energie zu kanalisieren, und meine Stimmungen. Sie hat mir beigebracht, die Konsequenzen meiner Handlungen zu respektieren. Und hat mir geholfen, die Kraft in meinem Körper auf eine Art und Weise zu begreifen, die sonst niemals möglich gewesen wäre.«

Er lachte kurz auf. »Die Jungfrau der Schrift hasst mich, aber sie hat mir auch einen großen Gefallen getan. Wie dem auch sei … so ist das alles gekommen. Ich habe einen Vogel getötet und dafür die Bestie bekommen. Einerseits ganz einfach und andererseits ziemlich kompliziert, was?«

Rhages Brustkorb dehnte sich weit aus, als er tief Luft holte. Sie konnte seine Reue so deutlich spüren, als wäre es ihre eigene.

»Einerseits, andererseits«, murmelte sie und streichelte seine Schulter.

»Die gute Nachricht ist, dass es in ungefähr einundneunzig Jahren vorbei ist.« Er runzelte die Stirn, als stellte er sich das bildlich vor. »Dann ist die Bestie weg.«

Seltsamerweise wirkte er etwas besorgt.

»Du wirst sie vermissen, stimmt's?«

»Nein. Nein, ich … werde erleichtert sein. Wirklich.«

Aber seine Stirn wollte sich nicht wieder glätten.

48

Gegen neun Uhr am nächsten Morgen räkelte Rhage sich im Bett und stellte erstaunt fest, dass er wieder ganz der Alte war. Noch nie hatte er sich so schnell erholt; er hatte das Gefühl, es lag daran, dass er sich nicht gegen die Verwandlung gewehrt hatte. Vielleicht war das der Trick: das Spiel einfach mitzuspielen.

Mary kam mit einem Berg von Handtüchern aus dem Badezimmer und trug sie in die Wäschetonne. Sie wirkte müde und niedergeschlagen. Was kein Wunder war. Sie hatten den Großteil des Morgens damit verbracht, über Bella zu sprechen. Und obwohl er sich alle Mühe gegeben hatte, sie zu beruhigen, wussten sie doch beide, dass die Lage ernst war.

Und dann gab es noch einen Grund zur Sorge.

»Ich möchte heute mit zum Arzt kommen«, sagte er.

Sie steckte den Kopf herein. »Du bist ja wach.«

»Ja. Und ich möchte mit dir kommen.«

Sie kam zum Bett herüber, auf dem Gesicht diesen verkniffenen Ausdruck, den sie immer hatte, wenn sie widersprechen wollte.

Das nahe liegendste Argument entkräftete er sofort. »Verschieb den Termin einfach auf später. Die Sonne geht jetzt schon um halb sechs unter.«

»Rhage?«

Die Anspannung ließ seine Stimme hart klingen. »Mach es einfach.«

Sie stützte die Hände in die Hüften. »Ich lasse mich nicht gern von dir herumkommandieren.«

»Dann will ich es mal anders formulieren: Bitte verschieb den Termin.« Aber der Tonfall wurde keine Spur weicher. Wenn sie erfuhr, was los war, würde er an ihrer Seite sein.

Leise fluchend griff sie nach dem Telefon. Als sie wieder auflegte, schien sie überrascht. »Äh, ich … also wir können uns heute um sechs mit Dr. Della Croce treffen.«

»Sehr gut. Und es tut mir leid, wenn ich unhöflich war. Aber ich muss einfach bei dem Termin dabei sein. Ich möchte ein Teil deines Lebens sein, so gut es geht.«

Sie schüttelte den Kopf und bückte sich, um ein Hemd aufzuheben. »Du bist wirklich der süßeste Raufbold, den ich jemals getroffen habe.«

Als er ihr beim Aufräumen zusah, fühlte er, wie er hart wurde.

Die Bestie in ihm regte sich auch, aber die Empfindung strahlte eine merkwürdige Ruhe aus. Kein Energieschub, einfach nur ein stilles Brennen, als sei die Kreatur zufrieden, seinen Körper mit ihm zu teilen, statt ihn zu übernehmen. Ein Miteinander statt einer Unterwerfung.

Vermutlich weil das Vieh wusste, dass der einzige Weg, mit Mary zusammen zu sein, durch Rhages Leib führte.

Doch sie lief weiter im Zimmer herum und hob Dinge vom Boden auf. »Was ist denn los?«

»Ich sehe dich an.«

Sie lachte und strich sich die Haare zurück. »Dann geht es deinen Augen wohl wieder besser.«

»Unter anderem. Komm her, Mary. Ich will dich küssen.«

»Na klar. Du glaubst wohl, du kannst dein schlechtes Benehmen mit Körpereinsatz wieder gutmachen.«

»Mir ist jedes Mittel recht.«

Er warf die Decke von sich und fuhr sich mit der Hand langsam über die Brust bis hinunter zum Bauch. Tiefer. Ihre Augen weiteten sich, als er seine schwere Erektion umfasste. Kaum begann er, sich selbst zu streicheln, da erblühte der Duft ihrer Erregung im Raum wie eine Blumenwiese.

»Komm zu mir, Mary.« Er bewegte seine Hüften. »Ich weiß nicht genau, ob ich das hier richtig mache. Es fühlt sich so viel besser an, wenn du mich berührst,« sagte er mit einem trägen Grinsen.

»Du bist einfach unverbesserlich.«

»Ich möchte nur ein bisschen fachkundige Unterweisung.«

»Als ob du die bräuchtest«, murmelte sie und zog ihren Pulli aus.

Sie liebten sich bedächtig und sanft. Doch als er sie hinterher im Arm hielt, konnte er nicht einschlafen. Und sie auch nicht.

Später an jenem Tag versuchte Mary, gleichmäßig zu atmen, als sie mit dem Aufzug in den sechsten Stock des Saint Francis fuhren. Abends war es im Ärztehaus ruhiger, aber es waren immer noch einige Patienten unterwegs.

Die Frau am Empfang ließ sie hinein; dann zog sie sich einen kirschroten Mantel an und ging nach Hause. Sie verschloss die Tür hinter sich. Fünf Minuten später kam Dr. Della Croce ins Wartezimmer.

Beinahe gelang es ihr, das Erstaunen über Rhages Anblick zu verbergen. Obwohl er eine ganz normale Stoffhose und einen schwarzen Strickpulli trug, war der Ledertrenchcoat über den breiten Schultern doch Aufsehen erregend.

Und Rhage war eben … Rhage. Überwältigend schön.

Die Ärztin lächelte. »Hallo, Mary, kommen Sie in mein Sprechzimmer? Oder gehören sie beide zusammen?«

»Ja. Das ist Rhage. Mein …«

»Partner«, sagte er laut und deutlich.

Dr. Della Croces Augenbrauen hoben sich, und Mary musste trotz ihrer Nervosität lächeln.

Zu dritt gingen sie den Flur hinunter, an den Behandlungsräumen und den Waagen in den kleinen Nischen und den Computertischen vorbei. Es gab keinen Smalltalk. Kein Geplauder über das Wetter, oder wie bald doch Weihnachten vor der Tür stand. Die Ärztin wusste, dass Mary diese Art von Konversation hasste.

Und auch Rhage hatte das gleich bei ihrem allerersten Treffen im Restaurant bemerkt. Wer hätte damals gedacht, dass sie eines Tages zusammen hier sitzen würden?

Das Sprechzimmer war übersät mit Papierstapeln, Akten und Büchern. Zeugnisse aus Harvard und Stanford hingen an der Wand, doch was Mary immer als besonders beruhigend empfunden hatte, waren die üppig blühenden Usambaraveilchen auf der Fensterbank.

Sie und Rhage setzten sich, und die Ärztin ging hinter ihren Schreibtisch.

Noch bevor sie sich auf ihrem Stuhl niedergelassen hatte, fragte Mary: »Also, was geben Sie mir, und wie viel kann ich vertragen?«

Dr. Della Croces Blick wanderte über all die Krankenblätter und die Stifte und die Klarsichthüllen und das Telefon.

»Ich habe mit meinen Kollegen gesprochen und noch mit zwei weiteren Spezialisten. Wir haben Ihre Akten alle noch einmal durchgearbeitet und die Ergebnisse der gestrigen …«

»Davon gehe ich aus. Aber jetzt sagen Sie mir, wo wir stehen.«

Die Frau nahm ihre Brille ab und atmete tief ein.

»Ich glaube, Sie sollten Ihre Angelegenheiten regeln, Mary. Wir können nichts mehr für Sie tun.«

Um halb fünf Uhr morgens verließ Rhage völlig benommen das Krankenhaus. Niemals hätte er erwartet, das Krankenhaus ohne Mary zu verlassen.

Man hatte sie dabehalten, um ihr eine Bluttransfusion zu geben, und außerdem, weil die nächtlichen Fieberanfälle und die Erschöpfung offenbar die Vorboten einer Bauchspeicheldrüsenentzündung waren. Wenn ihr Zustand sich besserte, würde sie am nächsten Morgen entlassen. Aber niemand wollte sich festlegen.

Der Krebs schritt schnell voran: Innerhalb der kurzen Zeit zwischen ihrem vierteljährlichen Check-up und dem Bluttest vom vorigen Tag hatten sich die Krebszellen verdoppelt. Und Dr. Della Croce und alle Spezialisten waren sich einig: Wegen der Behandlungen, die Mary schon hatte über sich ergehen lassen müssen, konnten sie ihr keine weitere Chemotherapie verabreichen. Ihre Leber war am Ende und konnte die chemische Keule einfach nicht mehr verkraften.

Mein Gott. Er hatte sich auf einen höllischen Kampf eingestellt. Und auf viel Leiden, bei dem er an ihrer Seite sein wollte. Aber niemals auf den Tod. Und nicht so schnell.

Sie hatten nur noch wenige Monate. Frühling. Vielleicht bis zum Sommer.

Rhage materialisierte sich im Hof des Haupthauses und machte sich auf den Weg zur Höhle. Er konnte es nicht ertragen, allein in ihr gemeinsames Zimmer zu gehen. Noch nicht.

Doch als er vor Butch und Vs Tür stand, klopfte er nicht. Sondern blickte über die Schulter zur Front des großen Hauses und dachte daran, wie Mary dort die Vögel gefüttert hatte. Er stellte sie sich vor, dort auf den Stufen, mit diesem zauberhaften Lächeln auf dem Gesicht und dem Sonnenlicht im Haar.

Was sollte er nur ohne sie anfangen?

Er dachte an die Kraft und die Entschlossenheit in ihren Augen, nachdem er sich vor ihren Augen bei einer fremden Frau genährt hatte. Daran, wie sie ihn geliebt hatte, obwohl sie die Bestie kannte. An ihre ruhige, bestechende Schönheit und ihr Lachen und ihre grauen Augen.

Aber am meisten dachte er daran, wie sie in jener Nacht aus Bellas Haus gerannt war, auf nackten Füßen, und sich ihm in die Arme geworfen, geschluchzt hatte … als sie ihn endlich um Hilfe gebeten hatte.

Er spürte etwas auf dem Gesicht.

Verdammt. Weinte er etwa?

Ohne Zweifel.

Und es war ihm gleichgültig, dass er weich wurde.

Er blickte auf den Kies in der Auffahrt und stellte verblüfft fest, dass die Steine im Flutlicht sehr weiß aussahen. Genau wie die mit Stuck verzierte Mauer um den Hof. Und der Springbrunnen in der Mitte, dessen Wasser für den Winter abgelassen worden war –

Er erstarrte. Dann hoben sich seine Augenlider.

Langsam drehte er sich zum Haus um und hob den Kopf zu ihrem gemeinsamen Schlafzimmer.

Von einem plötzlichen Vorsatz wie elektrisiert rannte er, so schnell ihn seine Füße trugen, in die Eingangshalle.

Mary lag in ihrem Krankenhausbett und versuchte, Butch anzulächeln, der mit Hut und Sonnenbrille in der gegenüberliegenden Ecke saß. Er hatte Rhage abgelöst, um sie bis zum Einbruch der Nacht zu bewachen und zu beschützen.

»Du musst dich nicht um mich kümmern«, sagte Butch sanft, als wüsste er, dass sie höflich sein wollte. »Mach einfach das, was du tun möchtest.«

Sie nickte und blickte aus dem Fenster. Die Kanüle in ihrem Arm war nicht so schlimm; es tat nicht weh. Andererseits fühlte sie sich so betäubt, dass man ihr wahrscheinlich Nägel in die Venen hätte hämmern können, und sie hätte nichts gespürt.

Verfluchter Mist. Das Ende war gekommen. Die unausweichliche Realität des Sterbens lag vor ihr. Dieses Mal gab es kein Hintertürchen.

Nichts, was man tun, keine Schlacht, in die man ziehen konnte. Der Tod war nicht länger eine abstrakte Vorstellung, sondern ein sehr greifbares, nahe bevorstehendes Ereignis.

Sie empfand keinen Frieden. Sie fühlte nur … Wut.

Sie wollte nicht gehen. Wollte nicht den Mann verlassen, den sie liebte. Wollte nicht das irre Chaos ihres Lebens aufgeben.

Tut doch etwas dagegen, dachte sie. *Jemand muss etwas dagegen tun.*

Sie schloss die Augen.

In der Dunkelheit sah sie Rhages Gesicht vor sich. Und berührte im Geist seine Wange mit der Hand, spürte die Wärme seiner Haut, die kräftigen Knochen darunter. Worte gingen ihr durch den Kopf, sie kamen von einem Ort, den sie nicht kannte, und richteten sich an … vermutlich niemanden.

Lass mich nicht gehen. Ich will ihn nicht verlassen. Bitte …

Gott, lass mich hier bei ihm bleiben und ihn noch ein bisschen länger lieben. Ich verspreche, die Zeit mit ihm nicht zu verschwenden. Ich werde ihn festhalten und ihn niemals gehen lassen … Gott, ich bitte dich. Lass das nicht zu …

Als ihr bewusst wurde, dass sie betete, begann Mary hemmungslos zu weinen. Sie öffnete ihr Herz, bettelte. Und sie wandte sich an jemanden, an dessen Existenz sie eigentlich nicht einmal glaubte. Sie hatte eine merkwürdige Offenbarung inmitten ihrer Verzweiflung.

Das also hatte ihrer Mutter Halt gegeben. Cissy hatte nicht absteigen wollen, hatte nicht gewollt, dass das Karussell anhielt, hatte … Mary nicht zurücklassen wollen. Die drohende Trennung von der Liebe, mehr noch als das Ende ihres Lebens, hatte ihren Glauben am Leben erhalten.

Es war die Hoffnung gewesen, noch etwas mehr Zeit zum Lieben zu haben, die ihre Mutter dazu gebracht hatte, Kreuze zu umklammern und Statuen anzusehen und Worte in die Luft zu hauchen.

Und warum hatten sich diese Gebete gen Himmel gerichtet? Na ja, irgendwie musste es doch so sein, oder nicht? Selbst wenn es für den Körper keine Möglichkeiten mehr gab, suchten sich die Wünsche des Herzens einen Weg nach draußen. Und wie jede Art von Wärme würde auch die Liebe nach oben steigen. Zudem lag auch der Wunsch, zu fliegen, in der Natur des Menschen, also musste die Heimat der Seelen weit oben liegen. Und der Himmel sandte tatsächlich Geschenke, den Frühlingsregen und die Sommerbrise und die Herbstsonne und den Schnee im Winter.

Mary öffnete die Augen. Sie blinzelte, bis sie wieder klar sehen konnte, und konzentrierte sich dann auf das schwindende Licht hinter den Häusern der Stadt.

Bitte … Gott.

Lass mich hier bei ihm bleiben.

Lass mich nicht gehen.

49

Rhage stürmte ins Haus und riss sich den Trenchcoat vom Leib, während er die Treppe hinaufdonnerte. Im Zimmer legte er die Uhr ab und zog sich ein weißes Seidenhemd und eine gleichfarbige Hose über. Dann holte er eine Lackschachtel vom obersten Regal des Schrankes und kniete sich mitten im Raum auf den Boden. Er öffnete die Schachtel, nahm eine Kette aus murmelgroßen schwarzen Perlen heraus und legte sie sich um den Hals.

Er kniete sich auf den Boden, setzte sich auf die Fersen, ließ die Hände auf den Oberschenkeln ruhen und schloss die Augen.

Er zwang sich, ruhiger zu atmen, und verharrte reglos in dieser Position, bis er seine Muskeln nicht mehr spürte. So gut er konnte, reinigte er seinen Geist von jeglichen Gedanken und wartete. Er konnte nur hoffen, dass ihn das einzige Wesen, das Mary noch retten konnte, bemerken würde. Die Perlen auf seiner Haut erwärmten sich.

Als er die Augen wieder öffnete, befand er sich in einem hell erleuchteten Innenhof aus weißem Marmor. Der Springbrunnen plätscherte herrlich, das Wasser glitzerte auf seinem Weg hoch in die Luft und wieder herab ins Becken. Ein weißer Baum mit weißen Blüten stand in einer Ecke, die zwitschernden Singvögel in seinen Zweigen waren der einzige Farbfleck an diesem Ort.

»Welchem Umstand verdanke ich dieses besondere Vergnügen?«, ertönte die Stimme der Jungfrau der Schrift hinter ihm. »Sicher kommst du nicht wegen deiner Bestie? Du wirst noch geraume Zeit mit ihr verbringen, soweit ich mich entsinne.«

Rhage blieb auf den Knien, den Kopf gebeugt, ohne ein Wort zu sagen. Er wusste nicht recht, wo er beginnen sollte.

»Schweigen«, murmelte die Jungfrau der Schrift. »Ungewöhnlich für dich.«

»Ich möchte meine Worte mit Bedacht wählen.«

»Weise, Krieger. Sehr weise. In Anbetracht deines Anliegens heute.«

»Ihr wisst bereits davon?«

»Keine Fragen«, fauchte sie. »Wahrlich, ich bin es müde, der Bruderschaft das immer wieder ins Gedächtnis zu rufen. Vielleicht solltest du die anderen bei deiner Rückkehr noch einmal daran erinnern.«

»Verzeiht.«

Der Umriss ihres schwarzen Umhangs kam in sein Sichtfeld. »Heb den Kopf, Krieger. Sieh mich an.«

Er holte tief Luft und gehorchte.

»Du leidest solchen Schmerz«, sagte sie sanft. »Ich kann die Last auf dir spüren.«

»Mein Herz blutet.«

»Deiner menschlichen Frau wegen.«

Er nickte. »Ich möchte Euch bitten, sie zu retten. Wenn es gestattet ist.«

Die Jungfrau der Schrift wandte sich von ihm ab. Dann schwebte sie langsam über den Marmorboden des Innenhofes.

Er hatte keine Ahnung, was sie dachte. Oder ob sie seine

Bitte überhaupt in Betracht zog. Vielleicht vertrat sie sich auch einfach nur die Beine, was wusste er schon. Oder sie würde weggehen, ohne ihn einer Antwort zu würdigen.

»Das, Krieger, würde ich niemals tun«, sagte sie als Antwort auf seine Gedanken. »Trotz der Schwierigkeiten, die wir miteinander hatten, würde ich dich niemals auf diese Weise im Stich lassen. Sag mir – was, wenn die Rettung deiner Frau bedeuten würde, dich niemals von deiner Bestie befreien zu können? Was, wenn ihr Leben nur gewonnen werden könnte, indem der Fluch dich begleitet, bis du in den Schleier eingehst?«

»Ich würde ihn mit Freuden weiterhin ertragen.«

»Aber du verabscheust ihn.«

»Ich liebe sie.«

»Gut, gut. So ist es wohl.«

Ein Hoffnungsschimmer glühte in seiner Brust auf. Es lag ihm auf der Zunge, zu fragen, ob sie eine Abmachung hatten. Ob Mary weiterleben durfte. Doch er würde ganz sicher nicht riskieren, den zerbrechlichen Stand der Verhandlungen dadurch zu gefährden, dass er die Jungfrau der Schrift durch eine weitere Frage gegen sich aufbrachte.

Lautlos glitt sie wieder auf ihn zu. »Du hast dich sehr verändert, seit wir uns zuletzt in jenem Wald getroffen haben. Und ich glaube, das ist der erste selbstlose Akt, den du jemals vollzogen hast.«

Er atmete langsam aus, ein wundervolles Gefühl der Erleichterung sang in seinen Venen. »Es gibt nichts, was ich nicht für sie tun, nichts, was ich nicht für sie opfern würde.«

»Das ist ein glücklicher Umstand für dich«, murmelte die Jungfrau der Schrift. »Denn zusätzlich dazu, dass du die Bestie in dir behalten musst, verlange ich von dir, Mary aufzugeben.«

Rhage zuckte zusammen, überzeugt, sich verhört zu haben.

»Ja, Krieger. Du hast mich vollkommen richtig verstanden.«

Ein tödlicher Schauer durchfuhr ihn und nahm ihm den Atem.

»Höre, was ich dir biete«, sagte sie. »Ich kann sie aus dem Kontinuum ihres Schicksals befreien und sie wieder gesund und unversehrt machen. Sie wird nicht altern, sie wird niemals krank sein, und sie wird selbst entscheiden, wann sie in den Schleier einzugehen wünscht. Und ich werde ihr die Wahl lassen, das Geschenk anzunehmen. Jedoch wird sie nichts von dir wissen, wenn ich ihr diesen Vorschlag unterbreite. Und ob sie einwilligt oder nicht: Du und deine Welt werdet ihr für immer verborgen bleiben. Gleichermaßen werden jene sie nicht erkennen, denen sie bereits begegnet ist, auch nicht die *Lesser*. Du wirst der Einzige sein, der sich an sie erinnert. Und solltest du dich ihr jemals nähern, wird sie sterben. Sofort.«

Rhage schwankte und fiel nach vorn. Im letzten Moment fing er sich mit den Händen ab. Eine lange Zeit verging, bevor er in der Lage war, einige Worte hervorzupressen.

»Ihr müsst mich wahrlich hassen.«

Ein leichter elektrischer Schlag durchzuckte ihn, und er merkte, dass die Jungfrau der Schrift ihn an der Schulter berührt hatte.

»Nein, Krieger. Ich liebe dich, mein Kind. Die Bestie diente dazu, dich Selbstbeherrschung zu lehren. Deine Grenzen zu erfahren, den Blick auf dein Inneres zu richten.«

Er hob den Blick zu ihr empor, ohne sich darum zu

kümmern, was sie darin lesen konnte: Hass, Schmerz, den Drang, um sich zu schlagen.

Als er schließlich sprach, zitterte seine Stimme. »Ihr nehmt mir mein Leben.«

»Genau darum geht es«, entgegnete sie in einem unendlich sanften Tonfall. »Das ist Yin und Yang, Krieger. Dein Leben gegen ihres. Das Gleichgewicht muss erhalten bleiben, Opfer müssen gebracht, wenn Geschenke dargeboten werden. Wenn ich diese Frau für dich retten soll, musst du mir ein Pfand geben. Yin und Yang.«

Er senkte den Kopf.

Und *schrie*. Schrie, bis ihm das Blut ins Gesicht stieg und schmerzte. Bis seine Augen überflossen und ihm beinahe aus dem Schädel sprangen. Bis seine Stimme versagte und in Heiserkeit verebbte.

Als er geendet hatte, richtete er seinen Blick nach vorn. Die Jungfrau der Schrift kniete vor ihm, ihr Umhang lag um sie herum ausgebreitet wie eine schwarze Lache auf dem weißen Marmor.

»Krieger, ich würde dir das ersparen, wenn ich nur könnte.«

Gott, er glaubte es beinahe. Ihre Stimme war so frei von Zorn.

»Tut es«, sagte er rau. »Lasst ihr die Wahl. Lieber soll sie lang und glücklich leben, ohne von mir zu wissen, als jetzt zu sterben.«

»So sei es.«

»Aber ich flehe euch an ... gewährt mir einen Abschied. Gewährt mir, sie ein letztes Mal zu sehen.«

Die Jungfrau der Schrift schüttelte den Kopf.

Der Schmerz riss ihn beinahe entzwei, er wäre nicht erstaunt gewesen, Blut auf seinem Körper zu entdecken.

»Ich bitte …«

»Die Frage lautet: jetzt oder niemals.«

Rhage erschauerte. Schloss die Augen. Spürte den Tod auf sich zuschreiten, so sicher, als hätte sein Herz zu schlagen aufgehört.

»Dann sei es jetzt.«

50

Butchs erste Station, als er aus dem Krankenhaus nach Hause kam, war das Arbeitszimmer im ersten Stock des großen Hauses. Er hatte keinen Schimmer, warum Rhage ihn angerufen und von Marys Krankenbett abgezogen hatte. Sein erster Impuls war gewesen, zu widersprechen. Doch die Stimme des Bruders hatte so niedergeschlagen geklungen, dass er darauf verzichtet hatte.

Die Bruderschaft wartete in Wraths Zimmer, alle sahen grimmig und konzentriert aus. Und sie warteten auf ihn. Als Butch sie einen nach dem anderen anblickte, fühlte er sich, als müsste er der Abteilung Bericht erstatten. Nach all den Monaten ohne echte Beschäftigung tat es gut, wieder im Einsatz zu sein.

Obwohl es ihm verdammt leidtat, wofür seine Fähigkeiten benötigt wurden.

»Wo ist Rhage?«, fragte Wrath. »Jemand muss ihn holen.«

Phury verschwand. Als er wieder zurückkam, ließ er die Tür offen stehen. »Er steht unter der Dusche. Er kommt gleich.«

Wrath sah Butch über den Schreibtisch hinweg an. »Also, was wissen wir?«

»Nicht viel. Aber eins ist auf jeden Fall ein gutes Zeichen: Einige von Bellas Klamotten fehlen. Sie ist ein ordentlicher Typ, deshalb ist klar ersichtlich, dass nur Jeans und Nachthemden und dergleichen fehlen. Nichts, was sie vielleicht in die Reinigung gebracht hat oder so. Das gibt Anlass zur Hoffnung, dass die *Lesser* planen, sie ein Weilchen am Leben zu lassen.« Butch hörte die Tür hinter sich ins Schloss fallen und ging davon aus, dass Rhage gekommen war. »Wie dem auch sei, beide Tatorte, sowohl Marys als auch Bellas Haus, waren ziemlich sauber. Trotzdem werde ich noch mal durchgehen …«

Butch merkte, dass niemand ihm zuhörte. Er drehte sich um.

Ein Geist war in den Raum getreten. Ein Geist, der Rhage ziemlich ähnlich sah.

Der Bruder war ganz in Weiß gekleidet und hatte eine Art Schal um den Hals geschlungen. Auch um beide Handgelenke waren weiße Tücher gewickelt. Um all die Stellen, an denen sie tranken, dachte Butch.

»Wann ist sie in den Schleier eingegangen?«, fragte Wrath.

Rhage schüttelte nur den Kopf und ging zu einem der Fenster. Er starrte hinaus, obwohl die Rollläden heruntergelassen waren und er nichts sehen konnte.

Butch konnte nicht fassen, dass der Tod offenbar so rasch gekommen war. Er wusste nicht, ob er fortfahren sollte. Verstohlen blickte er zu Wrath, doch der schüttelte den Kopf und erhob sich dann.

»Rhage? Mein Bruder, was können wir für dich tun?«

Rhage blickte über die Schulter. Nacheinander sah er jedem der Anwesenden in die Augen, Wrath kam als Letzter an die Reihe. »Ich kann heute Nacht nicht heraus.«

»Natürlich nicht. Und wir werden auch hier bleiben und mit dir trauern.«

»Nein«, entfuhr es Rhage. »Bella ist da draußen. Findet sie. Lasst sie nicht … gehen.«

»Aber können wir denn gar nichts tun?«

»Ich kann nicht … ich kann mich einfach nicht konzentrieren. Auf nichts. Ich kann wirklich nicht …« Rhages Blickt heftete sich auf Zsadist. »Wie lebst du damit? All die Wut. Der Schmerz. Die …«

Zsadist scharrte verlegen mit den Füßen und starrte auf den Boden.

Rhage wandte der Gruppe den Rücken zu.

Im Raum breitete sich Stille aus.

Und dann ging Zsadist plötzlich mit stockenden, langsamen Schritten zu Rhage ans Fenster. Als er neben dem Bruder ankam, sagte er kein Wort, hob nicht die Hand, machte kein Geräusch. Er verschränkte einfach nur die Arme vor der Brust und lehnte seine Schulter an die von Rhage.

Überrascht zuckte Rhage zusammen. Die beiden Männer blickten einander an. Und dann sahen sie beide aus dem abgedunkelten Fenster.

»Macht weiter«, ordnete Rhage mit tonloser Stimme an.

Also setzte Wrath sich wieder hin, und Butch fuhr mit seinen Ausführungen fort.

Um acht Uhr abends war Zsadist mit seiner Arbeit in Bellas Haus fertig.

Er goss den letzten Eimer Schmutzwasser in die Spüle und stellte dann das Putzzeug wieder in den Schrank neben der Garagentür.

Ihr Haus war nun sauber, und alles war wieder da, wo es hingehörte. Wenn sie nach Hause kam, würde sie nur absolute Normalität vorfinden.

Er betastete die schmale Kette mit den kleinen Diamanten um seinen Hals. Er hatte sie in der Nacht zuvor auf dem Fußboden gefunden, den kaputten Verschluss repariert und sie dann umgelegt. Sie passte kaum um seinen Hals.

Ein weiteres Mal sah er sich in der Küche um und ging dann die Treppe hinunter in ihr Schlafzimmer. Ordentlich faltete er ihre Kleider. Schob die Schubladen zurück in die Kommode. Reihte ihre Parfümfläschchen auf der Frisierkommode auf. Saugte Staub.

Dann öffnete er ihren Schrank und berührte ihre Blusen und Pullover und Kleider. Steckte den Kopf hinein und atmete tief ein. Er nahm ihren Duft auf, und er löste ein Brennen in seiner Brust aus.

Diese dreckigen Schweine würden dafür bluten. Er würde sie mit bloßen Händen in Stücke reißen, bis ihr schwarzes Blut sich wie ein Wasserfall über ihre toten Körper ergoss.

Rachegelüste pochten in seinen Venen, als er zu Bellas Bett ging und sich hinsetzte. Ganz bedächtig, als habe er Angst, den Rahmen zu zerbrechen, legte er sich zurück und bettete den Kopf auf ihr Kissen. Auf der Decke lag ein Buch, und er nahm es in die Hand. Ihre Handschrift füllte die Seiten.

Er war Analphabet, deshalb verstand er das Geschriebene nicht, doch es sah wunderschön aus. Die Worte verbanden sich zu einem zarten Muster auf dem Papier.

Auf einer beliebigen Seite erkannte er das einzige Wort, das er lesen konnte.

Zsadist.

Sie hatte seinen Namen geschrieben. Er blätterte durch das Tagebuch und sah genauer hin. In letzter Zeit hatte sie seinen Namen ziemlich häufig notiert. Er wand sich innerlich, als er sich den Inhalt vorstellte.

Dann schloss er das Buch wieder und legte es genau dorthin zurück, wo er es gefunden hatte. Er blickte nach rechts. Auf dem Nachttisch lag ein Haarband, als hätte sie es beiläufig abgezogen, bevor sie zu Bett ging. Er nahm es in die Hand und schlang sich den schwarzen Satin um die Finger.

In diesem Augenblick tauchte Butch am Fuße der Treppe auf.

Z schoss aus dem Bett, als hätte man ihn bei etwas Verbotenem erwischt. Was natürlich auch so war. Er dürfte nicht einfach so in Bellas Privatsphäre herumschnüffeln.

Doch wenigstens schien Butch sich bei diesem unverhofften Treffen kein bisschen wohler zu fühlen als er selbst.

»Was zum Henker machst du hier, Bulle?«

»Ich wollte mir den Tatort noch einmal ansehen. Aber ich sehe schon, du kannst gut mit einem Lappen umgehen.«

Quer durch den Raum funkelte Zsadist ihn an. »Was kümmert dich die ganze Sache? Warum interessierst du dich für die Entführung einer unserer Frauen?«

»Es ist von Bedeutung.«

»In unserer Welt. Nicht in deiner.«

Der Cop runzelte die Stirn. »Sorry, Z, aber in Anbetracht deines Rufes: Warum interessiert dich das Ganze überhaupt?«

»Ich mache nur meine Arbeit.«

»Ja, klar. Und was treibst du dann auf ihrem Bett? Warum putzt du stundenlang das Haus? Und warum hältst du dieses Band da so fest, dass deine Knöchel schon ganz weiß sind?«

Z blickte auf seine Hand und lockerte langsam den Griff. Dann durchbohrte er den Menschen mit seinem Blick.

»Leg dich nicht mit mir an, Bulle. Was du damit entfesselst, würde dir nicht gefallen.«

Butch fluchte. »Ich will doch einfach nur helfen, sie zu finden, Z. Ich muss … es bedeutet *mir* etwas, okay? Ich kann es nicht ausstehen, wenn Frauen Gewalt angetan wird. Ich hab in der Hinsicht selbst was ziemlich Unschönes erlebt.«

Zsadist steckte sich das Satinband in die Hosentasche und umkreiste den Menschen. Immer näher kam er, und Butch nahm vorsichtshalber eine defensive Stellung ein, in Erwartung eines Angriffs.

Unvermittelt blieb Z vor ihm stehen. »Die *Lesser* haben sie wahrscheinlich schon getötet, oder?«

»Vielleicht.«

»Wahrscheinlich.«

Z beugte sich vor und atmete hörbar ein. Er konnte keine Furcht an dem Menschen riechen, obwohl sein großer Körper angespannt und bereit zum Kampf war. Das war gut. Der Bulle brauchte ganz schön viel Mut, wenn er wirklich mit den Brüdern in einer Liga spielen wollte.

»Sag mir eins«, murmelte Z. »Wirst du mir dabei helfen, die *Lesser* zu erwischen, die sie geholt haben? Hältst du das aus, Bulle? Denn … offen gesagt: Diese Sache macht mich wahnsinnig.«

Butchs haselnussbraune Augen verengten sich. »Was sie dir nehmen, nehmen sie mir.«

»Ich bedeute dir nichts.«

»Da hast du unrecht. Die Bruderschaft war sehr gut zu mir, und ich halte meinen Jungs die Stange, wenn du verstehst, was ich meine.«

Z musterte den Mann. Butchs Aura war geschäftsmäßig. Nüchtern und klar.

»Dankbarkeit ist nicht mein Ding«, sagte Z.

»Das weiß ich.«

Z nahm seinen Mut zusammen und streckte die Hand aus. Er hatte das Bedürfnis, den Pakt zwischen ihnen zu besiegeln, auch wenn das Gefühl neu für ihn war. Glücklicherweise war der Griff des Menschen sanft. Als wüsste er, wie schwer Z dieser Körperkontakt fiel.

»Wir schnappen sie uns zusammen«, sagte der Cop, als sie den Arm wieder sinken ließen.

Z nickte. Dann gingen die beiden die Treppe hinauf.

51

Mary winkte wild, als der große Mercedes vor dem Krankenhaus hielt. Sie kam so schnell angerannt, dass Fritz gerade erst ein Bein aus der Fahrertür streckte, als sie schon ins Auto sprang.

»Danke, Fritz! Hör mal, ich habe Rhage bestimmt zehnmal angerufen, aber er geht nicht an sein Handy. Ist alles in Ordnung?«

»Alles ist gut. Ich habe Euren Herrn heute Nachmittag gesehen.«

Sie strahlte den *Doggen* an. »Gut! Und da es erst acht Uhr ist, wird er vermutlich auch noch nicht das Haus verlassen haben.«

Fritz legte den Gang ein und fädelte sich umsichtig in den Verkehr ein. »Benötigt Ihr noch etwas …«

Sie beugte sich über den Sitz, warf ihre Arme um den kleinen alten Mann und küsste ihn auf die Wange. »Bring mich schnell nach Hause, Fritz. Schneller als du jemals gefahren bist. Brich jede Verkehrsregel.«

»Herrin?«

»Du hast mich schon richtig verstanden. So schnell du kannst!«

Fritz war wegen all dieser Aufmerksamkeit etwas durcheinander, fing sich aber schnell wieder und trat aufs Gas.

Mary legte den Sicherheitsgurt an, klappte die Sonnenblende herunter und betrachtete sich in dem kleinen Spiegel. Ihre Hände zitterten, als sie die Finger auf ihre Wangen legte. Immer wieder musste sie kichern, besonders als sie um eine Kurve rasten und sie gegen die Tür gedrückt wurde.

Als sie die Polizeisirenen hörte, musste sie noch lauter lachen.

»Ich bitte um Verzeihung, Herrin.« Der *Doggen* warf ihr einen Seitenblick zu. »Aber ich muss die Polizei abschütteln, und das könnte etwas holprig werden.«

»Mach sie fertig, Fritz.«

Der *Doggen* legte einen Schalter um, und alle Lichter außen und innen am Auto verloschen. Dann heulte der Motor auf, und sie musste an jene rasante Fahrt mit Rhage durch die Berge denken.

Nur dass damals die Scheinwerfer eingeschaltet gewesen waren.

Sie hielt sich an ihrem Sicherheitsgurt fest und rief über den Lärm der quietschenden Reifen hinweg: »Ich hoffe, du bist nicht nachtblind!«

Fritz lächelte friedlich, als hielten sie einen gemütlichen Plausch in der Küche. »Keineswegs, Herrin. Ich kann in der Dunkelheit perfekt sehen.«

Mit einem Ruck nach links überholte er einen Minivan und schoss dann in eine Seitenstraße. Dann trat er heftig auf die Bremse, um einem Fußgänger auszuweichen, drückte das Gaspedal aber sofort wieder bis zum Anschlag durch, als die Bahn frei war. Am Ende der Seitenstraße raste er wieder auf die Hauptstraße, wobei er ein Taxi schnitt und in letzter Sekunde einem Bus auswich.

Der alte Mann war ein Genie am Steuer.

Okay, ein Genie auf die Jackson-Pollock-Art, aber auf jeden Fall beeindruckend.

Und dann bog er urplötzlich in einen freien Parkplatz ein. Mitten auf der Hauptstraße. Einfach so.

Der Chor der Sirenen wurde so laut, dass Mary brüllen musste. »Fritz, sie werden …«

Zwei Streifenwagen schossen direkt an ihnen vorbei.

»Noch einen Augenblick, bitte.«

Noch ein Polizeiauto raste die Straße hinunter.

Fritz lenkte den Wagen aus der Parklücke und fuhr in raschem Tempo weiter.

»Nicht übel, Fritz.«

»Mit Verlaub, Herrin, aber der menschliche Geist ist recht leicht zu übertölpeln.«

Sie sausten weiter, Mary lachte und zappelte und trommelte mit den Fingern auf die Armlehne. Die Fahrt schien kein Ende zu nehmen.

Als sie endlich beim ersten Sicherheitstor des Anwesens ankamen, drehte Mary vor Aufregung fast durch. Und sobald sie vor dem Haus anhielten, riss die die Autotür auf und rannte los, ohne auch nur die Tür hinter sich zuzuschlagen.

»Danke, Fritz!«, schrie sie ihm noch über die Schulter zu.

»Gern geschehen, Herrin!«, rief er zurück.

Sie stürmte in die Eingangshalle und raste die Stufen der Freitreppe hoch. Oben angekommen, wirbelte sie um die Ecke. Ihre Handtasche schaukelte heftig hin und her und schlug gegen eine Lampe. Sie machte kehrt und stellte sie wieder gerade hin, bevor sie herunterfallen konnte.

Laut lachend stieß sie die Tür zu ihrem Zimmer auf und …

Blieb abrupt stehen.

In der Mitte des Raumes kniete Rhage splitterfasernackt und in einer Art Trance auf einer schwarzen Tafel. Er trug weiße Bänder um die Handgelenke und den Hals geschlungen. Blut tropfte auf den Teppich, obwohl sie nicht erkennen konnte, wo es herkam.

Sein Gesicht sah um Jahrzehnte gealtert aus, seit sie ihn zuletzt gesehen hatte.

»Rhage?«

Langsam öffneten sich seine Augen. Sie waren trübe, ausdruckslos. Er blinzelte sie an und runzelte die Stirn.

»Rhage? Rhage, was ist los?«

Beim Klang ihrer Stimme schien er wieder zu sich zu kommen.

»Was machst du denn …« Er stockte. Schüttelte den Kopf, als müsse er einen Schwindel abschütteln. »Was machst du hier?«

»Ich bin geheilt! Es ist ein verdammtes Wunder!«

Sie rannte zu ihm, doch er machte einen Satz zur Seite, hielt die Arme hoch und blickte sich panisch um. »Geh weg! Sie wird dich töten! Sie wird alles zurücknehmen! O Gott, geh bloß weg von mir!«

Mary blieb wie angewurzelt stehen. »Wovon redest du da?«

»Du hast das Geschenk angenommen, stimmt das?«

»Woher weißt du … woher weißt du von diesem merkwürdigen Traum?«

»Hast du das Geschenk angenommen?«

Mann o Mann. Rhage war ja völlig weggetreten. Zitternd, nackt, aus den Schienbeinen blutend und kalkweiß im Gesicht.

»Beruhige dich, Rhage.« Junge, so hatte sie sich dieses Gespräch aber überhaupt nicht vorgestellt. »Ich weiß nichts von einem Geschenk. Aber hör dir das an: Ich bin eingeschlafen, während sie noch eine Kernspintomographie gemacht haben. Und plötzlich ist irgendetwas mit der Maschine passiert. Sie ist explodiert oder so was, schätze ich mal. Jedenfalls haben sie gesagt, dass es einen Lichtblitz gab. Und als sie mich wieder hoch in mein Zimmer gebracht hatten, haben sie mir noch mal Blut abgenommen – und alles war super. Meine Werte waren bestens! Ich bin geheilt! Niemand hat kapiert, was da geschehen ist. Als wäre die Leukämie einfach verschwunden, und meine Leber hätte sich selbst repariert. Sie nennen mich ein medizinisches Wunder!«

Glück durchströmte sie. Bis Rhage ihre Hände ergriff und so fest drückte, dass es wehtat.

»Du musst hier weg. Jetzt sofort. Du darfst mich nicht mehr sehen. Du musst gehen. Und komm nie mehr zurück.«

»Wie bitte?«

Er versuchte, sie aus dem Zimmer zu schieben, und als sie sich wehrte, zerrte er sie hinter sich her.

»Was machst du da, Rhage? Ich will nicht …«

»Du musst gehen!«

»Krieger, du kannst jetzt aufhören.«

Die trockene weibliche Stimme ließ sie beide erstarren.

Mary blickte über die Schulter. Eine kleine, ganz in Schwarz gekleidete Gestalt stand in einer Ecke des Raumes. Unter dem fließenden Umhang schimmerte Licht hervor.

»Mein Traum«, flüsterte Mary. »Sie sind die Frau aus meinem Traum.«

Rhages Arme zerquetschten sie fast, als sie sich um Mary schlangen, dann schubste er sie von sich weg.

»Ich bin nicht zu ihr gegangen, Jungfrau der Schrift. Ich schwöre, ich habe nichts …«

»Sei unbesorgt, Krieger. Ich weiß, dass du deinen Teil der Abmachung eingehalten hast.« Die winzige Gestalt schwebte auf sie zu. Sie lief nicht, sie glitt einfach durch den Raum. »Und alles ist gut. Du hattest mir nur eine winzige Kleinigkeit verschwiegen, etwas, das ich nicht wusste, als ich mich ihr näherte.«

»Was denn?«

»Du hast mir nicht gesagt, dass sie keine Kinder mehr bekommen kann.«

Rhage sah Mary an. »Das wusste ich nicht.«

Mary nickte und schlang die Arme um sich. »Es stimmt. All die Behandlungen haben mich unfruchtbar gemacht.«

Der schwarze Umhang raschelte. »Komm her, Frau. Ich werde dich jetzt berühren.«

Wie im Traum trat Mary vor, als eine leuchtende Hand sich aus der Seide schob. Beim Aufeinandertreffen ihrer Handflächen entlud sich eine warme elektrische Spannung.

Die Stimme der Frau war tief und kräftig. »Ich bedaure, dass dir deine Fähigkeit, Leben hervorzubringen, genommen wurde. Die Freude zu erschaffen, war mir stets der Mittelpunkt meiner Existenz, und es bereitet mir großen Kummer, dass du niemals dein eigen Fleisch und Blut in Armen halten, niemals in deine eigenen Augen im Gesicht eines anderen Wesens blicken wirst; dass du niemals das Wesentliche deiner Selbst mit dem deines Geliebten wirst vermischen können. Was du verloren hast, ist ein ausreichend großes Opfer. Dir auch den Krieger zu nehmen … das wäre zu viel. Wie ich dir gesagt habe: Dein Leben wird währen, bis du aus eigenem Willen beschließt, in den Schleier einzugehen. Und ich fühle, dass diese Entscheidung getroffen werden wird, wenn es auch für diesen Krieger an der Zeit ist, die Erde zu verlassen.«

Sie gab Marys Hand frei. Alle Freude, die sie eben noch empfunden hatte, verließ sie. Am liebsten hätte sie geweint.

»Verdammt«, sagte sie. »Ich träume immer noch, oder? Das alles ist nur ein Traum. Ich hätte es wissen müssen …«

Ein tiefes, weibliches Lachen drang unter dem Umhang hervor. »Geh zu deinem Krieger, Frau. Fühl die Wärme seines Körpers, und erkenne, dass all dies die Wirklichkeit ist.«

Mary drehte sich um. Rhage starrte die Gestalt genauso ungläubig an wie sie selbst.

Sie trat auf ihn zu und schlang die Arme um ihn, hörte sein Herz laut in der Brust pochen.

Die schwarze Gestalt verschwand, und Rhage begann, in der Alten Sprache zu sprechen. Die Worte purzelten ihm so schnell aus dem Mund, sie hätte sie nicht einmal verstehen können, wäre es Englisch gewesen.

Gebete, dachte sie – er betete.

Als er schließlich aufhörte, sah er sie an. »Lass mich dich küssen, Mary.«

»Warte mal, willst du mir nicht bitte erklären, was hier gerade passiert ist? Und wer das war?«

»Später. Im Moment kann ich nicht klar denken. Eigentlich wäre es sogar besser, ich würde mich einen Moment hinlegen. Ich hab das Gefühl, gleich bewusstlos zu werden, und ich will nicht auf dich fallen.«

Sie legte sich seinen schweren Arm um die Schulter und griff ihn um die Taille. Als er sich mit seinem ganzen Gewicht auf sie stützte, knurrte sie angestrengt.

Sobald Rhage flach auf dem Rücken lag, riss er sich die weißen Bänder von den Handgelenken und dem Hals. Erst jetzt sah sie, dass neben dem Blut von den Schienbeinen auch etwas glitzerte. Sie nahm die Tafel näher in Augenschein. Da lagen Splitter, wie Glas. Oder Diamanten? O Gott, darauf hatte er gekniet? Kein Wunder, dass er so zerschunden war.

»Was hast du da gemacht?«, fragte sie.

»Getrauert.«

»Warum?«

»Das erkläre ich dir später.« Er zog sie auf sich und drückte sie an sich, so fest er konnte.

Als sie seinen Körper so unter ihrem spürte, fragte sie sich, ob solche Wunder tatsächlich geschehen konnten. Nicht im Sinne von »gerade noch mal Glück gehabt«, sondern auf die mystische, unbegreifliche Weise. Sie dachte an die Ärzte, die mit ihren Blutproben und ihren Tabellen herumrannten. An den elektrischen Schlag, der ihr durch den Arm und die Brust gefahren war, als die schwarz Gekleidete sie berührt hatte.

Und sie dachte an ihre verzweifelten Gebete, die sie gen Himmel gesandt hatte.

Ja, befand sie. Wunder geschahen tatsächlich auf dieser Welt.

Sie fing gleichzeitig zu lachen und zu weinen an und saugte Rhages tröstende Reaktion auf ihren Ausbruch in sich auf.

Etwas später sagte sie: »Nur meine Mutter hätte das glauben können.«

»Was glauben?«

»Meine Mutter war eine gute Katholikin. Sie glaubte an Gott, an die Erlösung und das ewige Leben.« Sie küsste ihn auf den Hals. »Deshalb hätte sie all das hier sofort geglaubt. Und sie wäre überzeugt gewesen, dass das da unter dem schwarzen Umhang die Mutter Gottes war.«

»Um genau zu sein, war das die Jungfrau der Schrift. Die zwar einiges ist, aber ganz sicher nicht die Mutter von Jesus. Zumindest nicht in unserer Vorstellung.«

Mary hob den Kopf. »Weißt du, meine Ma sagte immer, ich würde gerettet werden, ob ich an Gott glaube oder nicht. Sie war überzeugt, ich könnte mich wegen des Namens, den sie mir gegeben hatte, der Gnade nicht entziehen. Sie meinte immer, jedes Mal, wenn jemand meinen Namen sagen oder schreiben oder denken würde, dann wäre ich der Gnade teilhaftig.«

»Deinen Namen?«

»Mary. Die englische Form von Maria. Sie hat mich nach der Jungfrau Maria benannt.«

Rhage stockte der Atem. Und dann lachte er leise.

»Was ist so komisch daran?«

Seine Augen leuchteten. »Ach, nur dass V ... also Vishous irrt sich nie. O Mary, meine wunderschöne Jungfrau, darf ich dich lieben, solang ich lebe? Und wirst du mit mir kommen, wenn ich in den Schleier eingehe?«

»Ja.« Sie streichelte seine Wange. »Aber macht es dir nichts aus, dass ich keine Kinder bekommen kann?«

»Nicht im Geringsten. Ich habe dich, das allein zählt.«

»Weißt du«, murmelte sie. »Man kann auch ein Kind adoptieren. Gibt es das bei euch Vampiren?«

»Frag Tohrment und Wellsie. Ich weiß jetzt schon, dass sie John als ihren Sohn betrachten.« Rhage lächelte. »Wenn du ein Baby willst, besorge ich dir eins. Und ich wäre bestimmt gar kein so schlechter Papa.«

»Du wärest mehr als das.«

Sie wollte ihn küssen, doch er hob die Hand. »Ach ja, eine Kleinigkeit wäre da noch.«

»Was denn?«

»Na ja, wir haben noch immer die Bestie am Hals. Ich habe mit der Jungfrau der Schrift gefeilscht …«

Mary hob erstaunt den Kopf. »Du hast gefeilscht?«

»Ich musste doch etwas tun, um dich zu retten.«

Fassungslos starrte sie ihn an, dann schloss sie die Augen. Er hatte das alles eingefädelt. Er hatte sie gerettet.

»Mary, ich musste ihr doch etwas anbieten …«

Sie küsste ihn bewegt auf den Mund. »Ich liebe dich so sehr«, flüsterte sie.

»Selbst wenn das bedeutet, dass du mit der Bestie leben musst? Denn der Fluch ist jetzt von unbegrenzter Dauer. In Stein gemeißelt. Für immer und ewig.«

»Ich sagte doch, das geht in Ordnung.« Sie lächelte. »Ich meine, komm schon. Er ist doch irgendwie süß, auf seine Godzilla-Art. Und ich betrachte es einfach als Sonderangebot: Zwei für den Preis von einem.«

Rhages Augen blitzten weiß auf, als er sie herumrollte und seinen Mund seitlich auf ihren Hals legte.

»Ich bin froh, dass du sie magst«, murmelte er, während seine Hände an ihrem Pulli zupften. »Denn wir beide gehören dir. Solange du uns haben willst.«

»Das wäre dann auf ewig«, sagte Mary und ließ sich fallen.

Gemeinsam schwelgten sie in all ihrer Liebe.

J. R. Wards
BLACK DAGGER
wird fortgesetzt in:
Zsadist & Bella

Leseprobe

Zwölf Stunden nachdem die Bruderschaft sie aus den Händen der *Lesser* befreit hatte, blickte Bella sich in dem prächtigen Schlafzimmer um, in dem man sie einquartiert hatte. Sie fühlte sich, als müsste sie übersetzen, was sie da sah. Die Sicherheit, die sie hier umgab, war wie eine andere Sprache, die sie zu verstehen verlernt hatte.

Sie konnte nicht glauben, dass sie wirklich gerettet worden war. Oder dass sie wirklich auf dem Anwesen der Bruderschaft war, um sich zu erholen.

Die Standuhr in der Ecke schlug. Jetzt waren es dreizehn Stunden, dachte sie. Dreizehn Stunden, seit die Brüder gekommen waren und sie aus der Unterwelt zurück an die Oberfläche gebracht hatten.

Sie zog den seidenen Morgenrock enger um sich.

Nach unzähligen Wochen in diesem Rohr in der Erde war es erschreckend, frei zu sein. Sie hatte ohne Unterlass um ihre Freiheit gebetet, hatte alle ihre Hoffnungen darauf ausgerichtet. Und nun war es, als müsste sie jubeln vor Freude. Das Problem war nur, dass alles um sie herum sich falsch und bedeutungslos anfühlte. Besonders der Luxus dieses Raumes: Die schweren Samtvorhänge, das Himmelbett, die kostbaren Antiquitäten, all das sollte ihr in seiner würdevollen Schönheit Halt geben. Doch auf sie wirkte die Einrichtung wie eine Theaterkulisse aus Pappmaché.

Nur eines fühlte sich real an. Und sie musste ihn finden.

Vorsichtig öffnete Bella die Tür und steckte den Kopf durch den Spalt. Der Flur war leer.

Perfekt. Sie wollte nicht gesehen werden.

Leise schlüpfte sie aus dem Zimmer und schlich geräuschlos auf nackten Füßen über den orientalischen Läufer. Als sie zu der Freitreppe kam, blieb sie kurz stehen und versuchte, sich zu erinnern.

Der Flur mit den Statuen, fiel ihr ein. Sie dachte an ein anderes Mal, als sie den Weg genommen hatte. Vor so vielen, vielen Wochen.

Sie ging zuerst schnell, dann rannte sie und hielt den Morgenmantel mit beiden Händen über den Oberschenkeln fest. Sie kam an Statuen und Türen vorbei, bis sie sich an den Ort erinnerte, zu dem es sie zog.

Sie versuchte gar nicht erst, sich zu sammeln, denn es gab nichts zu sammeln. Sie hatte den Boden unter den Füßen verloren, sie hatte Angst, sich aufzulösen.

Laut klopfte sie.

Durch die Tür kam ein Knurren. »Haut ab. Ich schlafe schon.«

Sie drückte die Klinke und öffnete die Tür.

Im Schein des Flurlichts sah sie, wie Zsadist sich auf einem Lager aus Decken in einer Ecke aufrichtete. Er war nackt, seine Muskeln traten deutlich hervor, die Nippelringe blitzten silbern. Sein Furcht erregendes Gesicht mit der Narbe zeigte einen zornigen Ausdruck.

»Ich hab gesagt, dass ihr abhauen … – Bella?« Er bedeckte sich mit den Händen. »Um Himmels willen. Was machst du denn hier?«

Gute Frage, dachte sie. Ihr Mut sank. »Kann – kann ich hier bei dir bleiben?«

Er runzelte die Stirn, als hätte sie den Verstand verloren. »Wie meinst du ... nein, das kannst du nicht.«

Er schnappte sich etwas vom Fußboden und hielt es sich vor die Hüften, als er aufstand. Sie nahm seinen Anblick in sich auf: Die tätowierten Sklavenfesseln um Hals und Handgelenke, den Pflock in seinem linken Ohrläppchen, die schwarzen Augen, das kurz geschorene Haar. Sein Körper war so mager, wie sie ihn in Erinnerung hatte. Und er strahlte rohe Kraft aus wie einen Duft.

In ihren Augen war er wunderschön.

»Bella, geh wieder, okay? Das ist nicht der richtige Ort für dich.« Seine Stimme klang rau und unsicher.

Sie ignorierte die Aufforderung in seinen Augen und seiner Stimme. Denn wenn auch ihre Courage sie zu verlassen drohte, gab ihr doch die Verzweiflung Kraft. Jetzt bebte auch ihre Stimme nicht mehr.

»Als ich im Auto halb bewusstlos war, da hast du am Steuer gesessen.« Er antwortete nicht, aber sie sprach einfach weiter. »Ja, das warst du. Du hast mit mir gesprochen. Du warst derjenige, der mich befreit hat. Das stimmt doch?«

Er errötete. »Die Bruderschaft hat dich geholt.«

»Aber du hast mich abgeholt. Und du hast mich zuerst hierher gebracht. In dein Zimmer.« Er schwieg. »Lass mich hier bleiben. Bitte.«

»Hör mal, du musstest in Sicherheit gebracht werden –«

»Ich bin nur bei dir sicher. Du hast mich gerettet. Du wirst nicht zulassen, dass sie mich noch einmal in die Finger bekommen.«

»Niemand kann dir hier etwas tun. Dieses Haus ist so sicher wie das Gott verdammte Pentagon.«

»Bitte –«

»Nein«, zischte er. »Und jetzt verschwinde endlich.«

Angst stieg in ihr auf, und ein Zittern lief über ihren Körper. »Ich kann jetzt nicht alleine sein. Bitte lass mich hier bei dir bleiben. Ich brauche …« Sie brauchte ihn, aber auf diese Aussage würde er vermutlich nicht gerade positiv reagieren. »Ich brauche jemanden in meiner Nähe.«

Zsadist fuhr sich mit der Hand über den Kopf. Mehrmals. Dann dehnte sich sein Brustkorb.

»Bitte«, flüsterte sie. »Schick mich nicht weg.«

Er fluchte leise. »Ich muss mir eine Hose anziehen.«

Ein deutlicheres *Ja* würde sie vermutlich nicht bekommen.

Bella trat ein und schloss die Tür. Sie senkte den Blick nur einen kurzen Moment. Als sie wieder aufsah, zog er gerade eine schwarze Trainingshose über die Oberschenkel.

Sein Rücken mit all den Narben wölbte sich, als er sich bückte. Der Anblick all dieser alten Wunden weckte in ihr das Bedürfnis, genau zu erfahren, was er durchgemacht hatte. Alles. Jeden einzelnen Peitschenhieb. Dass er ganz genau wusste, wie es war, jemandem auf Gedeih und Verderb ausgeliefert zu sein, bildete ein mächtiges Band zwischen ihnen.

Er hatte überlebt. Sie auch. Dadurch waren sie … miteinander verbunden.

Zsadist ging zum Bett und zog die Decke zurück. Dann trat er zur Seite. Verlegen.

»Leg dich hin«, sagte er.

Als sie näher kam, bemerkte sie etwas, das er um den Hals trug …

O mein Gott …

»Meine Kette. Du trägst meine Kette.«

Sie wollte sie auf seiner Haut berühren, doch er zuckte zurück und nahm sie ab.

Dann ließ er sie in ihre Hand fallen. »Hier. Nimm sie zurück.«

Bella betrachtete das zarte Goldband mit den kleinen Diamanten. Von Tiffany. Sie hatte sie jahrelang getragen und konnte sich jetzt gar nicht mehr daran erinnern, wie sie sich an ihrem Hals angefühlt hatte.

Ein Symbol des normalen Lebens, das sie geführt hatte, dachte sie. Und eine Möglichkeit, wieder zu sich selbst zu finden.

Sie steckte sie in die Tasche ihres Morgenrocks, versteckte sie.

»Hast du etwas gegessen?«, fragte er.

Sie kam etwas näher. Am liebsten hätte sie die Arme um ihn geschlungen, aber er sah sie nicht an. Er starrte auf den Boden.

»Ja, Phury hat mir etwas zu essen gebracht.«

Ein flüchtiger Ausdruck huschte über Zsadists Gesicht. Aber er war so schnell wieder verschwunden, dass sie ihn nicht deuten konnte.

»Hast du Schmerzen?«, wollte er wissen.

»Nichts Schlimmes.«

Bitte sieh mich an, dachte sie. Doch das tat er nicht, also kletterte sie ins Bett. Als er sich herunterbeugte, rutschte sie zur Seite, um Platz für ihn zu machen.

Er zog die Decke über sie und kehrte dann wieder zu den Decken auf dem Fußboden zurück.

Bella schloss für ein paar Minuten die Augen. Dann nahm sie ein Kissen, glitt aus dem Bett und ging zu ihm.

»Was machst du da?« Seine Stimme war unsicher. Beunruhigt.

Sie ließ das Kissen auf den Boden fallen und legte sich neben seinen großen Körper. Sein Duft war jetzt so viel stärker; er duftete nach grünem Laub und Kiefer und destillierter männlicher Kraft. Sie suchte seine Wärme, rutschte näher an ihn heran, bis ihre Stirn auf die Rückseite seines Arms traf. Er war so hart, wie eine Steinmauer, die von der Sonne aufgewärmt worden war.

Ihr Körper entspannte sich. Während sie neben ihm lag, spürte sie sich selbst, den harten Boden unter sich, die warmen Luftströmungen des Raumes: Seine Nähe half ihr irgendwie, eine Verbindung zu der Welt um sie herum herzustellen.

Mit den Füßen stieß sie sich vorwärts, bis sie ganz dicht an seiner Seite lag, von der Brust bis zu den Knöcheln.

Er zitterte unkontrolliert, und ihr fiel wieder ein, dass er es nicht ertragen konnte, berührt zu werden; doch sie konnte nicht anders. Nicht an diesem Tag. Vielleicht morgen.

»Entschuldige«, flüsterte sie. »Ich brauche deine Nähe. Mein Körper braucht …« *Dich.* »Etwas Warmes.«

Z rutschte herum, von ihr weg, bis er gegen die Wand stieß. Dann sprang er unvermittelt auf.

O nein. Er würde sie rausschmeißen.

»Komm schon«, sagte er schroff. »Wir gehen ins Bett. Ich kann den Gedanken nicht ertragen, dass du auf dem Boden liegst.«

Lesen Sie weiter in:
J.R. Ward
BLACK DAGGER
Zsadist & Bella

Bonusmaterial

Rhage, Sohn des Tohrture alias Hal E. Wood

»Er wollte ihr ein Wort einsagen,
das er hören wollte, etwas wie köstlich
oder Flüstern *oder* Erdbeere.
Verdammt, Donaudampfschifffahrtsgesellschaftskapitän
würde auch funktionieren.«
– RHAGE & MARY, Seite 87

Alter:	165
Trat der Bruderschaft bei:	1898
Größe:	1,83 Meter
Gewicht:	127 Kilo
Haarfarbe:	blond
Augenfarbe:	blau-grün
Unveränderliche Kennzeichen:	Mehrfarbiges Drachentattoo auf dem Rücken; die Narbe der Bruderschaft auf der Brust; den Namen Mary

	Madonna in der Alten Sprache eingeritzt in die Haut quer über Rücken und Schultern.
Anmerkung:	Aufgrund einer Strafe, die ihm die Jungfrau der Schrift auferlegt hat (und der er sich weiterhin unterzieht, um Mary zu retten), verfügt er über eine innere Bestie, die bei Stress zum Vorschein kommt. Mittlerweile hat er einen gewissen Grad an Kontrolle über sein Alter Ego erlangt, das nur von seiner *Shellan* gezähmt werden kann.
Bevorzugte Waffe:	seine Bestie
Beschreibung:	*Je näher der Kerl kam, desto mehr spürte sie etwas an ihm, was trotz seines blendenden Aussehens nicht so ganz ins Bild passen wollte. Etwas … Animalisches. Er hatte einfach eine andere Haltung als normale Menschen.* *Um genau zu sein, bewegte er sich eher wie ein Raubtier, die massigen Schultern bewegten sich geschmeidig, der Kopf drehte sich von einer Seite zur anderen, suchte seine Umgebung ab. Sie hatte das ungute Gefühl, dass er den ganzen Laden hier mit bloßen Händen zerkrümeln könnte.* – RHAGE & MARY, Seite 111
Partner von:	Mary Madonna Luce

Persönliche Fragen
(von Rhage beantwortet)

Zuletzt gesehener Film:	*La Vie en Rose* (Marys Schuld – sie bestand darauf, als Ausgleich für den Bill Murray-Doppelpack)
Zuletzt gelesenes Buch:	*Die kleine Raupe Nimmersatt* von Eric Carle (Nalla vorgelesen)
Lieblings-Fernsehsendung:	*Flavour of Love*, *Rock of Love* und so ziemlich alles auf dem Kochsender
Zuletzt im Fernsehen gesehen:	*Talk Soup*
Zuletzt gespielt:	Das wollt ihr nicht wissen.
Größte Angst:	Mary zu verlieren
Größte Liebe:	Mary
Motto:	*Mangia bene!*
Boxershorts oder Slip:	Egal. Was immer Mary mir gerne auszieht!
Uhr:	Gold Rolex Presidential
Auto:	Dunkelvioletter GTO
Um welche Uhrzeit füllst du das hier aus?	Sechs Uhr morgens
Wo bist du gerade?	Im Bett, nackt
Was hast du an?	Siehe oben
Was hast du sonst noch im Schrank?	Schwarzes Zeug, lederne Kampfmontur, weißes Zeug für die Treffen

	mit der Jungfrau der Schrift. Und ein einsames Hawaiihemd, in dem mich Mary gerne sehen würde. Okay, es ist gar kein Hawaiihemd, aber es ist irgendwie blau, und ganz ehrlich, ich stehe nicht so auf Farben, wenn es um meine Kleidung geht. Aber Mary lässt nicht locker. Manchmal versucht sie mich zu bestechen, es doch noch anzuziehen – das ist heiß!
Deine letzte Mahlzeit:	Buttermilch-Pfannkuchen (fünf Stück) mit Butter und Ahornsirup; eine Tasse Kaffee; sechs Würstchen; zwei Portionen Kartoffelpuffer; eine Schale Erdbeeren; einen Zimtbagel mit Frischkäse; eine halbierte Grapefruit (habe beide Hälften gegessen); drei Kirschtaschen. Und es wird Zeit, dass ich mal wieder etwas zwischen die Kiemen bekomme.
Beschreib deinen letzten Traum:	Lasst es mich mal so sagen, ich bin rübergerollt und hab ihn ausgelebt, so ungefähr vor ’ner halben Stunde.
Coke oder Pepsi?	Coke
Audrey Hepburn oder Marilyn Monroe?	Marilyn Monroe, würde ich sagen. Aber das ist ja auch total hypothetisch, die sind ja beide schon hinüber. Für mich ist es sowieso Mary.

Kirk oder Picard?	Kirk. Er war der Don Juan des Weltraums, Mann!
Football oder Baseball?	Football, weil es ein Kontaktsport ist.
Schärfstes Körperteil einer Frau:	Hängt von meiner Stimmung ab … ich würde mal sagen, ich bin ziemlich verfressen. Das heißt, ich nasche gerne – von allem.
Was magst du am liebsten an Mary?	Den Klang ihrer Stimme, und wie sie im Bett neben mir liegt und mit mir redet. Dann weiß ich, dass ich am richtigen Platz bin.
Was war das Erste, was du zu ihr gesagt hast?	*»Wer bist du?«*
Ihre Antwort:	*»Ich heiße … Mary. Ich bin mit einer Freundin hier.«*
Dein letztes Geschenk für sie:	Ich habe ihr letzte Nacht eine langstielige weiße Rose mitgebracht. Sie hat sich total darüber gefreut. Meine Mary Madonna steht überhaupt nicht auf irgendwelche protzigen Geschenke. Okay … ich habe ihr vor unserer Zeremonie einen Verlobungsring gekauft. Sie ist ja schließlich ein Mensch, und die machen das eben so. Es ist ein Diamantring;

für meine Mary ist das Beste gerade gut genug. Das Ding hat sieben Karat. Absolut rein. Fritz hat ihn für mich in Manhattan besorgt. Als ich ihn ihr schenkte, hat sie sich schon sehr gefreut und sich bedankt, aber jetzt liegt er in der Schublade. Was sie dann am Finger hat? Einen einfachen Goldring. V hat für jeden von uns einen gemacht, weil, wie gesagt, Mary ist ein Mensch, und sie wollte, dass wir nach der Zeremonie einen Ehering tragen. Komisch, ich habe dieses ganze Eheringgetue nicht verstanden, bis ich dann selbst einen hatte. Ich mein, wir Vampire zeigen, dass wir gebunden sind, indem wir uns den Namen unserer *Shellan* in die Haut ritzen lassen. Aber der Vorteil an einem Ring ist, dass ihn alle sehen können, auch wenn man komplett angezogen ist. Ich trage meinen immer – außer wenn ich draußen bin und kämpfe.

Das Romantischste, was du je für sie getan hast:

Die Rose scheint sie ziemlich gut gefunden zu haben. Ich sag dir, wie sie mich angesehen hat …

Das Romantischste, was sie je für dich getan hat: Die Art und Weise, wie sie sich für die Rose bei mir bedankt hat.

Was würdest du an ihr ändern, wenn du könntest? Nichts, außer vielleicht ihren Filmgeschmack! Oh Mann. Ich meine, ehrlich, diese Frau schaut sich einfach alles an, wenn es nur Untertitel hat. Ich hab ja versucht, mich in das Zeug einzusehen, das sie mag. Ich hab's wirklich versucht … aber es ist echt hart. Immer wenn ich mir einen ihrer Filme angeschaut habe, muss ich mich sofort bei ein bisschen Bruce Willis erholen, oder ich schau mir zum x-ten Mal *Superbad* an.

Dein bester Freund (abgesehen von deiner *Shellan*): Butch/V

Wann hast du zuletzt geweint? Heute Nachmittag. Ich dachte *La Vie en Rose* würde niemals enden.

Wann hast du zuletzt gelacht? Beim Essen. Butch hat Pfannkuchen gemacht, und ihr hättet mal das Gesicht von Fritz sehen sollen, als er feststellte, in welchem Zustand die Küche danach war. Butch kocht nicht schlecht, allerdings nicht so gut wie V, aber, Mann, er hat noch nie was von Aufräumen gehört. Die Küche war nicht bloß dreckig, sondern ein verdammtes Schlachtfeld. Nachdem ich, V und Butch schon versucht hatten, das Chaos zu beseitigen, mussten ein paar *Doggen* ran, aber die lieben das Saubermachen ja wie ich das Essen. Irgendwann hat sich Fritz dann auch wieder eingekriegt.

J. R.s Interview mit Rhage

Am Tag nach meinem Interview mit Wrath brach ich erst gegen fünf Uhr nachmittags von Rehvenges sicherem Haus auf. Ich war ganz froh, dass ich die Nacht dort verbracht hatte. So hatte ich Gelegenheit gehabt, einen tollen Abend mit Wrath, Beth, Phury, Cormia und den Auserwählten zu verbringen. Nachdem wir uns noch alle bis tief in die Nacht unterhalten hatten, schlief ich wie ein Stein. Der König hatte wie immer völlig recht: Die folgenden Interviews mit den Brüdern würden besser verlaufen, wenn ich nicht total übermüdet und halbtot von der Strapazen der langen Fahrt bei ihnen ankommen würde.

Außerdem ist die Autofahrt von den Adirondack Mountains nach Caldwell ziemlich malerisch. Der Northway ist eine meiner Lieblingsstraßen, denn er führt durch die Berge, in denen ich viele Sommer meiner Kindheit verbrachte. Jetzt, mitten im Herbst, waren die zerklüfteten Hügelketten zu beiden Seiten der Fahrbahn in Rot und

Gold getaucht. Im Sonnenuntergang erstrahlten die Felsen wie Edelsteine.

Als ich das Mietauto durch diese bezaubernde Kulisse lenkte, dachte ich darüber nach, wie sehr sich die Brüder verändert hatten, seit ihre Geschichte vor drei Jahren begann. Ich meine ... sie haben so viel verloren und so viel gewonnen. Es ging auf und ab. Ich musste an ihre erste Versammlung in *Nachtjagd* in Darius' Salon gleich nach seinem Tod denken ... und rief mir dann die Szene in Erinnerung, als sie aus dem Wald traten, um Phury für sich zu gewinnen. So viele Veränderungen, sowohl zum Guten als auch zum Schlechten.

Ich treffe Fritz am Parkplatz vor einem Marriott Hotel in Albany. Er ist mit dem Mercedes gekommen, und nachdem ich den gemieteten Ford Escape geparkt habe, nehme ich auf dem Rücksitz des S550 Platz. Wir fahren mindestens eine Stunde in Richtung Süden. Der Butler ist sehr gesprächig. Ich mochte den Klang seiner Stimme schon immer – mit dem leichten Akzent, welcher dem von Marissa ähnelt, erinnert mich seine Stimme an eine muntere Melodie Mozarts.

Als er die Trennwand hochfährt, und wir uns nur noch über die Sprechanlage verständigen können, weiß ich, dass es nicht mehr weit sein kann.

Schließlich erreichen wir das Anwesen. Die Nacht bricht bereits herein, und ich bin froh, dass die Auffahrt so gut ausgeleuchtet ist, sodass ich alles gut sehen kann. Fritz fährt die Trennwand wieder herunter und parkt zwischen Beths Audi und dem silbergrauen 911 Carrera 4S von Z. Neben dem Porsche steht noch ein schlichter schwarzer Hummer, den ich noch nie gesehen habe. Ohne dass Fritz es mir sagt, weiß ich sofort, dass es Qhuinns sein muss. Ein krasses Gefährt, das sich sicher hervorragend für Kampfeinsätze eignet, nur leider hinterlässt es einen CO_2-Fußabdruck so groß wie ein Dinosaurier.

Fritz bestätigt meine Vermutung über den Besitzer des Autos. Im Vorbeigehen stelle ich fest, dass der nagelneue Geländewagen schon eine ziemliche Delle in der Haube hat … eine Delle etwa so groß wie ein menschlicher Körper. Ich schnuppere. Es riecht nach Talkum. Das erinnert mich daran, dass die »Jungs« jetzt Soldaten sind, und ich werde ein bisschen nostalgisch.

Fritz führt mich in das Anwesen. Er nimmt mir den Mantel ab und informiert mich kurz, wo sich gerade alle aufhalten – oder zumindest wo sie sich aufgehalten haben, als er aufbrach, um mich abzuholen: Mary, V und Marissa sind drüben in der Höhle und arbeiten an einer Datenbank für das Refugium. Butch, Qhuinn and Blay sind am Schießstand beim Training. John und Tohr haben ein Meeting. Rhage ist oben. Er scheint flachzuliegen, wahrscheinlich neben einem Zwölferpack Alka Seltzer.

Wohl wieder mal die Bestie.

Der Butler will wissen, wen ich zuerst interviewen will, und ich frage ihn, ob er glaubt, Rhage hätte Lust anzufangen. Fritz nickt, und wir gehen nach oben.

Als wir an Rhages Zimmertür angekommen sind, zieht sich Fritz zurück, und ich klopfe selbst an.

Rhage: (mit gedämpfter Stimme) Ja?

J. R.: Ich bin's.
Rhage: Oh, Gott sei Dank. Komm rein.

Ich öffne die Tür. Im Schlafzimmer ist es so finster, dass das schwache Licht, das vom Flur hineindringt, sofort von der hungrigen Dunkelheit verschlungen wird.

Doch noch bevor ich eintrete, flackern Kerzen am Schreibtisch und neben dem Bett auf.

Rhage: Ich will ja nicht, dass du über irgendwas stolperst.
J. R.: Danke.

Verdammt, Rhage sieht nicht gut aus. Er liegt wirklich im Bett, und neben ihm liegt eine ansehnliche Menge Alka Seltzer. Er ist nackt, aber ein Laken bedeckt ihn bis zur Taille. Mir fällt wieder mal auf, dass er der am kräftigsten gebaute Mann der Bruderschaft ist. Das ist unübersehbar, sogar in einem Bett, das fast so groß ist wie ein olympisches Schwimmbecken. Aber es geht ihm nicht gut. Seine bahamasblauen Augen sind halb geschlossen, sein Mund leicht geöffnet und sein Bauch so aufgebläht, als hätte er einen Wetterballon verschluckt.

J. R.: Hat die Bestie sich mal wieder gezeigt?
Rhage: Ja … letzte Nacht kurz vor Tagesanbruch. (Er versucht, sich stöhnend zur Seite zu drehen)
J. R.: Bist du sicher, dass du das Interview jetzt machen willst?
Rhage: Jap. Für ein bisschen Ablenkung würde ich gerade alles tun. Und fernsehen kann ich auch nicht. Hey, könntest du mir noch ein paar Alka Seltzer geben? Mary hat mir zwar schon sechs eingeflößt, bevor sie gegangen ist, aber das Zeug hält nicht besonders lange vor.
J. R.: Selbstverständlich.

Ich bin erleichtert, dass ich etwas tun kann, um ihm zu helfen und eile zum Tisch, wo vier Packungen von dem Zeug neben einer Karaffe Wasser und einem Glas liegen. Ich schenke ein, drücke vier Tabletten aus der Verpackung und lasse die kreidigen Scheiben ins Wasser fallen.

J. R.: (das Sprudeln beobachtend) Vielleicht solltest du ein stärkeres Mittel nehmen?
Rhage: Doc Jane hat es schon mit Prilosec bei mir probiert. Hat aber nicht so viel gebracht.

Als ich wieder ans Bett herantrete, hebt er mühsam den Kopf, und ich halte ihm das Glas an die Lippen. Er trinkt, und ich fühle mich ein wenig schuldig, weil mir in dieser Situation auffällt, wie fantastisch er aussieht. Er ist unbestritten der schönste männliche Vampir, den ich je gesehen habe … man möchte fast sein Gesicht berühren, nur um sicherzugehen, dass es auch echt ist und nicht nur das Abbild männlicher Schönheit, das irgendein Künstler geschaffen hat. Er hat Wangenknochen wie gemeißelt, eine stark ausgeprägte Kinnpartie und weiche, volle Lippen. Die Haare sind blond, die wilden Locken fließen über das Kissen. Und er riecht einfach wahnsinnig gut.

Als ich das Glas wieder von seinen Lippen nehme, öffnet er die Augen. Diese strahlenden Augen hauen mich einfach um.

Rhage: (lacht leise) Du wirst ja rot.
J. R.: Stimmt ja gar nicht.
Rhage: (nä-nä-nä singend) Du wirst rot. Du wirst rot.

J. R.: Wie kommt es nur, dass ich dir am liebsten eine reinhauen würde, obwohl du doch schon am Boden liegst?

Rhage: (ironisch) Du sagst immer so süße Sachen.

J. R.: (lachend, man muss einfach lachen, weil er so einnehmend ist.) Moment mal, ich dachte dein Sehvermögen wäre danach immer stark beeinträchtigt?

Rhage: Ja schon, aber du wirst SO ROT, dass es sogar ein Blinder sehen würde. Jetzt aber genug von dir gequatscht, reden wir mal über mich. (klimpert mit seinen meterlangen Wimpern) Also los, was willst du wissen? Welche Fragen brennen dir auf den Nägeln?

J. R.: (noch immer lachend) Du bist anscheinend der Einzige aus der Bruderschaft, der Bock auf dieses Interview hat.

Rhage: Da bin ich aber froh, dass ich anders bin, als der Rest dieser verlotterten Bande von Idioten.

J. R.: Was ist passiert? (setzt sich auf die Bettkante)

Rhage: Ich verfolgte einen Hinweis auf ein weiteres »Überzeugungszentrum« der *Lesser* und, lass es mich mal so sagen, ich habe gefunden, wonach ich gesucht habe – und noch mehr.

J. R.: (ich schlucke) Waren dort viele von ihnen?

Rhage: Auf jeden Fall genug. Es kam zu einem Schusswechsel, und eine der Kugeln traf mich.

J. R.: Wo wurdest du getroffen?

Rhage: (schlägt das Laken an den Beinen zurück, und ein Verband an seinem Oberschenkel wird sichtbar) Ich und die Bestie, wir kommen jetzt viel besser miteinander aus, denn sie mag es gar nicht, wenn ich durchlöchert werde. Aber glücklicherweise kamen Qhuinn, John, Matthew und Blay dazu, als Verstärkung sozusagen – wie auch schon letzte Woche, als ich mit Z unterwegs war ... (Grinst) Mann, die waren vielleicht überrascht von meinem Alter Ego.

J. R.: Was halten die Jungs denn von der Bestie?

Rhage: Als ich wieder aufwachte, standen sie um mich herum und glotzten so verschreckt, als wären sie gerade überfallen worden. Mann, die waren so weiß im Gesicht wie Schießer-Unterhosen (Lacht). Ich nehme mal an, die Bestie hat sich um die Verstärkung gekümmert, die die *Lesser* gerufen hatten. (Streicht sich über den Bauch.) Das müssen eine ganze Menge gewesen sein.

J. R.: Aber hinterher musst du dich immer noch erholen? (Rhage wirft mir einen »ja, du Blitzchecker«-Blick zu und fährt sich noch mal über den Bauch.) Okay, dumme Frage. Ich meine, ist es jetzt schon etwas leichter für dich geworden, mit der Bestie klarzukommen?

Rhage: Ja und nein. Ich versuche jetzt nicht mehr dagegen anzukämpfen, wenn sie rauswill, und das scheint die Regenerationsphase hinterher zu verkürzen. Aber es ist danach trotzdem noch ziemlich unangenehm – besonders wenn es vorher einen Snack gab. Das Gute ist, dass ich mir jetzt keine so großen Sorgen mehr darüber machen muss, dass das verdammte Ding auch ein Happy Meal aus meinen Brüdern oder den Jungs machen würde. Abgefahren ... aber seit Mary da ist, scheint sich die Bestie sogar auf andere Leute einzustellen. Ergibt das einen Sinn? Aber irgendwie ist das Viech jetzt in der Lage, Leute als Freude oder Feinde zu betrachten und nicht einfach nur als Beute, verstehst du?

J. R.: Das muss eine Riesenerleichterung für dich sein.

Rhage: Mann, ich konnte keine Sekunde aufhören, mir über diesen Scheiß Sorgen zu machen. Es ist jetzt also wirklich in vielerlei Hinsicht besser als vorher geworden. Normalerweise würde ich jetzt noch immer total neben mir stehen. Die Erholungsphase war vorher wirklich schlimm. Aber jetzt … in etwa drei Stunden bin ich wieder auf den Beinen. Ich werde zwar immer noch ein bisschen mit der Verdauung zu kämpfen haben, aber wenigstens halten die Schmerzen mittlerweile nicht mehr so lange an (Schüttelt den Kopf). Aber ich muss sagen, selbst wenn es immer noch so übel wäre … das würde mir nichts mehr ausmachen.

J. R.: Wirklich?

Rhage: Ich hab ja jetzt meine Mary. Sogar wenn mich die Bestie in Stücke reißen würde, um herauszukommen, solange ich mich nachher wieder so weit herstellen kann, dass ich mit ihr zusammen sein kann, ist das schon okay.

J. R.: Das ist so schön.

Rhage: Nein, sie ist so schön.

J. R.: Wo wir gerade über Liebesangelegenheiten reden … Ich habe gehört, dass ihr beide …

Rhage: … dass wir an Nachwuchs denken? (grinst) Ja, das tun wir wirklich. Die Sache ist nur, ich weiß noch nicht so richtig, wie wir es anstellen sollen.

Aber vielleicht ergibt sich ja eine gute Gelegenheit, wir werden sehen. Im Moment reden wir nur darüber.

J. R.: (Ich will ihn nicht weiter bedrängen) Also ich glaube, ihr beide wärt wunderbare Eltern.

Rhage: Weißt du was? Ich auch. Aber es gibt vorher noch ein paar Dinge, die geklärt werden müssen, zwischen Mary und mir … Mary ist …

J. R.: Was ist mit Mary?

Rhage: (schüttelt den Kopf) Nein, das geht nur uns beide etwas an. Egal, wenn es dazu kommt, wäre es super, und wenn nicht, dann bin ich auch glücklich, denn ich habe ja sie. Ich meine, verdammt, schau dir bloß mal Tohr an.

J. R.: Bei ihm läuft es nicht besonders, oder?

Rhage: Nein, wirklich nicht. Und um ehrlich zu sein, macht uns das alle total fertig. Der Scheiß ist, dass ich ihm ja nicht helfen kann. Ich kann nur versuchen, seine Situation zu verstehen, weil … er schließlich mein Bruder ist, und ich fühle mit ihm und will ihn nicht so leiden sehen. Ich muss dann immer an mich selber denken … ich ohne Mary … (Er schließt die Augen und kneift die Lippen zusammen.) Ja, was wolltest du denn sonst noch fragen?

In der Pause, die nun entsteht, denke ich darüber nach, was die *Shellans* durchmachen müssen, wenn ihre Männer draußen sind und kämpfen. Aber die Kehrseite der Medaille ist genauso traurig. Ohne ihre Gefährtinnen sind die Brüder einfach nur Untote – und das muss für diese starken Krieger bestimmt genauso erschreckend sein. Eigentlich muss sich Rhage zwar keine Sorgen machen, Mary zu verlieren, aber es muss schwer sein, jemanden vor sich zu haben, der nicht so viel Glück hatte wie er.

Bevor ich noch ein paar sinnlose Fragen stellen kann, wie etwa, ob er mit V immer noch diesen Witzwettbewerb laufen hat, klopft es an die Tür. Rhage gibt eine Art Schnurrlaut von sich, noch ehe die Tür sich öffnet. Also bin ich nicht überrascht, als Mary eintritt. Wie immer trägt sie einfache Khakihosen und ein Poloshirt, aber ihre Erscheinung hat eine Wirkung auf Rhage, als sei sie Miss America in einem Glitzerkleid. Es ist, als würde sie einen Schalter in ihm umlegen. Er sieht nur noch sie. Er flirtet zwar gern und viel, aber nur mit ihr meint er es ernst. Mir wird wieder einmal klar, dass sie die besondere Ausnahme und wir anderen nur die Regel sind.

Oh, und sein Bindungsduft liegt ganz deutlich in der Luft. Habe ich schon erwähnt, dass er wahnsinnig gut riecht?

Mary und ich sagen Hallo, und ich merke, dass drei einer zu viel sind, als Rhage sich im Bett aufrichtet und die Hand nach ihr ausstreckt. Er nimmt sie in seine starken Arme. Mary und ich tauschen noch ein paar Nettigkeiten aus, und dann wende ich mich zur Tür.

Rhage ruft mich sanft beim Namen, und ich blicke noch einmal über die Schulter zurück. Über ihren Kopf hinweg schenkt er mir ein kaum merkliches, trauriges Lächeln. Als müsse er sie so festhalten, weil sie wie ein flüchtiger Lottogewinn für ihn ist und er sein Glück gar nicht fassen kann. Ich nicke ihm zu … und lasse die beiden allein.

Perfekte Männer (Vampire) sind einfach nicht so interessant für mich. Ihr wisst schon, wovon ich rede, oder? Diese Alpha-Männchen. Diese Typen, die hammermäßig gut aussehen und immer ein breites, strahlendes Grinsen auf dem Gesicht haben und denken, sie hätten eine Raketenabschussrampe in ihrer Calvin Klein versteckt. Genau die haben mich immer kaltgelassen.

Während ich *Wrath & Beth* schrieb, machte Rhage den Eindruck eines Schönlings auf mich, den ich nicht mal geschenkt haben möchte. Ein Draufgänger, der nur so vor Selbstvertrauen strotzt und in jedem Hafen eine andere Braut hat. Also kein besonders positiver Held in meinen Augen. Überhaupt, was für eine Entwicklung könnte er schon machen? *Super Typ trifft Mädchen. Super Typ bekommt Mädchen. Äh ... super Typ behält Mädchen und behält Mädchen, und dann bleibt das Mädchen noch länger bei ihm, weil er – Hallo – der perfekte Mann ist, und sie es super findet, beim Sex das Licht anzulassen.*

Die Story ließe sich in zwei Kapiteln erzählen. Außerdem ist so viel Perfektion ja fast widerlich. Wie sollte denn da das »Und sie lebten glücklich bis ans Ende ihrer Tage« bitte schön aussehen? Sie lässt Spiegel über dem Bett anbringen und er ... na ja, er ist sowieso glücklich, weil er ja so perfekt ist.

Um ehrlich zu sein, war ich erst nicht besonders begeistert davon, dass ich nach Wrath Rhages Geschichte erzählen sollte.

Aber beim Schreiben von *Wrath & Beth* erkannte ich plötzlich sein Potenzial. Es wurde mir in der Szene in den unterirdischen Räumen von Darius' Haus klar, in der Beth ihm die Alka Seltzer besorgt und ihm hilft, sich davon zu erholen, dass die Bestie in ihm mal wieder in Erscheinung getreten ist. Während ich diese Seiten schrieb, hatte ich plötzlich eine Vision von Rhage/Hollywood: Ich sah ihn und die Bestie in ihm und wie schwer es für ihn ist, mit diesem Fluch zu leben. Ich sah, dass all der Sex, den er hat, eigentlich dumpf und unbedeutend für ihn ist und nur der Ablenkung von seinem Schicksal dient. Ich sah ihn sich unsterblich in Mary verlieben und für diese Liebe ein großes Opfer bringen.

Er war gar nicht so perfekt, sondern er litt. Er hatte zu kämpfen.

Als ich dann den Rohentwurf der Geschichte fertig hatte, war nicht nur mein Interesse an der Figur Rhage geweckt, sondern ich hatte ihn regelrecht ins Herz geschlossen. Er war so viel anziehender, seit er und sein Leben nicht mehr dem *Playboy-Mansion*-Klischee entsprachen.

Das bringt mich auf Schreibregel Nummer sechs: *Conflict is king*. Konflikte bringen's.

Was in *Rhage & Mary* wirklich funktioniert, sind die Konflikte. Mary und Rhage müssen Himmel und Hölle in Bewegung setzen, um zusammen sein zu können: Sie müssen sich Marys Krankheit stellen, mit der Tatsache umgehen, dass sie ein Mensch ist und er nicht, die Bestie in ihm zähmen und Mary gegen alle Widerstände in die Welt der Bruderschaft einführen. Und jedes Mal, wenn sie eines dieser Hindernisse überwinden, macht sie das stärker.

Nehmen wir mal Marys Leukämierückfall. Gegen Ende von *Rhage & Mary*, als klarwird, dass sie nicht mehr lange zu leben hat, sucht Rhage Hilfe bei der Jungfrau der Schrift und bittet sie, die Frau, die er liebt, zu retten. Die Jungfrau der Schrift erhört seine Bitte, hat aber nur eine ziemlich grausame Lösung für das Problem. Sie sagt Rhage, dass sie Mary vor ihrem Schicksal bewahren, sie also vor ihrem sicheren Tod retten kann. Aber das universelle Gleichgewicht muss aufrechterhalten werden, also muss Rhage als Gegenleistung für den Rest seines Lebens mit der Bestie in sich leben und darf Mary niemals wiedersehen. Außerdem wird Mary jede Erinnerung an ihn und ihre Liebe verlieren:

> *Als er schließlich sprach, zitterte seine Stimme. »Ihr nehmt mir das Leben.«*
>
> *»Genau darum geht es«, entgegnete sie in einem unendlich sanften Tonfall. »Das ist Yin und Yang, Krieger. Dein Leben gegen ihres. Das Gleichgewicht muss erhalten bleiben, Opfer müssen gebracht, wenn Geschenke dargeboten werden. Wenn ich diese Frau für dich retten soll, musst du mir ein Pfand geben. Yin und Yang.«*
>
> – RHAGE & MARY, Seite 544

Das ist mal ein richtiger innerer Konflikt. Rhage hat zwar die Macht, Mary zu retten, aber er muss dafür ein gewaltiges persönliches Opfer bringen.

Konflikte in einem Buch sind wie Mikroskope. Wenn man sie auf eine Figur richtet, erkennt man, was jenseits der oberflächlichen Erscheinung in ihr steckt. Man erkennt, ob jemand stark oder schwach ist, ob er seinen Prinzipien treu bleibt, ein Held oder ein Bösewicht ist.

In den Gesprächen über Marys Krankheit hat Rhage sowohl mit einem äußeren als auch einem inneren Konflikt zu kämpfen. Denn er wird von der Jungfrau der Schrift zu einer Entscheidung genötigt – er muss zwischen seiner Liebe für Mary und seinem Wunsch, die Bestie loszuwerden, wählen. Er beweist, dass er ein wahrer Held ist, indem er sein eigenes Glück zum Wohl seiner großen Liebe opfert. Auf einer höheren Ebene macht er damit außerdem eine große persönliche Entwicklung durch – von dem egoistischen Vampir, der er einst war, zu dem mitfühlenden, liebenden Wesen, das er heute ist.

Versteht ihr jetzt, warum ich ihn einfach ins Herz schließen musste?

Die Konflikte gehören in einem Buch zu den wichtigsten Elementen. Und ich sehe sie als eine Art Schachbrett, auf dem sich die Figuren einer Geschichte bewegen müssen: Wie sie sich darauf bewegen und was sie tun, um dorthin zu gelangen, wo sie hinwollen, ist genauso bedeutend wie der Konflikt, der sie in Bewegung gesetzt hat.

Schreibregel Nummer sieben: *Glaubhafte Überraschungen.*

Glaubhafte Überraschungen sind die Königinnenfiguren eines Autors auf dem Schachbrett des Schreibens. Überraschend kann vieles sein, aber wenn man vorher keinen tragenden Kontext dafür geschaffen hat, wirkt so eine Überraschung leicht total aufgesetzt. Damit eine Auflösung wirklich funktioniert, braucht es also beides – einen wirklichen Konflikt und eine unerwartete, aber glaubhafte Lösung dafür.

Nehmen wir mal das Ende von *Rhage & Mary*. Als Rhage in den Handel mit der Jungfrau der Schrift einwilligt, um Marys Leben zu retten, sind er und seine *Shellan* eigentlich geliefert. Und doch sind die Liebenden am Ende wieder vereint (dank des halsbrecherischen Fahrstils von Fritz – wer hätte gedacht, dass in dem *Doggen* ein kleiner Michael Schumacher steckt?), Mary ist geheilt, und sie kann sich sogar an alles, was sie mit Rhage verbindet, erinnern. Großartig! Fantastisch! Abgesehen von der Tatsache, dass das laut Rhages Abmachung mit der Jungfrau der Schrift eigentlich gar nicht möglich ist.

Und da kommt jetzt die glaubhafte Überraschung ins Spiel. Es stellt sich heraus, dass das Opfer für Marys Rettung bereits erbracht wurde. Als die Jungfrau der Schrift zu Mary geht, um sie vor ihrem Schicksal zu bewahren, erkennt sie, dass die Frau aufgrund der Leukämiebehandlungen unfruchtbar geworden ist. In den Augen der Jungfrau der Schrift ist das genug, um das Geschenk ewigen Lebens auszugleichen. Sie erklärt:

> *»Ich bedaure, dass dir die Fähigkeit, Leben hervorzubringen, genommen wurde. Die Freude zu erschaffen, war mir stets der Mittelpunkt meiner Existenz, und es bereitet mir großen Kummer, das du niemals dein eigen Fleisch und Blut in den Armen halten, niemals in deine eigenen Augen im Gesicht eines anderen Wesens blicken wirst; dass du niemals das Wesentliche deiner Selbst mit dem deines Geliebten wirst vermischen können. Was du verloren hast, ist ein ausreichend großes Opfer.«*
>
> – RHAGE & MARY, Seite 558

Wer hätte gedacht, dass Marys Unfruchtbarkeit der Schlüssel zu einem Ende sein würde, das die Heldin und den Held wieder vereint? Ich jedenfalls nicht … aber dann: Überraschung! Und der Grund, warum das Ganze auch noch glaubhaft ist, ist Folgender: Marys Unfruchtbarkeit war früher in der Geschichte schon einmal angedeutet worden, und für die Jungfrau der Schrift war die Ausgewogenheit des Schicksals schon immer wichtig. Ihre Gaben haben immer ihren Preis.

Wie schon gesagt, überraschte dieser Ausgang sogar mich – und er war eine unglaubliche Erleichterung. Als ich die Story entwarf und an die Stelle mit dem Pakt zwischen Rhage und der Jungfrau der Schrift kam und alles verloren schien, hätte ich vor Verzweiflung am liebsten meinen Kopf gegen den Monitor geschlagen. Ich meine, ich schreibe nun mal Paranormal ROMANCE und ROMANCE endet nun mal mit einer Hochzeit. Ich war völlig panisch, weil ich keine Ahnung hatte, wie die beiden ein »glücklich bis ans Ende ihrer Tage« bekommen sollten.

Aber sie bekamen es – dank einer glaubhaften Überraschung.

Tiefe Konflikte und befriedigende, aber nicht vorhersehbare Auflösungen machen den Unterschied. Das Problem, zumindest für mich, ist aber, dass ich nie weiß, ob beide Hälften wirklich zusammenpassen, bevor ich die Szenen zu Papier gebracht habe. Um ehrlich zu sein, habe ich keine Ahnung, wo meine Ideen herkommen, und gegen Ende einer Geschichte fühle ich mich immer so, als würde ich auf dem Zahnfleisch gehen. Wenn ich dann endlich einen tollen Schluss habe, mache ich drei Kreuze, denn vorher bin ich mir nie sicher, ob der Zauber, den ich mir wünsche, auch wirklich aufkommt. Wenn es aber so ist, bin ich unheimlich glücklich und dankbar, ohne es als Garantie für das nächste gelungene Buchende zu nehmen.

Aber es gibt noch ein paar andere Dinge in Rhages Geschichte. Als der Entwurf stand und ich endlich zu schreiben begann, hatte ich das Gefühl, dass irgendetwas nicht stimmte. Der Ton, den ich anschlug, war so ganz anders als in Wraths Buch. Die Atmosphäre war einfach ... na ja, mehr Rhage eben und weniger Wrath.

Mich machte das total nervös, denn ich hatte immer gedacht, dass sich das Schreiben aller Bücher gleich anfühlen würde. Aber dem war nicht so, und mit der Zeit lernte ich, dass die einzelnen Folgen einer Serie ruhig stilistisch voneinander abweichen können. Der Kontext muss natürlich der gleiche bleiben. Und die Hauptfiguren sowieso. Aber jede Folge hat ihren eigenen Rhythmus, ihr eigenes Tempo und eine eigene Grundstimmung. Wraths Story hatte ein ziemlich hohes Tempo, mit schnellen Wendungen und sparsamen Dialogen. Rhages Story legte ich sanfter, romantischer und auch komischer an, außerdem packte ich noch mehr Sex hinein. Zs Geschichte ist einfach nur düster. Der Ton in Butchs Story ähnelt in seiner Schärfe wieder mehr dem von Wrath, und man erfährt viel über die Welt der *Black Dagger*. Die Grundstimmung in Vs Buch ist eleganter, schlichter – aber man spürt auch deutlich die Gefahr. Phurys Geschichte wiederum ist romantisch, atmosphärisch und warm.

Das bringt mich auf Schreibregel Nummer acht: *Listen to your Rice Krispies*. Vertrau auf deine grauen Zellen.

Wie schon gesagt, ich habe keine Ahnung, wo meine Ideen herkommen. Ich weiß nur, dass mein Kopf schon immer voller Bilder war, und die bestimmen, was ich schreibe. Ich wollte nicht, dass Rhages Geschichte die nächste Folge in der Serie wird, aber sie wurde es. Ich wollte, dass Rhages Ton dem von Wrath entspricht – tat er aber nicht. Ich wusste bis zuletzt nicht, wie es mit Mary und Rhage enden sollte, aber am Ende waren sie doch wieder vereint. (P.S.: Ich wollte eigentlich, dass der Schreibprozess bei Rhages Geschichte leichter wird, weil ich davor ja schon neun

Monate damit verbracht habe, überhaupt nur die Welt der *Black Dagger* zu konstruieren. Aber es wurde wieder genauso hart. Nur auf etwas andere Weise. Aber dazu später mehr.)

Schließlich fügte sich alles irgendwie, weil ich mich von den Bildern in meinem Kopf habe leiten lassen. Auch wenn ich mich zwischendurch mal verfranse, vertraue ich meinen Geschichten … in erster Linie, weil ich gar keine andere Wahl habe. Was mir von selbst vorschwebt ist immer tausendmal besser als alles, was ich bewusst zu konstruieren versuche.

Hier ist ein kleines Beispiel aus Rhages Buch, bei dem ich auf meine grauen Zellen vertraut habe. Als ich mit dem Schreiben von *Rhage & Mary* begann, tauchte plötzlich Vishous, der Wächter der Visionen, in meinem Kopf auf und eröffnete Rhage, dass er mit einer Jungfrau enden würde. Ich war natürlich verwirrt, denn wie sollte das funktionieren, wo Mary doch schließlich schon mal mit jemandem zusammen war, bevor sie Hollywood traf. Trotzdem dachte ich mir, okay, wenn V das sagt, wird es schon stimmen. Und dann – beim weiteren Schreiben – gab V mir immer wieder kleine Hinweise darauf, dass Marys Name eine besondere Bedeutung hat. Ich hatte zwar erst noch keine Ahnung, worauf er hinauswollte, aber mir spukte diese Namensgeschichte die ganze Zeit im Kopf herum. Ich dachte mir, ich schreibe das jetzt einfach mal so, und wenn es nirgendwo hinführt, bügele ich es nachher einfach wieder aus.

Erst ganz zum Schluss wurde es mir dann klar. Mary und Rhage liegen zusammen im Bett, nachdem sie wieder glücklich vereint sind:

Mary hob den Kopf. »Weißt du, meine Ma sagte immer, ich würde gerettet werden, ob ich an Gott glaube oder nicht. Sie war überzeugt, ich könnte mich wegen des Namens, den sie mir gegeben hatte, der Gnade nicht entziehen. Sie meinte immer, jedes Mal, wenn jemand meinen Namen sagen oder schreiben oder denken würde, dann wäre ich der Gnade teilhaftig.«

»Deinen Namen?«

»Mary. Die englische Form von Maria. Sie hat mich nach der Jungfrau Maria benannt.«

– RHAGE & MARY, Seite 561

Ich erinnere mich noch gut daran, wie ich diesen Dialog tippte und lauthals lachen musste. Vishous hat immer recht!

Aber jetzt gebe ich euch noch ein Beispiel dafür, dass es nicht immer so leicht ist, den Bildern in meinem Kopf zu vertrauen.

Während ich die achtundfünfzig Seiten lange Outline von Rhages Story schrieb, gab es eine Szene, die den ungeschriebenen Gesetzen der romantischen Konventionen zuwiderlief. Normalerweise geht der Held eines klassischen Liebesromans nicht mehr mit anderen Frauen ins Bett, nachdem er erst einmal mit der Heldin zusammen ist. Klar. Und wer würde sich auch ernsthaft auf jemanden einlassen, der wild in der Gegend herumvögelt?

Aber Rhage landet im Bett mit einer anderen Frau, nachdem er und Mary bereits ein Paar sind. Sie haben zwar noch nicht miteinander geschlafen, aber die Anziehung ist deutlich zu spüren und die Verbindung zwischen den beiden ist klar – zumindest was Rhage betrifft. Aber das Problem ist die Bestie in ihm. Um diesen Fluch einigermaßen unter Kontrolle zu behalten, ist er gezwungen, die schlechte Energie im Kampf oder beim Sex loszuwerden. In der Nacht, in welcher der »Betrug« stattfindet, ist er besonders unter Druck. Mit Mary zusammen zu sein hat ihn ziemlich scharfgemacht, weil er sich extrem zu ihr hingezogen fühlt, und er hat auch vergeblich versucht, sich in einen Kampf verwickeln zu lassen, um die Spannung abzubauen. Schließlich erreicht er ein kritisches, gefährliches Niveau. Er hasst, was er tut, und hasst sich für den Fluch, der auf ihm lastet – und es ist ganz offensichtlich, dass es diese Umstände sind, die ihn zu seinem Handeln zwingen, und er es nicht aus freien Stücken so weit kommen lässt. Es handelt sich hier also nicht um den klassischen Fall eines skrupellosen schwanzgesteuerten Weiberhelden.

Die Szene, als Rhage wieder zurück in ihr Zimmer kommt, war herzzerreißend zu schreiben. Ich sehe ihn noch immer vor mir, wie er aus der Dusche kommt, sich auf die Bettkante setzt, ein Handtuch um die Hüften geschlungen. Er lässt den Kopf hängen und ist total niedergeschlagen, in der Zwickmühle zwischen dem Fluch, der auf ihm lastet, und seiner Liebe zu Mary. Das ist ein sehr harter Moment, und es schafft einen sehr schwerwiegenden Konflikt zwischen den beiden. Gemeinsam sind sie zwar in der Lage, ihn zu überwinden, aber mir war beim Schreiben klar, dass dies eine Sache ist, mit der nicht alle Leser gut würden umgehen können. Ich verstehe auch sehr gut, warum. Deshalb war ich beim Schreiben des Buches auch sehr vorsichtig, wie ich diesen Konflikt behandelte.

Als ich anfing, die Serie zu schreiben, hatte ich keinesfalls die Absicht, Unruhe zu stiften oder Konventionen zu brechen, und das ist auch jetzt nicht mein Ziel. Trotzdem hatte ich mir fest vorgenommen, die Geschichte getreu meiner inneren Eingebung zu schreiben, und diesem Prinzip bin ich bis heute treu geblieben. Die Schwierigkeit besteht also für mich darin, wie ich meine Geschichte erzählen kann, ohne die Spielregeln des Genres, das ich sehr schätze, zu verletzen. Es ist immer eine Frage der Ausgewogenheit, und während des Überarbeitungsprozesses verwenden meine Lektorin und ich die meiste Zeit darauf, Harmonie zu schaffen. Bei Rhage hatte ich oft das Gefühl, dass mir diese Gradwanderung gut gelungen ist … aber manchmal wünschte ich auch, ich würde es besser hinbekommen. Aber davon später mehr.

Wo wir gerade von der Überarbeitung sprechen, muss ich noch ein Wort über Butch verlieren. Ursprünglich war die Story von dem Ex-Cop und Marissa für *Rhage & Mary* geplant. Die zwei sollten sich verlieben, und er sollte nach seiner Transition zu einem Mitglied der Bruderschaft gemacht werden – und das war's. Als ich anfing, Rhages Geschichte zu entwerfen, fand ich es super, über Butch und Marissa zu schreiben, weil ich fand, dass eine tolle Chemie zwischen ihnen bestand, und ich schon eine ganze Reihe von guten Szenen mit den beiden im Kopf hatte.

Aber nach etwa zweihundert Seiten merkte ich, dass es da ein Problem gab. Butch und Marissa fingen an, Rhage und Mary den Platz als Hauptpersonen streitig zu machen, und es war praktisch so, als würde ich zwei eigene Bücher schreiben.

Der Bulle war einfach keine Nebenhandlung.

Zuerst hatte ich eine Riesenangst, diese Szenen wieder herauszunehmen, denn ich fürchtete, dass es den Romanen die Tiefe nehmen würde. Außerdem hatte ich Angst, die Szenen, die ich bereits geschrieben hatte, ganz zu verlieren – und die waren wirklich gut. Zu diesem Zeitpunkt wusste ich ja noch nicht, wie viele der Romane über die Bruderschaft ich am Ende würde machen können, und ich wollte Marissas und Butchs Geschichte unbedingt schreiben. Überhaupt fand ich das, was ich schon formuliert hatte, wirklich, wirklich, wirklich gut. Ich meine, ich *mochte* es wirklich. Diese Seiten wieder herauszunehmen fühlte sich für mich an, als solle ich den Text demontieren.

Aber es half nichts, denn so funktionierte die Story einfach nicht. Egal, wie sehr ich herumdruckste, und welche Entschuldigungen ich vorbrachte, es war einfach nicht miteinander zu vereinbaren.

Da wären wir wieder bei Schreibregel Nummer drei: *Kümmere dich um deinen eigenen Kram.*

Wenn du weißt, dass etwas einfach nicht funktioniert, egal, wie sehr du daran hängst, trenn dich davon. Warte nicht darauf, dass dein Lektor dir sagen muss, was du im tiefen Herzen eigentlich schon selbst weißt, und triff diese harten Entscheidungen selbst, weil es am Ende das Beste für das Buch ist, an dem du gerade arbeitest.

Ich behaupte nicht, dass das einfach ist.

Obwohl ich längst wusste, dass Rhages Story in Gefahr war, konnte ich mich einfach nicht dazu durchringen, die Streichungen vorzunehmen, und es dauerte Wochen, bis ich endlich so weit war. Was schließlich den Ausschlag gab, war, dass mich das nagende Gefühl, ich versaue gerade das Buch, einfach nicht losließ – sondern im Gegenteil sogar immer stärker wurde. Aber als ich dann endlich den Mumm dazu hatte, packte ich es an und verpasste dem Text ein ordentliches Lifting. Ich habe das Manuskript in Stücke geschnitten und mir dabei fast in die Hosen gemacht, vor Angst, es komplett zu verbocken, weil ich wie immer eine enge Deadline einzuhalten hatte: Ich wusste, wenn ich dem Buch mit meinen Kürzungen die Substanz rauben würde, hätte ich keine Chance mehr, es noch rechtzeitig auszubessern (was eine Reihe von komplizierten Verschiebungsproblemen für meinen Verlag nach sich ziehen würde).

Aber nachdem ich Rhages Material wieder zusammengefügt hatte, las ich es noch einmal durch und wusste, dass ich das absolut Richtige getan hatte. Denn nun war der Fokus richtig, und die ganze Geschichte funktionierte viel besser.

Mein Tipp ist: Vertraue auf deinen inneren Lektor, wie du auf deine grauen Zellen vertraust. Nur weil man glaubt, dass eine Passage in sich brillant ist, muss sie sich nicht zwangsläufig gut in die Gesamtstory einfügen lassen. Das versuche ich mir immer in Erinnerung zu rufen, denn die Geschichte der *Black Dagger* hat so viele Elemente, dass ich immer wieder Gefahr laufe, den Hauptplot aus den Augen zu verlieren. Es ist nicht immer leicht, die verschiedenen Handlungsstränge miteinander in Harmonie zu bringen.

Es ist schwer zu sagen, was meine Lieblingsszene in Rhages Geschichte ist. Aber wenn ich mir eine aussuchen müsste … dann wäre es die zweite Szene, nachdem Mary sich von Rhage getrennt, das Anwesen der Bruderschaft verlassen hat und bei Bella eingezogen ist. Es passiert, direkt nachdem Rhage zu Bellas Farm gekommen ist und er und Mary das offizielle Trennungsgespräch geführt haben. Rhage verlässt das Haus. Er ist von dem Verlust total niedergeschmettert. Am Nachthimmel steht der Mond, und er muss daran denken, was Mary getan hat, als sie ihre zweite Verabredung im Park hatten:

Stattdessen blieb er abrupt stehen. Vor ihm erhob sich der Mond gerade knapp über die Baumwipfel, und er war voll, eine leuchtende Scheibe in der kalten, wolkenlosen Nacht. Er streckte einen Arm aus und kniff ein Auge zu. Dann brachte er seinen Blickwinkel in Einklang, bis er den strahlenden Himmelskörper in der gekrümmten Handfläche wog. Vorsichtig hielt er die Erscheinung fest.

Gedämpft hörte er ein donnerndes Geräusch aus Bellas Haus. Eine Art rhythmisches Klopfen.

Rhage blickte sich um, als es lauter wurde.

Die Eingangstür flog auf, und Mary kam aus dem Haus geschossen, sprang von der Veranda, machte nicht den Umweg über die Stufen. Barfuß rannte sie über den mit Reif bedeckten Rasen und warf sich ihm in die Arme. Beide Hände schlangen sich um seinen Nacken. Sie drückte ihn so fest, dass seine Wirbelsäule knackte.

Sie schluchzte. Heulte. Weinte so heftig, dass sie am ganzen Körper zitterte.

Er stellte keine Fragen, er nahm sie einfach nur in die Arme.

»Es geht mir nicht gut«, stieß sie heiser zwischen zwei Schluchzern aus. »Rhage … es geht mir nicht gut.«

Er schloss die Augen und hielt sie fest.

– RHAGE & MARY, Seite 397/398

Ich finde, das ist eine großartige Szene, denn es ist so ergreifend, zu sehen, wie er sich daran erinnert, was sie in einer glücklicheren Zeit getan hat. Und wenn sie dann aus dem Haus kommt und sich in seine Arme wirft, markiert das eine Wendung für sie. Sie streckt die Hand nach ihm aus und lässt damit endlich zu, dass jemand an ihrem Leben und ihrer Krankheit teilhat.

Die erotischste Szene? Äh … die Bettszene eben. Ihr wisst schon welche … die mit den Ketten. Damit ihr euch erinnert, füge ich die Passage hier ein. Rhage sucht in der Höhle nach etwas, mit dem er sich ans Bett fesseln kann:

Rhage nickte. »Ich will nur noch Mary. Ich könnte momentan bei einer anderen nicht mal einen hochkriegen.«

»Ach, du Scheiße, Mann«, raunte V.

»Was ist so schlecht an der Monogamie?«, fragte Butch, setzte sich hin und machte das Bier auf. »Ich meine, sie ist doch eine tolle Frau. Mary ist was Besonderes.«

V schüttelte den Kopf. »Weißt du nicht mehr, was du auf dieser Lichtung gesehen hast? Wie würde es dir gefallen, wenn das in der Nähe einer Frau passiert, die du liebst?«

Butch stellte das Bier ab, ohne einen Schluck getrunken zu haben. Er musterte Rhages Körper.

»Wir brauchen eine verdammte Wagenladung Stahl.«

– RHAGE & MARY, Seite 494

Das erinnert mich auch an meine Lieblingszeilen in einer Szene ziemlich am Anfang, als V und Butch im Cadillac Escalade Schutz suchen, während Rhages Bestie sich an ein paar *Lessern* gütlich tut:

Binnen Kurzem war die Lichtung leergefegt. Mit einem erneuten ohrenbetäubenden Brüllen schwenkte die Kreatur herum, als suchte sie nach mehr Futter. Da keine Vampirjäger mehr zu sehen waren, richtete sie den Blick auf den Escalade.

»Kann das Vieh das Auto aufkriegen?«, erkundigte sich Butch leicht beunruhigt.

»Wenn es will, schon. Glücklicherweise wird es wohl nicht mehr besonders viel Hunger haben.«

»Hm, und was ist, wenn noch Platz für einen kleinen Nachtisch ist?«, stieß Butch durch die Zähne hervor.

– RHAGE & MARY, Seite 57/58

Eine weitere Szene, die mir sehr gefällt, ist die, als klarwird, dass die Bestie eine Gefahr für alle ist, außer für Mary. Der Showdown in ihrem Haus ist vorüber, und die Bestie hat die *Lesser* erledigt. Nach dem Gemetzel nähert sich die Bestie in Rhage Mary:

Ohne jede Vorwarnung wirbelte die Bestie herum und warf sie dabei mit dem Schwanz zu Boden. Sie machte einen hohen Satz auf das Haus zu und krachte mit dem Oberkörper durch ein Fenster.

Ein Lesser *wurde in die Nacht herausgezerrt. Das empörte Brüllen erstarb, als die Kreatur sich den bleichen Mann zwischen die Kiefer steckte.*

Mary krümmte sich zu einer Kugel zusammen, um sich vor den Stacheln auf dem Schwanz zu schützen. Sie hielt sich die Ohren zu und kniff die Augen zusammen, um die schmatzenden Geräusche und den furchtbaren Anblick zu vermeiden.

Einen Augenblick später spürte sie ein Stupsen. Die Bestie stieß sie mit der Nase an.

Sie richtete sich auf und sah in die weißen Augen.

»Mir geht es gut. Aber an deinen Tischmanieren müssen wir noch arbeiten.«

Die Kreatur schnurrte und legte sich flach auf den Boden, den Kopf auf ihre Schienbeine gebettet.

– Rhage & Mary, Seite 521

Mary hat nicht nur Rhages Herz, sondern auch das der Bestie gewonnen. Beide sind ihr treu ergeben. Und sie liebt sogar die Bestie – weil sie auf eine King-Kong-hafte Art auch niedlich ist.

In späteren Szenen mit Rhage, Mary und der Bestie kann man schön erkennen, dass Rhage und sein Alter Ego immer besser miteinander klarkommen. Die Bestie wird zwar nie der perfekte Begleiter für einen Debütantinnenball sein (seine Tischmanieren haben sich nicht wesentlich verbessert), aber sie ist längst nicht mehr so unberechenbar wie am Anfang. Rhage ist glücklicher und viel ruhiger. Mary hat ihre Erfüllung gefunden und lebt ihr Leben. Alles ist gut.

Das bringt mich noch auf einen weiteren Gedanken. Jeder Bruder lebt, nachdem er in einem Buch die Hauptrolle gespielt hat, mit seiner *Shellan* sein Leben weiter und verändert sich, wie es alle Leute mit der Zeit eben tun. Ich wünschte, ich könnte mehr davon erzählen, wie sie nun ihr Leben leben, welchen Herausforderungen sie sich stellen müssen und wie sich ihre Beziehungen vertieft haben. Die Lebenszeichen (*SOL – Slices of Life*) von ihnen, die ich von Zeit zu Zeit auf meine Website stelle, sind für mich eine Möglichkeit, neue Szenen hinzuzufügen. Und für mich ist es außerdem tröstend, zu sehen, dass meine Figuren weiterleben. Genauso wie wir alle.

Glossar der Begriffe und Eigennamen

Die Bruderschaft der Black Dagger – Die Brüder des Schwarzen Dolches. Speziell ausgebildete Vampirkrieger, die ihre Spezies vor der Gesellschaft der *Lesser* beschützen. Infolge selektiver Züchtung innerhalb der Rasse besitzen die Brüder ungeheure physische und mentale Stärke sowie die Fähigkeit zur extrem raschen Heilung. Die meisten von ihnen sind keine leiblichen Geschwister; neue Anwärter werden von den anderen Brüdern vorgeschlagen und daraufhin in die Bruderschaft aufgenommen. Die Mitglieder der Bruderschaft sind Einzelgänger, aggressiv und verschlossen. Sie pflegen wenig Kontakt zu Menschen und anderen Vampiren, außer um Blut zu trinken. Viele Legenden ranken sich um diese Krieger, und sie werden von ihresgleichen mit höchster Ehrfurcht behandelt. Sie können getötet werden, aber nur durch sehr schwere Wunden wie zum Beispiel eine Kugel oder einen Messerstich ins Herz.

Blutsklave – Männlicher oder weiblicher Vampir, der unterworfen wurde, um das Blutbedürfnis eines anderen zu stillen. Die Haltung von Blutsklaven ist heute zwar nicht mehr üblich, aber nicht ungesetzlich.

Die Auserwählten – Vampirinnen, deren Aufgabe es ist, der Jungfrau der Schrift zu dienen. Sie werden als Angehörige der Aristokratie betrachtet, obwohl sie eher spirituell als weltlich orientiert sind. Normalerweise pflegen sie wenig bis gar keinen Kontakt zu männlichen Vampiren; auf Weisung der Jungfrau der Schrift können sie sich aber mit einem Krieger vereinigen, um den Fortbestand ihrer Klasse zu sichern. Sie besitzen die Fähigkeit zur Prophezeiung. In der Vergangenheit dienten sie allein stehenden Brüdern zum Stillen ihres Blutbedürfnisses, aber diese Praxis wurde von den Brüdern aufgegeben.

Doggen – Angehörige(r)der Dienerklasse innerhalb der Vampirwelt. *Doggen* pflegen im Dienst an ihrer Herrschaft altertümliche, konservative Sitten und folgen einem formellen Bekleidungs- und Verhaltenskodex. Sie können tagsüber aus dem Haus gehen, altern aber relativ rasch. Die Lebenserwartung liegt bei etwa fünfhundert Jahren.

Gesellschaft der *Lesser* – Orden von Vampirjägern, der von Omega zum Zwecke der Auslöschung der Vampirspezies gegründet wurde.

Gruft – Heiliges Gewölbe der Bruderschaft der Black Dagger. Sowohl Ort für zeremonielle Handlungen wie auch Aufbewahrungsort für die erbeuteten Kanopen der *Lesser*. Hier werden unter anderem Aufnahmerituale, Begräbnisse und Disziplinarmaßnahmen gegen Brüder durchgeführt. Niemand außer Angehörigen der Bruderschaft, der Jungfrau der Schrift und Aspiranten hat Zutritt zur Gruft.

Hellren – Männlicher Vampir, der eine Partnerschaft mit einer Vampirin eingegangen ist. Männliche Vampire können mehr als eine Vampirin als Partnerin nehmen.

Hohe Familie – König und Königin der Vampire sowie all ihre Kinder.

Lielan – Ein Kosewort, frei übersetzt in etwa »mein Liebstes«.

Jungfrau der Schrift – Mystische Macht, die dem König als Beraterin dient sowie die Vampirarchive hütet und Privilegien erteilt. Existiert in einer jenseitigen Sphäre und besitzt umfangreiche Kräfte. Hatte die Befähigung zu einem einzigen Schöpfungsakt, den sie zur Erschaffung der Vampire nutzte.

Lesser – Ein seiner Seele beraubter Mensch, der als Mitglied der Gesellschaft der *Lesser* Jagd auf Vampire macht, um sie auszurotten. Die *Lesser* müssen durch einen Stich in die Brust getötet werden. Sie altern nicht, essen und trinken nicht und sind impotent. Im Laufe der Jahre verlieren ihre Haare, Haut und Iris ihre Pigmentierung, bis sie blond, bleich und weißäugig sind. Sie riechen nach Talkum. Aufgenommen in die Gesellschaft werden sie durch Omega. Daraufhin erhalten sie ihre Kanope, ein Keramikgefäß, in dem sie ihr aus der Brust entferntes Herz aufbewahren.

Omega – Unheilvolle mystische Gestalt, die sich aus Groll gegen die Jungfrau der Schrift die Ausrottung der Vampire zum Ziel gesetzt hat. Existiert in einer jenseitigen Sphäre und hat weitreichende Kräfte, wenn auch nicht die Kraft zur Schöpfung.

Princeps – Höchste Stufe der Vampiraristokratie, untergeben nur den Mitgliedern der Hohen Familie und den Auserwählten der Jungfrau der Schrift. Dieser Titel wird vererbt; er kann nicht verliehen werden.

Pyrokant – Bezeichnet die entscheidende Schwachstelle eines Individuums, sozusagen seine Achillesverse. Diese Schwachstelle kann innerlich sein, wie zum Beispiel eine Sucht, oder äußerlich, wie ein geliebter Mensch.

Rythos – Rituelle Prozedur, um verlorene Ehre wiederherzustellen. Der Rythos wird von dem Vampir gewährt, der einen anderen beleidigt hat. Wird er angenommen, wählt der Gekränkte eine Waffe und tritt damit dem unbewaffneten Beleidiger entgegen.

Schleier – Jenseitige Sphäre, in der die Toten wieder mit

ihrer Familie und ihren Freunden zusammentreffen und die Ewigkeit verbringen.
Shellan – Vampirin, die eine Partnerschaft mit einem Vampir eingegangen ist. Vampirinnen nehmen sich in der Regel nicht mehr als einen Partner, da gebundene männliche Vampire ein ausgeprägtes Revierverhalten zeigen.
Transition – Entscheidender Moment im Leben eines Vampirs, wenn er oder sie ins Erwachsenenleben eintritt. Ab diesem Punkt müssen sie das Blut des jeweils anderen Geschlechts trinken, um zu überleben, und vertragen kein Sonnenlicht mehr. Findet normalerweise mit etwa Mitte zwanzig statt. Manche Vampire überleben ihre Transition nicht, vor allem männliche Vampire. Vor ihrer Transition sind Vampire von schwächlicher Konstitution und sexuell unreif und desinteressiert. Außerdem können sie sich noch nicht dematerialisieren.
Triebigkeit – Fruchtbare Phase einer Vampirin. Üblicherweise dauert sie zwei Tage und wird von heftigem sexuellem Verlangen begleitet. Zum ersten Mal tritt sie etwa fünf Jahre nach der Transition eines weiblichen Vampirs auf, danach im Abstand von etwa zehn Jahren. Alle männlichen Vampire reagieren bis zu einem gewissen Grad auf eine triebige Vampirin, deshalb ist dies eine gefährliche Zeit. Zwischen konkurrierenden männlichen Vampiren können Konflikte und Kämpfe ausbrechen, besonders wenn die Vampirin keinen Partner hat.
Vampir – Angehöriger einer gesonderten Spezies neben dem Homo sapiens. Vampire sind darauf angewiesen, das Blut des jeweils anderen Geschlechts zu trinken. Menschliches Blut kann ihnen zwar auch das Überleben sichern, aber die daraus gewonnene Kraft hält nicht lange vor. Nach ihrer Transition, die üblicherweise etwa mit

Mitte zwanzig stattfindet, dürfen sie sich nicht mehr dem Sonnenlicht aussetzen und müssen sich in regelmäßigen Abständen aus der Vene ernähren. Entgegen einer weitverbreiteten Annahme können Vampire Menschen nicht durch einen Biss oder eine Blutübertragung »verwandeln«; in seltenen Fällen aber können sich die beiden Spezies zusammen fortpflanzen. Vampire können sich nach Belieben dematerialisieren, dazu müssen sie aber ganz ruhig werden und sich konzentrieren; außerdem dürfen sie nichts Schweres bei sich tragen. Sie können Menschen ihre Erinnerung nehmen, allerdings nur, solange diese Erinnerungen im Kurzzeitgedächtnis abgespeichert sind. Manche Vampire können auch Gedanken lesen. Die Lebenserwartung liegt bei über eintausend Jahren, in manchen Fällen auch höher.

Wanderer – Ein Verstorbener, der aus dem Schleier zu den Lebenden zurückgekehrt ist. Wanderern wird großer Respekt entgegengebracht, und sie werden für das, was sie durchmachen mussten, verehrt.

Danksagung

Unendliche Dankbarkeit gilt den Leserinnen und Lesern der *Black Dagger*. Ohne Euch wären die Brüder nicht auf Buchseiten verewigt.

Karen Solem, Kara Cesare, Claire Zion, Kara Welsh, Rose Hilliard – euch danke ich so sehr.

In Liebe zu meiner Familie und meinen Freunden, und mit fortwährender Hochachtung für meinen Exekutivausschuss: Sue Grafton, Dr. Jessica Andersen, Betsey Vaughan.